CUENTOS COMPLETOS 2

colección andanzas

RUBEM FONSECA
CUENTOS COMPLETOS 2

Diseño de la colección: Guillermot-Navares
Fotografía de portada: © Getty Images / D. Corson / ClassicStock
Fotografía del autor: © Procesofoto

© Rubem Fonseca
Romance negro e outras histórias, © 1992
A confraria dos espadas, © 1998
O buraco na parede, © 1995
Histórias de amor, © 1997
E do meio do mundo prostituto so amores guardei ao meu charuto, © 1997

Por las traducciones:
Novela negra y otras historias: © John O'Kuinghttons y Tajamar Editores Mariano Sánchez Fontecilla 352 Las Condes. 7550296
La cofradía de los espadas: ©Nexos Sociedad Ciencia y Literatura, S.A. de C.V. por la traducción de Rodolfo Mata y Regina Crespo
El agujero en la pared: ©Nexos Sociedad Ciencia y Literatura, S.A. de C.V. por la traducción de Rodolfo Mata y Regina Crespo
Historias de amor: ©Nexos Sociedad Ciencia y Literatura, S.A. de C.V. por la traducción de Rodolfo Mata y Regina Crespo
Del fondo del mundo prostituto sólo amores guardé para mi puro: ©Nexos Sociedad Ciencia y Literatura, S.A. de C.V. por la traducción de Rodolfo Mata y Regina Crespo

Derechos reservados

© 2018, Editorial Planeta Mexicana, S.A. de C.V.
Bajo el sello editorial TUSQUETS M.R.
Avenida Presidente Masarik núm. 111, Piso 2
Colonia Polanco V Sección
Delegación Miguel Hidalgo
C.P. 11560, Ciudad de México
www.planetadelibros.com.mx

Primera edición impresa en México: julio de 2018
ISBN: 978-607-07-4981-0

Impreso en los talleres de Litográfica Ingramex, S.A. de C.V.
Centeno núm. 162, colonia Granjas Esmeralda, Ciudad de México
Impreso en México –*Printed and made in Mexico*

NOVELA NEGRA
Y OTRAS HISTORIAS
1992

El arte de andar por las calles de Río de Janeiro

> En una palabra, la desmoralización era general. Clero, nobleza y pueblo estaban todos pervertidos.
>
> Joaquim Manuel de Macedo,
> *Um passeio pela cidade de Rio de Janeiro*
> (1862-1863)

Augusto, el andariego, cuyo nombre verdadero es Epifânio, vive en un segundo piso, sobre una tienda de sombreros femeninos, en la calle Sete de Setembro, en el centro de la ciudad, y anda por las calles el día entero y parte de la noche. Cree que al caminar piensa mejor, encuentra solución para los problemas: *solvitur ambulando*, les dice a sus botones.

Cuando trabajaba en la compañía de aguas y alcantarillado pensó en abandonarlo todo para vivir de la escritura. Pero João, un amigo que había publicado un libro de poesía y otro de cuentos y estaba escribiendo una novela de seiscientas páginas, le dijo que el verdadero escritor no debería vivir de lo que escribe, que era obsceno, que no se podía servir al arte y a Mammon al mismo tiempo, y que por lo tanto era mejor que Epifânio se ganara el pan de cada día en la compañía de aguas y alcantarillas y que escribiese por la noche. Su amigo estaba casado con una mujer que sufría de los riñones, era padre de un hijo asmático y hospedero de una suegra débil mental, y aun así cumplía con sus obligaciones para con la literatura. Augusto volvía a casa y no lograba librarse de los problemas de la compañía de aguas y alcantarillado; una ciudad grande gasta mucha agua y produce mucho excremento. João decía que había un precio que pagar por el ideal artístico: pobreza, embriaguez, locura, escarnio de los idiotas, agresión de los envidiosos, incomprensión de los amigos, soledad, fracaso. Y probó que tenía razón muriendo de una enfermedad causada por el cansan-

9

cio y la tristeza, antes de terminar su novela de seiscientas páginas, que la viuda tiró a la basura junto con otros papeles viejos. El fracaso de João no acabó con el tesón de Epifânio. Cuando ganó un premio en una de las muchas loterías de la ciudad, renunció a la compañía de aguas y alcantarillado para dedicarse al trabajo de escribir, y adoptó el nombre de Augusto.

Ahora es un escritor y un andariego. Así, cuando no está escribiendo —o enseñándoles a leer a las putas— camina por las calles. Día y noche anda por las calles de Rio de Janeiro.

Exactamente a las tres de la madrugada, al sonar en su Casio Melody de pulsera la «*Mit dem Paukenschlag*», de Haydn, Augusto regresa de sus caminatas al segundo piso vacío donde vive, y se sienta, después de alimentar a los ratones, frente a la pequeña mesa ocupada casi completamente por el enorme cuaderno de hojas pautadas donde escribe su libro, bajo la claraboya por donde penetra un poco de luz de la calle, mezclada con luz de luna cuando las noches son de luna llena.

En sus andanzas por el centro de la ciudad, desde que comenzó a escribir el libro, Augusto mira con atención lo que puede ser visto: fachadas, tejados, puertas, ventanas, carteles pegados en las paredes, letreros comerciales luminosos o no, hoyos en las veredas, botes de basura, sumideros, el suelo que pisa, pajaritos bebiendo agua en las pozas, vehículos y, principalmente, personas.

Un día entró por primera vez al cine-templo del pastor Raimundo. Encontró el cine-templo por casualidad, el médico del instituto le había dicho que un problema en la mácula de su retina exigía tratamiento con vitamina E combinada con selenio y lo había remitido imprecisamente a una farmacia que preparaba esa sustancia, en la calle Senador Dantas, en algún lugar cerca de la Alcindo Guanabara. Al salir de la farmacia, y después de caminar un poco, pasó por la puerta del cine, leyó el pequeño cartel que decía IGLESIA DE JESÚS SALVADOR DE LAS ALMAS DE LAS 8 A LAS 11 DIARIAMENTE y entró sin saber por qué.

Todas las mañanas, de las ocho a las once, todos los días de la semana, el cine es ocupado por la Iglesia de Jesús Salvador de las Almas. A partir de las dos de la tarde exhibe películas pornográficas. Por la noche, después de la última sesión, el gerente guarda los carteles con mujeres desnudas y frases publicitarias indecorosas en un depósito contiguo al sanitario. Para el pastor de la iglesia, Raimundo, y también para los fieles —unas cuarenta personas, en su mayoría mujeres y jóvenes con problemas de salud— la programación habitual del cine no tiene importancia; todas las películas son, de cualquier forma, pecaminosas, y ninguno de los creyentes de la iglesia va nunca al cine, por expresa pro-hibición del obispo, ni para ver la vida de Cristo en Semana Santa.

Desde el momento en que el pastor Raimundo coloca frente a la pantalla del cine una vela —en verdad, una bombilla eléctrica en un pedestal que imita un lirio— el lugar se convierte en un templo con-sagrado a Jesús. El pastor espera que el obispo compre el cine, como lo ha hecho en algunos barrios de la ciudad, y que ahí instale una iglesia permanente, veinticuatro horas por día, pero sabe que la deci-sión del obispo depende de los resultados del trabajo de él, Raimundo, junto a los fieles.

Augusto va esa mañana al cine-templo por tercera vez en la sema-na, con el objetivo de aprender la música que las mujeres cantan, *Vete, vete, Satanás, mi cuerpo no es tuyo, mi alma no es tuya, Jesús te ha vencido,* una mezcla de rock y samba. Satanás es una palabra que lo atrae. Hace mucho que no entra a un lugar donde las personas recen o hagan algo parecido. Recuerda que cuando niño fue durante años seguidos a una gran iglesia llena de imágenes y personas tristes el Viernes de la Pasión, llevado por su madre, que lo obligaba a besar el pie de Nuestro Señor Jesucristo acostado con una corona de espinas en la cabeza. Su madre murió. Un recuerdo difuso del color morado nunca lo abandonó. Jesús es morado, la religión está ligada al morado, ¿su madre es morada o era morada la seda que forraba su ataúd? Pero no hay nada morado en aquel templo-cine con guardias que vigilan desde lejos, dos jóvenes, uno blanco y un mulato, flacos, pequeños, camisa de mangas cortas y corbata oscura, circulando entre los fieles y nunca acercándose a las butacas del fondo donde él está sentado, inmóvil, con lentes oscuros.

Cuando cantan *Vete, vete, Satanás, mi cuerpo no es tuyo, mi alma no es tuya, Jesús te ha vencido,* las mujeres levantan los brazos echando las manos para atrás sobre las cabezas, como si estuviesen empujando le-jos al demonio; los guardias de camisa manga corta hacen lo mismo; el pastor Raimundo, sin embargo, micrófono en mano, comanda el coro levantando solo un brazo.

Este día, el pastor fija su atención en el hombre de lentes oscuros, sin una oreja, en el fondo del cine, mientras dice:

—Hermanos, quien esté con Jesús que levante las manos.

Todos los fieles levantan las manos, menos Augusto. El pastor se percata, muy perturbado, de que Augusto permanece inmóvil, como una estatua, con los ojos escondidos por los lentes oscuros.

—Levanten las manos —repite emocionado, y algunos fieles res-ponden empinándose en la punta de los pies y extendiendo más toda-vía los brazos hacia lo alto. Pero el hombre sin oreja no se mueve.

El pastor Raimundo llegó de Ceará a Rio de Janeiro cuando tenía siete años junto a su familia, que escapaba de la sequía y del hambre. A los veinte años era vendedor ambulante en la calle Geremário Dantas, en Jacarepaguá; a los veintiséis, pastor de la Iglesia Jesús Salvador de las Almas. Todas las noches le agradecía a Jesús esa inmensa gracia. Había sido un buen ambulante, no engañaba a sus clientes, y un día un pastor, oyéndolo vender sus mercancías de manera persuasiva, pues sabía decir una palabra tras otra a la velocidad correcta, lo invitó a entrar a la iglesia. En poco tiempo, llegó a ser pastor; ahora tiene treinta años, casi se ha librado del acento nordestino, adquirió el habla de ciertos cariocas, pues así, imparcial y universal, debe ser la palabra de Jesús. Es un buen pastor, como fue un buen ambulante y un buen hijo, pues se encargó de su madre cuando quedó paralítica y se hacía caca en la cama hasta el día de su muerte. No logra olvidar el cuerpo senil, decadente y moribundo de su madre y lamenta que no se haya muerto de infarto a los cincuenta años; no es que se acuerde de cómo era a los cincuenta, solo recuerda la madre vieja y repelente. Por saber decir con rapidez y significados correctos una palabra tras otra, lo transfirieron de la Baixada al centro de la ciudad, pues la Iglesia de Jesús Salvador de las Almas quería llevar la palabra de Dios hasta los barrios más impenetrables, como el centro de la ciudad. El centro de la ciudad es un misterio. La región sur también es trabajosa, los ricos desprecian la iglesia evangélica, religión de gente pobre, y en la región sur la iglesia es frecuentada los días de semana por viejas y jóvenes enfermizos, que son los fieles más fieles, y los domingos por empleadas, porteros, gente del aseo, mulatos y mal vestidos. Pero los ricos son peores pecadores y necesitan todavía más la salvación que los pobres. Uno de los sueños de Raimundo es ser transferido del centro a la región sur y llegar al corazón de los ricos.

Pero el número de los fieles que va al cine-templo no ha aumentado y Raimundo quizá tenga que ir a pregonar a otro templo; tal vez lo obliguen a volver a la Baixada, pues fracasó, no supo llevar de manera convincente la palabra de Jesús a donde la Iglesia de Jesús Salvador de las Almas necesita ser más oída, principalmente hoy en día, en que los católicos, con sus templos vacíos, abandonan sus posturas intelectuales y contraatacan con el llamado movimiento carismático, reinventando el milagro, recorriendo a la curandería y al exorcismo. Ellos, los católicos, ya habían vuelto a admitir que solo existe el milagro si existe el demonio, el bien dominando el mal, pero todavía era necesario que se diesen cuenta de que el demonio no es metafísico. Puedes agarrar al demonio, en ciertas ocasiones parece de carne y hueso, pero posee siempre una pequeña diferencia en su cuerpo, una característica insólita; y puedes oler al demonio, que hiede cuando está distraído.

Pero su problema, el de Raimundo, no es con las altas políticas de la relación de su iglesia con la iglesia católica, ese es un problema del obispo: el problema de Raimundo son los fieles de su iglesia, la declinante recaudación del diezmo. Está inquieto, también, con aquel hombre de lentes oscuros, el que no tiene una oreja, que no levantó la mano en apoyo a Jesús. Después de que el hombre apareció, Raimundo comenzó a sufrir de insomnio, a tener dolores de cabeza y a emitir gases intestinales de olor mefítico que le queman el culo cuando se los tira.

Esta noche, mientras Raimundo no duerme, Augusto, sentado frente a su enorme cuaderno de hojas pautadas, anota lo que ve al caminar por la ciudad y escribe su libro *El arte de andar por las calles de Rio de Janeiro.*

Se cambió al segundo piso de la tienda de sombreros para escribir mejor el primer capítulo, que solo comprende el arte de andar por el centro de la ciudad. Después de todo, no sabe qué capítulo será el más importante. Rio es una ciudad muy grande, cercada por cerros, desde donde se la puede abarcar, por partes, con la mirada, pero el centro es más diversificado y oscuro y antiguo; el centro no tiene un cerro verdadero, como ocurre con el centro de las cosas en general, que o es plano o es raso; el centro de la ciudad solo tiene una pequeña colina, mal llamada Cerro de la Salud, y para ver el centro desde arriba, y aun así mal y parcialmente, es necesario ir al cerro Santa Teresa, pero ese cerro no está arriba de la ciudad, está medio de lado, y desde él no se puede tener la menor idea de cómo es el centro, no se ven las veredas de las calles cuando el aire está contaminado sobre la ciudad.

En sus ambulaciones, Augusto todavía no ha salido del centro de la ciudad, ni saldrá tan pronto. El resto de la ciudad, el inmenso resto que solo el satanás de la Iglesia de Jesús Salvador de las Almas conoce completamente, será recorrido en el momento oportuno.

El primer dueño del edificio de la sombrerería vivió ahí con su familia hace muchos años. Sus descendientes fueron algunos de los pocos comerciantes que siguieron viviendo en el centro de la ciudad después de la gran desbandada hacia los barrios, principalmente hacia la región sur. Desde los años cuarenta, casi nadie vivía en los segundos pisos de las principales calles del centro, del meollo comercial de la ciudad, que podía caber en una especie de cuadrilátero, uno de cuyos lados era el trazado de la avenida Rio Branco, el otro una línea sinuosa que empezaba en la Visconde de Inhaúma y seguía por la Marechal Floriano hasta la calle Tomé de Souza, que sería el tercer lado, y finalmente el cuarto lado, un recorrido medio chueco que empezaba en la Visconde do Rio Branco, pasaba por la plaza Tiradentes y por la calle de la Carioca hasta la Rio Branco, cerrando el espacio.

En esa área los espacios pasaron a servir de depósitos de mercaderías. Como los negocios de la sombrerería fueron disminuyendo gradualmente cada año, pues las mujeres dejaron de usar sombreros, incluso en matrimonios, y ya no hacían falta los depósitos, pues el pequeño stock de mercaderías podía quedar para toda la tienda, el segundo piso, que no le interesaba a nadie, quedó vacío. Un día, Augusto pasó por la puerta de la sombrerería y se paró a ver los balcones de fierro labrado en la fachada, y el viejo, que había vendido un solo sombrero ese semestre, salió de la tienda a conversar con él. El viejo le dijo que esa había sido la casa del conde de Estrela, cuando la calle se llamaba calle del Cano, porque por ella pasaba la cañería para la fuente del Largo do Paço, plazoleta que después se llamó Plaza Dom Pedro II y después Plaza Quinze.

—La manía que esa gente tiene de cambiarle el nombre a las calles. Venga a ver.

El viejo subió con Augusto al segundo piso y le mostró una claraboya, con un enorme salón vacío, con las piezas, con el baño de losa inglesa y con los ratones que se escondían cuando pasaban. Le gustaban los ratones; cuando niño había criado un ratón, al que le tomó afecto, pero la amistad entre los dos se rompió cuando el ratón le mordió el dedo. Pero le seguían gustando los ratones. Se decía que los desechos, las garrapatas y las pulgas de los ratones transmitían enfermedades horribles, pero él siempre se llevó bien con ellos, exceptuando el pequeño problema de la mordida. Los gatos también transmitían enfermedades horribles, se decía, y los perros transmitían enfermedades horribles, se decía, y los seres humanos transmitían enfermedades horribles, eso lo sabía.

—Los ratones nunca vomitan —le dijo Augusto al viejo.

El viejo le preguntó cómo se las arreglaban cuando comían una comida que les hacía mal y Augusto respondió que los ratones nunca comían una comida que les hiciera mal, pues eran muy cuidadosos y selectivos. El viejo, que tenía una mente despierta, preguntó entonces por qué muchos ratones morían envenenados, y Augusto explicó que para matar a un ratón era necesario un veneno muy potente que matara con una pequeña y única mordida del roedor y que de cualquier forma no eran muchos los ratones que morían envenenados, si se considera el total de su población. El viejo, a quien también le gustaban los ratones y que por primera vez encontraba a alguien que tuviera por los roedores el mismo cariño y le gustaran las viejas claraboyas y, a pesar de haber inferido por la conversación con Augusto que este «era un nihilista», lo invitó a vivir en el segundo piso.

Augusto está en el enorme salón, escribiendo su libro, la parte referente al centro de la inmensa ciudad. A veces para de leer y contempla, con una pequeña lente de examinar tejidos, la bombilla que cuelga en el techo.

Cuando tenía ocho años, en la tienda de su padre le dieron una lente que servía para examinar fibras de tejidos, la misma que usa en este momento. Acostado, en aquel año distante, miró por la lente la bombilla en el techo de la casa donde vivía, que era también un segundo piso allá en el centro de la ciudad, y cuya fachada fue destruida para dar lugar a una inmensa placa luminosa de acrílico de una tienda de electrodomésticos; en el primer piso su padre tenía una tienda y conversaba con las mujeres fumando su cigarrillo fino, y se reía; su padre era otro hombre en la tienda, más interesante, se reía con esas mujeres. Augusto se acordaba de aquella noche en que se quedó mirando la bombilla en el techo y a través de la lente vio seres llenos de garras, patas, puntas amenazadoras, e imaginó, asustado, lo que podría pasar si una de esas cosas bajara del techo; los bichos aparecían, desaparecían, y esto lo dejaba atemorizado y fascinado. Finalmente, descubrió cuando amanecía que los bichos eran sus pestañas; cuando pestañeaba el monstruo aparecía en la lente, cuando abría los ojos el monstruo desaparecía.

Después de observar en el segundo piso con claraboya los monstruos en la bombilla del gran salón —todavía con pestañas largas y todavía con la lente de ver tejidos—, Augusto vuelve a escribir sobre el arte de caminar por las calles de Río. Como anda a pie, ve cosas diferentes de quien anda en auto, autobús, tren, lancha, helicóptero o en cualquier otro vehículo. Pretende evitar que su libro sea una especie de guía de turismo para viajeros en busca de lo exótico, del placer, de lo místico, del horror, del crimen y de la miseria, como es del interés de muchos ciudadanos de recursos, principalmente extranjeros; su libro tampoco será uno de esos manuales que asocian una caminata a la salud, al bienestar físico y a las nociones de higiene. También se preocupa de que el libro no se vuelva un pretexto, a la manera de Macedo, para arrullar descripciones históricas sobre potentados e instituciones, aun cuando, como el novelista de las doncellas, a veces se entregue a divagaciones excesivas; tampoco será una guía arquitectónica del Rio antiguo o un compendio de arquitectura urbana; Augusto quiere encontrar un arte y una filosofía peripatéticos que lo ayuden a establecer una mejor comunión con la ciudad. *Solvitur ambulando.*

Son las once de la noche y está en la Rua Treze de Maio. Aparte de andar les enseña a las prostitutas a leer y a hablar de manera correcta. La televisión y la música pop han corrompido el vocabulario de los ciudadanos, principalmente de las prostitutas. Es un problema que tiene que ser resuelto. Tiene la conciencia de que enseñarles a las prostitutas a leer y a hablar correctamente en su segundo piso sobre la tienda de sombreros puede ser para ellas una forma de tortura. Por eso les ofrece dinero para que oigan sus lecciones, poco dinero, bastante menos que la cuantía usual que paga un cliente. De la calle Treze de Maio se va a la avenida Rio Branco, desierta. El Teatro Municipal anuncia un recital de ópera para el día siguiente; la ópera ha estado y no estado de moda en la ciudad desde inicios de siglo. Dos jóvenes escriben con spray en las paredes del teatro, que acaba de ser pintado y exhibe pocas obras del grafitero, CON NOSOTROS LOS SÁDICOS DEL CACHAMBI EL MUNICIPAL PERDIO LA BIRGINIDAD GRAFFITEROS UNIDOS JAMAS SERAN VENSIDOS; bajo la frase la firma-logotipo de los Sádicos, un pene, que al principio causó extrañeza a los estudiosos de la grafitología, porque ya se sabe que corresponde a un cerdo con un glande humano.

—Ey —le dice Augusto a uno de los jóvenes—, virginidad es con v, vencidos no es con s, y sobra una f en graffiteros.

El joven responde:

—Oiga, usted entendió lo que queríamos decir, ¿cierto?; entonces jódase con sus reglitas de mierda.

Augusto ve un bulto intentando esconderse en la calle que está detrás del teatro, la Manoel de Carvalho, y reconoce a un sujeto llamado Hermenegildo, que no hace otra cosa en la vida que divulgar un manifiesto ecológico contra el automóvil. Hermenegildo lleva un bote de pegamento, una brocha y dieciocho manifiestos enrollados en un tubo. El manifiesto es fijado con un pegamento especial de gran adherencia en los parabrisas de los autos estacionados en las calles. Hermenegildo le hace un gesto a Augusto para que se acerque al lugar donde se esconde. Es común que se encuentren en la madrugada, en las calles.

—Necesito que me ayudes —dice Hermenegildo.

Los dos caminan hasta la Rua Almirante Barroso, entran a la derecha, y siguen hasta la avenida Presidente Antônio Carlos. Augusto lleva el bote de pegamento. El objetivo de Hermenegildo es meterse esta noche al garaje público Menezes Cortes sin que lo sientan los guardias. Ya lo ha intentado dos veces, sin éxito. Pero cree que hoy tendrá mejor suerte. Suben por la rampa hasta el primer piso, cerrado al tránsito, donde están los autos con cupo definido, muchos estacionados la noche entera. Normalmente uno o dos guardias rondan por ahí, pero hoy no hay nadie. Los guardias deben estar en el piso de arriba, conversando para pasar el tiempo. En poco más de veinte minutos, Hermenegildo y Augusto pegan los dieciocho manifiestos en los parabrisas de los autos más nuevos. Después bajan por el mismo camino, entran por la Rua da Assembleia y se separan en la esquina de la Quitanda. Augusto vuelve a la avenida Rio Branco. En la avenida entra a la izquierda, pasa nuevamente por la puerta del Municipal, donde se detiene por un tiempo a mirar el dibujo del pene ecléctico. Va hasta Cinelândia a orinar en el McDonald's. Los McDonald's son lugares limpios para orinar, más aún si se comparan con los baños de los bares, cuyo acceso es complicado; en el bar es necesario pedir la llave del baño, que viene agarrada a un enorme pedazo de madera para que no se pierda, y el baño queda siempre en un lugar sin aire, cagado e inmundo, pero los de McDonald's son inodoros, aunque tampoco tengan ventanas, y están bien ubicados para quien anda por el centro. Este queda en la Senador Dantas, casi frente al teatro, tiene una salida que da a Álvaro Alvim y el baño está cerca de esta salida. Hay otro McDonald's en la calle São José, cerca de la calle de la Quitanda, otro en la avenida Rio Branco, cerca de la calle de la Alfândega. Augusto abre la puerta del baño con el codo, un truco que inventó: las manillas de las puertas de los baños están llenas de gérmenes de enfermedades sexuales. En uno de los compartimientos cerrados un sujeto acaba de defecar y silba satisfecho. Augusto orina en una de las tazas de acero inoxidable, se lava las manos usando el jabón que retira presionando la boca de metal del recipiente de vidrio transparente empotrado a la pared al lado del espejo, un líquido verde sin olor y que no hace espuma, por más que se refriegue las manos; después se seca las manos con la toalla de papel y sale, abriendo siempre la puerta con el codo, a la calle Álvaro Alvim.

Cerca del cine Odeon una mujer le sonríe. Augusto se le aproxima.

—¿Eres travesti? —pregunta.

—¿Por qué no lo averiguas? —le dice la mujer.

Más adelante entra a la Casa Agrense, al lado del cine Palácio, y pide un agua mineral. Abre lentamente el vaso de plástico, y mientras bebe en pequeños sorbos, como un ratón, observa a las mujeres alrededor. Escoge una mujer que bebe un café porque le falta un diente en la delantera. Augusto se acerca.

—¿Sabes leer?

La mujer lo enfrenta con la seducción y la falta de respeto que las putas saben demostrarles a los hombres.

—Claro que sí —le dice.

—Yo no sé y quiero que me leas lo que está escrito ahí —dice Augusto. Menú ejecutivo.

—No fiamos —dice ella.

—¿Estás libre?

Ella informa el precio y menciona un hotel en la Rua das Marrecas, que antes se llamaba Rua das Boas Noites y ahí estaba la Casa dos Expostos da Santa Casa, hace más de cien años, y la calle ya se llamó Barão de Ladário y también se llamó calle André Rebouças, antes de ser la Rua das Marrecas, y después su nombre cambió a calle Juan Pablo Duarte, pero el nombre no resultó y volvió a ser la Rua das Marrecas. Augusto dice que vive cerca y le propone que vayan a su casa.

Caminan juntos, abochornados. Compra un diario en el quiosco frente a la Rua Álvaro Alvim. Suben al segundo piso de la tienda de sombreros siguiendo por la calle Senador Dantas hasta el Largo da Carioca, vacía y siniestra a esa hora. La mujer para frente al poste de luz de bronce con un reloj en lo alto, decorado con cuatro mujeres también de bronce con los senos a la vista. Ella dice que quiere ver si el reloj está funcionando, pero, como siempre, el reloj está parado. Augusto ordena a la mujer que camine para que no los asalten; en las calles desiertas es necesario andar muy rápido, ningún asaltante persigue al asaltado, tiene que acercarse, pedir un cigarro, preguntar la hora, tiene que anunciar el asalto para que el asalto se consume. El pequeño tramo que va de la Rua Uruguaiana a la Sete de Setembro está silencioso y sin movimiento; los indigentes tienen que despertar temprano y duermen plácidamente en las puertas de las tiendas, envueltos en mantas o diarios, con la cabeza cubierta.

Augusto entra al segundo piso, golpea con los pies, anda con paso diferente, siempre hace eso cuando viene con una mujer, para que los ratones sepan que un extraño está llegando y se escondan. No quiere que ella se asuste; a las mujeres, por algún motivo, no les gustan los ratones, él lo sabe, y los ratones, por un motivo aún más misterioso, detestan a las mujeres.

18

Augusto saca el cuaderno donde escribe *El arte de andar por las calles de Rio de Janeiro* de la mesa bajo la claraboya, colocando en su lugar el diario que compró. Siempre usa un diario nuevo en las primeras lecciones.

—Siéntate aquí.

—¿Dónde está la cama? —dice ella.

—Anda, siéntate —le dice, sentándose en la otra silla—. Yo sé leer, discúlpame por haberte mentido. ¿Sabes lo que estaba escrito en el cartel del bar? Menú ejecutivo. Ellos no fían, es verdad, pero no estaba escrito en la pared. Quiero enseñarte a leer, te pago.

—¿No se te para?

—Eso no interesa. Lo que vas a hacer aquí es aprender a leer.

—No saco nada, ya he tratado y no he podido.

—Pero yo tengo un método infalible. Basta con un diario.

—Ni siquiera sé deletrear.

—Vas a deletrear, ese es el secreto de mi método, Ivo no ve el huevo. Mi método se basa en una simple premisa: nada de deletreo.

—¿Qué es eso que está arriba?

—Una claraboya. Te voy a mostrar algo.

Augusto apaga la luz. Una luz azulada penetra poco a poco por la claraboya.

—¿Qué luz es esa?

—Es la luna. Hoy es luna llena.

—¡Caramba! Hace años que no veía la luna. ¿Dónde está la cama?

—Vamos a trabajar.

Augusto prende la bombilla eléctrica.

La chica se llama Kelly, y con ella serán veintiocho las putas a quien Augusto ha enseñado a leer con su método infalible.

Por la mañana, Kelly se va a dormir a la cama de él —ella prefirió quedarse en el segundo piso esa noche y él durmió en una estera en el suelo. Augusto va a la Ramalho Ortigão, pasa al lado de la glesia de San Francisco y entra a la calle del Teatro, donde ahora se pone otro *jogo do bicho*, un sujeto sentado en un banco escolar anotando en un bloc las apuestas de los pobres que no han perdido las esperanzas, y que deben ser muchos, los miserables que no han perdido la fe, pues cada vez hay más lugares de juego esparcidos por la ciudad. Augusto tiene un destino ese día, como todos los días en que sale de casa; aunque parezca deambular, nunca anda exactamente a la deriva. Para en la calle del Teatro y mira al segundo piso donde vivía su abuela, sobre lo que ahora es una tienda que vende incienso, velas, collares, puros y otros materiales de macumba, pero que hasta hace poco era una tienda que vendía retazos de telas baratas. Siempre que pasa por ahí se acuerda de un pariente: la abuela, el abuelo, tres tías, un tío postizo, una prima. Ese día dedica sus recuerdos al abuelo, un hombre gris de nariz grande, al que le solía quitar la mugre, y que hacía pequeños autómatas, pajaritos que cantaban en las jaulas, un mono chico que abría la boca y gruñía como un perro. Trata de recordar la muerte del abuelo y no lo logra, lo que lo pone muy nervioso. No es que amara a su abuelo, el viejo siempre demostró dar más importancia a los muñecos que construía que a los nietos, pero él lo comprendía, encontraba razonable que el viejo prefiriera a los muñecos y admiraba al abuelo por pasarse el día y la noche dándole vueltas a sus mecanismos, tal vez ni siquiera durmiese para poder dedicarse a aquella tarea, por eso era tan gris. El abuelo era la persona que más se acercaba a la idea de un hechicero de carne y hueso, y lo apenaba y lo atraía, ¿cómo haber olvidado las circunstancias de su muerte? ¿Murió de repente? ¿Lo asesinó la abuela? ¿Lo enterraron? ¿Cremado? ¿O simplemente desapareció?

Augusto mira el último piso del edificio donde vivió su abuelo, y un montón de mirones se junta a su alrededor y mira hacia lo alto; macumberos, compradores de retazos de tela, vagos, carteros, mendigos, ambulantes, transeúntes en general, algunos preguntando «qué pasó, ¿ya saltó?», últimamente mucha gente salta de las ventanas de las altas oficinas y se revienta en la vereda.

Después de pensar en el abuelo, Augusto sigue hacia su objetivo ese día, pero no en línea recta, en línea recta debería ir a la plaza Tiradentes y seguir por la Constituição, que desemboca casi frente al portón del lugar adonde va, o bien por la Visconde do Rio Branco, que él suele elegir debido al cuartel del Cuerpo de Bomberos. Pero no tiene prisa en llegar a donde quiere, y de la calle del Teatro se va a la Luiz de Camões para estar un rato en el Real Gabinete Português de Leitura, le importa que aquella biblioteca tenga su libro cuando esté listo y publicado. Siente la agradable presencia de aquella enorme cantidad de libros. Enseguida se va a la avenida Passos, no confundir con la calle Senhor dos Passos, llega al callejón del Tesoro y vuelve a la Visconde do Rio Branco por la Gonçalves Ledo, en medio de los comerciantes judíos y árabes, tropezando con su clientela mal vestida, y al llegar a la Visconde do Rio Branco deja el comercio de ropas por el de objetos usados, pero lo que le interesa en la Visconde do Rio Branco es el cuartel general del Cuerpo de Bomberos, no porque fuese su destino, sino porque le gusta ver el edificio del Cuerpo de Bomberos.

Augusto se detiene frente a este; el patio interior está lleno de grandes carros rojos, el centinela de la puerta lo vigila con desconfianza, sería bueno que uno de esos carros rojos enormes con la escalera Magirus saliera con la sirena prendida. Pero los carros rojos no salen y Augusto camina un poco más hacia la Vinte de Abril y llega al portón del Campo de Santana, frente al Largo Caco y al Hospital Souza Aguiar.

En las cercanías del Campo de Santana hay lugares que Augusto suele visitar: el edificio donde el gobierno antiguamente fabricaba dinero, el archivo, la nueva biblioteca, la vieja facultad, y el antiguo cuartel del Ejército, los rieles. Pero ese día él solo quiere ver los árboles y entra por uno de los portones, pasa junto al manco que, sentado en un piso detrás de un tablero, vende cigarros sueltos, la cajetilla abierta por un golpe de navaja, que el manco esconde en el calcetín amarrado con un elástico.

En cuanto entra, Augusto se va al lago; cerca de ahí están las esculturas de los franceses. El campo tiene una vieja historia: Don Pedro fue aclamado emperador en el Campo de Santana, tropas amotinadas acamparon ahí mientras aguardaban la orden de atacar, pero Augusto solo piensa en los árboles, los mismos de aquel lejano tiempo, y pasea entre los baobabs, las higueras, las jaqueiras que ostentan enormes frutos; como siempre, le dan ganas de arrodillarse entre los árboles más antiguos, pero arrodillarse recuerda la religión católica y él ahora odia todas las religiones que hacen arrodillarse a la gente, y también odia a Jesucristo, de tanto oír a los curas, los pastores, los eclesiásticos, los negociantes hablando de él; el movimiento de la iglesia ecuménica es la cartelización de los negocios de la superstición, un pacto político de no agresión entre mafiosos: no vamos a pelear entre nosotros, que el pastel alcanza para todos.

Augusto está sentado en un banco, al lado de un hombre que usa un reloj digital japonés en una de las muñecas y una pulsera terapéutica de metal en la otra. A los pies del hombre un perro grande echado, a quien el hombre dirige sus palabras, con gestos comedidos, como un profesor de filosofía que dialoga con sus alumnos en una sala de clases, o un tutor que da explicaciones a un discípulo desatento, pues el perro no parece prestar mucha atención a lo que el hombre le dice y solo gruñe, mirando alrededor con la lengua afuera. Si fuera loco, el hombre no usaría reloj, pero un sujeto que escucha respuestas de un perro que gruñe con la lengua afuera, y las retruca, tiene que ser loco, pero un loco no usa reloj; lo primero que él, Augusto, haría si fuera loco sería librarse del Casio Melody, y está seguro de que todavía no está loco porque, aparte del reloj que lleva en la muñeca, en el bolsillo tiene un bolígrafo, y los locos odian los bolígrafos. Este hombre, sentado al lado de Augusto, delgado, peinado, afeitado, pero con pelillos que asoman, agrupados bajo la oreja, y otros que salen de la nariz, con sandalias, pantalones de mezclilla más grandes que sus piernas, con las bastillas dobladas de tamaños diferentes, ese loco es quizá solo medio loco, porque parece haber descubierto que un perro puede ser un buen psicoanalista, aparte de ser más barato y más bonito. El perro es alto, de mandíbulas fuertes, pecho musculoso, mirada melancólica. Es evidente que aparte del perro —las conversaciones son, acumulativamente, una señal de locura y de inteligencia—, la sanidad, o el eclecticismo mental del hombre, puede también comprobarse por el reloj.

—¿Qué hora es? —pregunta Augusto.

—Vea su reloj —dice el hombre del perro; los dos, hombre y perro, observan a Augusto, curiosos.

—Mi reloj no anda funcionando muy bien —alega Augusto.

—Son la diez con treinta y cinco minutos y dos, tres, cuatro, cinco...

—Gracias.

—... segundos —termina el hombre, consultando el Seiko en la muñeca.

—Tengo que irme —dice Augusto.

—Todavía no se vaya —dice el perro.

No fue el perro, el hombre es un ventrílocuo, me quiere engañar, piensa Augusto, es mejor que el hombre sea un ventrílocuo, los perros no hablan y si hablan, o si él escuchó hablar al perro, eso puede ser un motivo de preocupación, como por ejemplo, ver un platillo volador, y Augusto no quiere perder tiempo en asuntos de esa naturaleza.

Augusto acaricia al perro.

—Tengo que irme.

No tiene que ir a ninguna parte. Ese día su plan era quedarse entre los árboles hasta la hora de cerrar y cuando el guardia comience a tocar el silbato él se esconderá en la gruta; solo lo irrita poder quedarse con los árboles desde las siete de la mañana hasta las seis de la tarde. ¿Qué es lo que los guardias temen que se haga durante la noche en el Campo de Santana? ¿Algún banquete nocturno de agutíes, o el uso de la gruta como burdel, o el corte de los árboles para hacer leña u otra cosa? Probablemente los guardias tengan razón, y tal vez haya marginados hambrientos que anden comiendo agutíes y se pongan a coger en medio de los murciélagos y de los ratones de la gruta, y corten los árboles para hacer casuchas.

Cuando escucha el bip de su Casio Melody alertándolo, Augusto entra hasta el sitio más profundo de la gruta, donde se queda inmóvil como una piedra, mejor dicho, como un árbol subterráneo. La gruta es artificial, la hizo otro francés, pero hace tanto tiempo, que parece verdadera. Un pitazo fuerte hace eco en las paredes de piedra haciendo que los murciélagos aleteen y chillen, pero ningún guardia entra a la gruta. Él sigue inmóvil en la total oscuridad y ahora que los murciélagos se han calmado escucha el barullo delicado de los ratones ya acostumbrados a su presencia inofensiva. El reloj toca una musiquita rápida, lo que significa que transcurre una hora. Afuera seguro que es de noche y los guardias ya se deben haber ido a ver tele, comer, capaz que algunos tengan familia.

Sale de la gruta junto a los murciélagos y a los ratones. Apaga los sonidos de su Casio Melody. Nunca se ha quedado una noche entera en el Campo de Santana, ya ha rodeado el campo por la noche, flirteando con los árboles a través de las rejas hoy pintadas de gris y doradas en las puntas. En la oscuridad, los árboles son todavía más perturbadores que en la claridad y dejan que Augusto, al caminar lentamente bajo sus sombras nocturnas, comulgue con ellos como si fuera un murciélago. Abraza y besa los árboles, lo que a la luz del día le da vergüenza hacer frente a otros; algunos son tan grandes que no logra juntar los dedos de las manos por detrás de ellos. Entre los árboles Augusto no siente rabia, ni hambre, ni dolor de cabeza. Inmóviles, metidos en la tierra, viviendo en silencio, indulgentes con el viento y los pajaritos, indiferentes a los propios enemigos, ahí están los árboles, alrededor de Augusto, y llenan su cabeza de un gas perfumado invisible que puede sentir, y que le transmiten tal levedad a su cuerpo que si tuviese la pretensión y el deseo arrogante podría incluso volar.

Cuando surge el día, Augusto aprieta una de las perillas del reloj recolocando el dibujo de una campanita en el mostrador. Escucha un bip. Escondido detrás de un árbol ve guardias abriendo uno de los portones. Mira con amor a los árboles, toca el tronco de algunos, despidiéndose.

A la salida ya está el manco vendiendo uno o dos cigarros a los sujetos que no tienen plata para comprar una cajetilla entera.

Baja por la plaza Presidente Vargas, maldiciendo a los urbanistas que se demoraron decenas de años para darse cuenta de que una gruta ancha como esa necesita sombra y solo en años recientes plantaron árboles, la misma insensatez que los hizo plantar palmeras imperiales en el canal del Mangue cuando construyeron el canal, como si la palmera fuese un árbol digno de renombre, un tronco largo que no da sombra ni pajaritos, que más parece una columna de cemento. Va por la Rua dos Andradas hasta la calle del Teatro y nuevamente se ubica frente a la casa del abuelo. Tiene la esperanza de que algún día aparezca en la puerta del edificio, limpiándose distraídamente la nariz.

Cuando entra al segundo piso de la Sete de Setembro encuentra a Kelly caminando de un lado a otro bajo la claraboya.

—Busqué café y no lo encontré. ¿No tienes café?

—¿Por qué no te vas y vuelves en la noche para la lección?

—Salió un ratón y le tiré un libro, pero no le di.

—¿Y por qué hiciste eso?

—Para matarlo.

—Uno comienza matando un ratón, después mata un ladrón, después un judío, después un niño del barrio con la cabeza grande, después un niño de nuestra familia con la cabeza grande.

—¿Un ratón? ¿Cuál es el problema de matar un ratón?

—¿Y un niño con la cabeza grande?

—El mundo está lleno de gente asquerosa. Y mientras más gente, más gente asquerosa, como si fuera un mundo de culebras. ¿Me vas a decir que las culebras no son asquerosas? —dice Kelly.

—Las culebras no son asquerosas. ¿Por qué no te vas a tu casa y vuelves en la noche para la lección?

—Déjame que viva aquí hasta que aprenda a leer.

—Solo quince días.

—Bueno. ¿Me acompañas a buscar ropa a mi casa?

—¿Tanta es la ropa?

—Lo que pasa es que… le tengo miedo a Rezende. Me dijo que me iba a cortar la cara con una navaja. Dejé de trabajar para él.

—¿Quién es ese Rezende?

—Un muchacho que… es mi protector. Me va a conseguir plata para ponerme un diente y poder trabajar en la región sur.

—Pensé que ya no había más cafiches.

—Una chica no puede vivir sola.

—¿Dónde queda tu casa?

—Gomes Freire casi esquina con Mem de Sá. ¿Conoces el supermercado?

—Me lo muestras.

Van por la Evaristo da Veiga, pasan bajo los Arcos, entran a la Mem de Sá y poco después están donde Kelly vive con Rezende.

Kelly trata de abrir la puerta del departamento, pero está cerrada por dentro. Toca el timbre.

Un tipo de camisa verde abre la puerta diciendo:

—¿Dónde te habías metido, puta? —pero retrocede al ver a Augusto, hace un gesto con la mano y dice gentilmente:

—Tenga la bondad de entrar.

—¿Este es Rezende? —pregunta Augusto.

—Vengo a buscar mi ropa —dice Kelly con timidez.

—Anda a buscar la ropa mientras converso con Rezende —dice Augusto.

Kelly entra.

—¿Te conozco? —pregunta Rezende, indeciso.

—¿Qué crees? —dice Augusto.

—Tengo una memoria bien mala —dice Rezende.

—Eso es peligroso —dice Augusto.

Los dos se quedan callados. Rezende saca del bolsillo una cajetilla de Continental y le ofrece un cigarro a Augusto. Augusto dice que no fuma. Rezende prende el cigarro, ve la oreja mutilada de Augusto, rápidamente desvía la mirada al interior del departamento.

Kelly sale con la maleta.

—¿Tienes una navaja afilada? —pregunta Augusto.

—¿Para qué quiero una navaja afilada? —dice Rezende, riéndose como un idiota, evitando encarar el resto de la oreja de Augusto.

Augusto y Kelly esperan el ascensor, mientras Rezende fuma apoyado en la puerta del departamento, mirando al suelo.

Están en la calle. Kelly, al ver al apostador en la esquina sentado en una silla escolar, dice que va a apostar una jugadita.

—¿Le juego al cordero o al venado? —pregunta riendo—. No hizo nada porque estabas conmigo, se le quitó lo valiente porque te tuvo miedo.

—Creí que estaban organizadas y que no había más cafiches —dice Augusto.

—Mi amiga Cleuza me llamó para entrar a la asociación, pero... Quinientos al venado —le dice al tipo de las apuestas.

—¿Asociación de putas?

—Asociación de las Prostitutas, pero entonces descubrí que hay tres asociaciones de prostitutas y no sé a cuál entrar. Mi amigo Boca Murcha me dijo que organizar a un marginado es lo más complicado del mundo, hasta los bandidos que viven juntos en la cárcel tienen ese problema.

Hacen el mismo camino de vuelta, andando nuevamente bajo los Arcos, sobre los que a esa hora pasa un tranvía.

—Pobre, yo era lo único que tenía en este mundo —dice Kelly; empieza a sentir pena por el cafiche—. Va a tener que volver a vender polvo y marihuana en la zona.

En la Rua da Carioca, Kelly repite que en casa de Augusto no hay café y ella quiere tomar café.

—Vamos a tomar café en la calle —dice él.

Paran en una casa de jugos. No hay café. Kelly quiere tomar un cortado con pan con mantequilla.

—Sé que es difícil encontrar un lugar que venda un cortado con pan con mantequilla, más todavía con pan tostado —dice Kelly.

—Antiguamente había bares por toda la ciudad donde uno se sentaba y pedía: mozo, tráigame por favor rápido un cortado que no sea recalentado, un pan bien caliente con harta mantequilla. ¿Conoces la canción del Noel?

—¿Noel? No es de mi época. Perdona —dice Kelly.

—Solo quería decir que había una infinidad de bares por el centro de la ciudad. Y uno se sentaba en un bar, no se quedaba de pie como ahora, y había una mesa de mármol donde uno podía hacer dibujos mientras esperaba a alguien y cuando la persona llegaba uno podía quedarse mirándole la cara mientras conversaba.

—¿Acaso no estamos conversando? ¿No me estás mirando? Dibuja en esta servilleta de papel.

—Te estoy mirando, pero tengo que dar vuelta el cuello. No estamos sentados en una silla. Esa servilleta de papel mancha cuando uno escribe. No me entiendes.

Se comen una hamburguesa con un jugo de naranja.

—Te voy a llevar a la avenida Rio Branco.

—Conozco la avenida Rio Branco.

—Te voy a mostrar los tres edificios que no han demolido ¿Te enseñé la foto de la avenida como era antes?

—No me interesan las cuestiones viejas. Termina.

Kelly se rehúsa a ver los edificios viejos, pero como le gustan los niños, acepta visitar a la niña Marcela, de ocho meses, hija de Marcelo y Ana Paula.

Están en la Sete de Setembro y caminan hasta la esquina de la Rua do Carmo, donde, en la vereda, en casuchas de cartón, vive la familia Gonçalves. Ana Paula es blanca, como Marcelo, y son allegados de la familia de negros que controla esa esquina. Ana Paula le está dando de amamantar a Marcelinha. Como es sábado, Ana Paula pudo armar de día la pequeña casucha de cartón en que vive con el marido y la hija bajo la marquesina del Banco Mercantil do Brasil. La tabla que sirve de pared, de un metro y medio de altura, el lado más alto de la casucha, la sacaron de una construcción abandonada del metro. Los días hábiles la casucha queda desarmada, los grandes pliegues de cartón y la tabla que sacaron del hoyo del metro son apoyadas en la pared durante la hora de oficina, y solo de noche las casuchas de cartón de la familia Gonçalves son reconstruidas para que Marcelo, Ana Paula y Marcelinha y los doce miembros de la familia entren a dormir. Pero hoy es sábado, y el domingo no funciona el Banco Mercantil do Brasil, y la casucha de Marcelo y Ana Paula, una caja de cartón usada como embalaje de un refrigerador grande, no ha sido desarmada, y Ana Paula disfruta de esa comodidad.

Son la diez de la mañana y el sol lanza rayos luminosos por entre el monolítico rascacielos negro opaco de la Candido Mendes y el torreón de la iglesia con la imagen de Nossa Senhora do Carmo, de pie, como suelen estar Nuestras Señoras, un círculo de hierro o cobre sobre la cabeza haciendo de aureola. Ana Paula le da un baño de sol a la niña desnuda, ya le ha cambiado los pañales, ha lavado los sucios en un balde que consiguió en la parrillada, los ha colgado en el tendedero de alambre que extiende solo los fines de semana, amarrando una punta en la estaca de fierro con una placa de metal donde se lee TURISRIO — 9 CUPOS, y la otra en una estaca de hierro con una placa de publicidad; aparte de los pañales, Augusto ve bermudas, camisetas, pantalones de mezclilla y prendas de ropa que no logra identificar, por delicadeza, para no demostrar curiosidad.

Kelly permanece en la esquina, no quiere acercarse a la pequeña casucha donde Ana Paula cuida a Marcelinha. Ana Paula tiene ojos dulces, su rostro es delgado y tranquilo, sus brazos son delgados, su boca es muy bonita, a pesar de los dientes delanteros cariados.

—Kelly, mira qué bonita es Marcelinha —dice Augusto.

En ese momento surge del fondo de una de las cajas de cartón Benevides, el jefe del clan, un negro que anda siempre borracho, y luego aparecen los adolescentes Zé Ricardo y Alexandre, el más simpático de todos, y también doña Tina, la matriarca, acompañada de unos ocho niños. Antes eran doce los menores de la familia, pero cuatro se habían separado y nadie sabía por dónde andaban, constaba que robaban en grupo, con una pandilla de chicos que actuaban en la región sur de la ciudad, asaltando en grandes bandas las tiendas elegantes, personas bien vestidas, turistas y los domingos a los idiotas que se broncean en la playa.

Uno de los niños le pide una limosna a Augusto y por eso Benevides le da una bofetada.

—No somos mendigos, ¿entendiste?

—No era una limosna —dice Augusto

—El otro día vino un tipo que dijo que estaba organizando a los mendigos en una asociación llamada Mendigos Unidos. Lo mandé a la mierda. No somos mendigos.

—¿Quién es? ¿Dónde se pone?

—En la Rua do Jogo da Bola.

—¿Cómo se llega?

—¿De aquí? Tienes que ir hasta la iglesia de la Candelaria, derecho, al llegar toma la Visconde de Inhaúma, entra por la izquierda, hasta el Largo de Santa Rita, donde termina, y donde empieza la Marechal Floriano, la calle Larga, y por la calle Larga anda hasta la Rua dos Andradas, por la derecha, cruza la Rua Leandro Martins, entra por la Júlia Lopes de Almeida, te vas por la izquierda, por la Rua da Conceição, sigue derecho hasta llegar a la Senador Pompeu, entra por la derecha, una que cruza la Coronel no sé cuánto, y siempre por la derecha llegas a la Rua do Jogo da Bola. Pregunta por él, se llama Zé Galinha, un negro de ojos rojos, siempre rodeado de aduladores. Va a terminar de concejal.

—Gracias, Benevides ¿Y cómo andan los negocios?

—Este mes juntamos veinte toneladas de papel —dice Alexandre.

—Cállate —dice Benevides.

Un camión pasa periódicamente y lleva el papel que recogen. Hoy pasó temprano y se llevó todo.

Doña Tina dice algo que Augusto no entiende.

—Puta, mamá, cállate —grita Benevides, furioso.

La madre se aleja y se va a colocar unas ollas sobre una cocina desmontable de ladrillos, en la puerta del Banco Mercantil. Ricardo se acicala el pelo espeso con un peine de largos dientes de fierro.

—¿Quién es esa chulada? —Benevides apunta a Kelly a la distancia, en la esquina. Kelly parece una princesa de Mónaco en medio de los Gonçalves.

—Una amiga.

—¿Y por qué no se acerca?

—Debe tenerte miedo, por los gritos.

—Tengo que gritar. Soy el único aquí que tiene cabeza. A veces desconfío hasta de usted.

—Tonterías.

—Al principio pensé que era de la policía, después de la León XIII, después alguien del banco, pero el gerente es educado y sabe que somos trabajadores y no iba a mandar un espía para acusarnos. Estamos aquí hace dos años y pretendo morir aquí, lo que tal vez no demore mucho, porque ando con un dolor en este lado de la barriga. ¿Sabía que nunca han asaltado este banco? El único en toda el área.

—La presencia de ustedes ahuyenta a los asaltantes.

—No confío en usted.

—No pierda tiempo con eso.

—¿Qué quiere aquí? El sábado pasado no se quiso tomar una sopa conmigo.

—Ya le dije. Quiero conversar, y usted solo tiene que decirme lo que quiera decir. A mí solo me gustan las sopas de color verde, y sus sopas son amarillas.

—Es por la calabaza —dice doña Tina, que escucha la conversación.

—Cállate, mamá. Pon atención, hombre, la ciudad ya no es la misma, hay mucha gente, hay mucho mendigo en la ciudad, recogiendo papel, disputándose el lugar con uno, un montón viviendo debajo de la marquesina, estamos siempre echando mendigos, hasta hay falsos mendigos disputándonos el papel. Todo el papel que tiran en la Candido Mendes ahí adelante es mío, pero ya hay compadres que quieren echarle el guante.

Benevides dice que el hombre del camión paga mejor el papel blanco que el papel de diario o el de colores en tiras. El papel que recauda en la Candido Mendes es blanco.

—Hay mucho formulario continuo de computadora, informes, cosas así.

—¿Y vidrio? También se puede reciclar ¿No ha pensado en vender botellas?

—Botellero es para los portugueses. Nosotros somos nativos. Y las botellas se están acabando, todo es de plástico. El único botellero que anda por aquí es el Mané da Boina, y el gallego vino a bolsearnos sopa el otro día. Come sopa amarilla. Está en la peor mierda.

Kelly abre los brazos, hace un gesto de impaciencia, en la esquina, al otro lado. Augusto se despide abrazándolos. Benevides aprieta a Augusto con su torso desnudo, acercando su hálito alcohólico al rostro del otro, y lo mira de cerca, curioso, astuto.

—Dicen que aquí en la ciudad va a haber un gran congreso de extranjeros y que quieren escondernos de los gringos. No quiero salir de aquí —murmura amenazadoramente—, vivo al lado de un banco, hay seguridad, ningún loco nos va a prender fuego como hicieron con la casucha del Maílson, detrás del museo. Y estoy aquí desde hace dos años, lo que significa que nadie nos va a tocar nuestra casa, forma parte del ambiente, ¿entiende?

Augusto, que nació y creció en el centro de la ciudad, aunque en una época más luminosa, en que las tiendas ostentaban en las fachadas sus nombres en letras hechas con brillantes tubos retorcidos de vidrio llenos de gases rojos, azules y verdes, entiende bien lo que Benevides le dice en su interminable abrazo. Él tampoco saldría del centro por nada, y asiente con la cabeza, rozando involuntariamente su rostro en el rostro del negro. Cuando finalmente se separan, Augusto logra darle, sin que Benevides se dé cuenta, un billete de cien a un mulatito más despierto. Va hasta Ana y se despide de ella, de Marcelo y de Marcelinha, que ahora está vestida con un mameluco de florecitas.

—Vamos —dice Augusto tomando a Kelly por el brazo.

Kelly suelta el brazo.

—No me toques, esos mendigos deben tener sarna, te vas a tener que bañar antes de tocarme.

Van hasta la librería de viejo que está atrás de la iglesia del Carmo, mientras Kelly desarrolla la teoría de que los mendigos, en los lugares calurosos como Rio, donde andan semidesnudos, son todavía más miserables; un mendigo sin camisa, con un pantalón viejo, rasgado, mostrando un pedazo del culo, es más mendigo que un mendigo en un lugar frío vestido con andrajos. Ella vio mendigos paulistas cuando fue a São Paulo un invierno y usaban chaquetas y gorros de lana, tenían un aire decente.

—En los lugares fríos los mendigos mueren helados en las calles —dice Augusto.

—Qué pena que el calor no los mate también —dice Kelly.

A las putas no les gustan los mendigos, Augusto lo sabe.

—La diferencia entre un mendigo y los otros —continúa Kelly— es que cuando un mendigo queda desnudo no deja de parecer un mendigo, y cuando los otros quedan desnudos dejan de parecer lo que son.

Llegan a la librería, Kelly mira desde la calle, desconfiada, los anaqueles del interior de la tienda llenos de libros.

—¿Hay gente en el mundo para leer tantos libros?

Augusto quiere comprarle uno a Kelly, pero ella se niega a entrar a la librería. Van hasta la Rua São José, de ahí a la Rua Graça Aranha, avenida Beira Mar, Obelisco, Passeio Público.

—Me he pasado la vida aquí enfrente y nunca he entrado a este lugar —dice Kelly.

Augusto le muestra los árboles a Kelly, dice que tienen más de doscientos años, habla del maestro Valentim, pero a ella no le interesa y solo sale de su aburrimiento cuando Augusto, de arriba del puentecito sobre el lago, del lado opuesto a la entrada de la Rua do Passeio, al otro extremo, donde está la terraza con la estatua del niño que actualmente es de bronce, cuando de arriba del puentecito Augusto escupe en las aguas para que los peces se coman la flema. Kelly lo encuentra divertido y también escupe, pero luego se enoja porque los peces parecen preferir el escupitajo de Augusto.

—Tengo hambre —dice Kelly.

—Prometí almorzar con el viejo —dice Augusto.

—Entonces vamos a buscarlo.

Siguen por la Senador Dantas, donde Kelly también ha pasado su vida y llegan al Largo da Carioca. Las mesillas de los ambulantes allí están en mayor número. Las principales calles de comercio están atiborradas de mesillas repletas de mercaderías, algunas son contrabandeadas y otras pseudocontrabandeadas, marcas famosas falsificadas groseramente en fabricuchas clandestinas. Kelly se detiene frente a las mesillas, lo examina todo, pregunta el precio de las radios de pila, de los juguetes eléctricos, de las calculadoras de bolsillo, de los cosméticos, de un juego de dominó que imita el marfil, de los lápices de colores, de los bolígrafos, de las cintas de video y casetes vírgenes, del colador de café de tela, de los cortaplumas, de los naipes, de las peinetas, de los relojes y de las otras chucherías.

—Vamos, el viejo está esperando —dice Augusto.

—Vejestorio ordinario —dice Kelly.

En el segundo piso, Kelly convence al viejo de peinarse y de cambiarse las sandalias por unos botines negros, enteros, de caña alta con elásticos por los lados y tirador trasero, modelo antiguo pero aún en buen estado. El viejo va a salir con ellos porque Augusto le prometió que iban a almorzar en el Timpanas, en la Rua São José, y el viejo anduvo con una muchacha inolvidable que vivía en un edificio al lado del restaurante, construido en mil novecientos y poco, y que todavía tiene, intactos, mesones de hierro, tímpanos y tabiques decorados con estuco.

El viejo va adelante con paso firme.

—No quiero andar muy rápido; dicen que da varices —protesta Kelly, que en verdad quiere ir despacio para revisar las mesillas de los ambulantes.

Al llegar frente al Timpanas, el viejo contempla los edificios antiguos alineados hasta la esquina de la Rua Rodrigo Silva.

—Van a demolerlo todo —dice él—. Entren ustedes, yo voy luego, pídanme un arroz de arvejas.

Kelly y Augusto se sientan en una mesa cubierta por un mantel blanco. Piden una calderaida para dos y el arroz de arvejas del viejo.

El Timpanas es un restaurante que hace la comida al gusto del cliente.

—¿Por qué no me abrazas como lo hiciste con ese negro sucio? —dice Kelly.

Augusto no quiere discutir. Se levanta y se va a buscar al viejo.

El viejo está mirando los edificios, muy concentrado, apoyado en la reja que cerca el antiguo Buraco do Lume, que después de tapado se tornó un césped con pocos árboles, donde viven algunos mendigos.

—Llegó tu arroz —dice Augusto.

—¿Ves el balcón de ese segundo piso pintado de azul? ¿Las tres ventanas del primer piso? En esa ventana a nuestra derecha fue que la vi por primera vez, asomada al balcón, los codos apoyados en un cojín con bordados rojos.

—El arroz está servido. Hay que comérselo en cuanto sale del fuego.

Augusto toma al viejo del brazo y entran al restaurante.

—Ella era muy bonita. Nunca he visto una chica más bonita.

—Cómete el arroz, que se te enfría —dice Augusto.

—Cojeaba de una pierna. Eso para mí no tenía ninguna importancia, pero para ella era importante.

—Siempre es así —dice Kelly.

—Tienes razón —dice el viejo.

—Cómete el arroz, que se te enfría.

—Las mujeres de vida alegre detentan una sinuosa sabiduría. Me has dado un momentáneo alivio al mencionar la inexorabilidad de las cosas —dice el viejo.

—Gracias —dice Kelly.

—Cómete el arroz, que se te enfría.

—Van a derribarlo todo —dice el viejo.

—¿Antiguamente era mejor? —pregunta Augusto.

—Antiguamente había menos gente y casi no había automóviles.

—Los caballos, llenando las calles de bosta, debían ser considerados una plaga, como los autos de ahora —dice Augusto.

—Y la gente antiguamente era menos estúpida —continúa el viejo con una mirada triste— y había menos prisa.

—La gente de antes era más inocente —dice Kelly.

—Era más esperanzada. La esperanza es una especie de liberación —dice el viejo.

Mientras tanto, Raimundo, el pastor llamado por el obispo a comparecer ante la sede mundial de la Iglesia de Jesús Salvador de las Almas, que queda en la Avenida Suburbana, escucha, contrito, las palabras del jefe supremo de su iglesia.

—Cada pastor es responsable del templo en que trabaja. Su recaudación ha sido muy pequeña. ¿Sabes cuánto recaudó el mes pasado el pastor Marcos, de Nova Iguaçú? Más de diez mil dólares. Nuestra iglesia necesita dinero, Jesús necesita dinero, siempre ha necesitado. ¿Sabías que Jesús tenía un tesorero, Judas Iscariote?

El pastor Marcos, de Nova Iguaçú, fue el inventor del Sobre de Donaciones. Los sobres vienen con la impresión del nombre de la Iglesia de Jesús Salvador de las Almas. La frase *Pido oraciones por estas personas* seguida de cinco líneas para que el solicitante escriba los nombres de las personas, un cuadrado donde se lee Cr$ y, en letras grandes, la categoría de las donaciones. Los votos ESPECIALES, con cuantías mayores, son verde claro; los SENCILLOS son pardos, y en él solo se pueden solicitar dos oraciones. Otras iglesias copiaron el sobre, lo que molestó mucho al obispo.

—El demonio ha ido a mi iglesia —dice Raimundo—, y desde que comenzó a ir a mi iglesia los fieles no hacen donaciones, ni siquiera pagan el diezmo.

—¿Lucifer?

El obispo lo mira, una mirada que Raimundo quisiera que fuese de admiración; probablemente el obispo nunca ha visto un demonio en persona. Pero el obispo es insondable.

—¿Qué disfraz está usando?

—Usa lentes oscuros, le falta una oreja y se sienta en los bancos del fondo, y un día, el segundo día en que apareció en el templo, alrededor de él se formó una aureola amarilla.

El obispo debe saber que el diablo puede aparecer como bien le plazca, como un perro negro o como un hombre de lentes oscuros sin una oreja.

—¿Alguien más vio esa luz amarilla?

—No, señor.

—¿Algún olor en especial?

—No, señor.

El obispo medita un instante.

—Y después de que apareció los fieles dejaron de pagar el diezmo. ¿Estás seguro de que fue ese?

—Sí, fue después de que apareció. Los fieles dicen que no tienen dinero, que perdieron el empleo, que se enfermaron, que les robaron.

—¿Y tú crees que dicen la verdad? ¿Y joyas? ¿Nadie tiene una joya? ¿Una argolla de oro?

—Sí, dicen la verdad. ¿Podemos pedir joyas?

—¿Por qué no? Son para Jesús.

El rostro del obispo es inescrutable.

—El demonio no ha aparecido. Lo estoy buscando. No le tengo miedo, anda por la ciudad y voy a encontrarlo —dice Raimundo.

—Y cuando lo encuentres, ¿qué piensas hacer?

—Si el señor obispo me pudiese iluminar con su consejo...

—Tú mismo tienes que descubrirlo en los libros sagrados. Silvestre II hizo un pacto con el diablo para conseguir el papado y la sabiduría. Siempre que aparece el diablo es para hacer un pacto. Lucifer se te aparece a ti, no a mí, pero recuerda, si el demonio es más astuto que tú, eso significa que no eres un buen pastor.

—Todo el bien viene de Dios y todo el mal viene del diablo —dice Raimundo.

—Sí, sí —dice el obispo con un suspiro hastiado.

—Pero el bien puede vencer al mal.

—Sí —otro suspiro.

El almuerzo en el Timpanas continúa. El viejo habla del cine Ideal, en la Rua da Carioca.

—De un lado de la calle quedaba el Ideal, del otro el cine Iris. El Iris todavía está parado. Ahora dan películas porno.

—Tal vez lo conviertan en una iglesia —dice Augusto.

—Durante las sesiones nocturnas el techo del Ideal se abría y dejaba entrar el frescor de la noche. Se podían ver las estrellas en el cielo —dice el viejo.

—Solo un loco va al cine a ver estrellas —dice Kelly.

—¿Y cómo se abría el techo? —pregunta Augusto.

—Un sistema de ingeniería muy avanzado para la época. Poleas, poleas... Rui Barbosa iba siempre y algunas veces me senté cerca de él.

—¿Se sentó cerca de él?

El viejo percibe alguna incredulidad en la voz de Augusto.

—¿Qué estás pensando? Rui Barbosa murió hace poco, en 1923.

—Mi madre nació en 1950 —dice Kelly—, es una vieja que se está viniendo abajo poco a poco.

—Durante mucho tiempo, después de que Rui murió, y hasta que convirtieron el cine en zapatería, su butaca quedó aislada por un cordón de terciopelo y había una placa que decía *Esta butaca era ocupada por el senador Rui Barbosa*. Voté por él para presidente, dos veces, pero los brasileños siempre escogen a los presidentes equivocados.

—¿Convirtieron el cine en zapatería?

—Si Rui viviera no habría dejado que hubiesen hecho eso. Las dos fachadas, una de piedra y la otra de mármol, y la marquesina de vidrio, un vidrio igual al de mi claraboya, todavía están allá, pero adentro solo hay montones de zapatos ordinarios; parte el corazón —dice el viejo.

—No voy contigo a ningún otro lugar para ver chafarices, edificios que se están cayendo ni árboles asquerosos mientras no escuches la historia de mi vida. Él no quiere oír la historia de mi vida, pero escucha la historia de la vida de todo el mundo.

—¿Por qué no quieres oír la historia de ella? —pregunta el viejo.

—Porque ya he oído veintisiete historias de vida de putas y son todas iguales.

—Así no se trata a una novia —dice el viejo.

—Ella no es mi novia . Es alguien a quien le estoy enseñando a leer y a escribir.

—Si le ponen un diente ahí adelante capaz que quede bonita —dice el viejo.

—¿Y para qué ponerme un diente? Ya no voy a ser más puta. Lo dejé.

—¿Y qué vas a hacer?

—Todavía lo estoy pensando.

El lunes, arrepentido de haber tratado mal a Kelly, más todavía si se toma en cuenta que está aprendiendo a leer con gran rapidez, Augusto sale de casa para ir a la plaza Tiradentes a comprar una piedra semipreciosa en estado bruto para dársela de regalo. Tiene un amigo, cuyo nombre falso es Mojica, que compra y vende esas piedras, que vive en el hotel Rio, en la Rua Silva Jardim y que le puede hacer un buen precio. Mojica, antes de establecerse como vendedor de piedras, se ganaba la vida agarrándose a mujeres gordas, una especialidad de gigolós haraganes.

En la Rua Uruguaiana, centenas de ambulantes, a quienes la Municipalidad les prohibió instalar sus casuchas, y ayudados por jóvenes desempleados y otros transeúntes, depredan y saquean las tiendas. Algunos guardias contratados por las tiendas disparan al aire. El ruido de las vitrinas quebradas y de las puertas de acero derribadas se mezcla con los gritos de mujeres que corren por la calle. Augusto entra a la Ramalho Ortigão y sigue por la Rua da Carioca hacia la plaza Tiradentes. El tiempo está nublado y amenaza con lluvia. Está por llegar a la Silva Jardim cuando se le aparece inesperadamente el pastor Raimundo.

—Anda desaparecido —dice el pastor Raimundo con voz temblorosa.

—He estado ocupado, escribiendo un libro —dice Augusto.

—Escribiendo un libro... Está escribiendo un libro. ¿Se puede saber sobre qué?

—No, disculpe —dice Augusto.

—No sé su nombre. ¿Puedo saber su nombre?

—Augusto. Epifânio.

En ese momento comienza a tronar y a caer una gruesa lluvia.

—¿Qué es lo que quiere de mí? ¿Un pacto?

—Entré a su cine por casualidad, por las cápsulas con selenio.

—Cápsulas con selenio —dice el pastor, empalideciendo más todavía.

¿No era selenio uno de los elementos usados por el demonio? No logra recordar.

—Adiós —dice Augusto.

No le molesta quedarse bajo la lluvia, pero el agarrador de mujeres gordas lo espera.

En un arrebato de coraje, el pastor toma a Augusto de un brazo.

—¿Es un pacto? ¿Es un pacto?

Tambalea como si se fuera a desmayar, abre los brazos y no alcanza a caer porque Augusto lo sostiene. Recobrando su vigor, el pastor se libra de los brazos de Augusto, y grita:

—Suélteme, suélteme, esto es demasiado.

Augusto desaparece; entra al hotel Rio. Raimundo tiembla convulsivamente y cae. Queda tendido por un tiempo con la cara en la cuneta, mojado por la fuerte lluvia, una espuma blanca le escurre por la boca, sin despertar la atención de las almas caritativas, de la policía o de los transeúntes en general. Finalmente, el agua de la cuneta escurriendo sobre su rostro lo hace volver en sí; Raimundo reúne fuerzas para levantarse y caminar trastabillando en busca del demonio; transpone la plaza, cruza la Rua Visconde do Rio Branco, avanza tambaleante por entre los músicos cesantes que se reúnen en la esquina de la avenida Passos, bajo la marquesina del Café Capital, del otro lado del Teatro João Caetano, pasa por la puerta de la iglesia de Nossa Senhora da Lampadosa, siente el olor de las velas que se queman dentro y atraviesa la calle hacia el lado del teatro, corriendo para librarse de los automóviles; en todas las calles de la ciudad los automóviles chocan buscando un espacio para transitar y pasar sobre las personas más lentas o distraídas. Atontado, Raimundo se apoya por unos instantes en la base de la estatua de bronce de un hombrecito gordo lleno de caca de paloma, de faldón griego y sandalias griegas con una espada, frente al teatro; al lado, un ambulante que vende calzoncillos y cintas métricas finge que no ve su sufrimiento. Raimundo dobla a la izquierda en la Rua Alexandre Herculano, una calle pequeña, con una sola puerta, la puerta del fondo de la Facultad de Filosofía, que parece que nunca la usan, y finalmente entra a una cafetería en la Rua da Conceição, donde se toma un jugo de guayaba y rememora su innominable encuentro. Ha descubierto el nombre bajo el cual Satanás se esconde, Augusto Epifânio. Augusto, magnífico, majestuoso; Epifânio, oriundo de manifestación divina. ¡Ah!, no podía esperar otra cosa de Belcebú que no fuera soberbia y burla. Y si ese que finge llamarse Augusto Epifânio no es el mismísimo mandinga, es por lo menos un socio de sus maleficios. Recuerda el versículo 22:18 del Éxodo: «Castigarás de muerte a los que usen sortilegios y encantamientos».

Vuelve a tronar y a llover.

Mojica, el exagarrador de mujeres gordas, le dice a Augusto que los negocios no andan muy bien, la crisis también lo ha afectado, incluso está pensando en volver al antiguo negocio; por motivos que no sabe explicar, en la ciudad han aumentado las señoras gordas con dinero que se quieren casar con un hombre flaco lleno de músculos y penca grande como él, las gordas son crédulas, tienen buen genio, casi siempre están abandonadas y no son muy difíciles de seducir. «Basta una por año para que este muñeco lleve una vida cómoda, y la ciudad es grande.»

De la plaza Tiradentes, descartando parte de las instrucciones de Benevides, Augusto va a la Rua do Jogo da Bola siguiendo por la avenida Passos, hasta la avenida Vargas; atravesar la Presidente Vargas, incluso en el semáforo, es peligroso, siempre hay gente que muere atropellada en esa calle, y Augusto espera el momento oportuno y cruza corriendo por entre los automóviles que pasan veloces en ambas direcciones y llega al otro lado jadeando, pero con la sensación eufórica de quien ha realizado una proeza, descansa algunos minutos antes de seguir por la derecha hasta la Rua dos Andradas, de ahí hasta la Rua Júlia Lopes de Almeida, de donde ve el cerro de la Conceição y luego a la Rua Tenente Coronel Julião, anda algunos metros y finalmente encuentra la Rua do Jogo da Bola.

—¿Dónde puedo encontrar a Zé Galinha? —le pregunta a un hombre de bermudas, hawaianas y camiseta con un cordón de cuentas de tres vueltas enrollado en el cuello, pero el hombre mira a Augusto con cara fea, no responde y se aleja. Más adelante Augusto ve a un niño.

—¿Dónde puedo encontrar al jefe de los mendigos? —pregunta, y el niño responde:

—¿Me da una monedita?

Augusto le da algún dinero al niño.

—No lo conozco —dice el niño—, vaya a la esquina de la plaza Major Valô, allá se lo pueden decir.

En la esquina de la plaza Major Valô hay algunos hombres, y Augusto se dirige hacia ellos. Al aproximarse se da cuenta de que en el grupo está el hombre de bermudas y collar de cuentas de tres vueltas en el cuello.

—Buenos días —dice Augusto, y nadie responde.

Un negro grande, sin camisa, pregunta:

—¿Quién dijo que mi nombre es Zé Galinha?

Augusto percibe que no es bienvenido. Uno de los hombres tiene una macana en la mano.

—Fue Benevides, que vive en la Rua do Carmo, esquina con la Sete de Setembro.

—Ese negro borracho es un vendido, feliz de poder vivir en una caja de cartón, agradecido de poder recoger papel en la calle y venderlo a los pescados grandes. Ese tipo de gente no apoya nuestro movimiento.

—Alguien tiene que enseñarle a ese marica —dice el hombre de la macana, y Augusto no sabe si el marica es él o Benevides.

—Me dijo que usted es el presidente de la Unión de los Mendigos.

—¿Y tú quién eres?

—Estoy escribiendo un libro que se llama *El arte de andar por las calles de Rio de Janeiro.*

—Muéstralo —dice el sujeto del collar con tres vueltas.

—No lo tengo, todavía no está listo.

—¿Cómo te llamas?

—Aug-Epifânio.

—¿Qué mierda de nombre es ese?

—Revísalo —dice Zé Galinha.

Augusto deja que lo revise el hombre de la macana. Le entrega a Zé un bolígrafo, la identificación, el dinero, el pequeño bloc de papel y la piedra dentro de un saquito de tela que el agarrador de mujeres gordas le dio a Augusto.

—Este tipo es un idiota —dice un negro viejo, que observa los acontecimientos.

Zé Galinha agarra a Augusto del brazo. Dice:

—Voy a conversar con él.

Los dos caminan hasta el callejón Escada da Conceição.

—Escúchame, distinguido, primero que nada no me llamo Zé Galinha, me llamo Zumbi do Jogo da Bola, ¿entendiste? No soy presidente de ni una porquería de Unión de Mendigos, eso es una mariconada de la oposición. Nuestro nombre es Unión de los Sin Casa y Sin Ropa, la USCSR. Nosotros no pedimos limosnas, exigimos lo que nos quitan. No nos escondemos debajo de los puentes y los viaductos o dentro de cajas de cartón como ese maricón de Benevides, ni vendemos chicle y limón en los cruces.

—Sí —dice Augusto.

—Queremos que nos vean, queremos que vean nuestra fealdad, nuestra mugre, que sientan nuestra hediondez de negro en todas partes, que nos observen haciendo comida, durmiendo, cogiendo, cagando en los lugares bonitos donde los ricos pasean o viven. Ordené que los hombres no se afeiten, que los hombres y mujeres no tomen agua en las fuentes, en las fuentes meamos y cagamos, tenemos que ser hediondos y dar asco como un montón de basura en la calle. Y nadie pide limosna. Es preferible robar a pedir limosna.

—¿No le tienen miedo a la policía?

—La policía no tiene adónde echarnos, las cárceles están llenas y somos muchos. Nos agarran y nos tienen que soltar. Y somos demasiado hediondos para que nos peguen. Nos sacan de la calle y volvemos. Y si matan a alguno de nosotros, y yo creo que eso va a pasar en cualquier momento, y es bueno que pase, recogemos el cuerpo y exhibimos la carcasa como lo hicieron con la cabeza del Lampião.

—¿Sabes leer?

—Si no supiera leer estaría viviendo feliz dentro de una caja de cartón recogiendo restos.

—¿De dónde sacan recursos para la asociación?

—Se acabó la plática, Epifânio. Recuerda mi nombre, Zumbi do Jogo da Bola, tarde o temprano vas a oír hablar de mí, y no será por el maricón del Benevides. Agarra tus cosas y lárgate.

Augusto regresa al segundo piso de la Sete de Setembro bajando del callejón Escada da Conceição hasta la plaza Major Valô. Sigue por la ladera João Homem hasta el cruce Liceu, donde hay un lugar llamado Casa do Turista, de ahí a la Rua do Acre, después a la Rua Uruguaiana. La Uruguaiana está ocupada por tropas de la Policía Militar portando escudos, cascos con visera, macanas, ametralladoras, bombas de gas. Las tiendas están cerradas.

Kelly está leyendo un trozo del diario que Augusto le dejó como tarea.

—Esto es para ti —dice Augusto.

—No, muchas gracias. ¿Piensas que soy un perro de circo? Estoy aprendiendo a leer porque quiero. No necesito regalitos.

—Toma, es una amatista.

Kelly toma la piedra y la tira con fuerza para arriba. La piedra le pega a la claraboya y cae al suelo. Kelly le da un puntapié a la silla, hace una pelota con el diario, y se lo tira a Augusto. Otras putas habían hecho cosas peores, tienen ataques de nervios cuando se quedan mucho tiempo solas con alguien y él no quiere acostarse con ellas; una quiso agarrar a Augusto por la fuerza y le mordió una oreja arrancándosela entera, la escupió en la taza del baño y tiró la cadena.

—¿Estás loca? Podrías quebrar esa claraboya, tiene más de cien años, el viejo se moriría de rabia.

—Piensas que tengo sífilis o sida, ¿verdad?

—No.

—¿Quieres que vayamos al médico para que me examine? Vamos para que veas que no tengo nada.

Kelly está casi llorando, y con la mueca que hace deja ver la falta del diente, lo que le da un aspecto sufriente, desamparado, le recuerda los dientes que él, Augusto, no tiene y despierta en él un amor fraterno y una incómoda pena, de ella y de él.

—Tú no quieres acostarte conmigo, no quieres oír la historia de mi vida, lo hago todo por ti, aprendí a leer, trato bien a tus ratones, llegué a abrazar un árbol en el Passeio Público y te falta una oreja y nunca dije nada de eso, que te falta una oreja, para no molestarte.

—Fui yo el que abrazó el árbol.

—¿No tienes ganas? —grita.

—No tengo deseo, ni esperanza, ni fe, ni miedo. Por eso nadie puede hacerme mal. Al contrario de lo que dijo el viejo, la falta de esperanza me liberó.

—Te odio.

—No grites, que vas a despertar al viejo.

El viejo vive en la parte trasera de la tienda, abajo.

—¿Cómo voy a despertarlo si no duerme?

—No me gusta verte gritar.

—¡Grito! ¡Grito!

Augusto abraza a Kelly y ella solloza con el rostro apoyado en el pecho de él. Las lágrimas de Kelly mojan la camisa de Augusto.

—¿Por qué no me llevas al convento de San Antônio?

San Antônio es considerado un santo casamentero. Los martes el convento se llena de mujeres solteras de todas las edades prometiéndole mandas al santo. Es un día muy bueno para los mendigos, pues las mujeres, después de rezarle al santo, les dan siempre limosna a los miserables pordioseros, el santo podría notar ese gesto de caridad y decidir favorablemente el ruego de ellas.

Augusto no sabe qué hacer con Kelly. Le dice que va a la tienda a conversar con el viejo.

El viejo está acostado en la pequeña habitación de atrás de la tienda. Es una cama tan angosta que no se cae solo porque nunca duerme.

—¿Puedo hablar un poco con usted?

El viejo se sienta en la cama. Le hace un gesto a Augusto para que se siente a su lado.

—¿Por qué la gente quiere seguir viva?

—¿Quieres saber por qué quiero seguir vivo siendo tan viejo?

—No, toda la gente.

—¿Por qué *tú* quieres seguir viviendo? —pregunta el viejo.

—Me gustan los árboles. Quiero terminar de escribir mi libro, pero a veces también pienso en matarme. Hoy día Kelly me abrazó llorando y tuve ganas de morirme.

—¿Quieres morir para terminar con el sufrimiento de los otros? Ni Cristo lo pudo hacer.

—No me hable de Cristo —dice Augusto.

—Sigo vivo porque no siento muchos dolores en el cuerpo y me gusta comer. Y tengo buenos recuerdos. Y también seguiría vivo si no tuviese ningún recuerdo —dice el viejo.

—¿Y la esperanza?

—En verdad, la esperanza solo libera a los jóvenes.

—Pero en el Timpanas tú dijiste...

—Que la esperanza es una especie de liberación... Pero hay que ser joven para disfrutar eso.

Augusto sube la escalera de vuelta al segundo piso.

—Le di queso a los ratones —dice Kelly.

—¿Tienes algún buen recuerdo de tu infancia? —pregunta Augusto.

—No, mis recuerdos son todos horribles.

—Voy a salir.

—¿Vas a volver? —pregunta Kelly.

Augusto dice que va a andar por las calles. *Solvitur ambulando*.

En la Rua do Rosário, vacía, pues ya es de noche, cerca del mercado de las flores, ve a un tipo reventando un teléfono público; no es la primera vez que se encuentra con ese individuo. A Augusto no le gusta meterse en la vida de los otros, esa es la única manera de andar por las calles de madrugada, pero a Augusto no le gusta el que rompe cabinas telefónicas, no es que le importen los teléfonos, desde que salió de la compañía de aguas y alcantarillados no ha vuelto a hablar por teléfono, pero no le gusta la cara del hombre, grita *deja esa mierda*, y el depredador sale corriendo hacia la plaza Monte Castelo.

Ahora Augusto está en la Rua do Ouvidor, yendo hacia la Rua do Mercado, donde ya no hay ningún mercado, antes había uno, una estructura monumental de fierro pintada de verde, pero lo demolieron y solo dejaron una torre. La Rua do Ouvidor, que de día está siempre tan llena de gente que no se puede andar sin tropezar con los otros, está desierta. Augusto camina por el lado impar de la calle y dos tipos vienen en sentido contrario, del mismo lado de la calle, a unos doscientos metros de distancia. Augusto apura el paso. De noche no basta andar rápido por las calles, también hay que evitar que el camino esté obstruido, y así se pasa al lado par. Los tipos pasan al lado par y Augusto vuelve al lado impar. Algunas tiendas tienen guardias, pero los guardias no son idiotas para meterse en asaltos ajenos. Ahora los tipos se separan y uno viene por el lado par y el otro por el lado impar. Augusto sigue andando, más apurado, hacia el tipo del lado par, que no ha aumentado la velocidad de sus pasos, incluso parece que ha reducido un poco el ritmo de la caminata, un hombre delgado, sin afeitar, una camisa de marca y tenis sucios, que mira a su socio del otro lado, medio sorprendido con el ímpetu de la marcha de Augusto. Cuando Augusto está a cerca de cinco metros del hombre del lado par, el tipo del lado impar cruza la calle y se junta a su compinche. Los dos se detienen. Augusto se acerca más y cuando está a poco más de un metro de los hombres, cruza la calle al lado impar y sigue adelante con la misma velocidad. *Ey*, dice uno de los tipos, pero Augusto continúa su marcha sin volver la cabeza, la oreja buena atenta al ruido de pasos a su espalda, por el sonido podrá saber si los perseguidores caminan o corren atrás de él. Cuando llega al muelle Pharoux mira para atrás y no ve a nadie.

Su Casio Melody toca la música de Haydn de las tres de la madrugada, es hora de escribir su libro, pero no quiere volver a casa y encontrarse con Kelly. *Solvitur ambulando*. Se va al muelle de los Mineiros, camina hasta el espacio de las barcas, en la Plaza Quinze, oyendo el golpe del mar sobre la muralla de piedra.

Espera el despuntar del alba, de pie en la orilla del muelle. Las aguas del mar apestan. La marea sube y baja al encuentro del paredón del muelle, provocando un sonido que parece un suspiro, un gemido. Es domingo, el día surge gris; en los domingos la mayoría de los restaurantes del centro no abre; como todos los domingos, será un mal día para los miserables que viven de los restos de comida que se botan.

Llamaradas en las tinieblas
Fragmentos del diario secreto de Teodor Konrad Nalecz Korzeniowski

5 DE AGOSTO (1900)

Hoy me enteré, con dos meses de atraso, de la muerte de Crane, en Badenweiler, Alemania. Cora estaba a su lado. Me acuerdo de ella, una mujer inteligente, bonita, de gran vitalidad. Creo que pensó hasta el fin que ella y la Selva Negra podrían salvarle la vida a Stephen. El día 10 de noviembre él cumpliría treinta años. Una inesperada felicidad se apoderó de mí por el resto del día.

Siempre he sido un melancólico. Mis padres murieron cuando tenía poco más de diez años. Debido a participaciones en política, mi padre estuvo exiliado los últimos diez años de su vida. Lo acompañé en el exilio y terminé convirtiéndome también en un exiliado, para toda la vida. Un exiliado de mi país y de mi lengua. Cuando adolescente intenté acabar con mi vida. Antes de los veinte años tuve una pasión avasalladora por una mujer que me transformó en un pobre diablo. Afortunadamente, estos episodios están ahora en el olvido. De cualquier forma hoy es un día feliz.

6 DE AGOSTO

Desperté pensando en Crane. Siempre me he interesado por los nuevos escritores que aparecen. Quiero saber qué están haciendo, si tienen la misma fuerza que yo. Descubrí la existencia de Crane (ya han pasado cinco años) al entrar a una librería en Londres y encontrar *The Red Badge of Courage*. Tomé el tren a Sussex y esa misma noche leí el pequeño volumen de menos de doscientas páginas ¿Cómo un tipo con una edad tan ridícula (Crane tenía veintitrés años al escribir el libro) pudo hacer una obra tan perfecta? En ella estaba la tragedia pura, no como en los griegos, un capricho de los dioses, sino como una creación exclusiva de los hombres. Allí estaba todo lo que me interesaba:

el fracaso, el miedo, la soledad, el disgusto, la corrupción, la cobardía, el horror. El horror. El libro era tan bueno, pensé, que ciertamente no sería reconocido, ni por los críticos ni por el público, por nadie. Era otro autor que moriría desconocido. El día comenzaba a despuntar cuando me senté a escribir mi nuevo libro. Estaba dominado por una exaltación —la euforia de los descubridores, la urgencia de los ladrones— y no sentía hambre ni cansancio. No sé cuántos días estuve encerrado, sentado en esa mesa, escribiendo compulsivamente.

25 DE AGOSTO

Al escribir este diario siento el asco evacuador de los diarios secretos, en que el acto de escribir es una especie de llaga que nos infligimos a nosotros mismos para provocar una supuración, una expedición intensa de materia purulenta.

A decir verdad, a diferencia de lo que me esperaba, *The Red Badge of Courage* vendía, como me lo dijo un librero, *de manera fulminante*. Y las críticas eran muy buenas, todavía las conservo, pues las guardo cuidadosamente desde hace cinco años. Dijo un crítico: *Logra hacer un retrato más completo y verdadero de la guerra que Tolstói en* La guerra y la paz *o que Zola en* La débâcle*; releí las escenas de bautismo de fuego del escuadrón de Rostow en Tolstói y las batallas de Sedan en Zola, y Crane sale ganando.* Este otro: *Hay momentos en que las descripciones llegan a ser sofocantes.* Otro: *Gran originalidad y talento.* Más: *¡Un triunfo!...* Más: *¡Surge una estrella fulgurante!...*

10 DE SEPTIEMBRE

Sigo con los recortes referentes a Crane sobre mi mesa y saqué recortes antiguos que hablan de mi cuarta novela, *The Nigger of the Narcissus*. W. L. Courtney, el crítico imbécil del *Daily Telegraph* de Londres, dice que traté de imitar *The Red Badge of Courage*, de Crane. *Ambos libros tiene la misma calidad espasmódica y poseen una preocupación por la minucia que llega a cansar. Pero entre el original y la copia prefiero el original.* Siempre que leo eso mi corazón se llena de odio, a pesar de que ya han transcurrido algunos años desde su publicación. Cuando al criticar *An Outcast of the Islands* Wells dijo que yo era verboso y que todavía tenía que aprender lo más importante: *el arte de dejar las cosas por escribir*, eso me molestó, pero no tanto como las informaciones idiotas de que imito a Crane. Alguien ha dicho que el diario de ayer sirve para envolver el pescado hoy. Pero eso no me consuela. Y de cualquier manera no todos los *Daily Telegraph* del día 8 de septiembre de 1897 fueron usados para envolver pescado. El mío, por ejemplo.

10 DE OCTUBRE

Saqué de nuevo la carpeta de recortes. Busco los que tratan de *Lord Jim*. Ya conozco todo lo que escribieron, pero igual los leo. La repercusión de crítica y de público fue excelente, pero ahí está, una sola línea, en medio de un aluvión de elogios: *Hay momentos en que* Lord Jim *recuerda* The Red Badge, *de Crane...* Tantos años después, mis manos tiemblan al leer nuevamente la crítica sobre *Typhoon*: *El penetrante poder descriptivo de* Typhoon, *la singular experiencia cataclísmica de un alma humana que lucha contra sublimes obstáculos recuerda el libro de Crane.*

Estoy seguro de que nadie, en todo el mundo, crítico o lector, podrá decir hoy que algún día fui influido por Crane. Aun así, el pecho me aprieta, como si tuviera en el corazón una herida no cicatrizada. ¿Cómo es posible que un muerto me pese así?

Recuerdo nuestro primer encuentro. Crane vino a visitarme, dijo que siempre había querido conocerme. Lo llevé a mi biblioteca. Me sorprendí al constatar que era un hombre joven envejecido. Lo oí hablar de su vida. Los libros que había publicado después de *The Red Badge of Courage* habían sido recibidos con indiferencia. El dinero que ganó con su *best seller* fulminante se disipó en gastos delirantes. Crane dijo que estaba cansado de exhibirse al mundo, de ser el payaso favorito, de perder los trenes y las maletas, de brillar en las fiestas, de hacer lo que otros querían. Me pidió que lo ayudara a volver a escribir. Dijo que quería ser mi amigo, que deseaba aprender a enfrentar conmigo la soledad de nuestro terrible oficio.

En verdad, ya no lo querían en las fiestas, su fama ya no era suficiente para hacer divertidas sus borracheras. En menos de seis años, justo antes de cumplir los treinta, comenzaba a ser olvidado por todos. Menos por mí.

También recuerdo su última visita. Vino acompañado por su mujer, joven como él. Crane ya no tenía nada del gran atleta que había sido. Se iba a internar en una clínica, a orillas del mar, para ver si su salud mejoraba.

(Aún lo veía una vez más, en la clínica, un día antes de su muerte.)

20 DE JULIO (1912)

Peter Sumerville me pide que escriba un artículo sobre Crane. Le envío una carta:

Estimado señor, créame que ningún diario o revista se interesaría por algo que yo o cualquier otra persona escribiera sobre Stephen Crane. Se reirían de la idea ¿Cómo? ¿Stephen Crane? ¿Quién es Stephen Crane? Dentro de cincuenta años algún crítico literario curioso (uno de esos escribas profesionales) quizá lo redescubra como una curiosidad y escriba un pequeño artículo para ganar algún dinero. Es triste, pero es verdad. Ahora difícilmente encuentro a alguien que sepa quién es Stephen Crane o que recuerde algo de él. Para los jóvenes escritores que están surgiendo él simplemente no existe.

20 DE DICIEMBRE (1919)

Las hojas del diario envolvieron mucho pescado.

Soy reconocido como el más grande escritor vivo de lengua inglesa. Han pasado diecinueve años desde la muerte de Stephen Crane, pero yo no lo olvido, y parece que otros tampoco. *The London Mercury* decidió celebrar los veinticinco años de publicación de un libro que según ellos fue «un fenómeno hoy olvidado» y me pidieron un artículo.

Esto es lo que escribí:

Como todos, leí *The Red Badge of Courage* cuando se publicó, pero a medida que daba vuelta las páginas de ese pequeño libro, que en ese momento había logrado una recepción tan ruidosa, yo solo estaba interesado en la personalidad del joven escritor, tan festejado por la prensa debido a su juventud y otros atributos no literarios. Su muerte prematura puede haber sido una gran pérdida para sus amigos, pero no para la literatura. Creo que él dio toda su medida en los pocos libros que escribió, y que trató de ser sincero al describir sus impresiones. Fui a verlo a la clínica en que estaba para recuperarse, pero bastó una simple mirada para decirme que aquella era una vana esperanza. Las últimas palabras que murmuró fueron «estoy cansado». Al salir, me detuve en la puerta para verlo nuevamente, y noté que había dado vuelta la cabeza en la almohada y miraba pensativamente las velas de un barco que se desplazaba lentamente por el marco de la ventana, como una sombra indistinta contra el cielo gris. Los que leyeron sus pequeñas obras narrativas *Horses* y *The Boat* saben que amaba los caballos y el mar. Y su paso por esta tierra fue como la de un jinete veloz en la madrugada de un día destinado a ser corto y sin sol.

El señor Thompson, del *Mercury*, me preguntó si no había sido muy riguroso en mi juicio sobre Crane. Le dije que al contrario, que había sido extremadamente generoso al perder mi tiempo escribiendo sobre un autor mediocre.

Hay cosas que no se perdonan, ni siquiera a los inocentes.

2 DE JULIO (1924)

La conciencia de la verdad contenida en el aforismo de Chaucer *The lyf so short, the craft so long to lerne* en lugar de disuadirme me dio más fuerzas todavía para dedicarme obsesivamente al aprendizaje del más solitario de los oficios. Pero me extenué en esta horrenda tarea. Escribir ha sido la más desgastante de las luchas que he enfrentado. Nadie ha pagado más caro que yo por las líneas que he escrito. ¡Ah, los esplendores ilusorios de la gloria! Estoy acabado, a los sesenta y siete años de edad. Mi último libro, *The Rover*, no debería haber sido escrito.

Pasé la noche despierto, con dolores desgarradores en la pierna. Pensé mucho en Crane. Escribo nuevamente su nombre: Crane.

El fuego de la chimenea está casi apagado. Me siento tan débil que tengo miedo de no tener fuerzas para aprovechar esta ocasión en que me encuentro solo y levantarme de la cama y sin que nadie me vea tirar este diario a las brasas de la chimenea para que las llamas destruyan todas las referencias que hice a su nombre.

Mirada

¿Puede una mirada cambiar la vida de un hombre? No hablo de la mirada del poeta, que tras contemplar una urna griega pensó en cambiar de vida. Me refiero a transformaciones mucho más terribles.

No me gustaba comer, hasta que ocurrieron los episodios que relataré dentro de poco. Tenía dinero para alimentarme con los más exquisitos manjares, pero los placeres de la mesa no me atraían. Por diferentes motivos, nunca había entrado a un restaurante. Era vegetariano y me gustaba decir que solo necesitaba los alimentos del espíritu —música, libros, teatro—, lo cual era una estupidez, como el doctor Goldblum me hizo ver después.

Como todos saben, mi profesión es escribir. No necesito decir el tipo de literatura que hago. Soy un escritor al que los profesores de letras, en una de esas convenciones arbitrarias que hacen creer a los alumnos, llaman clásico. Y eso nunca me ha molestado. Una obra es considerada clásica por haber mantenido ininterrumpidamente a través de los tiempos la atención de los lectores. ¿Qué más puede querer un autor? Entonces, llámenme clásico o incluso académico. Antes incluso de comenzar a escribir yo ya prefería las obras de arte consagradas por el tiempo, creaciones que por la pureza y perfección de la forma y del estilo se han tornado inmortales. Afortunadamente, el acceso a los clásicos de la literatura y de la música no presenta las dificultades que existen, por ejemplo, en relación con el teatro. Las tiendas de música y las librerías, por más insignificantes que sean, siempre ofrecen, además de la basura abominable que suelen comerciar, las obras de uno que otro gran maestro. No hace mucho tiempo descubrí, en una librería en que pululaban Sheldons y Robins, una bella edición del *Orlando furioso* de Ariosto, en italiano, una perla en medio del chiquero. En cuanto al teatro, la situación es desalentadora. Raramente se puede asistir a una representación de un Sófocles, un Shakespeare, un Racine, un Ibsen, un Strindberg. Lo que suele ofrecerse al espectador son los excrementos del provinciano teatro norteamericano o las mediocridades decadentes del teatro europeo, por no hablar del teatro brasileño, aprisionado en el suburbio sórdido de Nelson Rodrigues. El cine es un arte menor, si es que se puede calificar de arte a una manifestación cultural incapaz de producir una obra verdaderamente clásica. En cuanto a la ópera, la juzgo como un entretenimiento de burgueses ascendentes que creen refinada esa mezcla primaria de drama y canto, cuando en realidad, todavía en un pasado reciente, satisfacía únicamente los anhelos culturales de la chusma.

Así pensaba en los tiempos en que me pasaba los días en casa escribiendo y, cuando no estaba escribiendo, oyendo a Mozart y releyendo a Petrarca, o a Bach y Dante, o a Brahms y santo Tomás de Aquino, o a Chopin y Camões: la vida era corta para leer y oír todo lo que se encontraba a disposición del espíritu y de la mente de un hombre como yo. Había una interesante sinergia entre música y literatura, que me propiciaba una fruición sublime.

Debo confesar que también era, antes de los episodios que relataré, casi un misántropo. Me gustaba quedarme solo y hasta la presencia de la empleada, Talita, me molestaba. Por eso le había dado instrucciones de trabajar, a lo sumo, dos horas por día, y después retirarse. Transcurrido ese plazo la echaba, aun cuando el suflé de espinacas que hacía diariamente no hubiese quedado listo, para así poder escribir y leer y oír mi música, sin que nadie me molestara.

Un paréntesis: cuando voy a escribir primero preparo la mesa. Y una cosa muy sencilla: un montón de hojas de papel artesanal de lino puro especial fabricado «en los talleres de Segundo Santos en Cuenca», que regularmente recibo de España (solo sé escribir con él, «los papeles contienen mezclas de lanas teñidas a mano, esparto, hierbas, helechos y otros elementos naturales»),* y un lápiz antiguo, de esos que tienen un depósito transparente de tinta. Nada más. Encuentro divertido cuando oigo hablar de idiotas que escriben en microcomputadoras.

Pero volvamos a la historia. Una tarde, mientras leía a Propercio al son de Mahler, me sentí mal y me desmayé. Cuando volví en mí, percibí que había anochecido. Un repulsivo sudor frío me cubría el cuerpo, que temblaba con espasmódicas convulsiones cortadas por escalofríos que me hacían golpear los dientes como si fuesen castañuelas. Enseguida comencé a tener visiones, a oír voces.

Tambaleándome, fui hasta la mesa del escritorio, agarré el lápiz y escribí un poema. Después me desmayé nuevamente.

---

* En español en el original. (Todas las notas son del editor.)

El médico, el doctor Goldblum, a quien consulté al día siguiente, dijo que mi problema era inanición.

—Eso explica por qué las visiones pasaron después de tomarme un vaso de leche tibia con azúcar.

—Los santos tenían visiones porque ayunaban, y ayunaban porque tenían visiones, un interesante círculo vicioso. Voy a confesarle una cosa: me gustaría tener ese tipo de visión, una vez por lo menos. Ahora voy a leer su poema —dijo Goldblum.

Yo le había entregado el poema al médico, suponiendo que se trataba de un abyecto material semiótico que ayudaría a diagnosticar el arrebato de morbidez que había sufrido. Ahora que sabía que todo era solo una simple y pasajera crisis de inanición, ya no quería que el doctor Goldblum leyera lo que había escrito en mi delirio: palabras groseras que los clásicos, con algunas excepciones (pensé en Gil Vicente, en Rabelais), jamás usarían. Traté de quitarle al esculapio el papel que tenía en la mano, pero él fue más rápido y, protegiéndose detrás de la mesa, leyó el poema:

LOS TRABAJADORES DE LA MUERTE
(Para Mégnin y H. Gomes)

> Joyce, James se emocionaba con la marca marrón
> de caca en el calzón
> (ni tan calzón en ese tiempo)
> de la mujer amada.
> Ahora la mujer ha muerto
> (la de él, la suya y la mía)
> y aquella mancha marrón de bacterias
> comienza a apoderarse del cuerpo entero.
> Atacan por turnos:
> muca, muscina y califora, bellos nombres,
> dan inicio al trabajo de destrucción;
> lucilia, sarcófaga y onesia
> fabrican los olores de la putrefacción;
> dermestestes (al fin un nombre masculino)
> crea la acidez de la prefermentación;
> fiofila, antomia y necrobia hacen
> la transformación caseínica de los albuminoides;
> tireóforo, lonchea, ofira, necroforus y saprinus
> son la quinta invasión, dedicada a la fermentación;
> uropoda, tiroglifos, glicífagos, tracinotos y serratos

se consagran a la disecación;
anglosa, tineola, tirea, atágeno, antreno
roen el ligamento y el tendón,
finalmente tenebrio y ptino acaban con lo que sobró
de hombre, gato y perro.
No hay quien resista a este ejército
contenido en un mojón.

—Muy interesante, se trata de una visión poética delirante de un ayunador —dijo Goldblum, que confesó haber cometido en las horas libres versillos—. Parece algo de Augusto dos Anjos —recitó, solemnemente—: *Gusano es su nombre oscuro de bautismo, jamás emplea el acérrimo exorcismo en su diaria ocupación funérea, y vive en contubernio con la bacteria, libre de las ropas del antropomorfismo.* ¿Lo recuerda?

Avergonzado de haber compuesto una pieza de literatura tan mediocre y sospechosa, no supe qué decir.

Goldblum quiso saber cómo había conocido el nombre de todas esas bacterias, pero no sabía cómo había ocurrido. Nosotros, los escritores, tenemos muchas cosas dentro de la cabeza, algunas olvidadas y abandonadas como trastos en el sótano de una casa. Cuando las recuperamos, uno se pregunta: ¿cómo ha venido a parar esto aquí? ¿Eso es mío?

Goldblum sugirió un final «menos grosero» para el poema. Así:

finalmente tenebrio y ptino acaban con lo que obró
de hombre, perro y jumento.
No hay quién resista a este ejército
contenido en un excremento.

—Las palabras bonitas no combinan con la poesía —señaló.

—Fue una pesadilla, las pesadillas son groseras —me justifiqué.

En el consultorio refrigerado, médico y paciente nos quedamos conversando tranquilamente sobre música, literatura, pintura, hasta que la enfermera, preocupada por el número creciente de pacientes que esperaban atención, entreabrió la puerta, asomó la cabeza y dijo:

—Ya llegó el señor J.J. Monteiro Filho.

—Dígale que espere.

—Y también doña Evangelina Abiabade.

—Dígale que espere.

—Y el ingeniero Bertoldo Pingler.

—Que esperen, que esperen —dijo Goldblum, molesto.

La enfermera desapareció, cerrando la puerta.

—Usted tiene que comer —dijo Goldblum—. Lo más creativo que el hombre puede hacer es comer. Tengo un gran respeto por la gula. Comer es vital, una obviedad a veces olvidada. El arte es hambre.

El arte es hambre. En ese momento no comprendí la profundidad de la frase de Goldblum.

—Vamos a comer juntos hoy —dijo él. Goldblum se había separado recientemente de su mujer y comía todas las noches fuera de casa, variando de restaurantes—. Paso por su casa a las ocho.

No supe decir que no. A fin de cuentas, Goldblum había sido muy amable y atento conmigo; sería una falta de delicadeza rechazar la invitación.

Ya en casa, aquella noche estaba oyendo a Schumann cuando Goldblum llegó. Goldblum —olvidé decirlo— era un hombre gordo, con una gran barriga, calvo, de ojos redondos y húmedos.

—Voy a llevarlo al restaurante que tiene el mejor pescado de la ciudad —dijo.

El restaurante poseía un enorme acuario lleno de truchas azuladas. Goldblum me llevó al acuario.

—Elija la trucha que quiera comer —dijo, mientras mirábamos los peces nadando de un lado a otro—. La trucha es una carne liviana, no le hará mal.

Yo no tenía ganas de comer trucha ni ninguna otra cosa.

—¿Qué criterio debo adoptar para elegir? —pregunté, para ser amable.

—El criterio es siempre el del sabor —respondió Goldblum.

—¿Cuál es la más sabrosa?

—A unos les gustan las grandes. A otros, las pequeñas.

Ante esta respuesta, que consideré idiota y evasiva, decidí que no comería trucha. Ciertamente que allí sabrían hacer un suflé de espinacas.

Súbitamente percibí que una de las truchas me miraba. Nadaba de manera más elegante que las otras y poseía una mirada tierna e inteligente. La mirada de la trucha me dejó encantado.

—Bonita la mirada de esa trucha —dije indicando al pez.

Un mozo se acercó, atendiendo al chasquido de dedos de Goldblum.

—Esta y esta —dijo Goldblum. El mozo metió una red en el acuario.

—¡No, no! —grité, pero ya era tarde. Los dos peces habían sido agarrados y el mozo se iba con ellos a la cocina.

—No tengo hambre.

—El comer y el rascar... usted conoce el dicho... —respondió Goldblum.

Las truchas fueron servidas *aux amandes*, junto con un trocken alemán (Goldblum me permitió solo una copa). Yo no quería comer. Fue necesario que Goldblum insistiese repetidamente.

—Usted necesita los nutrientes de este hermoso salmónido —me convenció finalmente.

Me coloqué, pues, el primer trozo en la boca. Enseguida otro bocado, y otro, y la trucha fue enteramente devorada.

Comer aquella trucha, debo admitirlo, fue una experiencia más que agradable. No esperaba sentir un placer y una alegría tan grandes solo por ingerir un mísero pedazo de carne de pescado. Sin embargo, cuando Goldblum quiso quedar para otra comida al día siguiente me disculpé con un falso pretexto.

—Lo llamaré un día de estos —dije, íntimamente decidido a no volver a llamar al médico.

Durante algunos días comí, en verdad dejé de comer, el suflé de Talita. Pensaba en la trucha de una manera extremadamente compleja: en el gusto de la carne; en los elegantes movimientos del pez nadando en el acuario; en la extraña sensación que tuve al abrir la trucha con el cuchillo, como un cirujano, siguiendo las instrucciones de Goldblum; y pensaba, principalmente, en la mirada de la trucha respondiendo a mi mirada.

Mientras tanto, me sumergía en elucubraciones etológicas y literarias. Me acordaba del cuento de Cortázar en que el narrador se transforma en un axolotl, y en el cuento de Guimarães Rosa, en que se transforma en una onza. Pero no quería convertirme en trucha: yo quería COMER una trucha de mirada inteligente.

No conocía restaurantes y no recordaba el nombre de aquel en que había comido la trucha con Goldblum. Fui a un restaurante que se decía especializado en pescado. Entré, azorado, me senté y cuando el mozo se acercó pregunté por el acuario, pues quería elegir mi trucha. El mozo llamó al *maître*, quien explicó que allí no tenían acuario, pero que las truchas estaban frescas, habían llegado de la sierra de Bocaina ese mismo día. Decepcionado, pedí trucha *aux amandes*, como la otra vez.

Mi decepción fue inmensa. El pez no era igual al otro que había degustado con tanta emoción. No tenía cabeza ni ojos. Le dediqué la misma atención meticulosa, separando la carne de las espinas y de la piel pero, a la hora de comer, el sabor no se parecía al de la carne que había probado anteriormente. Era una carne insípida, sin carácter ni espíritu, insulsa, sin pretensiones, enfadosa, sin ímpetu, con un sabor de cosa diluida (un escalofrío atravesó mi cuerpo) de cosa muerta.

Al día siguiente, con la guía telefónica frente a mí, llamé a todos los restaurantes de la ciudad para saber cuáles tenían acuarios para que los clientes pudiesen elegir los peces que comerían. Anoté los nombres de todos y ese mismo día fui a comer a uno.

Esta vez entré con más aplomo. Entre las varias que nadaban nerviosamente en el acuario elegí una trucha parecida a la primera: en el color, en la elegancia de los movimientos y, por sobre todo, en el brillo significativo de la mirada. Cuando la pusieron en mi plato sentí una agitación tan intensa que temí que los ocupantes de las mesas vecinas lo hubieran percibido. Al comerla, tuve la alegría de poder confirmar que su gusto era deliciosamente igual al de la primera.

Después de ese día, mi vida cambió. Le pedí a Talita que no hiciera el suflé. Salía todas las noches a comer en uno de los restaurantes con acuarios.

Algunos también tenían langostas y langostinos que, asimismo, comencé a comer, con gran placer, aun cuando esos animales tenían ojos menudos y opacos. Pero la fuerza vital que se desprendía de su carne sólida compensaba la falta de una mirada sensible e inteligente. Me sentía atraído por la robusta asimetría arcaica, por la monstruosa estructura prehistórica de esos crustáceos.

A partir de entonces, mientras oía música, durante el día, mi mente ya no vagaba en nebulosas divagaciones poéticas: pensaba en lo que comería por la noche.

Los mozos ya me conocían. Sabían que yo solo comía truchas, langostas y langostinos sacados vivos del acuario. Pero un día, un mozo nuevo me preguntó qué quería comer.

—¿Hay algo más? —pregunté.

—Tenemos conejo a la cazadora, cabrito, cordero.

—¿Dónde están? —pregunté, mirando el acuario.

—¿Dónde están? —preguntó a su vez, perplejo, el mozo.

—Sí —dije—, quiero verlos.

—Están en la cocina —dijo el mozo—. Un momentito.

El mozo volvió con el *maître*, que me reconoció.

—¿Hoy no quiere comer trucha? ¿Tal vez langosta?

—El mozo me sugirió un conejo —dije—. Nunca he comido conejo. ¿Es bueno?

—Nuestro conejo es excelente —dijo el *maître*.

—Quisiera verlos.

—¿Verlos?

—Sí. Para elegir.

—Para elegir —repitió el *maître*.

—Sí. Como lo hago con las truchas y las langostas.

—Ah, sí, sí, entiendo. Pero ocurre que los conejos ya están —iba a decir muertos, sentí que él iba a decir muertos, pero se dio cuenta de que eso tal vez impresionaría a un cliente como yo, y prefirió decir—: adobados.

—¿Adobados?

—Sí, adobados —el *maître* sonrió, satisfecho por haber podido inventar una metáfora tan eficiente—. Los conejos, a diferencia de las truchas, tienen que ser adobados un tiempo antes de ser degustados.

—Entonces muéstreme los cabritos —le dije. Tal vez influido por el mozo, yo había decidido comer ese día un animal diferente, uno de la tierra y no del agua.

—Con los cabritos pasa lo mismo. También están ya… adobados.

—¿Dónde están?

—¿Dónde? —el *maître* sintió que sudaba; discretamente, con mucha rapidez, se limpió la frente con un pañuelo que sacó del bolsillo—. ¿Dónde? En las fuentes.

—¿Puedo verlos?

—Sí, pero… no están enteros. Los cabritos son animales grandes, no sé si ya los ha visto.

—No, nunca los he visto. ¿Tienen cuernos?

—Sí, tienen cuernos. Pero son pequeños, los cuernos. Los puede comer sin miedo, les quitamos los cuernos. —Una sonrisa nerviosa y otra rápida limpiada de frente—. Asados, con brócoli, son deliciosos. (No me lo dijo, pero supe después que los cabritos se comen descuartizados.)

—¿Y los conejos? Tampoco he visto nunca un conejo.

—Esos no tienen cuernos.

—Ya lo sé. Los animales que tienen cuernos son el buey, el cabrito, el rinoceronte.

—La jirafa…

—¿Tienen jirafa?

—No, no, no tenemos. Lo que quería decir es que ellas también tienen cuernos. Un cuernito pequeño. Las jirafas.

—¿Más grande o más pequeño que el del cabrito?

—Digo pequeño en comparación a su tamaño. Las jirafas son altas —dijo el *maître*. Parecía muy perturbado. (La definición de Bluteau es que la jirafa «es un animal más grande que un elefante».)

—Puede comer el conejo sin miedo —dijo el *maître* al mozo interrumpiendo mis pensamientos—, traiga un conejo a la cazadora para el caballero.

Entonces comí esa comida extravagante. Era un gusto inesperado, diferente de todo lo que había conocido hasta entonces.

Comí todo el tiempo consciente de la peculiaridad de ese sabor, una dulzura que no era la de la miel, mucho menos la del azúcar, un paladar que me daba una inesperada sensación de gozo singular.

Al llegar a casa, puse a Satie, ese rebelde, en el equipo de música y me quedé imaginando cómo sería aquel manjar si pudiese elegirlo inmediatamente antes de ser preparado como lo hacía con las truchas y langostas, qué placer gustativo me provocaría si pudiera ver los ojos de los conejos antes de morir. Me acordé de las diferencias de sabor entre la trucha que habían puesto en mi plato, sin que la hubiese visto antes (y ella a mí), y aquellas que elegía, después de una demorada contemplación mutua, truchas que yo seleccionaba después de mirar y percibir todo lo que significaban, objetiva y subjetivamente: color, movimiento y, por sobre todo, la furtiva y sutil mirada de respuesta. Sí, la trucha miraba de vuelta, subrepticiamente, una cosa tímida y al mismo tiempo ladina, astuta, que procuraba establecer conmigo una comunión disimulada, secreta, seductora.

Al día siguiente, volví al restaurante y dije que quería ver el conejo «adobado».

El *maître*, recalcitrante, me llevó a la cocina y me mostró el conejo dispuesto en una fuente de aluminio que sacó del refrigerador. El conejo estaba entero, sin cabeza y con un agujero donde debieron estar las vísceras. Eso no me sorprendió, yo sabía que los animales se destripaban antes de comerlos. Las truchas también tenían tripas, así como las langostas.

El conejo decapitado me pareció una cosa fea, algo indefinido entre gato y perro, ya que la cabeza es lo que distingue a esos animales uno de otro, cuando están muertos y despellejados. A un bicho sin cabeza le falta algo muy importante, los ojos.

Comí el conejo que me habían exhibido, no sin antes pedirle al cocinero que me explicase cómo ese plato —conejo a la cazadora— se debía preparar.

El cocinero me enseñó más cosas...

Fui a una tienda en la ciudad que vendía mascotas. Quería ver un conejo vivo. Había varios en la tienda, grises y blancos, y su mirada evasiva, dentro de órbitas pequeñas, era difícil de captar.

Ah, qué animal más mañoso, pensé. Había uno tan bonito que lo compré, aun siendo más caro que los otros. Era un hermoso conejo angora, de largo y sedoso pelaje blanco.

Camino a casa, cargando el conejo dentro de una caja de cartón, paré en un mercado para comprar zanahorias y papas.

Al conejo no le interesaron las papas, pero se comió, instalado en la alfombra persa de la sala, las zanahorias con gran dedicación. Mientras oía a Brahms, me quedé contemplando la masticación silenciosa del conejo.

Qué delicado se alimentan los animales..., pensé. Evidentemente nunca he visto a un cerdo comiendo, pero supongo que también al comer, aunque puedan parecer más voraces que los otros animales, según consta en la literatura, demuestran en ese acto, como todos nosotros, la fragilidad y belleza esenciales de su singular condición. El arte es hambre.

La mirada esquiva del conejo me molestó un poco, le faltaba el candor, la franqueza de la mirada de la trucha. Pero tal vez fuese una cuestión de sensibilidad y perspicacia, pero ¿quién, cuál, sería más sensible y/o inteligente que el otro? Sabía que en el agua habitaban algunos de los animales más inteligentes de la naturaleza, pero la trucha no solía incluirse entre estos, era más conocida por la energía física, por el vigor peripatético.

Yo no sabía nada de conejos. Eran un misterio para mí. Pero ahora sabía matarlos y cocinarlos, como el cocinero del restaurante me había enseñado.

Sujeté al conejo por las orejas con la mano izquierda. Las piernas del animal se distendieron, pero enseguida las encogió y me lanzó una mirada. ¡Finalmente una mirada significativa y directa!

—Gracias, gracias por esa mirada espontánea y cándida —dije, sin dejar de sujetar al conejo de las orejas. Coloqué las caras, la mía y la del animal, frente a frente, muy próximas. Leí su mirada, una mirada de oscura curiosidad, de leve interés, como si lo que fuera a ocurrir no le importara. No era, pues, una mirada inquisitiva, de sondeo. Están sujetándome de las orejas, es todo lo que debe estar pensando.

Con el borde de la mano derecha, los dedos extendidos y juntos, le di un golpe en la nuca al conejo. El cocinero me había asegurado de que un solo golpe bastaría para matar al animal.

Pero todos aquellos años que pasé comiendo irregularmente suflés de espinacas, y sentado escribiendo, y acostado, oyendo y leyendo los grandes clásicos, habían contribuido muy poco al desarrollo de mi fuerza muscular. El conejo, al recibir el golpe, tembló y siguió con los ojos abiertos, ahora expresando un vago miedo. No era, sin embargo, un sentimiento irracional, el conejo sabía lo que estaba ocurriendo, que estaba a merced de un ente poderoso, que no podría huir y que solo le quedaba la resignación.

Nos encaramos: el conejo temblando sin ningún pudor, los estoicos ojos desorbitados.

Fueron necesarios unos tres o cuatro golpes. Finalmente el conejo dejó de luchar.

Yo estaba exhausto. Debe de ser eso lo que siente el tipo que gana la maratón, pensé al notar que, junto con la fatiga, sentía una ardiente euforia.

Puse la *Novena sinfonía* de Beethoven en el aparato y fui completamente desnudo a la bañera con el conejo, un cuchillo y dos calderos. Ese primer día, todavía inexperto, tenía miedo de ensuciar la cocina con sangre al destripar y desollar al conejo, conforme las instrucciones del cocinero.

El cuchillo estaba afilado y no tuve muchos problemas. Sentado desnudo en la tina, le quité el pellejo y las vísceras al leporino. Terminado el trabajo, coloqué las sobras —tripas asquerosas, pieles, ganglios— en un caldero, y el conejo, listo para ser adobado, en otro.

Enseguida, lavé la tina y me di un largo baño tibio.

Del baño, que había quedado inmaculadamente limpio, fui a la cocina, donde preparé el conejo, guisado con zanahorias y papas, oyendo ahora los *Nocturnos* de Chopin.

Finalmente el conejo estaba listo, frente a mí.

Comencé a saborearlo delicadamente, en pequeñas porciones. ¡Ah, qué excelso placer! Fue una lenta comida, que duró la *Júpiter*, de Mozart, entera. A Mozart no le habría importado que usase su música como mera *tafelmusik* si supiera el goce que sentí.

Después fui a cepillarme los dientes. A través del espejo contemplé pensativo la tina. ¿Quién me había dicho que los cabritos tenían una mirada al mismo tiempo tierna y perversa, una mezcla de pureza y depravación? Hum... Aquella tina era pequeña. Tenía que comprar una más grande. Tal vez un jacuzzi, de los grandes, con chorros estimulantes.

Me quedé viendo mi cara en el espejo. Miré mis ojos. Mirando y siendo mirado: una cosa al fin irreflexiva, un eje de acero, lava de un volcán siendo expelida, nube interminable.

La mirada. La mirada.

La santa de Schöneberg

ÚRSULA

Desde su habitación se ve la cocina del departamento vecino.

Al fondo hay una puerta que, supone, debe dar a un pasillo; cerca de esa puerta, una mesa de madera clara, con cuatro sillas iguales. Ve además una cocina de cuatro platos, despensas, bajas y altas, pintadas de blanco, un refrigerador pequeño y una lavadora, del tamaño del refrigerador, todo de color blanco. Sobre los armarios bajos, al lado del refrigerador, hay un mesón largo. La lavadora queda cerca de la ventana, al lado opuesto del refrigerador, junto a un lavaplatos doble de acero inoxidable. La persiana horizontal de esa ventana nunca se ha bajado durante los arreglos que se acaban de realizar en aquel departamento. Ahora no vive nadie ahí para hacerlo.

Lo que la atrae de esa cocina es que está siempre vacía. Las cocinas son lugares movidos, por lo menos las que conoce. Cuando los arreglos terminaron, alguien dejó la luz prendida y a veces se despierta en medio de la noche y se va a contemplar la cocina que, enmarcada por la ventana y por la oscuridad, parece una fotografía en su inmovilidad.

Hoy un hombre apareció en la cocina con una bolsa, la puso en la mesa y desapareció.

La bolsa está sobre la mesa desde hace un largo tiempo y el hombre no aparece para vaciarla y poner las compras en su lugar. Tal vez en la bolsa no haya cosas para poner en las despensas.

Úrsula sale y compra unos binoculares. Hay un fuerte motivo para que ella se interese por ese hombre. Todo el mundo puede ser curioso, pero ella no lo es; todo el mundo come carne, pero ella no.

Con los binoculares logra leer el nombre del supermercado estampado en la bolsa. ¿Qué es lo que espera ese hombre para vaciar la bolsa?

Demora en reaparecer, con un libro bajo el brazo. Úrsula no logra leer el título del libro.

El hombre mira la bolsa como si fuera un rompecabezas. Úrsula lo observa a través de los binoculares. Finalmente retira las mercancías: ocho latas de sopa, no, nueve latas de sopa, un trozo de pan integral envuelto en papel celofán y una botella de vino tinto. Después toma la botella de vino y se queda mirando la etiqueta. La bolsa parece vacía, pero el hombre retira de ella una última lata, de atún. Enseguida, con el libro en la mano, sale de la cocina, dejando la luz prendida. Úrsula espera, inútilmente, que vuelva a colocar las latas en una de las despensas. Antes de dormir, Úrsula lee la etiqueta de la botella de vino sobre la mesa en un ángulo conveniente para los binoculares: Crianza de Cavas Murviedo, en letras negras. En rojo, Vino Tinto Valencia. La botella va rodeada por un hilo dorado entrelazado en forma de rombos.

El hombre nunca toma la sopa a la misma hora, ni se sienta en la misma silla cuando sorbe la sopa. A veces, junto con la sopa, come un trozo de pan integral. Con un abridor manual retira la tapa de la lata, coloca la lata de sopa en una pequeña olla con agua, espera que el agua hierva, retira la lata de la olla, pone la lata sobre un plato y se toma la sopa directamente de la lata. Seguro que no le gusta lavar la loza. Sobre el mesón hay varias latas de sopa vacías, con las cucharas dentro. Pero no siempre usa una cuchara, a veces bebe directamente de la lata, probablemente sopas más aguadas.

En ciertas ocasiones aparece en la cocina con un puro encendido entre los dedos, coloca el puro en un platillo que saca al azar de la despensa, se toma la sopa y después olvida el puro en el platillo. Hay muchos platillos esparcidos sobre la mesa, con colillas de puro apagadas.

Otra cosa que siempre hace es tomar la botella de vino y leer la etiqueta. Úrsula cronometra el tiempo que ocupa en leer la etiqueta: diez segundos.

Dentro de poco no tendrá cucharas ni tazas limpias y tendrá que lavar alguna.

Se toma la sopa encorvado sobre la lata cuando usa cuchara, como un perro.

Si sale de su edificio y camina al lado derecho y dobla la esquina, Úrsula puede llegar frente a la puerta de entrada del edificio de su vecino con unos pocos pasos.

Finalmente, las cucharas se acabaron y el hombre saca una cuchara sucia de una de las latas vacías y se toma la sopa que calentó. Este día, Úrsula sale de su departamento; en la calle, se va por el lado derecho, dobla la esquina.

El edificio de su vecino tiene el número cincuenta y dos. Es un edificio viejo, remodelado, con una puerta antigua, grande, de madera.

Un aviso informa que en el departamento doce necesitan una mujer para el aseo. Úrsula no sabe cuál es el departamento de su vecino, pero supone que es el doce. Probablemente el hombre se cansó de la suciedad de su cocina y decidió llamar a alguien para que la limpie. Él mismo podría hacer eso, pero hay hombres que gastan dinero como tontos. Úrsula regresa a su puesto de observación.

No aparece ninguna mujer para el aseo en la cocina. Tal vez lo que ella ve no es el departamento doce.

Nadie puede vivir comiendo solo un plato de sopa con pan integral, y el pan integral solo de vez en cuando. Seguro que come fuera. Pero Úrsula tiene la impresión de que el hombre se está adelgazando.

El día en que salió y fue a ver la puerta del edificio del vecino, Úrsula aprovechó para comprar dos latas de sopa, de las que toma el hombre, una de crema de brócoli, otra de verduras surtidas. Ella nunca ha tomado sopa en lata, las comidas en conserva están contaminadas de porquerías químicas.

El hombre está realmente más delgado. Los pantalones ahora parecen haberse soltado y aflojado en la cintura. Ella usa siempre los mismos *jeans*. El rostro de él está más huesudo.

Un día y una noche entera sin que él aparezca en la cocina. Por la mañana, Úrsula sale y nuevamente dobla la esquina. El anuncio de la mujer para el aseo sigue ahí. Llevada por un impulso, toca el timbre del departamento doce. Nadie atiende. Toca el timbre del portero. Aparece una mujer gorda, colorada, con delantal y sandalias, que abre la puerta.

El zaguán del edificio tiene paredes, hasta más o menos la altura del mentón de Úrsula, cubiertas de mármol antiguo, de color beige, con algunas estrías y manchas causadas por el tiempo.

—Vengo por el aviso —dice Úrsula.

La mujer la examina de arriba abajo. Debería haber venido con otra ropa, piensa Úrsula.

—¿Usted es la persona del aseo?

¿Y si el doce no es el departamento de él? El corazón le late nerviosamente.

—Sí, yo soy —responde con excesiva vehemencia.

—Acompáñeme.

La mujer sube la escalera, seguida por Úrsula. Abre la puerta. Úrsula ve un pasillo. Su corazón continúa latiendo con fuerza. En la entrada del pasillo, a la izquierda, la mujer le muestra un armario donde hay escobas, una aspiradora de polvo. Le dice a Úrsula cuánto recibirá por hora. Búsqueme cuando termine, añade.

La mujer sale, Úrsula corre a la cocina, la primera puerta a la izquierda de un pasillo que le parece más largo de lo que debería ser. ¡Es la cocina de él! Ahí están las latas de sopa vacías, cada una con una cuchara, las tazas con colillas de puros, la botella de vino. Se siente invadida por una gran felicidad, por una fuerte energía. Y ansias.

Vista de cerca, la cocina está todavía más desordenada. En el aire, un fuerte olor a puros. De la ventana de la cocina trata de ubicar la ventana de su habitación. Allá está, con las cortinas cerradas; por detrás de esas cortinas espía al hombre; siente pena por él. Se sienta, con un suspiro. La cocina es muy alta, el edificio del hombre es todavía más antiguo que el suyo, se escapó de la destrucción.

Antes de ordenar la cocina, examina la casa.

ÚRSULA Y MARIE

—¿Has estado observando a ese hombre dos meses?

Marie ya está acostumbrada a las excentricidades de Úrsula. Últimamente Úrsula se dice sensitiva esotérica.

—Un mes y veintidós días.

—¿Por qué te interesaste tanto por ese hombre?

—No sé si lo puedo decir.

—¿Porque se la pasa tomando sopa en lata?

Úrsula no responde.

—¿O porque fuma puros? ¿Es atractivo?

—No.

—¿No sabes por qué?

—Sí lo sé.

—Entonces dímelo.

—De cierta forma, él es mío.

—Pero si ni siquiera lo conoces.

—¿Cómo que no lo conozco? Lo veo todos los días. A mi pareja lo veía una vez por semana.

—¿Es atractivo?

—Sí. ¿Quieres que le llame para que venga a comer con nosotras? Puedo preparar unos espaguetis.

—¿Y tú crees que vendrá?

—Sí.

—Cuéntame el resto de tu incursión en la casa del hombre que toma sopa en la lata.

ÚRSULA

—Cuando entras al departamento, das con un largo pasillo. Las paredes están pintadas de blanco. Hay un ropero a la izquierda, con tres puertas de persianas de madera oscura. Dentro del ropero, un saco de lana y una chaqueta de cuero. Después viene la cocina, pero ya hablé de la cocina. Entonces la sala. Dos sofás y dos sillones de tela negra, mesa de vidrio con un recipiente de loza en el centro, del que sale un girasol de papel amarillo y rojo, cuatro ventanas, cortinas bajadas. Al frente, dando al pasillo, está la otra sala, que también tiene cuatro ventanas con las cortinas también cerradas. Una cama negra con algunos cojines negros. Un estante vacío, una mesa sin nada, los cajones vacíos, también negros, todo es negro en el departamento, o si no inmaculadamente blanco. Finalmente la habitación. Una cama con respaldo negro y sábanas blancas, un buró y una cómoda, negros. Bajo las sábanas la cama es negra, como la de la segunda sala. En la pared, una enorme reproducción de una pintura al óleo de una mujer de piernas abiertas y gruesas medias oscuras y blusa oscura. Reconocí el cuadro. *Sitzende Frau mit hochgezogenem Knie.* Por primera vez encontré que nos parecíamos. Escribí en un papel *Hay otra mujer como ella en la ciudad, ¿quieres conocerla?* y mi número de teléfono. Con el prendedor de crisálidas que siempre uso pegué la nota en la reproducción de la pared, justo arriba del sexo de la mujer. Por eso sé que va a aceptar mi invitación a comer espagueti.

ÚRSULA Y ROBERTO

Roberto ve la nota y llama a Úrsula.
Se encuentran en la casa de Úrsula.
Úrsula lleva a Roberto a la habitación.
—Ésa es tu cocina. Me he pasado días viendo tu cocina. Fingí que era la persona del aseo para entrar a tu casa.
Roberto le devuelve el prendedor de crisálidas a Úrsula.
—No te pareces a ella —dice Roberto.
—Ni en la nariz.
—Ni en la nariz. Es difícil que alguien se parezca a Edith.
—¿Te gusta Schiele? Claro, qué pregunta más torpe, si no te gustara no tendrías una reproducción suya en la pared.
Roberto se quita lentamente la ropa.

—¿En qué estás pensando? —pregunta Úrsula, desvistiéndose también.

—En Edith.

—Ahora que estás aquí, quiero que pienses solo en mí.

Tras ese breve momento de melancolía y posesividad, los dos quedan excitados y felices con la recíproca desnudez. El gran miembro erecto de Roberto le da a Úrsula una sensación de paz y seguridad.

DIÁLOGO A TRES

La boca de Marie siempre abierta, los dientes grandes y perfectos que asoman, la timidez en su rostro juvenil atraen a Roberto. Siente deseos de abrazarla, pero se retiene.

Úrsula dice que le gustaría dedicarse a curar a la gente, pero no a la manera de un médico.

—¿Entonces cómo?

—Colocándoles las manos. Con esta mano —la derecha— doy. Con esta otra —la izquierda— quito.

Roberto y Marie afirman que Úrsula quiere ser algo parecido a una bruja. Usan la palabra española, que les parece más sonora.

Según Úrsula, hay un lado emocional, otro racional, otro esotérico en las personas. Ella solo se ocupa de este último. *Solo confío en lo esotérico.*

Se formó en economía, dejó un buen trabajo y sus padres están muy preocupados por ella.

—¿Tengo alguna enfermedad que haya que curar? —pregunta Roberto, irónico.

—Que haya que curar, no —dice Úrsula.

—Voy a preparar los espaguetis —dice Marie.

Marie pone a hervir seis tomates en una olla. Otra olla con agua para el espagueti. Roberto y Úrsula continúan sentados. De vez en cuando Roberto mira disimuladamente a Marie. Tiene ganas de pasarle la lengua por los labios.

Marie saca los tomates de la olla. Úrsula se levanta a pelar los tomates. Marie saca de la despensa una caja de salsa de tomates y una lata de pulpa de tomates. Las mujeres ponen en una olla los tomates pelados con la pulpa y la salsa de tomate y ajo y cebolla pelada. Las dos mujeres son altas.

—¿Puedo ayudar?

—Aplasta los tomates en la olla —dice Marie.

Roberto aplasta los tomates cocidos.

—Pon una lata de atún a esa salsa —dice Úrsula.

—¿Atún? —dice Marie.

—Sí, queda rico.

Marie abre una lata de atún y lo echa a la olla. Hay unos trozos de tomate que Roberto no logra aplastar.

—Esa parte de arriba —explica. Siente también que el atún quedó apelotonado, pero no dice nada.

Finalmente, el espagueti está listo. Marie abre la botella de Crianza de Cavas Murviedo que trajo Roberto.

—Está rico —dice Roberto.

—Claro, no es sopa en lata —dice Úrsula.

—Nunca me voy a enamorar de un alemán —dice Marie.

—Yo tampoco —dice Roberto. Ellas ríen.

—Mi pareja no era vegetariano y lo dejé —dice Úrsula.

Roberto piensa en el atún, pero no está muy seguro de si el atún es o no comida vegetariana y se queda callado. De todas maneras no quiere provocar a Úrsula.

—¿Cómo era? ¿Tu antigua pareja?

—Está casado —dice Marie.

—Y su mujer está embarazada —dice Úrsula.

—Las mujeres embarazadas me ponen nervioso —dice Roberto.

—¿Por qué?

—No sé. Cuando era niño seguía mujeres embarazadas en la calle. A veces me acercaba, pero no me atrevía a ponerles la mano en la barriga. Tenía ganas, estiraba la mano, pero no las tocaba.

—¿Cuál es tu signo?

—Tauro, pero no creo en eso.

—¿Ascendiente?

—Piscis —ríe.

—Mmm —dice Marie, que prepara café expreso en una máquina.

—Una persona con otra dentro de la barriga. Podría ser yo, vagando como un pez en el interminable océano de placenta —dice Roberto.

—Mmm —repite Marie—. Yo quisiera ser bien pequeñita, de pelo negro y ojos almendrados, y que fuesen de cualquier color oscuro, menos azules. Y querría andar con un hombre que se callara mientras me oye hablar.

Permanecen en silencio por un tiempo.

—¿No has notado nada en mi pelo?

—Sí, ahora está rojo.

—Quise parecerme a Edith. Roja como la *Mujer sentada*.

—En *Die Familie* está con el pelo más oscuro.

—Sí.

—Pero es un cuadro sombrío.

Roberto recuerda el cuadro. Schiele y Edith están desnudos. La de él, una desnudez angulosa, llena de aristas; si no fuese por el rostro, perplejo, parecería una desnudez de piedra. La carne maternal del cuerpo de Edith no tiene nada del despojo tranquilo pero provocador que la ropa descuidada no logra esconder en *Mujer sentada*. Y en el cuadro *La familia*, entre las piernas de ella, contrastando con la desnudez de los padres, se ve al niño completamente vestido, la mirada perdida en algún punto, como Edith.

—Un cuadro sombrío —repite Roberto.

—Quedé con dudas. En *Die Frau des Künstlers* está rubia. Tal vez sean las reproducciones.

—¿Puedo darle mi teléfono? —pregunta Marie.

—Claro —dice Úrsula.

Marie escribe el número de teléfono en un pedazo de papel. Roberto coloca el papel en el bolsillo.

Las mujeres lavan los platos y las ollas. Roberto se queda pensando.

—Tengo que irme —dice Marie después de ordenar la cocina. Ellas se besan en el rostro. Marie es un poco más alta.

—Gracias por haber preparado la comida. Ella es mejor cocinera que yo —dice Úrsula.

—Me caíste bien —dice Marie dándole la mano a Roberto.

—¿Otro café? —pregunta Úrsula, después de que Marie se va.

—Sí, muchas gracias.

Mientras se toman el café, Úrsula le pregunta:

—¿Te gustó?

—En su biografía, Bergman cuenta que, un día, conversando con Erland Josephson descubrió por qué eran misántropos.

—Cuéntame.

—*¿Sabes por qué no nos gusta conocer gente nueva?* —preguntó Josephson.

—*No* —respondió Bergman.

—*Porque nos termina gustando* —dijo Josephson.

—¿Te gustó Marie?

—Sí.

—¿Mucho?

—Mucho.

—¿Vas a dormir aquí?

—No.

—¿Vamos mañana a apostar a los caballos?

—No puedo.

—¿O prefieres ir a la piscina pública que está cerca de tu casa? Mañana se bañan desnudos.

—No me gusta ver hombres desnudos.

—Pero también hay mujeres.

Permanecen de pie, uno frente al otro. Úrsula parece querer decir algo, pero no lo dice; es muy reservada y reflexiva. Quiere preguntar cuál es el libro que él llevaba a la cocina y colocaba sobre la mesa, pero no lo hace. No dice nada más.

—Voy a Budapest —dice Roberto—. Cuando vuelva te llamo.

Es la primera quincena de septiembre y hace calor. Verano de mujeres viejas, como se dice en la ciudad.

ROBERTO

De Budapest se va a Viena, en auto. Llega por la mañana, todavía muy temprano, y pasea por el mercado de pulgas, por entre las quincallas dispuestas en el suelo o sobre mesillas, ropa, zapatos, llaves oxidadas, cinturones partidos, collares de vidrio, vitrola portátil sin plato, moledor de carne prehistórico, el busto de un maniquí con los alfileres todavía pegados, una máscara de buzo con el vidrio partido, un asiento de bicicleta. Recuerda haber ido al mercado en la ciudad de Úrsula, en Tempelhofer Ufer, donde los polacos y los turcos ponen en el suelo de tierra la mercadería ordinaria que ofrecen en venta; recuerda a los polacos caminando por la Beneburger Strasse, gordos, esperanzados, cargando sus bolsas repletas de los restos sin valor que todavía no han vendido.

En este otro mercado, donde está ahora, los vendedores son iraníes, turcos, polacos, indios. Los posibles compradores son personas de todos los niveles sociales, muchos residentes de la ciudad, otros son turistas con máquinas fotográficas. Hay mucha gente en el mercado, es difícil andar en medio de las mercancías ofrecidas. Roberto ve en una mesilla un reloj viejo, de mesa, sin agujas, puro armazón, probablemente sin mecanismo interno. Junto al reloj, una carta cerrada, un sobre blanco agrisado por el tiempo. En el sobre, una estampilla marrón con un dibujo de Hindenburg, de perfil. En los bordes de la estampilla, en la parte superior, de ambos lados, el número tres timbrado. ¿Marcos? Bajo la figura del canciller, la leyenda *Deutches Reich* en letras góticas. Dos timbres más: uno de ellos, bajo la estampilla, dice

Vergis nicht Strasse und Hausnummer anzugeben. El otro timbre, sobre el sello: *Berlin NW7 17.2.36-20.*

Febrero de 1936. La carta está dirigida a Jean Gasch, o Gaesch, Wien, Hotel Pan. El remitente no siguió la determinación de correos. Ni la calle ni el número constan en el sobre.

Roberto no esperaba encontrar en un mercado de pulgas una carta cerrada y sellada que ciertamente no llegó a su destinatario. Un súbito impulso lo domina. Tiene que poseer esa carta. La vendedora, una mujer de nacionalidad indefinida, cuando Roberto le pregunta cuánto quiere por la carta, lo encara con ojos muy abiertos y él repite la pregunta. Entonces se da cuenta de que la mujer es sordomuda. Eso aumenta todavía más su interés por la carta. Repite la pregunta, formando las sílabas con los labios. La mujer levanta los hombros, un gesto que tal vez signifique que no quiere vender la carta.

Apretado entre la gente que pasa de un lado a otro, empujándolo, Roberto logra sacar la billetera y verifica cuánto dinero tiene. Tres mil shillings. Suficiente como para comprar la mitad de todos los zapatos y ropa vieja amontonados en las mesillas del mercado.

—Perdone —le dice a la sordomuda—, esa carta tiene que ser mía.

Le extiende la billetera. La mujer, después de mirar fijamente el rostro de Roberto, con una mirada en que él ve, inquieto, algo más que la vigilancia atenta de los sordomudos, toma la billetera y hojea los billetes lentamente. Enseguida, la mujer saca un billete de diez shillings y le devuelve la billetera con el resto de dinero junto con la carta, pero antes de darle la carta le hace con la mano un gesto enfático, casi desesperado, una advertencia, que significa no. ¿No? ¿No qué?

Toma la billetera y la carta, sintiendo una especie de miedo, y se aleja apurado, empujando y siendo empujado por la gente que lo aprieta por todos lados.

Con la carta en el bolsillo, súbitamente piensa en Edith. Necesita ver el Schiele, más precisamente a su mujer. Presiente que hay una extraña conexión entre Schiele y la carta.

Llega a Belvedere y ni siquiera mira los jardines que tanto impresionaron a Canaletto. Sube la escalera del antiguo palacio corriendo para ver a la mujer. No es la primera vez que ve ese rostro resignado y lleno de compasión, el cuerpo arqueado con las manos entre las rodillas. Pero ahora cree ver en la mirada de la mujer algo que nunca había notado antes: la figura invisible de Schiele. No hay duda de que él está mirando al marido, deseando que todo terminase luego. Y todo va realmente a terminar inmediatamente en aquel 1918. Pero Roberto ahora sabe que existe algo que liga a la carta con todo lo que ocurrió.

La saca del bolsillo, con las manos temblorosas, pero no se atreve a abrirla.

El resto del día hace preguntas en la ciudad. Descubre que el hotel Pan fue cerrado después de la guerra. Durante algún tiempo sirvió de burdel para oficiales de los ejércitos de ocupación. Ahora es un edificio residencial. De seguro los registros de huéspedes fueron destruidos.

Se aposta frente al edificio por un tiempo, sintiéndose impotente, perdido. Después se va al aeropuerto y toma el avión de regreso.

OTRO DIÁLOGO A TRES

Úrsula, Marie y Roberto están nuevamente comiendo espagueti. Roberto tiene una carta dirigida a Jean Gasch o Gaesch en el bolsillo. No logra separarse de la carta.

—Mírala bien y ve quién realmente te gusta —dice Úrsula.

Roberto mira detenidamente el rostro de Marie.

—¿Y? —pregunta Úrsula.

Marie permanece en silencio, comiendo cuidadosamente; no quiere interferir en la conversación.

—Me gustan los dientes de Marie —dice Roberto.

—¿Los dientes? —dice Úrsula—. Muestra los dientes, Marie.

Marie se traga el espagueti que tiene en la boca, se levanta y se va al lavaplatos, llena un vaso con agua, se enjuaga, escupe. Vuelve a sentarse y abre bien los labios, mostrando los dientes.

—¿Qué es lo que tienen sus dientes? Es medio dientona. Perdona, Marie —dice Úrsula.

—Tengo ganas de lamerle los dientes —dice Roberto—. Es bueno que sea dientona.

—Por mí no hay problema —dice Úrsula.

—¿Puedo lamerte? —pregunta Roberto.

—Tú sabrás —dice Marie. Abre la boca, distiende los labios, los dientes asoman.

Roberto se curva sobre la mesa de cocina y cuidadosamente lame con la punta de la lengua los dientes incisivos de Marie.

—¿Qué sientes? —pregunta Úrsula.

—Todavía no lo sé —dice Roberto.

—¿Y tú? ¿Qué sientes?

—Tampoco sé —dice Marie—. Todo ha sido muy repentino. Creo que con el tiempo me va a gustar.

—¿Quieren quedarse solos? Puedo ir a la biblioteca, leer un libro, consultar —dice Úrsula.

—Hoy no. Primero tengo que estar segura —dice Marie.

Terminan de comer.

—Tengo que irme —dice Roberto—. Estoy buscando a un sujeto llamado Husack. A lo mejor ya está muerto.

—Te voy a llamar —dice Marie.

LA SANTA

El verano de las mujeres viejas terminó de repente. Llueve y hace frío. Roberto no encontró en Viena al destinatario de la carta que tiene en el bolsillo; es hora de encontrar al remitente. En el reverso de la carta lee, escrito con la letra de quien aprendió el arte de la caligrafía, la dirección y el nombre del remitente, W. Husack.

Entra al viejo edificio, que escapó de la destrucción durante la guerra, y se ve en un patio cercado de altos edificios con ventanas cerradas, un edificio junto a otro, formando un cuadrilátero cerrado. En el centro del patio, entre arbustos, en un pedestal de bronce, una escultura de dos metros de altura, una mujer que parece tener dieciocho años, vestida con un manto azul plisado. Está dando un paso adelante, lo que desnuda hasta un poco arriba de la rodilla su pierna bien torneada; una joven de senos pequeños y rostro rubicundo, pero no querubínico; una corona de laureles recoge su cabello; de la espalda le salen dos alas blancas y lleva algo apoyado en el hombro que Roberto no logra identificar.

—¿Quién es? —le pregunta señalándole la estatua a un niño que aparece en bicicleta.

—La santa de Schöneberg —dice el niño, que vuelve a pedalear y desaparece.

Roberto se dirige a la gran puerta de madera de uno de los edificios; solo puede ser esa y advierte, con el corazón latiendo con furia, que en el panel con los nombres de los moradores escritos en letra gótica hay un Husack. Solo Husack, sin ninguna otra letra.

Se mete la mano al bolsillo, siente la carta sin atreverse a sacarla. Se acuerda de Schiele, junto con la mujer y el hijo. ¿El niño tendría conciencia de lo que ocurriría en aquel 1918? *¿Por qué Schiele?*, murmura jadeando entre los dientes.

Toca el timbre.

—¿Sí? —dice una voz que no sabe si es de hombre o mujer.

—¿Husack?

Silencio. Espera un momento. La puerta no se abre. ¿Debe tocar nuevamente?

Mejor irse. Se aleja unos pasos. Entonces percibe que continúa con una de las manos en el bolsillo, sosteniendo la carta, que parece arder como un carbón en brasa.

Nuevamente toca el timbre.

—¿Sí? —la misma voz.

—Tengo una carta para Husack —añade con dificultad, la voz trémula—. Una carta que escribió en 1936 para Jean Gasch o Gaesch.

Dice eso y se apoya en la gran puerta, sudando a pesar del frío, el corazón golpeándole en la garganta.

—Espere abajo —dice la voz.

¿Cómo será Husack? La carta fue escrita hace cincuenta y tres años. La voz parece la de un hombre muy joven como para que sea Husack.

Un hombre abre la puerta y mira con atención y estudia a Roberto, como tratando de saber por la ropa quién es y, por el rostro, qué quiere.

—¿Dónde está la carta? —dice el hombre.

—¿Eres Husack?

El hombre da una especie de gruñido:

—Me llamo Schlüter.

—Solo le daré la carta a Husack.

—Espere.

Schlüter cierra la puerta con un fuerte estruendo, como ocurre con las puertas grandes.

Roberto tiembla de frío. Saca un pañuelo de papel del bolsillo y se limpia la humedad que le sale de la nariz.

Schlüter aparece nuevamente en el hall. Abre completamente la puerta.

—Sígame.

Suben por una vieja escalera. Schlüter, adelante, sube rápidamente y luego desaparece; solo se oyen sus pasos.

Un súbito cansancio obliga a Roberto a parar en medio de la escalera, jadeando. ¿Qué diablos está pasando? Él suele correr kilómetros sin cansarse.

Oye los pasos de Schlüter bajando la escalera.

Algunos peldaños más arriba, Schlüter observa impasible al otro hombre sentado, respirando con dificultad.

—Solo faltan dos tramos de escalera —dice Schlüter.

Roberto se levanta con esfuerzo y sigue a Schlüter.

Finalmente se detienen frente a una alta puerta de madera, abierta. Entran.

En una sala en penumbras, llena de muebles oscuros y de cuadros todavía más oscuros en las paredes forradas de papel rojo oscuro, un hombre muy viejo, de enorme calva pálida, vestido con un abrigo gris, sentado en una silla de ruedas atrás de la cual hay una mujer rubia de pie, dice con voz triste:

—Yo soy Husack. ¿Tienes la carta?

—Sí.

—¡Ah!, ¡por fin! —dice Husack. Hace un gesto casi imperceptible y en las manos de la mujer aparece una carpeta negra de cuero brillante que coloca en las piernas del viejo.

Roberto saca la carta del bolsillo y se la entrega a Husack, que la toma con las manos trémulas. La mujer se la quita gentilmente de las manos y la examina.

—No creo que haya sido abierta ¿Cuánto quiere por ella? —dice la mujer.

—Diez shillings.

—¿Diez shillings?

Husack, Schlüter y la mujer se miran, sorprendidos.

—Diez shillings o ese valor en cualquier otra moneda. Pero quiero que me responda una pregunta.

—Te escucho —murmura Husack.

—¿La carta tiene algo que ver con Schiele?

—Sí, sí, tú sabes que sí.

Husack curva el cuerpo como si se hubiera vaciado y destripado súbitamente de sus vísceras, apoya el rostro en las rodillas.

—¿Qué sabes sobre Schiele? Dios mío, ¿cuándo podré olvidar el pasado? —murmura, con palabras inaudibles.

—Será mejor que hagamos luego lo que tenemos que hacer, señor —dice Schlüter, respetuosamente.

—Señor —dice la mujer que sujeta la silla de ruedas—, no podemos perder tiempo.

La sala se oscurece sin parar, lentamente.

—¿Y yo? ¿Qué tengo que ver con todo esto? —pregunta Roberto.

—Estúpido, ¿acaso no lo sabes? —dice la mujer.

—Claro que lo sabe —dice Husack tristemente.

En ese instante, en un rápido movimiento, Schlüter pasa un grueso cordón por el cuello de Roberto. Comienzan a luchar. Buscando aire, Roberto se tambalea hacia la luz róseo-violeta que entra por la ventana. La madera vieja y los vidrios ceden con estrépito.

Schlüter es arrastrado con Roberto cuando cae. Los edificios con-tiguos a la santa de Schöneberg parecen rodar. La santa también gira, se acerca rápidamente, y se apaga.

El libro de panegíricos

One can either see or be seen.
John Updike, *Self-consciousness*

No logro encontrar la noticia que me interesa en el diario. Pero un aviso que busca enfermero con buenas referencias para cuidar a un viejo enfermo puede ser una solución, aunque provisoria, para mi problema.

Una mujer abre la puerta del departamento en la avenida Delfim Moreira y le digo que he venido por el aviso. Me hace entrar. Un salón enorme. Las ventanas están abiertas y se puede ver el mar allá afuera, muy azul. Grandes mierdas. Un hombre está en la ventana y se da vuelta cuando entro. Viene hacia mí.

—Es para cuidar a mi padre. ¿Tiene referencias?

No tengo referencias. Hace más de veinte años, cuando muchacho, cuidé a un viejo enfermo y en su casa leí decenas de libros y me inicié sexualmente con una muñeca de hule que se llamaba Gretchen. Pero me limitaba a empujar la silla de ruedas y a limpiarle la caca.

—Tengo buenas referencias —digo.

—Muy bien.

El hombre mira el reloj. Me dice cuánto me va a pagar por mes; pregunta si puedo comenzar hoy mismo, que me paga un bono, que va a viajar por la noche y que está apurado.

La mujer también está apurada.

—No traje mi ropa —digo.

—Ropa es lo que menos falta en esta casa. Abra los roperos y saque lo que quiera, aquí en este papel están las direcciones y los teléfonos del médico asistente de mi padre y de nuestro abogado. Si hace falta, llame al médico, pero no va a pasar nada: mi padre tiene una salud de hierro. Los otros problemas, dinero o lo que sea, trátelos con el abogado. Tiene también el teléfono de la farmacia y del supermercado, basta con llamar, pedir el envío y firmar los recibos. En este otro papel está lo que tiene que hacer como enfermero. No es muy complicado. Cada tres días tendrá uno libre, ese día viene una enfermera a reemplazarlo. Ahí puede ir a su casa a buscar su ropa. Bueno, creo que está todo claro. ¿Alguna duda?

—No —quiero librarme de él tanto como él quiere librarse del viejo.

—Ah, se me olvidaba, el nombre de mi padre es Baglioni, doctor Baglioni. Vamos a su habitación.

Pasamos por un largo pasillo hasta la habitación del viejo. Está acostado en una cama.

—Papá, este señor es su nuevo amigo..., ¿cuál es su nombre?

—José.

—José. Él lo va a cuidar...

El viejo tiene la cabeza blanca. Me mira. Rezonga que no le gusta que traigan personas a su habitación cuando está sin la dentadura.

—Él no es cualquier persona, papá, es José.

El viejo se pone la dentadura. Me mira. El hombre se inclina y le da un beso en la frente al viejo. La mujer hace lo mismo.

En la puerta, el hombre me da un fajo de dinero.

—Tres meses adelantados. Es el bono. ¿Alguna duda?

—No.

La mujer suspira. Ambos, hombre y mujer, miran sus relojes. Olvidaron pedir mis referencias, no quieren perder más tiempo, van a viajar y deben estar atrasados. Voy hasta la puerta con ellos.

—Esta llave es de la puerta. La roja es la del cofre. En el cofre están los medicamentos.

Salen.

Leo las instrucciones. El cofre pesado, cuadrado, de acero pulido, está en la despensa. Abro el cofre, solo veo medicamentos. Doy una vuelta por las varias salas de la casa. Abro los roperos. Todas las ventanas tienen reja. Esta gente vive en un tercer piso y pone rejas en las ventanas. Miedo al hombre araña. Una de las salas tiene las cuatro paredes ocupadas por anaqueles llenos de libros hasta el techo. Grandes mierdas. La casa del viejo de Flamengo también estaba repleta de libros que me dejaron deslumbrado, pero eso fue en aquel tiempo, cuando era un niño. La cocina es espaciosa, con una enorme estufa eléctrica, microondas, licuadoras, exprimidores de fruta, refrigeradores y congelador llenos de cajas de plástico etiquetadas y alacenas repletas de frascos y cajas de comida. Pero, según las instrucciones, para comer el viejo toma una sopa de verduras y come un poco de jalea. Además de la comida, que está lista en el congelador, le debo dar un comprimido de Pankreoflat, uno de Ticlid y uno de Lexotan, seis mg. El Lexotan yo sé para qué sirve; como son muchas las cajas en la alacena, de vez en cuando voy a tomar uno. Ticlid. Abro la caja y leo el prospecto. Me gusta mucho leer los prospectos de los medicamentos. El Ticlid *es un potente antitrombótico que contiene como componente activo una nueva y original sustancia, el clorhidrato de ticlopidina. Indicado en todos los casos que requieren reducción de la agregación y de la adhesividad de las plaquetas.* Pankreoflat *tiene como componentes activos Pancreatina triplex y dimetilpolisiloxano altamente activado mediante proceso especial.*

Son las ocho. Ya he calentado la sopa. Saco al viejo de la cama y lo siento en el sillón.

—Es hora de tomar la sopa.

—No quiero sopa —está con todos los dientes, arriba y abajo.

—Entonces coma jalea.

—No quiero jalea.

No quiere, no quiere, bueno. Pero lo obligo a tomarse los medicamentos. Debe estar nervioso en este nuestro primer día, pero el Lexotan le va a reducir la tensión y la ansiedad.

Levanto al viejo del sillón sin esfuerzo. En vez de estar feliz en mis brazos, me mira como si me odiase. En la cama, conforme las instrucciones, le pongo un pañal desechable, aunque él trata de impedir que se lo ponga, pero es débil, su resistencia es muy pequeña.

—¿Sabes quién soy yo? —pregunta.

—Sí, el doctor Baglioni, no se preocupe.

Tiro el cable con el botón del timbre y lo pongo al lado de la cama, junto con el control remoto de la tele, conforme las instrucciones.

—Si desea algo, toque el timbre.

Pongo la loza en la máquina. Saco jamón del refrigerador y me preparo un sándwich.

Mi habitación es cómoda, con un baño pequeño, televisión y un estante de libros. Si fuera como antes, examinaría libro por libro para ver si me interesa alguno, pero ni siquiera miro el estante. El noticiero de la tele no da la noticia que me interesa. El viejo no me llama durante la noche; el Lexotan debe haberle hecho efecto.

Veo el último noticiero de la noche. Nada.

Ando por la casa. Entro en la biblioteca, pero no leo ningún libro. Me tomo un Lexotan del viejo, pero aun así no puedo dormir. Soy duro para caer.

A las siete de la mañana voy a ver al viejo. Ya está despierto. Sigo las instrucciones. Primero le lavo los ojos con agua boricada. Luego le quito el pañal que está sucio de mierda y orina. Limpio al viejo con una esponja, sintiendo un asco enorme. Le pongo una pijama.

—Le voy a traer su té con pan tostado.

Habían pasado un diario por debajo de la puerta de la cocina. Abro el diario pero no encuentro la noticia que busco.

Pongo un poco de leche en el té. Él toma una taza y come un pan. Le doy un comprimido de Adalat Retard, *veinte mg de nifedipina*, y otro de Tagamet, *denominación comercial de Cimetidina SK&F*. Después paso al viejo de la cama al sillón, prendo la tele. Dibujos animados.

—Si desea algo, toque el timbre.

Releo el diario. Nada. Tomo el teléfono. Hay que tener cuidado. Vuelvo a la habitación del viejo. Hay una extensión sobre la mesa de luz. Finjo que ordeno la mesa y arranco el cable de teléfono de la caja de la pared. El viejo me mira pensativo. Tal vez haya percibido lo que hice.

Llamo del teléfono de la sala. Nadie contesta. Escucho una línea cruzada.

—*Pusieron vidrio molido en mi borscht.*

Cuelgo, preocupado. Las líneas cruzadas me ponen nervioso. ¿Vidrio molido en el borscht? ¿Un código? Las personas astutas hablan en código por teléfono. Debería haber seguido escuchando. Trato de nuevo, pero nadie contesta.

Oigo el timbre del viejo.

—Te tengo una propuesta —dice.

Todas las propuestas que me han hecho han resultado ser grandes mierdas.

—No puedo oír propuestas suyas.

—Abre ese armario —dice el viejo.

El armario está lleno de puros, cubanos, norteamericanos, jamaicanos, holandeses, brasileños.

—No fumo —digo.

—Hay una caja de puros Empire, ¿no? Una caja grande. Abre la caja.

La caja está llena de puros, grandes y gruesos como macanas de policía.

—¿Y? —dice el viejo.

—No fumo, y si fumara no fumaría de esos.

—Esa caja no, la otra.

La otra caja está llena de billetes de cien dólares. Grandes mierdas.

—No estoy interesado en ninguna propuesta —digo.

Pongo la caja donde estaba y cierro la puerta del armario.

El viejo intenta agarrarme del brazo.

—Escucha, imbécil —me dice.

—Lo siento mucho. Si me necesita, toque el timbre.

Nuevamente llamo del teléfono de la sala. Quien yo quiero no atiende.

—*Pusieron vidrio molido en mi Porsche.*

Es la línea cruzada. ¿Porsche? ¿Borscht? Maldito código. Borscht. Cuelgo.

Hora de almorzar. Sopa y papaya, sacados del congelador. Ticlid y Pankreoflat.

—Nunca vas a ser nadie en la vida —dice.

Durante tres días y tres noches cuido al viejo. Cada vez habla más.

—¿Sabes cuándo descubrí que estaba viejo? Cuando se me empezaron a caer los pendejos y a nacer más pelos en la nariz —me dice mientras le paso una esponja por los testículos.

Mis llamadas no son atendidas. Después de la tercera línea cruzada dejo de llamar. Ni los diarios, ni la televisión dan la noticia que espero.

El cuarto día llega la enfermera que me va a reemplazar. Somos más o menos de la misma edad.

—Entonces el Van se fue —dice ella.

—¿Qué Van?

—El Vanderley, el enfermero.

—No sé nada.

—Cuando el Van desapareció, quisieron que yo lo reemplazara, pero les dije que no podía dejar el turno del hospital. Ellos saben que trabajo en el hospital.

En el departamento hay otra habitación solo para ella. Entra a la habitación y surge, en poco tiempo, vestida con un uniforme blanco y limpio, con cofia blanca, zapatos y medias blancas. De su cuerpo sale un perfume agradable.

—¿El doctor Baglioni está bien?

—Sí.

—¿Y tú dónde estudiaste?

—No es de tu incumbencia —respondo.

—No te atrases mañana. Tengo que entrar a las nueve al hospital.

—No te preocupes.

—El Van siempre se atrasaba.

—Yo nunca me atraso.

—¿Esa ropa es tuya?

Estoy con una camisa y un pantalón, que me queda corto, a la altura de las pantorrillas, que saqué de un ropero de la casa.

—El tipo me dijo que eligiera la ropa que quisiera. No tuve tiempo de ir a mi casa. La culpa es del Van, por haber desaparecido.

—Mi nombre es Lou.

—¿Lou?

—Lourdes. ¿Y el tuyo?

—José —me acordé del viejo de Flamengo y de su silla de ruedas—. ¿Por qué no tienen una silla de ruedas aquí?

—El hijo del doctor Baglioni no quiere.

—¿Por qué los medicamentos están en el cofre?

—Para que el doctor Baglioni no se mate.

—No puede caminar solo.

—Antes de quebrarse el fémur podía.

—Entonces las rejas de la ventana...

—Eso fue hace mucho tiempo, cuando lo intentó por primera vez.

Salgo. Busco al portero.

—Trabajo con el doctor Baglioni, del tercer piso. ¿Dónde está la conexión del teléfono?

—¿Para qué?

—El teléfono no funciona y quiero echar una mirada.

—¿Usted es técnico?

—¿Me muestra dónde está la caja?

Me lleva a una puerta de madera.

—Aquí está. Pero no tengo las llaves.

—Será mejor conseguirlas, si no reviento esa mierda.

Él sabe que no estoy bromeando. Las personas siempre saben cuando no bromeo. Me da las llaves.

—Puede retirarse, yo cierro.

Es fácil identificar los cables del departamento del doctor Baglioni. El edificio tiene solo un departamento por piso. Ninguno de los teléfonos está intervenido en la caja. Pero hay otros lugares donde eso se puede hacer. Qué mierda.

Le devuelvo las llaves al portero. Tomo un taxi. Llevo en el bolsillo el fajo de dinero que me dieron. El otro bolsillo está pesado de tantas fichas de teléfono. Ya decidí a qué hotel voy, uno que está en la calle Buarque de Macedo, en Flamengo. Nunca he estado ahí. No me quedo dos veces en el mismo hotel. En el camino compro una maleta pequeña, seis calzoncillos, seis camisas, un pantalón, crema de afeitar y una gillete.

Un hotel ordinario, sin teléfono en el cuarto, pero eso no me molesta, teléfono en cuarto de hotel es peligroso, el telefonista se distrae oyendo las conversaciones de los huéspedes. Cierro las cortinas del cuarto y me acuesto después de quitarme los zapatos. Paso el día acostado en la cama.

Salgo de noche para llamar de un teléfono público. Nadie atiende. Compro un sándwich de queso y una lata de Coca-Cola y vuelvo al hotel. Me siento en la única silla del cuarto. Espero a que me dé hambre para comer el sándwich y tomar la Coca-Cola.

Por las rendijas de la cortina comienza a entrar luz del día. Me baño y me afeito. Pago el hotel y salgo. Hago parar un taxi.

Intento abrir la puerta del departamento del viejo y no puedo. Un cerrojo sostiene la puerta por dentro. Toco el timbre. Lou abre la puerta. Su uniforme no tiene una sola arruga. O estuvo de pie la noche entera o se puso un uniforme nuevo. Siento el perfume del uniforme y de su cuerpo.

—Ya le di la leche, el Adalat y el Tagomet. Lo bañé, lo perfumé, lo afeité y le corté los pelos de la nariz. No le pusiste perfume.

—No está en las instrucciones que me dio el tipo.

—Tienes que cortarle los pelos de la nariz, los pelos crecen mucho y a él no le gustan los pelos de la nariz.

—No está en las instrucciones.

—Por la tarde no le diste la leche con Meritene. Y no te olvides del Seloken.

Está en las instrucciones; Seloken, inhibidor de los receptores adrenérgicos localizados principalmente en el corazón.

—Se me fue. ¿Cómo sabes que no se lo di?

—Sabiendo.

Ella entra a su habitación, se cambia de ropa. Jeans, tenis, camiseta Hering, bolso.

—¿Dónde está tu uniforme?

—Ya le dije al tipo que no iba a usar uniforme. Mira, no te metas en mi vida.

—Es antihigiénico trabajar sin uniforme. Otra cosa: ¿tú arrancaste el cable del teléfono de la habitación?

—Sí, ¿para qué ese teléfono? Solo sirve para molestar al viejo.

—Tal vez tengas razón —dice ella, antes de salir.

—Buenos días —le digo al viejo que está en el sillón vestido con pijama a rayas.

Siento el olor a perfume.

—Hay una planta en el desierto de Namibia que vive mil años alimentándose solo del rocío de la mañana —me dice.

Grandes mierdas. Prendo la televisión.

—Si necesita algo, toque el timbre.

Llamo de la sala. Nadie contesta. Esta vez no hay líneas cruzadas, o están callados, para oír lo que los otros dicen.

Suena el timbre.

—¿Sí?

—Apaga la tele y colócame en la cama. Estoy cansado.

Está en la cama, tendido, con las piernas cruzadas.

—Abre el cajón. Saca el libro que está adentro.

El libro, de tapa dura, tiene su retrato en la portada, veinte años más joven.

—¿Gustar tanto de los libros como de las mujeres no es un indicio terrible?

Le doy el libro.

—Si necesita algo, toque el timbre.

—Espera. ¿Sabes cuándo descubrí que estaba viejo? Cuando me empezó a gustar más comer que coger. Ese es un indicio terrible, peor que los pelos creciendo en la nariz. Ahora ni siquiera me gusta comer —dice.

—A mí tampoco me gusta comer. Si necesita algo, toque el timbre.

—Lee este libro —dice.

Tomo el libro con su retrato en la portada.

—Si necesita algo, toque el timbre —repito.

Leo el libro en mi habitación. Es una serie de testimonios sobre el viejo, de amigos, colegas de profesión, hombres importantes diciendo lo formidable que fue. Todos dicen lo mismo de la inteligencia, la generosidad, la cultura, el espíritu público del doctor Baglioni.

A la hora de almuerzo el viejo no me habla del libro. Por la tarde le doy la leche con Meritene. En la comida me pregunta por el libro.

—Lo leí.

—¿Y?

—¿Y qué?

—Quiero tu opinión.

—Lo encontré una mierda. Un montón de idioteces.

—Iba a morir y mis amigos decidieron publicar el libro. Fue mi culpa.

Se quitó los dientes. Empezaba a tomar confianza conmigo.

—Tengo sueño. Recuérdame después conversar sobre eso. Que no se te olvide. Quiero hablarte de eso.

Lo pongo en la cama. Tendido con las piernas cruzadas. Llamo del teléfono de la sala hasta que al fin atienden.

—Soy yo —digo.

—¿Dónde te habías metido?

—No te lo puedo decir. Escucha.

—*Siguen el brillo del relámpago.*
Qué mierda, es la línea cruzada.
—Hay una línea cruzada. Te voy a cortar.
—Dime dónde estás para llamarte. Tengo que salir.
—*Esperan el arcoíris.*
La mierda de línea cruzada.
—Yo te llamo mejor.
Corto y voy a la habitación del viejo. Está dormido. Si salgo por diez minutos, no se va a despertar en ese tiempo.
Llamo nuevamente del teléfono público de la calle. Suena y nadie contesta.
Estoy en mi habitación, de vuelta.
¿Será realmente una línea cruzada? Las palabras están en código. La voz del relámpago se parecía a la del *borscht porsche bosch*, pero tal vez no lo fuera. Bueno, no estoy apurado. Nadie sabe dónde estoy. Me tomo un Lexotan del viejo.
Al día siguiente, después de limpiar las partes del viejo y de lavarle los ojos con agua boricada, y de darle su té con leche y pan tostado, el Adalat y el Tagamet:
—¿Sabes cómo se siente un sujeto que organiza un libro de panegíricos para que se publique después de su muerte y que al final no se muere?
—¿Cuál es el problema?
—Mientras agonizaba, un amigo acelerado distribuyó los dos mil ejemplares del libro, que no me mostraron porque me estaba muriendo, diciendo qué gran pérdida era mi muerte, y llenándome de alabanzas. Aunque mi libro fuera bueno, que no es el caso, tendría que haberme sentido incómodo. No me morí, ¿entendiste?
—Sí. ¿Usted realmente fue el mayor abogado brasileño?
—Esa es otra estupidez del libro. Nadie es más grande en nada. Yo era un abogado que sabía ganar mucho dinero, en una época en que los economistas todavía no habían tomado el poder.
—Hay cosas peores que tener un libro idiota escrito sobre uno.
—Sí, sí, claro. Por ejemplo, que el esperma de un sujeto se ponga fino como agua. Pero no logro dejar de recordar ese libro ridículo. Más de la mitad de los libros fueron a parar a las librerías de viejo. Mandé a un amigo a comprarlos todos de vuelta, lo que me costó casi nada; estaban olvidados. Destruí todos los que logré reunir. Pero hay otros, desparramados por el mundo.
Su voz jadeaba.
—Después me cuenta el resto.

—Me vas a escuchar, ¿no? Me pareces un tipo inteligente. Para ser un enfermero.

—Mañana, ahora descanse.

Después del desayuno, después del almuerzo y después de la comida, siempre en esas ocasiones, me agarra para hablar de su vida. Divaga un poco, pero es fácil seguir lo que dice, basta un poco de disposición.

Los dolores de cabeza surgieron de un día para otro. Tan fuertes que los analgésicos comunes no lograban aliviarlo. Los médicos que lo examinaron hicieron el diagnóstico y sugirieron que consultara otras opiniones. En el exterior confirmaron la enfermedad. El viejo tenía seis meses de vida, un poco más, un poco menos.

Su miedo principal fue siempre morir súbitamente sin poder rasgar los papeles que debían ser destruidos, sin premiar a quien debía ser premiado o castigar a quien debía ser castigado, sin poder disponer de sus bienes de la forma que consideraba justa. Saber que tenía seis meses de vida fue una especie de consuelo. Se confesó con un cura amigo y fue absuelto de sus pecados. Profesaba una buena y compasiva religión que les daba a todos una oportunidad de salvación hasta el último instante. Siempre tuvo una gran capacidad para sufrir humillaciones, soportar injurias, enfrentar y vencer obstáculos. Después de que se vengaba de los que lo habían ofendido, de la manera más absoluta y plena posible, y siempre se vengaba, se daba el lujo de perdonar. El perdón después de la venganza. Así, entre sus últimas disposiciones la represalia ocupaba un lugar importante. Sí, la venganza era un pecado, pero en el último momento se arrepentiría y sería perdonado. El cura le había dicho que el arrepentimiento no tenía hora cierta para entrar en el corazón de los hombres, siempre que fuese verdadero. El viejo sabía que se arrepentiría genuinamente después de aniquilar a sus enemigos y que moriría redimido, en condiciones de enfrentar lo que viniera después de la muerte.

El año anterior, antes del diagnóstico médico, fue elegido hombre del año por una importante revista semanal y le confió a su viejo amigo Sampaio, con quien había fundado la mayor oficina de abogacía del país, que le gustaría dejar de trabajar para escribir su biografía. Comenzaba a sentir que estaba viejo y no quería que la posteridad lo olvidase. Sampaio dijo que eso podría quedar para más tarde, que había mucho que hacer en la oficina. Y agregó, ciertamente con razón, que la vida del viejo no tenía material para una biografía que pudiese interesar a los otros. El tal Sampaio sabía que hay mucha gente que piensa que su vida es muy interesante, pero que no lo es. Otros piensan que sus vidas son una mierda, y lo son.

Lou llega cuando el viejo está sentado en el sillón contando su vida. No cierro la puerta con cerrojo y ella entra y nos sorprende conversando. Al verla, la cara del viejo se alegra. Parece dudar entre quedarse en la compañía de ella o la mía, ahora que me he convertido en una especie de confidente. Lou dice que se va a poner el uniforme. La sigo.

—¿Cuál es el asunto que dejó al doctor Baglioni tan entusiasmado?

—Su vida.

—¿Ah, sí? Qué bien.

Entra a la habitación.

Vuelve brillante, planchadita, perfumada.

—Me voy a bañar —digo.

Está en la puerta de mi habitación cuando salgo.

—¿Te tomaste un Lexotan?

—Sí.

—Mmm.

—Voy a hacer una llamada antes de salir.

Esta vez el teléfono suena solo dos veces y contestan. Es una voz extraña.

—¿Quién es? —pregunto.

—¿Con quién quiere hablar?

Me late el oído. Siempre que me siento en peligro me late el oído. Corto, sin saber qué hacer.

—¿Te molesta si duermo aquí hoy día durante tu turno?

—Si no te metes en mi trabajo... —dice ella.

Me quedo en mi habitación, acostado. Allá afuera se está poniendo cada vez más peligroso.

Lou golpea la puerta.

—¿Quieres comer algo? —pregunta desde afuera.

El día ha pasado rápido.

—No, gracias —grito de adentro.

—Te lo traigo a la habitación.

—No tengo hambre. Gracias.

Lou golpea la puerta.

—¿Quieres desayunar?

La noche pasó rápido.

—Ya voy —grito.

—¿Dormiste vestido? —pregunta Lou, en la mesa del desayuno.

—No tengo pijama.

—Ni uniforme.

—¿Estás casada?

—¿Para qué quieres saber?

—Estaba pensando en tu marido.

—No tengo marido.

—Un tipo con suerte. Ese que no se casó contigo.

—Graciosito. Y tú, ¿estás casado?

—Estuve casado con Gretchen.

Lou se arregla el pelo por debajo de la cofia de enfermera. Hay muchas cosas en la mesa. Tomo té con leche y pan tostado.

—¿Estás haciendo la misma dieta del doctor Baglioni?

—No me da hambre por la mañana.

—Estás muy delgado. Voy a pensar que tienes sida.

—Lo tengo.

—Esa broma no tiene gracia.

—Gracias por el té.

Tengo ganas de preguntarle qué perfume usa, pero me levanto de la mesa. El timbre del viejo suena.

Está afeitado, lavado y perfumado.

—¿La señorita ya se fue?

—Está terminando de desayunar.

—Cuando se vaya, ven aquí. Tenemos que conversar.

Sampaio tenía razón. El viejo no tenía capacidad para escribir su propia biografía. Estuvo casado con tres mujeres celosas y les tuvo miedo a todas, más a la primera que a la segunda y un poco menos a la última. La hora del almuerzo era perfecta para darse sus salidas sin que la mujer con quien estaba casado desconfiara; por lo mínimo dos veces por semana, durante más de treinta años le inventó a la secretaria un almuerzo de negocios para meterse en la cama con otra mujer sin despertar sospechas.

Su última mujer era la más tranquila de todas. Siempre se casó con mujeres pobres. En su primer matrimonio él también era pobre, pero en el segundo ya era un hombre muy rico y la mujer era una joven de los suburbios astuta y sin escrúpulos. Hay hombres que no pueden ser humillados, no porque no sientan las humillaciones, sino porque sienten que están por sobre ellas. Así, los vejámenes a que esa segunda mujer lo sometió habían sido administrados con frialdad. Se acostaba con ella por la noche imaginando la manera de hacerla volver al ostracismo de la pequeña clase media de donde la había sacado. Fingió, hasta cuando le interesó, que no sabía nada de los amantes de su mujer e incluso se divirtió con el último de ellos, un gigoló que se decía metopomancista, llamado José de Arimateia, probablemente un nombre falso.

—¿Metopomancista? ¿Qué mierda es esa? —pregunto.

El viejo sabe la razón de por qué se acuerda de ese individuo entre los varios amantes que le conoció a su segunda mujer. El día en que lo conoció, en una comida en su casa promovida por la segunda mujer para presentar a ese sujeto a la sociedad, Arimateia le dijo que no era un cartomántico, un quiromántico, un charlatán, sino un científico que estudiaba el carácter de las personas por las líneas de la frente y hacía proyecciones, que algunos llamaban aquella ciencia equivocadamente de metoposcopía, lo que, además de ser etimológicamente incorrecto, recordaba a dactiloscopía, endoscopía y otras oscopías menos trascendentes. Y Arimateia le preguntó si él, el viejo, sabía por qué las mujeres eran más misteriosas que los hombres.

—¿Sabes lo que el charlatán me dijo?, que las mujeres son más misteriosas que los hombres solo porque se esconden las arrugas del rostro. Y el cretino me dio una lección. Yo nunca vi, hasta casarme, el rostro de mi segunda mujer sin que estuviese cubierto por un elaborado maquillaje, el mismo maquillaje que usaba cuando fue elegida miss Nova Iguaçú Country Club y que ella creía que le daba el aspecto sutil y níveamente exótico de una actriz de teatro japonés.

En medio de la historia, al viejo le dio un ataque de asma. Tomo el frasco de Berotec Spray, le hago una aplicación en la boca. Está en las instrucciones. Como el ataque no se le pasa, le pongo dos supositorios de Eufilin infantil. Está en las instrucciones. Lou me explicó que antiguamente había un Euphyllin con ph y ll, un broncodilatador para adultos, pero terminaron con ese remedio e hicieron el Eufilin de grafía simplificada para chicos, pero un niño y un viejo son la misma cosa.

—Ahora descanse un poco. Si necesita algo, toque el timbre.

Dejo al viejo en la cama, tendido de espalda y con las piernas cruzadas.

Lou está vestida con su otro uniforme, el de calle, jeans, tenis, camisa Hering, bolso. Espero a que salga y voy a la habitación del viejo. Sigue en la misma posición, los pies cruzados. Abro el armario, saco la caja de puros. Los dólares están ahí.

—¿Cambiaste de idea? —pregunta el viejo.

—No, vine a ver si el dinero seguía aquí.

—Ella es honesta. Trátala bien. La necesito más a ella que a ti.

La voz del viejo todavía no suena normal.

—Descanse un poco más.

—Quiero ir a la biblioteca.

—Después del almuerzo.

—Quiero ir ahora.

—Sigo las instrucciones.

—Al diablo con las instrucciones.

—Si necesita algo, toque el timbre.

Tengo que hacer una llamada, pero no puede ser desde la casa. Van a terminar descubriendo de dónde lo hago. Tiene que ser de la calle, pero no puedo salir ahora, con el viejo atacado de asma.

Ando por la casa. Suena el timbre.

—No quiero quedarme solo —dice el viejo.

Me siento en el sofá de la habitación.

—Me voy a quedar aquí, pero quédese callado, ¿está bien?

Cierra los ojos. Abre los ojos, me mira. Cierra los ojos. Abre. Cierra. Duerme. Dormido me hace recordar a un perro que tuve cuando era chico.

Me recuesto en el sofá. Siento el olor de Lou, debe haberse acostado ahí anoche, vigilando al viejo, como una buena enfermera. ¿Qué hace para que el uniforme no le quede con un doblez, un pliegue, una simple arruga?

Después del almuerzo tomo al viejo y lo llevo a la biblioteca. Debería hacerlo caminar hasta allá, pero tiene miedo de apoyar en el piso la pierna que se quebró y en la que le pusieron una prótesis de metal; camina con torpeza, cojeando, parece que se va a caer en cualquier momento. En la biblioteca hay un sillón grande, donde acomodo al viejo. Prendo la luz de una lámpara alta que está al lado del sillón.

—Alcánzame ese Macauley de tapa roja —dice—. Ahora solo me gusta leer a los viejos historiadores. Burckhardt, Gibbon, Mommsen. Leo sin anteojos, ¿sabías?

Encuentro el libro. Lo saco del estante y se lo doy.

—¿Puedes leer esta letra chica?

El libro está escrito en inglés.

—Sí.

—Entonces lee.

—*He was still in his novitiate of infamy* —leo.

—¿Lees en inglés?

Grandes mierdas.

—Soy un buen enfermero —digo, pero él no percibe la ironía.

—Macauley está hablando de Barère.

—¿Puedo dar una vuelta rápida?

—Eso no está en las instrucciones —dice el viejo—. Es una broma. Anda.

—Cinco minutos.

Veo si el cofre de los medicamentos está bien cerrado, nunca está de más una precaución. Salgo. Llamo de un teléfono público.

—¿Dónde estás?

—Eso no importa —digo.

—Necesito hablar contigo.

—Habla.

—Tú mismo dijiste que era peligroso por teléfono.

—Estoy hablando de uno público.

—Igual es peligroso. Vamos a encontrarnos.

—Lo voy a pensar. Te llamo después.

—Después puede ser demasiado tarde.

Cuelgo. Compro el diario. Nada. Tiro el diario a un bote de basura. El viejo está caído en el piso, en medio de varios libros.

—Traté de sacar el Burckhardt del estante y me caí. Es este libro.

Muestra el libro que tiene entre las manos. Siento al viejo en el sillón. Me da el libro.

—Quiero que me leas un fragmento de este libro.

Tomo el libro.

—No leo en alemán.

—Ah, ah —dice él—. Yo te leo.

Traduce mientras lee, sin vacilaciones. Es la historia de un general y dos habitantes de una ciudad que el general liberó de los enemigos. Todos los días se reunían para ver de qué forma podían premiar al general, pero nunca encontraban una recompensa digna del gran favor que les había hecho. Finalmente uno de ellos tuvo una idea. Matar al general y entonces adorarlo como santo patrono de la ciudad. Y eso es lo que hicieron.

—¿Entendiste?

Grandes mierdas. Hace mucho tiempo que dejé de dar importancia a lo que se lee en los libros.

—Su vida parece más interesante.

—¿Sí? —Tira el libro al suelo y retoma alegremente su historia.

El metopomancista le había enseñado una lección. Así, al conocer a su tercera mujer, lo primero que el viejo le pidió fue que se lavara el rostro. Y tras el maquillaje, pues esta mujer suya también se maquillaba con perfección, descubrió trazos de melancolía, de tristeza y de muerte, que habían hecho que le gustara más que todas las otras. Pero siguió teniendo aventuras amorosas, eran mucho más excitantes estando casado. Tal vez por eso se casó temprano y se quedó soltero tan poco tiempo entre una esposa y otra.

Mientras más dinero ganaba, mientras más poder ejercía, mayor era su deseo por las mujeres. Celebró, cogiendo, los nombramientos que obtuvo para cargos de juez de tribunal de justicia y ministro del Supremo, la influencia que ejerció en las elecciones de todo tipo que manipuló, hasta para pleitos mundanos, como los de las academias de letras y de medicina. Un día, en febrero, un mes después de cumplir sesenta y nueve años, al obtener el nombramiento de un ministro cretino que casi derrocó al gobierno, prefirió ir a almorzar con un abogado de la oficina y canceló una cita con una bella mujer que le había dado mucho trabajo hasta convencerla de ir a la cama. Desde hacía algún tiempo que le gustaba comer y beber en cantidades cada vez mayores; trató inútilmente de impedir el aumento del diámetro de su cintura con tés y con pastillas homeopáticas y masajes diarios por la mañana, antes de ir a la oficina. La protuberancia flácida de la barriga, el culo ancho y cuadrado; los pechos caídos, que si no estuvieran cubiertos de pelo harían recordar los de una mujer vieja; el pene que quedó fino, largo y blando, cada vez más parecido a una tripa congelada y vacía; todo eso venía desde hace ya algún tiempo exigiéndole algunas cautelas en los encuentros amorosos. Evitaba cuartos con espejos, principalmente en el techo: las mujeres cuando fornican en cuartos con espejos en los techos quedan atónitas con el reflejo del propio cuerpo, pero en ciertos momentos también miran el del compañero. Así, las luces debían estar apagadas, la penumbra era lo máximo de claridad aceptable en el cuarto; al vestir y quitarse la ropa había un buen criterio de oportunidad que debía ser obedecido, un momento adecuado para quitarse la camisa, los pantalones, los calzoncillos, para entrar en la cama y salir de la cama; la distancia correcta entre él y su compañera tenía que ser rigurosamente establecida, mientras más cerca mejor. Y después del sexo era necesario impedir que la mujer notase que su esperma era escasa y tan poco espesa como leche C aguada. Había que dejar la bañera lista y llevar rápido a la mujer y lavarle el coño fingiendo que era un gesto de cariño sumiso. Coger demandaba una rigurosa puesta en escena, un extenuante armado teatral. Eso sin hablar de los problemas de variada naturaleza que cualquier mujer que va a la cama con un hombre le crea.

Un febrero caliente y húmedo, en vez de buscar nuevas mujeres, empezó a pensar en las que ya había tenido, o a imaginar, solo a fantasear, cómo sería copular con las mujeres bonitas con que se cruzaba en las comidas sociales, sin poder meterse con ellas, satisfaciéndose únicamente con charlas maliciosas, seductoras pero inocuas.

—Siempre quise morirme despacio, sin apuro. Mi mayor miedo en la vida fue siempre morir de repente, sin poder organizar mi vida.

—Ya me dijo eso. Se está repitiendo. Mejor descanse un poco.

Tomo al viejo y me lo llevo a la habitación. Le doy dos Lexotan. Imagino que soy él, mientras espero que se duerma. Le meto el dedo en la nariz y no le siento pelos. No le veo pelos saliendo de la nariz, Lou tiene que habérselos cortado. Tengo que revisarme los míos.

El tiempo pasa, debo moverme, hacer algo, no será por teléfono, puede estar intervenido. Si lograra descifrar esos códigos; el vidrio molido en el borscht, los tipos orientándose por el trueno, ¿qué mierda sería eso?

El viejo duerme. Reviso el cofre. Salgo a la calle. Llamo del teléfono público.

—Tenemos que vernos.

—Todavía no —digo—. Pusieron vidrio molido en mi borscht.

Espero la reacción del otro lado.

Silencio.

—Ellos se orientan por el trueno.

—No te entiendo.

—Por el brillo del relámpago.

—Sigo sin entender. Tenemos que vernos.

Cuelgo.

Al día siguiente el viejo se levanta aturdido, abatido, apagado. Dos Lexotan de una vez es demasiado para él. No tiene hambre y no me cuenta la historia de su vida.

Llega Lou. Pregunta qué le pasa al viejo. No menciono los dos Lexotan.

Me gusta el perfume de su cuerpo. Cuando Lou se ríe se le ve un poco de las encías, una carne coloradita y saludable. Vista sin prejuicios, es bonita. Pero hoy, quitando el perfume, no parece estar bien, y no es solo preocupación por el viejo. Algo le pasó. Mientras se va a cuidar al viejo preparo desayuno para nosotros dos. Sé que a Lou le gusta el pan tostado con mermelada de frambuesa y café con leche.

—Hagamos las paces —le digo.

Lou da, pensativa, un pequeño sorbo con la cuchara.

—No estoy peleada contigo.

—Te hice el pan tostado como te gusta, con frambuesa.

—Gracias —dice, tratando de sonreír. Le da solo una mordida al pan tostado.

Le digo que hoy también me voy a quedar en la casa. Nuevamente me dice que no le molesta. Voy a mi habitación.

A la hora del almuerzo, le pregunto cómo está el viejo y Lou me responde que ahora está bien.

Paso el día en mi habitación y salgo solo dos veces para comer alguna cosa. En una de las salidas la sorprendo llorando, pero finjo que no he visto nada.

Por la mañana sigue triste y me dan ganas de abrazarla y besarla. Lou se va sin que pueda decirle una palabra de ánimo.

El viejo, como siempre después de ser tratado por Lou, está alerta, además de limpio y oloroso.

—Siéntate ahí y escucha —dice el viejo.

Como sentía mucho dolor, cuando pensaban que iba a estirar la pata los médicos le aplicaban inyecciones de morfina. Era bueno tomar morfina. El dolor pasaba y él volvía a tener treinta años de edad y a zambullirse en las calmas aguas de una playa del noreste, protegida por arrecifes que aquietaban y calentaban las olas. Mientras flotaba en esas saladas y tibias aguas venían a su mente escenas con mujeres que había tenido, las otras, no las esposas, que recordaba como si estuviese en un teatro. Solange, sentada en la cómoda baja del departamento de Plaza Athénée, las piernas dobladas de manera que sus pies también se apoyasen sobre el mueble; él frente a ella, las cabezas al mismo nivel y el pene, sin tener que ser guiado por su mano o la de ella, encontraba su templado encaje. Sara, a quien esperaba desnudo, caminando de un lado a otro en el departamento, y a quien cuando llegaba le arrancaba con furia la ropa que usaba y comenzaba a poseerla de pie, en la salita de entrada. Sonia, en la lancha durante una tempestad mar adentro, los dos imaginando que morirían tragados por las aguas mientras cogían en la cabina balanceante. Silvia, la mejor amiga de su primera mujer, cogiendo con él en la sala de visitas mientras su mujer se duchaba en el baño del piso superior. La morfina lo hacía recordar a las mujeres en grupos de nombres que comenzaban con la misma letra. Un día eran Martha, Myrthes, Miriam. Después, Heloísa, Helga, Hilda. Se había tirado a todas las letras del alfabeto.

Ahora no le da placer recordar sus proezas libidinosas; solo le queda una alegría que podría llamarse erótica pero que prefiere considerar estética. Pero eso no me lo cuenta, lo sabré después.

—Pero no he muerto, ¿entiendes? Me vengué de mis mujeres, de mis enemigos, de algunos por lo menos, y por una ironía del destino terminé castigándome a mí mismo con ese grotesco libro de encomios, sufriendo un castigo aun mayor que el que infligí a los otros.

Lo habían invitado y había aceptado participar en todas las grandes fiestas que se dieron en el país, en todos los banquetes de inauguración presidencial, en todo evento de lujo; aparecía por lo menos una vez por semana en las columnas de sociales de los principales diarios de Río y

São Paulo. Un idiota había contado eso en detalles en el libro de panegíricos. Otro escribió sobre los viajes que hizo, sobre el beso en la mano del papa. Todas esas grandes mierdas.

—Pasaré a la historia como un arribista disfrutable.

—¿Cómo se vengó de sus mujeres?

—De una de ellas, viéndola con placer morir de cáncer. De otra, mandándola a matar. Había sido miss Guadalupe Country Club.

—Usted dijo antes que había sido miss Nova Iguaçú.

—Guadalupe. Cuando tenía acceso a caviar gratis comía como un cerdo, sabiendo que le causaría una fuerte diarrea. Mentía hasta cuando decía que había leído *El Principito*. ¿Crees que soy un monstruo?

—No sé.

—Un día llegué a casa inesperadamente y ella estaba en la cama con un sujeto que decía estar enseñándole historia del arte. Lo dejé pasar, pero cuando el profesor de tenis la abofeteó en la cancha del Country Club por celos de otro amante, eso fue demasiado. Es fácil mandar a matar una persona cuando uno tiene poder y voluntad. Más todavía si uno es alguien que tiene en su árbol genealógico cardenales, *condottieri*, artistas y mafiosos, como yo. ¿Has oído hablar de los Bangliones, de Perugia? Siglo XV, Italia. Son mis antepasados. Están en Burckhardt.

Grandes mierdas.

—No. ¿Y la tercera? La que no usaba maquillaje y que por las arrugas del rostro se sabía que era una buena persona.

—Esa se mató. No quiero hablar de eso. Fue mi culpa. Hay pecados tan grandes que solo pueden ser punidos con la absolución.

—¿Y usted se siente perdonado?

—Infelizmente.

—Veo que está sufriendo con ese perdón.

—Sufro más con ese indestructible libro de alabancitas.

Entonces repite una vez más que compró todos los libros que encontró y los destruyó, pero que sobraron muchos libros dispersos por Brasil y por el mundo, y habla del bochorno y de todo lo demás.

Está muy cansado.

—Mejor descansar un poco.

—Sí, después seguimos.

Me recuesto en el sillón para vigilar al viejo pero también para sentir el perfume de Lou. Duermo y sueño con ella. Meto la mano entre los botones de su inmaculada blusa blanca de enfermera y acaricio su pequeño pecho. El sueño es solo eso.

Por la mañana, mientras le paso la esponja al viejo, pienso en Lou. Hoy es el día que viene. El viejo me hace nuevas confidencias, oigo las infamias que cometió, sus fanfarronadas *(me comí a la madre y a la hija)*, sus máximas *(las mujeres bien casadas son las mejores amantes; el poder aumenta el deseo sexual; un hombre debe perder los dientes cuando joven para que esa privación no interfiera en su libido)*. Por centésima vez se refiere a la frustración que sintió al prepararse para morir y después no morir.

—Los médicos me dijeron que podía quedarme tranquilo pues todavía me quedaban seis meses de vida. Podía prepararme para morir y me preparé. Los idiotas de los médicos se demoraron en descubrir que tenía una enfermedad que me iba a dejar inválido, pero que no me mataría. No me voy a morir nunca.

—Ya me contó eso.

Quiero que Lou llegue pronto, haber soñado con ella me ha dejado ansioso. No tengo paciencia para oír las historias del viejo. Me cae bien, pero hoy no tengo paciencia.

Lou llega con su uniforme de calle, jeans, camiseta blanca, bolso, tenis. Sigue triste. Entra a la habitación. Reaparece con su uniforme irreprensible. Le voy a decir que soñé con ella y que en el sueño le metía la mano por la blusa y le acariciaba el seno. Pero como su rostro está muy triste, pregunto antes:

—¿Estás triste? ¿Qué pasó?

—Mi novio me dejó.

Tal vez espera que le diga algo, pero me quedo callado.

—Me dejó por otra mujer.

Como no digo nada, Lou se dirige a la habitación del viejo.

Los diarios no dan la noticia que me interesa y no debo hacer llamadas porque pueden descubrir mi paradero. Lo mejor para mí sería dormir en el departamento del viejo, pero es mejor que no me quede solo con una mujer dejada, es una cobardía. Le digo a Lou que volveré antes de las nueve. Como siempre, voy a un hotel diferente, ahora es el Apa, en la calle Barata Ribeiro. Como siempre, uso mi identificación falsa. En el cuarto me quito los zapatos y me acuesto en la cama. Pienso en Lou. No pude decirle que soñé con ella; decirle eso a una mujer abandonada es algo sucio. Salgo a la noche. De pie, en un bar cercano, me como un sándwich de queso y me tomo una cerveza.

Duermo sentado en la silla del cuarto del hotel y sueño nuevamente con Lou, pero es una pesadilla: estamos en la cama y ella se transforma en Gretchen y se escapa de mi abrazo como un globo cuando se pincha. Llega a hacer aquel ruido de aire escapando por el agujero.

Como siempre, la puerta del departamento del viejo está cerrada con pestillo por dentro y tengo que tocar el timbre para que Lou me abra la puerta.

El viejo se comporta de manera extraña, pero no le pido a ella que me explique lo que eso significa. Siento su perfume. Me dice que hoy le toca preparar mi desayuno, pero que no sabe lo que me gusta.

—Un café chico está bien.

Lou no parece estar tan deprimida. Todavía sigue triste, pero parece haber tomado una decisión, lo que siempre deja a las personas más fuertes.

Durante el desayuno me observa.

—Tú nunca has sido enfermero. Lo sé.

No es una recriminación. Es curiosidad.

—Hace mucho tiempo cuidé a un viejo en la playa de Flamengo. Mientras el viejo moría me pasaba los días leyendo los libros de su biblioteca y las noches haciendo el amor con una muñeca de hule.

—¿Una muñeca de hule? Qué cosa más triste.

—Era un muchacho.

—¿Y te gustaba? ¿La muñeca?

—Era un chico solitario. Con Gretchen conversaba.

—¿Qué pasó con ella?

—Se reventó. Me dieron otra llamada Claudia.

—¿Otra muñeca de hule?

—Sí.

—¿Y qué pasó con ella?

—Dejé de ser un niño, me cansé de jugar con muñecas.

—¿Me estás tomando el pelo?

—No.

—¿Y ahora? ¿Qué es lo que haces realmente?

El timbre de la habitación del viejo interrumpe nuestra conversación.

—El viejo está llamando. Hasta el miércoles —digo, despidiéndola.

Voy a ver al viejo.

—¿La chica se fue?

—Ya se va.

—¿Habías conocido a otro asesino antes?

—Sí.

—¿Y los despreciaste?, ¿los odiaste?, ¿tuviste miedo?

—No.

—¿Y ya has matado a alguien?

—Sí.

—¿Y qué sentiste?

—¿Y usted? ¿Qué sintió cuando mató a su mujer?

—Al principio, nada. Pero, como abogado y cristiano, sabía que matar a alguien, además de ser un crimen, es un pecado. Podía irme al infierno por eso. Entonces me arrepentí y me confesé. Estaba arrepentido y fui absuelto. Yo voy al cielo, ¿entendiste? Porque mi arrepentimiento fue genuino. La justicia divina tiene sutilezas que la justicia de los hombres no tiene. Pero no es el perdón lo que me angustia.

—¿Quiere que lo lleve a leer a la biblioteca?

—No. La verdad es que estoy pensando que Macauley es un idiota. Los otros, aunque hayan escrito cosas interesantes sobre mis antepasados, también son unos idiotas. Todo me está cansando. Ya no le hallo gracia a la desnudez de Lou. Heráclito decía que nada es permanente a no ser el cambio. Es hora de cambiar. Pero no me quiero ir al cielo.

—Eso no es conmigo.

—Es contigo.

—No quiero oír su propuesta.

—Hay mucho dinero en esa caja de puros.

—No me interesa.

—Por favor. No quiero irme al cielo.

Súbitamente se echa a llorar. Su voz es fina y suplicante, como la de un niño.

—Por favor, ayúdame, no quiero irme al cielo.

Espero a que pare de llorar.

—Está bien —digo—. Por mí puede irse al infierno.

Me explica cómo puedo ayudarlo. Un vaso de agua y dos cajas de Lexotan. Cada caja tiene veinte comprimidos pequeños, rosados. Nombre genérico bromazepan.

Pongo un vaso y una botella con agua y dos cajas de comprimidos en su buró. Está acostado, de piernas cruzadas.

—Desde el principio sabía que podría contar contigo. Levántame para recostarme en las almohadas.

—¿Está seguro de que no quiere irse al cielo?

—Tú me entiendes.

Los comprimidos de Lexotan son pequeños y se los traga de dos en dos, sentado, la espalda apoyada en las almohadas.

—Alguna vez quise vivir mucho tiempo, para ver cómo todos mis enemigos morían. Pero cada vez que muere un enemigo uno se acuerda de la existencia de otro. O inventas otro. Nunca se terminan.

Se toma los cuarenta comprimidos con varios vasos de agua. La botella queda vacía.

Vuelve a tenderse en la cama, de piernas cruzadas.

—Tengo que morir solo.

Tomo la caja de puros con los dólares. Voy a mi pieza. Mucho tiempo después suena el timbre y voy a la habitación del viejo, pero no fue él quien tocó el timbre. Está inmóvil en la cama, de piernas cruzadas. El rostro, sereno, no es el de quien se fue al purgatorio o a algo peor.

El timbre es de la puerta de la calle. Lou.

—Vine a terminar nuestra conversación. ¿Puedo entrar?

Me hago a un lado. Ella entra.

—¿Y el doctor Baglioni?

—Está durmiendo.

—¿Te sorprende que haya venido hoy, a esta hora?

—No mucho. Llevas el uniforme de enfermera.

Ella se va a la habitación. Oigo la alarma de un auto en la calle. Descuelgo el teléfono de la sala.

El uniforme blanco de Lou no tiene ni una arruga. Se acerca a mí. Sus ojos color castaño claro tienen un trazo verde en torno al iris. Delicadamente abro el botón de la blusa blanca de Lou y acaricio uno de sus senos. Lou cierra los ojos. Vuelvo a abotonar su blusa. Lou me mira como si supiera quién soy, como si no hubiera más barreras entre nosotros y ahora pudiese confiar en mí.

Me toma la mano. Vamos a su habitación. Siento el perfume. Se quita el uniforme. Me desnudo antes que ella, tengo menos ropa que quitarme.

En la cama habla cosas incomprensibles, mezcladas con gritos y suspiros. Se entrega con esfuerzo, quiere gozar.

Después se duerme, un brazo sobre mi pecho. Despierta, por un breve momento, y me pregunta:

—¿Soy mejor que la muñeca de hule? —y yo contesto que sí.

Me quedo el resto de la noche despierto, pensando. Ya casi de mañana ella se despierta. Se despereza.

—¿Quieres más? —pregunta Lou tímidamente, sabiendo que eso la vuelve más seductora. No tengo ganas pero digo que sí. Ahora está más tranquila y se entrega sin gritos, se nutre sin suspiros.

Lou va a bañarse. Continúo en la cama, pensando. Viene desnuda del baño.

—¿Quieres que me ponga el uniforme?

—No. Ponte otra ropa.

Lou tiene el cuerpo bonito cuando se mueve sin preocuparse de mi presencia.

—El viejo me dijo que ya no le hallaba más gracia a tu desnudez.

—¿Te dijo eso?

—¿Te quedabas desnuda frente a él?

Demora en responder.

—Me quitaba la ropa y me pedía que caminara por la pieza. Pero nunca me tocó. Era algo rápido. Se dormía enseguida. Una vez lloró. No, dos veces lloró, pensando en la vida que llevaba. ¿Estás enojado?

—No. Y cuando dormía te acostabas desnuda en el sillón y dormías también.

—¿Cómo lo sabes? ¿El doctor Baglioni te lo contó?

—Tu uniforme sin arrugas. El olor a perfume en el sofá.

—Tengo hambre —dice Lou.

Le preparo su café con leche. Pongo mermelada de frambuesa en el pan tostado.

—Me caíste del cielo —dice Lou comiendo el pan.

—El viejo está muerto.

—¿Qué?

—El doctor Baglioni está muerto.

—Dios mío. ¿Y por qué no me lo dijiste? Está muerto y nosotros, nosotros haciendo eso.

—Se mató. Tomó cuarenta comprimidos.

Lou se levanta y corre a la habitación. Se inclina sobre el viejo. Está muerto y helado.

—Pobrecito —dice Lou.

—Me pidió que lo dejara solo.

Llevo a Lou a mi habitación. Tomo la caja de puros llena de billetes de cien dólares.

—Me dijo que te diera esto.

A fin de cuentas ella desfiló desnuda frente a él, le dio las últimas alegrías.

—Mataste al doctor Baglioni —dice, con un suspiro profundo.

—Anda, tómalo.

—No quiero ese dinero.

—Tienes que aceptarlo. Fue su último deseo.

Agarro la maleta y pongo dentro mis cosas. Lou me mira, confundida.

—Llama al médico, ese que está anotado en las instrucciones, y dile que por negligencia mía el viejo tuvo acceso a las pastillas. Yo te llamé y cobardemente te dejé la bomba en la mano. No te preocupes. El médico dará un certificado de óbito, el abogado se ocupará del entierro. El nombre del abogado también está en las instrucciones. Nadie se va a molestar con su muerte.

—Yo sí.

—Nadie más. No te preocupes. Perdóname por dejarte todo este trabajo. Tengo mis razones.

—¿Nos veremos nuevamente?

—No sé.

—Dame tu teléfono.

—No tengo teléfono.

Ella escribe en un papel la dirección y sus teléfonos, de la casa y del hospital. Me toma, me besa en la boca. Me cuesta librarme de su abrazo.

—Voy a llevarme ese libro —tomo el libro de panegíricos.

—No me abandones —me dice Lou en la puerta.

En la calle, después de destruir la tapa y arrancar la mayoría de las hojas del libro, tiro todo a la basura. Mi homenaje al viejo.

Voy al Hotel Itajubá en el centro de la ciudad.

Me quito los zapatos, me acuesto y espero que llegue la noche.

La negativa de los carniceros*

> ¿Quién duda de que, teniendo Brasil tres mi-
> llones de gente libre, incluidos ambos sexos y
> todas las edades, este número no alcance para
> arrostrar a dos millones de esclavos, todos, o
> casi todos, capaces de empuñar armas? ¿Quién,
> a no ser el terror a la muerte, podrá contener a
> esta gente inmoral en sus límites?
>
> Francisco de Paula e Souza e Melo,
> en discurso en la Cámara de Diputados,
> sesión del 15 de septiembre de 1830

Estamos en mayo de 1830, en la Cámara de Diputados. El señor Antônio Pereira Rebouças recuerda en su discurso lo que ocurrió hace pocos años, en 1825, cuando el verdugo que debía ahorcar al bien conocido mayor Sátiro se rehusó a hacer su estreno como ejecutor. Sátiro tuvo que ser fusilado. Una semana después, el verdugo recalcitrante fue ejecutado por un carnicero.

Cuando nuevamente quisieron usar a un carnicero para el trabajo de verdugo, las carnicerías cerraron y los carniceros se rehusaron a desempeñar esta tarea. En esa ocasión, el *servicial juez* —palabras del señor Rebouças— *mandó a arrestar a un esclavo en la calle y a obligarlo a hacer*

---

* Los fragmentos en cursiva de los discursos de los parlamentarios fueron extraídos de la publicación del Senado Federal, *El parlamento y la evolución nacional*, organizada por José Honorio Rodriguez y Leda Boechat Rodrigues, con la colaboración de Octaciano Nogueira, Brasilia, 1972.

La muerte de Motta Coqueiro, asfixiado por tierra introducida a la fuerza en la boca consta en el artículo publicado en 1877 en *Aurora Macabense*, transcrito el mismo año en *La Gazeta de Noticias*, apud *Motta Coqueiro o la pena de muerte*, de José do Patrocinio, con introducción de Silviano Santiago y apéndice de Dirce Cortés Riedel, edición de la Francisco Alves/SEEC/IEL, Rio de Janeiro, 1977.

el trabajo del verdugo. Dicen, lo que quizá no pase de un rumor infundado, que los ahorcados tienen una erección del miembro viril seguida de una fuerte eyaculación de goce en el apogeo de su agonía. Por lo visto, los verdugos no parecen disfrutar de esta apacible emoción durante el ahorcamiento.

Pueden faltar verdugos, pero nunca faltarán espectadores. El señor Rebouças lo sabe, pero no comentará dichas circunstancias. En Francia se compraba (o se compra) un condenado a muerte en una ciudad para ejecutarlo en otra, pues, por falta de criminales, había un tiempo muy largo sin ofrecérsele al pueblo un espectáculo de esa naturaleza. La pena de muerte, por la función educativa que le atribuyen sus defensores, debe ejecutarse en un sitio amplio que facilite la observación del mayor número de personas. Todos los ciudadanos deben tener la oportunidad de poder ver, al mismo tiempo, el trabajo del verdugo. Lamentablemente la mayoría tiene que contentarse con el relato de un amigo, pariente o vecino que tuvo la suerte de estar presente. Al infeliz que no puede asistir a la ejecución solo le queda oír, envidioso y menospreciado, la descripción de cómo el condenado lloró como un cobarde y pidió misericordia o, por el otro lado, cómo mantuvo su alma negra y su corazón perverso bajo control, y cómo él, el venturoso espectador, vomitó al ver la aparatosa escena y se desveló recordando su emocionante horror. Está comprobado que las mujeres se excitan todavía más con el ominoso espectáculo. Un réprobo debatiéndose colgado por el cuello es algo que debe ser visto por lo menos una vez en la vida. Asunto para muchas tertulias.

Esto hace pensar en un *terrible patio de Versalles, donde,* según Michelet, *en la noche de la caza se hacía la distribución de los restos de carne a los perros hambrientos. Patio pequeño, bien pequeño, que debía parecer un abismo de sangre, un poco de carroña. Un balcón interior permitía a las bellas damas mirar a gusto y aspirar su perfume.* Asunto para muchas tertulias.

Hay también un aroma especial a ser aspirado del cuerpo del ahorcado en los momentos agónicos, cuando la ejecución se realiza en un sitio poco ventilado.

Pero no es la falta de verdugos, esa razón pragmática, lo que predispone al señor Rebouças contra la pena de muerte en la discusión del proyecto de Código Criminal que ocurrirá en la Cámara de Diputados este año de 1830. Sabe que si se convoca a plebiscito para decidir si la pena de muerte debe ser abolida o no, la pena de muerte saldrá victoriosa. Pero para el señor Rebouças *la pena de muerte va contra el Poder Divino e igualmente contra la Constitución. Es innecesaria, es ineficaz, es nociva y totalmente depravada y no debe manchar nuestro Código Criminal.*

Retrocedamos a junio de 1826. Es un buen año para las *belles-lettres*. En Francia, el señor Alfred Victor, *comte* de Vigny, publica *Poèmes antiques et modernes*. En Portugal, con D. Branca, el señor João Batista da Silva Leitão de Almeida Garret introduce *el virus del romanticismo* en la poesía de lengua portuguesa. En Alemania, el señor Heinrich Heine, el poeta de los versos musicalizados por el señor Robert Schumann, imprime su libro *Reisebilder*. Volvamos a nuestra Cámara de Diputados. Sábese que la mayoría de los parlamentarios, magistrados, clérigos, altos funcionarios, no da mucha importancia a los problemas de la administración de justicia en nuestro país. Pero algunos como el señor Clemente Pereira creen *innecesario, y hasta superfluo, mostrar nuestra carencia de un Código Criminal, pues en verdad no lo poseemos, ya que las disposiciones inmensas y deformes que se dicen, en vigor son completamente inaplicables a nuestras circunstancias.* Dice el señor Clemente Pereira que, siendo, pues, *conocida la utilidad y necesidad que tenemos de este código, no podrá ser obra de un momento, cuanto que depende de profunda meditación y estudio,* trató él de elaborar un proyecto de Código Criminal adecuado al tiempo en que vivimos. Sin embargo, *después de haber adelantado algún trabajo sobre las bases que había establecido, recordó que quizás esas mismas bases habrían de sufrir alteraciones, y que en tal caso estaría derribado todo el edificio que hubiese erguido sobre ellas y todo su trabajo estaría perdido.*

Pese a todo, el señor Clemente Pereira presenta su proyecto en la Cámara de Diputados, y es encaminado a la Comisión de Legislación y de Justicia Civil y Criminal. Según el parecer de la comisión, *los principios expuestos en el proyecto de ley del señor Clemente Pereira se fundamentan en la justicia y la equidad, sólidas bases que deben tener los códigos; confórmanse estos principios con la Constitución del Imperio, con el derecho universal, con la naturaleza de las asociaciones políticas y las luces del siglo.*

Estamos ahora en mayo de 1827. En Rusia, el señor Aleksandr Sergheievitch Pushkin publica el extenso poema *Los gitanos.* Este mismo año es recibido con apologías y arrobos laudatorios en Lisboa el libro de versos del señor António Feliciano de Castilho, el árcade ciego. Este mes y este año se están discutiendo dos proyectos de Código Criminal en la Cámara de Diputados, el del señor Clemente Pereira y el del señor Bernardo Pereira de Vasconcelos, que en este momento defiende su proyecto:

—Señor presidente, mi proyecto de código contiene tres partes. La primera trata de los crímenes que se pueden cometer en la sociedad y de la aplicación de las penas que les son correspondientes; la segunda trata de materias judiciales y la tercera del orden del proceso.

El señor Vergueiro pide la palabra y dice que no sabe ni conoce los proyectos de ley que se han de presentar.

En un aparte, el señor Calmon advierte que *un código criminal exige un largo tiempo de discusión. Dicho código no será discutido en toda esta sesión ni en la siguiente legislatura. Lo que se encuentra en proyecto sobre la mesa no es presentado al cuerpo legislativo por el príncipe Cambaceres, bajo los auspicios de Napoleón, para que sea aprobado, sino únicamente para el resguardo de la decencia en los debates. Si un proyecto de régimen interno está hace tres sesiones en esta Cámara sin ser aprobado, y si cualquier proyecto de ley exige ordinariamente largas discusiones para ser admitido solamente en el orden de los trabajos, ¿cuál no será entonces nuestro gasto de tiempo y paciencia para aprobar un código entero?*

Volvamos a 1830. Acaba de editarse la novela *Le rouge et le noir* del señor Marie-Henri Beyle, que firma como Stendhal, basado en la noticia sobre el guillotinamiento de un criminal pasional publicada en la *Gazette des Tribunaux*. Aún en Francia, el estreno de la obra *Hernani ou L'honneur castillan*, del señor Victor Hugo, provoca en la platea un conflicto entre adeptos del clasicismo y del romanticismo; luchando por las tropas románticas ha sido visto el poeta señor Théophile Gautier, vestido con un *chaleco color cereza y pantalones verde agua*. Noticias de Weimar dicen que el señor Johann Wolfgang von Goethe está terminando la segunda parte de su monumental poema dramático *Fausto*, *una fantasmagoría teatral filosófica*. Estamos en Rio de Janeiro, nuevamente de regreso a la Cámara de Diputados. El señor presidente de la Cámara propone, conforme parecer de la comisión especial, que se decida si el proyecto de código criminal debe ser admitido o no en la discusión.

Sí.

El señor Ferreira França rechaza el proyecto por *ver en él una hidra de crímenes y culpables, muchos cómplices, muchos adherentes. ¡Señores! Las penas deben reducirse al menor número posible. Todo legislador que a cada falta impone una pena, que solo quiere encontrar criminales, no es ciertamente digno de ser llamado hombre; es un tigre digno únicamente de legislar para animales feroces.*

El señor Rebouças, que pensaba que el proyecto sería aprobado rápidamente, constata que su esperanza era vana y se toma la libertad de hacerle ver a la Cámara que *por imperfecto que sea el código, es superior a las prescripciones del Libro Quinto y a las leyes extravagantes que parecen escritas en caracteres de sangre.*

El señor Carneiro da Cunha también quiere apurar la aprobación del código y vota contra todas las enmiendas presentadas, asegurando que no hablará sobre estas y que se reserva para cuando se trate de la pena de muerte.

El señor Paula e Souza propone que se forme una comisión especial para examinar en el plazo de seis días todas las enmiendas existentes, impresas o manuscritas:

—Evitemos que los enemigos de la Constitución digan que no hacemos nada. La masa de la Nación solo puede juzgar nuestros trabajos por los resultados y no permitamos que los rumores diseminados por los mal intencionados ganen credibilidad. Comparemos los trabajos de la Asamblea General de este año con los de los cuerpos legislativos de todo el mundo en tan corto espacio y no se podrá decir que hemos trabajado poco. Las leyes no se improvisan como los antiguos decretos del gobierno absoluto.

Al final de la intervención del señor Paula e Souza se oyen gritos de *¡apoyado!, ¡apoyado!*

Pero el señor Pinto Chichorro no se inhibe ante los aplausos recibidos por su colega. Propone que primero se discuta la pena de muerte antes de nombrar la comisión:

—No tratándose preliminarmente de esta cuestión podrá ocurrir que tras las votaciones no se admitan estas penas, trastornándose y perdiéndose el trabajo de este código. Lo que tengo que decir sobre la materia antes de nombrar a la comisión es que se debe discutir la pena de muerte y de galera perpetua.

El condenado a pena de muerte hoy es muerto en la horca. (Sí, el mayor Sátiro, que debería ser ahorcado, acabó siendo fusilado, otros tuvieron que ser estrangulados por el verdugo; consta que un condenado que resistió al suplicio de ahorcamiento tuvo que ser muerto a palos por el verdugo, pero esas son raras, fortuitas e irrelevantes excepciones; nuestros condenados son correctamente colgados por el cuello hasta que mueren por asfixia.) Y el condenado a la pena de galeras ya no rema en ese tipo de barco, que dejó de existir en el siglo XVI. Estamos en el siglo XIX, el siglo de las luces. La pena de galeras fue reemplazada por la de trabajos forzados. Aunque la vida de un forzado perpetuo sea extremadamente ardua, son notorios los casos de algunos que han tenido la felicidad de vivir diez años e incluso más cumpliendo dicha pena.

En la Cámara la discusión continúa. Los discursos son prolijos, la retórica vociferante, como se espera de quien ocupa una tribuna.

Con la palabra, el diputado Ribeiro de Andrada:

—La pena de muerte considerada en su eficacia material tiene por fin reducir al culpable a la impotencia, suprimir el peligro social por la pena de muerte del enemigo, y buscar la seguridad de la sociedad mediante la satisfacción de una venganza. Si el culpable preso y en las rejas está imposibilitado de perpetrar nuevos crímenes, ¿por qué condenarlo a muerte? ¿No es ir contra los fines de la sociedad, que tiene por objetivo la conservación de sus miembros? ¿No es semejante pena una duplicación de pérdida?

El señor Ribeiro de Andrada está persuadido de la atrocidad de la pena de muerte; su raciocinio económico procura debilitar las convicciones de los diputados, propietarios de esclavos, mostrando los perjuicios que la pena de muerte les puede ocasionar. Asimismo, se anticipa a los argumentos de sus adversarios más peligrosos, el señor Paula Cavalcanti y el señor Paula e Souza. De uno teme la astucia; del otro, la elocuencia.

—La pena de muerte, empero, considerada en su eficacia moral —continúa el señor Ribeiro de Andrada—, debe producir dos efectos, que son inspirar el temor al castigo y la aversión al crimen. Crimen y castigo son, a no dudarlo, dos ideas que se ligan mutuamente en el espíritu del hombre; cuando perpetra él un crimen espera una pena, cuando asiste a un castigo presume un delito. ¿Será, no obstante, la eficacia de la pena de muerte tan fuerte debido al terror que provoca? Creo que no.

Mientras discursea, el señor Ribeiro de Andrada nota las miradas mutuas entre los señores Paula e Souza y Paula Cavalcanti. Dirige la parte final de su discurso a su aliado, el señor Carneiro da Cunha, quien mejor podrá ayudarlo en la defensa de sus principios, de entre todos los parlamentarios.

—Transportaos —dice el señor Ribeiro de Andrada con voz embargada— al lugar de una ejecución, observad el fúnebre aparato de la muerte; fijaos en el desgraciado que padece, y en los ministros de culto que lo preparan para beber la última gota del cáliz de la amargura; vedlo en la fuerza de la vida y en breve forzado a abandonar la existencia para entrar al abismo de la nada. El horror de semejante espectáculo borra de vuestra memoria el crimen perpetrado; lo instantáneo del acto no puede serviros de lección para el futuro ni promete duración de la antipatía, vuestra razón se debilita, vuestro corazón se encoge, y el inocente acaba vertiendo lágrimas de ternura y de compasión sobre el infeliz culpable.

El señor Paula e Souza, sentado en la primera fila, sonríe con escarnio, y mira atrás para que todos vean el desprecio que siente por el sentimentalismo altruista de Ribeiro de Andrada. Con un gesto le indica al señor Paula Cavalcanti que le corresponde seguir. Conforme la reacción del plenario, el señor Paula e Souza decidirá la ocasión para su discurso, que finalmente proferirá y que será por él considerada la mejor oración parlamentaria que ha hecho este año de 1830.

Año en que el señor Théodore Taunay publica en Rio de Janeiro *Idylles brésiliennes*, escrito en versos latinos; y el señor Wilhelm von Humboldt, conocido filólogo alemán, sus estudios sobre la antigua lengua de los javaneses, interesantes conclusiones sobre la heterogeneidad del lenguaje y su influencia en el desarrollo intelectual de la humanidad. Según el conocido autor de *Prüfung der Untersuchungen über die Urbewohner Hispaniens vermittelst der vaskischen Sprache*, el hombre comenzó a caminar erguido para poder hablar mejor, pues con la cara dirigida al suelo no podía emitir las palabras con la necesaria claridad.

Es probable que no todos los diputados conozcan esta original teoría del sabio alemán, pero, conscientes de que al inclinarse como ciertos macacos sus voces no serán oídas con nitidez, siempre se ponen de pie para hacer sus discursos. Por lo tanto, de pie, y extendiendo hacia delante uno de los brazos, como si así ayudase a transmitir los sonidos emitidos por su aparato fonador a través del recinto entero de la Cámara, Paula Cavalcanti habla pausadamente:

—Se ha dicho en general: la sociedad no tiene el derecho de imponer la pena de muerte, mas ningún hombre deposita tampoco en la sociedad el derecho de ser arrestado, y la sociedad se toma ese poder. Si la sociedad no tiene el derecho de imponer la pena de muerte, me parece que tampoco tiene el derecho de imponer pena alguna. No dudo de que el sentimiento de humanidad exija la extinción de esta pena, pero ¿lo podremos practicar en Brasil con costumbres todavía bárbaras? En el interior de Brasil hay asesinos profesionales, y en algunas provincias tenemos crímenes, y no son pocos como se quiere inculcar. Los enemigos de esta Cámara dirán: los exaltados han prohibido la pena de muerte, se puede matar y robar a salvo, y esto ha de producir algún efecto contra nosotros.

En ese recinto todos son muy sensibles a las acusaciones de inoperancia que se le han imputado a la Cámara, y el señor Paula Cavalcanti se aprovecha de eso.

—Ninguno de los elocuentes discursos que se han pronunciado en esta Casa —sigue el señor Paula Cavalcanti— ha presentado razones convincentes que demuestren tanto la falta de necesidad de imponer esta pena como su incompatibilidad con la Constitución. Pido a los honrados miembros que reflexionen que nuestra Patria aún no se halla en grado de civilización tal que se puedan admitir teorías escritas por hombres filantrópicos y aplicadas a pueblos cuya civilización se encuentra en su auge; pero aun así coloquemos los ojos en esos países civilizados y veamos si entre ellos la pena de muerte ha desaparecido. No nos expongamos a los efectos de una experiencia que tal vez se nos torne perjudicial, queriendo caminar solamente por la voz de nuestro corazón, sin que atendamos a nuestra posición, circunstancias y hábitos.

A continuación toma la palabra el señor Vasconcelos. Después de decir que la pena de muerte, lejos de ser repelida por la Constitución, se apoya en ella, el señor Vasconcelos advierte que:

—En la ley de responsabilidad de los ministros de Estado, la Asamblea prevé pena de muerte para los ministros de Estado y consejeros de Estado que sean traidores a su patria. Pues bien, señores, esta ley fue aprobada por la Asamblea General; el Senado forma parte de ella, y aprobó esta ley, que imponía la pena de muerte. ¿Qué razón habrá, pues, para que el Senado cambie de opinión? Lo que ocurrirá será que el Senado multiplicará la pena de muerte, regulándose por el Código Filipino; ¿y no sería mejor que esta Cámara presentara al Senado los únicos casos en que esta puede aplicarse? Ciertamente, y he aquí una razón de conveniencia, que también me ha obligado a adoptar la pena de muerte.

Mientras el señor Vasconcelos habla, el señor Paula e Souza observa atentamente las reacciones de sus pares. Aprensivo, siente una sutil tendencia al rechazo a la pena de muerte. Eso sería una desgracia para el país, sería lanzarlo irremediablemente a la barbarie. Pide la palabra. Tiene que usar en su discurso todos los argumentos, toda la fuerza de su elocuencia, convencer, persuadir, amedrentar.

—¡¿Quién duda de que, teniendo Brasil tres millones de gente libre, incluidos ambos sexos y todas las edades, este número no alcance para arrostrar a dos millones de esclavos, todos, o casi todos capaces de empuñar armas?!

Al decir esto, el señor Paula e Souza encara a los que están cerca de él; gira el cuerpo hacia todos, como si sus ojos estuvieran penetrando los ojos de cada uno.

—¿Quién a no ser el terror a la muerte contendrá a esa gente inmoral dentro de sus límites? —indaga el señor Paula e Souza, abriendo los brazos dramáticamente—. La experiencia ha demostrado que cada vez que hay ejecuciones en cualquier lugar de Brasil los asesinatos y otros crímenes cesan, y que, por otro lado, cuando pasan algunos años sin ejecuciones públicas, los malhechores cometen desatinos y todo género de atrocidades. De donde se ve que esta pena es eficacísima, que previene muchos crímenes.

Una rápida mirada de escrutinio al rostro de sus oyentes.

—Se dice que las penas aplicadas a la esclavitud no deberían entrar al Código Criminal, sino ser objeto de una legislación especial. Aparte de los esclavos, hay en Brasil una clase de individuos cuyos hábitos son en todo semejantes a los de los esclavos, y que por una miserable cuantía cometerán asesinato. Estos hombres solo pueden corregirse con el temor a la muerte. Se excluye del código la pena de muerte y las galeras, resta la prisión simple. Pues bien, el esclavo que vive agobiado bajo el peso de los trabajos, ¿tendrá por ventura horror a encerrarse en una prisión donde podrá entregarse a la ociosidad y a la embriaguez, pasiones favoritas de los esclavos? Antes lo juzgará un premio que lo incitará al crimen. La desproporción entre las penas y los delitos produce malos efectos; ¿cuán peores serán esos efectos cuando la pena, en lugar de incomodar, acomoda?

El señor Paula e Souza cita ejemplos para comprobar su raciocinio.

—La pena de galeras —afirma— todavía es una pena muy dulce para esta calidad de gente. El sistema de esclavitud en Brasil es ciertamente pésimo; sin embargo, habiendo entre nosotros muchos esclavos, se hacen necesarias leyes fuertes, terribles, para contener a esta gente bárbara. Los americanos del Norte, que padecen del mismo mal, así obraron. Expongo otras circunstancias para la consideración de la Cámara. En las ciudades marítimas se acumulan extranjeros viciosos, cubiertos de crímenes; ¿cuál será la pena para estos hombres? Además, en muchas capitales de Brasil no hay prisiones seguras; ¿dónde, entonces, recluir a estos facinerosos, dónde tenerlos seguros?

Poco antes de acabar su discurso, el señor Paula e Souza percibe que el señor Ribeiro de Andrada y el señor Carneiro da Cunha secretean algo. Tiene ganas de proseguir después de terminado su discurso, pero eso iría contra la praxis parlamentaria.

Aún en 1830, el filólogo señor Ljudevit Gaj publica un relevante ensayo sobre la reforma ortográfica croata. El señor Tibúrcio António Craveiro, poeta de arcadismo azoriano, que tuvo que emigrar en 1823 a Inglaterra debido a su adhesión a la revolución liberal y que después siguió a Río de Janeiro, donde más tarde fue profesor de retórica en el Imperial Colegio D. Pedro II, termina de escribir *Ermenonville ou Túmu-*

lo de João Jacques Rousseau. El señor Augustin François César Prouvençal de Saint-Hilaire, naturalista y botánico francés también conocido como Auguste de Saint-Hilaire, publica *Voyage dans les Provinces de Rio de Janeiro et Minas Gerais.* Pero oigamos al señor Carneiro da Cunha:

—El hombre, señor presidente, tributa un santo respeto a la existencia de su semejante, y por todos los medios posibles, y aun a pesar de algún delito que por su miseria y desgracia llegue a cometer, debe evitar el derramamiento de sangre, salvo cuando la salvación de la Patria lo exija imperiosamente, porque en su defensa está la salvación de todos. No demos ejemplos de barbaridad, de legisladores crueles como Dracón, principalmente en un siglo de luces y cuando las ideas de libertad civil y religiosa, de filosofía y humanidades triunfan casi en todos los puntos del universo contra el arbitrio funesto del despotismo político. No establezcamos penas severas, leyes de sangre de las que siempre se han valido los tiranos para perpetuar su bárbaro dominio, para agobiar con su cetro de hierro a los pueblos miserables. Tomemos bien en cuenta que vamos a legislar para la nación brasileña, cuyo carácter dulce y blando exige más suavidad en las leyes; es a este pueblo generoso y hospitalario al que se le puede aplicar aquel verso del poeta latino: *Jupiter illa piae secrevit litora genti.* Mas sigue insistiéndose en que Brasil no está en circunstancias para abolir esta pena cruel, y que los brasileños son desmoralizados, lo que no puedo dejar pasar en silencio. Señor presidente, ¿son culpables los brasileños de haber el antiguo gobierno portugués introducido muy a propósito la corrupción en la administración pública, vendiendo empleos, no castigando a los magistrados venales, protegiendo y apoyando la violencia y la opresión, cerrando oídos a las quejas de los perseguidos, no distribuyendo justicia y autorizando a los pachás a practicar cuanto les dictase su vileza, ambición e incluso sus venganzas, sucediendo, para desgracia nuestra, que el gobierno de Brasil continúe en el mismo traidor sistema, siendo perseguidos los escritores libres, asesinados y deportados, y sus opresores (los columnas) protegidos y premiados? Si no existiera esta pena no recordaríamos con dolor esos días de luto y de amarguras en que exhalaron el último suspiro en los cadalsos de la inquisición política un Antônio Henrique, los Sátiros, los Canecas y otros mártires de la Patria que se sacrificaron defendiendo valerosamente nuestros derechos, nuestra independencia y libertad.

Carneiro da Cunha habla de las tinieblas del fanatismo, de la ignorancia, de la barbaridad. Habla de las penas severas, como la pena de muerte, que en lugar de conducir al criminal hacia el camino de la corrección, lo exasperan y lo hacen más furioso.

—Por todas estas consideraciones y bien fundados motivos —dice al terminar su discurso— que he expuesto y los que más sabia y elocuentemente han expresado los ilustres oradores que la combaten, con toda la tranquilidad de mi conciencia, voto en contra de la pena de muerte, por ser, lo repito, impopular, atroz, ineficaz, contra la razón y la naturaleza, opuesta al Poder Divino y humano, y contraria a los principios de igualdad, de justicia y de utilidad pública, principios contra los cuales —dice el orador— luchan incansablemente los columnas.

Los columnas a que el señor Carneiro da Cunha se refiere son los miembros de la sociedad secreta, católica, conservadora y absolutista Coluna do Trono e do Altar. Esta sociedad tiene como lema *el Emperador sin el estorbo*. El *estorbo* es la Constitución, que fue otorgada por el propio emperador, tras disolver la Asamblea Constituyente en 1823. Pero, si por una parte la *Carta Otorgada* consagra el catolicismo como religión oficial del Estado, lo que agrada a los columnas, por otra establece la existencia de cuatro poderes —Ejecutivo, Legislativo, Judiciario y Moderador—, división que los columnas consideran un cercenamiento inaceptable de las funciones del monarca, aun cuando, siendo como es el Poder Moderador, Su Majestad pueda nombrar senadores y ministros y disolver la Cámara. (Entre 1832 y 1835 la Coluna do Trono e do Altar provocará y estimulará rebeliones e insurrecciones restauradoras contra el gobierno de la Regência Trina Permanente, con el objetivo de restituir el poder a D. Pedro I, que abdicó el 7 de abril de 1831.)

26 DE AGOSTO DE 1855

Este año, en América del Norte, se vive un momento de gran interés popular por los indios, y el señor Henry Wadsworth Longfellow publica *The Song of Hiawatha*, que trata de esos salvajes. Además, en el país del Norte se ha puesto en venta *Leaves of Grass*, del señor Walt Whitman, que considera el libro su *«letter to the world»*. De Portugal procede la noticia de que el señor Alexandre Herculano, conocido por sus novelas históricas, está escribiendo la *História da origem e estabelecimento da Inquisição em Portugal*. Se publica en Brasil póstumamente la obra *Inspirações do claustro*, del señor Luís José Junqueira Freire, que fue monje del monasterio de los benedictinos en Salvador, Bahia, hasta el año anterior, y que falleció recientemente, poco después de abandonar el convento. Este día de 26 de agosto de 1855 en Macaé, en la Praça do Rocio, bajo la presidencia del juez municipal reemplazante doctor

José Maria Velho da Silva, el verdugo ejecuta, en nombre de la ley, a los condenados Motta Coqueiro, Florentino da Silva, Faustino Pereira y al esclavo Domingos.

Al ahorcar al sentenciado Motta Coqueiro, que hasta el último instante dice ser inocente del crimen que se le imputa, la cuerda se corta y el réprobo cae al suelo. El verdugo, para llevar a cabo su tarea, agarra al condenado del cuello para matarlo por estrangulamiento. El señor doctor juez percibe que el verdugo tiene dificultades para llevar a término la ejecución, pues no pasa de ser un incompetente. Un carnicero haría mejor el trabajo, pero los carniceros continúan negándose a desempeñar esa tarea. El señor doctor juez reemplazante ordena entonces que le llenen de tierra la boca al criminal, lo cual se hace. Ya no se ve la boca, ni se ve la nariz, ni se ven los dientes, ni los ojos desorbitados del condenado, ahora cubiertos de tierra. Pero no hay duda de que la pena de muerte se ha cumplido, siendo así obedecidos los dictámenes de la ley y la justicia.

Novela negra

All that we see or seem
Is but a dream within a dream.

Edgar Allan Poe

—¿Puedo acariciarte de nuevo la clavícula?
—Sí.
Winner le quita la blusa a Clotilde. Después la toma en brazos y la acuesta en la cama. Le acaricia los huesos del omóplato y del tórax donde se apoyan senos pequeños y empinados; le palpa las costillas conspicuas. El cuerpo de Clotilde recuerda a veces el de un lagarto, si un lagarto tuviera la piel tan delgada.
—Levanta la cabeza —dice Winner después de desnudar a Clotilde.
Con la lengua siente los músculos abdominales de la mujer, tiesos bajo la piel. Acaricia con la mano la musculatura ondulada de ese vientre que le parece excitante, una tabla para lavar ropa.
—Bésame en la boca —dice ella.
—Muéstrame la lengua.
Acostada, pero con los hombros erguidos, definiendo los huesos y músculos del cuerpo, Clotilde, cada vez más un lagarto, asoma por entre sus pálidos labios una lengua delgadita, veloz y oscura, larga, que Winner logra agarrar en su boca y sorber, antes de comenzar a lamerle meticulosamente las costillas a la mujer. Y poniéndola de espaldas, también le lame el coxis; y volteándola nuevamente, le explora con la lengua las rodillas, los codos y el astrágalo y el escafoides del pie derecho de Clotilde.
Los movimientos impresos por Winner al cuerpo de Clotilde la dejan parcialmente tirada en el suelo, apoyada sobre la cabeza. Entonces, Winner abre las delgadas piernas de Clotilde y mira la hendidura abstrusa de congestión y sombra que corta su cuerpo. Con las cabezas

111

en el suelo y las piernas hacia lo alto sobre la cama, se juntan en su deleite como dos murciélagos.

—Sin saber tu secreto, nada serio puede haber entre nosotros —dice Clotilde, después. Se levanta del suelo y abre la ventana. Una brisa helada entra a la habitación.

—¿Qué vas a hacer?

—Me voy a tirar por la ventana. Quiero morir. Si no me cuentas tu secreto ahora prefiero morir.

El viento frío mueve el cabello fino de Clotilde, incluso los duros pelos negros de su pubis parecen temblar.

—Sal de ahí. Déjate de tonteras. Te vas a resfriar.

—¿Me lo vas a contar?

—Bájate de ahí. Acuéstate aquí conmigo.

Clotilde se acuesta, la cabeza apoyada en el brazo de Winner. En ocasiones anteriores, después de hacer el amor de esa misma forma —un hipotético *coitus cum bestia* entre un lagarto hembra y un hombre— Winner le prometió falsamente contarle el secreto. Pero ahora Clotilde tiene el presentimiento de que está a punto de saberlo.

Peter Winner, el escritor, llegó a París esta tarde lluviosa con su mujer, Clotilde. Permanecerán solo dos días en la ciudad; al día siguiente irán a Grenoble, donde se realiza el Festival International du Roman et du Film Noirs.

Ahora están los dos acostados en la cama del hotel. Clotilde se estira sobre el cuerpo de Winner que trata de leer en un diario la noticia: *En el Festival de Grenoble estará presente el famoso escritor estadounidense Peter Winner. Su último libro,* El farsante, *confirma su actual fase de esplendor iniciado con* Novela negra. *Hasta entonces se le consideraba un escritor en decadencia, el nuevo Winner.*

—¡Nuevo Winner! ¡Cretinos! —dice el escritor, arrugando el diario y tirándolo al suelo.

—Calma, calma —dice Clotilde.

Toma la mano de Winner y se la pasa suavemente por la clavícula desnuda. Winner siente el hueso de Clotilde, como si su piel fuera una tenue capa de seda. Delicadamente aleja el leve cuerpo de la mujer que está sobre el suyo, toma el teléfono del buró y pide una botella de champaña.

—¿No tomaste mucho en el almuerzo? —pregunta Clotilde.

—Después de dos años de casados todavía no me conoces.

—Entonces cuéntame tu secreto. Eso tal vez me ayude a conocerte —dice Clotilde.

Ella siempre aprovecha todas las oportunidades para hacer ese pedido.

—Me prometiste que algún día me contarías tu secreto. Si me cuentas el tuyo te cuento el mío.

—No es un cambio justo. El mío es terrible.

—Te lo estoy pidiendo. Vamos a contarnos nuestros secretos.

—No me interesa el tuyo.

—¿No confías en mí?

—No.

—¿Tiene que ver con tu homosexualidad?

—Ya te he dicho que no soy ni he sido nunca homosexual. ¿Acaso te parezco un homosexual?

—No. Pero todos pensaban que eras homosexual. ¿Todavía me amas?

—¿Estamos hablando de secretos o de amor?

—Secretos y amor están siempre juntos —dice Clotilde—. Uno depende del otro.

Winner ve así a Clotilde: delgada, huesuda, ojos negros, redondos como botones, dientes grandes y blancos que no dejan ver las encías.

Permanecen en silencio un largo tiempo.

—¿Te sientes cómoda? ¿No tienes miedo?

—No.

—¿No qué?

—No le tengo miedo a tu secreto.

—Maté a un hombre —dice Winner.

—Dios mío —dice Clotilde.

Pero no parece muy sorprendida, porque no le cree a Winner —él suele inventar historias de ese tipo— o porque oír decir que Winner mató a alguien no es motivo para mayores conmociones. Después de todo, su marido es un norteamericano.

—¿No me vas a dar detalles? ¿Quién era ese hombre? ¿Qué pasó?

—En Grenoble te lo cuento. Vámonos a dormir.

Al día siguiente, Clotilde y Winner despiertan temprano para tomar el Train Noir. En realidad, el tren no es negro, ni por dentro ni por fuera. Negra es la literatura que en ese viaje sus ocupantes escriben, revisan, publican, propagan y venden.

Winner permanece en su sillón, al lado de Clotilde. Se embriaga con champaña; recibe homenajes —*una maravilla su último libro*— con desprecio. Y piensa en el viaje que hizo hace dos años.

Al llegar a Grenoble los espera una limusina. Algunos pocos escritores merecen ese trato especial; casi todos los otros, junto con los periodistas, recepcionistas, agentes, editores, publicistas, publirrelacionistas, suben a los autobuses que los llevarán a sus hoteles.

El festival se realiza en un sitio oscuro que parece una inmensa caverna; a intervalos regulares se escuchan por parlantes ocultos ruidos de avalanchas, de truenos, de terremotos que hacen eco en las sombras. Winner lee un folleto con información sobre el festival y el programa específico que debe cumplir: participar en un debate y en una noche de autógrafos.

DOS AÑOS ANTES

Su comparecencia en el festival hace dos años provocó una conmoción en el mundo literario. Hasta entonces Winner no daba entrevistas, no iba a congresos, festividades, solemnidades, eventos sociales y no había dinero que lo convenciera a aparecer en la televisión.

Pero Winner —que en una curiosa declaración había justificado su aislamiento con la afirmación de Kafka de que nunca hay soledad suficiente alrededor de quien escribe, añadiendo que valoraba su recato por sobre todo y que se enorgullecía de no tener una biografía— sorprendió a todos en aquella ocasión, hace dos años. Aparte de exhibirse, de hablar exhaustivamente de sí mismo y de los otros escritores, atacó ruidosamente a los franceses por no haber creado, como los norteamericanos y los ingleses, una tradición en el *roman noir*. Finalmente se enamoró de una mujer y se casó con ella, cuando todos lo creían homosexual. Todo eso en el espacio de un mes. Hace dos años.

AHORA, NUEVAMENTE EN GRENOBLE

Winner no está poseído por la misma euforia. En su mente tiene un vago plan siniestro que pretende poner en práctica durante el debate de aquel día.

Los participantes del debate se encuentran momentos antes de que empiece. Aparte de Winner, están la inglesa P. D. James, el norteamericano James Ellroy y el alemán Willy Voos, que vive en Alicante, España.

El moderador es el francés Jean-Claude Billé.

Ninguno de ellos conocía personalmente a Winner. Ellroy coloca la mano en el hombro de Winner y dice:

—Somos los continuadores de la tragedia griega.

Luego echa la cabeza hacia atrás y aúlla como si fuera un lobo.

P.D. James, muy anglicanamente, finge no notar el comportamiento del norteamericano. Voos no logra esconder su sorpresa. Lo mismo ocurre con Billé.

—Me recuerdas al glotón que aterroriza a los lectores de *The big now-here* —dice Winner.

—Un rapiñador feroz, un glotón —dice Billé.

Ellroy aúlla nuevamente. Los otros escritores, que admiran la brutalidad, la falta de compasión de la literatura de Ellroy, esperan que se tranquilice. Es evidente que Ellroy no está drogado ni está sufriendo un arrebato psicótico.

—Vamos a los debates —convoca Billé.

En uno de los rincones de la inmensa caverna instalaron una especie de auditorio, con una mesa sobre una tarima y un semicírculo de sillas, todas ocupadas. Gente de pie.

Billé comienza:

—Dicen que para la llamada escuela inglesa el crimen, el criminal y la víctima existen solo para permitirle al detective el trabajo de solucionar el Enigma. Según ese punto de vista, los autores ingleses no perderían mucho tiempo en la descripción de los personajes y de sus motivaciones. En cambio, en la escuela norteamericana, el Enigma es un pretexto para el crimen. El crimen, lado nefario secreto y oscuro de la naturaleza humana, es lo esencial. El detective norteamericano desprecia los valores de la sociedad en que actúa, sea un investigador privado como Sam Spade o Marlowe, sea un miembro de la fuerza policial como Hopkins, sea un paranoico obsesivo, fugitivo de un manicomio como Kramer, de la *Novela negra*, de Winner. La corrupción, la violencia, la locura son la norma. ¿Qué puede decir P.D. James al respecto?

P.D. James responde claramente:

—Sí, nosotros creemos que la novela policial inglesa, iniciada en 1848 con el libro *Moonstone,* de un autor muy ilustre, Wilkie Collins, debe narrar el descubrimiento de un crimen mediante un proceso metódico y racional. En nuestros libros la acción se desarrolla en una sociedad de jerarquías definidas, en que la paz y el orden son la norma. El detective, sea un investigador privado como Hercule Poirot, sea un inspector de Scotland Yard como Larry Holt o mi Dalgliesh, trabaja en defensa de la sociedad, cuyos valores respeta y acepta. Pero, si el orden y la paz son la norma, esto no significa que no existan la locura, la violencia y la corrupción. Es solo que se las representa sin el énfasis —sonríe amistosamente— de los norteamericanos.

—¿Quién es Larry Holt? —pregunta alguien en la platea.

—Un personaje de Edgar Wallace —dice Billé, impaciente con la ignorancia del asistente.

El debate se torna muy técnico y comienza a ser acompañado por los asistentes sin mucho interés; además, no se está diciendo ninguna novedad.

Billé provoca a Winner. Le pregunta si cuando afirmó hace dos años que no existen otras escuelas de novela negra aparte de la inglesa y la norteamericana quería decir que solo se escribe literatura negra en la lengua de Shakespeare.

—No quiero exponer aquí lo que dije sobre la inexistencia de una tradición francesa de *roman noir*. Dos norteamericanos, Poe y Hammett, establecieron en épocas distintas las características modernas de ese género literario, pero les doy a ustedes, franceses, el honor de ser los primeros exégetas, los hermeneutas del género. Le voy a responder su pregunta de manera sucinta. En todas las lenguas existe literatura de misterio. Simenon escribió más de un centenar de novelas policiales en francés. Willy Voos, a mi lado, escribe en alemán. Kyotaro Nishimura, también presente en este festival, tiene centenas de libros policiales publicados, consta que escribe uno por mes en japonés. Se dice además que Yamamura Misa es más rápida que una copiadora Nashua. Georgi Wainer escribe en ruso. Montalbán y Juan Madrid, en español. La lengua que produce más escritores policiales en el mundo es el catalán, considerándose el número reducido de sus usuarios. Se escribe *roman noir* en urdu, tagalo, malgache, tamil.

Winner hace una pausa.

—Sin embargo, constato que muchos de los presentes… este señor de la primera fila, por ejemplo, está durmiendo; tal vez encuentre este debate muy aburrido, y tengo una sugerencia que hacer.

El hombre a quien Winner se refirió abre los ojos, se saca la pipa de la boca, y dice:

—No estaba durmiendo. Me gusta fumar y escuchar con los ojos cerrados. Si estuviera durmiendo, la pipa se me caería de la boca.

Risas.

—¿Qué es lo que sugiere? —pregunta Billé, a quien no le agradó la afirmación de Winner.

—Acabamos de decir que la novela negra se caracteriza por la existencia de un crimen, con una víctima que pronto se sabe quién es, y un detective, desconocido, que al final descubre la identidad del criminal. Así, no existe el crimen perfecto, ¿verdad?

—No, no existe el crimen perfecto… en la literatura —dice Voos.

—Ni en la vida real —dice el hombre de la pipa—. En la vida real lo que hay son detectives imperfectos.

—Les afirmo a todos los asistentes en este auditorio que el crimen perfecto existe en la vida real y, en consecuencia, en la literatura. O viceversa, si lo prefieren —sigue Winner—, y lo puedo probar.

—El crimen perfecto nunca es perfecto porque el criminal no cuenta con el azar. El azar, que obviamente nunca se puede prever, termina por condenar al criminal —dice P.D. James.

—El crimen perfecto es como una obra de arte. En la obra de arte, como dijo Baudelaire, no existe el azar, como tampoco existe la mecánica. Una obra de arte debe ser como una máquina. El crimen perfecto es como una máquina —añade Winner.

—¿Cómo vas a probar la existencia del crimen perfecto? Es como probar la existencia de Dios —dice Ellroy.

—Permítanme repetir que en una historia policial sabemos del crimen, conocemos a la víctima, pero ignoramos quién es el criminal. En este crimen perfecto todos sabrán pronto quién es el criminal y tendrán que descubrir cuál es el crimen y quién es la víctima. Yo solo he cambiado uno de los datos del teorema.

—Entonces, ¿quién es el criminal? —pregunta Voos.

—Yo —dice Winner.

Se escucha un murmullo en el auditorio.

P.D. James sonríe. Estos norteamericanos.…Ellroy escucha atento. Ellroy conoce los abismos, Ellroy sabe que él cometió un crimen y que ese crimen es nefando, piensa Winner. El hombre de la pipa está ahora con los ojos abiertos.

—Cometí un crimen cuyos indicios, lo garantizo, están al alcance de los presentes. Los reto a todos a descubrirlo. Tienen tres días para hacerlo.

—¿Qué tipo de crimen? Hay crímenes tan inocentes que no somos capaces de clasificarlos como tales.

Una parte de la platea ríe.

—Es un crimen muy grave —dice Winner.

—Espero que no propongas que hagamos contigo el juego de *Die Panne*, de Dürrenmatt, en el que tú serías Alfredo Traps y nosotros Zorn, Kummer, Pilet. O sea, tendríamos que buscar y revelar tu culpa en lo hondo de la conciencia. Al final, el reconocimiento de la culpa lo redimiría —dice Billé.

—Esa observación de Jean-Claude me ha dado una idea. Yo sé quién es la víctima —dice un sujeto de la platea, uno de los editores de la antología anual *Polar*.

117

—¿Quién es?

—Su nombre es Peter Winner —dice el editor—. Los últimos libros de Winner son totalmente diferentes de los anteriores. La personalidad de Winner de hoy es diferente de la personalidad de Winner de hace dos años. Tú, Peter Winner, mataste a Peter Winner.

—Interesante —dice Winner.

—Al escribir *Novela negra* creaste un nuevo Winner, matando al antiguo. Algo parecido a lo que Romain Gary hizo con Émile Ajar, solo que tú no usaste un seudónimo como él.

—¿Entonces mi próximo paso será destruir físicamente al viejo Winner como lo hizo Ajar con Gary? —pregunta Winner con ironía.

—El suicidio es el pseudocrimen perfecto. Si tu suicidio ocurre dentro de unos días, nuevamente se probará que no existe el crimen perfecto, lo que es más difícil de probar que la existencia de Dios, porque habrás matado al nuevo y no al viejo Winner. Como lo hizo Gary. Al suicidarse, Roman Gary en realidad mató a Émile Ajar.

La intervención del editor de *Polar* anima los debates. Todos los miembros de la mesa participan, así como una gran parte de la platea. Winner permanece en silencio, dibujando en un papel estrellas de cinco puntas con un trazo continuo sin levantar el lápiz. Se nota que, aparte de estar inmerso en profundos pensamientos, está irritado.

Billé percibe el súbito aislamiento taciturno de Winner.

—Vamos a terminar este debate. Hace rato que ya pasó la hora de la comida y tengo hambre, y nuestros panelistas ya deben estar cansados y con más hambre que yo.

Los asistentes protestan, pero Billé apaga los micrófonos.

En el auto, de regreso al hotel, Clotilde dice que Winner logró salvar del tedio absoluto aquel debate idiota sobre los orígenes del *roman noir*.

—Que Ellroy aullara como un lobo fue muy excitante, pero tu provocación fue todavía más. Me gustó cómo hablaste, la mano crispada, mirando a los ojos de los oyentes.

—Un viejo truco que aprendí con el hombre que maté —dice Winner.

—¿Entonces realmente mataste a un hombre?

—Sí.

—¿Fue por defensa propia?

—Fue una celada de los dioses, como en la tragedia griega.

—Cuando lleguemos al hotel, ¿me lo cuentas todo?

Clotilde suelta una carcajada. Lo que le gusta de ese hombre, aparte de sus compulsiones eróticas, es su imprevisibilidad.

Clotilde pide por teléfono una botella de champaña y dos docenas de ostras.

—No has comido nada en todo el día.

—Hoy solo me darían ganas de comer cerebros de avestruz, como Heliogábalo —dice Winner.

—Ahora cuéntame tu secreto.

—En cierta ocasión, el emperador romano comió seiscientos cerebros de avestruz de un golpe —dice Winner.

—Murió asesinado en una letrina. Justicia poética. Ahora cuéntame tu secreto —dice Clotilde.

—Cuando llegue la champaña —dice Winner—. ¿No te parece mejor que nos desnudemos? Siempre has dicho que una persona desnuda solo puede decir una verdad obvia o una mentira obvia.

Después de beber una copa de champaña y desnudarse, Winner comienza su historia.

—Ese editor estuvo cerca al exponer su teoría. Yo maté a Peter Winner.

PRIMER SECRETO DE PETER WINNER O JOHN LANDERS

—Hace dos años, la mañana del 20 de octubre, estaba en la *gare* de Lyon, dentro del Train Noir que en unos minutos partiría de París a Grenoble lleno de escritores famosos. Pero para lograrlo tuve que, mediante una pirueta increíble, matar a un hombre y asumir su identidad. ¿Su nombre? Peter Winner ¡Tranquila, Clotilde! Silencio, mi amor, cumple tu promesa. No me interrumpas. Un poco de paciencia, querida. Diez minutos de atención, solo eso, pero en silencio, por favor. Creo que al asesinarlo logré, no importa lo que hayan dicho en el debate, esa hazaña difícil de alcanzar incluso en la ficción: el crimen perfecto. Como Winner, querida, yo también había sido profesor de literatura. Esa era una de las coincidencias que había entre nosotros, como ser norteamericanos autoexiliados en Europa, hijos adoptivos de individuos que tal vez estuvieran muertos porque no nos escribíamos con ellos. Permíteme una digresión: los escritores que tienen una experiencia académica son más lúcidos que los otros, perdona la falta de modestia. Dar una buena clase exige saber pensar y no solo sentir. Sabemos lo que estamos haciendo, a diferencia de la mayoría de los escritores, que suponen que sentir lo es todo. Como si una plañidera novata, de esas que se deshacen en lágrimas auténticas en cualquier funeral, supiera, nada más que por eso, escribir sobre el dolor. Un inmenso porcentaje de escritores escribe sin tener la noción exacta de su oficio, por eso hay tanta porquería disimulada en literatura. Ahora, los que ya hemos enseñado literatura —no importa que haya sido en una secundaria de Newton, Massachusetts, como yo, o en Princeton, como el verdadero Winner— sabemos lo que estamos escribiendo, aun cuando también sea una porquería.

—No hagas circunloquios —dice Clotilde.

—Si me sigues interrumpiendo no te sigo contando mi historia. El verdadero Winner, a diferencia de mí, hasta entonces un perdedor, era un escritor que merecía su nombre, cubierto de fama, gloria y dinero, aunque sus últimos libros hayan sido una mierda. Podría haberse ido al Ritz, pero por delicadeza, para no parecer arrogante, se hospedó en el hotel Saints-Pères, en la calle del mismo nombre, donde ustedes, de la editorial Grasset, solían hospedar a sus escritores cuando visitaban París. Eso no fue difícil de descubrir.

»A Winner no le gustaba dar entrevistas ni que lo fotografiaran, detestaba el caviar y a Mozart; tal vez era homosexual. Eso era prácticamente todo lo que se sabía sobre ese famoso escritor. Un sujeto misterioso, que muy poca gente conocía personalmente. A mí tampoco me conocía nadie, pero por otros motivos; yo era completamente ignorado; después de que me exilié vivía dando clases de inglés en Francia, en ciudades diferentes, lo que no dejó de ser interesante porque así pude conocer esas bellas ciudades pequeñas francesas, y mi nombre, John Landers, no significaba nada por un motivo muy simple: llegaba a los cuarenta sin haber hecho nunca algo que mereciera la atención de los otros.

—¿A partir de ahora debo llamarte John? —pregunta irónicamente Clotilde.

Lo que el hombre le cuenta no es un secreto, es una más de las historias que le gusta inventar, ya está acostumbrada con eso.

—No, Clotilde, no tienes que llamarme John, puedes seguir llamándome Peter. Ahora cállate, por favor. Yo no tenía la menor idea de cómo era Winner, sus hábitos, su fisionomía, su altura, si era gordo o flaco; a fin de cuentas, no había fotos recientes suyas; como en el caso de Pynchon, su única foto era de cuando tenía dieciocho años. Pero yo le conocía una debilidad: su admiración enfermiza por Edgar

Allan Poe. Aquí surge otra coincidencia: yo también admiraba, y admiro, como bien lo sabes, la obra de Poe.

»Logré que Winner viniera al teléfono, declarando que era un auxiliar de Clotilde Farouche. En ese entonces tú eras editora de Grasset, la editorial de Winner, y otra coincidencia, habías rechazado un libro mío, ¿te acuerdas? ¿*El cuarto cerrado*, de John Landers? No me respondas ahora.

"*Es sobre el boleto a Train Noir*", le dije cuando Winner contestó el teléfono.

"*Ya lo recibí*", dijo.

"*Hubo una equivocación y hay que cambiarlo. ¿Se lo puedo llevar al hotel ahora?*"

Winner demoró en responder.

"*Lo voy a esperar en el lobby, usando una gabardina negra y un sombrero también negro en la cabeza.*"

—Es evidente que no quería recibir a un extraño en lo recóndito de su habitación. Yo, John Landers, me había hospedado en un pequeño hotel de la rue St. André des Arts. Llevaba conmigo una pequeña maleta con ropa, dentro de la maleta algunas cartas, entre ellas tu respuesta rechazando *El cuarto cerrado* y los originales de una nueva novela que pretendía someter a la apreciación de una editorial que no tuviera en sus filas un animal feroz como Clotilde Farouche, hoy Clotilde Winner, en realidad Clotilde Landers. En mis pertenencias había además una revista vieja, el mayor tesoro que he tenido y que tendré en toda mi vida y que llevaba conmigo adondequiera que fuese, por miedo a que me la robaran o a que el lugar donde la dejara se incendiase. Estando conmigo la salvaría o pereceríamos juntos, y no tendría que enfrentar el horror de perderla. Ahora está en un cofre en un banco, en Zúrich.

»Me asusté al ver a Winner en el lobby del hotel. Era parecidísimo a mí, la misma estatura, el mismo rostro largo, el mismo mentón fino. Yo usaba lentes y él no; cuando se quitó el sombrero para saludarme, noté que era un poco más calvo que yo. Su pronunciación invencible de provinciano de Kentucky —después me enteré de que había vivido su infancia en una pequeña ciudad llamada Harrodsburg— no combinaba con sus gestos sutilmente afeminados.

»Winner pareció no haber notado nuestra semejanza física. En realidad, apenas me miró. Me dio el boleto que decía TRANSPOLAR EXPRESS — *Festival International du Roman et du Film Noirs. Billet aller Paris-Grenoble. Départ vendredi 20 octobre à 9h25 Gare de Lyon/Paris-voie no. 5, voiture no. 7, place 104, nom Peter Winner.* Hasta hoy recuerdo de memoria lo que decía el boleto de tren.

"*No le traje el boleto nuevo*", le dije, guardándome el que Winner me había dado, "*se lo van a entregar en la gare.*"

—Antes de que Winner dijera algo, le entregué la vieja revista —¡el tesoro!— que llevaba conmigo.

"*Soy un gran admirador suyo, esto es un regalo, quedará en mejores manos*", le dije.

—Tomó la revista. Cuando descubrió lo que tenía entre los dedos, abrió los ojos, las manos le temblaron, creo que en realidad se puso lívido. En un impulso, que ciertamente le costó mucho, me devolvió la revista diciendo:

"*No puedo aceptar este regalo, usted debe haber perdido la razón.*"

"*Es suya*", le dije, dejándole la revista en las manos y dándole la espalda.

—Abrí la puerta de vidrio del hotel, salí a la rue des Saints-Pères y caminé hacia el boulevard St. Germain, doblé a la derecha, en la esquina del boulevard, sin saber qué hacer, el corazón oprimido. Mi ardid no había resultado; estaba seguro de que Winner me seguiría, pero no lo hizo y se quedó con mi revista. ¡Qué desgracia! ¡Qué horror! Tenía que recuperarla.

»Desesperado, entré a un restaurante que quedaba casi en la esquina de la rue de Rennes. Pedí una botella de vino. Me tomé ansiosamente un vaso lleno hasta el borde.

"*¿Puedo sentarme?*", oí una voz que me decía. Era él. Con la revista en la mano.

"*Sí*", dije, levantándome de un salto y arrimándole una silla para que se sentara.

"*Amigo*", me llamó amigo, cariñosamente, "*¿sabes el valor que tiene esta revista?*"

"*Sí, solo hay otro ejemplar en el mundo*", dije.

"*Lo tiene Henry Glassco Borden, un coleccionista de Toronto*", añadió, mirando la revista.

—Pensé que se iba a impresionar, pero su emoción no llegó a tanto; solo recitó con la voz embargada por la emoción:

"Graham's Magazine, *Philadelphia, abril de 1841, la obra inaugural*, «Los crímenes de la calle Morgue»."

—Entonces se restregó los ojos y dijo:

"*No la puedo aceptar.*"

—Tomé la revista y la puse sobre la mesa, entre los dos. Le pedí un vaso. Bebimos en silencio.

"*¿De dónde eres? Tu acento no es muy definido.*"

"De Boston", respondí, *"pero me deshice de la pronunciación presumida de mis coterráneos."*

"Yo no he podido librarme de la mía, tal vez porque es más auténtica que la tuya. Boston. Qué coincidencia. ¿De ahí tu interés por ÉL?"

—Parafraseé a W. C. Fields:

"Por mí, ÉL podría haber nacido en Filadelfia."

"¿Cómo llegó la revista a tus manos?", preguntó Winner.

"Es una historia tan extraordinaria que tenemos que acordar un encuentro especial para contarla."

"Mi estimado, hoy es el día para hacerlo, estoy en tus manos."

"Hoy no, otro día. Es una larga historia…"

—Bebió y murmuró:

"Debe ser una larga historia. Graham's Magazine, *esto es un sueño. Increíble."*

—Mentí:

"Tengo un ejemplar original de 1848 del ensayo Eureka.*"*

"No soy un admirador ciego", dijo Winner. "Eureka *es solo un ensayo místico y pretencioso sobre el cosmos y lo divertido es que cuando terminó de escribirlo Poe afirmó que había descubierto el secreto del universo, pero en abril de 1841"*, Winner señaló la revista sobre la mesa, *"ÉL no hizo ninguna declaración bombástica y sin embargo con «Los crímenes…» realizaba ese prodigio: la creación de un nuevo género literario."*

—Bebió, mirándome con superioridad por sobre el vaso. Después de sus arrebatos juveniles, pero plenamente justificables ante el *Graham's Magazine*, quería ponerme en mi lugar.

"Eureka *no es solo un ensayo pretencioso sobre el universo. En él Poe descubrió la solución de la paradoja de Olbers"*, protesté.

"No dejes que el fanatismo perjudique tu capacidad de juicio", repuso Winner. *"En ese ensayo, Poe fue, a lo más, el primero en sugerir el concepto de un universo en expansión."*

—Me tragué la manera desaforada con que me había corregido. Como exprofesor universitario, Winner probablemente sabría más cosas que yo, un profesor de enseñanza básica de Newton, Massachusetts.

»Estaba claro que Winner me desafiaba demostrándome que no podía sorprenderlo, que sabía todo lo que yo sabía e incluso más. Así, mientras bebíamos, charlábamos sobre nuestro ídolo como dos profesores que éramos, tratando de demostrar que uno era más erudito que el otro. Los escritores y los profesores son básicamente personas exhibicionistas. De lo contrario, ¿cómo soportarían el trabajo que hacen? Le dije a Winner que escribía ficción y que quería ser un escritor profesional, pero que hasta entonces jamás había publicado.

"Solo existe una verdad fundamental sobre el oficio de escribir", respondió Winner, *"pero no te voy a decir cuál es esa verdad, tendrás que descubrirla solo."*

—Perdona, querida Clotilde, por la parte que sigue de mi relato, que es muy desagradable, pero me siento obligado a contarla, aunque no pase de ser un diálogo arrogante, un desafío infantil de dos hombres vanidosos que luchaban para probar que uno era mejor que el otro, empeñándose en realidad en una habladuría fatua. Bostezaste. ¿Quieres que me salte esa parte?

—No —dijo Clotilde—. ¿Qué verdad fundamental es esa que el escritor debe conocer?

—Ya lo sabrás dentro de poco. Déjame seguir. Apacigüé mi ira. Bebimos, como les gusta a los escritores. Y a los profesores. En la segunda botella de Bordeaux, iniciamos una áspera discusión acerca de que la novela policial tendría su origen en una fábula milenaria oriental, *Peregrinación de los tres jóvenes hijos del rey de Serendip*, reelaborada por Voltaire en *Zadig*.

"Puede haber ahí, realmente", dijo Winner, *"un modelo epistemológico o paradigma indiciario, como prefiere Ginzburg, pero los hijos del rey, al hacer descubrimientos analizando la naturaleza de las relaciones entre determinados indicios, podrían estar, quizás, inventando la semiótica."*

—Con una ostensible sonrisa, agregué:

"Aparte de darle a Walpole la oportunidad de acuñar un neologismo divertido, serendipity.*"*

—Y aduje que si fuéramos a hacer especulaciones con esa largueza, en un *regressio ad infinitum*, posibles orígenes embrionarios de la novela policial también se podrían encontrar en los profetas bíblicos, en los textos pertenecientes a los *Apocrypha* o en *Las mil y una noches*, las que, a su vez, según un estudio de una investigadora del Instituto de Estudios Orientales de la Universidad de Oxford, habrían sido copiadas de Homero y de leyendas mesopotámicas, o más cerca, la inspiración de la novela policial podría encontrarse en Bocaccio, o en Chaucer, mucho antes del *Zadig*.

»Winner se tomó el vino de un largo e impaciente trago. Le pregunté si no encontraba interesante el epígrafe escogido por Poe para «Los crímenes», una reflexión de sir Thomas Browne, un médico y escritor del siglo XVII, precoz practicante de la semiótica médica.

»Tú, Clotilde, ¿conoces el epígrafe de Browne?: *Qué canto entonan las sirenas o qué nombre adoptó Aquiles cuando se ocultó entre las mujeres son cuestiones que, a pesar de enigmáticas, no están más allá de todas las conjeturas.* ¿Lo conoces?

—Hum... No... —responde Clotilde.

—Winner rebatió la mención que hice al epígrafe de Browne diciendo que era obvio que no había pistas imposibles de descifrar, como afirmaba un médico más famoso, Freud, lector y admirador de Conan Doyle.

"Y hablando de Freud", siguió Winner, *"desde que vivía en Viena y solía pasar las noches en los cafés en largas discusiones que no mantenía una conversación tan agradable y estimulante."*

"Muchas gracias", respondí.

"Hay algo en los cafés de Viena...", dijo Winner, mirando al techo.

—Lo dejé rememorando los cafés de Viena durante un rato.

"Leí en los diarios que vas a hablar sobre Poe en el Festival de Grenoble."

"Sí, sí", dijo, *"pero no hablaré exactamente sobre Poe; este festival, como todos los festivales, espera que uno hable superficialidades; en realidad no me presentaré personalmente, alguien leerá por mí lo que pretendo decir, lo que evidentemente no será la manida afirmación de que el* roman noir, *novela negra,* kriminal roman, *novela policial, novela de misterio o se llame como se llame, tuvo sus reglas simples establecidas por Poe al publicar «Los crímenes», en esa misma revista que tenemos delante: un crimen misterioso, un detective, Dupin, en el caso de Poe, y una solución. No hablaré de las dos grandes corrientes derivadas de la obra del gran inventor: la inglesa y la norteamericana, o sea, dejaré de lado esos hechos conocidos incluso por la gente que solo ve televisión.*

"A la gente le gusta oír lo que ya sabe", dije, *"oír música que ya ha oído; pero hay algo más que me intriga y que debe intrigarlos a todos, y es la razón por la que decidiste comparecer a un congreso o festival por primera vez en tu vida."*

—Pensó un poco y dijo que había ido por varios motivos. El primero, y menos importante, fue aprovechar la oportunidad para provocar a los franceses con una pregunta cuya respuesta no era tan fácil de responder como parecía.

»Winner indagaría en el festival, desafiando, por qué no había surgido en el *roman noir* una corriente francesa, con peculiaridades propias y con idéntica importancia a las corrientes de lengua inglesa. Después de todo, las *Memorias*, del francés François Vidocq, de 1828, anteriores a Poe, solo no habían inaugurado el género por no ser una obra de ficción; y el primer seguidor notable (¿efecto Baudelaire?) de Poe fue el también francés Émile Gaboriau con *El caso Lerouge*.

"¿Por qué?", Winner se hizo todavía más enfático al hacer esta pregunta. *"¿Por qué el famoso detective Lecoq creado por Gaboriau no dejó una buena descendencia? Reconozco"*, continuó, *que los franceses, a pesar de ser*

mediocres practicantes del género —Simenon es una excepción no muy brillante— son inteligentes exégetas y entusiastas consumidores; son ellos los que deciden quién pertenece o no al club. Por ejemplo, *Walpole, que escribió* El castillo de Otranto *en 1746, considerado por algunos estudiosos equivocados como el iniciador de la novela negra cuando en realidad es uno de los precursores de la novela gótica, no entra al club. El* Umberto Eco *de* El nombre de la rosa *entra. Pero ¿por qué no surgió una corriente verdaderamente francesa? ¿Por qué insisten en imitar a los norteamericanos? ¿En darle importancia a Goodis y a otros analfabetos? ¿Sabes?"*, Winner me tomó del brazo con fuerza, *"fueron los franceses los que difundieron ese* gossip *asqueroso de que yo sería homosexual. Odio a los franceses, primero a los* chauffeurs *de taxi, después a los críticos. En realidad, a estos últimos, de todas las nacionalidades."*

"¿Y el segundo motivo?", pregunté.

"El segundo motivo es que estoy acabado. Ya no puedo seguir escribiendo, y si pudiera, no tendría valor para publicar. Debo estar muy borracho para hacerle estas confidencias a un desconocido, pero somos norteamericanos, qué diablos, y si no confío en un paisano, ¿en quién podría confiar? El escritor", suspiró, *cuando ya no puede escribir asiste a congresos, instiga a los otros a que le rindan homenajes, a organizar banquetes gloriosos, busca medallas, premios, coronas de laurel, ediciones conmemorativas."*

"Dijiste que había varios motivos para comparecer al festival ¿Hay un tercero?", pregunté.

—Rio, misterioso.

"Sí, pero no te diré cuál es. Es algo que impidió que me matara..."

—Eso fue lo último que se le entendió. Con lo súbito de un relámpago, Winner, completamente borracho, empezó a tartamudear frases inconexas, mezclando reminiscencias de Viena con poemas de Poe, recuerdos de alguien a quien amaba, o había amado, con declaraciones sobre la falta de respeto de lectores, periodistas y críticos al derecho de privacidad de los artistas. Y dijo el nombre de una persona, un nombre de hombre. Sandro.

"Vamos al hotel, quiero darte el ejemplar de Eureka*"*, le dije.

—Pero podría haberlo invitado a cualquier cosa, pues Winner nada oía y no estaba interesado en oír nada a no ser las voces interiores de sus reminiscencias.

»Fuimos en taxi a la rue St. André des Arts. Sorprendentemente, Winner caminaba sin problemas, solo apoyándose con fuerza en mi brazo. Como al salir no había entregado en la portería la llave de la habitación, no tuve que pedirla, pues estaba en mi bolsillo. Fuimos al ascensor sin llamar la atención de nadie. Entramos a la habitación. Tenía una botella de champaña en el refrigerador. Y dentro de la maleta poseía un frasco, una cantidad de veneno suficiente para matar a diez escritores, por más famosos que fueran.

»La champaña y el veneno eran para matarte a ti, Clotilde, la editora que había rechazado mi libro, el libro de John Landers.

—¡Dios mío, lo que me estás contando es verdad! Pensé que era ficción —dice Clotilde—, pero tu cuerpo desnudo está diciendo que todo es verdad.

—¿No te atreves a oírme hasta el final? ¿Acaso no querías mi secreto? Entonces cállate y escucha.

Clotilde sale de la cama, se sienta en un sillón del cuarto, con la boca abierta, pasmada.

—Pero el destino me había ofrecido la oportunidad de darle un mejor uso a la estricnina del frasco. Disimuladamente puse un poco del veneno en la copa y se la di a Winner.

"*Por Edgar Allan Poe*", brindé.

"*Por Poe*", respondió Winner, tomándose de un trago el contenido de la copa.

—Pensé que Winner mostraría inmediatamente los estertores de los moribundos. Sin embargo, el veneno pareció curarlo de la borrachera, porque volvió a hablar de manera lúcida y articulada.

"*Cuando publiqué mi tercera novela por Grasset*", dijo Winner, "*los franceses me incluyeron en el club, lo que significa invitaciones para participar en este festival que se realiza todos los años en Grenoble. Para mostrar el tipo de criterio adoptado por los franceses, entre los invitados de este año hay algunos escritores que no suelen ser identificados como autores de novelas policiales, como Václav Havel, Umberto Eco, Howard Fast, por citar algunos. Creo que una parte importante de mi literatura tampoco se encuadra en las normas del género.*"

—¿Qué porquería de veneno era ese? —pensé, ya comenzando a entrar en pánico.

"*Comento, mi estimado amigo, con cierto bochorno*", siguió Winner, "*esa opinión personal sobre mi trabajo, algo que detesto hacer, para referirme a un artículo que leí no recuerdo dónde, en el que el crítico afirmaba que mis primeros libros, con su contenido de violencia, corrupción, conflictos sociales, miseria, crimen y locura podrían ser considerados verdaderos textos de novela negra, a diferencia de los escritos por ciertos autores ingleses, acusados por el crítico de hacer* littérature d'évasion; *a mi ver, los integrantes de la escuela inglesa hacen algo que puede ser mejor definido como* littérature d'énigme; *diré eso cuando llegue a Grenoble.*"

—Winner se tambaleó y se afirmó en mí.

"Eres un buen tipo, te voy a decir la verdad fundamental que todo escritor tarde o temprano tiene que descubrir. Escucha, amigo mío, recuerda esto: las palabras no son nuestras amigas. Una verdad sencilla: las palabras no son nuestras amigas. Lo descubrí demasiado tarde."

—Afortunadamente, en ese momento Winner se llevó las manos a la garganta y cayó al suelo, temblando convulsivamente. Como ocurre en las óperas, solo murió después de cantar su aria completa.

Confundida, Clotilde ahora sabe, está segura de que Peter, John, este hombre a su lado, sea cual sea su nombre, está a fin de cuentas contando su terrible secreto según lo había prometido. Sale de la cama y se encierra en el baño.

Peter Winner, en verdad John Landers, golpea suave la puerta.

—Vuelve, Clotilde; dijiste que querías oír mi secreto. Ahora tendrás que oírlo hasta el final.

Después de un rato, Clotilde abre la puerta. El hombre la agarra por los brazos huesudos y la regresa al sillón del cuarto.

—No quiero sentarme. Voy a hacer gimnasia.

Clotilde hace varias horas de gimnasia por día, todos los días de la semana.

—¿Puedo seguir? Ahora no puedo parar. Por favor.

La voz del hombre, ahora para Clotilde un hombre diferente, un desconocido excitante, suena tan delicada y atractiva, y su rostro sugiere enigmas tan irresistibles que Clotilde, mientras hace sus ejercicios abdominales en el suelo, siente que una agitación erótica le recorre los músculos y las vísceras.

—Sí, continúa.

—Al confirmar que Winner estaba realmente muerto, lo desnudé completamente. Enseguida me desnudé yo también. Ahí estaba yo, desnudo, con un hombre muerto también desnudo, y era nuestra desnudez lo que tornaba irreal, como un sueño, o una pesadilla, aquella situación, no la circunstancia de haberme convertido recién en un asesino. Tenía que vestir la ropa del muerto, pero no lograba ponerme sus calzoncillos, una trusa negra; me dio asco, y volví a colocarme los míos, unos calzoncillos blancos comunes. En los bolsillos del muerto, ahora vestido con mi ropa, quedaron mi pasaporte y la carta de Clotilde Farouche, tu carta, disculpándose en nombre de Grasset por no editar mi libro. En los bolsillos de la chaqueta negra de Winner, que ahora yo vestía, estaban el pasaporte y otros documentos del muerto, una billetera con tarjetas de crédito, un talonario de cheques del Chase Manhattan Bank y un grueso manojo de cheques de viaje, diez mil dólares en billetes de cien. Tomé papel de carta del hotel y escribí mi nota de suicida, en francés. Algo simple, como debe ser la despedida de un escritor fracasado que tiene los originales de sus novelas rechazados por todas las editoriales. *Je soutenais l'éclat de la mort toute pure. Un homme mort n'est q'un homme mort, et ne fait point de conséquence. Adieu. John Landers.* La primera cita era de Valéry; la segunda, de Molière. El *adieu* era mío. Puse la nota sobre el buró, junto a las llaves del hotel. Por momentos, había pensado en la posibilidad de dejar la habitación cerrada por dentro; siempre me han gustado las historias en que el muerto está en la habitación cerrada por dentro, como *En la pista del alfiler nuevo*, de Edgar Wallace, pero no llevaba hilo ni alfiler para hacer el truco del libro. Lo último que hice fue ponerle mis anteojos a Winner. La única imprudencia, el único error que cometí, fue conservar el frasco con el resto de veneno cuando lo correcto habría sido dejarlo al lado del cuerpo, pero esa anormalidad no fue notada por los policías que investigaron el suicidio; y posteriormente me fue muy útil, como tal vez algún día lo llegues a saber.

—¿Dónde está ese frasco? —pregunta Clotilde.

—En mi bolsillo. Siempre lo llevo conmigo. Es un pequeño envase negro de cristal, muy bonito.

—Muéstramelo —dice Clotilde.

Landers saca el frasco del bolsillo.

—¿Ese veneno todavía es para mí?

Winner se lleva el frasco a la boca y lo chupa.

—¡No, no! —grita Clotilde, agarrándolo.

—Está vacío. Lo guardo como si fuera un talismán, para la suerte.

Hace una pausa, pensativo.

—O entonces, o entonces… lo guardo porque… Bueno, déjame seguir mi infame historia.

»Vestido con la ropa oscura del gran escritor, incluso su gabardina negra y el sombrero de fieltro también negro, me miré al espejo. Si alguien me hubiese visto habría pensado que ese hombre oscuro era el propio Winner. Saqué de la maleta el manuscrito de mi segunda novela, que no pretendía someter como hice con la primera al examen de la Grasset, pero que ahora, gracias al crimen perfecto que había cometido, te sería entregada a ti, Clotilde, como si fuera de Winner, y salí de la habitación. Para suerte mía el hombre de la portería ni siquiera me miró. Landers, el pobre escritor cuyo libro fue rechazado por la Grasset, estaba ciertamente muerto en su habitación. *Un homme mort n'est q'un homme mort, et ne fait point de conséquence.* Completamente vestido de negro, me dirigí al Hotel des Saints-Pères. En la portería, un hombre de media edad, arrogante y grosero, lleno de soberbia. Esas personas suelen ser exhibicionistas y poco perspicaces. Pedí la llave del cuarto diciendo mi nuevo nombre. Junto con la llave, recibí un mensaje telefónico. Fingí que leía la nota, verifiqué el número de la habitación en una pequeña plaqueta anexa a la llave: 202. Probablemente el segundo piso. Me senté en una silla del lobby, mirando disimuladamente lo que había alrededor, tratando de descubrir el ascensor, ahora sí leyendo la nota: *Estaremos juntos en el tren. Estoy ansiosa por conocerlo. Clotilde F.* Por algunos instantes medité, satisfecho: Clotilde no conocía a Winner. Excelente. Siguiendo el paso de un huésped finalmente pude encontrar el ascensor, casi escondido en un rincón. Llegando al que ahora era mi cuarto, abrí la maleta de Winner y examiné la ropa y los papeles que había en una pequeña carpeta de cartón. Durante las largas intervenciones de Winner bebiendo vino pude estudiar sus gestos, las inflexiones de su voz. Al hablar, Winner se llevaba la mano derecha, nunca la izquierda, crispada, hacia el rostro, como si estuviera agarrando y dando vuelta a las palabras que decía. Tenía también el hábito de pasarse la uña del pulgar de la misma mano derecha sobre el labio superior. Lo difícil fue imitar el acento aldeano de Winner. Me puse frente al espejo para ensayar los gestos mientras leía los papeles o repetía las frases que, por lo que recordaba, Winner había dicho. En los papeles leí una de las frases que me había parecido bastante interesante para una charla de bar, suponiendo, evidentemente, que hubiese sido elaborada en ese momento. En realidad, Winner la había memorizado: *Puede haber ahí, realmente, un modelo epistemológico o paradigma indiciario*, etc., etc. Las referencias a Horace Walpole, a los profetas bíblicos, *Zadig*, etc., etc., también estaban anotadas en hojas de papel pautado. El resto de la noche, pues no dormí un segundo, lo pasé imitando la firma del pasaporte de Winner.

—Será mejor que pidamos otra botella de champaña —dice Clotilde.

Mira al hombre que está frente a sí como si estuviera viéndolo por primera vez.

—¿Ya no quieres oír más?

—No sé. Vamos a tomar champaña primero.

El mesero trae la champaña. Beben en silencio.

—¿No te arrepientes de ese pecado?

—Soy ateo y cruel, lo sabes.

—Matar a una persona es además un crimen abominable.

—Es cierto, pero no estoy arrepentido.

—¡Mentiroso! —grita Clotilde.

Se tira sobre Landers dándole puñetazos y puntapiés.

—Si no te arrepientes, ¿cómo puedo perdonarte? —dice Clotilde, llorando sin parar de darle puñetazos.

La agresión de Clotilde deja momentáneamente a Landers sin palabras.

Clotilde saca un vestido de la maleta. Se viste.

—¿A dónde vas?

—Al cine. No sé si vuelva, estoy muy perturbada.

Cuando Clotilde sale, Landers toma la carpeta de cartón con apuntes, los prolegómenos apodícticos de Winner que todavía guarda con él. Han pasado dos años y todavía no logra destruir estos papeles. Para Landers no hay novedad en las observaciones de Winner. Lo intriga el odio que Winner sentía por Stout. Él, Landers, también detestaba a Stout, pero por un motivo diferente al de Winner. Él envidiaba a Stout porque Stout vendió más de cien millones de ejemplares de sus libros. Stout está muerto, pero la envidia continúa. Las razones de Winner están registradas en las anotaciones: *Stout* —escribió— *creó un pastiche vulgar de Conan Doyle con una dicción diluida de Hammett. Nero Wolfe, su personaje, es un gordo arrogante lleno de soberbia que se la pasa cuidando orquídeas, esa flor horrenda que solo vale por la relativa rareza. Archie Goodwin es un sirviente idiota sin carácter, indigno de su modelo, el doctor Watson.*

Es curioso que a Winner no le gustaran las orquídeas, piensa Landers. Tiene la impresión de que a los homosexuales les encantan las orquídeas. Stout es todo lo que Winner dice; en los mediocres libros de Stout, Landers encontró una sola frase buena para un autor policial: *Si tuviéramos que juzgar a un hombre por un único acto, y si pudiéramos escoger ese acto, deberíamos evaluar la forma como se mira en el espejo.*

Clotilde salió sin llevar nada. Una mujer no va muy lejos solo con la ropa del cuerpo.

LANDERS REMEMORA LO QUE OCURRIÓ
HACE DOS AÑOS

Recuerda su primer encuentro con Clotilde, pocas horas después de haber matado a Winner.

Han pasado dos años. Llegó a la *gare* de Lyon a eso de las nueve. El Train Noir lo esperaba. En la entrada de la plataforma, una mujer le dio una carpeta negra con papeles y le colocó una credencial con el nombre de Winner en el pecho, que él se quitó al entrar al tren. A las nueve veinticinco en punto el Train Noir, lleno de autores, críticos, editores, periodistas y publicistas, salió de la *gare*. Casi todos usaban la credencial con el nombre escrito en letras negras. En la ventana, Landers fingía que miraba el paisaje francés de aquel otoño. En realidad observaba disimuladamente a la gente que iba y venía, se sentaba y levantaba, tratando de exhibir nerviosamente inteligencia y sabiduría; después de todo eran intelectuales, mientras hablaban idioteces. ¿Cómo lo habían hecho esos cretinos y cretinas para publicar sus libros mientras él seguía siendo un escritor inédito? Grasset, que publicaba un montón de mediocridades, no quería publicar su novela. En realidad, ya no había editoriales independientes, todas integraban los grandes conglomerados financieros controlados por estúpidos *self made men* que habían ganado dinero de manera salvaje e inescrupulosa y veían el libro como cualquier otra mercadería. En esos días, aun con la irresistible fuerza del resentimiento que lo dominaba, Kafka no podría publicar, tampoco Poe ni Baudelaire, ni ningún autor nuevo realmente significativo como él, Landers, por ejemplo. Inmerso en sus pensamientos rencorosos, no percibió de inmediato a una persona que se sentaba a su lado. Una joven bonita, de mirada aguda.

—¿Tú eres Mister Winner? —preguntó.

—No sé quién es esa persona.

Ella rio, con buen humor.

—Tú eres Winner. Muéstrame tu credencial.

Sacó la credencial del bolsillo con el nombre de Winner.

—Lo sabía. Soy Clotilde Farouche.

Landers no pudo dominar el temblor que por un momento dominó su cuerpo ¡Clotilde F., la editora de Grasset que había rechazado su libro! Trató de disimular su bochorno con una broma.

—Pensé que eras gordita como la Clotilde de Auguste.

—Ni gordita ni positivista... No te imaginas el gusto que me da conocerte. Nos escribimos cartas...

—El gusto es mío.

—En Grasset estamos ansiosos por tu próximo libro.

—No será para tanto.

Le entregó los originales.

—*Novela negra*... Tú ya sabes cómo me gusta dar sugerencias sobre los títulos de tus libros... ¿Te acuerdas de cuántas cartas tuve que mandarte para que cambiaras el título del último?

—Éste es sobre mi vida.

—No lo creo. Lo bueno en tus libros es que nunca escribes exactamente sobre tu vida. Como dijo Gide —conversaban en inglés, la frase de Gide la dijo en francés— *le romancier médiocre fait ses romans d'après sa vie réelle, le bon d'après ses vies possibles*. Tú estás definitivamente entre los *bons*.

Mientras oía a Clotilde, pensó que si escribiera objetivamente lo que estaba ocurriendo en esos días y lo publicara sería una historia que, a pesar de ser real, ciertamente despertaría el mayor interés del lector. Inventar lo real, hacer verdadera una historia falsa, o, más relevante aún, falsa una vida verdadera, era una hermosa tarea para un escritor.

—El acuerdo del escritor con el lector es menos importante que su connivencia con el personaje —dijo Clotilde—, pero ustedes no pueden revelar eso a sus lectores, tienen que sentirse coautores de la historia que están leyendo.

Pero en realidad, piensa ahora Landers, si se publicara un relato sobre el asesinato de Winner, eliminada la pedante parte profesoral, este sería leído con atención no por la complicidad entre él y el lector, sino principalmente por la secreta simbiosis corrupta existente entre autor, él, y personaje, él también.

Su mente divaga. A fin de cuentas, ¿por qué y para qué escribir? Recuerda a Broch y a Canetti conversando: *¿Será tarea del escritor traer más miedo a este mundo? ¿Será este un propósito digno del ser humano?*

Sí, sí, el objetivo honrado del escritor es llenar los corazones de miedo, decir lo que no se debe decir, decir lo que nadie quiere decir, decir lo que nadie quiere oír. Esta es la verdadera *poiesis*.

—¡Yo maté a Peter Winner! ¡¿Me escuchaste, Clotilde?! —grita Landers en el cuarto.

En ese momento Clotilde golpea la puerta.

Clotilde entra y se sienta en el sillón de la habitación, confundida.

—¿Qué es lo que estabas gritando?

—Que maté a Winner.

—Me siento aturdida. Estás dominado por el espíritu enfermizo de Poe, pero mira, «Los crímenes de la calle Morgue» es el cuento más idiota que he leído en mi vida.

—No digas eso —repone Landers, infeliz.

—El criminal es un mono, un animal sin libre albedrío, esa característica que les da profundidad a los actos de los grandes criminales.

—Quieres castigarme con esas palabras —dice Landers—. No llenes mi corazón de disgusto.

—Un ser inimputable —continúa Clotilde—, un agente inconsciente del mal. ¿Qué mierda de paradigma es ese? Además, es un cuento aburrido, con personajes desagradables, incluso Dupin. Dalgliesh tiene más encanto que Dupin, incluso el pesado de Poirot y el grosero de Maigret son más encantadores que Dupin. Detesto y desprecio ese cuento ingenuo, idiota, artificioso, grotesco, simiesco. Poe debe haber estado borracho cuando lo escribió.

—Entonces ese era tu execrable secreto. Odiabas a Poe y no te atrevías a contármelo —dice Landers, abatido.

—No, ese no es mi secreto.

—¿No? ¿Hay algo todavía peor, todavía más horrendo que me puedas decir?

—Mucho peor.

—No quiero escuchar.

—Escucha mi historia, cobarde.

—Necesito más champaña.

Llega la botella. Landers llena las copas.

—Por Poe —dice Landers.

—Por la lucidez —responde Clotilde.

EL SECRETO DE CLOTILDE

—En aquel encuentro en el tren —dice Clotilde— me diste tu libro y lo leí en el viaje. Quedé maravillada. Era un nuevo Winner, pensé; sí, un nuevo Winner, los críticos tenían razón, habías logrado la hazaña de escribir una novela diferente a las otras. A los cuarenta años, después de una novela fracasada, dejabas atrás las fórmulas que manipulabas con gran maestría y creabas algo completamente nuevo. Debería haber sospechado que el hombre no era el mismo. ¿Qué hiciste con la novela que rechacé, *El cuarto cerrado*?

—La quemé.

—Qué lástima. No la debo haber leído con atención. Pero en el supuesto de que *Novela negra* era de Winner, tuve paciencia para superar las extrañezas, las rupturas, las anormalidades, los desusos, las singularidades. Me enamoré del libro. Y después ocurrió lo mismo con los críticos y con el público.

—Los críticos. Mary McCarthy tiene razón: son los mayores enemigos de los lectores.

—En tu caso no. Te alabaron, te aclamaron, le rindieron todos los tributos posibles a *Novela negra*.

—Pero si el autor fuera John Landers esos sepultureros solo dirían RIP.

—Me acosté contigo por *Novela negra*. Me casé contigo por *Novela negra*. Tú no querías casarte conmigo; dije groseramente que te habías acostumbrado a los cómodos placeres desaliñados que prostitutas y mujeres ocasionales te propiciaban y no veías un motivo racional para que alguien se casara.

—Sigo pensando lo mismo.

—¿Entonces por qué te casaste conmigo?

—Por tus huesos. En mi vida solo había encontrado una mujer tan huesuda como tú, una búlgara llamada Sonia que jugaba basquetbol.

—Por mis huesos.

—Sí, por tu esqueleto.

—¿Y mi inteligencia? ¿Mi sensibilidad? ¿Mi cultura?

—Eso vale muy poco.

—¿Por qué no te casaste con la búlgara?

—No sé. A lo mejor ella no quería casarse conmigo. Un profesor pobre y medio calvo. Ella tenía vastos cabellos negros que le bajaban por la nuca hasta el ano. Y las axilas, y el pubis.

—Basta.

—Bueno, ya nos hemos contado nuestros secretos. Todavía tengo otros —dice Landers.

—No, todavía no te he contado mi secreto. Detestar a Poe no era un secreto, siempre di a entender que me parecía un autor menor. Mi secreto es otro.

—Basta de herejías. Cuenta tu secreto.

—Un día, en la cama, decidimos que nos casaríamos y me preguntaste la edad. Te dije que, como tú, tenía cuarenta años.

—Sigue.

—Pero en realidad tenía cincuenta.

—Pero yo vi tus papeles, certificados, pasaporte.

—Lo falsifiqué todo. Me costó una fortuna. Tenía miedo de que no te casaras conmigo sabiendo que tenía diez años más que tú.

—Entonces tienes cincuenta y dos años...

—¿Te habrías casado conmigo sabiendo que tenía diez años más?

—Ahora entiendo por qué pareces un lagarto. En los viejos animales flacos como tú la piel se estira, así como en los lagartos de cualquier edad la piel queda suelta sobre los huesos. Pero la tuya es suave como *couché*.

—¡Mierda!, ¿te habrías casado o no?

—Sí. Tu edad no me interesa, al menos por ahora. ¿Y tú? ¿Te molesta que yo sea un asesino?

—Dijiste que el veneno que usaste para matar a Winner estaba originalmente destinado a mí. ¿Te atreverías a matarme?

—Después de conocernos, no.

—¿Era fácil encontrar prostitutas tan flacas como yo?

—Era difícil.

—Y cuando las encontrabas, ¿les lamías y mordías los huesos?

—Me daban ganas, pero no me atrevía. Como te dije, tenía miedo de que me encontraran ridículo.

—¿Ni siquiera los huesos de la búlgara?

—Ni los de la búlgara. Como te dije, tenía miedo de que se riesen de mí.

—Las mujeres no tenemos ese miedo.

—Quítate la ropa.

Clotilde se quita la ropa.

—Me late fuerte el corazón —dice ella.

—Lo escucho.

Se acuestan.

—¿Cómo me ves ahora?

Landers agarra, como quien sostiene la piel del pescuezo de un gato para levantarlo del suelo, la piel complaciente del tórax de Clotilde y suspende su liviano cuerpo algunos centímetros arriba de la cama.

—Con nuevos ojos y nuevos tactos.

—Necesito ver un lagarto. Nunca he visto uno de cerca —dice Clotilde.

Mientras muerde el codo de Clotilde, Landers piensa en sus otros secretos, que considera tan terribles o todavía más atroces que el develado, pero prefiere dejar esas revelaciones para otra oportunidad.

En el stand de Grasset la gente hace fila con un ejemplar de *Impostor* en la mano. Como dedicatoria, Landers se limita a escribir el nombre Winner —una *w* seguida de una línea de estrecha sinuosidad con un punto en medio. Aparecen algunos escritores para pedir su autógrafo. En el autógrafo de Ellroy, además del nombre Winner, Landers escribe HOWL HOWL HOWL en letras garrafales. En la fila, atrás de Ellroy, está el sujeto de la pipa, de quien Landers se burló en el debate anterior. El hombre tiene un aire bovino simpático. Landers decide personalizar su autógrafo.

—¿Cuál es su nombre? —pregunta.

El tipo vacila.

—Papin... Inspector Papin —dice el hombre.

Se lleva la pipa a la boca, muerde el tubo, donde se pueden ver marcas de dientes. ¿Sonríe?

Papin: whodidie?, escribe Landers.

—Gracias, Mister Winner —dice Papin pronunciando el nombre con acento agudo. Agrega—: Trataré de descubrir, de participar del juego. Los policías tenemos tan pocas oportunidades de divertirnos.

Viéndolo bien, Papin le recuerda ahora a Winner más un bulldog que un buey. ¿Será la manera como el inspector muerde la pipa lo que suscita esa imagen?

—El criminal está frente a usted —dice Landers.

—¿La víctima también?

—No escuche a los críticos —dice Landers.

—Otra observación inteligente, aquella.

—Solo astuta.

El sujeto que está detrás de Papin en la fila rezonga. El policía se disculpa y se aleja.

Los libros de Winner se acaban. Uno de los funcionarios de la editorial dice que mandó a buscar otros ejemplares a una librería de la ciudad, pero Landers responde que la sesión de autógrafos terminó. Algunas personas en la fila protestan, pero Landers sale de la mesa y se retira del cavernoso salón del festival.

Esta noche, en vez de ir con Clotilde a una comida del programa social del festival, se queda en su cuarto, viendo televisión, sin sonido: gente gesticulando, abriendo y cerrando la boca, abriendo los ojos. Piensa en la fama, en esa perra de mierda. ¿Qué diferencia hay para él si su gloria, que lo hizo merecedor a una limusina especial, fue en parte robada a Winner? ¿Existe una fama legítima? ¿O son todas espurias? Cuando su libro fue publicado con el nombre de Winner por Grasset y recibido con aclamaciones, ¿estaba añadiendo algo a la fama de Winner, o a la suya, Landers? ¿Quién es William Shakespeare: Francis Bacon, Christopher Marlowe o el don nadie de William Stanley? ¿Eso le interesa a alguien más que a media docena de profesores que no tienen qué hacer? ¿Existió Homero? ¿Eso tiene importancia o es una cuestión ridículamente bizantina? ¿Quién es Winner? Ahora es él. Mientras viva eso podrá tener alguna solerte relevancia, podrá regocijarse con la gloria. Después de muerto, ¿la inmortalidad?, ¿ese ideal enfermizo?

¿Qué agitación lo hace andar por el cuarto, rechazar la embriaguez de la champaña? Por primera vez concibe la hipótesis de que al matar a Winner y apoderarse de su nombre en verdad mató a Landers, dejó que Winner se apoderara de él. Winner, el gran escritor decadente quedó más vivo después de muerto. Landers escribe para Winner. ¿Quién se apoderó de quién? ¿El vivo del muerto o el muerto del vivo?

Cuando llega Clotilde finge dormir. Ella se acuesta a su lado y al rato Landers siente la huesuda respiración de la mujer. ¡Qué maravillosas son las mujeres que tienen principalmente huesos en el cuerpo! La presencia de la mujer lo ayuda a soportar la noche de fiebre y pesadillas que lo despiertan intermitentemente, mojado de sudor y angustia. Entre las vigilias y los sueños aflictivos elabora su plan, que le traerá más fama a Winner. ¿O le dará vida a Landers? Todavía no se ha decidido.

Le toca suavemente el hombro a Clotilde.

—Clotilde, despierta, quiero contarte mi otro secreto.

EL SEGUNDO SECRETO DE JOHN LANDERS

—Volvamos al primer festival al que asistí, en aquel octubre de hace dos años, cuando maté a Winner —dice Landers.

Clotilde se sienta, despierta, en el sofá de la suite del hotel.

—No quiero oír tu secreto, esto me está poniendo nerviosa —dice Clotilde.

Como siempre lo hacen, a veces hablan en inglés, a veces en francés. Esa alternancia depende del grado de elocuencia que quieren atribuir a las respectivas palabras. Aun cuando ambos son bilingües, cada uno tiene una lengua preponderante.

—¿Me amas? —pregunta él.

—Sí, te amo, pero no quiero penetrar en las tinieblas de tu corazón.

—No hagas literatura barata conmigo. Además, detesto a Conrad —dice Landers—. Escucha. Después de que te separaste de mí aquel día, hace dos años, en el Train Noir, para ir a comer al vagón restaurante...

—Tú no quisiste acompañarme, dijiste que no tenías hambre y cuando me ofrecí para traerte algo me pediste que te trajera champaña.

—¿Te dije eso? No me acordaba. Bueno, en cuanto saliste, un joven se sentó en el lugar desocupado, a mi lado, me miró a los ojos, me colocó la mano en el mentón —aparte del gesto, tenía aquel pelo revuelto de Rimbaud pintado por Fantin-Latour en *Un coin de table*— y susurró en italiano:

"*¿Pete, todavía soy tu gran amor?*"

—Su mano me acarició levemente la pierna. Quedé paralizado.

"*Te agradezco el sacrificio*", siguió el muchacho, "*no te imaginas cuánto más te amo por lo que estás haciendo solo para satisfacer mi capricho.*"

—Se me vino a la mente lo que Winner me había dicho momentos antes de que lo matara, que tenía una dulce razón, entre otras ácidas que mencionó, para ir al festival. Y pronunció el nombre de Sandro. El muchacho que estaba a mi lado debía ser Sandro. Dejé que introdujera sus ojos en los míos, parecía gustarle hacerlo, tenía ojos azules rutilantes. Probablemente Winner le había dicho que amaba sus ojos. Le dije:

"*Sandro, Clotilde Farouche está en el tren.*"

"*¿Quién es Clotilde Farouche?*", preguntó.

"*Mi editora*", respondí, "*ya te he hablado de ella, ¿no?, es una bruja.*"

"*Ah, sí, aquella cerda*", dijo.

—¿Me llamaste bruja? ¿Me llamó cerda? —protesta Clotilde.

—Quería hablar lo menos posible con Sandro, por miedo a que le llamase la atención algo de mi prosodia, por miedo a que percibiera las disparidades articulares entre mi modo de hablar y el de Winner; además, el modo del muerto tenía un cierto *drawl* que había logrado reproducir frente al espejo —tengo un oído muy bueno para los ritmos, como todo buen escritor, en realidad—, pero mi nerviosismo me obligaba a hablar de prisa; la suavidad de las erres adquirida en mi infancia en Darmoth Street, donde me criaron mis padres adoptivos, cerca de Copley Square, al lado de la biblioteca pública que frecuenté diariamente hasta terminar mi triste adolescencia, amenazaba con denunciarme irremediablemente. Nadie conoce mejor la voz del otro que un amante. Sandro habló conmigo en italiano y yo le respondí en inglés. Tal vez Winner sabía italiano, y en este caso, ¿por qué no responder en italiano? No sabía qué hacer. La mano de Sandro subió cariñosamente hacia mi ingle, lo que me llenó de pánico.

"*¿Todavía me amas?*", preguntó.

"*Aquí no*", dije, "*en el hotel, vamos a conversar en el hotel.*"

—Afortunadamente llegaste en ese momento con la botella de champaña.

—Me acuerdo —dice Clotilde—. Cuando me acerqué un muchacho delgado y pálido se levantó apurado de la butaca a tu lado y te pregunté quién era y me respondiste que era un admirador que había ido a pedirte un autógrafo.

—Sandro no demoró mucho en buscarme en mi habitación.

"*Nuestros planes siguen en pie, ¿no?*", dijo.

—Luego cerró las cortinas de la ventana, se quitó la ropa con destreza y quedó completamente desnudo. En menos de veinticuatro horas contemplaba el cuerpo desnudo de un segundo hombre, yo, que en mi vida había visto a un hombre desnudo. Aparté los ojos de su desnudez como quien aparta los ojos de la llama azul de un soplete.

"*¿Qué estas esperando?*", le oí decir a Sandro.

—Se me acercó, antes de que me pudiera defender, me besó en la boca. Me alejé como alguien que hubiese sido alcanzado por el cambio de dirección de aire de una fuerte explosión. Vi cómo sus ojos azules transparentes de inocencia se llenaban de argucia.

"*¿Por qué no estás usando tu perfume?*", preguntó.

—Tú sabes, Clotilde, que tengo una pésima nariz, ¿recuerdas cuando comí una *terrine* descompuesta porque no sentí su olor mefítico?

—Sí, sí. Tú vives diciendo que mi vagina no huele a nada. Que mis axilas no tienen olor. Al principio eso me molestaba un poco, una mujer sin olor es como una muñeca, y tuve miedo de que me vieras como una Copelia, me dijiste que te gustaba Hoffmann y había algo de mecánico en tu manera de hacer el amor conmigo, y todo eso me dejaba aprensiva, pero ya pasó.

—No me gusta Hoffmann, nunca te he dicho eso. Quisiera que citaras autores de mi preferencia.

—Solo te gusta Poe.

—No es cierto. Me gusta Baudelaire.

—Volvamos a tu relato. Sandro acaba de besarte y le pareció raro que no estuvieras usando tu perfume.

—Sí, sí. Y su mirada infantil se llenó de argucia.

—Mirada juvenil.

—Sí, sí. Mirada juvenil.

—¿Y después?

—Estábamos en mi cuarto. Sandro introdujo sus ojos azules en los míos nuevamente, y dijo:

"*¿Quién eres?*"

"*Tú sabes quién soy: Peter Winner.*"

"*Quítate la ropa*", dijo Sandro.

—Al oírme decir que no me iba a quitar la ropa, abrió los brazos y preguntó:

"*¿Qué te pasa?, ¿cuántas veces has quedado desnudo frente a mí?*"

"*No me voy a quitar la ropa ahora, no tengo ganas*", dije.

"*Imbécil, tú no eres Peter*", dijo Sandro con voz suave, "*no hablas como él, no hueles a él, no besas como él, no caminas como él, lo más difícil de imitar de una persona es su forma de andar, a no ser que se trate de un cojo o de un pierna de palo; si supones tan ingenuamente que podrías engañarme, de seguro no sabes mirar a la gente en la calle."*

—Tras esa clase sobre observación, Sandro gritó amenazadoramente: *"¿Dónde está Peter?"*

—Traté de calmarlo diciéndole que Peter no había podido venir y que me pidió que viniera en su lugar.

"Le quería hacer una broma a esa gente del congreso, tú ya sabes cómo es Peter. Me desafió a engañarte, dijo que los engañaría a todos menos a ti. Hicimos una apuesta."

"Y perdiste, mierda", dijo Sandro. *"¿Dónde está Peter?"*

"En París", le dije. *"Me va a llamar hoy a medianoche, habla con él, que te va a explicar todo, no te alteres, me estás asustando con esos gritos; mira"*, seguí: *"yo no quería participar en esta farsa, pero Peter me lo pidió, después me desafió."*

"¿Cómo conociste a Peter?"

"Por casualidad, en París", respondí. *"Me vio en la calle, y después de decir que éramos muy parecidos y, al saber que era un profesor cesante, me preguntó si quería ganarme mil dólares. Evidentemente yo quería ganarme mil dólares, y así llegué hasta aquí."*

—Sandro me miró, desconfiado.

"Esperemos hasta medianoche", dijo. *"Esa historia está muy rara."*

—Lo invité a tomar champaña y Sandro aceptó, consultando el reloj, la única vestimenta de su cuerpo desnudo. Llegó la champaña, en un balde de plata, con dos copas de cristal. Lentamente llené las copas. Esperaba una ocasión propicia para poner el veneno en su copa, pero Sandro me facilitó las cosas diciendo que iba al baño. Entonces le puse el veneno en la copa. Regresó del baño, siempre desnudo, se tomó la champaña y murió. Mejor te evito los otros detalles.

—¿Tenías que matarlo? —pregunta Clotilde.

—Me iba a denunciar cuando llegara la medianoche y nadie llamara. Aparte de eso, me agredía su desnudez.

—¿Mataste a un hombre solo porque se desnudó frente a ti?

—No, no. Bueno, también por eso.

—¿Y qué hiciste con el cuerpo?

—Me puse su ropa, ya me había acostumbrado a vestir gente muerta, y ensayé, como si fuéramos dos bailarines, la manera de llevarlo a la calle. Era frágil, pequeño, solo pesaba unos cincuenta kilos. Pasé su brazo derecho por mi cuello, agarré su mano derecha con mi mano izquierda y lo sujeté fuertemente por la cintura con mi brazo derecho, levantándolo un poco, de modo que sus pies apenas tocaban el suelo. Pasé, en realidad bailé, con él dentro del cuarto, frente al espejo. Quería que pareciera un borracho que era llevado por un dedicado amigo a casa. ¿Quieres que te muestre cómo? Ponme el brazo aquí.

—No.

—Esperé unas horas, hasta poco antes de la madrugada, una hora muerta en los hoteles, en que la portería está siempre ocupada por funcionarios menos competentes. Salí con Sandro, pasé por la portería diciéndole al portero somnoliento y desinteresado que mi amigo se había excedido con los tragos. Cargué el delgado cuerpo del muerto por las calles hasta quedar cansado. Lo dejé sentado en una de las sillas de la vereda —encadenadas a la mesa para que no se las robaran— de un bar ya cerrado a esa hora. Le saqué todo el dinero que tenía en el bolsillo y el reloj, del cual me deshice cuando regresé a París.

—¿Y encontraron el cuerpo?

—Sí. Salió una pequeña noticia en los diarios que decía que Sandro Morelli, ese era su nombre completo, tenía una ficha criminal de prostitución masculina, hurto y otras infracciones menores. La policía dirigió su atención a pistas falsas, sospechosos inocentes. Nuevamente me salvé gracias a la estupidez de la policía.

—No sé qué pensar —dice Clotilde—. No me pareces un asesino reincidente, pero siento que todo es verdad. Y me pregunto, ¿seré la próxima?

—Déjame morderte la rodilla —dice Landers, acostándose de espaldas en el suelo.

Clotilde, completamente desnuda, se arrodilla sobre Landers de manera que el tórax del hombre queda entre sus piernas abiertas. Luego levanta una de las rodillas y la pone en la boca de Landers. Él muerde la rótula de Clotilde, dislocando suavemente el hueso. Luego le muerde la otra rodilla.

—Muérdeme la clavícula —dice Clotilde, inclinándose sobre él—. Más fuerte. Pobrecito.

A la mañana siguiente, cuando Landers despierta, Clotilde no está en la suite. Landers llama y pide una botella de champaña. Mientras bebe, piensa que Calvino tiene razón cuando sintetiza una verdad conocida por todos con el axioma: *El que comanda la narrativa no es la voz sino el oído.* Su oyente, su adorable y huesuda Clotilde, entendió la historia que él contó de forma personal y única. Él dijo una cosa y ella oyó otra. Así es la vida. Así son las historias. Beckett tenía quistes en el año; Luis XIV tuvo un tumor en el mismo orificio durante gran parte de su larga vida; Landers conoce historias no solo de reyes y poetas, sino también de filósofos, héroes, santos, diosas y otros pobres diablos cuyas células se descontrolaron en esa parte recóndita del cuerpo. Lo que eso significa para él, que sufre de estreñimiento, no es lo mismo que para Clotilde; ella, en cuanto despierta, se sienta en la taza del baño y expele un excremento largo, grueso, espeso, íntegro, una única pieza de delicado color marrón claro, que al término de su fácil expulsión asume la finura de una punta de lápiz, sin dejar vestigios en el esfínter. Clotilde cree que él desea que lo descubran y castiguen por su crimen. No es verdad, el problema no es de pecado y confesión, es más complicado.

Después de beberse toda la botella de champaña le da sueño y vuelve a dormir. Despierta con los golpes en la puerta, a las cuatro de la tarde. Ve que la sala de la suite está desordenada, la botella en el suelo, la mesilla dada vuelta, la lámpara quebrada. Abre la puerta, completamente desnudo, suponiendo que es Clotilde quien llama.

Un hombre de barba rala y maletín negro, que parece no advertir la desnudez de Landers, dice de manera firme y aguda:

—Buenas tardes, Monsieur Winner. ¿Puedo entrar?

—¿Quién es usted?

—El doctor Prévost —dice el hombre. Aparta gentilmente a Landers y entra a la suite.

—¿Dónde está Manon? —pregunta Landers.

El doctor Prévost sonríe.

—Su mujer ya me habló de su sentido del humor —cambia de tono—: ¿Cómo se siente?

—¿Qué está haciendo aquí?

—Usted me mandó a buscar. Mi enfermera llamó al hotel para confirmar que llegaría a las cuatro. Su esposa contestó y yo hablé personalmente con ella. ¿Tiene alguna pijama, algo que ponerse?

—No me voy a poner ninguna pijama ni voy a abrir la boca para que me examine. Retírese, doctor, eh… Prévost.

—Cálmese, Monsieur Winner. Estoy aquí para ayudarlo.

Landers toma el teléfono y llama a la portería.

—Un loco que dice llamarse doctor Prévost invadió mi cuarto. Por favor, manden a alguien a que lo saque de aquí.

Landers oye cómo el hombre de la portería carraspea nervioso:

—El doctor Prévost, hum. Su esposa lo llamó. Es un médico muy competente, Monsieur Winner, siempre atiende a nuestros clientes en casos como, hum. Muy competente. No se preocupe. Puede confiar en él.

—Mándeme una botella de champaña —dice Landers.

—Sí, Monsieur Winner.

—Doctor Prévost, todo esto es una gran equivocación. Mi mujer se debe haber vuelto loca. Puede irse. ¿Cuánto le debo?

—No tiene buen aspecto, Monsieur Winner. Déjeme ayudarlo.

—Váyase al infierno —dice Landers en inglés.

—Le sugiero que se ponga algo y me acompañe —dice el doctor Prévost, también en inglés.

—Si no sale inmediatamente de aquí le voy a dar un puñetazo —dice Landers, volviendo a hablar en francés.

El doctor Prévost, tras una ligera reflexión, mueve la cabeza sabiamente y se retira.

Landers camina por el departamento, pisa los grabados enmarcados en vidrio que adornan las paredes y que ahora están en el suelo, quebrados.

Clotilde, desgraciada, traidora, me tendiste una trampa, piensa Landers.

No tiene tiempo que perder. Toma el teléfono.

—Llame a la policía, quiero hablar con el inspector Papin.

Papin no demora mucho.

—Soy Peter Winner —dice Landers—. ¿Podría venir a mi hotel?

—¿Ahora, Monsieur Winner? Estoy muy ocupado.

—Tengo que hacer una confesión. Un asesinato. En realidad dos. Yo maté a Peter Winner. Mi nombre verdadero es John Landers.

—Sí, sí, Monsieur Winner, pero ahora no puedo ir para allá.

Su voz es delicada y paciente.

—Maté a otra persona.

—Sí, Monsieur Winner, también mató al individuo conocido como Sandro Morelli, pero es que, como le dije, ahora estoy muy ocupado. Dejemos eso para otro día. Tendré mucho gusto en conversar con usted. Es uno de mis autores favoritos. Hum... ¿Ha estado con el doctor Prévost?

—No eres más que un *flic* imbécil —dice Landers en inglés.

—¿Cómo?

—Eres un cretino, como todos los policías —dice Landers, ahora en francés.

—¿Daupin también? —dice Papin con ironía.

Landers cuelga el teléfono. Clotilde, Clotilde, la pérfida, le había contado la historia de Sandro a Papin como si fuese otra alucinación suya, había creado aquella desmoralizante e insidiosa trama.

Llama a la portería:

—¿Dónde está la champaña que pedí?

—No nos queda champaña, Monsieur Winner.

—Entonces mándeme una de brandy.

—Se nos acabaron las bebidas alcohólicas. Podemos enviarle una Perrier.

En un acceso de cólera, Landers lanza el teléfono contra la pared. Después se acuesta, infeliz.

Anochece. Poco a poco reconoce lo insensato que es el deseo que domina su mente de querer matar a Clotilde en cuanto la vea, estrangulándola con sus propias manos. Recuerda lo que Ellroy dijo el primer día del festival al referirse a los autores de *roman noir*: *somos los continuadores de la tragedia griega.* Piensa en *Edipo Rey.* Ahí el enigma (el de la esfinge) tampoco es esencial, solucionar el acertijo es solo el resultado de un ardid del destino para que Edipo, tras matar a su padre, se case y cometa otro crimen, el incesto. Freud, el admirador de Conan Doyle, lo confirma.

Suena el teléfono.

—¿Por qué me hiciste eso, Clotilde?

—No podía dejar que te arrestaran. Te amo.

—Soy un asesino.

—Ya no. La gente cambia. Tú cambiaste. El que murió fue John Landers. Tú eres Winner, acéptalo como una imposición del destino.

—¿Acaso no entiendes? Dios mío, quiero volver a ser Landers.

—Ahora es tarde —dice Clotilde—. Acabo de hablar con Prévost y Papin. Están seguros de que te volviste loco. Le dije a Papin que tuviste un ataque psicótico y que querías hacer dos declaraciones falsas, que eso te ocurre periódicamente. ¿Quieres saber algo interesante? El asesino de Sandro Morelli está en la cárcel. Un rufián que confesó la autoría del crimen.

—Fui yo, fui yo —dice Landers, desesperado—. Tú sabes que fui yo quien mató a Sandro Morelli.

—No sé. Sé que te amo. Estoy aquí en París esperándote. Toma el tren mañana y ven. Te amo.

—Hay todavía un último secreto, el más terrible de todos, que aún no te he contado.

—¿Un tercer secreto?

LA CELADA DE LOS DIOSES:
TERCER Y ÚLTIMO SECRETO DE JOHN LANDERS

—Tan abrumador que si no estuviéramos hablando por teléfono tal vez no me atrevería a contártelo.

—Ven aquí. Te espero.

—Se trata todavía de la muerte de Winner.

—Pero si ya sé todo sobre la muerte de Winner.

—No, no lo sabes. ¿Te acuerdas de cuando fui a Estados Unidos a principios de año? Contraté un detective privado para investigar mi pasado. Siempre quise saber quiénes eran mis verdaderos padres. Algunos hijos adoptados aman a sus padres postizos, pero yo odiaba a los dos infelices que me habían escogido como hijo. Estaba seguro de que mi padre verdadero tenía que ser mejor que aquel sujeto gordo, patriota y moralista. Y que la mujer que me había gestado en su vientre no podía ser fea y tonta como mi falsa madre. El detective no demoró en descubrirlo todo. Mi verdadero padre era un pobre diablo que fue arrestado varias veces por hurto y terminó matándose. Vi su retrato y quiero olvidarme de su rostro. Mi verdadera madre todavía estaba viva. Le pidió dinero al detective para contar la siguiente historia, que te voy a resumir. Poco antes de que mi padre se matara, parió a dos hijos gemelos, que fueron dados en adopción. Uno fue adoptado por un matrimonio de nombre Landers, de Boston, y el otro por uno de nombre Winner, de Harrodsburg. ¿Entendiste cuál es la tragedia?

—No.

—Winner era mi hermano gemelo.

—Ven aquí, querido, y cuéntame toda esa historia.

—Maté a mi hermano, ¿no lo entiendes? Y lo peor es que lo desprecié y lo odié en los breves y únicos momentos en que estuvimos juntos.

—Tú no lo sabías. No te culpes.

—No tuve la inteligencia ni la sensibilidad para darme cuenta de que era mi hermano.

—Él tampoco las tuvo. Te estoy esperando, mi amor.

Con las manos bien cerca de la boca del teléfono, para que Landers oiga con claridad, Clotilde hace chistar con fragor sensual los huesos de los dedos, uno de sus trucos más seductores e irresistibles.

Mientras desde la ventana de la suite del hotel ve cómo los Alpes surgen con las primeras luces del día, Landers elabora un aturdido raciocinio: desde una determinada perspectiva, se puede considerar que toda literatura es «de evasión». Sin embargo, es diferente de la evasión sedativa o alienante de la música. Por saber que no son eternos, escritores y lectores se evaden nietzscheanamente de la muerte. Cuando se lee ficción o poesía se huye de los estrechos límites de la realidad de los sentidos hacia otra, de la que ya se ha dicho es la única realidad existente, la realidad de la imaginación. Viene a la mente de Landers la historia de un idiota que recorría todos los días las calles de una aldea de pescadores gritando *vi a la sirena, vi a la sirena*, y que un día realmente vio a la sirena y quedó mudo. ¿El poeta es como ese bobo de la aldea? Si el enfrentamiento con la realidad ofusca su imaginación, ¿también quedará mudo?

Landers imagina a Baudelaire, el gran sifilítico, vagando moribundo por los burdeles de Bruselas; a Poe muriendo de *delirium tremens* en Baltimore. Ellos sabían que las palabras eran sus enemigas. Piensa en el propio John Landers, condenado a ser el hermano que asesinó.

Se viste.

Hace frío en ese final de octubre y la rue du Quatrième Régiment du Génie, en Grenoble, por donde ahora va Landers, está vacía a las seis de la mañana. Un hombre abre la puerta de una pescadería y coloca sobre un extenso mesón, repleto de frutos de mar, un cartel en que ha escrito a mano *les huîtres nouvelles sont arrivées*.

Además de las ostras hay una infinidad de conchas de variados colores, texturas y formas, redondas, piramidales, espirales, algunas deformes, unas llenas de estrías, otras lisas como un espejo, todas escondiendo cautelosos individuos vivos. Hay también gigantescos cangrejos negros de amenazadoras garras, cercados de langostas aberrantes. Habitantes de las aguas, recordando la afirmación de Bachelard de que esa es la materia de Poe, un agua especial más profunda y muerta que todos los líquidos abisales que existen.

Estos seres de las aguas, con su aparente dureza impenetrable, al principio le provocan una sensación de asombro y de impotencia, pero luego se da cuenta de que los indicios que esos extraños organismos le proporcionan en realidad no son tan indescifrables. El canto que entonan las sirenas y el nombre que adoptó Aquiles cuando se escondió entre las mujeres son más misteriosos. Pero, a fin de cuentas, todo es conjeturable. La vida tiene un valor que ahora entiende; y la muerte, una densidad absoluta, ahora presumible. Siente que ha llegado a un punto de equilibrio, una sabiduría que no es la del poeta ni la del filósofo, sino la del bobo de la aldea después de que vio a la sirena.

EL AGUJERO EN LA PARED
1995

El globo fantasma

Un globo gigantesco, el más grande del mundo, dijo el informante.
¿En dónde?, pregunté.
Todo lo que sé es que ya compraron diez toneladas de papel de seda.
El informante es así: oyó decir, solo sabe la mitad, la mitad que es falsa.
Yo formaba parte de un Grupo especial creado para estudiar y proponer maneras de evitar que los globeros construyeran y soltaran globos, principalmente en el mes de junio, durante las fiestas dedicadas a san Juan y san Pedro, los dos santos de los coheteros. Los globos eran ilegales. Al caer incendiaban la vegetación de los parques de la ciudad, instalaciones industriales, residencias particulares. Se habían hecho campañas publicitarias, en colaboración con los medios, sin resultados.
Yo era el representante de la policía en el Grupo. Los otros miembros eran dos mujeres, una del ayuntamiento y otra de la agencia federal responsable del medio ambiente. Siempre me gustó trabajar con mujeres. Las dos eran inteligentes y dedicadas. Y también ecologistas fanáticas, para ellas un árbol era la mejor cosa que existía en el mundo. Creían que el problema tenía una solución simple: cárcel para los globeros. En junio los cielos se llenaban de globos y junio estaba llegando y yo sabía que mi vida se iba a volver un infierno; además, cometí la imprudencia de contar a mis compañeras del Grupo la historia del globo de diez toneladas de papel de seda. Las dos se quedaron indignadas.
Me quedo pensando en el tamaño de la mecha de un globo como ese.
Le preocupa el tamaño de la mecha, no la calamidad que puede causar, dijo Marina. Tienes hombres, armas, la ley, ¿por qué no acabas con esos globeros?
El problema es muy complicado.
Ya oímos esa disculpa antes, dijo Marina.
Y ese globo gigante es un rumor.

Vamos a suponer que no sea un rumor, dijo Fabiana. La captura de los responsables de ese superglobo serviría de ejemplo, tendría un efecto persuasivo.

Los portugueses trajeron el globo a Brasil hace cientos de años. Pero, como ocurre con todas las tradiciones, el tiempo acabará también con esta. La urbanización...

Mientras, los bosques y las colinas de la ciudad se incendian, cortó Marina. A final de cuentas, ¿qué estás haciendo en este Grupo?

Vivía provocándome, pero yo nunca perdía la paciencia con ella. Ni con nadie.

Por favor, dijo Fabiana.

Todo lo que pedía Fabiana, yo lo hacía. Aun cuando fuera una pérdida de tiempo.

En dos días puse a seis detectives en las calles, recorriendo los suburbios, infiltrándose, solo para descubrir en dónde se iba a hacer el megaglobo, si es que se iba a hacer. En el Gabinete conseguí que me cedieran al detective Diogo Cão para ese trabajo.

En la reunión semanal del Grupo relaté a mis colegas las providencias que estaba tomando. Hablé de los seis detectives, principalmente de Diogo Cão. Va a ayudar mucho, agregué.

¿Cão? ¿El policía se llama Cão?*

¿Qué no hay gente que se llama Gato? ¿Pinto? ¿Leitão?** Diogo Cão es de familia portuguesa. Podría descender del navegante cuatrocentista.

Te estás desviando del tema. ¡El bosque se va a incendiar!, dijo Marina.

Diogo sabe todo acerca de globos. Él me dijo que los incendios son causados por los globos pequeños. Los globos grandes son hechos por especialistas y se apagan cuando aún están en el cielo. Cuando caen, la mecha ya no arde.

No les conté que a veces, por un defecto de la mecha o de la estructura, los globos grandes explotan, lo que en el lenguaje de los globeros significa que se incendian, y al caer incendian todo lo que está abajo.

Ahora, otra mentira, los globeros están preocupados por el medio ambiente, dijo Marina.

---

* *Cão* significa perro, persona mala, infame, vil. Popularmente al diablo se le dice *cão*. Pastor alemán es *cão policial*.
**   Pollito y lechón, respectivamente.

Lo que ellos quieren es recuperar el globo, admití.

Necesito hablar contigo, dijo Fabiana.

Cão policía, una combinación perfecta, dije de chiste, y ellas me miraron con odio.

Necesito urgentemente hablar contigo, repitió Fabiana.

Yo me voy, dijo Marina, que sabía de mi relación con Fabiana. Al salir, nos miró, sacudió la cabeza y azotó la puerta.

¿Vamos al cine?

No tengo ganas de ir al cine.

Vamos a cenar al restaurante chino.

No tengo ganas de cenar en el restaurante chino.

Vamos a comprar un CD al centro comercial.

Llévame a mi casa. Tengo dolor de cabeza.

Cuando llegamos a la puerta de su casa, le pregunté si podía subir.

Hoy no.

Me muero si no bebo tu café con leche hoy, ahora, me muero.

Yo conozco todos tus trucos, deja de hacerte el ridículo.

Hablo en serio.

Yo soy el que necesita hablar de un asunto muy serio contigo.

Entramos al apartamento.

¿Vas a preparar un café con leche?

No. Tengo que decirte algo.

Después, mi amor.

Ahora, necesito que sea ahora.

Te amo, le dije, abrazándola.

Yo también te amo. Tengo que decirte una cosa.

Después.

Nos acostamos.

Acostarme con ella era la mayor felicidad que la vida me daba. Nos poníamos alegres y nos reíamos y sudábamos aun con el aire acondicionado de tanto rodar en la cama, y en los intervalos tomábamos café con leche que ella hacía poniendo café en polvo en leche hirviendo, y yo salía de ahí en la madrugada para que ella pudiera dormir, ya que no sé dormir con nadie, ni siquiera con la mujer que amo, y decía en voz alta su nombre al sol, si el sol ya había salido, a la lluvia, cuando llovía, Fabiana, a las puertas de las casas, Fabiana, a las alcantarillas, Fabiana, a los carros que pasaban. Y a ella siempre le dolían los músculos de las piernas al día siguiente.

Aquella noche no se rio ni siquiera una vez. Mientras me vestía, repitió muy seria, tengo que decirte una cosa.

Mañana. Ahora vas a dormir.

Hoy. Ese globo es una cosa monstruosa. Cualquier globo es una cosa monstruosa. Los globeros son una banda de criminales.

¿Por qué no una banda de soñadores? El sueño de Bartolomeu Lourenço de Gusmão. De los Montgolfier.

¿Ves? Marina tiene razón. Tú simpatizas con ellos, estás de su lado.

Comunidades enteras hacen un globo, hombres, mujeres, viejos, niños. Solo quieren ver cómo sube el globo hacia el cielo, lo más alto posible.

¿Comunidades enteras? Qué justificación más idiota. Comunidades enteras practican el linchamiento ¿y te pones del lado de los asesinos? Estamos perdiendo el tiempo con tu sociología equivocada.

No estoy del lado de nadie. No le caigo bien a Marina.

Soñadores, los que hicieron la Floresta da Tijuca, años y años de un trabajo de amor. Sabes que Rio es la única ciudad en el mundo que tiene en su perímetro urbano un bosque, la Floresta da Tijuca. ¿No lo sabes?

Sí.

Y esos globeros cretinos todos los años destruyen un pedazo de bosque y tú los llamas soñadores. Necesito decirte una cosa.

Entonces dime lo que necesitas decirme. Pero antes es bueno que sepas que hice un esfuerzo tremendo para conseguir los seis detectives —además de Diogo Cão— para hacer esta investigación idiota sobre un globo gigante que probablemente nunca se hará y que si se hace será solo uno entre miles. Miles, querida, grábate eso en la cabeza, son miles los globos fabricados en esta época del año y decenas de miles las personas involucradas. Cuando soltar un globo no era un crimen, los globeros imprimían invitaciones convidando al pueblo a asistir al lanzamiento de los globos grandes. Y el globo tenía nombre y celebraba alguna cosa, un santo, un acontecimiento, una fecha histórica, un deseo. Y los poetas de la comunidad escribían odas al globo que se cantaban durante el lanzamiento. Ahora dime lo que me estás queriendo decir.

Qué bueno que fue prohibida esa perversidad cultural.

Dime lo que me quieres decir.

No lo dijo inmediatamente. Salió de la cama envolviéndose en la sábana para que no viera su cuerpo desnudo, cosa que nunca sucedió, a no ser durante los primeros días. Se enjugó los ojos en la sábana, cuidando que no se viera ninguna parte íntima de su cuerpo. Lo que Fabiana me iba a decir era algo serio, ella raras veces lloraba.

Anda, dime, no aguanto verte llorar y no voy a dejarte de amar, no importa lo que me digas.

Marina y yo estamos escribiendo un oficio al secretario de Seguridad Pública pidiéndole que se asigne otro delegado para que se integre al Grupo en tu lugar.

Deja de llorar, mi amor. ¿Qué dicen para justificar mi sustitución? ¿Que soy incapaz? ¿Desidioso?

No con esas palabras.

¿Incompetente? ¿Negligente?

El Grupo se reúne hace casi medio año y nada se ha hecho. Te pedí que aprehendieras a esos globeros que están construyendo ese monstruo y tú no le has dado importancia.

Ese globo no existe.

Marina dice que estás de su lado.

¿Y tú? ¿También crees eso?

No sé. Sí, creo. ¿Estás enojado conmigo?

¿Enojado? Ese es nombre de enano de Blanca Nieves.

Pero no me hizo ninguna gracia ni tampoco a ella y pasé mi mano levemente sobre su cabeza. Ahora lloraba sin esconderse.

Cuídate, muchacha.

Nunca había salido de su casa sufriendo. Todo por causa de un maldito globo fantasma. Todos los bosques del mundo no valían el amor que sentía por Fabiana, pero aquel bosquecito de mierda trepado en las cumbres de la ciudad, cuyo árbol más viejo tenía la edad de mi abuela, valía más que el amor de Fabiana por mí. Las mujeres, pensaba mientras caminaba por la calle oscura, no sabían amar como los hombres. Nosotros, los hombres, habíamos inventado el romanticismo y el suicidio por amor, por ellas teníamos valor para ser payasos, asesinos, ladrones. Pensé en los suicidas que conocía. Pero no había ningún hombre, todos eran mujeres que por amor se habían cortado las venas, tomado barbitúricos, prendido fuego a las ropas, saltado a las ruedas de un tren, tirado por la ventana, ahorcado, solo mujeres. El único hombre del que me acordé fue Werther. Ese no valía. Las mujeres sí sabían amar. Entonces sentí nostalgia por Fabiana y comencé a decir su nombre en medio de la calle y un mendigo que intentaba dormir abajo de una marquesina se me quedó viendo y yo le dije ven acá y no vino y le grité ven acá, te lo ordeno, y vino asustado y le dije repite conmigo Fabiana, Fabiana. Y nos quedamos los dos diciendo Fabiana, Fabiana, y después le di el billete de mayor valor que tenía en el bolsillo y regresó abajo de la marquesina. Y cuando yo ya estaba lejos gritó Fabiana, ya acostado, saludando con la mano, y yo le grité que Dios te bendiga buen mendigo, contestándole el saludo. Pura telenovela de las seis.

Al día siguiente, en la delegación, mandé llamar a Diogo Cão.

¿Qué pasó?

El globo tal vez exista. Tal vez lo van a hacer, y si lo hacen, va a ser en la Baixada. En Caxias contrataron un meteorólogo para saber con exactitud la dirección y la hora de los buenos vientos. Estoy vigilando a Caveirinha, para descubrir quién se va a quedar con él. Nadie sigue globos mejor que Caveira, conoce todos los caminos de la ciudad y todos los caminos de la Baixada y todas las carreteras que van a dar a Minas, São Paulo y Espírito Santo. Ya hubo globos que cruzaron la frontera. Al volante de una pick-up es mejor que Senna piloteando el McLaren. Si Caveira va a Caxias, ya es una pista. São João de Meriti y Caxias se están disputando a un gringo que trabajó lanzando cohetes en Cabo Cañaveral, el gringo vino al carnaval, se piró y se quedó. Son los dos grupos que están invirtiendo más, por lo visto. Vamos a ver a dónde se dirige el rastreador Zé de Souza.

Se nos está acabando el tiempo, Diogo. Mis colegas del Grupo dicen que ese globo va a causar un gran incendio.

¿Qué globo, licenciado? No sabemos de nada. Caveirinha y el gringo solo significan que se van a hacer globos como los de siempre.

Vamos a suponer que el globo fantasma exista. Y que lo están haciendo por partes, en locales diferentes, para que nosotros no lo descubramos, y que después van a juntar todo, encender la mecha y soltar al animal. ¿No puedes descubrir algo, algún soplón?

Después de que se prohibió soltar globos, nadie abre el pico. Es una especie de religión.

Cristianos en las catacumbas.

Algo así. ¿Recuerda, licenciado, aquel avión francés que los terroristas secuestraron? Un pasajero que estaba en el avión dijo que estaba tranquilo hasta que los secuestradores se reunieron en un rincón y comenzaron a rezar. Entonces percibió que aquellos rezos significaban que se había jodido el asunto. Enseguida comenzó la matanza de los rehenes. La religión es eso. El globo es como los rezos de los globeros. Usted puede mandar traer a uno de ellos aquí y arrancarle los cojones con unas pinzas y el sujeto no canta. Y los cojones son el bien más preciado de un hombre, ¿no es cierto?

Es cierto, respondí, pensando en Fabiana.

Usted sabe que Zé de Souza es mi amigo, ¿no?

Hasta ahora me entero.

Un día Zé de Souza me dijo que se caga en la ley de los tribunales y en las payasadas de los ecologistas. Nuestro pleito, me dijo, es con la ley de Newton. Cuando le hablé de los bosques me respondió que se jodan los bosques, los bosques se incendian hace millones de años y el mundo no se ha acabado.

Diez toneladas de papel de seda tienen un volumen enorme, dije. Puede ser exageración del soplón. Ya investigué, nadie ha vendido esa cantidad de papel.

Pueden haberlo comprado en varias ciudades, en pequeñas cantidades, en fechas espaciadas. Brasil es grande.

Es posible. Pero tengo mis dudas.

Cão, ¿alguna vez te pedí algo diciéndote que era asunto de vida o muerte?

No, señor.

Este es asunto de vida o muerte.

Ya entiendo. Pero los globos son bonitos, ¿no, licenciado?

Un incendio también.

La cosa más bonita que he visto fue el incendio de la refinería.

Lo bello horrible, Cão.

Que se jodan los bosques. Estoy bromeando, licenciado.

Todas las noches salía a investigar con Cão. Descubrimos decenas de lugares en donde estaban haciendo globos, pero no servía de nada aprehender a nadie, habríamos tenido que detener a mucha gente, aunque dejáramos a los niños y a los viejos fuera. Cristianos en las catacumbas. Tampoco había forma de decomisar el material, los globos se hacían por partes. Corte de las hojas, pegado de los gajos, armado de banderines y banderas, encadenamiento de las guías de fuegos artificiales, enlace de las hileras de faroles, flexión de la trabe de la boca, armado de la mecha, cada cosa era elaborada en un local diferente, patios, campos de futbol llanero, galerones abandonados, para después montar todo en el lugar en que se va a lanzar el globo. En las investigaciones íbamos solo nosotros dos, en el viejo vocho de Cão, para que nadie sospechara que éramos de la policía. Y oímos el rumor que circulaba en todos los *terreiros** y en los llanos: en algún lugar estaba siendo armado un globo gigantesco que iba a asombrar al mundo y a formar parte del Guinness. Cão, dije, realmente están construyendo a ese hijo de puta.

Empezamos a llamar al globo el Chingón. Si lo están haciendo, dije a mis detectives, quiero agarrar al Chingón, agarrarlo entero, antes de

* Local en que se celebran las ceremonias de fetichismo afrobrasileño: umbanda, candomblé, etc.

que lo suelten, en el momento en que enciendan la mecha, antes de que la flama se ponga azul. Y eso solo puede suceder en la víspera de san Juan, la noche del día 23.

Hablé un poco con el comandante de la PM y me garantizó que ese día pondría a mi disposición cincuenta hombres de la tropa de choque.

¿Cincuenta hombres de la tropa de choque? Es poco, tendrían que movilizar a todos los efectivos de la PM, dijo Marina.

Creo que vamos a agarrar el globo fantasma.

No podíamos decirles aquel nombre feo que yo y Cão le habíamos dado al globo. Fabiana no decía una palabra. Yo hacía cara de sufrido y buscaba sus ojos, pero Fabiana fingía estar ocupada leyendo un libro.

No basta destruir solamente esa monstruosidad y la cuadrilla responsable de ella, dijo Marina, la policía tiene que agarrar a todos los globeros de la ciudad, enjuiciarlos uno por uno.

Inclusive a los niños.

Ella despreció la ironía. Los niños tienen que ser educados. Si tuviéramos una policía que funcionara, estaríamos haciendo otra cosa.

Todo mundo debería ser policía durante un año, para que viera la mierda que es. Lo pensé, pero no lo dije.

Cão llegó y me llamó aparte. Caveirinha se emborrachó en un bar de Vila Isabel y pegaba de gritos, ¡miren al cielo el día 23! Creo que Caveira va a ser el seguidor. No sabemos por parte de quién.

¿En Vila Isabel?

Eso no significa nada.

Tenemos que encontrar al rastreador. Si es Zé de Souza, ¿te lo diría?

No. Ni voy a molestar a Zé, es mi amigo.

Es verdad.

¿Esa conversación es secreta?, preguntó Marina. Están cuchicheando. ¿Quieren que salgamos de la sala? Salgamos de la sala, Fabiana.

Fabiana cerró el libro, me miró tan rápidamente que ni tiempo me dio de hacer cara de sufrido para que sintiera lástima por mí, y se levantó.

Calma, calma. Estoy conversando con el detective Cão sobre el rastreador, hablábamos quedito para no perturbar la lectura de Fabiana.

Fabiana aprovechó la oportunidad y preguntó con cierta dulzura, ¿qué es eso de rastreador?

Es el tipo que le dice al equipo de captura la dirección que el globo va a tomar conforme las corrientes de aire, dije, haciendo cara de sufrido. Fabiana, conmovida, hizo un leve gesto de aproximación, como si me fuera a abrazar, pero se contuvo.

Después de que una comunidad con recursos suelta un globo —que suelta muchos globos grandes— dijo Cão, entran en escena el seguidor, que es el sujeto que tiene que conocer todos los caminos de la ciudad y que dirige una pick-up, el rastreador que es esa persona que el licenciado explicó, y el equipo de captura. La función de ese equipo es rescatar el globo, si es posible intacto, doblarlo, colocarlo en la pick-up y llevar el animal desinflado de regreso, para después soltarlo de nuevo. Si alguien se entromete, un equipo rival o rasgadores independientes, lo tupen a madrazos, perdón. Ya ha habido muertos en esos zafarranchos.

La psicología del rasgador... comencé.

Ahórranos esas digresiones, dijo Marina.

¿Por qué una pick-up?, preguntó Fabiana.

Tiene que ser un vehículo grande para poder transportar al equipo de captura, al rastreador y al globo rescatado, si es el caso. Puede que otros equipos, de otras comunidades, quieran capturar el globo. Si se trata de un equipo amigo, entregan el globo a los dueños y después juntos sueltan de nuevo al animal. Siempre que un globo cae aparecen rasgadores independientes. Rasgan el globo porque no fueron ellos quienes lo pusieron en el cielo, porque no le perdonan al globo haber caído de las alturas, porque el globo es un cuerpo extraño en las calles. Es como los pájaros migratorios muertos a palos en las playas del nordeste porque andan exhaustos en la arena cuando debían estar volando.

Matan a los pájaros porque tienen hambre.

Los rasgadores también tienen hambre. Hay muchos tipos de hambre.

Te equivocaste de profesión, dijo Marina. Eso ya lo sabíamos por las demostraciones obvias que nos has dado, y ahora, con esas deducciones de crucigrama...

Cão me defendió: conocer la psicología de los infractores ayuda en la investigación criminal.

Estaba hablando con Fabiana.

Pero yo estoy aquí y no estoy sorda. Mañosa, esta Marina.

No vamos a pelearnos, dijo Fabiana.

Yo no estoy peleando, respondí.

Pero yo sí. Estamos escribiéndole un oficio al secretario de Seguridad pidiendo tu sustitución.

Ya le dije, dijo Fabiana, volviendo a leer.

No se olviden de echar un vistazo en el decreto que creó al Grupo. La burocracia tiene normas, procedimientos, reglamentos, etcétera, que se deben obedecer.

Ya lo sabemos.

Yo y Diogo Cão vamos a hacer un trabajo. Hasta luego.

Nos detuvimos en una cafetería para tomar un agua de coco.

Esa señora o lo odia o lo ama.

La psicología de crucigrama nos atacó a los dos.

Existen lugares en donde nunca ha aparecido un arcoíris.

Cão, esto no tiene pies ni cabeza. Es poesía pura.

Llame a esa señora para que abrace un árbol con usted.

No puedo. Ya hice eso con Fabiana. Fue así como entré en su corazón.

Ahora salió, ¿no?

Eres un policía listo.

Nos hemos olvidado del mechero, dijo Cão, un globo de ese tamaño —si realmente lo están haciendo— tiene que tener al mejor especialista en mechas. Un tipo como el viejo Silva Mattoso. Hace la mejor mecha por etapas de Brasil, ya sabe, se quema primero una, después otra...

Sí, ya sé.

Hace globos hasta de ocho etapas, que vuelan más de quinientos kilómetros. Van a parar en Minas, en Espírito Santo.

Averigua por dónde anda y lo que está haciendo. Edgar te va a ayudar.

Me dediqué al Chingón. Anduve por todos lados, con Cão y sin él; Méier, Madureira, Caxambi, Del Castilho, Bangu, Penha, Campinho, Quintino Bocaiúva, Cascadura, Anil, Pavuna, Costa Barros, Honório Gurgel, Cidade de Deus, Rio das Pedras, Gardênia Azul, Anchieta, Deodoro, Curicica, Ricardo de Albuquerque, Magalhães Bastos, Realengo, Camorim, Padre Miguel, Senador Camará, Vargem Pequena y Vargem Grande, Santíssimo, Curupira, Senador Vasconcelos, Campo Grande, Mendanha, Cosmos, Nova Iguaçu, São João de Meriti, Caxias, Nilópolis, no en ese orden, yendo cada vez más lejos. Di la vuelta al mundo, me perdí innumerables veces, ni la muerte conoce todas las calles y plazas y carreteras de las afueras de Rio. Se estaban haciendo globos en todas partes, en los municipios adyacentes, en la zona rural, en los suburbios, en las favelas, en las colonias. Hasta en la Zona Sur había gente haciendo globos. Globeros surfistas. Pero el Chingón era demasiado grande para que lo soltaran en una calle o en una plaza, necesitaba una explanada grande, un llano ancho, y eso nos favorecía.

El día 23 se aproximaba. Fabiana no respondía a los recados que le dejaba en la contestadora. En la reunión semanal del Grupo se quedaba callada. También Marina hablaba poco. Después de haberme apuñalado por la espalda, las dos tenían que sentirse apenadas. Yo no sabía si habían enviado o no el oficio pidiendo mi sustitución, ni si, en caso afirmativo, había sido tomada una decisión en la secretaría. Me iba a enterar por el boletín, que es la manera desagradable de saber una noticia desagradable.

El día 21, dos días antes de la fecha del probable lanzamiento del Chingón, tuve una reunión con los detectives y discutimos el asunto. Uno de ellos, el detective Arsênio, estaba convencido de que el globo iba a ser soltado en Caxias.

Encontraron al Gringo, el tipo de Cabo Cañaveral, dijo Arsênio, el Gringo desfiló en carnaval en la Escuela de Samba Grande Rio, que es de Caxias. A esos gringos les gustan las cosas exóticas, debe haberse enculado con una mulata y está metido en esto por amor.

¿Y Zé de Souza?

Está peleado con los de Caxias. Pero ese globo hace que el tipo se olvide de cualquier divergencia.

¿Si lo llaman, va?

Sí, dijo Cão.

¿Y Caveirinha?

Dicen que Caveira anda bebiendo mucho y que está descartado. No vale la pena perder el tiempo con él, dijo uno de los detectives.

¿Y el mechero? ¿Silva Mattoso?

Desapareció. Pero es amigo de los de Sao João de Meriti, dijo el detective Edgar.

Solo puede ser Caxias, insistió Arsênio. Tienen dinero. El *bicheiro** padrino de la Escuela de Samba está financiando todo. Además, Meriti es como un huevo, una ciudad-dormitorio.

Es un huevo, pero está lleno de globeros en Éden, Coelho da Rocha, São Mateus, Vilar dos Teles, Vila Rosali, dijo Cão.

¿Si Caxias lo llama, Zé de Souza de veras va?

Si lo llaman y hacen el globo en Caxias, sí va. Pero no sé si lo llamarán, dijo Cão.

Ni siquiera sabemos si están haciendo el Chingón. Hay muchas comunidades haciendo globos grandes, como sucede todos los años, dijo Edgar.

No se nos puede olvidar el gringo de Cabo Cañaveral, dijo Arsênio, que estaba infiltrado en Caxias. Me eché unos tragos con él y un grupo de globeros y el Gringo solo hablaba de, de, déjenme buscar el papel

---

* Individuo que dirige el *jogo do bicho*. Varios de los bicheiros cariocas son padrinos de escuelas de samba.

donde escribí todo: fuerzas gravitacionales, fuerzas de fricción, resistencia aerodinámica, ecuaciones de movimiento, órbitas keplerianas.

Carajo, dijo alguien.

Solo puede tratarse del Chingón, continuó Arsênio. Y lo van a soltar a las nueve.

Votamos. Éramos ocho los que votábamos. Yo, además de mi voto, tendría el voto de Minerva. Sin embargo, no se necesitó hacer desempate. Caxias ganó por siete votos a uno. Cão votó por São João do Meriti pero sin mucha convicción.

Si no es en Caxias, ¿da tiempo de desplazarnos con el personal hacia São João do Meriti?, pregunté.

Está la carretera Caxias-Meriti. Pero cincuenta hombres se desplazan despacio. Hay muchas órdenes pasando de un nivel a otro, dijo Cão.

Jefe, dijo Edgar, puede que todo esto sea puro cuento, el Chingón no existe y vamos a hacer el ridículo.

Llamé a Fabiana.

Mañana vamos a agarrar el globo fantasma. Me gustaría que vinieras con nosotros.

No quiero ir.

Yo te lo pido. Después ya no te molesto más. Alguien del Grupo, además de mí, debe ir. No quiero que vaya Marina. No le caigo bien.

Sí le caes bien. Hasta soñó contigo el otro día.

Pero prefiero que vayas tú. ¿Te acuerdas de lo que dijiste? ¿El significado persuasivo de esta aprehensión?

¿Va a haber violencia?

Nada de violencia. Te lo prometo. Paso por ti en la tardecita.

Después fui al Comando de la PM y lo arreglé todo. Los hombres de la tropa de choque estarían alertas. Yo daría las coordenadas desde el radio de mi auto.

Pasé a casa de Fabiana a las seis. Después recogí a Cão en la avenida Presidente Vargas esquina con Senhor dos Passos. ¿Todo bien?, pregunté por el radio al comandante de la tropa de choque.

Los hombres ya están en los vehículos esperando órdenes.

¿Arsênio está ahí con ustedes? Él conoce el local.

Arsênio estaba con ellos. Cão, que estaba conmigo, también sabía dónde era.

Me encontré con los coches de la tropa de choque en la avenida Brasil, frente a la refinería de Manguinhos. Tomamos la carretera y paramos en la entrada de Caxias.

La tropa de choque usaba escudos, chalecos, macanas, metralletas, uniforme y cascos oscuros.

¿Es necesario todo esto?, preguntó Fabiana.

Es solamente para asustar, dije.

Llegamos con la tropa de choque al local del lanzamiento. Una gran y compacta aglomeración de personas hacía un enorme círculo alrededor del globo, ya inflado, todavía sujeto con las amarras. Los soldados saltaron de los vehículos y avanzaron entre la multitud, abriéndose camino a golpes de macana, hasta cercar el globo.

Era un globo grande, pero yo y Cão ya habíamos visto decenas iguales.

Puta madre, ese no puede ser el Chingón, dijo el detective.

Van a lanzar el Chingón en Meriti, dije. ¿Conoces la carretera a Meriti? Vamos para allá.

¿Solo nosotros? No da tiempo de reagrupar a la tropa de choque. Mire el desmadre, la madriza comenzó, la cagamos totalmente, dijo Cão.

Estábamos tan nerviosos que se nos olvidó la presencia de Fabiana y nos gritábamos groserías uno al otro.

Vámonos, carajo, se los estoy ordenando.

Entonces déjeme manejar, dijo Cão.

Seguimos a toda velocidad por la carretera Caxias-Meriti. Por el radio intenté establecer contacto con el comandante de la tropa de choque, pero no lo logré.

Ya estamos en Meriti, esta es la carretera del Munguengo. Deben estar lanzando el Chingón en un llano a orillas del Sarapuí, dijo Cão.

Y así era. El Chingón subía al cielo, la cosa más espantosa que he visto volando en toda mi vida. El mayor globo de aire caliente de todos los tiempos. El lanzamiento era celebrado con exclamaciones de júbilo y los gritos agudos de mujeres y niños apagaban las voces de los hombres.

Saltamos del auto.

Dios mío, dijo Fabiana. Cão y yo nos quedamos callados. ¿Qué íbamos a decir? Solamente miramos y miramos y miramos al Chingón subir lentamente al cielo, mientras que en las guías explotaban los petardos, y los fuegos artificiales despedían fulgores creando una claridad que iluminaba hasta donde alcanzaba la vista.

Fabiana regresó al coche y se sentó en el asiento trasero, en silencio.

Cão y yo seguimos mirando el globo hasta que se quedó del tamaño de una estrella en el cielo.

Una vez más, no pude establecer contacto por radio, desde el coche, con la tropa de choque que estaba en Caxias jodiéndose y jodiendo a los demás. Tenía hambre. Pregunté si alguien más quería alguna cosa. Solamente Cão contestó.

Nos detuvimos en una cafetería. Fabiana tomó un agua mineral. Todos mis intentos de hacerla decir algo fueron inútiles. Cão hablaba del globo. Hacía conjeturas sobre la altura, el diámetro, sobre cuántas docenas de miles de metros cúbicos de aire caliente habría dentro de él, si iba a caer en Minas Gerais o en Espírito Santo o São Paulo, y que no era un gringo de mierda consumidor de mulatas inocentes, farsante de Cabo Cañaveral, quien había calculado su trayectoria.

Regresamos por la Linha Vermelha.*

¿Qué es eso? ¿Qué es eso?, gritó Cão.

La Linha Vermelha tiene una topografía plana y un amplio horizonte y cuando se circula por ella se puede ver toda la bóveda celeste. O casi toda.

¿Qué es eso? ¿Qué cs eso?, dijo Cão, excitado.

El globo, dijo Fabiana. Era la segunda vez que abría la boca durante esa noche.

Sí, lo era.

¿Cómo es posible? Es imposible, gritó el detective.

Es él, el Chingón. Algo sucedió con la mecha, dije.

Podíamos ver el globo volar lentamente. Fuimos tras él. El coche iba a 20 kilómetros por hora. Un patrullero en motocicleta se detuvo, solidario. ¿Cuál es el problema?, preguntó. Le enseñé mi credencial, estoy siguiendo aquel globo. Se está yendo hacia Penha, dijo el patrullero y arrancó en la motocicleta. Seguimos al globo. A cada rato nos deteníamos. Va a caer en el aeropuerto, decía Cão, no, está cambiando de rumbo, va hacia Ramos, no, va hacia São Cristóvão. Nos quedamos un buen tiempo sin saber hacia dónde ir. Hasta que decidimos que el globo se estaba yendo hacia el centro de la ciudad.

Tomamos la salida de la Cidade Nova y nos detuvimos en el Canal del Mangue para observar aquella cosa. El globo había perdido mucha altura, se le había acabado la energía y caía muy rápido. Se desplazaba hacia la Zona Sur, iba a caer dentro de algunos minutos y, para llegar antes, atravesamos la avenida Rio Branco ignorando todos los altos, tomamos el Aterro a 200 por hora, atravesamos el túnel de Copacabana, salimos en la avenida Atlântica, siempre a más de 150, de madrugada eso es fácil. Al llegar a la avenida Vieira Souto, vimos que el globo caía en el mar, frente a las islas Cagarras, a unos dos mil metros de la playa.

---

* Cuando se celebró la conferencia mundial sobre ecología ECO 92, se hizo un camino que lleva este nombre, el cual recorre la ciudad en su perímetro.

Caveirinha ya estaba ahí, en la playa de Leblon, en una pick-up, japonesa nuevecita. Su gente sabía calcular los vientos. Él y su personal de captura, además de Zé de Souza y un tipo de barbas blancas, que debía de ser el mechero Silva Mattoso, contemplaban en silencio la caída del globo en el mar. El sol nacía a la izquierda, a la altura de Arpoador, y hacía brillar el papel laminado que revestía al globo. Había dos carros más, lejos uno del otro, de globeros rivales, y los hombres dentro de los carros contemplaban inmóviles el espectáculo en silencio. Habría ocurrido una masacre si el mayor globo del mundo hubiera caído en tierra.

Paramos nuestro coche atrás de la pick-up de Caveirinha. Algunos de los hombres del equipo de captura, con el bulto de las armas de fuego resaltando bajo las camisas, llegaron a la playa y se sentaron en la arena a mirar. Uno de ellos recargó desanimado la cabeza sobre las rodillas. Aquel globo no había sido hecho para volar solo cincuenta kilómetros y caer en el lugar equivocado.

El globo parecía más grande que el pico de piedra del islote Cagarra, que queda a la izquierda del archipiélago. Cayó lentamente y tocó el mar, primero el armazón de banderines, después la hilera de faroles ya apagados, después las guías de los fuegos artificiales, hasta que la inmensa boca de fierro se posó en el océano y el globo quedó inmóvil, una carabela fantástica en medio de la calma chicha. Se mantuvo inflado mucho tiempo, antes de desaparecer en las aguas.

Fabiana vio todo, el rostro muy pálido.

Zé, gritó Cão.

Zé de Souza se acercó a nuestro carro, los binoculares colgados sobre el pecho: ¿Tú por acá, Cão?

Zé, ¿el barbas es Silva Mattoso?

El viejo se va a morir de tristeza, la mecha se malogró.

Nosotros también queríamos el globo, Zé.

No fue creado para ser capturado ni para morir en el mar como si fuera marinero. Hubiera sido mejor que hubiera explotado y caído en la tierra como una bola de fuego, incendiando el mundo. Hasta dan ganas de llorar, dijo Zé de Souza.

Que se jodan los bosques, dijo Cão.

Que se jodan los bosques, repitió el rastreador.

Vámonos, Diogo Cão, dije.

Licenciado, si no le importa yo me quedo aquí.

Está bien, dije, y el detective se fue con el rastreador hacia donde estaban los globeros. Cuando encendí el carro, Cão estaba abrazado al viejo Silva Mattoso.

¿Quieres que te lleve a casa?

Sí, por favor. Estoy cansada.

Fabiana vivía en la calle Laranjeiras. Cuando entramos en el túnel Rebouças me dijo, te amo.

No hablamos del globo. Ni en el túnel, ni en la cama, ni después, tomando café con leche, ni durante todo aquel día, ni nunca más.

La carne y los huesos

Mi vuelo saldría al día siguiente. Por primera vez lamenté no tener un retrato de mi madre conmigo, pero siempre pensé que era una idiotez andar cargando retratos de la familia en el bolsillo, principalmente el retrato de la madre.

No me importaba quedarme dos días más vagando por las calles de aquel gran hormiguero sucio, contaminado, lleno de desconocidos. Era mejor que andar en una ciudad pequeña, con aire puro y lugareños que dan los buenos días cuando se cruzan con uno. Me quedaría allí un año si no tuviera aquel compromiso pendiente.

Caminé todo el día respirando monóxido de carbono. En la noche mi anfitrión me invitó a cenar. Una mujer nos acompañaba.

Comimos gusanos, el platillo más caro del restaurante. Al mirar uno de ellos en la punta del tenedor, me pareció una especie de larva o ninfa de *berne** que al freírse hubiera perdido los pelos negros y el color lechoso. Me explicaron que era un gusano raro, extraído de un vegetal. Si fuera un *berne*, el manjar sería todavía más caro, les contesté irónicamente, ya tuve *berne* en el cuerpo tres veces, dos en la pierna y uno en la barriga, y mis caballos y mis perros lo tuvieron también, es difícil sacarlo entero, de tal manera que se pueda comer frito, y solamente frito podría quedar sabroso como estos —y me llené la boca de gusanos.

Después fuimos a un lugar que mi anfitrión me quería mostrar.

El amplio salón tenía al centro un pasillo por donde desfilaban mujeres desnudas, bailando o haciendo poses. Pasamos entre las mesas alrededor de las cuales se sentaban hombres encorbatados. Después de sentarnos, pedimos algo al mesero. A nuestro lado una mujer con apenas un *cachesexe*, a gatas, le sobaba con las nalgas el pubis a un hombre de saco y corbata, sentado de piernas abiertas. Ella exhibía una

---

* Larva de mosca que penetra y se desarrolla bajo la piel de ciertos animales, incluso el hombre.

fisonomía neutral y el hombre, un tipo de unos cuarenta años, parecía tranquilo, como si estuviera alojado en un sillón de peluquero. El conjunto parecía una instalación de arte moderno. Pocos días antes, en otra ciudad, en otro país, había ido a una exposición de arte a ver un cerdo muerto pudriéndose en una caja de vidrio. Como me quedé pocos días en la ciudad solo pude ver cómo el animal se ponía verde, me dijeron que era una lástima que no pudiera contemplar la obra en toda su fuerza trascendente, los gusanos devorando la carne.

Ahí, en el cabaret, aquella exhibición también me parecía metafísica como la visión del cerdo muerto en su recipiente de cristal brillante. La mujer me recordó, por un breve instante, a un sapo gigantesco, porque estaba en cuclillas y porque su rostro, mulato o indio, tenía algo de anfibio. En la mesa había tres hombres más que fingían no darse cuenta de los movimientos de la mujer.

Desde nuestro lugar no podíamos ver todo lo que sucedía en el salón. Sin embargo, en las mesas que nos rodeaban siempre había una o dos mujeres trepadas en un hombre completamente vestido. El boleto de entrada daba derecho a que una de las muchas mujeres que hacían *strip-tease* en varios puntos del salón se frotara durante un rato sobre el portador. Había un patrón coreográfico en las caricias: la mujer se ponía a gatas, rozaba con las nalgas el pubis del hombre que permanecía sentado en la silla y después bailaba frente a él. Algunas, más esmeradas, se subían encima del tipo y le prendían la cara en el vértice de sus muslos. Después recogían el boleto de entrada y se alejaban.

La única mujer que veía aquel espectáculo era nuestra acompañante. Mi anfitrión la llamaba Condesa, no sé si era su nombre o su título. Cuando era joven conocí a una mujer que me dijo que era una verdadera condesa, pero creo que era mentira. De todas formas, llamaba a mi compañera de mesa señora Condesa, al igual que antes lo había hecho con la otra. Ella miraba lo que sucedía alrededor y sonreía discretamente, se comportaba como suponía que un adulto debe hacerlo en un circo.

De todos los rincones llegaba el sonido alto de la música disco. Para poder hablar con la Condesa, tenía que aproximar mi boca a su oreja. Le dije algo que me distinguía como observador imparcial y hastiado, ya no me acuerdo qué. También con la boca casi pegada a mi oreja la Condesa, después de comentar la actitud de una mujer cerca de nosotros, que untaba su panocha en la cara de un hombre de corbata de moño, citó en latín la conocida frase de Terencio: las cosas humanas no le eran ajenas y, por lo tanto, no la asustaban. Y para demostrarlo movió el cuerpo al ritmo del sonido rimbombante y cantó la letra de una de las canciones. La acompañé, tocando en la mesa.

En el salón había una cabina de vidrio con regadera, fuertemente iluminada, en donde las mujeres se bañaban una tras otra. Algunas se mojaban y se lavaban todo el cuerpo, se enjabonaban los pelos, tobillos, rodillas, cabellos. Otras hacían abluciones estilizadas. Quieren decirte estoy limpia, confía en mí, susurró la Condesa en mi oído.

Esperamos a que se hiciera la rifa. El premiado podría escoger a cualquiera de las mujeres para pasar con ella el resto de la noche, según las palabras del maestro de ceremonias.

Nosotros, yo y mi anfitrión, no salimos sorteados. La Condesa no había comprado boleto para la rifa.

Entonces nos quedamos callados, sin cantar y sin tamborilear en la mesa. Pagamos —el anfitrión pagó— y salimos.

Nos despedimos en la acera frente al bar. La Condesa ofreció llevarme al hotel. El anfitrión también. Les dije que quería caminar un poco, las grandes ciudades son muy bonitas al amanecer.

Llevaba como diez minutos caminando, lamentando no tener una foto de mi madre en el bolsillo, ni en un álbum, ni en ningún cajón, cuando el auto de la Condesa se detuvo a mi lado.

Súbete, dijo, me están dando ganas de llorar y no quiero llorar sola.

Cuando llegamos al hotel había un recado de mi hermano. Lo llamé desde el cuarto. La Condesa escuchó la conversación. Lo siento mucho, dijo, sentándose en la cama, cubriéndose la cara con las manos, pero no lloro por ti, lloro por mí.

Me acosté en la cama y miré hacia el techo. Ella se acostó a mi lado. Pegó su rostro húmedo al mío y dijo que coger era una manera de celebrar la vida. Cogimos en silencio y después nos bañamos juntos, ella imitó a una de las mujeres del cabaret, lavándose y cantando y yo la acompañé golpeando en las paredes del cancel de la ducha. Dijo que se sentía mejor y le dije que me sentía mejor.

Tomé el avión.

Nueve horas y media después llegué al hospital.

El cuerpo de mi madre estaba en la capilla, en un ataúd cubierto de flores, sobre un catafalco. Mi hermano fumaba al lado. No había nadie más.

Preguntaba mucho por ti, dijo mi hermano, entonces me acerqué a ella y le dije que yo era tú, ella tomó mi mano con fuerza, dijo tu nombre y murió.

En el túmulo de la familia ya estaban los restos de mi padre y de mi hermano. Un empleado del cementerio dijo que era necesario que alguien asistiera a la exhumación. Fui. Mi hermano parecía más fatigado que yo.

Eran cuatro exhumadores. Abrieron la tapa de mármol rosa y reventaron con martillos la placa de cemento que cerraba la sepultura. La tumba estaba dividida en dos partes. Uno de los sepultureros entró en el agujero abierto, con cuidado para no pisar los restos de mi hermano, que estaban en la parte superior. Sus ropas estaban en buen estado. Tenía buenos dientes, las muelas tenían tapaduras de oro. Cuando la cabeza fue retirada, el maxilar inferior se despegó del resto del cráneo. El fémur y la tibia estaban más o menos enteros; las costillas parecían hechas de cartón pardo.

El sepulturero tiró los huesos en una caja de plástico blanco, al lado de la sepultura. Tres cucarachas y un ciempiés rojo subieron por las paredes, el ciempiés parecía más veloz que las cucarachas, pero las cucarachas desaparecieron antes. Dije en voz alta que el ciempiés era venenoso. El sepulturero, o como se diga, no me hizo caso.

Después de que los restos de mi hermano fueron colocados en la caja de plástico, su nombre fue escrito en letras grandes en la tapa. Uno de los hombres entró en la sepultura y rompió con marro y cincel la placa que cerraba la parte inferior en donde se encontraban los restos de mi padre, que había muerto dos años antes que mi hermano. El exhumador volvió a entrar en la sepultura. Los huesos de mi padre estaban en peor estado que los de mi hermano, algunos estaban tan pulverizados que parecían tierra. Arrojaron todo dentro de otra caja de plástico, mezclado con restos de tela, las ropas de mi padre no eran tan buenas como las de mi hermano y estaban tan podridas como los huesos. Del cráneo de mi padre solo quedaba la dentadura postiza; el acrílico rojo de la dentadura brillaba más que el ciempiés.

Di una buena propina a los tipos. Colocaron las dos cajas al lado de la sepultura.

Regresé a la capilla.

Mi hermano fumaba mirando por la ventana el tráfico allá afuera.

Un cura apareció y rezó.

El ataúd cerrado fue puesto en una carreta. Seguimos, yo y mi hermano, la carreta que el sepulturero empujó hasta la tumba abierta. El ataúd de mi madre fue colocado en la parte inferior. Colocaron una placa de cemento, dejando la parte superior vacía, a la espera del futuro ocupante. Sobre esta placa fueron depositadas provisionalmente las dos cajas con los restos de mi padre y de mi hermano. La tapa de mármol rosa con los nombres de los dos, grabados en bronce, cerró la sepultura.

Deben de haber robado las tapaduras de oro de los dientes de mi hermano mientras fui a la capilla a recoger a mi madre, pensé. Pero estaba muy cansado para comentarlo. Caminamos en silencio hacia la puerta del cementerio. Mi hermano me abrazó. ¿Quieres un aventón?, preguntó. Le dije que iba a caminar un poco. Miré su coche alejándose. Me quedé allí, parado, hasta que oscureció.

Idiotas que hablan otra lengua

Un dormitorio con un espejo en el techo. Al lado, la puerta abierta, un baño. En la habitación, una cama matrimonial, una silla, dos mesas de noche, varios litros de Coca-Cola, dos de ellos vacíos, bolsas de papas fritas, cajetillas de cigarros, Sílvia está desnuda, recostada en la cama, con una pierna levantada, doblada, el pie apoyado sobre la rodilla. José Roberto está de pie, también desnudo, a un lado de la cama, lavándose los dientes.

JOSÉ ROBERTO *(Mientras se lava los dientes con un cepillo sin pasta.)*
Odio pocas cosas en la vida y una de ellas es que te laves los dientes con mi cepillo. Eso me irrita, no sé cómo te puedes equivocar, nuestros cepillos son diferentes, ¿ves?, el tuyo es azul, el mío es rojo, ¿ves?, azul, rojo, y el tuyo tiene el mango más largo, y las cerdas del mío son más suaves y estrechas, y el mío tiene un agujerito en la punta del mango, el tuyo no lo tiene. Azul, ¿ves?, rojo, ¿ves?, no eres daltónico, lo odio, lo odio, disculpa que insista, no es que te tenga asco, estamos casados hace quince años, pero soy, cómo diré, convencional, me casé virgen porque soy convencional, me lavo los dientes con mi cepillo porque soy convencional, soy una esposa fiel porque soy convencional, cuido la casa cuando sales a trabajar de las nueve de la mañana a las nueve de la noche porque soy convencional, el hombre trabaja y la mujer cuida de la casa y acepto eso porque soy convencional y odio que te laves los dientes con mi cepillo porque soy convencional.

SÍLVIA
La imitas perfectamente, solo te falta el hum ham que ella hace. Hum, ham.

JOSÉ ROBERTO
Habló media hora sin parar de que me lavaba los dientes con su cepillo. Fue entonces cuando tomé la decisión.

172

SÍLVIA
¿Por eso te estás lavando los dientes con mi cepillo? ¿Para vengarte de ella?

JOSÉ ROBERTO
Siempre me he lavado los dientes con tu cepillo.

SÍLVIA
¿Y qué haces todos los días de las nueve de la mañana a las nueve de la noche?

JOSÉ ROBERTO
Vengo para acá.

SÍLVIA
Lunes, miércoles y viernes. ¿Y los martes y jueves?

JOSÉ ROBERTO
Voy al cine. Tengo que mantener un patrón. Para que ella no sospeche.

SÍLVIA
¿Y por qué no vienes los martes y los viernes?

JOSÉ ROBERTO
Jueves. No quiero cansarte.

SÍLVIA
Tú nunca me cansas, cogelón salvaje.

JOSÉ ROBERTO
¿No quieres saber qué decidí?

SÍLVIA
Tú no puedes decidir nada. El dinero es de ella.

JOSÉ ROBERTO
¿Quieres o no quieres saber?

SÍLVIA
Ya te lavaste los dientes. Vente a la cama. Estoy mojada.

Sílvia abre las piernas y José Roberto se acuesta sobre ella. Se besan. Movimientos de fornicación.

SÍLVIA
Anda, dime.

JOSÉ ROBERTO
Estoy loco por ti.

SÍLVIA
¿Qué más?

JOSÉ ROBERTO
Te amo, te amo.

SÍLVIA
¿Qué más?

JOSÉ ROBERTO
Te adoro.

SÍLVIA
¡Más! ¡Más!

JOSÉ ROBERTO
Eres mi sol, el aire que respiro *(aspira ruidosamente el aliento de la boca jadeante de Sílvia),* mi vida.

SÍLVIA
¡Di! ¡Di!

JOSÉ ROBERTO
Adoro coger contigo. Mi ángel. ¡Mi luz! ¡Caramba!

SÍLVIA
Más. Ay, ay, más, más, más, ya casi me vengo.

JOSÉ ROBERTO
Adoro metértela.

SÍLVIA
Me estoy viniendo, muérdeme, vente conmigo.

JOSÉ ROBERTO
Voy a matar a Lili.

SÍLVIA
Mátame también. ¡Dime que me matas!

JOSÉ ROBERTO
Te mato.

SÍLVIA
Me estoy viniendo.

Se abrazan furiosamente. Ruedan por la cama. Al final se quedan inmóviles, José Roberto sobre Sílvia, los dos con las piernas estiradas. José Roberto aparta el rostro.

JOSÉ ROBERTO
Aparecieron las ojeras. Me gusta tu rostro con las ojeras. ¿Oíste lo que dije?

SÍLVIA
Que me amas, que me adoras. Tu espalda es linda, llena de músculos, mírate en el espejo. *(Toma un litro de Coca-Cola, que está vacío. Abre otro. Llena un vaso. Saca papas de la bolsa. Bebe y come.)* ¿Tú crees ese cuento de que la Coca-Cola da celulitis?

JOSÉ ROBERTO
Voy a matar a Lavínia.

SÍLVIA
¿Solo porque no te deja lavarte los dientes con su cepillo? Pásame un cigarro. *(Roberto toma una cajetilla del buró que está a su lado.)* Gracias. ¿Dónde está el encendedor? Siempre me dejas con ojeras. El encendedor está en el baño. Yo lo traigo.

En el baño, Sílvia, con un lápiz de maquillaje, oscurece aún más las ojeras bajo los ojos. Cuando va a regresar a la habitación se acuerda de recoger el encendedor. Regresa a la habitación.

JOSÉ ROBERTO
¿Oíste lo que dije?

SÍLVIA
¿Y el cigarro? ¿En serio da cáncer?

JOSÉ ROBERTO
¿Oíste lo que dije?

SÍLVIA
¿Que vas a matar a Lavínia?

JOSÉ ROBERTO
Ya no aguanto.

SÍLVIA
Podríamos hacer un viaje juntos.

JOSÉ ROBERTO
Viajar es conocer idiotas que hablan otra lengua.

SÍLVIA
Siempre me dejas con ojeras, cogelón salvaje.

JOSÉ ROBERTO
No estoy jugando. *(José Roberto se empieza a vestir.)*

SÍLVIA
¿No te vas a bañar?

JOSÉ ROBERTO
Quiero quedarme con tu olor en el cuerpo. *(Coloca cariñosamente la mano en el pubis de Sílvia. Después se pone la misma mano sobre la nariz y aspira profundamente.)* ¡El aroma de la vida! ¿Ya te conté que antes de conocerte me daba horror la panocha?

SÍLVIA
Llévale un regalo.

JOSÉ ROBERTO
¿Qué?

SÍLVIA
Chocolates. Para que se ponga más gorda.

Cocina amplia y moderna, llena de utensilios, de la casa de José Roberto y Lavínia. Ella está vestida con un delantal de encajes sobre un vestido elegante de seda. Usa collar, aretes, anillos. Prepara la comida mientras consulta un grueso libro de recetas.

LAVÍNIA *(Colocando los ingredientes en una ensaladera.)* Endibias ya puse. Lechuga, rábanos, zanahoria, col de Bruselas. Un chorrito de vinagre de manzana. Ah, la langosta. Mezclar todo.

José Roberto entra en la cocina con una caja grande de chocolates en la mano.

JOSÉ ROBERTO
¿Ahora te dio por hablar sola?

LAVÍNIA *(Escondiendo el libro de recetas debajo de una servilleta.)*
Estoy haciendo una ensalada hum ham para ti. ¿Te gustó mi peinado? Renan es un genio, quince minutos, hum ham máximo veinte, hizo este peinado. ¿No es un genio hum ham?

JOSÉ ROBERTO
Es un genio.

LAVÍNIA
¿Cómo te fue?

JOSÉ ROBERTO
Lo de siempre. *(Probando algo del plato y haciendo gestos.)* ¿Endibias de nuevo? No soy conejo para comer esas cosas.

LAVÍNIA
En el día libre de Cilda siempre hago hum ham una ensalada para ti. Tienes que bajar el colesterol.

JOSÉ ROBERTO
Las endibias aumentan el colesterol. Huevos, manteca, tocino hacen que baje el colesterol, es el último descubrimiento de los investigadores de una universidad sueca.

LAVÍNIA
Solo creo en hum ham las investigaciones americanas.

JOSÉ ROBERTO
Los americanos lo confirmaron. Investigaciones recientes. Lo leí
ayer. Hasta lo recorté para ti. Después te lo enseño.

LAVÍNIA
No hum ham creo.

JOSÉ ROBERTO
¿Me estás llamando mentiroso? Sabes que no miento nunca.

LAVÍNIA
Las investigaciones mienten, principalmente las últimas investigaciones. ¿Qué es eso que tienes en la mano?

JOSÉ ROBERTO
Chocolates.

LAVÍNIA
¿Chocolates? No, no, sabes que no puedo comer chocolates. Dan
celulitis, es un hum ham veneno horrible. *(Le quita la caja de chocolates
de la mano a José Roberto y la abre ansiosamente.)* Aún más estos hum ham
chocolates alemanes, son veneno puro, solamente una loca de remate
comería esas hum ham porquerías, ¿por qué me haces esto, por qué?
Sabes que no resisto, eres muy malo, no resisto hum ham los chocolates,
es mi vicio. *(Come vorazmente los chocolates, habla mientras come.)* Esto es
un veneno, hum ham voy hum ham a arrepentirme, qué delicia, una
que otra vez *(come, come)* hum ham esto no hace mal, di que una que
otra vez hum ham, los chocolates no hacen mal. Di, di, di.

JOSÉ ROBERTO
Es un veneno. Pero no es el peor de los venenos.

Lavínia *(Devorando los chocolates.)*
¿Existe un veneno peor?

JOSÉ ROBERTO
Depende.

LAVÍNIA
¿Depende de qué? ¿Cuál es el peor veneno para ti? ¿Ves lo que hiciste?, me acabé la caja, Dios mío, hum ham qué locura, me comí todo, hum ham soy una demente. Debería meterme el dedo en la garganta y vomitar esa porquería. ¿Cuál es el peor veneno para ti?

JOSÉ ROBERTO
Soñar.

LAVÍNIA
Eso no tiene pies ni cabeza.

JOSÉ ROBERTO
Ciertos sueños son muy venenosos. Todos los sueños son venenosos. Mis sueños son venenosos.

LAVÍNIA
Dijiste que no sueñas nunca... Vamos a la sala, la mesa está lista, hay pan negro, té de jazmín y toronja para comer con la ensalada.

JOSÉ ROBERTO
¿Sabes cuál es mi sueño venenoso?

LAVÍNIA
Tienes que comerte todo. Una buena esposa tiene que cuidar a su marido.

JOSÉ ROBERTO
Mi sueño es matarte.

LAVÍNIA *(Riendo, un poco perturbada.)*
Tú no tienes valor para matar una hum ham cucaracha.

JOSÉ ROBERTO
Una mujer, la propia mujer, es diferente.

LAVÍNIA
¿Y cómo me ibas a matar?

JOSÉ ROBERTO
Echando veneno en tu té de jazmín.

LAVÍNIA
¿En dónde está el hum ham veneno?

JOSÉ ROBERTO
Aquí en mi bolsillo.

LAVÍNIA
Enséñamelo.

José Roberto saca del bolsillo un pequeño frasco oscuro.

JOSÉ ROBERTO
Helo aquí.

LAVÍNIA
¿Tú, hum ham vas a echarlo en mi té?

JOSÉ ROBERTO
Ahora mismo. Espérame. No te muevas.

Lavínia se queda inmóvil como una estatua. José Roberto va a la cocina llevando dos tazas de té.

JOSÉ ROBERTO *(Regresa, ofreciendo una de las tazas a Lavínia.)*
Anda, toma.

LAVÍNIA
Ya me mataste antes una vez, ¿te acuerdas? Con veneno, hum ham también.

JOSÉ ROBERTO
Ahora no es juego.

LAVÍNIA
Estás triste. No te pongas hum ham triste. No me gusta verte triste.

JOSÉ ROBERTO
Perdón. Perdón.

LAVÍNIA
Eso les sucede a muchos hombres. De repente, el fuego se apaga.
Y no quisiste hacer el hum ham tratamiento con aquel médico alemán.

JOSÉ ROBERTO
Japonés.

LAVÍNIA
Japonés era el del ham hum implante. Yo estaba contra el implante, yo te dije ham hum que estaba contra el implante, aquello siempre duro, hum ham qué cosa más exquisita.

JOSÉ ROBERTO *(Bebiendo de su taza.)*
Bebe el veneno.

LAVÍNIA *(Vaciando la taza de un solo trago.)*
Eres un niño, ¿ves?, hum ham, un niño. ¿Y ahora? ¿A qué quieres jugar? ¿A los *cowboys*? Tú eres el vaquero y yo soy el bandido, ham hum la bandida. Ve a buscar el revólver.

JOSÉ ROBERTO
Perdón. Perdón. Creo que es mejor que te sientes.

LAVÍNIA
Vamos a la mesa a cenar.

JOSÉ ROBERTO
Siéntate.

LAVÍNIA
Es un fenómeno mental, sabes, hum ham, ¿no sabes?

JOSÉ ROBERTO
Sí, sé.

LAVÍNIA
Comenzó cuando empezaste a trabajar con mi padre. Creo que, toco madera *(toca en la mesa)*, cuando mi padre muera vas a mejorar, hum ham.

JOSÉ ROBERTO
Es posible. Perdón, perdón.

LAVÍNIA
No necesitas pedir perdón. Eso hum ham sucede hasta con gente de la policía, esos negros fuertes.

JOSÉ ROBERTO
¿Sientes algo?

LAVÍNIA
Un poco de hambre.

JOSÉ ROBERTO
¿Solo?

LAVÍNIA
Y ganas de hacer pipí.

JOSÉ ROBERTO
No vas a hacer pipí, con un demonio, te quedas ahí sentada. ¿No sientes dolor de estómago?

LAVÍNIA
¿De estómago? No.

JOSÉ ROBERTO
¿Ni siquiera un dolorcito de cabeza?

LAVÍNIA
No.

JOSÉ ROBERTO *(Pasándose la mano sobre su propio estómago.)* ¿Será que cambié las tazas? ¡Caramba, cambié las tazas!

LAVÍNIA
Vamos a comer. ¿No dijiste que tenías que salir hoy por la noche? Yo también tengo un hum ham compromiso más tarde.

JOSÉ ROBERTO
¿Qué mierda de veneno es este que no mata a nadie? El tipo me garantizó que una gota mataba un caballo. No se puede confiar en nadie, puta madre, mierda, en estos momentos me dan ganas de morirme.

LAVÍNIA
Hazte el implante, querido, un hombre ham hum se vuelve muy infeliz cuando hum ham cuando hum ham ya no logra cumplir sus obligaciones.

JOSÉ ROBERTO
¿Te vas o no te vas a morir?

LAVÍNIA
Vamos a hacer de cuenta que ham hum ya me morí. Listo, estoy muerta. *(Cierra los ojos y echa la cabeza para atrás.)*

JOSÉ ROBERTO *(Echándose sobre Lavínia, agarrándola por el cuello, haciéndola caer al suelo junto con la silla. Hincado, estrangula a Lavínia.)*
Ham hum y ya está muerta ham hum ham hum ham hum ¡haaam huuum!

Los dos se quedan tirados en el suelo, inmóviles.

JOSÉ ROBERTO *(Levantándose.)*
Veneno de mierda.

José Roberto camina por la cocina. Recoge distraído un pedazo de endibia, se lo pone en la boca y lo escupe.

JOSÉ ROBERTO
Endibias. ¿Quién inventó esa mierda? *(Se hinca al lado de Lavínia.)* ¡Lavínia, Lavínia! *(Sacude el cuerpo de Lavínia.)* ¿No estás jugando, verdad? *(Coloca el oído en su pecho.)* ¡Caramba, maté a una inocente, maté a una santa! Me voy a entregar. Confieso todo, merezco ser castigado.

José Roberto toma el teléfono que está sobre la mesa y marca.

JOSÉ ROBERTO *(Al teléfono.)*
Vamos, vamos, contesta. ¿Bueno? ¿Bueno? ¡Maté a una santa! ¿No me entiendes? Maté a una santa. El veneno no hizo efecto, la estrangulé. ¿Que cómo la estrangulé? Con las manos, carajo, la agarré por el cuello. Antes le di el veneno pero el veneno no hizo efecto, era un veneno que debía ser instantáneo y matar a un caballo, pero tal vez solo mataba caballos, cada animal tiene sus propias enzimas y cayó en su estómago y no hizo efecto, las mujeres son más fuertes que los caballos, está comprobado. Estoy hablando en serio. Se quedó ham hum ham hum y me dio de comer endibias y todo eso me fue irritando y le di el veneno y el veneno no hizo efecto y la agarré por el cuello y la estrangulé. Y tú tienes la culpa. Claro que tienes la culpa, te dije que iba a matar a Lavínia y estuviste de acuerdo... Implícitamente. ¿O qué pitos tocas aquí? Te juro que es verdad, está tendida aquí frente a mí, la santa, ya comenzó a enfriarse. ¡No sé qué voy a hacer con el cuerpo! Estoy calmado, estoy calmado, hasta donde un asesino novato puede mantener la calma. Entonces ven, entonces ven. ¿Cuánto tiempo? ¿Estás bañándote? Entonces acaba de bañarte y ven. *(Cuelga el teléfono.)* Tardará una hora en llegar. La conozco.

Suena el teléfono. José Roberto descuelga el teléfono y oye.

JOSÉ ROBERTO *(Al teléfono. Sorprendido.)*
Ham hum. *(Oye.)* Hum ham. *(Cuelga el teléfono.)*

José Roberto se sienta, pensativo.

Tocan el timbre. Carga a Lavínia y la coloca sentada en la silla. Sonido de pasos.

VOZ DE HOMBRE
¿Lavínia? ¿Estás ahí, Lavínia? Traje el material, mi amor.

Un hombre aparece en la puerta de la cocina.

JOSÉ ROBERTO
¿Y tú quién eres?

HOMBRE
Silas. Mi nombre es Silas. Vine a traer un encargo para doña Lavínia. *(Ahora ve a Lavínia sentada en la silla.)* ¿Qué le pasó?

JOSÉ ROBERTO
Silas. Tú eres el tipo que habló conmigo por teléfono. *(Imita.)* Mi amor, te llevo el material.

SILAS
Pensé que era ella la que había contestado, que estaba resfriada. Me engañaste con el hum ham. ¿Tú eres su marido?

JOSÉ ROBERTO
Soy su marido. ¿Y tú quién eres, mi amor?

SILAS
¿No ibas a salir?

JOSÉ ROBERTO
Pero no salí.

SILAS
¿Qué pasó con ella?

JOSÉ ROBERTO
Se desmayó.

Silas se aproxima. Mira el cuerpo.

SILAS
Lavínia, Lavínia, regreso después. Chao.

José Roberto se le pone enfrente.

JOSÉ ROBERTO
¿Qué material traías para ella, mi amor?

SILAS
Son modos de hablar. Trato a todas mis clientes de mi amor.

JOSÉ ROBERTO
¿Clientes?

SILAS
Licenciado, licenciado, soy yo quien les surte el polvo.

JOSÉ ROBERTO
¿Polvo? ¿Para nosotros? ¿Estás loco? ¿Polvo? Yo no tomo ni polvo de guaraná.

SILAS
Lavínia le entra con ganas.

JOSÉ ROBERTO
Yo no sabía nada de eso. Traficante de mierda.

SILAS
Hay muchas cosas que no sabes.

JOSÉ ROBERTO
¿Como qué, por ejemplo?

SILAS
Dejémoslo así.

JOSÉ ROBERTO
Qué dejémoslo así ni qué diablos.

SILAS
Y la culpa no es de ella.

JOSÉ ROBERTO
¿Es mía?

SILAS
Así pasa. Podía pasarme a mí pero te sucedió a ti.

JOSÉ ROBERTO
¿Qué me pasó?

SILAS
Ella me lo contó todo, pero no está bien que yo lo diga, y ella me pidió que guardara el secreto. Deberías haber buscado a un médico, amigo. Ella sufrió mucho, tardó mucho hasta que, hasta que... y yo siempre la traté con mucho cariño... Me dijo que después de que nosotros, ya sabes cómo es la cosa, de que nosotros, ya sabes cómo es, nos hicimos íntimos, la relación de ella contigo mejoró mucho. Es decir, ya

no se te para, pero ella te trata bien, cuida de tu colesterol, le pidió a su padre que te diera un aumento de salario, consiguió un remedio para tu caspa. En fin, la vida de ustedes mejoró mucho.

JOSÉ ROBERTO *(Hablando consigo mismo.)*
Ella me llenaba de endibias mientras me ponía los cuernos. *(Protestando.)* Nunca tuve caspa.

SILAS
Pero te trata bien, ¿no?

JOSÉ ROBERTO
Trataba.

SILAS
¿Sabes por qué? Porque es una mujer satisfecha. Modestia aparte, eso me lo debes a mí. ¿Trataba? ¿Ya no te trata? *(Para Lavínia.)* Hey, querida, trátalo bien.

JOSÉ ROBERTO
Debo estar soñando.

SILAS
Tiene un color raro. *(Silas toma la mano de Lavínia.)* Su mano está fría. *(Silas suelta la mano de Lavínia. El brazo de Lavínia se balancea desamparado.)* ¡Lavínia. Lavínia! ¿Qué son esas marcas en su cuello?

Silas retrocede. Los dos hombres se miran.

SILAS
Creo que mejor me voy.

JOSÉ ROBERTO
¿Tienes prisa?

SILAS
Tengo otra entrega que hacer.

JOSÉ ROBERTO
¿Y cómo era la cosa? ¿Ustedes dos en la cama?

SILAS
Tengo que irme.

José Roberto se pone frente a Silas.

SILAS
Estoy armado, amigo.

JOSÉ ROBERTO
Muéstrame el arma.

SILAS
Quítate de enfrente.

JOSÉ ROBERTO
Muéstrame el arma, quiero verla.

Silas saca un cuchillo de la cintura.

SILAS
Quítate de enfrente, si no, te corto.

JOSÉ ROBERTO
Estás pensando que no se me para, ¿eh? Estás mal, soy de dos sin sacar.

SILAS
No fue eso lo que Lavínia me contó.

JOSÉ ROBERTO
Tú para cogerte a mi mujer tenías que darte tus pericazos, raquítico de mierda. ¡Mira mi brazo! ¿Ves el conejo? *(José Roberto se quita el saco, se arremanga y muestra el bíceps.)* Muéstrame tu conejo. Anda, muéstralo, sabandija, padrotito, traficante, analfabeto.

SILAS *(Blandiendo el cuchillo.)*
El conejo está aquí, cornudo impotente.

JOSÉ ROBERTO *(Abriendo un cajón de la mesa de la cocina y sacando un cuchillo de carnicero. El cajón cae al piso con estrépito, regando tenedores y cuchillos.)*

188

No soy impotente, hijo de puta.

SILAS
Yo le enseñé a tu mujer a coger. Le enseñé a reír.

José Roberto se lanza sobre Silas y lo golpea en el pecho con el cuchillo.

SILAS *(Poniéndose la mano en el pecho y trastabillando.)*
Me diste, me diste y feo.

JOSÉ ROBERTO
¿Entonces qué, qué? ¿Quién es el impotente?

SILAS
Tú.

José Roberto levanta el brazo para dar otro golpe.

SILAS
Ya, amigo. *(Le da la espalda a José Roberto y camina lentamente rumbo al fregadero.)* Nunca lastimé a nadie. Este cuchillo es solo para farolear... para apantallar a los tontos... *(Suelta el cuchillo, que cae al suelo.)* Mi negocio es dar felicidad a los otros. *(Vuelve el rostro hacia José Roberto, cansado y melancólico.)* A las mujeres, principalmente.

Silas abre la llave. Se apoya en el fregadero. Baja la cabeza. Se acuesta en el suelo.

JOSÉ ROBERTO
Hey, sabandija, levántate de ahí. Te voy a poner una curita en ese rasguño y vas a quedar como nuevo. *(José Roberto se inclina sobre Silas.)* No te vas a morir y dejarme la bomba en la mano, nalgas puercas. Hey, hey *(José Roberto sacude el cuerpo de Silas con fuerza)*, desnutrido de mierda, raquítico culero, barriobajero apestoso, ¿te vas a morir de una cortadita que no mata a una gallina? ¡Esto parece un sueño, el hijo de puta se murió, caramba!

Pasos. Una mujer aparece en la puerta.

JOSÉ ROBERTO
Puta, Regina, tardaste mucho y acabé cagándola de nuevo.

REGINA
Me estaba bañando cuando llamaste. Me tardé secándome y pei-
nándome. Ya lo sabías.

JOSÉ ROBERTO
Ya te pedí mil veces que te cortes el pelo.

REGINA
Me dijiste que *no* me cortara el pelo.

JOSÉ ROBERTO
Tú tienes la culpa. Maté a Lavínia por ti. Ese tipo apareció y me
dijo que era impotente. ¿Sabías que Lavínia se metía coca?

REGINA
¿La mataste porque se metía coca?

JOSÉ ROBERTO
No, no. Cuando te dije que iba a dejar a Lavínia me dijiste que no
tenía valor porque el dinero era de ella.

REGINA
¡¿Dije eso?! ¿Estás loco?

JOSÉ ROBERTO
Esto parece un sueño.

REGINA
Realmente estás soñando. ¿Cuándo dije eso?

JOSÉ ROBERTO
Ayer. En tu casa.

REGINA
Ayer fue miércoles. Nunca vas a mi casa los miércoles. Los lunes,
miércoles y viernes vas al cine. Para hacer un patrón, como tú mismo
lo dijiste.

JOSÉ ROBERTO
Esto parece un sueño.

REGINA
¿Y ahora?

El teléfono suena.

JOSÉ ROBERTO
Lo que más odio después del dentista y las endibias es el teléfono.

REGINA
Contesta.

JOSÉ ROBERTO
Hay algo que nunca te dije y que debía haberte contado.

REGINA
Contesta el teléfono.

José Roberto contesta el teléfono.

JOSÉ ROBERTO *(Al teléfono.)*
Hay algo que nunca te conté y que debía haberte contado. Aquello de que iba al cine los lunes, miércoles y viernes... ¿Qué? Es verdad, me equivoqué, martes y jueves, bien, eso era mentira, no iba al cine los martes y los jueves, iba a ver a Regina. ¿Quién es Regina? Mi otra novia. Espera, espera, déjame explicarte, soy un hombre dividido, un hombre puede amar a dos mujeres con el mismo fervor, trata de entender, querida. Otra cosa: ¿fuiste tú la que dijo que no podía separarme de Lavínia porque ella era dueña del dinero?

REGINA *(Arrebatando el teléfono de la mano de José Roberto con violencia.)*
Bueno, ¿cómo te llamas? ¿Sílvia? Mira Sílvia, este cabrón nos engañaba a las dos. Lunes, miércoles y viernes contigo, martes y jueves conmigo y aquella historia del cine para crear un patrón. ¿También te pedía que lo llamaras cogelón salvaje? *(Regina da varios golpes en el pecho de José Roberto, que no se defiende.)* Le estoy pegando, sí. ¿Cómo? Dando golpes en el pecho del cogelón salvaje. ¿Pegarle quedito? Idiota, te estaba tomando el pelo, me estaba tomando el pelo y ahora está inventando que mató a la mujer por nuestra causa. Sí, te digo, la mató, mató a su mujer. ¿Tú fuiste la que le dijo que Lavínia era la dueña del dinero, no?

JOSÉ ROBERTO
Caramba, parece un sueño.

REGINA
Entonces ven. *(Cuelga el teléfono.)* Viene para acá.

JOSÉ ROBERTO
Qué bueno, Sílvia es una persona muy práctica.

REGINA *(Golpeando a José Roberto.)*
Yo también soy muy práctica, idiota. Vamos a esconder los cuerpos de esos dos infelices.

JOSÉ ROBERTO
Te considerarán mi cómplice si los descubren. Es mejor que te vayas.

REGINA
¿Quién es ese tipo que te llamó impotente?

JOSÉ ROBERTO
Un traficante de cocaína.

REGINA
Difunto barato. El problema va a ser el cadáver de Lavínia.

JOSÉ ROBERTO
Eres un genio. Más grande que Renan.

REGINA
¿Quién es Renan?

JOSÉ ROBERTO
Su peinador.

REGINA *(Dándole un golpe a José Roberto.)*
Basta de confundir las cosas. Yo soy Regina, la otra es Sílvia. ¿Es rubia o morena?

JOSÉ ROBERTO
Rubia.

REGINA
Una rubia y la otra morena. Para variar, perro.

JOSÉ ROBERTO
Ni lo pensé.

REGINA
¿Ese clóset tiene llave? Vamos a esconder los cuerpos ahí dentro y después vamos a pensar calmadamente lo que vamos a hacer. ¿Dónde está la sirvienta?

JOSÉ ROBERTO
Hoy es su día de salida.

Entre los dos llevan los cadáveres al clóset. Limpian el piso. Recogen el cajón de los cubiertos, lo ponen en su lugar y colocan en él las piezas dispersas en el piso. Se oye el timbre.

JOSÉ ROBERTO
Debe ser Sílvia. *(Sale.)*

REGINA *(Enciende un cigarro, camina por la cocina.)*
Necesito dejar este vicio maldito, creo que me voy a hacer aquel tratamiento con láser... Por la cocina puedes conocer a la mujer. Por la cocina y por el baño. Apuesto a que su baño está repleto de perfumes, cremas, champús, pomadas, depiladores, antimicóticos, desodorantes y una balanza. Es el tipo de mujer que se pesa y se mira en el espejo. No tiene un olor, un pelo fuera de lugar, una carnita fuera de lugar. No tenía, ahora murió. Murió, se jodió. *(Levanta la servilleta que esconde el libro de recetas de cocina.)* Un libro de recetas de cocina... Ahora a las ricachonas ociosas les dio por cocinar, se puso de moda... Quiero verlas tallar los sartenes... Ensalada meridional... tres manzanas, dos tomates, un pimiento rojo, un apio pequeño, jugo de limón, paprika... *(Hojea el libro.)* Ensalada de endibias con aguacate... ensalada de coliflor cruda con manzana... ensalada de zanahoria cruda con berros y pepino... Este libro solo tiene ensaladas... Eso no es cocinar, cocinar es guisar, *feijoada*,* sopa de sobras, guisado de cola de res con polenta,

---

* Plato típico brasileño preparado con frijol negro, tocino, carne de res secada al sol, carne de puerco salada y chorizos. Se sirve acompañada de arroz blanco, rebanadas de naranja, verdura guisada y harina de mandioca tostada.

carne asada con papas asadas y salsa oscura, tiene que pasar por el fuego, ¡carajo!

Entran Sílvia y José Roberto. Las dos mujeres se miran.

REGINA
Una rubia y otra morena. Una de cabello corto y otra de cabello largo. Una flaca y otra gorda. ¡Perro diversificador!

JOSÉ ROBERTO
Ella es Regina, ella es Sílvia.

SÍLVIA
Vamos a lo que importa. ¿En dónde está el cadáver?

REGINA
En el clóset.

Sílvia va hasta el clóset, abre la puerta.

SÍLVIA
¿Son dos? ¿Quién es ese hombre?

REGINA
Un tipo que lo llamó impotente.

SÍLVIA
¿Mataste a un hombre porque te dijo impotente?

JOSÉ ROBERTO
Se llama Silas. Es un traficante. Andaba de amores con Lavínia.

REGINA
Eso no me lo contaste. Entonces la santa andaba dándolas por ahí, siendo comidita de traficante. Y se metía cocaína. *(A Sílvia.)* ¿Sabías que se metía cocaína? ¿La santa?

SÍLVIA
¿Cómo fuiste a hacer una cosa así?

JOSÉ ROBERTO
Mi amor...

SÍLVIA
No me digas mi amor.

JOSÉ ROBERTO
No sé cómo sucedió todo esto. Fue sin querer.

SÍLVIA
Me dijiste que ibas a matar a Lavínia y no te creí.

JOSÉ ROBERTO
Yo no quería, compré un veneno que tenía la fecha de caducidad vencida y después la agarré por el cuello como si la estuviera agarrando del brazo y cuando me di cuenta la había estrangulado.

REGINA
¿Y el hombre?

JOSÉ ROBERTO
Me sacó un cuchillo. *(Abre el cajón de los cubiertos.)* Caramba, mira este cuchillo, ¿ves cómo es diferente? Es su cuchillo. No fue porque me dijo impotente. Ustedes saben que no soy impotente. ¿O no? ¿No van a responder?

SÍLVIA
¿Tu auto está en la cochera?

JOSÉ ROBERTO
Sí.

SÍLVIA
Un traficante puede aparecer muerto en cualquier lugar y a nadie le importa. Un traficante muerto es la cosa más natural que existe.

REGINA
Ya ni siquiera salen en los periódicos.

SÍLVIA
¿Entonces? Lo ponemos en el carro y lo dejamos en un lugar desierto. Después vemos qué hacer con Lavínia.

JOSÉ ROBERTO
No es necesario que vaya todo mundo. Bastan dos.

REGINA
Tú y una de nosotras.

JOSÉ ROBERTO
O ustedes dos. Yo me quedo para contestar el teléfono.

Regina golpea a José Roberto.

SÍLVIA
Tú y una de nosotras. ¿Par o non?

REGINA
Par. Digo, non. Un, dos, tres. Ganaste. Yo voy.

Los tres sacan el cuerpo de Silas del clóset. José Roberto sale un momento y regresa con una sábana. Envuelven el cuerpo de Silas con la sábana. Después, Regina y José Roberto, cada uno sujetando el cuerpo por un extremo, salen de la cocina.

SÍLVIA *(Abriendo el refrigerador.)*
Solo cosas de dieta. La que tenía que hacer esto era yo, comer verduras, beber *Diet-Coke*, ir al gimnasio, dejar de ser gordita. Por ahora, pasa, soy joven, a la gente no le parezco gorda sino opulenta. Pero esa loca me llamó gorda *(imita a Regina)*, una flaca y otra gorda... Es mi rival, las rivales dan golpes bajos, pero tal vez ella tiene razón, dentro de poco a todo mundo le voy a parecer corpulenta, después robusta, después gordita, después gorducha, tonel, bodoque, engendro, ya sé, así es como yo las llamo. Aquí en la barriga ya puedo sentir una llantita rebelde, y aquí, aquí arriba del pecho, junto al brazo tengo esta lonja salida, y aquí en la espalda, basta que use un sostén apretado para que la grasa aparezca. Soy una mujer pélvica, las mujeres pélvicas engordan más que las mujeres claviculares, como la tal Regina. Abre los ojos, Sílvia. *(Se para en la puerta del clóset.)* Soy, sin duda, una desalmada, egoísta, pensando en mis llantas mientras una infeliz está muerta

ahí dentro. Muerta, para siempre, y si existe el cielo, no sé si ella merece ir al cielo, dándose sus cocazos y poniéndole los cuernos al marido, aunque se lo mereciera. Ay, Dios mío, qué estoy haciendo aquí, ayudando a un criminal a esconder un cadáver solo porque él es mi novio y lo amo. No se lo merece pero lo amo, tengo que amar a alguien, es mejor amar a un cabrón que quedarse como perro sin dueño. Y hay escasez de hombres en el mercado. Puta, cómo hacen falta hombres... en las épocas de mi madre sobraban... Me gustaría tanto oír un poco de música ahora, comer un pastelito, olvidarme de todo e irme a la cama con mi cogelón salvaje. *(Enciende un cigarro.)* También me gustaría dejar de fumar, pero si dejo de fumar, engordo. La vida es dura.

Sonido de pasos. Regina y José Roberto entran a la cocina.

REGINA
Dejamos el cuerpo en un lugar desierto.

SÍLVIA
José Roberto, tengo una cosa muy importante qué decirte. También a ti te interesa, Regina. Es lo siguiente: tienes que escoger entre nosotras dos. Con las dos no se puede. O una o la otra.

JOSÉ ROBERTO
Vamos a dejar eso para después.

REGINA
Es ahora. A mí tampoco me gusta compartir nada.

JOSÉ ROBERTO
Caramba.

REGINA
Qué caramba ni qué nada.

SÍLVIA
Vamos. Decídete.

JOSÉ ROBERTO
Un hombre es capaz de amar a dos mujeres al mismo tiempo...

REGINA
Puro blablablá.

JOSÉ ROBERTO
Así como le puede gustar la poesía y la música al mismo tiempo...

SÍLVIA
¿Y yo qué soy? ¿Música o poesía?

JOSÉ ROBERTO
¿Que qué es lo que eres? Poesía.

REGINA
¿Ella es poesía? ¿Esa gorda? Si hay algo que no combina con la poesía es la gordura.

SÍLVIA
No quiero pelear, podría llamarte manojo de huesos, comida de perro, pero no quiero pelear. Tú eres la poesía, yo soy la música, perfecto. Pero yo estudié Letras en la facultad.

REGINA *(Gritando.)*
¡Yo también estudié Letras!

SÍLVIA
¿Y mis ojeras? José Roberto adora mis ojeras. Tengo ojeras, tú no tienes.

REGINA
Esas ojeras son falsas. *(Regina avanza hacia Sílvia y con el dedo intenta borrar las ojeras de Sílvia.)* Las rubias no tienen ojeras.

Se jalonean, caen, ruedan por el piso.

JOSÉ ROBERTO
¡Caramba! Parece un sueño. Estas mujeres enloquecieron. ¡Muchachas, muchachas! ¡Ya párenle! Sílvia, Regina, paren. *(Se lanza en medio de ellas. Grita.)* ¡Tenemos que desaparecer el cadáver de Lavínia!

Las mujeres dejan de pelear. Se arreglan la ropa, los cabellos.

REGINA
Es tu problema. Yo no tengo nada que ver con esto. Y, finalmente, ¿vas a quedarte con quién? ¿Conmigo o con ella?

JOSÉ ROBERTO
¿Crees que tengo cabeza para resolver eso ahora? Las amo a las dos, ¡lo juro por Dios! Después decido.

REGINA
Tan pronto como desaparezcamos el cuerpo de Lavínia.

JOSÉ ROBERTO
Tan pronto como desaparezcamos el cuerpo de Lavínia. Lo prometo, lo juro.

SÍLVIA
Voy a preparar un café. Te gusta cargado, ¿no, mi amor?

REGINA
No muy cargado. Y le pones endulzante artificial. Tres gotas.

SÍLVIA
¿Y tú crees que no sé? *(Abre los armarios, busca.)* Todo está mal organizado, no encuentro nada, ah, aquí está el café, los filtros de papel, ahora solo falta ponerlo en la cafetera, encender y listo.

JOSÉ ROBERTO *(Mientras toma café.)*
¿Y si la emparedamos? Emparedar a una persona no es algo ignominioso. Y tal vez los gusanos no se coman al emparedado, tal vez se seque como una momia. *(Percibiendo dudas en el rostro de las mujeres.)* ¿No? Es una lástima. Lavínia adoraría no ser comida por los gusanos.

SÍLVIA
¿Aquí en la pared de la cocina?

JOSÉ ROBERTO
Tengo una pared muy buena en el área interna que da al patio, el patio está en obra y los albañiles dejaron picos, arena, cemento, todo, y regresan hasta el lunes. Vengan a ver.

Todos salen. Silencio. Vemos apenas la cocina vacía un tiempo enorme, un tiempo irritante, que parece que no pasa, que sugiere que ya nada más va a suceder, que hace suponer que acabó el espectáculo. Alguien aplaude en la platea. Inmediatamente se oye un ruido fuerte y profundo de un impacto, y de otro más, golpes que resuenan en el espacio de la cocina. Después un estruendo que asusta.

REGINA *(En off.)*
¡Derrumbaste la pared, tonto!

Silencio. Treinta segundos. Entran José Roberto, sucio de polvo, cargando un pico. Regina y Sílvia.

JOSÉ ROBERTO *(Desconsolado.)*
Hay cosas que solo me suceden a mí. En casa de mi abuelo había una pared que necesitaba ser demolida, de ladrillo, solo ladrillo, y se necesitó un tractor, de aquellos de oruga, ¿los conoces? Fue necesario un tractor para derribar la pared.

REGINA
¿Y encontraron a tu abuela emparedada, momificada y feliz?

JOSÉ ROBERTO
Trato de agarrar a Lavínia de un brazo y la estrangulo, le doy una cuchilladita distraída al traficante y mato al tipo, le doy con el pico a la pared y se derrumba. ¡Caramba!

SÍLVIA
Andas con malas vibras. Deberías tomar un baño de sal de grano.

REGINA
Debe haber despertado a los vecinos.

JOSÉ ROBERTO
La casa más cercana está a más de doscientos metros. Y los árboles ahogan el ruido. Los vecinos que podrían oír son una pareja de sordos.

REGINA
Sí. Es una pareja de sordos.

SÍLVIA
Son una pareja de sordos.

JOSÉ ROBERTO
No nos vamos a pelear por eso. Que se joda la concordancia gramatical. Me voy a dar un baño.

José Roberto sale.

REGINA
Él es así. Que se joda la concordancia gramatical, que se joda la lógica, que se joda la fidelidad, que se joda la esposa, que se jodan las novias.

SÍLVIA
Son una pareja de sordos.

REGINA
¡Que se jodan, que se joda la pareja de sordos! *(Toma un café.)* ¡Que se joda este café frío! ¿Hace tiempo que andas con él?

SÍLVIA
Cuatro meses.

REGINA
Yo tengo ocho meses. Al principio lo veía los lunes, miércoles y viernes, después... Espérame, hace exactamente cuatro meses que me dijo que ya no podía verme los lunes, miércoles y viernes y cambió a verme los martes y jueves. Fue cuando te conoció. Perro. El próximo paso es abandonarme, buscarse otra y pasarte a los martes y jueves. Creo que hasta ya sé quién es. Me ha hablado mucho de una muchacha que estudia ballet.

SÍLVIA
Luciana. También me habló de ella.

SÍLVIA y REGINA *(Simultáneamente.)*
Hijo de puta.

REGINA
Somos sus juguetitos. Cuando se aburre, los tira. Dentro de cuatro meses pasa a la joven bailarina a los martes y jueves, que serán tus días, y quedas fuera del esquema, y después será el turno para que la bailarina, *baile* de verdad. Estoy segura de que antes de nosotras, en el mes de enero, hace nueve meses, había otras dos que lo llamaban cogelón salvaje. Que él desechó también.

SÍLVIA y REGINA
¡Hijo de puta!

SÍLVIA
Y nosotras estúpidamente escondiendo los cadáveres de este traidor.

REGINA *(Limpiándose los ojos.)*
Yo amo a ese tipo.

SÍLVIA
¿Estás llorando?

REGINA
Sí. ¿Y tú no tienes ganas de llorar?

Las dos se abrazan llorando.

REGINA *(Llorando, toma el teléfono.)*
Creo que es mejor que llamemos a la policía. *(Marca.)* ¿Policía?

José Roberto aparece, desnudo, con el pico en las manos.

JOSÉ ROBERTO
¿Están llamando a la policía? ¿Me quieren ver en la cárcel? *(Levanta el pico sobre la cabeza.)* Las voy a matar a las dos.

SÍLVIA *(Llorando.)*
Eres un hombre bueno, dulce y gentil.

REGINA *(Llorando.)*
Te pedí que mataras una cucaracha y no la mataste. ¿Te acuerdas?

José Roberto se aproxima a las mujeres con el pico en las manos. Se abra-
zan. Se besan. Se oye el timbre.

JOSÉ ROBERTO *(Mirando por la ventana de la cocina.)* Es la vecina
sorda. ¡Caramba! Parece un sueño.

REGINA
Vete a vestir. Deja que yo hable con ella.

FIN

El enano

Poco importa decir cómo fue que un empleado bancario sin trabajo como yo conoció a una mujer como Paula, pero se los voy a contar.
Ella me atropelló con su carrazo y me llevó al Miguel Couto y me dijo
en el camino, la culpa fue mía, estaba hablando en el teléfono celular
y me distraje, mi esposo odia que maneje. Llegando al hospital le dije
a toda la gente que la culpa era mía. Ella dio un suspiro de alivio y
dijo quedito, muchas gracias. Me operaron la pierna, le pusieron un
montón de tornillos y me dejaron en una camilla en el pasillo porque
el hospital estaba lleno y no había lugar en las habitaciones comunes.

A la mañana siguiente vino a verme. Me preguntó si había pasado
la noche en el pasillo, aquello era un absurdo, y dijo que me iba a
llevar a un hospital privado. Le expliqué que estaba bien, no debía
preocuparse. Quería que se fuera pronto, me habían puesto una bata
que si me volteaba en la cama, digo, en la camilla, enseñaba todo el
trasero. Dejó una caja de chocolates que le di a la muchacha que me
cuidaba, Sabrina, creo que era sirvienta pero le gustaba fingir que era
enfermera.

Unos días después, la mujer regresó con otra caja de chocolates. Ni
siquiera pudo decir nada porque Sabrina apareció y le preguntó, cómo
es que llegó usted aquí y ella le contestó que tenía permiso del director
y que se sentía responsable de mí porque me había atropellado, que yo
iba a tener que usar muletas y que ella me las iba a traer. No es necesario, dijo Sabrina, él ya tiene unas y por favor retírese porque es hora
del examen. La mujer preguntó si quería que se fuera y le contesté que
sí y ella se fue y Sabrina me agarró la pierna y siempre que Sabrina me
agarraba la pierna se me paraba, porque ya me dolía menos. La caja de
chocolates de esa ociosa la tiras en el basurero, ¿eh?

Ese mismo día por la tarde Sabrina vino y me dijo que yo era un
tipo con suerte o que era amigo del alcalde porque iba a ser trasladado
a una habitación común. Cuando Sabrina aparecía mi corazón latía
aceleradamente y cada día la veía más atractiva y se me paraba cuando

me tocaba, pero todas las noches soñaba con la mujer que me había atropellado, el cabello negro largo fino, el cuerpo blanco como una hoja de papel, y ese mismo día Sabrina me dio un recorte de periódico con el retrato de la mujer, mira, aquí está tu ricachona asesina. Fue entonces que supe que su nombre era Paula. Seguro, idiota, que no sabías su nombre, ¿a poco te lo iba a dar para que pidieras una indemnización?, la cosa que más les gusta a los ricos es el dinero, entonces ella te regala chocolatitos que cuestan una miseria para que no hagas nada en su contra, ya rompe esa foto.

Escondí la foto y continué soñando con Paula y quedándome con la verga parada cada vez que Sabrina me agarraba la pierna y mirando la foto cuando Sabrina no estaba cerca. Cuando me dieron de alta Sabrina preguntó si no quería que me llevara a la casa y le contesté que no era necesario, podía irme solo. Ella insistió y fui duro, no es necesario, y ella se quedó desilusionada y me puse triste. Sabrina me había cuidado, me había enseñado a caminar con muletas y yo la trataba de esa manera.

Subir las escaleras de mi casa en Catumbi me costó mucho trabajo, sufrí como perro. En la tarde tocaron y una mujer de blanco entró y me dijo que era fisioterapeuta del Miguel Couto y que había sido enviada para cuidarme. ¿Quién la mandó? ¿Sabrina? Sí, sí y la mujer jaló mi pierna para allá y para acá y me dijo cómo eran los ejercicios que tendría de hacer y que mañana regresaba.

Después de quince días de fisioterapia Sabrina apareció en mi casa con una cinta de Tim Maia de regalo. Le conté que una fisioterapeuta del hospital venía cada tercer día a darme masaje en la pierna. Ella se quedó callada un rato y luego dijo ¿fisioterapeuta?, el hospital no mandó a ninguna fisioterapeuta, si no tenemos dinero para comprar gasa ¿cómo íbamos a tener para mandar una fisioterapeuta a domicilio?, ese medio está lleno de charlatanes deja que yo misma te haga la fisioterapia, y empezó a tocarme la pierna y vio mi verga y preguntó ¿qué es eso?, agárrala y verás, contesté, ella la agarró, siempre se te para cuando te agarro la pierna ¿crees que no me daba cuenta? no te muevas que me voy a subir encima de ti, estate quietecito, y se subió encima de mí y se la metió y nos quedamos cogiendo, una cosa muy buena.

Sabrina regresó al día siguiente un poco antes de que llegara la fisioterapeuta. Cuando la mujer apareció Sabrina le preguntó ¿usted vino por orden del hospital? Sí, señora, el hospital me envió. Sabrina apretó los dientes y se quedó mirando a la mujer que hacía los ejercicios conmigo y después ya no se aguantó y dijo tú serás fisioterapeuta pero no eres del Miguel Couto, *yo soy* del Miguel Couto y conozco a todos los fisioterapeutas del hospital, ¿quién te mandó? No puedo decirle. Mira, es mejor que me digas. Un alma caritativa, contestó la mujer bajando la mirada. Nadie hace caridades a un cajero desempleado, carajo, gritó Sabrina, fue aquella riquita asquerosa que cree que el dinero lo compra todo, ve y dile que Zé no acepta limosnas, ¿no es así, mi amor? La mujer de blanco se defendió, me pagaron por adelantado, tengo que terminar mi trabajo, todavía faltan... Se acabó, se acabó y aquí ya no entras, ¿no es así, mi amor? Haz lo que quieras con el dinero que te dio esa puta pero aquí ya no entras, anda Zé dile que aquí ya no entra. Intenté suavizar las cosas, dije mira Sabrina... Ya no entra, carajo, si ella entra yo ya no vuelvo a poner los pies en esta casa. La fisioterapeuta agarró su maleta y salió enojada y un poco asustada y Sabrina se subió encima de mí y cogimos.

No fue porque Sabrina tenía los cabellos oxigenados que empezó a gustarme menos, es decir, me gustaba coger con ella, nosotros los empleados bancarios somos muy cachondos, vivimos con el pito parado, debe ser porque agarramos dinero todo el día, por lo menos eso era lo que ocurría conmigo, me daban ganas de cogerme a cualquier mujer que aparecía en la caja, es decir, las bonitas, pero no necesitaban ser muy bonitas, a veces hasta a las feas me quería comer, me quedaba perturbado y me equivocaba en el cambio y al fin de mes me lo descontaban, el banco no perdonaba e hice tantas que me corrieron y hasta fue mejor porque creí que si no agarraba tanto dinero aquella calentura loca se me iba a quitar y podría vivir en paz. Pero me atropellaron justo el día siguiente de que me corrieron y entonces empezaron a pasar todas estas cosas, Sabrina, Paula, el enano.

Cuando Sabrina se iba yo me acostaba y soñaba con Paula. Para que no se me olvidara cómo era miraba su retrato todo el tiempo. Mi pierna fue mejorando y ya me podía subir encima de Sabrina y rodar en la cama y salir a la calle y la primera cosa que hice fue plastificar el retrato de Paula porque el papel del periódico se estaba deshaciendo. Cuando doña Alzira, mi casera, que vive en la planta baja, me dijo que la renta ya estaba pagada pensé que había sido Sabrina y fue entonces cuando me jodí. Acabábamos de coger y estaba todavía encima de ella cuando le dije gracias por la renta pero te voy a pagar todo, no me gusta deberle nada a nadie y mucho menos a la mujer que es mi novia. Sabrina me empujó con fuerza, se quitó de abajo de mí, me golpeó en la pierna que tenía los clavos de metal, gritó, fue esa puta, estabas con esa puta el viernes que vine para acá y no te encontraba por ningún lado, estabas cogiendo con esa puta, si la vuelves a ver te voy a cortar la verga cuando estés durmiendo, como hizo aquella norteamericana con su marido, y la voy a poner en el molino de carne, no va a haber médico en este mundo que te haga el reimplante. Le juré que no había visto a Pa... a aquella mujer. Hijo de puta, ya ibas a decir su nombre, no se te olvidó su nombre, y Sabrina me dio algunos puñetazos más en la pierna con clavos de metal. Intenté bromear, si pones mi verga en el molino de carne ¿te la vas a comer como si fuera una hamburguesa? Más puñetazos en la pierna con clavos.

No se puede vivir con una mujer así. Siempre que cogíamos, las veces que cogíamos todo el día y me echaba dos o tres sin sacar, no estoy presumiendo, fue el maldito tiempo que me pasé contando dinero en el banco, en esas ocasiones, cuando acabábamos de coger, Sabrina me preguntaba, ¿con las otras fue así?, ¿esta locura? Y yo que no soy ningún tonto le decía, no, no, solo contigo. ¿Me lo juras? Te lo juro, que se muera mi madre si alguna vez cogí así con otra mujer. Tu madre ya se murió, hijo de puta. Te lo juro, que reviva mi madre si no es verdad que solo cojo así contigo. Eso era para reírnos, soltar unas carcajadas, es bueno reírse entre una cogida y otra, pero Sabrina no se reía nunca, a ella solo le gustaba coger. Si ella hubiera agarrado tanto dinero nuevo y viejo durante tanto tiempo no sé cómo le hubiera ido. Sabrina era terca, tú te acuerdas de todo su nombre desgraciado, anda, confiesa, un día de estos voy a buscar a esa Paula y acabar con este asunto. Más juramentos míos, más puñetazos en la pierna con clavos.

A quien Sabrina realmente buscó fue a doña Alzira. Mi casera le dijo que el dinero llegó por correo, una hoja a máquina en la que estaba escrito para pago de la renta. Letra de computadora, dijo Sabrina, la desgraciada tiene una computadora.

Sabrina no salía de mi casa. Trajo una maleta con cosas, ropa, discos de Tim Maia. Me empecé a sentir molesto con ella y con Tim Maia, pero aun así cogíamos, cogíamos, cogíamos, maldito banco, malditos billetes nuevecitos salidos fresquecitos de la Casa de Moneda. Yo sabía a qué hora llegaba Sabrina y antes de que llegara agarraba el retrato de Paula y me hacía dos puñetas para que no se me parara en la cama y para que ella se decepcionara conmigo y no continuara molestándome. Pero Sabrina sabía cómo hacer que se me parara y allá íbamos, aquella locura. Y tenía que tomar vitaminas que Sabrina me empujaba por el gaznate, papilla de avena, polvo de guaraná y otro brebaje de yerbas que preparaba en la cocina.

Si Sabrina hubiera sabido que algunas veces, al salir de casa, el coche que me atropelló estaba estacionado en la esquina y mi corazón latía tan fuerte que hacía tintinear las medallitas que cargo en un cordón y que me regaló mi mamá poco antes de morir, hijo mío no apartes jamás de tu pecho esas medallitas de Nuestra Señora, y yo miraba el coche de vidrios oscuros sabiendo, ¡sí, lo sabía!, que Paula estaba ahí adentro con aquellos modales finos, y las medallitas hacían tin tin y yo no quitaba los ojos del coche tin tin tin y el coche se iba y me sentaba en la orilla de la banqueta con ganas de llorar, extrañando a Paula. Si Sabrina se enteraba, mi verga iría a parar directamente al molino de carne.

Un día tenía que suceder. Tocaron a la puerta. Abrí, era Paula. Nos quedamos mirando uno al otro, ella estaba todavía más blanca, a pesar de la peluca rubia, y yo debía tener su color, y sus maneras eran finas pero la voz era firme, ¿hay algo aquí por lo que sientas especial afecto?

Puse una silla encima de la mesa y saqué su retrato del agujero del techo, Sabrina nunca se imaginaría aquel escondrijo. Especialmente después de que le dije que había visto un ratón entrar en aquel agujero. Vámonos de aquí, dijo Paula. Cuando abrimos la puerta para salir Sabrina estaba llegando, y al verme con Paula parecía que se iba a desmayar. Paula la miró como quien mira a la muchacha que ayuda con los paquetes en el supermercado y caminó rumbo a la escalera llevándome por el brazo. Sabrina salió de su estupor y vino tras nosotros. ¿Te vas? Sí, me voy, que seas feliz. Ella se tiró al suelo y me agarró de la pierna con clavos, por favor, perdóname, no me abandones, te amo. A cada paso que daba arrastraba a Sabrina por el suelo y ella aullaba como un animal y en medio de los aullidos y gemidos suplicaba, déjelo conmigo, usted es rica, puede conseguirse al hombre que quiera, él es lo único que tengo en el mundo, por amor de Dios, haré lo que usted quiera, seré su esclava por el resto de mis días, déjelo conmigo, y cuando llegamos a la escalera, le di un empujón para quitármela y Sabrina rodó escaleras abajo, quedó despatarrada junto a la puerta de la calle. Intenté reanimar a Sabrina pero ya no respiraba. Paula le tomó el pulso, dijo la pobrecita ya está muerta, es mejor que nos vayamos, no hay nada que podamos hacer.

Tomamos el coche y seguimos en silencio por las calles, en silencio entramos al túnel, hubo un momento en que deseé la muerte de Sabrina y de Tim Maia, pero no era en serio y ahora me moría de pesar. También lo lamento, dijo Paula, pero no fue tu culpa, no fue mi culpa, no fue culpa de nadie.

Quiero regresar, le dije, no voy a dejarla allá muerta. Paula asintió, está bien, tal vez así sea mejor. El coche se detuvo en la esquina, mañana en la tarde vengo a verte, espérame, y Paula se fue. Había una aglomeración en la puerta, curiosos, un policía que informó que ya venía la ambulancia. Doña Alzira me recibió con una lluvia de palabras, ¡ah! llegaste, tu amiga cayó de la escalera, estaba viendo la televisión cuando oí un ruido y corrí, digo, primero me puse la bata, con este calor nadie se queda vestido en la casa y la puerta de la calle estaba abierta y la señorita estaba tirada y luego luego me di cuenta de que estaba muerta, sé cuándo una persona está muerta, mi hermana muerta tenía la misma cara de esta señorita y el hombre de la policía quiere hablar contigo. El policía solo dijo que yo tenía que ir a la delegación para rendir mi declaración. Los curiosos se fueron, doña Alzira se fue a ver su telenovela y nos quedamos el policía y yo y la pobre Sabrina cuyos cabellos parecían todavía más oxigenados, esperando a los peritos y a la ambulancia.

En la delegación dije una bola de mentiras, había salido a comprar el periódico deportivo y a medio camino noté que no traía dinero y regresé y encontré a mi novia tirada al pie de las escaleras y doña Alzira dijo que oyó el ruido y vino inmediatamente después. No fue eso exactamente lo que dijo doña Alzira, dijo el detective, ella dijo que se fue a vestir y se tardó un tiempo, y otra cosa, ¿por qué la hoy occisa no cerró la puerta?, la de arriba, ¿tenía prisa?, ¿salió corriendo?, ¿adónde iba? Expliqué, al ver que probablemente yo no traía la llave Sabrina bajó a abrirme la puerta de la calle y se resbaló. ¿Y quién abrió la puerta de abajo? Puede que ya estuviera abierta. ¿Ustedes tenían problemas? ¿Nosotros? Nunca, ella era una santa, puede preguntarle a doña Alzira si alguna vez nos peleamos, me iba a casar con ella, ella era una santa, me cuidó cuando me rompí esta pierna llena de clavos de metal, me hizo fisioterapia todos los días durante no sé cuánto tiempo, era una santa. Mientras no se casan con uno todas son unas santas, dijo el detective, y dijo que un día iba a querer escucharme otra vez pero que por ahora podía retirarme.

Al día siguiente, Paula apareció con una peluca rubia y lentes oscuros, dijo mira, te vas a hacer estos exámenes, no tengo confianza en los hospitales de gobierno, y me dio un montón de solicitudes de exámenes, análisis de excremento, de orina, de sangre, electrocardiograma y encefalograma, y dijo que el laboratorio ya había recibido instrucciones para realizar los exámenes, que no me preocupara por el dinero y que regresaría en quince días.

Quince días después regresó aún con peluca y lentes pero pronto se quitó la peluca y me dijo que los exámenes habían salido muy bien y se quitó los lentes y me agarró la pierna y me preguntó si me estaba doliendo y se me paró el pito, aquellos billetes nuevecitos de la Casa de Moneda. Le contesté que lo que me dolía era el corazón, que soñaba todas las noches con ella. Nos quitamos la ropa, su cuerpo era todavía más blanco de lo que me podía imaginar y su cabello más negro y cogimos, cogimos, cogimos.

Y cogimos, cogimos, cogimos al día siguiente toda la tarde y todos los días de la semana, toda la tarde, y el viernes ella me dijo que me iba a ver hasta el lunes y me preguntó si yo era igual con las otras mujeres. Yo no era tonto y le di mi palabra de honor de que no, que jamás me había pasado eso, que ella era la que hacía que eso pasara, que yo la quería, la amaba y estaba enamorado de ella y que por eso me la cogía como un tigre se coge a una pantera. Y nos reíamos en los intervalos y nos comíamos unas tortas de queso y tomábamos Coca-Cola y yo no estaba mintiendo, con las otras mujeres era como un simple rebote de los billetes de la Casa de Moneda, pero con Paula era pasión, dolía, elevaba, inspiraba, sangraba. No le podemos contar a nadie, me decía, y eso era lo último que haría en el mundo, sabía que ella estaba casada con el dueño del banco donde había trabajado y ella sabía que yo lo sabía porque su nombre estaba escrito al pie de la foto del periódico y antes me veía muerto que contando todo esto.

Pero yo necesitaba desahogarme y le conté al enano. Salí un día el fin de semana pensando en ella, extrañándola mucho porque los sábados y los domingos no nos veíamos, y entonces vi al enano escarbando en el basurero de una cantina y él se disculpó por estar pepenando en el basurero, a veces me encuentro una torta casi entera y la vida no está fácil. Le contesté es cierto y le enseñé el recorte del periódico plastificado con el retrato de Paula. ¡Qué mujerona!, dijo. Más respeto, enano de mierda. Lo tomé del brazo, lo sacudí y lo aventé contra un coche que estaba estacionado y él hizo una cara tan triste que me dio lástima y le invité un café. Le enseñé el retrato otra vez, estoy muy enamorado, pienso en ella noche y día, ella es blanca como un lirio, y el enano oyó muy atento dando pequeños gruñidos como a los enanos les gusta dar, por lo menos a aquel enano.

Paula inventaba cosas, trajo una enorme lona que puse encima del colchón y cada día traía una cosa, aceite de olivo, puré de tomate de ese que se le pone a la pasta, miel, leche y me ordenaba untar nuestros cuerpos desnudos y cogíamos revolcándonos en la cama completamente untados. Y nos reíamos en el intervalo y cogíamos un poquito más en la regadera y encima de la mesa, ella sentada en la orilla y yo de pie. Un día trajo una máquina polaroid para sacarle fotos a mi pito y yo le sacaba fotos a su panocha y a sus nalgas y a sus pechos y a su rostro que era la parte de ella que más me excitaba y después rompíamos todas las fotografías. Todas excepto una, la de ella desnuda sonriendo para mí, que no tuve valor de romper.

Todos los sábados me encontraba con el enano y le pagaba la comida con el dinero de mi indemnización y el enano gruñía mientras me oía contar que estaba muy enamorado, que Paula era la mujer más bonita del mundo, que un día me eché nueve viniéndome y ella también, y que ella se iba con las piernas adoloridas. Las mujeres tienen piernas fuertes, dijo el enano, pero pienso que no me creyó. Ese sábado anduve con el enano todo el día y de noche fuimos a cenar y nos pusimos una borrachera y lo llevé hasta donde vivía, no muy lejos de mi casa, en una barraca por el rumbo de la ciudad nueva, cerca del Piranhão, que es la sede del ayuntamiento, llamada así porque ahí estaba la colonia de las putas.* Cuando desperté los retratos de Paula habían desaparecido, el del periódico y el de la polaroid y me entró la desesperación y me fui al lugar donde nos habíamos puesto la borrachera pero nadie había encontrado las fotos y me fui a la barraca del enano y él no estaba y me pasé el resto del domingo desesperado, la noche entera sin dormir dándome de topes contra la pared.

El lunes Paula llegó y no se quitó la peluca ni los lentes oscuros ni soltó la bolsa ni me dio un beso y dijo: un tipo llamado Haroldo llamó a mi casa hoy por la mañana diciendo que era tu amigo y que tenía una foto mía desnuda y que quería dinero para devolverme la foto, ¿tú conservaste alguna de aquellas fotos? Me puse de rodillas a sus pies y le pedí perdón y le besé los zapatos y le dije que había sido aquel enano de mierda y le conté todo y le pedí perdón una vez más y me acordé de Sabrina arrastrándose agarrada a mi pierna con clavos. ¿Y ahora? ¿Qué vamos a hacer? dijo Paula. Déjamelo a mí, le dije, y Paula se fue y cuando salió sin haberse quitado la peluca, sin haber soltado la bolsa, sin haberse quitado los lentes y sin haberme dado un beso me revolqué por el suelo como un perro rabioso insultando al hijo de puta del enano.

Fui a buscar al enano y cuando me vio intentó huir y le dije cálmate, vine para decirte que el negocio está hecho, la doña te va a dar la lana que pediste, o mejor, te va a dar el doble y la mitad es para mí, ¿trato hecho? ¿No estás enojado conmigo? ¿Seguro? Tú eres mi hermano, mi amigo, lleva las fotos a mi casa hoy en la noche, que la doña te va a dar la lana. Nos dimos un solemne apretón de manos como dos comerciantes y me fui y di una vuelta por la calle de la Constituição y me compré una maleta vieja de cuero y llegué a la casa y me revolqué un poco más en el suelo echando espuma por la boca como epiléptico.

---

* En Brasil se acostumbra llamar *piranhas* a las prostitutas por la voracidad con que explotan a los hombres. *Piranhão* es el aumentativo.

El enano llegó a las ocho de la noche y al verme solo en la sala preguntó ¿y la mujer? Le enseñé la puerta cerrada de la habitación y le dije está allá adentro y no quiere hablar contigo, dame las fotos para cambiarlas por la lana, y él me dio las fotos, la del periódico y la de ella desnuda linda riéndose para mí. Agarré al enano por el pescuezo y lo alcé en el aire y él se sacudió y me hizo tambalear por la sala chocando contra los muebles hasta que caímos al suelo y le puse las rodillas en el pecho y lo apreté hasta que me dolieron las manos y que vi que estaba muerto. Y después le apreté el pescuezo otra vez y puse mi oreja en su pecho para ver si su corazón latía y lo apreté otra vez y otra vez y otra vez y me pasé el resto de la noche apretándole el pescuezo. Cuando amaneció lo puse en la maleta y la cerré y abrí la ventana y aspiré el aire de la mañana con la avidez con la que sorbía el aire que salía de la boca de Paula cuando cogíamos.

Al día siguiente Paula llegó y le di las fotos, la del periódico también, y dije él descubrió quién eras por la foto del periódico, ya todo está arreglado, no te preocupes, y ella rompió las dos fotos en pedacitos y puso todo dentro de la bolsa y se quedó con la bolsa en la mano y los lentes en el rostro y la peluca en la cabeza y no me dio ni un beso y dijo estoy embarazada de mi esposo, de mi esposo, de mi esposo, mejor ya no nos vemos y vio la maleta y me miró y salió corriendo.

Me quedé solo, sin la mujer que amaba locamente, sin Sabrina que estaba enterrada en el Caju y sin el único amigo que tenía en el mundo que era el enano muerto dentro de la maleta, y la noche cayó y como ya no tenía el retrato de ella para verlo me quedé contemplando la maleta hasta que amaneció y entonces tomé la maleta y me quedé dando vueltas en la sala de un lado a otro.

Artes y oficios

Te arruinas los dientes cuando eres un muchacho miserable, pero si después ganas suficiente dinero encuentras un dentista que te arregla la dentadura. Eso me sucedió a mí, me puse todos los dientes de la boca, un prodigio de ingeniería odontológica. Estoy lleno de dientes que no se caen ni se pican, pero cuando doy una carcajada frente al espejo siento nostalgia de mi antigua boca, ahora mis labios se abren de un modo que no me gusta. De cualquier forma, no me faltan dientes y puedo morder con fuerza mujeres y filetes. Antes vivía en un conjunto habitacional miserable y andaba en tren, apretado como sardina en lata. Hoy vivo en una bella mansión en un condominio cerrado en la Barra,* tengo dos automóviles y dos choferes. Tenía una pierna más larga que la otra y ni sabía. Andaba con obreras, meseras de cafetería, sirvientas y algunas analfabetas. El dinero me dio piernas del mismo tamaño, me dio una esposa de buena familia, arruinada y llena de diplomas, me dio una amante sin diploma pero que sabe vestirse con ropa elegante y caminar haciendo poses de salón de fiestas. Dinero, entiendo de eso.

Tampoco fui a la universidad. No tengo la preparatoria. A decir verdad, ni la primaria. Eso ha sido una preocupación para mí, la única que el dinero no ha solucionado. Si eres rico y no tienes diploma, la gente piensa que eres tonto. Si eres pobre y tampoco tienes diploma, la gente dice no frecuentó la escuela, no tiene la primaria, pero aprendió a leer solo los mejores autores, es un tipo muy inteligente. Eso decían de mí, cuando era pobre. Cuando me volví rico empezaron a correr la voz de que era un bruto, que compraba los libros por metro, puras mentiras. Debería haber comprado un diploma de economista después de que comencé a ganar dinero. Ahora ya no puedo hacerlo, las personas sabrían, nosotros los ricos estamos muy vigilados. Oportunidades, entiendo de eso.

*   Se refiere al barrio de lujo llamado Barra de Tijuca.

Entonces leí en el periódico:

Sea un escritor respetado y admirado por sus amigos, sus vecinos, su familia, su novia. Le escribo el libro que quiera. Poesías, novelas, cuentos, ensayos, biografías. Absoluta discreción. Cartas para Ghostwriter. Apartado Postal 333 507. Rio de Janeiro.

Ya había visto un anuncio parecido, de un sujeto que ofrecía escribir tesis de maestría y doctorado para estudiantes flojos y descarados. Ese día hablé con mi mujer, tengo ganas de escribir un libro, una novela, después de todo aprendí a leer solo, puedo aprender a escribir solo. Allá tú, respondió. Al día siguiente le dije lo mismo a mi amante. Respondió, es buena idea, ser escritor es una cosa tan chic.

Fui al correo y renté un apartado postal. No quería tener contacto con el Ghostwriter. Si el libro que escribiera para mí era bueno, lo publicaría y el Ghostwriter acabaría sabiendo quién era yo. Pero si era malo, tiraría el libro a la basura y el escritor que estaba alquilando no necesitaría conocer mi identidad.

Ghostwriter. Leí su anuncio. Estoy interesado. Quiero una novela de doscientas páginas mínimo, al estilo Machado de Assis. Pago lo que sea necesario. Informe cuál es su banco y número de cuenta para que le deposite el primer pago, diez por ciento del total. Pagaré el resto en cantidades del treinta por ciento, mediante la entrega de setenta páginas o más, cada vez. Respuesta para Tomás Antônio, Apartado Postal 432 521.

Gané dinero en negocios, comprando y vendiendo casas. Así es como uno se enriquece. Compra y venta. Ganar dinero, entiendo de eso. Mi chofer se llama Gaspar, el de mi mujer se llama Evanildo. Mi cocinera prepara cualquier plato, por más sofisticado que sea. Pagándole tres veces más, la saqué de la casa de uno de esos ricachones que aún tienen valor para dar cenas de sección de sociales. Cuando doy una cena, también aparece en la sección. Ya me dijeron que eso ya no se hace, que ahora la táctica es quedarse escondido aquí y disfrutar el dinero en el exterior, lejos de las miradas envidiosas. Pero entonces, ¿de qué sirve tener la mejor mansión y la mejor cocinera, y los mejores dientes y las mejores ropas, y los mejores cuadros en la pared si no es para mostrarlos a los otros? Los envidiosos que se queden verdes de rabia y se fríen en su dolor. En una cena que di en mi casa oí que un sujeto, que estaba ahí de adorno, le dijo a la mujer que estaba a su lado en la mesa, una señora que también había sido invitada solo para aparecer en escena, que el dinero estaba cambiando de manos. Fue eso lo que dijo, que el dinero estaba cambiando de manos. Él, el antiguo rico, se refería a mí, el nuevo rico. Los antiguos ricos no quieren que el dinero cambie de manos, pero ¿cómo no va a cambiar de manos el dinero si estos parásitos no trabajan? La diferencia entre los antiguos ricos y los nuevos ricos es que los antiguos, aquellos a los que la ociosidad hedonista aún no ha arruinado, tienen dinero hace más tiempo y son avaros. Pero también es verdad que tanto los antiguos como los nuevos se hinchan la panza de caviar en la casa de los otros. Lo caro siempre es bueno, aunque sea malo, esa es la regla de oro de los consumistas. Deslumbrar, entiendo de eso.

Tomás Antônio: El banco es Bradesco, agencia 163, cuenta 11 429 654-9. Nombre: M.J. Ramos. Mis honorarios por el libro, diez mil reales. Ghostwriter.

Diez mil reales, el precio de un Volkswagen corriente. Mi libro iba a ser una mierda. Pero deposité el diez por ciento en la cuenta del Ghostwriter.

¿Vas a escribir tu libro en una computadora?, preguntó Gisela. Aún no he hablado de Gisela, mi amante. Un sujeto rico debe tener una amante, saca al tipo de la cogedera burguesa. Un sujeto pobre también debe tener una amante, si puede, evidentemente, es bueno para la salud y hace más amena la miseria. Las esposas son siempre unas plastas, en los libros y en la vida real, una amante hace que tengas más paciencia con ella, con la esposa. El matrimonio es aburrido. La casa de la persona puede ser una cosa sin gracia, la casa de la mayoría de las personas es una cosa sin gracia, pero ellas siempre quieren transformarlas en vitrinas. El matrimonio es eso, dos personas se asocian para poner una vitrina. Uno se mete dentro de la vitrina, junto con los cachivaches. Forman parte de la vitrina los dientes arreglados, la ropa buena y los zapatos buenos, las uñas con manicura, la figura delgada, los electrodomésticos, los anillos, el perfume, la modulación de la voz y la fuerza de las palabras, el rostro sin verrugas (¿ya dije que me quité una verruga del rostro?); y cuanto más adornada está la vitrina, mayor es nuestra felicidad. Exhibicionismo, entiendo de eso.

Pero estaba hablando de mi amante, Gisela. Antes, un consejo a las jóvenes aventureras: si quieres agenciarte un amante, escoge un nuevo rico. Son mucho más generosos. No piensen que sufro de una envidia retrospectiva por haber sido pobre cuando era joven. Nada de eso. Es que a los ricos antiguos no les gusta que el dinero cambie de manos, es decir, sí que puede cambiar de manos, pero entre las manos antiguas de ellos. Pero regresemos a Gisela. Sí, respondí, estoy escribiendo en una computadora. ¿No es eso lo que hacen todos los bobos que están a la moda? Por cierto, ya había comprado, solo para blofear, la mejor micro que había en la ciudad, con todos los periféricos, multis, nets,

shifts, alts, roms, rams y demás chucherías. Ya tenía otra, última generación, pero quien la usaba era mi secretaria. Pero regresemos a Gisela. Una buena amante, tal como mi Gisela, tiene que ser bonita, tiene que tener todos los dientes, tiene que pesar diez kilos menos que la fracción de centímetros de su altura (siempre que no sea enana, claro), tiene que hablar inglés y francés, le tiene que gustar el cine, tiene que tener pies pequeños, tiene que tener pechos pequeños (pero los pechos, si están sueltos dentro de la blusa de seda, deben balancearse erguidos cuando ella camina sin contonearse, pues una mujer elegante no mueve el trasero cuando mueve las piernas), tiene que tener los muslos gruesos y duros, tiene que tener trasero pequeño y duro, tiene que tener mucho cabello en la cabeza, tiene que comer con la boca cerrada, tiene que tener dedos largos, tiene que tener ojos grandes y le tienes que gustar. Y todo lo que te tiene que dar es amor. Y todo lo que le tienes que dar es amor y dinero. Cuanto más de uno y de otro, mejor. A todo mundo le gusta recibir regalos, hasta los *macumbeiros**
saben de eso y llenan al santo de cachaza y farofa. Pero no le des regalos baratos a tu amante. Si dice que prefiere una rosa a una piedra preciosa, es una impostora. A las mujeres les gustan los hombres poderosos. El dinero, cuando se gasta pródigamente con una mujer, es la más impresionante exhibición de poder que un hombre le puede hacer. El pródigo expresa a la mujer beneficiaria de su derroche el mismo poder venerable que el secuestrador, el torturador y el verdugo representan ante sus víctimas. Pero hay casos de tipos que, al no estar podridos en dinero ni tener soberanía sobre la vida y la muerte, pueden ejercer un cierto poder, mínimo es verdad, sobre las mujeres: son los sujetos que tienen mucha belleza, mucho talento o mucha fama. Pero entre un poeta afectuoso y un propietario pomposo ellas siempre escogen a este último.

Además de bruto, dicen que soy cínico, misógino, hedonista, consumista. ¿Misógino? No desprecio a las mujeres, no les tengo aversión. Misógino y bruto es demasiado.

Recibí las primeras treinta páginas del Ghostwriter.

El título de la novela era *El falsificador*. ¿El falsificador? Qué título infeliz. ¿El Ghostwriter se estaba burlando de mí? Tomé las páginas que el Ghostwriter me mandó y las pasé a la computadora. Mi personaje, el falsificador, está forjando un libro de memorias, una autobiografía. Es un especialista meticuloso, durante meses practicó imitando

---

* Practicante de la macumba, sincretismo religioso afrobrasileño que posee elementos de varias religiones africanas e indígenas brasileñas y del cristianismo.

la letra del sujeto a quien atribuiría la autoría del documento que está falsificando, la *u* mayúscula que parece una *m*, la *c* mayúscula semejante a una *l*, etcétera, etcétera. Las hojas de papel que va a usar en su maquinación ya eran viejas, pero él descubrió un complicado proceso para envejecerlas artificialmente todavía más. Aquí va un pequeño pasaje: «Seguro de que ya lograba reproducir con exactitud la letra, se sentó y comenzó su obra. Nací y fui criado en el morro do Livramento, en Rio de Janeiro. Mi madre murió cuando era niño. Mi padre se casó nuevamente, pero murió dos años después del casamiento. Fui criado por mi madrastra que era lavandera».

¿Criado por la madrastra lavandera? Por la lectura de las primeras páginas no se alcanzaba a saber gran cosa. La historia no era novedad, creo que ya leí algo parecido. Pero nosotros los lectores sabemos que una historia mala si está bien escrita da un libro bueno, así como una historia buena si está mal escrita da un libro malo. La historia era medio confusa, pero no estaba mal escrita.

Ghostwriter: Recibí las primeras páginas de la novela. Usted debe recordar que le pedí una novela con el estilo de Machado de Assis y lo que usted me envió no tiene nada de Machado de Assis. ¿Puede cambiar? Tomás Antônio.

¿Te tiene preocupado algo?, preguntó Gisela.

No me está gustando la historia que estoy escribiendo.

¿Por qué no escribes sobre mi vida? ¿Quieres que te cuente mi vida?

Cuanto menos sepamos de la vida de uno y otro, mejor, respondí.

Tú no fuiste el primero, ¿me oyes?

Sí, estoy oyendo, yo no fui el primero.

Ni el segundo.

Sí, sí, ni el segundo.

¿No quieres saber tu número?

Sí, sí, quiero saber mi número.

Ocho, eres el número ocho.

Sí, sí, soy el número ocho.

Deja de decir sí, sí.

Olvidé decir que las amantes son para verse de vez en cuando. Si no, se vuelven unas plastas igual que las esposas. Aquel era el segundo día consecutivo que veía a Gisela. Dos días seguidos es demasiado. Las amantes deben verse un día sí y un día no, como máximo.

Mi madre murió cuando yo era pequeña, mi padre se casó y murió enseguida. Fui criada por mi madrastra, dijo Gisela. Increíble, dije, en mi novela la madre del personaje también murió cuando él era pequeño y el padre se casó de nuevo y él fue criado por la madrastra. ¿Tu madrastra era lavandera?

¿Estás loco? ¡Imagínate, mi madrasta lavandera! Ella era de muy buena familia, yo soy de muy buena familia, mi abuelo era el barón de Laranjeiras.

Conozco al barón de Limeira...

Gisela se enfurruñó. Apartó mi rostro de su pierna diciendo, no me gusta que me muerdas. Pero no hay disgusto que resista una joya. Siempre tengo una joya de reserva para esas ocasiones, un par de aretes, un anillo, una pulsera. Le di un anillo de brillantes. A Gisela, en realidad, le gusta que le muerda la pierna.

Tomás Antônio. El falsificador está forjando una autobiografía de Machado de Assis. Así como usted no lo notó, el lector lo percibirá solamente cuando ya esté adelantado en la lectura de la novela. El texto me está costando mucho trabajo. Tuve que investigar los procesos técnicos de envejecimiento del papel, estoy teniendo que leer todas las biografías de Machado de Assis. La historia de la falsificación y la autobiografía, apócrifa, pero que será de gran exactitud en las referencias a la vida de Machado, sirven de moldura una a la otra. Proceso de encuadre, ¿entiende? Me va a costar más trabajo de lo que pensaba. ¿Podríamos aumentar mis honorarios a veinte mil? Ghostwriter.

¿Proceso de encuadre? ¿El tipo estaba queriendo impresionarme con esas babosadas teóricas? Debía de ser un estudiante de Letras. Acepté el aumento que pedía. Intuición, entiendo de eso.

¿Ya hablé de mi secretaria? Una buena secretaria tiene que tener las cualidades de un buen perro: fidelidad y gratitud. Dios en el cielo y uno en la tierra. La secretaria no te puede ver desnudo, no puede verte acobardado, no puede ver que te escarbes los dientes con un palillo. Y tienes que darle, periódicamente, golpecitos en la espalda, como se hace con las focas. Nada de reclamos, solo estímulos. Un idiota me dijo un día, si tienes las máquinas adecuadas no necesitas una secretaria. Una tontería más de norteamericano. Nada sustituye a una buena secretaria, nada es mejor que una buena secretaria, ni la propia madre. Su nombre era Esmeralda. Eso no tenía remedio. Dadá, Esmer, Meralda, eran peores. Sugerí Adlaremse, enredado pero refinado. A Esmeralda no le gustó. Si a ella no le gusta, a mí tampoco. Esmeralda es una maravilla, examina los contratos con los abogados, nunca sé cuándo le baja, jamás le ha dado un dolor de muelas, controla mis movimientos bancarios, tan solo necesito decirle compra, vende.

Dirán que, teniendo todo esto, solo podría ser un hombre feliz. Sería realmente un hombre feliz si no dijeran a mis espaldas que soy un bruto. Me defiendo diciendo que no importa que los otros digan que eres una mierda, que solo eres realmente una mierda si realmente crees que eres una mierda. Pero esa frase, cuya concepción parece inspirada en uno de esos postulados contradictorios de los manuales cretinos que enseñan a los crédulos a desarrollar su autoestima y a vencer en la vida, es una más de mis imposturas. Sufro, repito, sufro porque me llaman bruto a mis espaldas, y hacen eso porque soy nuevo rico y no sabía (pretérito) usar correctamente los cubiertos, no sabía (pretérito) la diferencia entre música barroca y música dodecafónica, no sabía (pretérito) la diferencia entre bordeaux, borgoña y beaujolais, saberes inútiles que dan brillo a la vidita de los ricos antiguos. Complejos, entiendo de eso.

El Ghostwriter tardó tres meses en terminar el libro. Dicen que hay autores que tardan cuatro, cinco, diez años en escribir un libro de doscientas páginas. Diez años tienen tres mil seiscientos cincuenta días. Basta con que el haragán escriba veinte míseras palabras por día que al final de diez años tendrá las setenta y tres mil palabras suficientes para un libro de doscientas páginas. *El falsificador* estaba compuesto de seiscientas páginas, el Ghostwriter había trabajado duro. La historia, en resumen, era así: el falsificador, a petición de un editor deshonesto, forja un libro de memorias como si fueran de Machado de Assis; las memorias se publican, todo mundo cree que son verídicas, los críticos enloquecen, el libro se vuelve un *best seller*, no se habla de otra cosa. Pero al final el falsificador, no se sabe si por arrepentimiento o por querer vengarse del editor, de los lectores y de la crítica, denuncia la maniobra, dejando a todo mundo con cara de idiota.

Saqué seis copias y las mandé a seis editores. Apenas uno respondió, preguntando si no podría cortar los trechos del libro que hablaban de la vida de Machado de Assis, que aquello no era necesario y que el corte no perjudicaría al libro, que seiscientas páginas eran muchas, que las editoriales en general atravesaban una fase difícil debida a la crisis económica, etcétera.

Pagué la edición, ¿no era eso lo que todos esos escritores aburridos y prolijos hacían? Nadie lee un libro de seiscientas páginas, pero impresiona por el tamaño. No escatimé dinero. Le pagué a un experto para que escribiera la solapa, mi foto para el libro fue hecha por el mejor profesional de la ciudad, la portada fue elaborada por el mejor diseñador del país. Hice solamente mil ejemplares y mandé al editor quinientos para distribuir. Pensé, al recibir el primer ejemplar con mi nombre en la portada de colores, esta mierda vale tanto como mis dientes implantados. Ver las cosas tal como son, entiendo de eso.

Durante un mes, nada ocurrió. Pero el crítico de una revista semanal me descubrió, dijo que yo era la mayor revelación literaria de los últimos años, y los ejemplares que estaban en los estantes del fondo de las librerías se agotaron en un día. El editor publicó una nueva edición de diez mil ejemplares, y otra, y otra más. Me hice famoso de la noche a la mañana. Di entrevistas para todos los periódicos. Di entrevistas en la televisión. Las personas me pedían autógrafos. Gisela me pidió autógrafo. Esmeralda me pidió autógrafo. En las cenas hablaban de mi libro. ¿En dónde estaba el bruto? Venganza, entiendo de eso.

Tomás Antônio: Voy a continuar llamándolo así. Necesito conversar con usted, personalmente. Indique cuándo y dónde. Ghostwriter.

¿Eso me sorprendió? No. Estaba preparado para algo parecido, ya había previsto que el pobre diablo miserable, medio tuberculoso, sufriendo con la idiotez que hizo al venderme el libro que todos decían que era una obra maestra, me iría a buscar para ajustar cuentas.

Ghostwriter. Encuéntrese conmigo en la plaza Nossa Senhora da Paz, jueves día 15, a las cinco de la tarde. Usted ya vio mis fotos en los periódicos. Estaré sentado en una de las bancas de la plaza, esperando. Tomás Antônio.

Ese día, veinte minutos antes de la hora señalada, llegué a la plaza y me senté en una banca cerca de la entrada. Desde donde estaba tenía una vista perfecta de todas las personas que llegaban. Entró un tipo con un periódico, entró una pareja, entró un mendigo, otro sujeto de gorrita, una nana con un niño, otra nana, otro mendigo, el tiempo pasaba y ninguna de las personas que llegaban se dirigía a mí.

Buenas tardes.

La mujer surgió de repente y estaba ahí, al lado de la banca, extendiéndome la mano.

Buenas tardes, respondí, apretando su mano.

¿Puedo sentarme?

Claro. No la vi entrar en la plaza.

Ya estaba aquí cuando usted llegó. Sentada en aquella banca.

Me distraje, no pensé en eso, que usted se anticiparía. ¿Usted es el Ghostwriter?

Sí.

¿M.J. Ramos?

Maria José.

Hablaba tímidamente, parecía avergonzada.

Siéntese. ¿Puede probármelo?

Es fácil. Tengo todo el libro en la cabeza. Voy a contarle cómo fue que lo escribí.

Quince minutos después, interrumpiendo lo que ella decía, le dije, basta, le creo, ¿qué es lo que quiere?

Se quedó callada. Debía tener unos treinta años, piernas delgadas y ojos castaños, vestía falda y blusa, usaba zapatos toscos de tacón bajo, cargaba una bolsa pequeña de plástico y tenía los dientes amarillos de cigarro.

Me estoy sintiendo...

Tonterías. Dígame.

Necesito hacerme una operación.

¿Usted o su madre?

Yo.

¿Cuánto?

Bueno, el médico, la hospitalización... No tengo seguro médico...

¿Qué tipo de operación?

Prefiero no decirlo. Pero ya puse fecha. Sabía que podía confiar en usted.

Un sermón aburrido, entiendo de eso.

Bien, tengo una propuesta que hacerle. Le doy algo de dinero hoy para los gastos urgentes. Deposito en la cuenta del banco que usted me indique todo el dinero que la venta del libro ha dado hasta ahora y la que dé para el resto de la vida. Deme el número de la cuenta.

Ya la conoce, ya hizo depósitos en ella. No debería pedirle nada más, un trato es un trato.

No se preocupe. Usted merece mucho más.

Firmé un cheque y se lo di. Este es apenas el primer pago.

No necesito tanto, dijo ella, colocando el cheque dentro de la bolsa. No quiero nada más.

Con lo que sobre se compra ropa. ¿Quiere un aventón? ¿En dónde vive?

Está del otro lado. Jacarepaguá.

La llevo.

Oscurecía cuando subimos al carro. Fuimos por la avenida Niemeyer. Cuando era un muerto de hambre soñaba con tener un carro para ir a pasear a la Barra. Ahora que vivo en la Barra, andar por aquella avenida era una aburrición. Ella permaneció callada a mi lado, ¿qué pasaría por su cabeza? ¿Que yo era un marrullero que había caído en el cuento de la operación pero que aquel golpe que me había asestado no era suficiente para reparar el equívoco que había cometido vendiéndome el libro? ¿O que yo era un sujeto generoso que había acabado con sus dificultades? ¿O?

¿Cuántos libros por encargo ha escrito?

Este fue el primero. Quiero decir, siempre escribí, desde niña, pero rompía todo.

¿El primero? Podríamos escribir otro, ¿qué le parece?

No sé, ya no quiero hacer eso.

¿Arrepentida?

Algo así.

Las casas fueron escaseando y andábamos por una carretera desierta y oscura. Me quedé imaginando una manera de solucionar mis perplejidades de una vez por todas, en caso de duda no titubee, es así que se gana dinero. Podía agarrarla por el cuello, estrangularla y arrojar el cuerpo a la playa. Pero ese no era mi negocio. Compra y venta, entiendo de eso.

Mire, dije, no puedo dejarla ir sin resolver nuestro asunto.

Pensé que ya lo habíamos resuelto.

En lo oscuro Maria José no era tan desabrida. Por algunos momentos me quedé imaginando cómo se vería usando la ropa de Gisela. Hay quien dice que una mujer para ser elegante tiene que tener las piernas delgadas.

No hemos resuelto el asunto todavía. Voy a decirle cómo es que esta historia puede tener un buen final.

Hablé media hora. Ella me oyó en silencio. ¿Entonces?, pregunté.

Yo jamás había esperado que usted... que alguien me propusiera esto... Yo nunca... Cuando era pequeña los muchachos no me miraban, después los hombres no me miraban... Usted me conoció hoy, cómo es que...

Simbiosis, le dije.

Ella encendió un cigarro, examinó mis ojos a la luz del cerillo.

Sé que usted será paciente y delicado conmigo. Simbiosis, dijo ella.

Entonces estamos de acuerdo. Una pregunta: ¿usted realmente se iba a operar? Un hombre y una mujer tienen que confiar uno en el otro.

Oí la respuesta, y esa respuesta ya no tenía mucha importancia.

Es complicado tener dos amantes. Problemas logísticos. Sin olvidarse de la mujer que se casó contigo por lo civil o lo religioso, ella también tiene que entrar en la planificación de las cosas que hacemos con las otras, y esas cosas son muchas: está la distribución de cariños y risas, eso no puede faltar, está la compra de joyas, lo cual es fácil, basta con que una joya sea muy cara para que sea apreciada, y está la compra de ropa, lo cual es complicado, a unas les gusta mostrar las piernas, a otras les gusta mostrar los pechos, y están las visitas y los amigos, lo cual es aún más enredado, ciertos amigos no pueden conocer a ciertos amigos, y están los viajes, siempre sucede que a las tres les gusta la misma ciudad que odias, y está el estreno el viernes del espectáculo al que todas quieren asistir, y está la visita confidencial y embarazosa al ginecólogo de la cual no puedes zafarte, y está el pintor y el carpintero y el electricista, a las mujeres les fascina hacer remodelaciones, y está el decorador y están los parientes, hasta da escalofrío pensar en los parientes, y aunque logres arreglar en un orden perfecto todas esas cosas, como un techo de tejas o las escamas de un pez, de tal modo que el agua corra sin crear charcos o sin llevarte en un remolino, tendrás que planear tu vida como un general planea una guerra.

Hice un acuerdo con Gisela, no me gusta ver a nadie sufrir.

Maria José dejó de fumar y ya no tiene los dientes tan amarillos.

El nuevo libro ya está casi todo escrito.

Va a ser mejor que el primero.

Éxito, entiendo de eso.

Orgullo

En varias ocasiones oyó decir que por la mente del individuo que se está muriendo ahogado desfilan en vertiginosa rapidez los principales acontecimientos de su vida y siempre había encontrado absurda esa afirmación, hasta que un día sucedió que se estaba muriendo, y mientras se moría se acordó de cosas olvidadas, de la noticia de periódico según la cual en su infancia pobre él usaba un zapato agujerado, sin calcetines, y se pintaba el dedo del pie para disfrazar el agujero, pero siempre había usado calcetines y zapatos sin agujeros, calcetines que su madre zurcía cuidadosamente, y se acordó del huevo de madera muy liso y suave que ella metía en los calcetines y zurcía, zurciendo todos los años de su infancia, y se acordó que desde niño no le gustaba beber agua y que si bebía un vaso lleno se quedaba sin aire, y por eso permanecía todo el día sin beber una gota de líquido pues no tenía dinero para jugos y refrescos, y que a veces a escondidas de su madre hacía refresco de pasta de dientes Kolynos, pero no siempre tenían pasta de dientes en casa, y en el momento en que se moría también se acordó de todas las mujeres que amó, o casi todas, y también del piso de madera roja de una casa en donde había vivido, sin embargo, angustiado, no logró recordar qué casa era aquella, y también del reloj de bolsillo corriente que se descompuso el primer día que lo usó, y también del abrigo de franela azul, y del dolor que lo había hecho arrastrarse en el piso, y del médico que decía que necesitaba sacarse una radiografía de las vías urinarias, y mientras más lo cercaba la muerte más se mezclaban los recuerdos antiguos con los recientes, él llegando atrasado al consultorio del médico que ya estaba vestido para salir, había incluso dejado ir a la enfermera, y el médico apresurado, ansioso como alguien que va a encontrar a una novia muy deseada, pidiéndole que se quitara el saco, que se arremangara la camisa y se sentara en una cama de metal, explicándole que a final de cuentas la radiografía no tardaría mucho, se trataba solo de inyectar el medio de contraste y sacar las placas, y el médico se inclinó sobre la cama para aplicar el medio de contraste en la vena del brazo y él sintió el olor delicado de su perfume y pudo notar su corbata de bolitas, y no tardó mucho para que sintiera que se le cerraba la laringe impidiéndole respirar e intentó alertar al médico pero no logró emitir ningún sonido y todos los recuerdos vinieron a su mente, la noticia del periódico, el abrigo azul, el piso de madera, las mujeres, el huevo liso de madera de su madre, mientras el médico en un rincón del consultorio hablaba por el teléfono en voz baja, y como sabía que se estaba muriendo golpeó la cama de metal con fuerza, el médico se asustó y luego muy nervioso revolvía los cajones de los armarios, maldiciendo, echándole la culpa a la enfermera y diciéndole que se tranquilizara, que iba a ponerle una inyección antialérgica pero que no encontraba el maldito medicamento, y él pensó me estoy muriendo sofocado, vida y muerte corriendo lado a lado, y consciente de que su muerte era inminente e inevitable, se acordó de las palabras de un poema, debo morir pero eso es todo lo que haré por la Muerte, pues siempre se había rehusado a dejarse angustiar por ella, y en aquel momento en que se moría no iba a dejar que ella diera cuenta de su alma, pues lo máximo que la Muerte tendría de él sería lo muerto, y así pensó en la vida, en las mujeres que conoció, en la madre zurciendo los calcetines, en el huevo liso de madera, en la noticia del periódico, y golpeó con fuerza la mesa de metal, ¡bam!, ¡bam!, ¡bam!, estoy pensando en las mujeres que amé, ¡bam!, ¡bam!, ¡bam!, pensando en mi madre, y en ese momento el médico, sin saber qué hacer, atormentado y sobresaltado por los ruidosos golpes que daba en la cama de metal, lo miró con gran conmiseración y tristeza, y él gritó nuevamente ¡bam!, ¡bam!, que perdonaba al médico, ¡bam!, ¡bam!, que perdonaba a todo mundo, mientras su mente recorría veloz las reminiscencias de la vida, y el médico, ahora entregado a su impotencia, desesperado y confuso, le quitó los zapatos, y él levantó la cabeza y notó sus pies vestidos con calcetines negros, y vio en el calcetín del pie derecho un agujero que dejaba aparecer un pedazo del dedo gordo, y se acordó de cómo su madre era orgullosa y de que él también era muy orgulloso y que eso siempre había sido su ruina y su salvación, y pensó voy a quedarme aquí muerto con un agujero en el calcetín, no va a ser esa la imagen final que voy a dejarle al mundo, y contrajo todos los músculos del cuerpo, se retorció en la cama como un escorpión ardiendo en el fuego y en un esfuerzo brutal logró hacer que el aire penetrara por su laringe con un ruido aterrador, y el aire expelido por sus pulmones hizo un ruido aún más bestial y pavoroso, y escapó de la Muerte y ya no pensó en nada. El médico, sentado en una silla, se limpió el sudor del rostro. Él se levantó de la cama de metal y se puso los zapatos.

Placebo

Después de que el negro se fue, me quedé sentado en Cinelândia, una plaza del centro de la ciudad, pensando y mirando las palomas. Había palomas en todas partes y muchas andaban por el suelo de piedras portuguesas blancas y negras comiendo el maíz que dos viejas les tiraban con sus horrendas manos decrépitas. En el momento en que la plaza se quedara vacía, me levantaría de la banca y le daría un puntapié a una de las palomas. Quería aventarla lejos, como aquel negro lo había hecho una hora antes mientras me ofendía con su verborrea soez.

No tengo ningún respeto por tu audacia, no te voy a decir señor ni licenciado, como tu mayordomo, me dijo sacudiendo el dedo en mi cara, me vas a ver hacer una cosa que Belisário no lograba hacer cuando estaba igual de jodido que tú, chutar esa paloma que está picoteando en la banqueta, ¿ves?, hay que ser rápido y certero.

Belisário se refería a sí mismo en tercera persona. Le dio un puntapié a la paloma, frente a todo mundo, lanzó la paloma lejos, muerta. Las dos viejas no tuvieron valor para decir nada, el negro era un hombre aterrador.

Amigo, yo también tuve esa enfermedad, temblaba más que uno de esos negros que bailan en el videoclip de MTV, y me roía por dentro, y como todo enfermo, vivía chantajeando y aplastando a los infelices que me cuidaban, jodiendo, en el mal sentido, a la muchacha que vivía conmigo y que me cuidó un buen tiempo, aunque ya no le llenaba el hoyo. Un día se cansó y se fue. La mujer quiere pito, ¿entiendes? ¿Y la tuya? ¿Ya se largó?

Yo también me carcomía por dentro, oyendo pasivamente al negro humillarme de aquella forma. Pero lo dejé hablar, lo necesitaba.

En el hospital de gobierno, después de preguntarle al médico que me atendió, entonces, doctor, ¿Belisário se cura?, y de que él se saliera por la tangente diciendo la ciencia está siempre progresando, hijo mío, y me despachara con una receta de una medicina que costaba una fortuna y que se salía por la orina, y después de oír una vez más que tuviera fe en Dios, que es lo que le dicen a alguien cuando está super-jodido, creí que la salida era arrojarme bajo las ruedas del tren, ¿ves? Pero de noche, ahí junto a las vías del tren, me vino esta reacción. Dios estaba tratando mal a Belisário y ¿Belisário tenía que tener fe en él? Dios inventaba una enfermedad, se la echaba encima a Belisário, me desgraciaba, ¿y Belisário tenía que tener fe en ese tipo? Dios, pensé, tiene más quehacer que encargarse de los enfermos, si Belisário no se cuida, nadie lo va a cuidar. No tenía fuerzas para andar, ni siquiera para estar de pie, y andaba casi arrastrándome en el piso, como mi padre, que sufría la misma enfermedad, esa mierda se pasa de padre a hijo como las casas y las joyas, tú sabes de eso, claro, y mi padre salió del suelo hacia una cama de hospital público, y de la cama al cementerio, y no me dejó ninguna casa, solo la enfermedad y algunos retratos. Pero el destino me hizo encontrar al doctor Wolf y el doctor Wolf me curó y ahora estoy chutando pajaritos con las dos piernas. Viniste a encontrarte conmigo para saber cómo sucedió eso, cómo fue que me curé, sabes que me curé y que ayudé a otros a curarse, como a tu amiga Raquel, quiero que sepas que el doctor Wolf no es uno de esos comerciantes diplomados de bata blanca que la única cosa que saben hacer es darte una receta que solo sirve para limpiarte el culo, ya fuiste a consulta a todas las clínicas Mayo de tu vida, oíste opiniones en inglés, francés y alemán, ¿qué fue lo que te dijeron?, que tu enfermedad era una enfermedad nueva, o una enfermedad vieja con cara de nueva, que es lo que siempre dicen cuando están perdidos y tú sabes que estás jodido y vas a ponerte peor y por lo tanto estás dispuesto a intentar todas las alternativas por más idiotas, por más cosa de negros, por más rocambolescas, ¿te gustó lo de rocambolescas?, por más rocambolescas o charlatanas que parezcan. ¿Entendiste?

Le dije que quería ver al doctor Wolf y él lanzó una especie de carcajada.

No vas a ver al doctor Wolf ni qué nada, ya te dije qué materia prima necesita.

Un absurdo, una cosa grotesca, seamos objetivos, señor Belisário, no puedo conseguir eso que llama materia prima... Es repugnante... ¿Cuánto cobran ustedes por arreglar todo?

Mira mi distinguido, a mí no me engañas, estás aterrorizado porque dentro de poco no serán solo las manos las que van a temblar, tu cabeza se va a balancear de un lado a otro y nadie va a sentir pena. Mientras la gente puede fingir que no lo nota, todavía la enfermedad está en sus comienzos, pero dentro de poco, muy poco, no vas a poder conversar con el director financiero de tu compañía, que recibe treinta por ciento de soborno por cada contrato que hace con el gobierno, ni con el pobre diablo de tu chofer, y la gente ya no podrá fingir que no ve y va a huir de ti y tú no te vas a arrastrar en el suelo como una serpiente porque tienes dinero para contratar a un negro que te cargue. Ya te dije que tú proporcionas el material y el doctor Wolf pone las hierbas de Amazonia para preparar su fórmula secreta. Arréglatelas, mi distinguido, ¿no se las arregló Raquel?

Se apartó. Se paró a una cierta distancia. No tomes café, mi distinguido, te lo vas a tirar en la ropa.

El negro desapareció y me quedé ahí en la plaza sentado, esperando una ocasión propicia para darle una patada a una de aquellas palomas que rascaban el piso. Tenía una reunión a las diez. Miré uno de mis relojes: el de pulsera. Eran las diez. Me levanté de la banca e intenté darle una patada a la primera paloma que pasó frente a mí. No lo logré, perdí el equilibrio y no me caí solo porque me agarré de una mujer, y esa mujer era una de esas viejas cretinas que daban de comer a las palomas. Ella gritó pidiendo auxilio. Corrí como uno de los asaltantes que frecuentaban la plaza. Llegué a donde estaba mi auto, sin aliento, trémulo, debido a la enfermedad, al dolor, a la humillación. El aire acondicionado, el sillón acolchonado, las puertas cerradas me dieron un poco de alivio.

¿A la oficina, licenciado?, preguntó el chofer, y le respondí que sí, que llamara a doña Elisa, que le avisara que iba a llegar algunos minutos atrasado, que les avisara a los directores. El chofer tomó el teléfono de la consola, llamó a doña Elisa sin dejar de conducir. Por el espejo retrovisor vi mi nariz, tuve la impresión de que se movía de un lado a otro. Milimétricamente, aún se podía ocultar. Verifiqué si el Rolex marcaba la misma hora que el Lecoutre de bolsillo, un reloj plano como una hoja de papel: tal vez por eso desconfiaba de su exactitud y lo comparaba a toda hora con el Rolex, robusto, vulgar y confiable.

Tomé un tranquilizante antes de entrar a la reunión. Todos estaban de pie, esperándome. Nadie se sentaba antes de que el CEO llegara. Sentémonos, señores. Me senté en mi silla, más alta que las otras, en la cabecera de la mesa, las manos escondidas debajo de la mesa, sintiendo rabia hacia todos los idiotas encorbatados, trepadores, lambiscones, los cuerpos firmemente anclados sobre sus inamovibles firmes nalgas gordas. En aquella reunión se discutiría la reorganización de la compañía. Once punto cuatro por ciento del mercado perdido con los competidores, se tenía que hacer algo. El nuevo director de planeación, un tipo más joven que yo, bronceado, con un currículum perfecto, presentó sus planes. No me caía bien, mis colegas del consejo tuvieron que convencerme para que lo contratara, odiaba su aspecto saludable, me irritaba que hubiera sido campeón juvenil de tenis en la Ivy League, me parecía detestable su voz impostada. Le di la palabra e hizo su presentación de manera teatral, parecida a la de los tipos de nuestra agencia de publicidad. Habló del Impacto de la Tecnología, disertó sobre la Revolución de la Información, hizo un Análisis de la Nueva Empresa Multinacional y el Ambiente Político de los Negocios y terminó con una explicación sobre la importancia de la Toma Sistemática de Decisiones. Exhibió gráficas, videos. Sabía repetir, con las adaptaciones adecuadas, las lecciones que había aprendido en la Harvard Business School of Administration, que cursó con una beca para estudiantes extranjeros. Excepto el director jurídico, que como todos los abogados era un cínico, percibí que los demás estaban impresionados con la presentación del tipo. Nombré una comisión —integrada por los directores comercial, financiero, de ingeniería, recursos humanos, jurídico y el nuevo director— para examinar el plan y proponer una recomendación. Clausuré la reunión y regresé a mi oficina.

Belisário. Su padre se arrastraba en el piso antes de ir al cementerio y mi padre no se arrastraba solo porque tenía a varios negros que lo cargaban. ¿Por qué confiaba en aquel vulgar pateador de palomas y no confiaba en el nuevo director? Una cosa era verdad, el doctor Wolf había curado a mi amiga Raquel. Fue ella quien me dio el teléfono de Belisário, nadie tenía el teléfono del doctor Wolf, el doctor Wolf no hablaba por teléfono, era una entidad que se incorporaba a un médium sin nombre. Sí, sé quién es, no tomo notas pero tengo todo en la cabeza, dijo Belisário, la vieja de ojos verdes, estaba como un trapo, una basura, pensando en tomar veneno, lloraba sin parar, y el doctor Wolf la curó. Raquel, una mujer inteligente, ¿se dejaría engañar o influir por un charlatán, a pesar de la desesperación por la que había pasado cuando la enfermedad la hizo arrastrarse? ¿Efectos placebo en una escéptica? ¿Emboscadas de la mente humana, misterios del cuerpo y del espíritu? Pero la verdad era que se había curado, y cuando pregunté cómo había sucedido, cuáles eran los remedios del doctor Wolf, respondió que no quería hablar del asunto. Debió haber sido duro para ella conseguir aquella cosa horrible que el doctor Wolf había pedido, que no fue sino hasta aquel encuentro que tuve con Belisário en Cinelândia que supe lo que era. Poco después Raquel viajó a Inglaterra y dijo que no volvería más.

En el automóvil, cuando regresaba a casa, el chofer me miró por el espejo retrovisor. Una mirada rápida, un desviar los ojos demasiado acelerado.

¿Qué estás mirando?

El chofer se asustó. ¿Yo, licenciado?

Me estabas mirando por el espejo retrovisor.

Disculpe, licenciado.

Mira al frente.

Sí, señor.

Salté en el estacionamiento del edificio. Subí por el elevador de servicio. El mayordomo me abrió la puerta, tomó mi portafolios.

Buenas noches, licenciado.

¿Doña Helena?

Hoy es día que va al curso.

Helena, mi segunda mujer, frecuentaba cursos de conversación en inglés, alemán, japonés, la mujer de un CEO de empresa multinacional debe saber, según ella, esas lenguas comerciales. Vivió en Francia cuando estuvo casada con un diplomático y sabía francés e italiano, lenguas que consideraba poéticas y elegantes.

El mayordomo llevó mi portafolios al estudio. En el bar, me preparé un whisky que terminé de beber antes de llegar a la biblioteca. Volví al bar, tomé la botella, que estaba llena, coloqué la botella en la mesa al lado de una pequeña escultura moderna que siempre tuve ganas de tirar a la basura.

La botella estaba a la mitad cuando Helena llegó. Me llamó querido, me dio un beso en el rostro, conforme la rutina. Le pregunté cómo había estado su clase y me preguntó cómo había estado mi día en la compañía. Rutina.

El idiota del nuevo director presentó su proyecto.

Es un tipo simpático, me cayó bien.

Un cretino. Lo contrataron porque tiene contactos en el gobierno.

No parece, dijo Helena.

Sí parece. Cretino y presumido. Pero dicen que juega tenis muy bien.

¿Estás de mal humor?

Sí. ¿Qué fue lo que te dijo en el coctel de la compañía que te hizo soltar una carcajada?

¿Solté una carcajada? ¿En el coctel de la compañía? Yo nunca suelto carcajadas en cocteles, querido. La verdad, creo que nunca he soltado una carcajada en mi vida. Soy una mujer reservada, ya lo sabes.

Me gustaría hablar con ella sobre mi enfermedad, sobre el negro curandero, decirle que tenía miedo de comenzar a arrastrarme en el suelo en cualquier momento o de ser cargado por negros, pero ¿cómo hacer confidencias a una mujer que nunca había soltado una carcajada en su vida?

El día siguiente era sábado, trabajé en casa toda la mañana. Verifiqué si el Lecoutre y el Rolex marcaban la misma hora. Puse a tiempo el Lecoutre con el Rolex. Llamé a Belisário.

Él mismo contestó. ¿Qué tal, mi distinguido? ¿Ahora sí puedes?

Sí.

¿Estás dispuesto realmente?

Sí... Sí.

No te oigo muy convencido. Creo que es mejor esperar.

¿Esperar qué?

Que empeores un poco. Que estés más desesperado.

Ya estoy desesperado.

No parece.

Belisário colgó antes de que le preguntara qué necesitaba hacer para probar que estaba desesperado.

El primer objeto que compré fue un reloj. No parece algo importante pero yo era muy pobre, tenía nueve años y le había robado el dinero a mi abuela. Mantenía el reloj escondido y esperaba a que todo el mundo se durmiera para encender una vela en la madrugada y mirar el segundero moverse, oír el tictac. El primer reloj portátil, invención de un alemán en el siglo XVIII, tenía solamente una manecilla, la de las horas. En aquel tiempo, los minutos eran cosas despreciables. Antes, los relojes no tenían ni manecillas, ni carátulas y funcionaban como carillones solamente. Aun antes, apenas existían relojes de sol, relojes de arena, juguetes, no había prisa, no había necesidad de contar el tiempo, nada importante podía hacerse en minutos, ni siquiera en horas. También estaban las campanas de las iglesias, la iglesia siempre señaló el tiempo, una forma de controlar la vida de los fieles, de decir que el tiempo estaba pasando y advertir que con el paso del tiempo el Juicio Final se acercaba. Dejé de ser un jodido porque para mí los minutos no eran cosas despreciables, subí en la vida por ser puntual, obsesivamente puntual, sin faltar nunca, llegando siempre antes de la hora. Aquel segundero del reloj que compré con el dinero robado a una vieja pobre me marcó por el resto de mis días. Ahora tenía más de veinte relojes y nunca salía de casa sin llevar al menos dos, uno en la muñeca y otro en el bolsillo.

Lunes. Estaba en la oficina cuando Lúcia telefoneó para preguntarme cómo invertir un dinero que estaba sobrando. Nos citamos a comer en la ciudad.

El restaurante estaba en el último piso de un rascacielos. Un gran salón circular; las mesas dispuestas sobre una plataforma giratoria. Durante la comida, se podía ver toda la ciudad, edificios, cerros, aeropuerto, mar. Giramos trescientos sesenta grados, vimos desde lo alto toda la ciudad. La verdad, una cosa enervante, pero a Lúcia le gustaba el local.

Adoro ver Rio de Janeiro desde arriba. ¿Tienes la tarde libre?

Nunca tengo tardes libres. Me doy un tiempo para ti.

Ya lo sé, no tienes mañanas, tardes o noches libres. Y odias esperar.

Odio esperar. Desde niño.

¿Adónde vamos? Sabes que no me gustan los moteles.

¿Adónde quieres ir?

A mi casa. Él está de viaje.

A tu casa no voy.

¿Algún prurito ético?

Tal vez.

Pídele el teléfono al capitán.

El capitán trajo el teléfono. Miré el paisaje, el mar cubierto por una neblina diáfana, mientras Lúcia telefoneaba a la casa, hablaba con el ama de llaves.

Voy a llegar a las (coloca la mano en la bocina, me pregunta, ¿siete?) a las siete.

Mientras conducía el carro de Lúcia ella se puso los lentes oscuros y una mascada en la cabeza, se disfrazaba para cometer sus pecados. Cuando entramos en el motel inclinó la cabeza y se colocó la mano en el rostro. Fuimos directo al estacionamiento individual.

Abrí la puerta de la suite presidencial. Dos pisos. Espejos, réplicas de estatuas griegas, cuadros, piscina, jacuzzi, perfumes, burbujas, cepillos de dientes, champús, tapetes, batas japonesas, frigobar, pantalla de TV inmensa, consoladores, preservativos, películas eróticas, pomadas afrodisiacas, pomadas analgésicas. Pedidos especiales, marque el nueve.

Dame un whisky. Solo, con hielo.

Preparé el whisky.

¿Has abortado?

Qué pregunta más inadecuada.

¿Sí o no?

No voy a responder.

Necesito conocer un médico que haga abortos.

¿Quieres quedarte sujetándole la mano a la mujer mientras hacen el legrado?

Más o menos.

Prepárame otro whisky.

Lúcia me abrazó, me besó, tomó la iniciativa, el whisky ya hacía su efecto. Desnudarme frente a una mujer siempre me dio mucha vergüenza. El gesto de quitarme los pantalones me parecía ridículo; quitarse los zapatos y los calcetines sugería una burocrática domesticidad; el único gesto elegante, en estas ocasiones, era arrancarse la corbata. Me quité la corbata. Tomé la bata japonesa y me fui al baño. Desnudo, me miré en el espejo. Me miré el pene como si el glande fuera una especie de plomada. Lo miré fijamente: temblaba.

Lúcia me esperaba, un vaso en la mano, el tercer whisky, mirando su propio cuerpo en los espejos. Me dominó una inmensa melancolía. Nacimiento, cópula, muerte, es todo lo que hay, me dijo mi hermano un poco antes de morir, citando a su poeta favorito. Era todo lo que había en aquel *rendez-vous* y en mi oficina y en la calle y en mi casa y en el gabinete milagroso del doctor Wolf.

Durante varios días intenté hacer otra cita con Belisário. Finalmente me contestó. Nos encontramos nuevamente en la plaza Marechal Floriano, a las ocho de la noche. Me senté en una banca y lo esperé, odiando esperar. A aquella hora la plaza parecía más alegre. La fachada del Teatro Municipal estaba iluminada, gente en las escalinatas esperando, coches que llegaban, acomodadores agitados repartiéndose las calles adyacentes entre ellos. También estaban iluminadas las fachadas de la Cámara Municipal, conocida como la Jaula de Oro, y la de la Biblioteca Nacional. No había palomas, ni se notaba tanto la fealdad de la gente.

Belisário se sentó a mi lado.

¿Está realmente dispuesto? ¿Confía en el doctor Wolf?

Sí.

Diga: confío en el doctor Wolf.

¿Es necesario eso?

Sí.

Confío en el doctor Wolf. Confío en el doctor Wolf. ¿Una vez más? Confío en el doctor Wolf.

¿Me estás tomando el pelo, mi distinguido?

No, estoy nervioso, discúlpame.

Tú consigues el material y yo se lo llevo al doctor Wolf y él prepara el remedio y te llama y aplica el remedio.

Lo que me pides es una cosa abominable.

Entonces adiós, estoy perdiendo mi tiempo.

Espera, espera. ¿Cómo voy a conseguir un feto de tres meses?

No puede pasar de tres meses ni tener menos de dos.

Ya sé, ya sé, pero ¿dónde lo voy a conseguir?

Ya discutimos eso, no vamos a comenzar de nuevo.

No sé cómo conseguir eso.

Tu amiga de ojos verdes lo consiguió. ¿No tienes un amigo fabricante de ángeles?

No.

¿No conoces una mujer que haya abortado?

No.

Mierda, es imposible.

Tal vez conozca.

Belisário sacó una tijerita de la bolsa. Se cortó una uña, cuidadosamente. Llámala, llama a esa mujer que conoce a un fabricante de ángeles. Abortistas es lo que más hay en este país de gente hipócrita en donde el aborto es un crimen aunque se arranquen millones de fetos por año de los úteros de mujeres obedientes que se embarazaron a fuerzas, o en total apatía como vacas de establo, y que después quieren librarse del feto y hasta pueden darte uno gratis... Pero voy a darte un consejo: les puede parecer extraño que un tipo quiera un feto, pueden desconfiar, creer que van a usar el feto como prueba del crimen. En este país controlado por los padresuchos, el aborto es un crimen, entonces la cosa tiene algunas complicaciones. Ya es hora de irnos. Cuando encuentres el material, llámame. No te olvides de poner el bicho en una caja de unicel con hielo, de esas que se usan para enfriar cerveza. Que te vaya bien.

Llamé a Lúcia desde la casa.

Estabas muy raro aquel día.

Preocupaciones. ¿Me consigues la dirección del médico?

¿Eso es lo que te preocupa?

Sí.

¿Qué edad tiene?

¿Ella?

Claro. Tu edad ya me la sé, vas a cumplir cuarenta y seis años, eres diez años mayor que yo.

Por ahora.

Qué chistosito. ¿Y entonces?

¿Qué?

¿Qué edad tiene? ¿Es una ninfeta?

No, una mujer adulta, veinte, veinticinco, treinta.

¿Veinte, veinticinco, treinta? ¿No sabes la edad de la mujer que embarazaste? Los hombres son realmente unos egoístas.

La dirección del médico. Tengo prisa.

Nuestro último encuentro no sirvió de nada.

Nosotros, nosotros... Después nos vemos.

Tenemos que aprovechar que él, él, está de viaje.

Lúcia sabía que no me gustaba oír el nombre de su marido. Hércules.

Cuando quieras.

Entonces yo te doy la dirección del médico y tú me cuentas de esa mujer.

Mañana.

Esa noche tuve una pesadilla: el mercado de fetos estaba sobrecalentado, había una gran oferta y una demanda aún mayor de fetos, los periódicos publicaban anuncios de mujeres que vendían fetos desde la barriga, había incluso una sección especial en las páginas de anuncios llamada *Fetos frescos*. Llamé a una de las mujeres de los anuncios. Toqué en la puerta, toqué el timbre. Una mujer con máscara abrió la puerta. Necesito un feto fresco de dos meses. Puedes sacarlo, respondió, recostándose en el piso y abriendo las piernas. Metí los brazos entre las piernas de ella, entré en una vagina húmeda y ardiente, un pozo tenebroso y fétido, y llegué al útero, una especie de bolsa de basura de plástico negro en donde el feto nadaba como un buzo. Agarré el feto pero él no quería salir, me mordió el dedo como si fuera un cangrejo. Luchamos por algún tiempo y logré arrancarlo de su guarida. Tenía una cabeza enorme y emitía un sonido irritante. Arrojé a la criatura en una olla con agua hirviendo y se puso roja. Desperté cuando me estaba comiendo la cosa, que se había transformado en una langosta.

De nuevo con Lúcia en la suite presidencial. Me encerré en el baño otra vez y examiné el pene-plomada. Temblaba.

No quiero un amor de trámites convencionales, como el de la última vez. Un amante no puede ser desabrido como un marido. Quiero algo salvaje.

¿Qué es algo salvaje?

Tú eres quien debe saber. Busca tu lado primitivo.

Esto parece cosa de la revista *Marie Claire*.

Exactamente.

¿Quieres que te viole? No sería políticamente correcto. Y aunque quisiera no podría violar a nadie, por muy cooperativa que la mujer fuera, por muchos calzones de encaje que usara.

Querido, lo políticamente correcto no funciona en la cama de los adúlteros. Usa tu imaginación.

Deberías haber traído la revista. De seguro que ahí está escrito que el fausto de la obscenidad estimula el erotismo.

(Nacimiento, cópula y muerte, es todo lo que hay.)

Lo peor que hay en el mundo es un hombre que hace el amor en silencio. No dices una sola palabra durante el acto. Prepárame otro whisky.

¿Qué quieres que diga?

Palabras eróticas. No le pongas hielo.

¿Por ejemplo?

Me da vergüenza decirlas. Tal vez dentro de un rato. El alcohol excita a las mujeres. También está en la revista.

¿Y...?

Eres demasiado gentil, sudas mucho, tiemblas.

Ella percibió que yo temblaba. Sentí el corazón pesado.

Hércules, Hércules, Hércules.

¿Por qué dices su nombre? Detestas decir su nombre.

Hércules.

¿Estás loco?

La dirección del médico.

Realmente estás preocupado.

Sí.

Dame mi bolsa. Aquí está la dirección. Dame otro whisky. ¿Hay nueces de la India? No uses mi nombre. Sin hielo. Siéntate en la orilla de la cama.

Se arrodilló frente a mí.

En la oficina firmando papeles.

Huir. ¿Para dónde, para qué? Conocí a un ejecutivo que desapareció. Nadie encontró una buena explicación, los ejecutivos no huyen, engordan, se quedan impotentes, se deprimen, se vuelven alcohólicos, mueren de infarto al miocardio, pero no huyen. Yo soy un ejecutivo, ejecuto.

Voy a salir, Elisa, no sé a qué horas regrese.

El consultorio del fabricante de ángeles estaba en un piso alto de un edificio de la calle Visconde de Pirajá. En la sala de espera una mujer y un hombre conversaban en voz baja. Se callaron cuando entré. Todos estábamos incómodos.

La enfermera llamó a la pareja y me quedé solo. No sabía qué decirle al médico, todo dependía de su cara. Si tenía cara de sinvergüenza, sería directo: necesito un feto de dos meses, no me haga preguntas, pago lo que sea necesario.

Puede pasar, dijo la enfermera.

Me esperaba de pie en medio del consultorio, pidió que me sentara, haciendo lo propio detrás de la mesa en donde había una laptop encendida. Era un hombre aún joven, simpático, con un rostro confiable. Se llamaba Rodolfo Arlindo.

¿Dígame?

Le hablé largamente de mi enfermedad, de la enfermedad de mi padre. Me escuchó pacientemente.

¿Ve los temblores?

Soy ginecólogo, no soy la persona indicada para atenderlo.

Necesito un feto de dos meses.

¿Qué?

Un feto de dos meses. Un feto de dos meses me puede salvar la vida.

Continúa hablando con la persona equivocada. ¿Quién lo mandó aquí?

Una, ah, amiga, que se hizo un aborto con usted.

No dije el nombre de ella pero dije mi nombre, le mostré mi cédula de identidad, le di el nombre de mi empresa, el nombre de mi mujer, digo, los nombres de mis mujeres, la primera y la segunda, mi dirección, la dirección de mi casa en Búzios, el nombre de los bancos en donde tenía cuentas, le mostré mis credenciales de socio del Country Club, del Iate Club, del Gávea Golfe, del Itanhangá, mis tarjetas de crédito, le dije que me gustaba Beethoven y que daba dinero para un asilo de ancianos.

Creo que usted necesita un tranquilizante.

Necesito un feto de dos meses y una caja de unicel.

¿Para qué quiere usted... eso?

Sabía que entre más me escuchara el doctor Rodolfo Arlindo, mas entendería mi desgracia y se predispondría a ser mi cómplice. Le hablé del negro, del doctor Wolf, de mi amiga Raquel que se había curado de la misma enfermedad y que no había sido un efecto placebo, le dije que mi hermano había muerto antes, afortunadamente, de que la enfermedad lo alcanzara.

Nacimiento, cópula y muerte, es todo lo que hay, siempre decía eso.

He estudiado este fenómeno misterioso. Realmente existe eso que usted llamó efecto placebo. Los resultados, ah, positivos, vamos a llamarlos así, de la medicina alternativa, o mejor, de las innumerables terapéuticas que adoptan ese nombre, son resultado de ese aún, ah, poco estudiado efecto. Pero no debemos olvidar que la medicina alternativa es un campo propicio para la charlatanería.

¿Y qué nos queda? ¿Dios? Dios es un placebo como cualquier otro.

Al oír eso el doctor Rodolfo Arlindo se levantó y salió del consultorio. Eché todo a perder al llamar a Dios placebo.

Pero regresó rápido, con un vaso de agua en la mano.

Tómese esto.

¿Qué?

Un tranquilizante. Está usted muy excitado.

Me tomé la píldora.

Creer en Dios no le hace mal a nadie. Yo creo en Dios. La desesperación agrava todas las enfermedades. ¿Conoce el otro significado de la palabra placebo?

No.

Es la primera palabra del salmo de acción de gracias de un hombre que se salvó de la muerte, en la versión latina, la Vulgata. Agradaré al Señor porque él oyó mi voz y mi súplica. Porque inclinó hacia mí sus oídos, por ello lo he de invocar mientras viva. Los lazos de la muerte me cercaron y las angustias del infierno se apoderaron de mí: encontré opresión y tristeza. Entonces invoqué el nombre del Señor diciendo, Oh Señor, salva mi vida.

¿Qué edad tiene usted?

Treinta y ocho.

¿Es casado?

Sí.

¿Tiene hijos?

No. No podemos.

¿Usted me va a ayudar?

Le puedo conseguir una caja de unicel.

Cuando me dijo eso percibí que me iba a ayudar. La ironía es una forma de acuerdo, aunque torcida.

No le estoy prometiendo nada, ¿comprende?

Los días tardaban en pasar. Odio esperar. Después de algún tiempo llegué a la conclusión de que el doctor Rodolfo Arlindo no me iba a telefonear. Tiraba los fetos en el bote de la basura, pero tal vez consideraba antiético darle el feto a un necesitado como yo. Si mi vida, o la vida de cualquier persona, valía el sacrificio de mil conejillos de indias, por qué no sería válido, para salvar una vida, hacer jarabe, pomada, ungüento o lo que fuera, de un feto que representaba dentro de la barriga de una mujer desgracia y sufrimiento y por eso había sido arrancado de ahí cuando aún se formaba y ni siquiera tenía alma, si es que esa entidad realmente existía.

Finalmente, recibí un telefonema del doctor Rodolfo Arlindo.

Le voy a conseguir, ah, lo que usted pidió. Ni siquiera sé por qué lo estoy haciendo.

Caridad.

Espero que sea eso, caridad, compasión.

¿Cuándo?

Pasado mañana. Pase por aquí al final del día, a las siete.

Llamé a Belisário. Tendré lo que me pides pasado mañana. Por la noche.

Lo recojo en su casa.

No voy a llevar aquello a mi casa.

Entonces llévelo a Cinelândia. El mismo lugar.

Colgó.

Fueron dos días infernales. No lograba concentrarme. Me atraganté de tranquilizantes, conseguía dormir poco.

Desde las cinco de la tarde anduve de un lado a otro en la Visconde de Pirajá frente al consultorio del doctor Rodolfo Arlindo, cargando una enorme caja de unicel, en donde cabía un lechón. Cada cinco minutos me tomaba un café en un bar por ahí cerca. A las siete en punto toqué el timbre del consultorio. La enfermera abrió la puerta. La sala de espera estaba vacía.

El doctor Rodolfo Arlindo dejó dicho que lo esperara.

A cada rato miraba, ya en el Rolex, ya en el Lecoutre, al segundero hacer todo su recorrido circular dos veces, antes de colocar el reloj de vuelta en el bolsillo o cubrirlo con la manga del saco, conforme fuera el caso. Odiaba esperar. Finalmente el doctor Rodolfo Arlindo apareció. Me llevó hasta una sala, una especie de enfermería, en donde había cuatro camas, aparatos electrónicos, lavabos, armarios y un gran congelador. Del congelador sacó hielo, que colocó en la caja de unicel. Después trajo el feto. No tuve valor de mirarlo de frente, pero de reojo me pareció un camarón grande.

Listo. Puede llevárselo.

No sé cómo agradecerle.

La mejor manera en que me lo puede agradecer es olvidando todo lo que está sucediendo hoy aquí.

Tomé un taxi.

¿Puedo saber qué es lo que lleva usted en esa caja de unicel?

¿En esta caja de unicel? Mi mujer decía que yo solía prepararme para mentir siempre que, antes de responder, repetía la pregunta que me hacía.

¿En esta caja de unicel? (¿Lechón? Peligroso.)

Una docena de cervezas.

¿Alguna marca en especial?

Una cerveza alemana que solo hay en Ipanema.

¿Qué marca?

Weltanschauung.

Un nombre complicado para una cerveza.

Belisário estaba en Cinelândia, sentado en la misma banca.

Le entregué la caja de unicel. Entreabrió la caja, miró rápidamente dentro y la cerró. Después abrió la caja de nuevo, miró, movió decepcionado e impaciente la cabeza. Cerró la tapa.

No sirve.

¿Cómo?

El pinche feto tiene que ser negro.

¿Cómo?

Ya te dije, el feto tiene que ser negro, el doctor Wolf solo trabaja con fetos negros.

No me dijiste nada de eso.

Te lo dije en nuestro primer encuentro aquí en la plaza, aquel día en que le di un puntapié a la paloma. Te dije, el doctor Wolf solo trabaja con fetos negros.

Todos los fetos son iguales.

No para el doctor Wolf. Tira eso a la basura.

Belisário se levantó y desapareció.

El doctor Rodolfo Arlindo probablemente solo trabaje con fetos blancos. ¿En dónde iba a conseguir un feto negro? Coloqué la caja de unicel en el piso al lado de la banca. Después me deslicé hacia el centro de la banca. Miré al cielo como si estuviera buscando estrellas, pero la luz eléctrica de todas aquellas fachadas hacía del cielo una bóveda cenicienta, oscura... Silbé, bostecé, me levanté rascándome la barriga, haciéndome el inocente, caminé rumbo al Teatro Municipal.

El movimiento en la puerta del teatro disminuía, el espectáculo debía haber comenzado. Me dieron ganas de ser uno de aquellos idiotas allá adentro, sentado en un sillón mirando embelesados a los bailarines dando saltos y haciendo piruetas y aplaudiendo y pidiendo repetición. Todo lo que había sucedido en mi vida últimamente no podía repetirse: mis temblores, mis temores, mis terrores que aumentaban a diario y más aún aquel día en que estaba dejando en medio de la plaza, dentro de una caja de unicel con hielo, un feto del color equivocado. Y el hielo debía haberse derretido.

Caminaba lentamente, como hacen las personas inocentes.

¡Hey, hey!

Continué andando.

¡Hey, hey, joven!

No era a mí. Continué andando.

Sentí un leve toque en el hombro.

Miré hacia atrás. Un mulatito delgado, mal vestido, típico frecuentador de la plaza, me extendió la caja de unicel. Se le olvidó esto.

Tomé la caja. Gracias.

Se quedó parado, como quien espera una propina. Le di un dinero.

¿Quiere que le ayude a cargarla?

No, muchas gracias.

Pasé por la puerta del teatro y proseguí por la avenida Rio Branco rumbo a la plaza Mauá. A partir de la esquina de la São José la avenida se fue quedando cada vez más vacía y, en cierta forma, oscura y siniestra. Mi plan era dejar la caja con el feto en algún lugar, al pie de un árbol, en un vano oscuro, en el cajero automático de algún banco, la avenida tenía decenas de agencias bancarias y yo tenía tarjetas magnéticas de varios bancos en el bolsillo.

Primero intenté dejar la caja de unicel al pie de un árbol, pero en ese momento un carro pasó por la avenida y me dio miedo que me vieran. Cerca del primer cajero de banco había dos hombres en actitud sospechosa. De las calles transversales, de Assembléia, de Ouvidor, de Rosário, comenzaron a surgir personas, hombres, mujeres, familias enteras, cargando cobertores, sacos, esteras, periódicos viejos. Colocaban las esteras y los periódicos viejos en el suelo, bajo las marquesinas de las tiendas, y se acomodaban, pegados unos a otros como pencas de plátanos. Se retiraban temprano a dormir, pues se levantaban antes de que rayara el sol. Preferían las puertas de los bancos, los banqueros tienen la conciencia sucia y dudan en expulsarlos. No logré librarme de la caja de unicel. No quería correr el riesgo de que un desharrapado llegara atrás de mí, hey, joven, olvidó usted esto, o peor, de que alguien abriera la caja y viera el feto.

Llegué a la plaza Mauá. Me detuve en la puerta de un cabaret. Un cartel con mujeres de pechos enormes anunciaba las atracciones de aquella noche.

Con esa caja no puede entrar. Era el portero.

Solo estoy mirando.

Puedo cuidarle la caja. ¿Qué tiene dentro de ella?

Cerveza alemana.

¿Alemana? ¿De qué marca?

¿Qué marca? Weltschmerz. Había momentos en los que yo lograba jugar con mis infortunios.

No la conozco. ¿Me da una para probar?

No puedo.

Está bien. Puede entrar con la caja, pero de cualquier manera va a tener que pagar consumo mínimo.

Entré. Aquellas mujeres semidesnudas que transitaban en la penumbra eran travestis, así como las pechugonas del cartel. Fui directo al baño, cerré la puerta, abrí la caja. El feto estaba morado, ¿cómo sabía Belisário que no era negro? Con mucho asco tomé el embrión, debía tener máximo tres centímetros, menor que un artrópodo en sopa de mariscos, tenía brazos y piernas, una cabeza tan grande para un cuerpo tan pequeño, boca, nariz, orejas, ojos. De la barriga sobresalía una tripa gruesa, restos del cordón umbilical. La piel estaba helada y húmeda. Un olor salino se desprendía de él. Un ente de las profundidades del mar placentario, un repelente monstruo anfibio.

Me arremangué el puño de la camisa y metí el brazo por el agujero de la letrina apestosa hasta la altura del codo. Empujé al feto por la tubería haciéndolo desaparecer completamente. Apreté la válvula de descarga pero no funcionaba. Tiré el agua de la caja de unicel en la taza.

Regresé al salón. Me agarraron del brazo.

¿No tienes ganas de hacer una locura?

Recargó los enormes senos de silicón en mi brazo. Estás todo mojado, querido. ¿Qué tal? Arroz con frijoles todos los días cansa. Soy muy discreta.

Tallé el brazo en los senos de él, de ella, para quitarme el agua sucia de la letrina.

Me estás dejando toda mojada y con escalofríos.

Me tengo que ir, con permiso.

¿Ya se va?, dijo el portero. Tomé un taxi hasta la plaza de Machado. Esperé un poco y tomé otro taxi a Copacabana, y otro hacia mi casa. Actuaba como un criminal.

El doctor Rodolfo Arlindo escuchó mi historia en silencio.

Parece mentira, dijo.

Necesito un feto negro.

No, no quiero meterme más en esto.

Mi vida vale un feto negro. Una vida humana vale mil conejillos de indias, mil changos.

Un millón de gallinas, dijo el doctor Rodolfo Arlindo.

Tomó un libro del cajón y me leyó: *Il n'y a pas un instant de la durée où l'être vivant ne soit dévoré par un autre. Au-dessus de ces nombreuses races d'animaux est placé l'homme dont la main destructrice n'épargne rien de ce qui vit; il tue pour se nourrir...*

Y Rodolfo Arlindo continuó su catilinaria diciendo que el hombre mataba para vestirse, mataba para adornarse, mataba para ofender, mataba para defenderse, mataba para instruirse, mataba para divertirse.

... *il tue pour tuer.*

Y mata para salvarse, agregué.

Oh, Dios mío... El doctor Rodolfo Arlindo estaba más cerca de mí. Un millón de gallinas muertas. Aquella reflexión tonta sobre la maldad humana en francés no estaba dirigida a mí. El doctor Rodolfo Arlindo guardaba el libro en el cajón para que le sirviera de escarmiento. La verdad es que se sabía el texto de memoria, mientras se echó el discurso miró poco el libro.

Un feto negro. Necesito un feto negro.

Esto es una locura.

Usted no tiene clientes negras, ¿es eso? Las negras no pueden pagar lo que usted cobra, ¿es eso?

Sí, es eso.

¿Tiene usted una píldora igual a la que me dio la última vez?

Tomé la píldora. Miré hacia la punta de mi nariz. Temblaba. Mi mano temblaba. El pene-plomada debía estar temblando.

Estoy jodido, doctor Rodolfo Arlindo.

¿Quién le garantiza que esa grotesca, abominable terapéutica alternativa le hará bien?

Usted no sabe lo que es estar cerca de perder totalmente la esperanza. Es horrible.

Tal vez yo... Espere una llamada mía.

Mientras esto sucedía, las cosas en la compañía se complicaban. El director de planeación tenía algunos aliados en el consejo; alegaban que un importante contrato con el gobierno no se había firmado porque yo había despedido al simulador de la Ivy League. El doctor Rodolfo Arlindo no me telefoneaba. Mi mujer se volvió vegetariana.

Suelta una carcajada.

¿Qué?

Me dijiste que nunca en tu vida has soltado una carcajada. Suelta una carcajada para mí, es todo lo que te pido. Una mísera carcajada.

Si te pidiera que pusieras un huevo, ¿pondrías un huevo?

Miré bien a mi mujer. Una extraña frase. Tal vez se había conseguido un amante, súbitamente vegetariana y haciendo gimnasia. Pobre diablo; no ella, el amante, putativo. Los dos. Ser amante de una mujer que no puede soltar una carcajada era peor que ser su marido.

Huir. Huir.

Finalmente el doctor Rodolfo Arlindo me llamó.

Llegué a la misma hora, con una caja negra de unicel. La otra caja era blanca.

No sé por qué estoy haciendo esto. Creo que le tengo lástima.

Es eso lo que necesito. Personas que me tengan lástima.

Fuimos a la sala interna del consultorio, la que parecía una minienfermería.

Este es negro, se lo garantizo. El doctor Rodolfo Arlindo abrió el congelador, sacó el embrión, morado negro. Aparté la vista.

¿Tiene menos de tres meses? Parece más grande que el otro.

Se lo garantizo.

Él mismo tomó el hielo, lo colocó en la caja de unicel, acomodó el embrión.

Doctor Rodolfo Arlindo, quería, ah, no es pago, me entiende, es una demostración de, ah, ¿me entiende? Quería...

¡Ni pensarlo!

Muchas gracias, muchas gracias. Usted me salvó la vida.

No me busque más. Nunca más.

Nunca más. Nunca más. ¿Puedo llamarle por teléfono?

No.

Nunca más, gracias, nunca más.

Llamé de la calle a Belisário.

¿Es negro?

Sí.

Búscame en la plaza. Ahora.

El chofer del taxi, felizmente, no me preguntó qué tenía dentro de la caja.

Llegué antes que Belisário. La fachada estaba iluminada, una luz azul, diferente a la claridad de la Biblioteca Nacional, que era topacio.

Tan pronto como llegó el negro, entreabrió la caja de unicel.

Este tiene mi color, este es el bicho. Tienes suerte, mi distinguido, el doctor Wolf se incorporó hoy por la mañana. Va a poder trabajar para ti de inmediato. Encuéntrame aquí pasado mañana a las cinco de la madrugada. Trae la lana, contante y sonante, nada de cheques. Sin lana no se hace nada.

Me quedé despierto la noche anterior a mi encuentro con Belisário. Salí de la casa a las cuatro, aún oscuro. En la plaza solo había mendigos durmiendo, uno de ellos estaba acostado en la banca en donde yo siempre esperaba al negro. Caminé de un lado a otro, esperando, odiando esperar.

Dos sujetos tristes y agresivos se aproximaron.

¿Tienes ganas?

Continué andando, uno de cada lado.

¿Tienes ganas, qué pasa, no respondes?

No, es mejor que se larguen.

Uno de cada lado. Sentí el hombro del más bajito, bizco, todo maquillado.

Entonces danos una plata, amenazó el mayor, que hablaba con dificultad.

Me detuve. Querían el dinero que tenía en el bolsillo y que iba a salvar mi vida, el dinero del doctor Wolf. Si el negro llegaba y no recibía el pago se iría, sin dinero no se hace nada. Tenían que matarme primero.

Miren, pendejos, soy un hombre desesperado, soy capaz de matar a uno de ustedes con los dientes, como un perro furioso. A ti, chaparrito, que eres bizco, te voy a arrancar un ojo y me voy a mear en el agujero hasta que te salgan los meados por las orejas.

Agarré al chaparrito de los cabellos, que se quedaron en mi mano.

Mi peluca, dame mi peluca.

Me bajé la bragueta y me saqué la verga. Estaba realmente desesperado.

Me voy a mear en la peluca.

Estoy armado, tengo una navaja, dijo el grande.

Te la voy a meter por el culo. Estaba realmente desesperado.

En ese momento surgió Belisário, que de inmediato les soltó con furia golpes y puntapiés a los infelices. Los dos corrieron. El grande desapareció. El chaparrito se paró cerca de la estatua de Carlos Gomes.

No era necesario golpearlos así.

Odio a los maricas.

Caminé hacia el chaparro. Cruzó la calle.

¿No quieres tu peluca?, le grité. Voy a dejarla aquí en la estatua. Vámonos, dijo Belisário.

El negro me condujo hasta un auto que estaba estacionado en la calle Evaristo da Veiga, casi esquina con la Senador Dantas. Abrió la puerta del auto y me ordenó que me sentara en el asiento de atrás.

¿Dónde está el dinero?

Le di el dinero. Belisário contó el dinero.

Ponte esta capucha en la cabeza y acuéstate. El doctor Wolf no quiere que nadie sepa en dónde queda su casa.

¿Capucha? No me voy a poner ninguna capucha.

Entonces lárgate. El dinero se queda conmigo.

Me puse la capucha. Me acosté en el asiento. Belisário arrancó. Anduvimos lo que para mí fue un largo tiempo. El auto se detuvo. Oí el ruido de una puerta de acero, de esas flexibles, corredizas.

Puedes quitarte la capucha.

Por una puerta en la cochera pasamos a una sala pequeña, después a una sala mayor en donde había una cama de hierro de hospital, sin sábanas.

El doctor Wolfgang Keitel ya viene. Puedes recostarte en la cama.

Belisário salió. Me quedé de pie en medio de la sala.

La entidad doctor Wolf, o Wolfgang Keitel, era un hombre muy viejo, lleno de arrugas, de largos cabellos blancos, parecía un indio.

Acuéstate, dijo Belisário.

El doctor Wolf señaló la cama. Noté entonces que tenía una jeringa en la mano, llena de un líquido ambarino.

Yo era un hombre desesperado. Me acosté. El doctor Wolf, al contrario de todos los médicos y enfermeros que ya me habían sacado sangre, encontró rápidamente la vena buena, del brazo izquierdo. Ni sentí el piquete. El líquido parecía la lava incandescente de un volcán. Me desmayé.

Cuando desperté vi a Belisário sentado en mi cama.

¿Cómo estás, mi distinguido? ¿Te estás sintiendo bien?

Me levanté. Anduve por la sala. Me miré la punta de la nariz. Estiré los brazos, las manos no temblaban. Miré el Rolex en la muñeca. Miré el Lecoutre en el bolsillo. Diferencia de un segundo. Puse a tiempo el Lecoutre con el Rolex. Eran las once de la mañana, la luz del día entraba por algún lugar.

¿Cuántas horas me quedé acostado? ¿Cuatro?

Dos días.

¿Dos días? ¿En serio?

Dos días, mi distinguido. Pero te curaste. Ya no vas a temblar, adiós a arrastrarse, el agujero se va a quedar esperándote. Ponte la capucha.

Antes de ponerme la capucha miré una vez más la punta de mi nariz. Firme como el Pão de Açúcar. Extendí las manos, abrí los brazos. Firmes. Firmes para siempre.

Belisário me dejó en Cinelândia. Era un día lindo. Las dos viejas estaban ahí, dándoles maíz a las palomas.

Solo voy a patear a una, no voy a matarla. Es una promesa que hice, expliqué a las viejas.

La verdad, chuté dos. Después de que le di a la primera quise asegurarme de que realmente estaba curado y le di una patada a otra.

Fue una promesa que hice, no tengo nada en contra de sus palomas. Cogí un poco de maíz de la bolsa de una de ellas y se lo arrojé a las palomas.

Bajé por la avenida Rio Branco. Entré en el edificio Avenida Central y me tomé un refresco. Vi una relojería y entré.

Quiero quitarles las manecillas de los segundos y de los minutos a estos dos relojes.

El tipo tomó el Rolex y el Lecoutre.

Está usted loco.

Estuve. ¿Se las puede quitar?

Va a arruinar los relojes. Estos relojes son caros. ¿No los quiere vender?

¿Puede quitárselas o no?

Me voy a tardar un rato.

No hay problema. Puede empezar. Yo espero.

El agujero en la pared

Nunca pensé que un día me pedirían que matara a una persona, pero eso me pasó ayer. Hasta hace dos días rentaba un cuartucho en una casa vieja en el centro de la ciudad, pero me echaron fuera. Ahora estoy aquí en la estación de autobuses, sentado en una banca, fingiendo que espero un camión.

Mi habitación era un rincón de la sala en donde los inquilinos veían la televisión, separado por un cancel de madera barnizada de poco más de dos metros de altura. La altura de la sala debía de ser de más de cuatro metros; un espacio grande entre el cancel y el techo permitía la entrada de aire pero también hacía posible que alguien, trepado en una silla, me espiara mientras dormía en la cama estrecha. Tenía horror de que me observaran durmiendo. Al acostarme, cuando sentía comezón en el rostro, señal de que el sueño estaba llegando, me cubría la cabeza con la sábana.

En la sala, el televisor estaba encendido todas las noches. Muchas veces me levantaba en la madrugada para despertar al licenciado Raimundo que roncaba en el sillón, con el televisor encendido. Lograba quedarme en la cama leyendo y también era capaz de soñar en medio de los ruidos que venían de la sala. Soñaba con botines femeninos de botón. Soñaba con esos botines desde el día en que leí en una novela —cuando todavía era niño y vivía en la casa blanca en lo alto de la colina— la frase botines de botón. Y tenía siempre, al acordarme de esa frase, una especie de vivencia de mi infancia, un recuerdo punzante que seguro no estaba basado en una imagen pues nunca había visto un botín de botón, ni siquiera en fotografía. Y después, ya adulto, ese recuerdo —que sugiere también un lugar, siento que los botines de botón *son* un lugar— aparece con tal fuerza que me hace sentir un peso inefable en el corazón, la misma tristeza fugaz que acostumbraba sufrir cuando tenía siete años, antes de mudarme de la casa blanca. A veces intento hacer surgir esa emoción, como en este momento aquí en la estación, pero no aparece cuando yo quiero. Entonces me entrego a recordar los acontecimientos que me colocaron en la situación siniestra en que me encuentro. Recuerdo todo como si fuera una pieza de teatro en la cual yo fuera uno de los actores. Así sufro menos.

Estaba desempleado y me iba a leer a la Biblioteca Nacional todos los días. Seguía por la Mem de Sá hasta la plaza de Lapa y tomaba la calle de Passeio. Podía bajar por la Evaristo da Veiga, que desembocaba en la 13 de Maio, al lado del Teatro Municipal, pero prefería la calle de Passeio, que era la que tenía más movimiento, tenía más gente que ver. De la calle de Passeio llegaba a la plaza Mahatma Gandhi. Después, tomaba la plaza Floriano, caminaba un poco y allá estaba la Biblioteca, el edificio más bonito de la ciudad. Me quedaba en la Biblioteca todo el día; tomaba una taza de café con leche en la cafetería. Por la noche, camino a casa, comía un sándwich, de pierna y mortadela. Eso me quitaba el hambre.

Doña Adriana, la madre de Pia, rentaba habitaciones para caballeros de buena educación en su casa, una casona en la calle Resende, una parte decadente de la ciudad. Yo vivía en esa casa hacía dos meses. Cuatro huéspedes más vivían en la casa. Un abogado jubilado, de esos que se aparecen a las puertas de la cárcel, el licenciado Raimundo, ocupaba la pequeña habitación del frente, habitación que tenía un balcón de hierro que el licenciado usaba al atardecer para mirar el movimiento de la calle. Las habitaciones con ventanas, que se abrían hacia un vano interno cubierto por un tragaluz, las ocupaban Tânia y su marido José Cardoso, representante comercial, y Armando, vendedor de una fábrica de camisetas con mensajes estampados. Doña Adriana y su hija Pia residían en la habitación del frente. La planta baja estaba ocupada por una ferretería. La puerta de la calle se abría hacia un pequeño vestíbulo en donde estaban los medidores de consumo de luz y de gas del edificio. Se subía por una escalera de madera flanqueada por dos pasamanos endebles, se pasaba por el primer piso y después una escalera más estrecha llevaba a la puerta del segundo piso que tenía un panel de vidrio opaco. Por un corredor se llegaba al comedor, después al baño y a la cocina, que los huéspedes podían usar en horarios predeterminados. Las paredes del baño y de la cocina estaban en mal estado y necesitaban una enyesada y una mano de pintura, pero doña Adriana decía que no tenía dinero para eso. Además, al fondo había una pequeña área abierta, en donde los inquilinos asoleaban la ropa sobre láminas de zinc corrugadas. Allí, Tânia se asoleaba entre las ocho y las nueve de la mañana. Antes de ir a la Biblioteca iba a espiar a Tânia en la terraza. Ella se asoleaba con los ojos cerrados. Espiarla así, furtivamente, me parecía una cosa indigna.

Ahora, sentado aquí en la banca de la estación de camiones, me quedo imaginando cuándo fue que las cosas comenzaron a salir mal. Creo que fue el día en que Tânia, recostada tomando sol, abrió los ojos, me vio, y se sentó en la estera. La escena fue así:

Estoy buscando...

¿Buscando qué?

Mi libro.

¿Qué libro? Qué tonto eres. ¿Crees que no sé que todos los días me vienes a espiar aquí en la terraza cuando estoy tomando mi baño medicinal de sol? Te veo a través de las pestañas, parado como un tonto, mirándome.

Me tengo que ir.

La Biblioteca no va a cerrar. Hoy vamos a comer juntos, te voy a hacer una comida sabrosa y saludable. Te llamo cuando esté lista. Vete a tu habitación a leer.

Tânia se volvió a recostar en la estera. Sus pestañas eran largas y espesas. La boca estaba pintada con lápiz labial rojo.

Me acuerdo de todas las escenas, la conversación, el movimiento de las personas. Me quedé en mi habitación, con un libro en la mano. Finalmente, Tânia tocó a la puerta.

Tardé porque la cocina estaba ocupada. Doña Adriana estaba friendo costillas de puerco, después no saben por qué estiran la pata de un infarto al miocardio. Vamos a comer a mi habitación. Anda, entra, ¿tienes miedo? No te voy a morder. Deja que encienda la vela, siempre enciendo una vela para comer, aprendí eso de un bailarín alemán que bailó conmigo el *pas de deux* de *La Bella Durmiente*. Tengo velas de todos colores.

Su habitación era grande, debía ser la mayor de toda la casa. Además de la mesa redonda con dos sillas, tenía una cama ancha, un armario, un perchero, un tocador, una cómoda y un pequeño sofá. Tânia estaba vestida con una falda muy corta y los zapatos altos hacían que sus piernas se vieran aún más largas. ¿No está bonito este plato? Combino los colores, la zanahoria roja, digamos roja, sé que la zanahoria es color zanahoria, el verde vibrante de la lechuga, el verde pálido del pepino, el morado oscuro de la berenjena, el amarillo de la calabaza y el blanco del frijol soya, ¿todo eso no forma un conjunto armonioso? Me dio un beso rápido en el rostro. Ahora vamos a comer, si es bueno ver esto, es mejor comerlo.

Fue la primera vez que sentí nostalgia de mi sándwich de mortadela, pero me comí todo como ella ordenaba, lo más difícil fue la soya.

Acuérdate, la zanahoria tiene que comerse entera, le das apenas una lavada, una tallada con un cepillo y después te la comes agarrándola con la mano, así. Y Tânia le dio mordidas ruidosas a la zanahoria. Y yo le di mordidas ruidosas a la zanahoria.

¿No te sientes ligero? Se sentó en el sofá. Sus muslos musculosos aparecían enteros.

Estuvo delicioso, respondí.

Podrías comer siempre conmigo en vez de comer porquerías en la calle. Detesto comer sola y Cardoso nunca come en casa.

Estuvo delicioso, repetí.

Y después de la comida siempre descanso un poco. Me acuesto pero no me duermo, solo cierro los ojos, los ojos se gastan, ¿sabías? Tenemos que cuidarnos los ojos. Me acuesto en la cama y cierro los ojos.

Se recostó con los ojos cerrados. ¿Qué preferirías? ¿Quedarte ciego o sordo?, preguntó con los ojos cerrados.

Quedarme sordo. Tengo que irme.

¿Qué vas a hacer? Abrió los ojos.

Tengo una cita en la Biblioteca.

¿Alguna muchacha?

No. No.

¿De veras tienes que irte?

¿Si me tengo que ir? Sí, voy con un amigo que me dijo que me va a conseguir un empleo.

Volvió a sentarse en el sofá. ¿Un empleo de qué? ¿Auxiliar de oficina? ¿Quién es ese amigo? Me dijiste que no tenías amigos.

Un conocido. De veras tengo que irme. Estuvo delicioso.

Me acuerdo cómo bajé apresurado y confuso por la Mem de Sá, sin saber lo que estaba sucediendo y haciéndome preguntas. ¿Si me acostara a su lado en la cama, cómo reaccionaría Tânia? ¿Era eso lo que Tânia quería? ¿Que nos acostáramos juntos en la cama? Ella era una mujer casada, si el marido llegara y nos viera, yo merecía que me matara. Después de algún tiempo en la Biblioteca se me pasó la angustia. Fui a la sección de iconografía a ver mapas, dibujos, pinturas.

Pasé todo el día y parte de la noche en la Biblioteca. Después me senté en una banca de la plaza Marechal Floriano, conté el dinero que tenía y vi que no alcanzaba para ir al cine. Tenía una cuenta de ahorros pero el dinero se me estaba acabando y tenía que ahorrar. La única cosa que podía hacer a esas horas sin tener que gastar dinero era quedarme mirando a la gente pasar.

Ahora estoy aquí en la banca de la estación de camiones, rodeado de otros viajeros atarantados cargando maletas y paquetes, nuevamente mirando a la gente que pasa y pensando en la vida. ¿Si no me hubiera ido a vivir a la casona de doña Adriana mi vida sería otra? Pero me fui a vivir allá porque quise y no me salí en el momento justo porque no quise. ¿Y me enamoré de Pia porque quise? No sé cómo responder a eso.

Aquel día me quedé hasta tarde en la plaza, mirando a la gente. Afortunadamente, cuando regresé a casa, en la sala de la TV solo estaba doña Adriana y el licenciado Raimundo. Entré en mi cuartucho, me retaqué los oídos de algodón y me cubrí la cabeza con la sábana. Tardé mucho en dormirme.

Al día siguiente fui a ver a Tânia tomando su baño de sol. En la tragedia griega, los personajes también actúan así, sienten que están entrando en una vorágine y continúan actuando de la misma manera. Amaba a Pia e iba a espiar a Tânia cuando tomaba su baño de sol. Armando estaba sentado en la estera al lado de ella, de traje y corbata. Hablaban en voz baja como si estuvieran intercambiando secretos. Y también se reían y se tocaban con las manos en medio de las risas. En cierto momento, cuando Armando le decía algo aún más secreto, ya que su boca rozaba la oreja de Tânia, miró hacia los lados, seguramente para cerciorarse de que nadie presenciaba aquella escena, y me vio, y dijo en voz alta, vente para acá con los buenos.

Ya me voy, solo vine para ver cómo está el tiempo.

Está haciendo buen tiempo, dijo Tânia, aquello es el sol.

Yo también ya me voy, dijo Armando.

Me alcanzó en el corredor.

¿Te sientes infeliz?

¿Tengo cara de sentirme infeliz?

Sí.

Mi cara es así.

Sacó del bolsillo una moneda de oro. ¿Ves esta moneda? Toma. Agárrala.

La tomé.

¿Sabes qué moneda es?

Leí: Georgivs v D. G. Britt: Rex F. D. Ind: Imp. Del otro lado solamente la efigie de san Jorge a caballo empuñando una espada, en la cabeza un yelmo del cual se desprendía un tejido ondulante. Y el dragón, evidentemente.

Tengo dos. Se las robé a mi padre.

Bajó conmigo las escaleras. Sí, me sentía infeliz, pero no iba a contarle cosas íntimas. No cuento cosas íntimas, no tengo necesidad, yo me guardo mis cosas. Pero Armando, aquel día, hizo una gran escena, con un discurso largo. Oigo su voz impostada como si estuviera aquí a mi lado en la estación.

¿Vas a la Biblioteca? También voy para allá. Voy a contarte una cosa sobre esta moneda que nunca le conté a nadie.

Mientras caminábamos por la calle, expuso su enredo. Su padre, un profesor de portugués que se volvió pastor protestante, lo obligaba a leer la Biblia diariamente y a estudiar gramática. Esas exigencias lo hicieron huir de casa cuando era niño. Antes de huir le dijo a su madre que se estaba robando las libras que el padre tenía en el cajón. Ella lo perdonó. Las madres perdonan a los hijos, son los hijos los que no perdonan a las madres. No es que mi crimen fuera muy grave, continuó Armando, un sacerdote no debe tener libras esterlinas de oro escondidas entre sus libros sagrados, aunque haya sido antes profesor de gramática. Le escribí una carta pidiéndole perdón. Durante algún tiempo creyó que me volvería pastor y que lo sustituiría en su ministerio. Lo decepcioné por partida doble.

Pero mi padre también me decepcionó, prosiguió Armando, además de tener las libras de oro escondidas, bebía sin que mi madre y su rebaño lo supieran. Se encerraba diariamente en una habitación que no usábamos y que sería la habitación de la sirvienta que no teníamos, diciendo que iba a meditar y a estudiar textos sagrados. Mi madre suponía que estaba estudiando la Biblia y yo suponía que estaba estudiando la Biblia y el rebaño suponía que estaba estudiando la Biblia, pero en realidad se estaba emborrachando. Se emborrachaba todos los días a partir de las cinco de la tarde y fingía que meditaba y estudiaba la Biblia hasta la madrugada, cuando se le pasaba la embriaguez. Cuando le conté a mi madre que me había robado las libras esterlinas, me dieron ganas de decirle que mi padre no leía la Biblia diariamente, que solamente se escondía y se embriagaba, pero no le dije. Pobre. Tal vez los placeres deban ser gozados de esa manera secreta y para los hombres de Dios la hipocresía sea un imperativo. ¿Qué sé yo? De cualquier manera sus prédicas eran elocuentes y bien articuladas y dejaban a los fieles atentos y motivados. No puedo olvidar el lugar en donde esos fieles lo oían. La plaza pública. Mi padre ni siquiera tenía una iglesia para dar sus sermones, peroraba en esas plazas tristes y miserables de los suburbios, para un auditorio atento, es verdad, pero de apenas unos cuantos. En cierta ocasión lo acompañé. Llegó a la plaza, colocó en el suelo el pequeño altavoz que hacía que su bonita voz se volviera gangosa y aguda, y comenzó a hablar de Cristo, pecado y redención. Y ese día, apenas tres, tres personas, se quedaron hasta el final oyendo lo que mi padre tenía que decir, pero ni por un momento él perdió la elocuencia, y lo peor es que no creo que uno solo de aquellos tres pobres diablos se haya convertido, pues todos ya eran creyentes, mi padre había desperdiciado sus latinajos. Nunca le conté esto a nadie. Vamos a tomarnos un café.

Tomamos café.

¿Sabes por qué soy un fracaso?

¿Eres un fracaso?

Sí. Y tú también. En esa casa todos somos unos fracasados. Pero yo sé que soy un fracaso, podría ser profesor de la facultad, podría ser abogado, no de los de puerta de cárcel como Raimundo, pero ando vendiendo camisetas con *slogans* imbéciles, soy un fracaso y me importa un pito. Tú eres un fracasado y sufres. ¿Qué piensas de Tânia?

Es simpática. Su marido es simpático. Todos son simpáticos en la casa.

Qué respuesta más falsa.

Gracias por el café, tengo que apurarme, estoy atrasado.

Espera, deja que pague.

Gracias. Tengo prisa.

No me gustaba aquel sujeto. No me gustaban las cosas que estaban pasando.

Caminé por las calles. Fui hasta la puerta de la Biblioteca pero no entré. Regresé a la casa. Tânia se despedía de su marido en el corredor. A fin de cuentas, ¿qué me atraía de ella? Cuando vi a Tânia por primera vez, estaba sentada en un sillón viendo televisión. En realidad, me fijé principalmente en sus rodillas. Traía una falda ancha de tela fina y, absorta, se metió la mano entre las piernas. Me acuerdo de la escena: el cuerpo de ella inclinado hacia delante, las manos metidas entre las rodillas, en un movimiento que parecía de espontáneo abandono, pero que era estudiado, ahora lo sé, formaba parte del acto que representaba. Me atrajeron las articulaciones de un par de piernas. Además de tener mala suerte, yo era un testigo inepto.

El señor Cardoso, su marido, cargaba una maleta enorme de muestras y otra menor de ropa. Iba a salir de viaje. Tânia le dio un beso y le dijo, pórtate bien, eh.

Tomé una de las maletas. Déjeme que le ayude. Me sentía en deuda con el señor Cardoso por desear las rodillas de su mujer.

Bajé las escaleras cargando la maleta.

Muchas gracias, dijo el señor Cardoso cuando llegamos a la calle, eres la persona más educada de esta casa. Voy a tomar un taxi a la estación.

Esperé a que llegara el taxi. Cuando regresé, Tânia estaba de pie en el corredor con dos zanahorias crudas en la mano.

¿Quieres una zanahoria?

No, gracias.

Le dio una mordida ruidosa a la zanahoria. Hoy por la noche va a haber una fiesta en el Club de los Democráticos. ¿Quieres ir conmigo? Necesitas ver gente, leer mucho hace daño. ¿Has ido a un baile? Otra mordida.

¿Un baile? Sí, ya he ido a un baile.

Nada qué, no me engañas. Ya decidí. A las once.

Me quedé acostado en mi habitación. Algo grave me estaba pasando. Tânia tocó la puerta. Se había pintado el cabello de rojo.

¿Qué tal?

¿Qué cosa?

Mi cabello.

Le respondí que su cabello estaba bien, pero no pude mirar su cabeza por mucho tiempo.

No quiero que digas que está bien. Di que está bonito.

Está bonito.

¿Estoy bonita?

Sí, usted está bonita.

De vez en cuando me gusta ser pelirroja. Siempre que mi marido sale de viaje me pinto el cabello. Me pinté las uñas de las manos y de los pies. Me siento bien cuando me arreglo las uñas de los pies. Las uñas de las manos también, aunque menos.

Se quitó un zapato. Exhibió un pie de dedos retorcidos llenos de juanetes raspados. ¿No es lindo?

Desvié los ojos. Sí.

Sujetando los zapatos en la mano, dio algunos pasos de danza.

El Club de los Democráticos estaba cerca de nuestra casa, bastaba caminar un poco por la Gomes Freire para llegar a la calle Riachuelo. El baile estaba lleno de gente retozando en el salón. Aún faltaba mucho para el carnaval pero aquel era un club carnavalesco y las personas retozaban y cantaban, principalmente las mujeres. Nunca había ido a un baile en mi vida. Me dieron lástima las mujeres, sudadas, saltando y contoneándose y gritando. Los hombres me causaron un poco de desprecio.

¿Por qué esa cara?

Todo esto me parece un poco vulgar.

Si es vulgar para ti que eras auxiliar de oficina en una refaccionaria, imagínate lo que es para mí que fui primera bailarina del Municipal y bailé *El lago de los cisnes* para el príncipe de Gales cuando vino a Brasil. ¿Ya te conté del día en que bailé con el príncipe de Gales?

255

Creo que sí.

Fue emocionante.

Me abrazó y me encajó los pechos.

Vamos a bailar.

No sé.

No necesitas saber. Solo tienes que brincar.

No me sé las canciones.

Me apretó con más fuerza, me metió entre las piernas uno de sus muslos.

Ya deja de hacerte el raro.

Me zafé del abrazo. Estaba perturbado, no sabía bien lo que sentía por ella.

Entonces vamos a beber cerveza.

No bebo.

Lo mismo da cerveza que agua.

Ya me quiero ir. Usted quédese. Si quiere, paso por usted más tarde. Solo dígame la hora.

No es necesario. Bobo. Y ya deja de hablarme de usted.

Tânia hizo una pirueta torpe de bailarina clásica y se lanzó salón adentro cantando y retozando.

No me acuerdo de nada más del baile. Me acuerdo de una escena, después del baile, que aparentemente no tiene la menor importancia para lo que estoy contando: llegué a casa y encontré a Nadja, la muchacha que vivía en el primer piso, despidiéndose de unos amigos. Me dijo que su padre había comprado un apartamento en el barrio de Fátima y que iban a mudarse en los próximos días; las obras en el nuevo apartamento, arreglos en la cocina y en el baño, ya estaban casi terminadas. El barrio de Fátima formaba parte de las inmediaciones pero era considerado una zona mejor, pues tenía algunos edificios de apartamentos nuevos.

Subí el último tramo de las escaleras. Doña Adriana y el licenciado Raimundo veían la televisión. Esa telenovela es una porquería, voy a tomarme mi pastilla y me voy a acostar, oí que decía doña Adriana cuando entré en mi habitación. Se tomaba un barbitúrico todas las noches y se levantaba tarde. En cuanto al ruido, las telenovelas eran mejores que los programas con auditorio. Estos molestaban mucho más con los gritos a coro, pues en las telenovelas las personas gritaban solas o, cuando mucho, se gritaban unas a otras. Me quedé mirando el cuadro que tenía un paisaje y que estaba colgado en la pared. Una reproducción vieja, fea, que mostraba un barco en la arena que tenía al lado un sujeto disfrazado de pescador. Yo odiaba cualquier paisaje, mar, montaña, bosque. Decían que a los mineiros* los atraía Rio de Janeiro por causa del mar, pero yo llevaba en la ciudad bastante tiempo y aún no había ido a ver el mar ni pretendía hacer de eso una ocasión especial. Necesitaba conseguir otra cosa para ponerla en la pared. Por los ruidos de la sala, en la televisión debería estar pasando una película.

Al día siguiente, cuando entraba al baño, me encontré con Tânia que acababa de asolearse.

¿Qué me ves? ¿Te parezco bonita? Dormí solamente dos horas esta noche.

Sí.

¿Qué se te hace más bonito? ¿Mi rostro o mi cuerpo?

Los dos.

Soltó una carcajada y se puso la mano en el pecho. Ni por un instante le pasó por la cabeza la idea de que solo le estaba diciendo lo que ella quería oír. Con sus cabellos rojos y erizados parecía una mujer de caricatura conectada a un cable de alta tensión. También me fijé, con la misma fría falta de delicadeza que antes me hiciera examinarle los juanetes de los dedos, ahora con una vergonzosa curiosidad malsana, en las bolsas debajo de sus ojos. Intenté no ver los cabellos electrónicos pero no lo logré. Me atraían cruelmente. ¿Qué era verdadero en Tânia? ¿Sus senos puntiagudos?

Mis cualidades como observador perspicaz cesaron cuando tenía siete años. Toda mi capacidad de ordenar y registrar el mundo se acabó después de los siete primeros años de mi vida, antes de que me mudara de la casa blanca en lo alto de la colina. Después de que me mudé de la casa blanca y crecí y vine a mi exilio, en todo ese tiempo solo reuní recuerdos desechables, sin significado, imposibles de revivir. Lo que emergía del pozo profundo de mi mente era una reminiscencia que yo sabía que era la frase de un libro que leí con menos de siete años. Botines de botón.

Al salir del baño, cuya puerta estaba frente a la cocina —yo no tenía una bata de colores como la de Armando, ni siquiera una color ceniza como la del licenciado Raimundo, y estaba acostumbrado a vestirme rápidamente dentro del baño pues no quería ocuparlo durante mucho tiempo, era el único que había en la casa; el otro baño que era el que usaba la sirvienta en los tiempos en que doña Adriana tenía

* Minas Gerais no tiene salida al mar.

sirvienta, había sufrido un desperfecto en las tuberías y se había transformado en depósito de cachivaches—, vi a Tânia sentada frente a una taza de café. Lloraba. Me quedé impresionado. Nunca pensé que fuera capaz de llorar. Me sentí un poco culpable, no sé bien por qué. No me vio pasar rumbo a mi habitación, reclinada sobre la taza, la cabeza apoyada en las dos manos.

Entré en la habitación, dejé la toalla extendida sobre la cama para que se secara, tomé los papeles con las cosas que estaba escribiendo. En la sala me di un tropezón con Pia, los papeles se me cayeron de la mano y ella se inclinó para ayudarme a recogerlos. Mi olfato era muy sensible, pero no logré sentir ningún olor que se estuviera desprendiendo de Pia, su cuerpo parecía ser totalmente inodoro.

¿Escribes?, dijo ella, notando que los papeles estaban cubiertos por mis garabatos.

Sí. Cosas. Poemas.

¿Vas a ganar algún dinero con eso?

No. El dinero no es lo que importa.

Me gustaría pensar así. Pero es muy infantil creer que el dinero no es importante. Si supiera escribir, escribiría una telenovela.

Odio la televisión.

A mí tampoco me gusta, pero no la odio. Cuando un programa es malo, lo dejo de ver.

Pia me dio los papeles, que nuevamente se me escaparon de la mano. Me incliné a recogerlos y vi cómo la niña se alejaba, sin hacer ruido, parecía que no tenía ningún peso. Solo miré sus pies. Las cosas se enredaban a mi alrededor como una maraña de plantas carnívoras, pero yo aún no sabía nada de eso.

En la Biblioteca me quedé muchísimo tiempo buscando un libro. Como había tantos para escoger, a veces dudaba. Investigué en la computadora, viendo lo que había disponible como si fuera el menú de un restaurante. Leer era mejor que comer. Leer era mejor que caminar. Leer era mejor que crear sueños inconscientes, leer *era* crear sueños conscientes. Ser sordo era mejor que ser ciego. ¿Ser ciego era mejor que ser paralítico? Le enseñé a un muchacho del curso nocturno a buscar un libro que le habían mandado investigar del colegio, él no entendía los comandos de la computadora. Me gustaba ayudar a las personas, me gustaba manejar la computadora, si tuviera dinero, me compraría una computadora. Cuánto me gustaría trabajar en la Biblioteca, sería el hombre más feliz del mundo si pudiera trabajar ahí.

Entonces oí aquella conversación grotesca entre Tânia y Armando. Estaba acostado en mi habitación y por algún motivo extraño el televisor no estaba prendido. Solamente estaban los dos en la sala.

Yo hacía unas camisetas con el letrero *Fuck you*. Gané muchísimo dinero.

Carcajada de Tânia. ¿Quién usaba esas camisetas?

Tosí alto, carraspeé, para advertirles de mi presencia en el cuartucho.

Estudiantes, empleados bancarios jóvenes que quieren estar a la moda, mensajeros, negros funkies, empleados de tiendas, sujetos que mandan a los otros a que se jodan sin darse cuenta de que quienes están jodidos son ellos. Pero últimamente he usado mensajes más sutiles, más comprometidos. Por ejemplo: *Viva la mariconería: los maricones no tienen hijos.*

Algunos sí tienen.

Carcajadas, carcajadas.

¿Cuál es el mensaje de esta?

Es moderno. Es el que más vende ahora.

Quedarme oyendo como un espía el diálogo indecente de los dos me incomodó. Abrí la puerta.

¿Estabas ahí? ¿Oíste lo que dijimos?

Ah.., no.

Qué bueno, ¿no, Armando? Se iba a impresionar.

Entré a mi habitación.

Oí que Tânia decía: Este muchacho es muy raro.

Nuevas voces. Doña Adriana y el licenciado Raimundo habían entrado en la sala. ¿Pia también? No se oía su voz, aunque Pia siempre estaba callada. Tânia: ¿Ya les conté la historia del bailarín? Ese bailarín me preguntó un día si yo sabía por qué todos los hombres se enamoran de las sirenas. ¿Saben por qué?

Porque las sirenas cantan bonito, la voz de doña Adriana.

Porque las sirenas son entes mágicos, el abogado.

Para no oír lo que decían me acosté con las palmas de las manos bien apretadas sobre los oídos. Reuní fuerzas para quedarme un buen rato en esa posición, viendo en la pared el maldito paisaje con el barco y el pescador. Los hombres se enamoran de las sirenas porque no tienen vagina, son aseadas e impenetrables, y así podemos tener con ellas un vínculo inmaculado. Pureza, limpieza, invulnerabilidad, ese es el secreto de las sirenas.

Aquella noche soñé con Pia. Los colegas del colegio la molestaban a causa de su nombre. Cantaban a coro, en el recreo, una música con estas palabras: *debajo de la pila hay un pollito / gotea la pila, pía el pollito / pía el pollito / gotea la pila.** Ella no tenía ninguna amiga, en mi sueño.

Al despertar decidí retirar el cuadro del pescador de la pared. Nada me obligaba a quedarme mirando esa cosa. En realidad, estaba entrando más profundamente en el vórtice de mi infortunio al quitar el cuadro de la pared. A partir de aquel instante, no había ninguna manera de escapar a mi desgracia.

Al quitar el cuadro descubrí un pequeño agujero en la pared. Mirando por el agujero, vi la bañera con la regadera y una parte de la tasa del escusado. Pensé en avisarle a doña Adriana inmediatamente. Tomé el cuadro del pescador, abrí la puerta de la habitación y vi a Pia pasando por la sala, envuelta en su bata de toalla azul. Su cuerpo bajo la tela se movía como un animal encerrado dentro de un costal. Regresé inmediatamente a mi habitación. Me senté en la cama. Después me levanté y miré por el agujero en la pared. Pia se bañaba, el agua escurría por las puntas rosadas de sus pequeños senos, los cabellos mojados se pegaban a su cabeza como una gorra, el chorro de la regadera sobre su rostro hacía que sus labios parecieran más azules.

Me quedé toda la noche despierto pensando en el cuerpo de Pia. ¿Cómo era posible tener los labios violetas y las areolas de los pechos color de rosa? Yo amaba a aquella niña. Al día siguiente no me fui a leer a la Biblioteca, no salí de la habitación, permanecí alerta esperando a que ella apareciera. Eran las seis de la tarde cuando la vi entrar en el baño, en bata, con la jabonera y la toalla. Miré por el agujero. Se quitó la bata y se sentó en el escusado. Cerré los ojos, esperé, esperé un tiempo enorme antes de mirar nuevamente. Pia ya estaba de pie, dentro de la bañera, la llave abierta. Pude ver mejor la forma de sus pechos, las areolas rosadas diminutas como chícharos. Colocó el pie sobre el borde de la bañera para enjabonarse la pierna y la entrada del abismo se reveló, cubierta por negros pelos, que ella enjabonó apresuradamente. Después se metió los dedos con jabón entre las dos nalgas. Se lavaba las axilas cuando me alejé de mi puesto de observación.

Me senté en la cama. Estaba mal, actuaba de manera torpe, espiaba a la mujer que amaba. Coloqué el cuadro de nuevo en la pared.

Durante dos días resistí. Regresaba de la Biblioteca antes de las cinco de la tarde, la hora en que Pia se bañaba, miraba el cuadro en la pared pero no lo tocaba.

*   En el original: *debaixo da pia tem um pinto / pinga a pia, pia o pinto / pia o pinto / pinga a pia.*

Pero el tercer día vi a Pia dirigiéndose al baño, vestida con su bata. Corrí a mi habitación, quité el cuadro de la pared y miré. Pia se sentó en el escusado y se examinaba las uñas apaciblemente. Nunca la había visto tan tranquila. Tomó el papel higiénico y yo aparté los ojos del agujero.

Cuatro días sin mirar por el agujero en la pared, pero siempre regresando antes de las cinco de la Biblioteca. Cuando el reloj se acercaba a las cinco de la tarde, tomaba un papel en blanco y escribía furiosamente. Pero aquel día miré por el agujero y allí estaba Pia. No aparté los ojos. Observé a Pia limpiándose con el papel higiénico, contemplé su cuerpo mojándose, el jabón pasando por el cuerpo, ella secándose con la toalla. Tomé nuevamente el cuaderno de poesía y escribí, escribí sobre el cuerpo de Pia. Me preguntaba a mí mismo qué parte del cuerpo de Pia me atraía más. ¿Los senos erguidos de pezones rosados? ¿La barriga con su leve ondulación, el ombligo pequeño y raso? ¿Los muslos redondos y musculosos? ¿Las nalgas altas, firmes, los hemisferios separados aunque formando parte de la misma sólida entidad? ¿El rostro, el mentón, la boca llena de dientes blancos y perfectos, los labios azules, los ojos negros, los cabellos negros?

Al día siguiente constaté cuál parte del cuerpo de Pia me atraía más. Al espiarla mientras se bañaba, al mirar atentamente cada parte de su cuerpo —ahora las nalgas, qué palabra horrible esa, pensé, mi cuerpo ardía, ahora el rostro, ahora los senos, me masturbaba, ahora la barriga, el pubis, los muslos, las nalgas, me sorprendía con tantos músculos en su cuerpo, y miraba el rostro, el rostro— era el rostro, el rostro de Pia lo que más me excitaba. Mi cuerpo se estremeció y di un gemido fuerte, me aparté de la pared, sobresaltado, me senté en la cama. Vi la pared manchada con mi semen, me sentí sucio. Me limpié, y limpié la pared, con un pañuelo.

Pasé aquella noche despierto. Al día siguiente tocaron en el cancel. Tânia. Vete, le dije. Susurró, debía estar con la boca pegada a la madera, sé lo que estás haciendo encerrado ahí dentro.

Abrí la puerta.

Estamos solos, salieron todos, dijo Tânia cuando abrí la puerta.

Por favor, dije.

¿Sabes quién vivió en este lugar antes que tú? Armando. Me contó que hizo un agujero en la pared para verme mientras me bañaba. Sinvergüenza.

Por favor...

Y ahora tú haces lo mismo. No le cuento nada a nadie si vienes a mi cuarto. Puedes venir, Cardoso está de viaje.

Fui a su cuarto. Tânia cerró la puerta.

No necesitas mirar por el agujero para verme desnuda.

Tânia se quitó el vestido. ¿Quieres que me quite todo?

Completamente desnuda, me abrazó. Sentí su pecho contra el mío.

¿Estás nervioso? Cuando me ves por el agujero no te quedas así, desanimado, ¿o sí? Anda, quiero ver eso duro.

¿No le dices nada a nadie sobre el agujero en la pared?

Depende de ti. Anda, quítate esa ropa, me viste desnuda y me estás viendo desnuda, tengo los mismos derechos.

Vístete, le pedí, hago lo que quieras, si te pones el vestido.

Estás loco.

Quería ver solamente sus rodillas, no quería ver su cuerpo desnudo.

Tânia se puso el vestido.

Siéntate y déjame ver tus rodillas.

¿Eres un degenerado?

Me gustan tus rodillas.

Tânia se sentó en la cama. ¿Así está bien? Ahora quédate cerca de mí, deja que vea el efecto de mis rodillas. Abrió la bragueta de mi pantalón. ¿Qué es eso? ¿A tu edad?

Estoy nervioso.

Yo voy a acabar rápidamente con tu nerviosismo, dijo Tânia, sobándome el pene. Pensé en Pia. Pensé en el rostro de Pia.

Ven. Acuéstate aquí conmigo, déjame que yo lo hago todo.

Ella hizo todo, mientras que yo, con los ojos cerrados, pensaba en Pia.

La segunda vez va a ser mejor, cuando nos acostumbremos uno al otro. No le digas nada a Armando. La próxima vez los dos nos vamos a quitar la ropa, ¿de acuerdo?

Mi vida se estaba complicando vertiginosamente. ¿Hay algo peor que ir a la cama con una mujer por quien no se siente amor? ¿Hacer una cosa como esa no acarrea siempre el pago de un precio terrible? Me debía haber mudado de aquella casa pero, en vez de eso, me enredaba aún más. Sentía, nebulosamente, que mi fornicación con Tânia era una viñeta funesta más, una rúbrica fatal en la trama que yo mismo tejía. Pero solo constato eso ahora, aquí en la banca de la estación de camiones.

Un día al regresar a la casa encontré a Armando en la sala. No me dejó entrar en la habitación.

Quiero hablar contigo, vamos a dar una vuelta.

Solo abrió la boca cuando llegamos a los Arcos da Lapa. Habló en un tono paternal. Su manera de hablar siempre era prolija.

Mientras estés solamente mirando por el agujero, no me importa. A Tânia no le molesta, yo no me molesto. Pero esa mujer tiene dueño, ¿está claro? Quédate con tus puñetitas y no te metas con ella, ¿de acuerdo? Los católicos, yo soy católico, es decir, me volví católico para enfrentarme al evangelismo protestante de mi padre, y me gustó. Tú eres católico, Tânia es católica. Nosotros somos más tolerantes que los protestantes, por lo menos en Brasil, en donde aún somos mayoría. Pero tú te quedas solamente en las puñetitas, ¿de acuerdo?

No sé de qué me hablas.

Yo hice ese agujero en la pared, muchacho.

No sé de qué...

¿Conoces el episodio de Onán en la Biblia católica? La Biblia es un libro lleno de crímenes, torpezas, violencias, aberraciones, iniquidades, traiciones, ardides usados para engañar y obtener ventajas, prevaricaciones de todo tipo, y la historia de Onán, y en forma más amplia también la historia de Judá, su padre, está llena de tales acontecimientos execrables. El Señor, conforme la Biblia católica, el Señor ya había herido de muerte a Er, primogénito de Judá, pues Er era un pésimo hombre. Pero la Biblia protestante de mi padre, siendo más cruel, no decía que el Señor *había herido de muerte* a Er, sino que el Señor lo había matado. Volviendo a nuestra historia. Entonces Judá dijo a su segundo hijo, Onán: cásate con la mujer de tu hermano, y cohabita con ella, a fin de que le des hijos a tu hermano. Sin embargo, Onán impedía que la mujer concibiera, pues sabía que los hijos que nacieran de ese matrimonio no serían suyos, sino que llevarían el nombre de su hermano. Para castigarlo por su comportamiento, el Señor mató a Onán. En la Biblia de mi padre, el pastor gramático, el Señor no es eufemístico, *mata*. Onán fue herido de muerte porque hacía una cosa detestable. Sabes lo que hacía, ¿no?

No, no sé.

¿No sabes lo que es onanismo?

Sí.

Entonces. Onanismo es lo que hacía Onán. Lo mismo que haces al mirar a Tânia cuando se baña por el agujero en la pared. Bien, es posible que aquello que Onán practicaba no fuera la masturbación sino el *coitus interruptus*, la Biblia habla de *impedir que la mujer concibiera*... En fin, Onán no engendraba hijos y, en nuestra religión, si uno se viene, tiene que haber hijos.

Entramos en un bar.

¿Por qué me estás diciendo todo esto?, pregunté.

Judá era un pillo. La Biblia tiene varios judas, este es hijo de Jacob y de Lía. Fundador de una de las tribus de Israel. Todo fundador es un pillo en busca de gloria e inmortalidad. Deberías leer la Biblia.

¿Por qué me estás diciendo todo esto?

Porque yo sé que eres un buen muchacho. Y quiero mostrarte que no soy tonto, crees que todo mundo en la pensión es imbécil, menos tú porque frecuentas la Biblioteca. Es verdad, todos son imbéciles, unos más y otros menos. Todos menos yo.

Pia no es imbécil.

Nadie aprende nada en los libros. Aprende en las esquinas de las calles, y hace falta una esquina para ti. En resumen: además de más sabio, soy más fuerte y más malo que tú.

¿Me estás amenazando?

No ves la telenovela, pero esa es una pregunta de telenovela. Así que ahí te va una respuesta de telenovela: yo no amenazo, yo *comunico* lo que voy a hacer. Voy a romperte los dientes si te le acercas a Tânia. Y eso no es un eufemismo, muchacho.

Fui a la Biblioteca. Con los libros sobre la mesa logré pensar con más lucidez. No me asustaban las amenazas de Armando. Pero, de cualquier forma, no estaba dispuesto a sufrir riesgos por causa de Tânia. No sería difícil evitarla. Conocía sus horarios. Cuando Cardoso estaba en casa, Tânia se quedaba viendo televisión con él. Cuando el marido se iba de viaje, salía todas las noches, probablemente con Armando. Fue eso lo que pensé y planeé, en vez de aprovechar aquella oportunidad y preparar mi salida de la escena. Gran astucia.

Cuando llegué a casa, Tânia ya habla salido. Doña Adriana, Pia y el licenciado Raimundo estaban viendo televisión en la sala.

Van a pasar una buena película dentro de poco, ¿no quieres verla?, dijo Pia.

Dentro del vestido, su cuerpo, en reposo, tenía el mismo latir que cuando estaba dentro de la bata.

¿Va a durar mucho?

Dos horas o menos.

Me senté un poco atrás de ella, de manera que pudiera observarla, mientras fingía ver la película. La veía de perfil, detenidamente, por primera vez. Se había recogido el cabello descuidadamente en un chongo y un mechón negro se desprendía y bajaba por su cuello muy blanco. No sabía su edad. ¿Dieciséis años? ¿Estaba espiando a una niña de dieciséis años? Sabía que mi conducta, en todos aquellos actos, era despreciable, pero continuaba mirándola furtivamente, como un ratón. Ya había visto aquel perfil antes y creía, hasta entonces, que una mujer de verdad, con aquel perfil, no podía existir.

En cuanto la película acabó, decidí irme a mi habitación. Tânia podía llegar en cualquier momento y no quería encontrarme con ella. Doña Adriana le pidió a Pia que fuera a buscar un vaso de agua para tomarse el barbitúrico. Si no me tomo mi píldora, no duermo, dijo ella. Seguí a Pia hasta la cocina.

Estaba mirando tu perfil, es igual al de otra mujer que conocí.

¿De veras? ¿Quién es?

No es una mujer de verdad.

¿Cómo?

Está en un camafeo de ónix blanco y negro de mi madre.

¿Camafeo? ¿Camafeo no es una mujer fea?

Esa mujer era muy bonita. Mi madre nunca usaba el camafeo y yo tenía que sacarlo de su caja de joyas. Creía que no podía existir una mujer tan bonita en el mundo.

Pia oyó eso y no dijo nada. Me sentí ridículo. Me fui a mi habitación. Ridículo, abyecto, imbécil, infame, vil. Yo era todo eso. Había perdido a Pia para siempre con la historia cretina del camafeo, antes de conquistarla.

Apagaron el televisor. Apagaron la luz de la sala. No tenía sueño y me preparé para quedarme la noche entera despierto. Me asusté cuando tocaron levemente en el cancel.

¿Estás despierto?

Era Tânia. No respondí. La luz de la sala se encendió e iluminó mi cubículo.

¿Por qué no me respondes?, susurró Tânia. Se había subido en una silla y me miraba por encima del cancel. Abre la puerta.

Abrí la puerta.

Entró. Te extraño, hoy vamos a quedarnos desnudos, dijo, mientras se quitaba la ropa.

¿Estás loca?

Quítate la ropa, si no, grito.

Armando...

Está borracho. Siempre se emborracha, es un alcohólico, ¿sabías? En este momento está beodo en la cama, vestido, con zapatos y todo, roncando.

Ella misma me arrancó la ropa, una trusa y una camiseta, así era como dormía, nunca tuve pijama. Después, se metió conmigo en la cama. Tânia tenía razón. La segunda vez fue mejor que la primera. Ridículo, abyecto, imbécil, infame, vil.

Ahora vete, murmuré.

Déjame quedarme abrazadita contigo un poco más.

No.

No te preocupes por Armando. Vamos a hacerlo otra vez.

Lo hicimos de nuevo.

Déjame quedarme aquí un poco.

No. Vete.

Mañana a la misma hora, murmuró, antes de irse.

Cada vez me hundía más en aquel pantano en el que se había transformado mi vida. Lo peor es que me estaba gustando ser un libertino. Debía estar compungido por lo que habla hecho pero, apenas sentí sueño, me dormí.

La noche siguiente, y la siguiente, y la siguiente, Tânia fue a mi cubículo. Fornicábamos en silencio, aguantando la respiración.

Entonces sucedió. Es siempre así, en las tragedias, el mundo se desmorona de repente.

Llegué de la Biblioteca y estaban todos reunidos en la sala, con excepción del señor Cardoso, que aún no había regresado de viaje.

Llegó el joven canalla, dijo Armando. Y me dio un golpe en la boca, tirándome al suelo.

Pia sujetó a Armando, que después del golpe me dio un puntapié. Ya déjalo, gritó.

Nunca pensé que fuera tan sucio, dijo doña Adriana.

No sé de qué se trata, todo esto es un equívoco...

Sí sabe. El agujero en la pared. Entré en su cuarto y vi el agujero que usted hizo en la pared. Esa indecencia, en mi casa. ¿Sabe cuántos años tiene Pia? Aún no cumple los diecisiete años. Recoja sus cosas y váyase.

Tânia no decía una sola palabra. El licenciado Raimundo no decía una sola palabra.

Entré en el cuarto, hice mi maleta. No tuve valor para mirar a nadie. Discúlpame, dije, cuando pasé cerca de Pia. Estaba muerto de vergüenza.

Vete, chamaco asqueroso, aunque todavía te voy a buscar para acabar el servicio, dijo Armando.

Tomé el autobús para la estación. Era el único lugar en donde podía refugiarse un desharrapado con una maleta. Encontré una banca en donde me senté y me quedé hasta la mañana, pensando. Armando, como había prometido, me rompió los dientes, no todos, pero sí uno de ellos, un incisivo, y yo me pasaba la lengua sobre el diente roto mientras pensaba. Armando debió haber sabido de mis citas con Tânia y me denunció con doña Adriana, que nunca entraba en mi habitación y si entraba no veía el agujero en la pared, veía el cuadro.

Guardé la maleta en el almacén de la estación. Inconscientemente me dirigí hacia la Biblioteca. No conseguí ninguno de los libros que pedí, estaban todos en mal estado, dijo el que atendía. Una mala señal.

Al salir de la Biblioteca, me llevé una sorpresa que me dejó paralizado. Pia subía las escaleras. Venía a buscarme.

Me imaginé que estarías por aquí. Necesito hablar contigo. ¿Me dirías la verdad si te hiciera una pregunta?

Sí.

¿A final de cuentas a quién espiabas por el agujero en la pared?

¿Cómo?

Oí una discusión entre Armando y Tânia en la que él le decía que tú la espiabas cuando se bañaba. Armando también decía que tuviste intimidades con Tânia. ¿A quién espiabas?

A ti. Aun sabiendo que lo que hice es imperdonable, pido perdón. Te amo.

¿Te acostaste con esa mujer?

No... No me acosté.

¿Por qué te tardaste en responder?

No me tardé en responder.

Sí, sí te tardaste.

No me acosté con Tânia.

Su nombre verdadero no es Tânia, es Deoclides. Y nunca fue bailarina del Municipal. ¿Por qué no reaccionaste cuando te pegó Armando?

Tenía mucha vergüenza. Gracias por defenderme aquel día.

¿En dónde estás viviendo?

Todavía estoy buscando un lugar.

¿Para dónde vas ahora?

Iba a caminar un poco.

¿Quieres ir al cine?

¿No estás enojada conmigo?

Si estuviera enojada, ¿te invitaría al cine?

Fuimos al cine. Nos sentamos rígidos, ni siquiera nuestros codos se tocaban.

¿Por qué no dijiste que me amabas?

No sé.

Yo también te amo.

Entonces sentí la mano de Pia acariciando la parte más secreta de mi cuerpo. Eso me sorprendió más que el pedido que me hizo enseguida.

Soy virgen y quiero perder mi virginidad contigo. Pero tendrás que hacer una cosa por mí.

Claro.

¿Cualquier cosa?

Lo que sea.

Jura que vas a hacer lo que te voy a pedir.

Sí, lo juro.

Y que no me vas a hacer preguntas.

No, no te voy a hacer preguntas, lo juro.

Quiero que mates a mi madre.

Miré en la penumbra del cine su perfil de camafeo.

Esta llave es de la casa de Nadja, en el piso de abajo. Se mudaron y la casa está vacía. Nos vemos allá esta noche.

Pia se levantó y se fue.

Esperé a que la noche llegara, imaginándome la manera de matar a doña Adriana. Después me fui a la calle de Resende. De lejos observé la casa. Lo que tenía que hacerse, tenía que hacerse. Las escaleras crujieron cuando subí de puntitas, temeroso de que alguien me viera. Abrí con cuidado la puerta del primer piso. Entré en la casa vacía y me quedé de pie junto a la puerta entreabierta, en la oscuridad, sintiendo los latidos de mi corazón.

Oí sonidos de pasos ligeros y furtivos bajando las escaleras. Pia entró. Vamos al fondo, murmuró, tomándome de la mano. En medio de las tinieblas nos quitamos la ropa, cubrimos con ella el piso y nos acostamos. No tengas miedo, sé brutal, dijo ella.

No quiero contar los detalles. Nuestras ropas, que forraban el piso, se llenaron de sangre, sangre que consagraba nuestro amor, y era el sello de nuestro pacto.

Nos vestimos en silencio.

La píldora ya hizo efecto y ella está durmiendo. Tânia se fue de viaje con su marido y Armando llegó de la calle borracho. Voy a dejar la puerta abierta.

Pia me abrazó con fuerza y desapareció en lo oscuro, sin hacer ruido. No había mencionado al licenciado Raimundo. Pero si estuviera despierto, Pia me lo habría dicho.

Esperé, esperé. Subí las escaleras. Inmediatamente que entré, oí el sonido de la televisión. Caminé por el corredor sobre la punta de los pies hasta la sala. El licenciado Raimundo dormía, sentado en el sillón de la sala. Dejé el televisor encendido. Si lo apagaba, se despertaría.

La puerta de la habitación de doña Adriana estaba abierta. En la habitación había dos camas. En una de ellas, doña Adriana, con la luz de la lámpara prendida, dormía boca arriba, respirando por la boca. Desde la otra cama, Pia observaba mis movimientos, los ojos negros muy abiertos. Me acerqué a ella. Voltéate hacia la pared, le dije.

Con cuidado levanté la cabeza de doña Adriana, quité la almohada, la sujeté con las dos manos y la oprimí sobre su rostro. El cuerpo privado de aire fue sacudido por violentas convulsiones, ella intentaba librarse de la asfixia, se debatía con una energía inesperada en una vieja enferma, me hería los brazos con las uñas. Tuve que subirme a la cama y sentarme sobre su barriga para poder dominarla. Pasó mucho tiempo antes de que doña Adriana dejara de luchar. Después, exhausto, me acosté sobre su cuerpo, siempre apretándole el rostro con la almohada.

Mojado en sudor, me aparté lentamente de encima del cadáver. Me hinqué al lado de la cama de Pia. ¿Estás bien?, susurré.

Estaba de espaldas y volteó el rostro hacia mí. El camafeo.

Estoy bien. Puedes irte. Te voy a buscar después en la Biblioteca, dijo, y se volteó de nuevo hacia la pared.

Ahora estoy aquí, en la banca de la estación de camiones. Pienso en Pia. No pienso en lo que va a suceder, pienso en lo que sucedió y sucedieron tantas cosas que parece que ya no va a suceder nada. Espero a que llegue la mañana para ir a la Biblioteca. Botines de botón.

HISTORIAS DE AMOR
1997

Existe el amor, claro.
Y existe la vida, su enemiga.

Jean Anouilh

Betsy

Betsy esperó a que el hombre regresara para morir.

Antes del viaje, él notó que Betsy tenía un apetito poco común. Después surgieron otros síntomas, ingestión excesiva de agua, incontinencia urinaria. Hasta entonces, el único problema de Betsy era la catarata en uno de los ojos. A ella no le gustaba salir, pero antes del viaje sorpresivamente entró con él en el elevador y los dos pasearon por la acera junto a la playa, algo que ella nunca había hecho antes.

El día que el hombre llegó, Betsy tuvo el derrame y se quedó sin comer. Veinte días sin comer, acostada con el hombre en la cama. Los especialistas dijeron que ya no se podía hacer nada. Betsy solo se paraba de la cama para tomar agua.

El hombre permaneció con Betsy en la cama durante toda su agonía, acariciando su cuerpo, sintiendo con tristeza la flacura de sus caderas. El último día, Betsy, muy quieta, los ojos azules abiertos, miró al hombre con la mirada de siempre, la mirada con que expresaba la comodidad y el placer que su presencia y sus cariños le producían. Comenzó a temblar y él la abrazó con más fuerza. Al sentir que sus miembros estaban fríos, el hombre le buscó una posición cómoda en la cama. Entonces ella extendió el cuerpo, pareciendo desperezarse, y echó la cabeza hacia atrás en un gesto lánguido. Después, estiró el cuerpo todavía más y suspiró, una exhalación fuerte. El hombre pensó que Betsy había muerto. Pero algunos segundos más tarde emitió otro suspiro. Horrorizado con su meticulosa atención, el hombre contó, uno por uno, todos los suspiros de Betsy. Con intervalos de algunos segundos, ella exhaló nueve suspiros iguales, la lengua de fuera asomando por un lado de la boca. Luego empezó a golpearse el abdomen con los dos pies juntos, como lo hacía ocasionalmente, solo que con más violencia. Enseguida, se quedó inmóvil. El hombre pasó la mano levemente por el cuerpo de Betsy. Ella se desperezó y estiró los miembros por última vez. Estaba muerta. Ahora, el hombre lo sabía, estaba muerta.

El hombre pasó toda la noche despierto al lado de Betsy, acariciándola suavemente, en silencio, sin saber qué decir. Habían vivido juntos dieciocho años.

En la mañana, la dejó en la cama y fue a la cocina a prepararse un café negro. Se fue a tomar el café a la sala. La casa jamás había estado tan vacía y triste.

Por fortuna el hombre no había tirado la caja de cartón de la licuadora. Volvió a la recámara. Cuidadosamente colocó el cuerpo de Betsy dentro de la caja. Con la caja bajo el brazo caminó hacia la puerta. Antes de abrirla y salir, se secó los ojos. No quería que lo vieran así.

Ciudad de Dios

Su nombre es João Romeiro, pero lo conocen como Zinho en Cidade de Deus, una favela en Jacarepaguá, en donde dirige el tráfico de drogas. Ella es Soraia Gonçalves, una mujer dócil y callada. Soraia supo que Zinho era traficante dos meses después de que se fueron a vivir juntos a un condominio de clase media alta en Barra da Tijuca. ¿Y a ti te molesta?, le preguntó Zinho, y ella le contestó que en un momento de su vida anduvo con un hombre que se las daba de muy derechito pero que no pasaba de un canalla. En el condominio conocen a Zinho como vendedor de una compañía importadora. Cuando llega un gran cargamento de droga a la favela, Zinho desaparece por algunos días. Para justificar su ausencia, Soraia les dice a las vecinas, con las que se encuentra en el *playground* o en la alberca, que la compañía envió a su marido de viaje de negocios. La policía anda tras de él pero solo conoce su apodo y sabe que es blanco. Zinho jamás ha sido arrestado.

Hoy por la noche Zinho llegó a casa después de pasar tres días distribuyendo, con sus contactos, la cocaína que le envió su proveedor en Puerto Suarez y la mariguana que vino de Pernambuco. Se fueron a la cama. Zinho era rápido y brusco y después de cogerse a la mujer le daba la espalda y se dormía. Soraia era callada y no tenía iniciativa, pero Zinho la quería así, le gustaba que lo obedecieran en la cama como lo obedecían en Cidade de Deus.

—¿Antes de que te duermas te puedo preguntar algo?

—Dime rápido, estoy cansado y quiero dormirme, cariño.

—¿Serías capaz de matar a una persona por mí?

—Cariño, si mato a un fulano porque me robó cinco gramos, ¿no voy a matar a un tipo si tú me lo pides? Dime quién es. ¿Es de aquí del condominio?

—No.

—¿De dónde es?

—Vive en Taquara.

—¿Qué fue lo que te hizo?

—Nada. Es un niño de siete años. ¿Ya mataste a un niño de siete años?

—Ya mandé que les agujeraran a balazos las palmas de las manos a dos mierditas que se esfumaron con unas grapas, para que sirviera de ejemplo, pero creo que tenían diez años. ¿Por qué quieres matar a un niño de siete años?

—Para hacer sufrir a su madre. Ella me humilló. Me robó el novio, me ninguneó, les decía a todos que yo era una estúpida. Después se casó con él. Es rubia, tiene ojos azules y se cree lo máximo.

—¿Quieres vengarte porque te robó al novio? ¿Todavía te gusta ese puto? ¿Es eso?

—Solo tú me gustas, Zinho, eres todo para mí. El mierda de Rodrigo no vale nada, solo siento desprecio por él. Quiero hacer que su mujer sufra porque me humilló, me dijo estúpida delante de los otros.

—Yo puedo matar a ese puto.

—Ella ni lo quiere. Quiero hacer que esta mujer sufra mucho. Una madre se queda desesperada con la muerte de su hijo.

—Está bien. ¿Sabes en dónde vive el niño?

—Sí.

—Voy a mandar que lo agarren y que lo lleven a Cidade de Deus.

—Pero no hagas que el niño sufra mucho.

—Si esa puta sabe que el hijo murió sufriendo, es mejor, ¿no? Dame la dirección. Mañana mando que hagan el trabajo, Taquara está cerca de mi base.

Por la mañana muy temprano, Zinho se fue en coche a Cidade de Deus. Estuvo fuera dos días. Cuando regresó, se llevó a Soraia a la cama y ella dócilmente obedeció todas sus órdenes. Antes de que se durmiera, Soraia le preguntó: ¿Hiciste lo que te pedí?

—Yo cumplo lo que prometo, cariño. Mandé al personal a que agarraran al niño cuando iba a la escuela y que se lo llevaran a Cidade de Deus. En la madrugada le quebraron los brazos y las piernas, lo estrangularon, lo cortaron todo y después lo tiraron en la puerta de la casa de su madre. Ya olvídate de esa mierda, ya no quiero oír hablar del asunto —dijo Zinho.

—Sí, ya lo olvidé.

Zinho le dio la espalda a Soraia y se durmió. Zinho tenía el sueño pesado. Soraia se quedó despierta escuchando los ronquidos de Zinho. Después se levantó y tomó un retrato de Rodrigo que mantenía escondido en un lugar que Zinho nunca descubriría. Siempre que Soraia miraba el retrato del viejo novio, durante todos esos años, sus ojos se llenaban de lágrimas. Pero ese día las lágrimas fueron más abundantes.

—Amor de mi vida —dijo, apretando el retrato de Rodrigo contra su corazón sobresaltado.

Familia

Ernestino y Dora se casaron dispuestos a traer al mundo muchos hijos. Planeaban tener tres niños y dos niñas, pero no les molestaba que fueran cuatro niñas y un niño, siempre y cuando el primero que naciera fuera del sexo masculino.

Dora murió al dar a luz una niña, cuyo nombre también acabó siendo Dora. Todos pensaban que Ernestino se casaría de nuevo, era un hombre guapo, su padre le había heredado una empresa y él había hecho crecer los negocios, un buen partido para cualquier mujer, aunque con una hija pequeña que criar. Como buenos alcahuetes, las parejas amigas, convencidas de que Ernestino se debía casar de nuevo —después de todo, la pequeña Dora necesitaba una madre y él, tarde o temprano, necesitaría el cariño de una mujer— se turnaban para presentarle al viudo mujeres jóvenes hacendosas y virtuosas. Pero Ernestino no se interesaba por ninguna y el tiempo fue pasando hasta que los amigos, al percibir que Ernestino nunca se casaría de nuevo, desistieron de sus propósitos casamenteros.

Cuando Dora cumplió seis años, Ernestino, muy ocupado con sus negocios que no paraban de crecer, inscribió a la niña en un internado de monjas. Dora se acuerda del primer día que fue a la escuela. Subieron la sierra en coche un día de fuerte neblina que ocultaba las montañas y aun las calles por donde circulaban. El padre le había comprado varias bolsas de dulces y Dora hizo el viaje saboreando aquellas golosinas. En el coche el padre le enseñó una pequeña maleta, diciéndole que allí estaba su ajuar, la ropa que usaría en la escuela. Ernestino, a pesar de que iba más callado de lo normal, paró dos veces en el acotamiento de la carretera para abrazar y besar a la hija. Todo eso la puso muy contenta.

Cuando llegaron, después de una hora y media de viaje, Dora ya se había comido todos los dulces. La escuela era un edificio que le pareció inmenso, bonito y un poco intimidante. Los recibieron dos monjas, una era la madre superiora, vieja y de aspecto majestuoso, y la otra, más joven, sería la orientadora y maestra del grupo de Dora. La monja más joven invitó a Dora a que fueran a la ventana a ver los árboles y los jardines. Mientras Dora contemplaba la arboleda cubierta de neblina, el padre y las monjas platicaron en voz baja. Enseguida, el padre, después de abrazarla con tanta fuerza que la dejó sin aliento, dijo que iba a comprarle más dulces, se fue y no regresó. Era domingo y Dora solo lo volvió a ver hasta el domingo siguiente.

Los primeros días fueron terribles. Dora se sentía abandonada y lloraba sin parar. Dormía en un gran salón con otras niñas de su edad. Su ropa interior —calzones amplios de algodón, que con el tiempo se hacían más anchos, y camisones de manga larga cerrados hasta el cuello (solo años después usaría brasier, también de algodón)— era guardada en una mesita de noche, y los uniformes se quedaban colgados en un tubo largo en una de las paredes. La monja orientadora reunía diariamente a las niñas para una plática en la que hablaba de Dios y de la Caridad. Trataba a Dora con mucho cariño, principalmente porque la niña sufría de asma, agravada por el clima húmedo de la ciudad. Después de algún tiempo, Dora paró de llorar a diario. Lloraba solo los domingos cuando su padre la iba a ver.

Pero no pasó mucho tiempo para que le gustara la escuela. A la hora de dormir, bajo las cobijas de lana que la calentaban, Dora creaba una vida exclusivamente suya, hecha de fantasías inocentes. Incluso escuchaba con placer el carillón de la torre de la iglesia que sonaba cada quince minutos. Al cuarto para las seis de la mañana, la monja que pasaba la noche con ellas en el dormitorio caminaba entre las camas haciendo sonar una campanilla y diciendo *sursum corda*, mientras las niñas se despertaban murmurando *habemus ad dominum*. Dora, que había sido criada sin ninguna disciplina por un padre ausente y por nanas descuidadas, apreciaba los ceremoniales de la escuela. Vestidas con sus uniformes de falda azul marino sostenida por tirantes anchos que se cruzaban en el pecho y en la espalda, blusa azul claro, zapatos negros y calcetines blancos, las niñas, cuando encontraban a una monja en los pasillos, tenían que detenerse con los pies juntos, unir las dos manos y saludar con la cabeza. En el caso de encontrarse a la madre superiora o a la directora de la escuela, debían detenerse, si estaban caminando, o levantarse, si estaban sentadas, y hacer una reverencia, que consistía en unir los dos pies, apoyar el talón del pie derecho en el pie izquierdo, girar la punta del pie derecho hacia un lado y, después de colocar la palma de la mano derecha horizontalmente sobre la palma de la mano izquierda, doblar ligeramente las rodillas. Dora se sentía bien al hacer esta reverencia y se ponía feliz cuando, por cualquier motivo, encontraba a una de estas monjas graduadas. Los rituales del colegio —sobre todo las oraciones en latín o en francés, y los cantos gregorianos acompañados por el órgano, en los que todas las alumnas participaban durante las misas dominicales— poseían un esplendor que dejaba a Dora encantada y fascinada. Pero siempre que pensaba en su padre, sentía mucha melancolía y se ponía triste.

Las alumnas se bañaban en casetas abiertas, vestidas con un camisón de algodón sin mangas y sin cuello. Cuando acababan, una monja colocaba una toalla abierta frente al cancel para que la alumna pudiera quitarse el camisón y secarse sin mostrar su desnudez; después la alumna se ponía una bata y subía al dormitorio, se inclinaba al lado de su cama y se ponía el uniforme medio a escondidas. Era un procedimiento trabajoso e incómodo que Dora y otras niñas realizaban, sin embargo, con buena voluntad. Una vez a la semana, en el dormitorio, cada niña se sentaba en un banco frente a una monja que le pasaba meticulosamente un peine fino por la cabeza. En aquel internado no había piojos.

En el colegio, Dora conoció a Eunice, que se volvió su mejor amiga. A medida que crecieron —las dos cursaron toda la primaria y la secundaria en el mismo internado— se volvieron más íntimas. Siempre que era posible, se tomaban de la mano y se quedaban cuchicheando y riéndose. Las monjas llamaban a tal comportamiento *bêtise* y trataban de contenerlas, pero sin reprenderlas por eso. Eunice era huérfana y quien la iba a visitar era un tutor que la trataba con cariño fingido. Los domingos y también los días en que las alumnas tenían permiso para salir del colegio, en compañía de los responsables, Eunice y su tutor se unían a Dora y a su padre para pasear por Petrópolis. Cuando terminaron la secundaria, las dos se abrazaron llorando y dijeron que nunca se dejarían de amar.

Dora y Eunice cursaron la preparatoria en instituciones educativas distintas. Años después, se reencontraron en la facultad de derecho y reanudaron con el mismo vigor la amistad de antes. Abrieron un bufete y juntas litigaban en casos de derecho familiar. A veces Dora se iba a dormir a casa de Eunice, aunque Ernestino reclamara cariñosamente el hecho de que su hija lo dejara solo con la sirvienta. Ernestino se sentía enfermo y planeaba retirarse de los negocios. Su sueño era ver que la hija se casara y le diera un nieto varón que, con el paso del tiempo, se encargara de los negocios y continuara la tradición de la familia.

Pero Dora, que se transformó en una mujer de gran belleza, rechazaba a todos sus pretendientes, que eran muchos. Salía con ellos, iba a cenar, iba al cine, pero, muy recatada, evitaba cualquier intimidad con estos hombres, ni siquiera les permitía que la besaran. Un día el padre la llamó para tener con ella lo que anticipó sería una larga plática. Ernestino le dijo a Dora que había escogido a uno de sus antiguos empleados para que asumiera el control de los negocios, ya que se sentía cada vez más débil. Su médico, después de un examen riguroso, le había diagnosticado una enfermedad neurológica progresiva que, dentro de algunos años, no sabía cuántos, lo llevaría a la muerte. Y no quería morirse sin ver a su hija casada y sin gozar la suprema alegría de tener un nieto. Ernestino dijo eso con voz emocionada, tomando de la mano a la hija. Me lo prometes, pidió, así me moriré en paz. Dora se lo prometió, pero pidió algún tiempo para realizar el deseo del padre.

Ese día Dora se fue a dormir con Eunice. La amiga había mandado a hacer calzones amplios de algodón como los que usaban en el colegio de monjas y que no estaban a la venta en las tiendas. Vestidas apenas con esos calzones que, a pesar de burdos, o quizá por eso, hacían todavía más atrayentes sus cuerpos delgados, las dos hicieron el amor con un ardor intenso. Esto sí que es *bêtise*, dijo Eunice y las dos se rieron mucho. Después, Dora le contó a Eunice lo que su padre le había dicho, agregando que él estaba cada vez más obstinado en su deseo de verla casada y tener un nieto. Las dos permanecieron el resto de la noche bebiendo vino blanco y hablando sobre el tema y sobre la frustración de no poder vivir en la misma casa, despertar juntas, guisar, viajar, vivir juntas todo el tiempo de sus vidas, ser las dos una familia.

Ahora Ernestino necesitaba una silla de ruedas para moverse y contrataron a un enfermero para cuidarlo. El médico dijo que, con las atenciones adecuadas, Ernestino podría vivir algunos años, pero que su enfermedad desafortunadamente no tenía cura, lo que Dora podría hacer era darle la mejor calidad de vida posible, en un ambiente tranquilo de amor. El pasatiempo preferido de Ernestino, en la casa o cuando salía con Dora en su silla de ruedas para pasear por la plaza, era interrogar a la hija acerca de sus pretendientes y escoger el nombre que su nieto tendría. Dora participaba en estas pláticas e intentaba mantener la misma paciencia de sus tiempos en el internado, pero no lograba dejar de sentirse exhausta e infeliz, ya que su padre siempre terminaba la plática diciéndole que solo estaba esperando que ella se casara y tuviera un hijo para morir en paz.

Después de cada una de sus cada vez más raras noches de *bêtise*, las dos amantes volvían siempre a este tema, cómo lograr que Ernestino muriera en paz. Y la manera de resolver este delicado y angustioso problema era siempre la misma, una solución definitiva, que consideraban un gesto de amor absoluto. La muerte es siempre una bendición para los enfermos desahuciados.

El enfermero necesitaba salir de vacaciones y, en lugar de contratar a otro, Dora dijo que ella misma cuidaría a su padre. Ernestino se emocionó con el desvelo de la hija, que pasaba los días y las noches a su lado. Y también estaba muy feliz pues Dora le había prometido que, tan pronto como mejorara un poco, se casaría y tendría un hijo.

Transcurrido un mes, Ernestino murió de una súbita insuficiencia respiratoria. El médico confirmó que aquella era realmente una enfermedad insidiosa difícil de predecir. En el entierro, Dora y Eunice lloraron mucho. El sufrimiento de Dora fue tan grande que tuvo que ser internada en un hospital para recuperarse.

Después, Dora y Eunice se fueron a vivir juntas y adoptaron a un niño a quien le pusieron el nombre de Ernestino. El niño creció y las personas, los nuevos amigos que ellas hicieron, decían que era igualito a la madre.

El ángel de la guarda

La casa tenía varias habitaciones. Pregunté en cuál iba a dormir. Ella me llevó a una habitación que quedaba cerca de la suya.

Me senté en la cama y probé el colchón.

No se puede, está muy blando, me va a arruinar completamente la espalda.

Probé los colchones de todas las habitaciones y acabé encontrando uno duro.

Este está bien, ¿tienes una camisa que me sirva? Se me olvidó traer ropa para dormir.

La mujer volvió enseguida con una camiseta blanca.

Esta es la más grande que tengo. La usé una vez, ¿te importa?

Le di las gracias y la mujer me dio las buenas noches. Me puse la camisa, sentí el olor de la tela, una mezcla de piel limpia y perfume.

Busqué acomodarme para dormir. Me dolía la espalda. Tenía un montón de huesos rotos y mal soldados dispersos por el cuerpo.

La mujer tocó tan quedito en la puerta que casi no la oí.

¿Sí?

Soy yo. Quería hablar contigo.

Un momento.

Me puse el pantalón y abrí la puerta.

Ella llevaba puesta una bata, y una mujer de bata me recuerda siempre a mi madre. Es más, la única cosa que recuerdo de mi madre es la bata.

Estás muy lejos, no me siento protegida, no logro dormir, ¿no puedes irte a aquella habitación al lado de la mía? Nos llevamos el colchón duro de esta cama y lo cambiamos por el otro.

Me llevé mi colchón duro al cuarto al lado del suyo.

Me senté en la cama.

Creo que ya está bien. Ya puedo dormir, buenas noches.

Buenas noches.

No aguanté ni diez minutos acostado. El dolor en la columna aumentó. Me levanté de la cama y me senté en un sillón que había en la habitación.

Otro golpe en la puerta.

¿Qué pasa?

Oí un ruido en el jardín, susurró ella a través de la puerta, creo que hay alguien en el jardín.

Me puse el pantalón. Abrí la puerta. Ella seguía con su bata.

Deben ser imaginaciones tuyas. Estás muy nerviosa. ¿En qué parte del jardín?

En el bosque de magnolias. Allá no hay luz y me dio la impresión de haber visto una luz apagarse y encenderse.

¿Tienes una lámpara?

Sí.

La mujer me dio la lámpara.

Ten cuidado. Ya te conté las cosas horribles que me han sucedido, ¿no?

Deberías irte a tu departamento en la ciudad.

Allá es peor. Ya te conté. Tuve que desconectar el teléfono a causa de las llamadas, en medio de la noche, amenazándome. Y en la calle hay gente que me sigue. Aquí, por lo menos, todas las ventanas tienen rejas y las puertas son de hierro. Llévate el revólver.

Es mejor que tú te lo quedes. Cierra la puerta y no te pongas a mirar hacia fuera por la ventana.

Era una finca grande. Un jardín de buen tamaño con parterres de flores rodeaba la casa. En medio del jardín había una piscina. Al fondo, la casa del cuidador, la huerta. El resto de la finca estaba lleno de bosques con árboles de gran tamaño que hacían aún más oscura la noche. Había bancas de piedra distribuidas entre los árboles. Me senté en una de ellas, en el bosque de magnolias. Esperé, la lámpara encendida sobre la banca.

Sônia surgió silenciosamente de la oscuridad, se sentó a mi lado en la banca de piedra.

¿Dejaste tu revólver en algún lugar donde ella lo viera?

Se lo di en sus propias manos. Estoy siguiendo sus planes.

Escucha este ruido, dijo Sônia, prendiendo una grabadora que sacó de la bolsa. Parecía el gemido de algún moribundo. ¿No parece un fantasma?

Ustedes tienen suerte de que aquí no haya un perro.

Había. Lo envenenamos. Jorge lo envenenó. ¿A qué hora va a usar el revólver?

Está muerta de miedo, esperemos un poco más. ¿Quién es ese Jorge?

Si no lo sabes, no te lo voy a decir.

¿Por qué quieren que la mujer muera?

¿Y a ti qué te importa?

Voy a regresar a la casa. Apaga esos quejidos. Basta por hoy.

No te olvides de nuestro acuerdo, dijo Sônia. En tres días más esto tiene que resolverse. Si ella continúa indecisa, le das el tiro en la cabeza.

Regresé a la casa. La mujer abrió la puerta con mi revólver en la mano. Temblaba con los ojos desorbitados.

¿Qué era ese ruido?

Nada.

¿Cómo que nada? Yo lo oí. ¿Piensas que estoy loca?

No.

Sí, sí, tú piensas que estoy loca.

La mujer me apuntó con el revólver.

Dime la verdad. Sé que piensas que estoy loca. Los cuidadores creían que estaba loca y se fueron una noche, sin decir nada. Acabo de oír un lamento terrible, el ruido de un alma en pena como la mía, ¿y me dices que no era nada? ¿Y este revólver que no tiene balas? ¿Así es como me ibas a defender? ¿Con un revólver sin balas?

¿Cómo sabes que no tiene balas?

Me di seis tiros en la cabeza y no pasó nada.

Se me olvidó ponerle las balas. No sé cómo sucedió, soy muy cuidadoso.

Le quitaste las balas porque pensaste que estaba loca y me iba a dar un tiro en la cabeza.

Estoy aquí para protegerte. Vete a dormir. Mañana platicamos.

No me hables así. Estoy muy nerviosa. Duérmete conmigo en mi habitación.

Está bien.

La mujer se acostó sin quitarse la bata y se cubrió con una sábana. Me senté en el sillón de la habitación. Todos los cuartos tenían sillones y baño privado.

Desde la cama, ella me miraba, suspiraba como quien quiere llorar.

Ven aquí, toma mi mano.

Tomé su mano.

Tienes manos grandes. ¿Tenías un trabajo rudo?

No.

¿Siempre has acompañado a personas enfermas?

Cuando era joven me pasé dos años empujando la silla de ruedas de un viejo. Fue la mejor época de mi vida, me gustaba leer, él tenía millares de libros y yo me pasaba el día leyendo.

Aquí nunca te he visto leyendo.

Aún no he tenido tiempo y tus libros no me llaman la atención.

Lo siento. ¿Y después de trabajar en esa casa llena de libros que tanto te gustaban?

Después, cuidé a otro viejo.

¿Era un enfermo mental?

No. Una enfermedad de la vejez. (El tipo se mató, con mi ayuda, pero eso no se lo iba a decir a ella.)

Trata de dormir un poco.

¿Estoy loca?

No. Solamente estás muy nerviosa.

La mujer se durmió. Solté su mano. Me fui al sillón y me quedé despierto toda la noche pensando, sintiendo el olor de la camiseta de ella en mi cuerpo y mirando a la mujer mientras dormía. El hombre primitivo devoraba, como una hiena, los restos de los animales que habían sido cazados por otros animales. Solo se volvió un cazador después de haber inventado astutamente sus armas perforantes. Coloqué las balas en el tambor del revólver.

En la cama, la mujer parecía un perro muerto al que era fácil dar de patadas. Cuando me encargan un trabajo no hago preguntas. Pero en este caso me gustaría saber quién quería que ella se diera un tiro en la cabeza. ¿Un marido hijo de puta que aterrorizaba a su mujer histérica para hacer que ella se matara y el desgraciado se quedara con el dinero? Ya pasé por una situación más o menos así, en una semana de carnaval.

Rayó el día, los pajaritos comenzaron a cantar y la mujer despertó. Me sonrió.

Hoy me estoy sintiendo mejor. Creo que esta pesadilla va a terminar. Voy a trabajar en el jardín, ¿puedes quedarte cerca de mí?

Salí de su habitación. En mi baño me lavé la cara y me cepillé los dientes. Fui al jardín.

La mujer llevaba un sombrero en la cabeza para protegerse del sol. Me pidió que la acompañara hasta el cuarto de herramientas que quedaba al lado de la cochera. Había picos, palas, una podadora de pasto eléctrica y una bomba con implementos para limpiar la piscina. Tomó unas tijeras de esas que se usan en los jardines.

Mi jardín es bonito, ¿no? Yo misma planté esas flores, ¿no son bonitas?

No les doy mucha importancia a las flores, pero escuché con paciencia cómo ella decía los nombres de las que crecían en los parterres.

Necesito hacer una llamada.

El teléfono está desconectado.

Voy al centro del pueblo.

Por favor, no me dejes sola.

Entonces ven conmigo. Después puedes trabajar en el jardín.

Tomamos el auto de ella.

¿Te gusta la música?

Si quieres escuchar algo, no me molesta.

Puso un concierto de violín en el aparato de sonido del carro.

¿No te da una sensación de paz?

La música de violín me inquieta, pero aguanté sin decir nada. Llegamos a la placita del pueblo. Paré en la puerta del mercadito, llena de bolsas de comida para gato y para perro.

Ella bajó del carro conmigo.

Voy a comprar algunas cosas. Ya me cansé de comer comida congelada.

El hombre del mercadito la saludó amigablemente. Hacía muchos años que la mujer tenía aquella finca. El hombre preguntó si yo era el nuevo cuidador y la mujer respondió que yo era un amigo.

Había una panadería cerca. Desde ahí llamé a Sônia.

Voy a hacer el trabajo pero antes quiero platicar contigo y con Jorge. Quiero que me den lo que falta. Hoy por la noche, en ese lugar en donde nos encontramos ayer.

Jorge no va.

Ese es su problema. Si él no viene a platicar conmigo, no hay trato. A las nueve.

Colgué el teléfono. Volví al mercadito. Tomé la bolsa llena de compras y nos fuimos al auto.

La mujer trabajó en el jardín y después hizo comida para los dos. Pero apenas se sentó a la mesa conmigo, no comió nada. Luego regresó a trabajar en el jardín, mientras oía música, conmigo a su lado todo el tiempo, sufriendo con aquella música, deseando que todo aquello acabara de una vez.

Quince minutos antes de las nueve le dije a la mujer que iba a echarle un vistazo al terreno de la finca, que tal vez me tardaría un poco.

No me dejes sola.

Tomé la lámpara.

No me voy a alejar mucho, no te preocupes. Cierra todo y solo me abres la puerta a mí. Y no te quedes en la ventana.

Por favor...

No te preocupes.

Salí llevándome el revólver. En el cuarto de herramientas agarré un pico y dos palas y me fui al bosque de magnolias. Me senté en la banca de piedra, la lámpara encendida. Puse el pico y las palas al lado de la banca.

Sônia y Jorge tardaron en aparecer. El hombre usaba un sombrero que le cubría la mitad del rostro.

Apaga esa lámpara. ¿Qué querías de mí?

Lo reconocí de inmediato. Si quieres mantenerte vivo en este mundo de mierda no puedes olvidar ni la cara ni la voz de nadie. Era el hijo del viejo Baglioni, a quien yo le había ayudado a irse al otro mundo. Fingí que no lo había reconocido.

Solo una pregunta. ¿La mujer es tu esposa?

¿Esa vieja? Es mi socia, enloqueció y está jodiendo los negocios. ¿Qué querías de mí?

Que me dieras lo que falta.

¿Antes de que hagas el trabajo? Imposible. Un trato es un trato.

Hoy mato a la mujer y me largo. ¿Cómo vas a darme lo que falta?

Sabes dónde encontrar a Sônia. Ella te paga después.

Prendí la lámpara. Mostré el pico y las palas.

Quiero que ustedes me ayuden a abrir una fosa. Si tuviera que hacerlo solo, me tardaría mucho tiempo. El cuerpo tiene que desaparecer. Hice compras con ella en el mercadito del pueblo y vieron mi cara.

Solo eso faltaba, dijo Jorge.

Sin fosa no hay cadáver.

Está bien, está bien, dijo Jorge tomando una de las palas. Yo tomé la otra y el pico.

Aquí no. Tenemos que salir de la finca, vamos al bosque.

No puedo andar mucho, traigo zapatos altos, dijo Sônia.

Ese es tu problema.

Anduvimos por el bosque, Sônia reclamaba que sus zapatos se estaban echando a perder.

Aquí está bien, dije.

Sônia se negó a cavar. Jorge y yo trabajamos en silencio, como lo hacen los enterradores. No es fácil abrir una fosa grande, menos en un suelo duro como aquel. Empapamos de sudor nuestras camisas. Jorge sudaba más que yo pero no se quitó el sombrero que le escondía el rostro.

Jorge aventó la pala. Basta, ya es suficiente, dijo.

Continué con el pico en la mano.

Todavía falta una cosa, dije.

Golpeé con fuerza la cabeza de Jorge usando la punta del pico. Él cayó. Sônia se echó a correr, pero apenas dio unos pasos y un grito de miedo, no exactamente un grito, sino una especie de aullido.

Comprobé si estaban realmente muertos, no quería enterrarlos vivos. Trabajé profundizando la excavación un poco más. Arrojé a los dos dentro del agujero y lo cubrí con tierra. Apreté la tierra con la pala y cubrí la fosa con piedras y ramas de árbol. En aquel bosque solo había pajaritos, sapos, serpientes, insectos y otros animales inocentes. No iban a abrir aquella fosa, pero no quería correr riesgos.

Lavé el pico y las palas en la pileta y los llevé de vuelta al cuarto de herramientas. Toqué en la puerta de hierro de la casa.

Soy yo, puedes abrir la puerta.

La mujer abrió la puerta, asustada como siempre. ¿Viste alguna cosa?

No. Ni oí ningún sonido extraño. ¿Oíste algo?

No, respondió ella. ¿Quieres tomar un té? Voy a hacer un té para nosotros.

Me quedé en la finca una semana más con la mujer, a pesar de la música. No hay nada más irritante que esa música de violín. Todos los días iba a ver la sepultura en donde aquellos dos se estaban pudriendo, para ver si había algún olor desagradable en el aire. Nada. En el mercadito del pueblo recomendaron a una pareja de viejos que fueron contratados como cuidadores por la mujer. El viejo era un hombre fuerte que trabajaba todo el día en el jardín, él y mi madre. Estoy bromeando, pero me hubiera gustado que ella fuera mi madre. Me caía bien. Si tuviera una madre así, sería un hombre diferente, mi destino sería otro y la cuidaría, tendría a alguien a quien amar.

Ella estaba en el jardín con el cuidador, moviendo la tierra. Me tengo que ir, dije.

No sé cómo pagarte lo que hiciste por mí. Me curé. Ya no tengo miedo.

Curada no estás, pero nadie más te va a llamar por teléfono en medio de la noche, ni nadie más va a seguirte por las calles asustándote.

¿Cómo te puedo pagar? Debes necesitar dinero.

Ya recibí mi paga. Pero puedes llevarme en coche hasta la estación de autobuses de la ciudad.

La mujer me llevó en coche hasta la estación.

Cuando necesites algo, búscame.

Dame tu teléfono, dijo ella.

No tengo teléfono.

Sônia debe saber cómo encontrarte si te necesito, ¿no? Ella fue muy buena persona al recomendarte como mi ángel de la guarda.

No contesté. La mujer esperó conmigo a que llegara el autobús, los dos dentro del carro oyendo la música que a ella le gustaba. El violín no me pareció tan irritante.

Tomé el autobús. Ella agitó la mano mientras el autobús se alejaba.

Viaje de bodas

1. Las familias de Maurício y Adriana eran amigas, vivían en casas cercanas, en los Jardins,* y también eran vecinas en las haciendas que poseían en el interior del estado. Maurício, veinticinco años, hijo único, licenciado en economía, trabajaba en la correduría de valores de su padre. Adriana, hija única también, estudiante de filosofía, veinte años, era admirada no solo por su belleza sino sobre todo por las virtudes morales e intelectuales que poseía. Los dos vivían con sus padres. Adriana era virgen —la virginidad estaba de moda— pero Maurício tenía una vida sexual agitada, para un corredor de bolsa, y era propietario de un departamento en la ciudad en donde realizaba sus encuentros galantes. Desde que eran niños, los dos solían pasar las vacaciones anuales en sus haciendas, montaban a caballo, nadaban en el río o en las piscinas, plantaban árboles, se divertían con juegos de salón y veían videos, siempre juntos. Cuando crecieron comenzaron a hacer excursiones por el país. Para disgusto de las dos familias, a las cuales les encantaría que los jóvenes se casaran, Adriana estaba enamorada de Maurício, pero él la amaba cándidamente, como si fuera su hermana.

2. Un día, no se sabe bien qué fue lo que ocasionó el cambio, los dos informaron que estaban comprometidos y que se iban a casar en seis meses. Es fácil comprender la motivación de la enamorada Adriana; en cuanto a Maurício, esta decisión inesperada quizás era resultado del hecho de que él creía lo que le decían, que tarde o temprano un hombre tiene que casarse, y del hecho de estar seguro de que jamás encontraría a otra mujer tan decente y digna como Adriana para ser su esposa. A final de cuentas sabía, por experiencia propia, cuán depravadas y cínicas eran las mujeres. Las dos familias tradicionales se pusieron muy contentas con la noticia del compromiso, siempre tuvieron el

* Grupo de colonias de clase media y alta al sur de la ciudad de São Paulo.

291

recelo de que un día Maurício y Adriana se llegaran a interesar por otras personas que no fueran del mismo mundo social y cultural, quién sabe, un astuto cazador de dotes o una de esas nuevas ricas deslumbradas que frecuentaban las columnas de sociales.

En los meses que antecedieron a la boda, el departamento de Maurício en la ciudad funcionó casi todas las noches. Las mujeres venían de todas partes, algunas ya las conocía, otras no; algunas eran profesionistas, otras estudiantes, otras no hacían nada, lo cierto es que no le pedían nada, ni dinero ni regalos, y si Maurício a veces les regalaba carros o joyas caras a algunas era por iniciativa propia. No obstante su vida agitada, Maurício asistía diariamente a la correduría, llegaba temprano, y a pesar de las profundas ojeras y de los continuos bostezos, trabajaba sin descanso y era de los últimos en salir. La correduría jamás había ganado tanto dinero.

Los novios se encontraban los sábados por la noche, iban al cine o al teatro o a una u otra fiesta en casa de amigos comunes. Adriana, que tenía la costumbre de acostarse y despertarse temprano debido al horario matutino de las clases en la facultad, prefería quedarse poco tiempo en las fiestas y Maurício accedía, no solo porque cumplía todos sus caprichos sino porque eso le daba, algunas veces, la oportunidad de hacer alguna cita con una de sus conocidas en el departamento de la ciudad.

3. La boda se celebró un viernes y fue una de las mayores fiestas que se han realizado en la ciudad. Asistieron las figuras más importantes del mundo de la política, los negocios, las artes, hasta el presidente de la República se asomó a la fiesta. Como por entonces Maurício estaba dirigiendo personalmente negocios complejos y tardados que involucraban también al banco del padre de Adriana, transacciones financieras que rendirían considerables beneficios, el viaje de bodas a París fue diferido tres meses con el beneplácito de todos. Así es que después de la ceremonia y de la fiesta, en lugar de un viaje de treinta días a París y sus alrededores, la pareja se embarcó en un jet ejecutivo del padre de Adriana y se fue a pasar el fin de semana a Rio de Janeiro.

Llegaron al Copacabana Palace poco después de medianoche y ocuparon la amplia suite nupcial del hotel. Maurício pidió una botella de champaña y se quedó sentado en la sala, completamente vestido, mientras Adriana se retiraba a uno de los cuartos para ponerse un camisón. Él se quitó el saco, ya que sudaba a pesar del aire acondicionado, y tomó una copa de champaña. Adriana regresó poco después, vestida con el camisón que su madre le había ayudado a escoger. Maurício ni se dio cuenta del camisón. Besó a Adriana y le dijo «Quédate aquí, mi amor, que voy a quitarme esta ropa, tengo muchísimo calor; en fin, así es Rio de Janeiro, un verano interminable». En el cuarto se quitó la ropa lentamente y pensó en Ludmila, una de sus parejas preferidas de las noches lúbricas en el departamento de la ciudad. Regresó a la sala con una bata sobre el cuerpo desnudo, cogió la botella y, tomando cariñosamente a Adriana por la cintura, la llevó al cuarto. «Acuéstate, mi amor», le dijo. «Apaga la luz», le pidió Adriana tímidamente. Maurício apagó la luz. «Quítate la ropa, mi amor, voy a traer las copas de la sala». Tomó las copas, dejó la luz de la sala encendida y regresó. Ella estaba acostada, inmóvil en la cama, y la luz indirecta que venía de la sala revelaba el delicado matiz alabastrino de su cuerpo, la mata alta de los pelos rubios en el delta de las piernas. Maurício contemplaba por primera vez la desnudez completa de la mujer amada. Sintió una ola de cariño y desvió la mirada. Se quitó la bata, se sentó en la cama, tomó la botella del buró y llenó dos copas. «No quiero beber», dijo Adriana, con la voz empañada. Maurício vació con largos sorbos las dos copas y se acostó boca abajo al lado de Adriana, besó sus rígidos pezones, después los labios y el cuello. Adriana dio un suspiro de languidez y miedo. Maurício también suspiró, porque su pene permanecía flácido. Acarició los senos de Adriana, bajó la mano y acarició sus piernas que se entreabrieron un poco, tocó los labios ocultos que se le ofrecían húmedos. De nuevo pensó ansioso en Ludmila y entonces su pene finalmente se endureció y él se recostó de prisa sobre Adriana, separando bruscamente sus piernas, por miedo de que la erección desapareciera. Tenía que romper el himen y no sabía nada de la resistencia que se iba a encontrar, pues jamás había desflorado a una mujer. Adriana le dijo que estaba lastimándola, le pidió que se detuviera, pero Maurício supo que si no proseguía sin tregua, su pene perdería su rigidez sin poder recuperar su dureza aquella noche. Y así embistió con rapidez y brutalidad, sin importarle los gritos de dolor de Adriana, hasta sentir que alguna membrana se rompía y un calor húmedo envolvía su pene. Atacó todavía durante algún tiempo para cerciorarse de que había cumplido su deber, sintiendo el cuerpo empapado y el sudor que goteaba de su frente sobre el rostro de Adriana. «¿Te lastimé, mi amor?», le preguntó finalmente. Al notar el tono angustiado de su voz, Adriana contestó «No, mi vida». Maurício se quitó de encima de ella y vio la sábana manchada. Ya no sudaba. Se puso la bata y llenó otra copa de champaña que se tomó de un solo trago. Adriana bajó de la cama y se cubrió el cuerpo con el camisón.

«Voy a cambiar esta sábana, debe haber ropa de cama limpia en alguna parte», dijo ella.

«La recamarera lo arregla mañana. Vamos a dormir en el otro cuarto», dijo él.

Pero Adriana encontró sábanas en un armario y tendió la cama, doblando cuidadosamente la sábana manchada, de tal forma que no se viera la sangre. Después se fueron a dormir al otro cuarto. Maurício le dijo que sería mejor para ella que ya no hicieran nada aquella noche.

Tampoco hicieron nada al día siguiente. Comieron, pasearon un poco por la playa y en la noche tomaron el jet ejecutivo y regresaron a São Paulo.

4. Los negocios que involucraban a la correduría y al banco fueron un éxito absoluto. Festejaron a Maurício, que había dirigido las transacciones, y lo premiaron con una comisión alta. Ahora la pareja podía viajar. Maurício le dijo a Adriana que ya no quería ir a París, ni a Londres, ni a Nueva York, ni a cualquier otra ciudad. Adriana estuvo de acuerdo. En la facultad de filosofía había escuchado de algún profesor que «las ciudades del mundo son concéntricas, isomórficas, sincrónicas, solo existe una y siempre estás en la misma»; no tenía sentido salir de São Paulo e ir a otra gran ciudad, en realidad, para su viaje de bodas deberían buscar un contacto mayor con la naturaleza. Consultaron incontables folletos que una agencia de viajes les había ofrecido, estudiaron las opciones. De Brasil ya conocían Amazônia, Pantanal, las ciudades barrocas de Minas Gerais, las playas del Nordeste y del Norte, los pueblos del sur. La idea del *rafting* en el río Colorado fue de Adriana y surgió después de que Maurício propuso que hicieran un viaje en jangada* en Ceará.

«Si quieres andar en jangada, ¿por qué no por los rápidos del río Colorado?» Ella leyó uno de los folletos, traduciéndolo del inglés. «El salvaje, remoto y poderoso río Colorado atraviesa el dramático y fascinante *red rock country* del Canyonlands National Park... Muros de roca de arenita roja de trescientos metros de altitud rodean las orillas del río... En las cien millas de descenso del río atraviesas rápidos famosos como el Satan's Gut...» «¿Quieres que te lea más?»

Maurício contestó que sí y Adriana siguió la lectura de los folletos. Se podía bajar el río en balsas hechas de material inflable súper resis-

---

* Embarcación brasileña primitiva formada por una serie de troncos de jangada u otros árboles parecidos, movida con remos o mediante una vela triangular.

tente y los excursionistas tendrían el apoyo de un guía, que también guisaba, y de un *boatman*, quien conduciría la balsa entre emocionantes *rapids*. No habría problemas para quienes no supieran nadar, todos tenían que usar un chaleco salvavidas aprobado por la Coast Guard, el mayor peligro era agarrar un *sunburn*, ya que el sol era muy fuerte. La temperatura ambiente era agradable, los *bugs* no eran muchos, rara vez llovía, viajarían un promedio de siete horas diarias en la balsa, en periodos continuos de, como máximo, cuatro horas, combinados con *hiking*, fotografías, pesca y comilonas. *Don't come to us if you want to lose weight, we don't allow it.* Servían verduras y frutas frescas y los platillos principales incluían desde *Cornish game hen* hasta *Oriental stirfry*.

«¿Qué es *stirfry*?», preguntó Maurício.

«Es la traducción americana del platillo chino conocido como chop suey, *fry* es fritura, tiras de vegetales, de carne, etcétera, en una plancha con poco aceite, y *stir*, mezclar los ingredientes constantemente hasta el punto deseado.»

«¿Y cómo es que uno?...»

«¿Uno qué?»

«No, nada.»

«Quieres decir en dónde se hacen las necesidades fisiológicas, ¿no es así?», dijo Adriana, que tenía el tiempo suficiente de conocer a Maurício para conocer sus tabúes.

«Eso es.»

«Está en el folleto. Cada balsa tiene un baño especial, que es vaciado diariamente en un depósito antiséptico de la balsa y después llevado a la sede de la agencia de viajes. Está prohibido orinar o hacer cualquier cosa en el terreno; el suelo y cada pedazo de piedra son preservados y protegidos por la ley. Pero yo no me preocuparía por eso, la compañía debe de haber previsto una manera cómoda, higiénica y recatada de resolver el problema», dijo Adriana.

5. Se montaron en un avión que hacía el trayecto São Paulo-Nueva York, primera clase, les dieron una espléndida comida acompañada de vinos franceses, vieron una película, se tomaron una pastilla y durmieron hasta la hora del desayuno. En Nueva York tomaron un avión de la Alpine Airline hacia Salt Lake City, un avión pintado de muchos colores, que no inspiraba mucha confianza. Durante el viaje sirvieron yogur, pan y mantequilla en una charola de unicel. Las bebidas se pagaban a la encargada de a bordo, quien ponía el dinero en una bolsa de plástico usada. Una pareja de negros que emitía sonoras carcaja-

das llamó la atención de Adriana; también observó a una mujer de cabellos oxigenados que lamía el yogur que había ensuciado su uña pintada de negro, una uña tan larga que llegaba a curvarse y se asemejaba a la garra de un perezoso. Según Maurício, la mujer parecía una bruja de caricaturas. En Salt Lake City, Maurício y Adriana se embarcaron al final de la tarde hacia Moab, en una avioneta de ocho plazas de la Red Tail Aviation, en la cual viajaban solamente ellos y un hombre que escribía en un *notebook*.

6. El aeropuerto de Moab consiste de una pista de aterrizaje y despegue y de una pequeña casa prefabricada de madera que estaba cerrada. Al lado de la casa había dos tráilers. No había nadie de la empresa de viajes que los estuviera esperando. En realidad, además del piloto de la avioneta y del hombre del *notebook*, no se veía a nadie en la casa, en los tráilers, ni siquiera en la inmensa planicie vacía que los rodeaba.

El piloto de la avioneta abrió la casucha para llamar por teléfono. Adriana y Maurício entraron con él. El piloto hizo una llamada corta, diciendo a alguien que había llegado al aeropuerto, que se iba a dormir y colgó.

«¿Dónde encontramos un taxi a Moab?»

El piloto dijo que no había taxis, que la ciudad estaba a quince minutos en coche, que se iba a quedar ahí, que iba a dormir en uno de los tráilers y que no tenía la menor idea de cómo Adriana y Maurício podrían ir a la ciudad.

Salieron de la casa, el piloto la cerró y se fue hacia el tráiler. Adriana y Maurício, y el hombre del *notebook*, que, sentado en el suelo, ajeno, tranquilo, escribía en su computadora. Solo paró de teclear para decirles que estaba escribiendo un libro de viajes sobre las *canyon lands* y que en ese momento tomarían rumbos distintos. Esperaron a que llegara alguien de la compañía de turismo. Un coche apareció en la carretera y se dirigió hacia ellos. Era una camioneta de carga abierta de la cual saltó un hombre, sacó unas llaves del bolsillo, abrió la casucha y entró. Cuando salió, Maurício le preguntó si iba hacia Moab y el hombre le dijo que sí y que les daría un aventón. Maurício y Adriana se subieron al compartimiento de carga, el hombre del *notebook* se sentó al frente con el chofer. Tambaleándose, la camioneta partió hacia Moab. Durante el viaje el chofer dijo, a través de la ventanilla de la cabina, que tenía un helicóptero y que hacía excursiones sobre los cañones. «¿De dónde vienen?», preguntó. «De São Paulo, Brasil», dijo

Maurício. «*Never heard*», dijo el chofer. Su nombre era Lloyd y tenía el tatuaje de un águila en el brazo. «Es una *bald eagle* americana», susurró Adriana al oído de Maurício. No se veía un solo árbol a las orillas de la carretera, que se había vuelto todavía más roja por la puesta del sol.

7. En Moab había apenas una calle. Pararon en la puerta del Landmark Motel. En el Landmark, cuando Adriana y Maurício se identificaron, el recepcionista les entregó dos grandes bolsas de caucho gris para que colocaran adentro su ropa de viaje, y dos cajas de hierro pintadas de azul —que se cerraban herméticamente gracias a dos cierres de presión— a las que el recepcionista llamó *avino can*, para que guardaran cámaras fotográficas, frascos, papeles y otros implementos frágiles que el agua pudiera afectar. «Las *ammunition can* son cajas metálicas para munición utilizadas por el ejército, solo que son verdes», explicó el recepcionista. Por sugerencia de él, compraron sujetadores de lentes y zapatos de caucho. Un autobús de la empresa de turismo vendría a recogerlos al día siguiente, por la mañana, muy temprano.

Los dos tenían mucha hambre pero no había comida en el motel. Fueron al cuarto y se dieron una ducha, uno después del otro. Nunca entraban juntos al baño; en su apartamento nuevo de São Paulo cada quien tenía su propio baño.

«¿Cómo te sientes?»

«Bien», contestó Adriana.

«Quítate esa toalla», dijo él.

«Entonces cierra las cortinas.»

Maurício cerró las cortinas. El cuarto se quedó en penumbra. Adriana se acostó en la cama, envuelta todavía en la toalla. Maurício se acostó desnudo a su lado. Besó y acarició el cuerpo de Adriana. Nervioso, sintió que el sudor le humedecía el cuerpo. ¿Cómo es que no podía excitarse con Adriana, una persona a quien adoraba y que poseía un cuerpo y un rostro más bonitos que los de cualquier mujer que pudiera conocer? Tan pronto consiguió tener una erección, saltó sobre Adriana y, ansioso, introdujo apresuradamente el pene en su vagina. Adriana no tardó en tener un orgasmo suave, lo que la hacía suspirar delicadamente y relajar los músculos del cuerpo. Después Adriana se durmió. Sin embargo, Maurício, con la mente perturbada, no consiguió dormir. Podía contar con los dedos de la mano las veces que había logrado hacer el amor con Adriana.

8. Por la mañana, un autobús de la compañía de turismo llegó para llevarlos al río. Adriana y Maurício se habían puesto bermudas y los tenis nuevos. Sus maletas, con la mayor parte de su ropa, serían llevadas a la sede de la empresa de turismo en donde se quedarían guardadas. Pusieron la ropa que usarían durante el descenso del río dentro de las bolsas de caucho que habían recibido. En las cajas, colocaron las cámaras fotográficas, los filtros solares y los frascos de vitaminas y cosméticos.

La balsa amarrada en la orilla del Colorado estaba hecha de tres tubos gruesos de caucho inflados, unidos por sogas, cubiertos de plástico rígido, con la parte delantera elevada. En la popa tenía un motor. Una balsa moderna. La guía era una mujer rubia, quemada por el sol, llamada Suzete. George, el *boatman*, era un hombre mal encarado, musculoso y rudo que jamás se quitaba de la cabeza una *ball cap* desteñida por el sol. Nadie lo llamaba George, solo le decían Boatman. Había otras cuatro personas al lado de la balsa: dos holandeses, Marika y Joost, una pareja rubia y sonrosada, y dos franceses, Patrick, un hombre de mediana edad, y Jean, un adolescente. Estos serían los compañeros de aventura de Adriana y Maurício. La guía les dio los chalecos salvavidas, rojos con presillas negras, que se pusieron. Las cajas de metal fueron colocadas lado a lado con las otras, en la parte posterior de la balsa, en donde se almacenaba el material necesario para la excursión. Los viajeros se acomodaron como pudieron en la balsa. La posición más cómoda era con las piernas abiertas sobre uno de los gruesos tubos, y con las manos bien apretadas a las sogas de unión de los tubos.

El inicio del viaje fue por aguas tranquilas. Suzete mostraba las rocas altas y rojas y les pedía que pusieran atención a los detalles que denominaba «*Freemont indian rock art*», agregando que aquellas esculturas tenían más de ochocientos años. Dijo que la comunión con la naturaleza debía hacerlos más felices, pero que, como dijera Mildred Barbel, «*happiness is a conscious choice, not an automatic response*».

«¿Quién es Mildred Barbel?», preguntó Maurício.

«*Never heard*», contestó Adriana, y los dos se rieron como cuando eran apenas amigos.

9. Después de dos horas sin atravesar ningún rápido, la balsa atracó en la orilla del río y todos bajaron. Suzete explicó que los viajeros podían elegir entre pescar y pasear. Pidió que nadie orinara en el terre-

no, estaban en un parque nacional que debía ser conservado, dentro del agua sí podían, o en el dispositivo sanitario que Boatman estaba instalando en aquel momento en medio del bosque, en un lugar distante, aislado de la mirada de todos. Para ir al sanitario la persona tendría que pasar por un punto en donde había un grueso rollo de papel de baño en una caja con una pata larga clavada en el suelo. Todos caminaron hacia el punto en donde estaba la caja con el rollo de papel, que Boatman había colocado.

«Cuando alguien vaya a utilizar el dispositivo, debe coger el rollo. Y después debe ponerlo en el mismo lugar. Así, la ausencia o la presencia del rollo orientará a los usuarios.»

Enseguida, todos fueron a ver la instalación sanitaria, una especie de taza o recipiente rectangular, con una tapa en la que el usuario podía sentarse. El fondo del recipiente estaba cubierto por un líquido antiséptico azul claro. Todos los días Boatman removería el contenido del recipiente y lo pondría en un tanque en la balsa, de donde lo llevarían de regreso a otro tanque antiséptico en la sede de la empresa en Moab. Los detritos de los viajeros no debían contaminar el río.

«No voy a poder usar eso», dijo Maurício.

«Yo tampoco», contestó Adriana.

10. Fueron a hacer *hiking*, el paseo por la montaña. La guía les dijo que no podían bañarse en el río, pues aquel trecho estaba infestado de giardias, un protozoario que causaba fuertes diarreas, agregó. Maurício y Adriana se separaron y, en lugares diferentes, lejos de las miradas indiscretas, orinaron en el río. Para Adriana fue una operación difícil. Para poder orinar de pie, tendría que quitarse los pantalones, los zapatos y entrar en el río, un proceso tardado que podría exponerla a las miradas indiscretas. Así es que se quitó los zapatos, se arremangó los pantalones, entró en el río y se bajó los pantalones. El agua estaba helada y ella se inclinó, apoyando las dos manos en las rodillas, preocupándose por no mojarse otra parte del cuerpo además de las pantorrillas. Finalmente pudo orinar.

Adriana regresó para encontrarse con Maurício pero no le dijo nada sobre sus peripecias en el río. Sabía que él detestaba oír y que jamás mencionaba temas ligados a la eliminación de residuos orgánicos.

11. En la cena comieron enchiladas,* sándwiches, jugo de naranja, Coca-Cola y *blueberries*. Los platillos habían sido colocados sobre una mesa fácil de armar, a la orilla del río. Patrick abrió su caja azul de donde sacó una botella de vino, un vaso y un paquete de pan tostado y se quedó bebiendo y comiendo en silencio, lejos de los demás. Solía quedarse escribiendo en un cuaderno que guardaba en la caja azul y jamás platicaba con nadie, ni siquiera con Jean. Joost opinaba que los dos eran amantes, pero Marika creía que el adolescente era hijo de Patrick, un misterio que nunca se aclaró. Jean les había confiado a los demás que Patrick era poeta y que no sabía una palabra de inglés, la lengua que se hablaba en la balsa. Los holandeses eran alegres y glotones y les gustaba cantar.

Después de la cena, a excepción de Patrick, todos lavaron sus platos de plástico duro con esponjas y jabón que Suzete les facilitó. Entonces se distribuyeron las tiendas de campaña de tela impermeable verde, en las cuales cabían dos personas. Era muy sencillo armarlas y después de instaladas parecían un gigantesco sapo sentado. Adriana fue a pasear con Marika y Joost. Maurício no fue, dijo que quería quedarse ahí, sentado, mirando las montañas. Adriana regresó con los holandeses y entró en la tienda. El grupo se reunió para platicar alrededor de las linternas encendidas. Suzete tenía muchas historias que contar, los holandeses también, Jean dijo por qué le encantaba América. Patrick se quedó escribiendo a la luz de una de las linternas. Boatman caminó solitario a la orilla del río. Maurício se sentó al lado de su tienda contemplando el cielo. Nunca había visto tantas estrellas fugaces en su vida.

Adriana levantó la cubierta de la tienda y asomó el rostro.

«¿No vas a entrar? Mañana va a ser un día extenuante. Vamos a enfrentarnos con los rápidos.»

«Al rato voy», le contestó Maurício.

Pero se quedó todavía un largo tiempo mirando el cielo. Quería entrar solo hasta que Adriana estuviera dormida. El grupo que platicaba se deshizo y todos se fueron a dormir.

Maurício entró cuidadosamente en la tienda, seguro de que Adriana ya estaba dormida.

«¿Por qué tardaste tanto?», la voz de Adriana hizo que el cuerpo de Maurício temblara de susto.

«Debías estar dormida.»

«Te estaba esperando.»

---

* En español en el original.

Él se acostó a su lado totalmente vestido, la tienda era pequeña y los dos cuerpos se tocaron. Adriana acercó su rostro al de él y lo besó tímidamente en la boca. Maurício se quedó inmóvil, con una losa sobre el corazón.

«¿No vas a quitarte la ropa?»

«Tengo frío.»

Adriana metió la mano por adentro de la camisa de Maurício y le acarició el pecho.

«Estoy muy cansado», le dijo.

«¿Puedo dormir abrazada a ti?»

«Sí.»

Adriana, acostada de lado, puso su brazo sobre el pecho de Maurício y colocó una de sus piernas sobre las piernas de él. Maurício, de espaldas, no se movió. Adriana se durmió; su respiración era suave, casi inaudible. Maurício tardó mucho en conciliar el sueño.

12. Por la mañana, después de que Suzete los despertó, los excursionistas desarmaron las tiendas y guardaron sus cosas en las bolsas. Boatman acomodó todo en la parte trasera del barco. Después reunió a todos alrededor de la balsa.

«Hoy», dijo Suzete, «ustedes se van a enfrentar los primeros rápidos. El instinto de supervivencia hace que los *rafters* novatos como ustedes se asusten al ver las aguas revueltas de los rápidos. Es necesario que el *rafter* se sienta seguro consigo mismo y con los que lo ayudan. Boatman fue allá arriba, está leyendo el río desde lo alto, observando las aguas. Es necesario leer las aguas antes de entrar en los *rapids*, saber lo que viene después de las curvas, traducir todos los indicios, la velocidad de las aguas, la niebla, los sonidos, todo tiene un significado. Boatman tiene un aspecto terrorífico, lo sé, fue un prófugo de la ley, un drogadicto, tocó fondo, pero la naturaleza salvaje lo salvó y redimió. Es el mejor en todo Colorado.»

Boatman apareció caminando por la orilla del río, observando las aguas, a veces inclinaba la cabeza de lado como si escuchara algo que el río le susurraba.

13. La balsa partió y empezó a deslizarse cada vez más rápido por la corriente de aguas encrespadas. Los pasajeros, protegidos por sus chalecos, se agarraban con fuerza a los puntos de apoyo distribuidos por la balsa. «*Look the mist!*», gritó Boatman. La niebla significaba que

había una gran caída adelante. Ahora navegaban sobre los *rapids*, la jangada parecía realmente un gigantesco delfín que metía y sacaba la cabeza de las aguas sumergiéndose cada vez más profundamente. Entonces bajaron por la gran caída, sintiendo un nudo en el estómago. Los holandeses soltaban gritos eufóricos, la emoción se reflejaba en la cara de los pasajeros, hasta Patrick mostraba alguna perturbación. (Marika dijo después que Patrick había exclamado «*merde!*» y «*sacrebleu!*», la primera vez que se oía el sonido de su voz.) Sin embargo, Maurício, sumergido en profundos pensamientos, se mantuvo taciturno y triste. Finalmente, atravesaron aquel tramo de rápidos y llegaron a una parte más o menos tranquila del río. Todos parecían vencedores de una ardua batalla, incluso el poeta francés quien, al beber su vino, alzó la copa saludando al río y a la montaña de roca roja.

Aquella noche los sufrimientos de Maurício fueron aún mayores. Adriana lo llamó a dormir, pero él, sumido en su amargura, se unió al grupo que platicaba alrededor de las linternas encendidas, sin participar de la euforia de todos por la proeza que habían realizado aquel día.

Maurício no se metió a la tienda hasta muy tarde, cuando el campamento ya estaba en absoluto silencio. De nuevo, Adriana lo estaba esperando despierta. El calor del cuerpo de la mujer a quien amaba y sus caricias recatadas no le despertaron el menor deseo. Mientras Adriana lo acariciaba se imaginó, inútilmente, las más ardientes escenas lascivas con Ludmila, con Cora, con Janete, con las mujeres sin pudor que frecuentaban su departamento en el centro de la ciudad. Maurício apartó bruscamente el cuerpo de Adriana.

«Estoy muy cansado.»

«Lo entiendo.»

«No, tú no entiendes nada», le dijo irritado. Adriana, a quien nunca había tratado él de esa manera, sintió ganas de llorar. Maurício se acostó de lado, de espaldas a Adriana y fingió que dormía. Ella también fingió que dormía.

14. Al día siguiente, Marika comentó con Joost que algo debía estar pasando con la «bella parejita brasileña, creo que se pelearon, ella trae una cara tan infeliz». Joost respondió: «La cara de él está peor». Y Marika dijo que quizás era mejor que los dos descubrieran ahora que no se amaban, mientras eran jóvenes y tenían tiempo para reconstruir sus vidas.

El segundo día de travesía por los rápidos también fue emocionante, aunque ya todos se consideraban veteranos después del bautizo de fuego. Cuando alcanzaron aguas más tranquilas, la balsa se detuvo a la orilla del río. Suzete armó las mesas para la comida. Adriana y Maurício apenas tocaron los alimentos. Adriana lavó rápidamente su plato, cruzó algunas palabras con Suzete y caminó por el campamento hasta desaparecer. Maurício miró las aguas del río, las montañas de arenita roja, pensó en lo que estaba haciendo en aquel lugar, sufriendo porque no podía hacer el amor con la mujer que amaba, una mujer joven y linda que deseaba ansiosamente que él la poseyera. Qué infierno, ni siquiera podía defecar, con asco de la letrina que habían instalado en los matorrales. No, decidió, por lo menos eso haría, iba a sentarse en aquella taza y quedarse ahí hasta vaciar los intestinos. Le preguntó a Suzete si ya se podía usar el dispositivo sanitario y la guía le contestó que sí, que Boatman lo acababa de instalar, y le indicó qué dirección debía de seguir para llegar al lugar.

Siguiendo las indicaciones de Suzete, Maurício encontró la caja con la pata clavada en el suelo vacía. Alguien estaba usando el dispositivo. Desde donde se encontraba no podía ver el lugar del escusado. Se quedó parado, esperando al lado de la caja. Entonces apareció Adriana con el rollo de papel de baño en la mano. Pasó junto a Maurício, colocó el rollo en la caja y, sin decir una palabra, se alejó apresuradamente.

Maurício fue hasta el retrete y antes de sentarse miró la capa de líquido azul celeste transparente que llenaba el receptáculo. Y pudo ver con nítida claridad un enorme bolo fecal café oscuro sumergido en el fondo. Un pedazo de papel de baño arrugado flotaba en la superficie. Recordó que Suzete le había dicho que Boatman había acabado de instalar el escusado, recordó haber visto a Adriana platicando con Suzete y que ella había desaparecido mientras los demás aún comían. Aquella asquerosa, inmensa masa excrementicia había sido expelida por Adriana, y esa comprobación lo llenó de horror. Echó profusamente papel de baño sobre el líquido de manera que ocultara aquella visión repugnante. Sus intestinos se bloquearon aún más. Se puso los pantalones y se alejó con lo poco que quedaba del rollo de papel de baño en la mano. Cuando llegó a la caja en donde debería colocar el papel, se detuvo sin aliento.

Caminó despacio de regreso al lugar de la comida. Ya habían desarmado las mesas. Adriana, en shorts, jugaba pelota con Jean, corriendo de un lado a otro, chutando la pelota torpemente. Maurício, sentado en una piedra, siguió pensativo los movimientos de Adriana, como si la viera por primera vez. Cuando notó que Maurício la observaba, ella paró, arreglándose el cabello. Jean se fue a jugar pelota con Joost.

Maurício y Adriana se quedaron mirándose de lejos. Entonces, Maurício se acercó a Adriana y le preguntó si no quería dar una vuelta.

Caminaron callados por la orilla del río. Maurício se inclinó y tomó una piedra para arrojarla al agua.

«No puedes hacer eso, cada piedrita de esas está catalogada por el gobierno americano, esta puede ser una obra de arte de los indios Freemont, puedes ir a dar a la cárcel.»

Los dos se rieron con la boca cerrada.

«Estoy muerta de pena. No esperaba que fueras allá inmediatamente después de mí, estabas comiendo, qué desagradable.» Hizo una pausa. «¿No te quedaste impactado?»

«Sí. Pero ahora, viéndote, ya no.»

15. Aquella noche Maurício entró en la tienda antes que Adriana. Ella se quedó afuera, mirando las estrellas. Maurício asomó la cabeza fuera de la tienda y le preguntó: «¿No vienes a acostarte?».

Adriana entró en la tienda. Maurício le quitó la ropa delicadamente, después también se desnudó, feliz con su virilidad latiendo. Se acostaron y la besó en la boca, sorbiendo su saliva y, con paciencia, recorrió con la lengua las partes más recónditas del cuerpo de la mujer que amaba, pues sabía que tenía tiempo y que su deseo por ella se había vuelto inagotable. Después la poseyó con un ardor que jamás había sentido y esperó que los brazos y las piernas de su mujer languidecieran de placer para disfrutar aquella comunión con un deleite que no imaginaba que pudiera existir.

16. El *rafting* por el Colorado continuó por algunos días más. Todas las noches, Adriana y Maurício eran los primeros que se retiraban en el refugio de la tienda. No participaban en los juegos ni en las pláticas del grupo alrededor de las linternas encendidas, ni siquiera la noche que George, el Boatman, contó sus extraordinarias aventuras de drogadicto y prófugo de la ley.

El río estaba ahí, fluyendo sin parar, y las estrellas brillaban en la bóveda celeste, pero Adriana y Maurício solo querían saber de las nuevas alegrías que el amor les propiciaba.

El amor de Jesús en el corazón

Una niña de doce años de edad fue encontrada muerta por excursionistas en el bosque de la Tijuca en un lugar no muy lejos del Alto da Boa Vista. La habían estrangulado, tenía vestigios de semen en su ropa, sus calzones desaparecieron pero no la habían violado. Los peritos de la policía calcularon que la niña murió alrededor de cuarenta y ocho horas antes. A unos dos kilómetros del lugar en donde encontraron el cuerpo había un colegio para niñas pobres que unas monjas sostenían. Los detectives Leitão y Guedes fueron al colegio y supieron que una alumna había desaparecido hacía dos días. Maria de Lurdes Gomes, o Lurdinha, como las compañeras conocían a la muerta, estudiaba y vivía en el colegio. Era una alumna rebelde, a quien no le gustaba la disciplina que las monjas exigían, se rehusaba a trabajar en la cocina, en el huerto o en el taller de costura. Las monjas creían que había huido, como siempre amenazaba que lo haría. Notaron su ausencia a la hora de la cena.

—¿Tienen ustedes alguna foto de la niña? —les preguntó Leitão.

Las monjas trajeron una fotografía que los policías miraron durante algún tiempo.

—¿En dónde está la capilla? —les preguntó Leitão.

Una monja llevó a los dos policías a la capilla del colegio. El recinto tenía algunas hileras de toscas bancas de madera y un altar con la figura de Cristo clavado en la cruz. Leitão fue hasta el altar, se persignó y se arrodilló. Guedes se quedó de pie, mirando las paredes sucias y descascaradas de la capilla, mientras su colega rezaba. Al fondo, la monja asustada los espiaba en silencio.

Leitão rezó durante algún tiempo. Se levantó, se persignó otra vez. Los dos policías salieron de la capilla.

—Le pedí a Jesús por el alma de la víctima y para que me iluminara y me diera fuerzas para atrapar al asesino —le dijo Leitão a la monja. La monja intentó decir algo, pero no pudo.

—Nos gustaría hablar con la encargada —dijo Guedes.

—Madre superiora —lo corrigió Leitão.

Llevaron a los policías al gabinete de la madre superiora, una mujer de edad, ligeramente sorda, a quien le dieron la noticia de que Maria de Lurdes Gomes había sido asesinada. La madre superiora, impactada, respondió a las preguntas de los dos policías. La niña no tenía parientes, fue enviada por una institución con la que las monjas mantenían un convenio; no había hombres en el colegio; las alumnas y las monjas hacían todo el trabajo; compraban las provisiones en un supermercado de la Tijuca y un empleado llamado Eleutério las entregaba. Él era el único hombre que entraba en el colegio.

—¿Plomero, electricista, carpintero? —preguntó Guedes.

Las propias monjas hacían estos trabajos.

—¿Pintor?

Hacía años que no pintaban las paredes. No había dinero para ello.

Leitão y Guedes escribieron en un papel sus nombres y el teléfono de la delegación y le pidieron a la madre superiora que los llamara en caso de que notaran que sucedía algo raro en el colegio; agregaron que regresarían en otra ocasión.

Fueron al supermercado. Eleutério había salido para hacer una entrega. Los policías lo esperaron. Un *caboclo** fuerte, de unos cuarenta años, llegó en un triciclo de entregas. El gerente dijo que ese era el hombre que buscaban.

—Somos de la policía. Venga con nosotros a la delegación —dijo Leitão.

—¿Qué fue lo que hizo? —preguntó el gerente.

—Solo queremos platicar con él —dijo Leitão. Entraron en el coche de la policía.

—¿Eres católico? —le preguntó Leitão.

—Sí, señor.

—¿Pero eres realmente católico o eres de esos que solo engordan las estadísticas? —preguntó Leitão.

—Sí, señor.

—¿Sí señor, qué? —dijo Leitão.

—Quiere saber si vas a la iglesia los domingos. Si eres católico practicante —dijo Guedes.

—Sí, señor.

—Y los viernes vas al candomblé, ¿no es así?

—Sí, señor.

---

* Mestizo de blanco e indígena. Este término también se usa para designar a la gente sencilla originaria del interior del país.

—Otro católico *macumbeiro** —dijo Leitão—. Presta atención, un católico no va a la macumba.

—Leitão, lo estás confundiendo.

—¿Creías que las niñas del colegio eran bonitas?

—Sí, señor.

—Leitão, me estás irritando.

—Tú, Guedes, eres otro que se dice católico y no va a la iglesia.

—Si voy o no voy a la iglesia no es tu problema.

—Entonces no estés diciendo que eres católico.

—Yo nunca te he dicho que soy católico.

—¿Entonces no eres católico? Anda, contesta.

—¿Me estás interrogando? No molestes. Soy policía hace más tiempo que tú.

—Pero yo no tengo manchas en mi expediente.

—Leitão, vete a la mierda.

Leitão movió la cabeza pensativo, como si dijera que estaba tomando nota de todo aquello. Leitão jamás decía palabras obscenas y le molestaba el constante lenguaje soez del colega. Guedes bajó el vidrio del coche y escupió.

Llegaron a la delegación.

—Deja que yo interrogue al sujeto —dijo Leitão.

—Yo lo voy a interrogar —dijo Guedes.

Guedes se encerró en una oficina con Eleutério.

Leitão le preguntó al secretario si al excursionista que había encontrado el cuerpo lo habían citado a comparecer en la delegación. El secretario dijo que sí.

Guedes abrió la puerta y mandó que llamaran a la mujer que vendía café. Se quedó parado en la puerta, esperándola. Leitão miró hacia el interior de la oficina y vio a Eleutério sentado en una silla cabizbajo. Guedes tomó dos cafés, los pagó y cerró la puerta.

—Antes citabas a un ciudadano a venir a la delegación y el individuo llegaba corriendo —dijo Leitão—. Ya nadie respeta a la policía.

—Todavía está a tiempo —dijo el secretario.

El excursionista llegó, acompañado por una mujer. La mujer explicó que no había sido citada pero que decidió comparecer también pues estaba con su prometido haciendo una excursión al Pico do Papagaio cuando encontraron el cuerpo. Bajaron corriendo hasta el centro de la colonia y llamaron a la policía desde el bar.

---

* Practicante de las religiones sincréticas afrobrasileñas. Esta designación tiene normalmente una acepción despectiva.

Guedes abrió la puerta y salió con Eleutério.

—Puedes irte —dijo Guedes.

—¿Le estás ordenando al sujeto que se vaya? ¿No va a declarar? —preguntó Leitão.

—No necesita declarar, no sabe nada, no está involucrado. Vete, ¿no te dije que te fueras? ¿Qué es lo que estás esperando?

—Aún no terminamos contigo, ¿me oíste? —amenazó Leitão.

—Vete, carajo —dijo Guedes empujando a Eleutério. El mensajero salió, mirando asustado al policía.

—No puedes descartar a los sospechosos de esa manera.

—No te metas con mi forma de trabajar. Si no te gusta, ve a quejarte con el jefe.

—Estamos juntos en esto, Guedes. El jefe nos puso a los dos en el caso. ¿Me estás haciendo a un lado?

—Ya presioné al tipo. Es inocente

—Tú no presionas a nadie.

—No a tu manera.

—Te hablan por teléfono, Guedes —dijo el secretario.

Una voz femenina:

—Habla la hermana Celestina. Quería pedirle una cosa, señor Guedes.

—La escucho.

—Nos gustaría recibir el cordón con la medalla de san Benito que Maria de Lurdes usaba. Todas nuestras niñas usan un cordón con la medalla de san Benito.

—No se preocupe, hermana, le llevaré la medallita.

Guedes llamó al Instituto de Criminalística. Los peritos le dijeron que no habían encontrado ningún cordón con medalla en el cuerpo. Enseguida, Guedes llamo al IML* y habló con el médico forense que había hecho la autopsia. Sí, la muerta tenía una marca en la parte posterior del cuello, podría haber sido ocasionada al arrancarle el cordón con violencia.

—¿Dónde está Leitão?

—Platicando con el jefe.

—Cuando salga dígale que quiero hablar con él.

Guedes fue al baño a orinar. El chorro de orina estaba cada vez más débil. Su próstata no debía estar muy bien. Necesitaba hacer una cita con el médico. Siempre que orinaba se hacía esta promesa. Encontró a Leitão al salir del baño.

---

* Instituto Médico Legal.

—El asesino se llevó un cordón con la medalla de san Benito que la niña usaba.

Leitão movió la cabeza, su quijada casi le tocaba el pecho.

—También se llevó sus calzones.

—Voy a revisar los registros para ver si hay algún maniático sexual que viva en esa región.

Los registros de la policía no proporcionaron ninguna información útil. Los dos policías trabajaron toda la semana, interrogando personas en el Alto da Boa Vista. Guedes iba todos los días al colegio para platicar con las niñas. Leitão opinaba que quedarse dentro del colegio era una pérdida de tiempo, era preferible realizar investigaciones en los alrededores, ir de casa en casa preguntando, ir a bares, tiendas de abarrotes, misceláneas, ir a todos los lugares y hacer preguntas cuyas respuestas Leitão anotaba meticulosamente para examinarlas después. El trabajo de Guedes, por su parte, no era fácil, aunque era menos cansado que el de Leitão. Las muchachas lo miraban con hostilidad y miedo, muchas de ellas, antes de que las enviaran al colegio de monjas, habían sido niñas de la calle, arrestadas por pequeños delitos. Guedes era un solterón sin hijos, que no había tenido hermanos, y el contacto con las niñas, principalmente con las adolescentes, le era estimulante, física y mentalmente. Leitão iba a veces con Guedes al colegio, pero solo para rezar en la capilla. Rápidamente se retiraba para hacer lo que llamaba peinar la comunidad.

Hacia el fin de la semana, algunas niñas reaccionaron con menos desconfianza ante los contactos con Guedes. Él era una buena figura paterna, con su barba gris mal recortada y su voz tranquila; sus preguntas jamás parecían interrogatorios.

—Siempre me gustaron las orquídeas, si tuviera dinero llenaba mi casa de orquídeas. ¿Es tuya? —Guedes entraba por primera vez en el dormitorio de las niñas, acompañado por la hermana Celestina y por Alice, una de las alumnas, en cuyo buró había una orquídea.

—Es mía —le contestó Alice.

—Es tan bonita, azul y roja, ¿no es sorprendente la naturaleza? —dijo Guedes.

Alice le respondió que adoraba las flores.

—¿En dónde encontraste esta?

—En el bosque del colegio, la recogí ayer —le respondió Alice, pero el policía observó un tenue, casi imperceptible titubeo en su voz.

—Las niñas siempre encuentran orquídeas en los terrenos del colegio, yo nunca he encontrado ninguna, pero tampoco tengo mucho tiempo para buscarlas —dijo la hermana Celestina.

—Qué bonito, varias mesitas de noche tienen floreros con orquídeas. ¿El terreno del colegio es grande?

—Es enorme. Llega hasta el bosque.

—¿Si encuentro una orquídea la madre superiora permitiría que me quede con ella?

—En el caso de que usted le prometa que la va a cuidar bien, como hacen las niñas, la madre seguramente le permitirá que se quede con la orquídea. Nosotras buscamos desarrollar una conciencia ecológica entre las alumnas.

—Nunca tuve una orquídea en mi vida. Y Brasil es el país de las orquídeas.

—Existen en muchas regiones del mundo, pero se encuentran más frecuentemente en los bosques tropicales —dijo la hermana Celestina.

—¿Cuál era la cama de Maria de Lurdes?

En el buró de la niña asesinada había una orquídea grande, de muchos pétalos.

—Creo que la única cosa que le gustaba a Maria de Lurdes en el colegio era su orquídea —dijo la hermana Celestina con tristeza.

—¿Y estos floreros, las niñas los hacen?

—El señor Francisco, un alfarero del Alto, nos surte los floreros al costo.

Durante dos días Guedes recorrió los terrenos del colegio. No encontró una sola orquídea. Después fue a buscar al alfarero.

Al fondo de la casa de Francisco —un hombre de cerca de cincuenta años, viudo, sin hijos, que vivía solo— estaba instalado el pequeño taller en donde fabricaba piezas de barro y de cerámica. Guedes tocó a la puerta. Dijo que era de la policía. Francisco cojeaba de una pierna. Guedes entró con él a la casa de ladrillo, de piso gastado de pizarra.

—¿Qué quiere usted de mí? No le debo nada a nadie.

—Quiero preguntarle acerca de los floreros de barro que usted les vende a las monjas del colegio.

—Les doy los floreros a las hermanas, ellas son muy pobres y no tengo valor para cobrarles.

—¿Las niñas vienen aquí a recoger los floreros?

—Una de ellas viene con la hermana Celestina. Las monjas no permiten que las muchachas salgan sin compañía. Son tremendas.

—¿Las monjas o las niñas?

—Las monjas. Son muy duras, pero creo que así tiene que ser.

—Fue una cosa horrible lo que pasó con aquella muchacha —dijo Guedes.

—No quiero ni pensar en ello.

—¿Usted sabe para qué son los floreros?

—Los floreros son para flores. No sé si los usan de otra manera. Ni quiero saberlo.

—Las niñas ponen orquídeas en los floreros.

—¿Orquídeas?

—¿Le parece raro?

—¿Le dije que me parecía raro?

—Me pareció que usted se quedaba medio sorprendido. Quizás un poco preocupado.

—No me sorprendí. Ahora, con permiso de usted, tengo que trabajar.

Guedes no le contó a Leitão sobre la entrevista que sostuvo con Francisco.

Un domingo, otra alumna, Celma Rego, trece años, fue encontrada muerta en el bosque. También había sido estrangulada, tenía vestigios de esperma en su ropa, no fue violada y sus calzones y su cordón con la medallita no se encontraron. El *modus operandi* indicaba que el asesino debía ser el mismo que el de Maria de Lurdes. En el buró de Celma, había un florero con una orquídea.

El ambiente en el colegio era ahora de consternación y miedo. Las alumnas y las monjas, asustadas, evitaban a los policías. Leitão se volvió aún más taciturno y piadoso. Rezó en la capilla del colegio por el alma de la muerta y de nuevo pidió a Dios que le diera fuerzas para arrestar al asesino.

—Necesitamos sentarnos y confrontar nuestros apuntes —dijo Leitão.

—Hasta ahora no he descubierto nada —dijo Guedes.

—¿Y cómo ibas a descubrir algo? Te la pasas platicando con las niñas.

—¿Y tú? ¿Descubriste algo?

—Estoy investigando a un sospechoso. Un individuo llamado Francisco que vende objetos de cerámica para las monjas.

—¿Ya estuviste con él?

—Él fue uno de los *muchos* que interrogué —dijo Leitão poniendo énfasis en la palabra *muchos*.

—¿Cuándo?

—El jueves pasado —dijo Leitão, después de consultar los apuntes que había hecho en su libreta.

—Estuve con Francisco después y no me dijo que había hablado contigo.

—¿Estuviste con el sujeto y no me dijiste nada?

—Te lo estoy diciendo ahora. Tú también me lo estás diciendo solo hasta ahora.

—¿El tal Francisco no te dijo que yo ya había estado con él? ¿No te parece raro?

—No es muy comunicativo —dijo Guedes.

—Pero lo normal sería que te dijera que otro policía ya había estado en su casa. Este individuo no me gusta. Habla midiendo las palabras, como quien tiene cola que le pisen. Creo que tenemos que trabajar más en esa pista.

—Varias niñas tienen orquídeas en su buró. Dicen que recogen las flores en el terreno del colegio.

—¿Orquídeas? Esa flor no me gusta, tiene algo de obsceno.

—Sin embargo, durante dos días recorrí el terreno del colegio y no hallé ninguna orquídea. Las niñas están mintiendo.

—Guedes, ¿por qué irían a mentir sobre eso? No debes de haber buscado bien. ¿Cuánto apuestas a que encuentro varias orquídeas en el terreno del colegio? Y no voy a necesitar dos días.

—Basta que encuentres una para que ganes la apuesta.

Leitão informó a la hermana Celestina, quien había sido designada por la madre superiora para ayudar a los policías, que iba a hacer una larga caminata solo por el terreno del colegio. Guedes se fue a casa, tomó un libro, se quitó los zapatos y se fue a leer a la cama. Pero todo el tiempo estuvo pensando en mujeres adolescentes y en orquídeas.

Al día siguiente por la mañana los dos policías se reunieron en la delegación.

—Perdí la apuesta. Busqué por todas partes hasta que anocheció. En aquel lugar jamás ha crecido una orquídea. Las muchachas están mintiendo, tenías razón. Salen sin permiso y van a recoger orquídeas a algún lugar. ¿Crees que esto es importante para nuestras investigaciones?

—Sí. Creo que es muy importante.

—No le veo razón, pero si quieres, vamos allá a hablar con ellas.

—Déjame hacer las preguntas a mí.

Cuando llegaron al colegio, buscaron a la hermana Celestina.

—Nos gustaría interrogar a una o dos alumnas —dijo Leitão.

—¿Interrogar?

—Platicar —dijo Guedes.

—Pero no puede ser en presencia suya —agregó Leitão.

—¿Qué? ¿Ustedes les van a pegar?

—Nosotros no golpeamos a los niños, hermana —dijo Leitão.

—Usted puede estar presente, solo le pido que no interfiera en nuestra conversación, por favor —dijo Guedes.

—Necesito consultar a la madre superiora. ¿Ustedes hablaron de un interrogatorio?

—No, solo de una plática. Otra cosa, me gustaría que una de ellas fuera Alice, aquella alumna con quien hablé en presencia de usted el otro día, en el dormitorio, ¿se acuerda?

La hermana Celestina salió del cuarto.

—Las muchachas no van a decir la verdad en presencia de la hermana Celestina —dijo Leitão.

—Sí, pero ni modo. Mientras llega, vete a rezar un poco a la capilla.

Leitão movió la cabeza, mientras se mordía los labios. También estaba tomando nota de aquello. «Tu mal, Guedes, es que no amas a Jesús.»

La hermana Celestina regresó con Alice y otra niña.

—La madre superiora dijo que tengo que estar presente —le dijo la monja secamente.

—¿Cómo estás, Alice? —preguntó Guedes con delicadeza.

—Bien...

—¿Y tú, cómo te llamas? —preguntó Guedes a la otra alumna.

—Se llama Raimunda —dijo la hermana Celestina.

—Alice, como a ti, me encantan las flores. ¿Te acuerdas de nuestra plática sobre orquídeas? Me dijiste que habías recogido la tuya recientemente, en el terreno del colegio. ¿Fue realmente en el terreno del colegio? Si fue en otro lugar del bosque, te pido por favor que me digas dónde fue, la hermana Celestina no te va a castigar. ¿No es así, hermana Celestina?

La monja permaneció en silencio.

—Fue en el terreno del colegio —dijo Alice con una voz casi inaudible.

—No existen orquídeas en el terreno del colegio, el detective Guedes y yo buscamos y no las encontramos.

—Fue en el terreno del colegio —repitió Alice en voz baja.

—¿Y tú, Raimunda? ¿En dónde recogiste la tuya?

Raimunda no le contestó.

—¿En dónde encontraste tu orquídea, Raimunda?

—Fue... fue... en el terreno del colegio...

—Esta niña está mintiendo, está claro que está mintiendo. No nos digas mentiras, niña, estamos intentando agarrar al demonio que mató a tus amiguitas. ¡No digas mentiras! —dijo Leitão.

Al oírlo, Raimunda abrazó sollozando a la hermana Celestina. Alice hizo lo mismo pero, aunque estaba evidentemente amedrentada, Guedes notó que su llanto era falso. Notó además que Alice se llevaba la mano al pecho, como si buscara tocar una ficticia medallita de san Benito colgada de un cordón. Las camisas de algodón sin cuello que las niñas usaban permitían que Guedes viera el cordón en el cuello de Raimunda. Sin embargo, no había cordón en el cuello de Alice.

—Ustedes no pueden tratar a estas niñas como están acostumbrados a hacerlo con los bandidos a quienes arrestan y torturan —exclamó la monja indignada.

—No las vamos a lastimar, les pido disculpas si...

La hermana Celestina no dejó que Guedes acabara la frase.

—La madre superiora será informada sobre el procedimiento brusco de ustedes. Les pido que se retiren cuanto antes.

Los dos policías tomaron el coche y se fueron a beber agua al bar del centro del Alto.

—Discúlpame, Guedes, perdí la cabeza. Existe un ser diabólico que si continúa suelto va seguramente a matar a otra niña, y aquellas dos niñas tontas diciéndonos mentiras, obstruyendo la acción de la justicia, me dejaron irritado. Si fueran adultas, las arrestaba.

Guedes se tomó otro vaso de agua.

—Vamos a buscar al alfarero Francisco.

—¿Crees que fue él? —preguntó Leitão, excitado.

—No sé. Pero Francisco nos puede proporcionar información útil.

Entraron en el coche y fueron al taller de Francisco. Tocaron a la puerta.

—Es la policía. Abra la puerta —ordenó Leitão.

—Regresen mañana. Ahora no puedo hablar con ustedes.

—Abra la puerta, ciudadano, de lo contrario lo vamos a llevar arrestado a la delegación —gritó Leitão.

Francisco abrió la puerta.

—Deja que yo hable con él —dijo Guedes—, guarda esa arma.

Los dos policías entraron en la casa del alfarero.

—No cometí ningún crimen —dijo Francisco.

—No nos contaste todo lo que tenías que habernos contado.

—¿Contarles qué? No sé nada.

—Sabes dónde recogen las orquídeas las niñas y no me quisiste decir.

—Eso es obstrucción de la justicia, puedes ser arrestado por eso —dijo Leitão.

—No sé nada.

—Francisco, mataron a dos niñas, creemos que lo hizo una persona enferma que necesita tratamiento.

—Un demonio que debe regresar al infierno de donde vino —dijo Leitão.

Guedes agarró con fuerza el brazo de Leitão, y este se calló.

—¿Sospecha de mi sobrino? No está loco y no haría algo así.

—No estamos diciendo que fue tu sobrino. ¿Trabaja contigo?

—No. Es guardabosque.

—Un guardabosque no cometería un crimen como estos —dijo Guedes, sin dejar de apretar con fuerza el brazo de Leitão—. Es tu sobrino y lo conoces bien, y si me dices que sería incapaz de matar a dos niñas, te creemos, solo queremos platicar con él, de la misma manera que estamos platicando contigo y con todo el mundo que vive por aquí.

—Gumercindo tiene un invernadero de orquídeas allá arriba en donde vive y les regala las orquídeas a las niñas. Se las regala de la misma manera que yo les regalo los floreros a las monjas, a él le gustan las flores. Gumercindo es buen muchacho, lo crie cuando su madre murió.

—Un hombre a quien le gustan las flores tiene que ser una buena persona, incapaz de matar una mosca. Soy un viejo policía y lo sé. ¿Don Francisco, usted nos puede llevar a su casa?

—No aguanto subir la colina. Mi pierna. Solo se puede llegar allá caminando.

—Entonces explíquenos en dónde es.

Los dos policías subieron la colina, Leitão adelante, impaciente, pidiéndole a Guedes que se apurara.

Finalmente, siguiendo las indicaciones de Francisco, llegaron a la casa de Gumercindo, de paredes de ladrillo encalado, puertas y ventanas pintadas de azul. Al lado estaba el invernadero, un galerón con techo de zinc y mallas de alambre fino a los lados.

Leitão tocó la puerta. Nadie contestó.

—Parece que salió —dijo Guedes.

Leitão pateó la puerta, echándola abajo.

—No podemos hacer eso —dijo Guedes.

—Ya lo hice —Leitão entró en la casa y Guedes lo siguió. En la sala, de piso de tierra aplanada, había una mesa, dos sillas y un arma-

rio con puerta de cristal. En un rincón estaba la imagen de un *orixá**
de barro.

—¿Sabes qué es esto? ¿Sabes qué es esto, Guedes?

—No.

—Exu. Exu es el demonio, Guedes.

—¿Y qué importa, Leitão?

—El Diablo existe, Guedes. Dios existe y el Diablo existe. Este individuo adora al Diablo.

De la sala, después de abrir el armario e inspeccionar la poca loza que había en su interior, los policías fueron a la pequeña cocina y examinaron la estufa de gas y el lavadero, con un vaso que tenía restos de café. Al lado de la estufa, en un armario tosco, hecho tal vez por el propio guardabosque, Guedes y Leitão encontraron botes con arroz, frijol, azúcar, café y sal, en donde metieron las manos en busca de las medallitas. Los policías abrieron los paquetes de macarrón, pero dejaron cerradas las dos latas de salchichas. En el baño con piso de ladrillo examinaron la ducha y el retrete. En el pequeño patio interior se asomaron al fregadero y después examinaron una por una las ropas colgadas en el tendedero, en busca de los calzones. En la recámara, también de tierra aplanada, revolvieron la cama, la mesita de noche, hecha con una caja de madera, y el ropero. Los policías realizaron este trabajo en silencio.

Encontraron un cordón con la medallita de san Benito en el armario de la recámara, dentro de una cajita de madera.

—Fue él, ¿te acuerdas de aquel macumbeiro que mató a un niño en una ceremonia diabólica? Tenemos en nuestras manos un caso igual.

—Calma, Leitão.

—¿Calma, tú me pides calma? Vamos a buscar más, en algún lugar escondió la otra medallita y los calzones.

—Ya buscamos.

—Más, vamos a buscar más —dijo Leitão.

—Busca tú —dijo Guedes, sentándose en una de las sillas de la sala.

—Voy a decirle al jefe que no estás colaborando.

—Dile lo que quieras.

Leitão revolvió la casa, parecía desesperado. No encontró lo que buscaba.

—Necesitamos regresar al colegio, quiero hablar con Alice.

—¿Estás loco, Guedes? ¿Regresar al colegio y dejar que el criminal se escape? Nos tenemos que quedar aquí y esperarlo.

* Divinidad de las religiones afrobrasileñas.

—Necesito aclarar una cosa importante con esa niña. Y nosotros aún no sabemos si Gumercindo es el criminal.

—¿Aclarar qué? No hay nada más que aclarar. Y las monjas no van a permitir que hables con la muchacha.

—Hagamos lo siguiente. Tú quédate. Si Gumercindo aparece lo detienes, pero solo eso, no quiero que lo presiones ni nada, ¿entendiste? Detén al sujeto y me esperas. Espérame, no hagas nada.

—¿Quieres que le prepare un café?

—¡No hagas nada, carajo, te lo estoy ordenando! Soy el policía más viejo y estoy al mando de esta investigación. Son órdenes del jefe.

Leitão movió la cabeza, estaba tomando una nota más.

—¿Estamos de acuerdo?

Leitão movió la cabeza otra vez.

—Anda, contéstame, ¿estamos de acuerdo?

—Sí.

—Espera a que yo regrese.

—Sí.

Guedes bajó de la colina y fue al colegio.

Lo recibieron en la puerta la hermana Celestina y cuatro monjas más, entre la cuales estaba la madre superiora. Las monjas se colocaron hombro con hombro frente a Guedes, preparadas para impedir que invadiera el colegio.

—Usted no es bienvenido en esta casa —le dijo la madre superiora.

—Señora madre superiora, hermana Celestina, estimadas hermanas, vine hasta aquí como funcionario de la justicia, en misión oficial para pedirles un favor, un simple favor, fácil de satisfacer, y prometo que me retiraré muy agradecido enseguida.

—Diga qué favor es y sea breve— la voz de la madre superiora era firme y ronca.

—Sabemos que las alumnas, desobedeciendo órdenes, salían de los terrenos del colegio y obtenían las flores en un invernadero de orquídeas que está allá en lo alto de la colina. El invernadero es de un guardabosque llamado Gumercindo. Fuimos allá y encontramos un cordón con su medallita, de los que usan las niñas del colegio. Sospecho que esta medallita no pertenecía a ninguna de las niñas que fueron asesinadas, al contrario de lo que piensa mi colega. Creo que esta medallita era de la alumna Alice, y que ella se la regaló voluntariamente al guardabosque. Es muy importante que aclaremos esto —dijo Guedes apresuradamente, al notar un gesto de impaciencia de la hermana Celestina—. No queremos acusar a un inocente.

Las monjas confabularon en voz baja. La hermana Celestina se retiró. Las monjas que se quedaron, ahora tomadas de las manos, formaron una barrera más compacta frente a Guedes.

No pasó mucho tiempo para que la hermana Celestina regresara. Susurró algo al oído de la madre.

—Cuéntele eso al policía —le ordenó la madre superiora.

Con voz vacilante, la hermana Celestina dijo que la alumna Alice había confesado que realmente le había entregado el cordón y la medalla al guardabosque. Gumercindo le había regalado otra orquídea, pero Alice quería una más bonita y le había ofrecido a cambio el cordón y la medalla.

Guedes les agradeció y salió. Subió la colina lo más rápido que sus fuerzas le permitieron.

Leitão estaba en la puerta de la casa de Gumercindo.

—¿Vino el sujeto?

—Está allí adentro —dijo Leitão.

Gumercindo estaba tirado en la sala, su camisa empapada en sangre. A su lado, la imagen de Exu hecha pedazos.

—¡Mataste al tipo, carajo!

—Se resistió.

—La niña le regaló la medallita.

—Él se resistió.

—No se resistió una mierda.

—Bienaventurados los que tienen hambre y sed de justicia.

—Eres un fanático, Leitão.

—Estoy en paz con mi conciencia. Estoy en paz con Dios. Tengo el amor de Jesús en el corazón.

Carpe Diem

1

Los ricos ya no viven en Copacabana, pero todavía hay algunos departamentos de lujo en la avenida Atlântica, ocupados por nuevos millonarios a quienes les gusta dar grandes fiestas de año nuevo. Es en una de estas fiestas, en un penthouse, que un hombre, cuyo nombre aún no sabemos, se encuentra con una mujer, también desconocida, el último día del año.

Todas las mujeres de la fiesta van de blanco, vestidos largos o faldas cortas muy por encima de las rodillas; las que tienen la piel bronceada por el sol exhiben amplios escotes. Los hombres también usan ropa blanca de finos acabados, algunos usan *summer jackets* sin temor a ser confundidos con los meseros. Iemanjá, la reina del mar, el orixá femenino de los yorubas a quien todos rinden homenaje este día, manda usar ropa blanca para tener suerte el año nuevo.

Pero este hombre que dentro de poco se va a encontrar con esa mujer está vestido de negro, smoking negro. Entra en el departamento, permanece algún tiempo en el gran salón donde las personas beben y bailan. Después va al piso de arriba en donde hay otros salones, uno de los cuales tiene las paredes cubiertas del piso al techo por libreros llenos de libros encuadernados de rojo y azul, dispuestos con una simetría impecable. Se queda algún tiempo mirando los libros, enseguida sube a la azotea y se asoma por encima del pretil.

No te vas a tirar, ¿verdad?

Es nuestra desconocida. Vestida de blanco, una minifalda muy corta deja ver sus piernas bonitas, que parecen aún más largas debido a los zapatos de tacón. El encuentro con ese hombre, ella lo dirá más tarde, no fue obra del azar, el cual presupone la inexistencia de cualquier regla, sino que había sido determinado por algún poder superior, misterioso e incognoscible.

No, responde, no me voy a tirar, ¿parezco tan desesperado? Dicen que aquí en la playa hay dos millones de personas esperando ver los fuegos artificiales. Quería cerciorarme.

Debe ser mentira.

Odio el año nuevo.

La Navidad es peor.

Los dos son peores.

Se escucha un coro de voces que viene de la calle.

¿Qué estamos haciendo aquí? No me digas que eres la señora de la casa y que por eso tienes que quedarte.

También vi esa película. Vamos a salir y a mojarnos los pies en el agua del mar.

Bajan por el elevador, en silencio, imaginando frases inteligentes que decir. Salen, cruzan la avenida. Logran pasar en medio de la multitud que se aprieta en la arena y llegan a la orilla del mar. Ella le da los zapatos para que los sostenga y se mete al agua hasta las rodillas. Él huele los zapatos.

¿Y ahora qué?, pregunta él. Le da su pañuelo, con el cual ella intenta secarse las piernas.

Ya me voy.

¿No nos vamos a volver a ver?

Pasado mañana me voy a París.

Nos podríamos encontrar en París.

Sería interesante.

¿En dónde?

En el Arco del Triunfo. El día quince a las quince horas.

Es fácil de recordar. Quince es mi número de la suerte.

Entonces nos vemos allá.

Se separan en la playa, caminando en direcciones opuestas, mirando repetidamente hacia atrás para ver al otro y hacerse señas hasta desaparecer en medio de la multitud.

El día quince él llega al Arco del Triunfo a las catorce horas. Ella llega a las quince. Aparte de los turistas japoneses con cámaras fotográficas colgadas del cuello, nadie se encuentra bajo el Arco del Triunfo, no es un lugar apropiado para eso. Pero los dos están ahí y se saludan formalmente apretándose las manos, perturbados por el intenso movimiento de los automóviles alrededor.

¿En qué hotel estás?

En el Plaza Athenée.

Yo estoy en el George V.

¿Ya comiste?

Se van a comer a un bistró en la Rive Gauche, abierto excepcionalmente a aquella hora. A los dos les gusta comer escargots. Después se van al cine.

¿Cómo sería el mundo cuando no había cine?

Horrible.

Cenan juntos. Enseguida se van al hotel de ella. Ella lo lleva al baño de la habitación y le enseña los tarros y frascos al lado del lavabo.

Las mujeres no podemos quedarnos sin todo esto cerca de nosotras.

En la recámara, abre el armario de la ropa. Duermo con piyama. ¿Ahora ya entendiste por qué quise venir a mi hotel?

Claro que sí.

No usas piyama, ¿o sí?

No. Pero si duermo desnudo me resfrío, aunque esté bajo las cobijas.

¿Qué usas para dormir?

T-shirt.

Pruébate este saco de piyama.

Él se quita la camisa y se pone el saco de la piyama.

Está apretado. Pero no hay problema, duermo con mi camisa.

Pero se va a arrugar toda.

No hay problema.

¿Luz prendida o apagada?

¿Qué prefieres?

Podemos dejar la luz del baño prendida. Para que podamos vernos la cara.

Muy bien. Yo beso con los ojos abiertos.

¿En serio? Yo siempre cierro los ojos.

Se besan.

¿Ves? Si abro los ojos hago bizcos. ¿No hice bizcos?

Un poco. Entonces cierra los ojos.

No sé tu nombre.

Ni yo sé el tuyo.

Sabrina.

Robert.

No quiero saber nada sobre tu familia.

Yo tampoco quiero saber nada sobre tu familia.

Se quedan en París una semana, todos los días y todas las noches juntos. Se bañan juntos. Se besan con la boca llena de comida, con la boca llena de pasta de dientes, con el rostro mojado, con el rostro enjabonado. Se quedan días enteros en el cuarto, rompiendo los límites de la imaginación y del cuerpo, como dice ella. Él hace imitaciones de actores famosos, Cagney, Bogart, Karloff. Ella imita a actrices de películas de segunda haciendo *striptease*. Después regresan a la cama. La verga de él queda desollada y la panocha de ella, hinchada.

Cuando regreses a Rio llámame a este número. Soy una mujer muy rica.

Yo soy un hombre muy rico. ¿Por qué me dices eso?

¿Por qué me contestaste así?

¿Cómo sería el mundo cuando no había cine?

Horrible.

Ella le hace señas con la mano antes de desaparecer por la puerta de abordar.

Él se queda dos días más en París. Ve dos películas y toma el avión hacia Rio.

Al llegar, la llama por teléfono y se ponen de acuerdo para ir al cine en el centro de la ciudad, función de la tarde. Esto se convierte en la actividad de los jueves. Llegan y salen del cine separados y de ahí continúan hacia un motel, siempre el mismo motel modesto, en el centro de la ciudad, que jamás sería frecuentado por alguno de sus conocidos.

2

Pasan tres meses y él aún no sabe el verdadero nombre de ella ni ella el de él. Y nada sobre las familias respectivas. Cuando están en la cama, uno arriba del otro, ella siempre le pregunta, abriendo los ojos, ¿por qué no te casas conmigo de verdad? O entonces le dice, vamos a tener un hijo juntos, quiero un hijo tuyo.

Rentan apartados postales. Se escriben uno al otro y en las cartas se dicen cosas que no tienen el valor de decirse frente a frente. Él no tiene el valor de hacerse el poeta de viva voz, aunque tenga muchas ganas de hacerlo; y ella no tiene el valor de decirle palabras obscenas en el momento en que hacen el amor, aunque tenga muchas ganas de hacerlo. Se escriben cartas, una costumbre antigua. Pero ni siquiera en las cartas, por lo menos al principio, ella tiene el valor de decirle todo; hay cosas que no se pueden decir ni escribir.

CARTA DE LA YEGUA ARDIENTE, ALIAS SABRINA

Mi querido lelo,
Estoy pareciendo una idiota entusiasmada (copié la frase de aquella película asquerosa que vimos tomados de las manos) y no comprendo cómo fuiste capaz de hacer esto conmigo, dejarme sola, todos estos días. Colgamos el teléfono y estoy aquí, suspirando. Esas pláticas me dejan con muchas ganas de acostarme contigo. Me quedo palpitando, el momento que entras en mi carne. Miércoles, el día más bonito de la semana, será el día de nuestra boda, ¿sí? En cuanto entremos en aquel cuarto te voy a coger, ahí mismo en la puerta, vas a ver. Ahora ya no somos novios, es más en serio, ¿verdad que sí? Adoro cuando me dices que te mueres por mí. Ningún hombre se ha muerto por mi causa.

CARTA DEL COGELÓN, ALIAS ROBERT

Blanca como un lirio, una hoja de papel, blanca como el sol. Los cabellos negros tan finos que si los arrojas al aire jamás caen al suelo; mirada de yegua ardiente, bestia arisca, corta mi corazón. Es el fin del mundo. En las noches en vela solo existe la luz de la blancura del sartorio y del seno. No sirve de nada darse de topes en la pared.

CARTA DE SABRINA

Mi adorable cogelón.
Me parece una mierda despertar y sentir que mi cuerpo ya no me duele. Pasé el fin de semana en la hacienda de unos amigos, Dadinho y Licinha, ellos crían caballos de raza, ingleses pura sangre. Pienso en ti, abrazándome en el elevador, tu cuerpo de caballo, tu verga maravillosa que me encanta chupar, nuestras risas, y tú contándome cómo me traicionaste con una muchacha rubia. Sería tan bueno si tu verga estuviera atornillada a tu cuerpo. Así cuando nos separáramos yo desatornillaría tu verga y me la llevaría. Y después la atornillaría cuando nos encontráramos. Y la desatornillaría. Y la atornillaría.

Llovió mucho. Llovió dentro de mí. Aquello se pone muy triste cuando llueve. Así fue mi fin de semana de recién casada. Estoy feliz con nuestra boda, fue una ceremonia maravillosa, todavía huelo el olor de las flores. Y de nuestro sexo también. Ahora que eres mi esposo, me gustaría que ya dejaras esa manía de desear a las mujeres. Ya déjala, ¿no? Quiero que seas completamente mío. Quiero gastarme la vida contigo, cogiendo, besándote en la boca y escuchándote decir todas esas cosas maravillosas que me dices en la cama, cuando no estamos cogiendo.

Te quiero, cogelón. Ven rápido. *Carpe diem*.

I love you.

El día que supo el nombre de ella, él había superado su timidez, a fin de cuentas todo ser humano aspira a ser poeta, y había hablado con palabras inspiradas, según ella. Estaban en la cama.

Te ofreciste a mis ojos sabiendo que los cuerpos encajaban. Y después te ofreciste a mis oídos, sabiendo la avidez que provocarías. Ni altos árboles, ni bellos caballos, ni poemas astutos pueden sustituir el calor, el perfume de tus enzimas. *¿Carpe diem?* Horacio que se joda. Me estoy dando de topes en la pared. Todo porque nuestros cuerpos encajaban y acepté las dádivas que hiciste a mis ojos y a mis oídos.

Mi amor, eso parece una de tus cartas.

Ella se pone tan emocionada que dice su nombre verdadero.

Familia tradicional. No sabía que eras casada.

Ahora lo sabes.

Ese mismo día, en la cama, ella repite, cásate conmigo de verdad.

Ella se llama Paula. Entonces, él arriba de ella, o ella arriba de él, ella le dice una vez más con los ojos abiertos, ¿por qué no nos casamos de verdad? Él contesta, también soy casado. Me llamo Roberto.

Aquella noche de fin de año en que se conocieron, el marido de Paula estaba enfermo y había insistido en que fuera a la fiesta de año nuevo sola. La mujer de Roberto también estaba enferma y había insistido en que él fuera a la fiesta de año nuevo solo.

Eso es más que una casualidad, mi amor, dice Paula.

CARTA DE ROBERTO

Nos pusimos de acuerdo para huir a París, en donde permaneceríamos escondidos cogiendo y viendo películas. Estábamos muy desesperados en aquellos tiempos. En París me despedí de ti, invadí la pista del aeropuerto y me tiré debajo de tu avión. Mucha pasión. Me despertaba pensando en ti. Cuando despertaba, pues me quedaba siempre con los ojos abiertos toda la noche, pensando, pensando, pensando en ti, todo el día pensando en ti, alimentándome de tu hambre.

3

Finalmente, ella dice: Ya no aguanto más. Pensé que esto iba a disminuir, estas ansias, pero solo están aumentando. ¿Por qué no nos casamos de verdad? En la cama, además de ¿por qué no nos casamos de verdad? Y yo quiero un hijo tuyo, ella empieza a decir ¿por qué no fugarnos?

Un día él le contesta que no quiere herir a los otros.

Ella es joven. En poco tiempo encuentra un nuevo amor. Eso lo saqué de la película que vimos.

¿Te acuerdas cuando te dije que era un hombre rico? La que es rica es mi mujer. No quiero vivir a tus expensas.

No quieres vivir a mis expensas pero vives a expensas de *ella*.

Contigo es diferente.

¿Diferente cómo?

Diferente.

Paula se queda pensativa. Pero no piensa en la respuesta de él. Ya sabremos qué es lo que piensa. Mientras tanto, otra carta de Roberto:

CARTA POÉTICA DE ROBERTO

Ver nacer el sol sería una cosa interesante, pero no lo fue. Pensé leer un libro o ver una película, pero lo que realmente quería era la miel, la rosa roja del cuerpo blanco. No la miel, la sal; no la sal, la sangre. Pero antes lo probamos todo, rompimos las mesas, voz, saliva, semen, aire sorbido, aroma de las oscuras grietas de tu cuerpo blanco, que tiene pena de bailar frente al hombre con la verga llena de cicatrices. Fierro y fuego en el corazón y en la cabeza, una furia cada vez mayor. Qué buena está esta carne que muerdo y corto con los dientes; y ahora mastico y trago y muerdo más y más, y más y trago. Y la furia continúa. El sol, la luna, esas cosas no existen. Solo existe lo que muerdo, mastico y engullo.

Tengo que decirte algo. (Aquello que ella quería contar cuando se quedó pensativa.) Cuando te dije que era rica, en realidad debí haber dicho que mi marido era el rico.

Se quedan callados. Se sientan en la cama.

Compré estos zapatos en Italia, dice ella. ¿Te gustan?

Sí.

Podríamos vivir en la calle Desembargador Isidro.

Y yo busco un empleo.

¿Ya trabajaste alguna vez? ¿Sabes en dónde está la calle Desembargador Isidro?

No, pero no es difícil.

¿Qué no es difícil?

Trabajar.

Fue lo que pensé.

Mi padre me mantenía. En una época me sostuvo mientras vivía en París.

Es el mejor lugar del mundo para caminar por las calles e ir al cine.

Mi padre murió lleno de deudas. Me fui a vivir a casa de mi hermano. Entonces mi hermano murió.

¿Y tu madre?

También murió.

¿Algo genético?

Mi madre se cayó de una escalera. A mi hermano le pegaron un tiro en un asalto.

¿Y tu padre?

¿Mi padre?

Sí, tu padre.

Mi padre se mató.

Entonces, si tenemos un hijo, puede nacer perfecto.

Sí.

Qué bien. Cuánta desgracia. ¿Puedo sentir lástima de ti?

No me gusta que sientan lástima de mí.

¿Ni siquiera yo?

Principalmente tú.

Entonces, de nuevo, él arriba de ella o ella arriba de él, ella le dice, cásate conmigo; quiero tener un hijo tuyo; vamos a fugarnos a la calle Desembargador Isidro.

CARTA DE ROBERTO

Día y noche, noche y día, y en los intervalos, pienso en ti. Veo tu rostro en la cara de Ginger bailando con Fred y en todos los sueños que olvido por la mañana; y lo veo en la luna, y en el espejo, y en el sol que hace arder la mácula y el corazón; y en el ala del pajarito veo tu rostro, y en la hoja del árbol veo tu rostro y te veo completa en todo lugar, principalmente en la mayor oscuridad. Los sonidos que escucho son los tuyos, eres Beethoven, eres Mozart; y escucho tu voz en el claxon del automóvil, en la sirena de la policía, en la algazara de los nidos de golondrinas dentro de la chimenea. No hay pastilla para eso, dice el Dr. Goldblum, estás jodido, aunque bien pagado.* En otras épocas te harían una sangría, antes de la camisa de fuerza te pondrían sanguijuelas y ventosas por todo el cuerpo, antes de la camisa de fuerza te arrojarían chorros de agua helada, antes de la camisa de fuerza, y no iba a servir de nada. Ni los electrochoques ni la lobotomía te iban a ayudar en nada, ni siquiera así esa mujer saldría de tu sangre. ¿Aún no has entendido? Grábate esto, estás jodido, dijo el Dr. Goldblum.

El Dr. Goldblum tiene razón. ¿Después de que tu hermano murió te casaste y te fuiste a vivir con *ella*? No me digas su nombre.
Nuestra familia tiene, tenía un nombre importante. La *suya* no.
Fue un negocio.
No exactamente.
¿*Ella* te gustaba?
Sí, me gustaba. Ahora ya no me gusta. Ahora solo me gustas tú.
¿Y los burgueses de *su* familia que compraron tu pedigrí no se molestaron con todas esas muertes?
¿El suicidio?
Sí. El suicidio.
Nadie supo que fue suicidio. Pensaron que había sido un accidente, que el coche se cayó al precipicio por imprudencia, falta de pericia. Nosotros rompimos la carta de suicida de mi padre. Pero me acuerdo de lo que decía: No aguanto más.
¿Cómo fue que *su* familia ganó dinero?
Su abuelo fue el que ganó el dinero.
Debe haber sido contrabandista. Dos generaciones no limpian el dinero.

---

* El original dice «*foclido ainda que bem pago*». Se trata de un juego con la expresión popular «*estar foclido e vial pago*» que significa estar completamente arruinado.

¿Qué es lo que limpia el dinero?

Nada. La pobreza, tal vez.

Paradoja de Epiménides. Un rico solo es bueno si es pobre.

Mi marido tiene una salud de hierro.

Mi esposa tiene una salud de hierro.

El fin de semana vamos a Angra.

Antes, los ricos se iban a Petrópolis. En Petrópolis podías tener piscina, jardín, caballos. Ahora, los ricos se van a Angra. En Angra puedes tener piscina, jardín, caballos, playas, lanchas, yates, veleros. Está el mar. El mar.

Mi marido dice que un yate solo sirve para que Hacienda nos ponga los ojos encima.

¿Cómo fue que *él* se volvió rico? ¿Empezó con el abuelo?

Con el padre.

Quien se debería haber casado con mi mujer era *él*.

Y yo contigo. Pero *él* no quiere casarse con otra persona. *Él* quiere casarse conmigo.

Y mi mujer se quiere casar conmigo.

No sirve de nada presentarlos uno con el otro.

¿Estás casada por bienes mancomunados?

Sí. ¿Y tú?

También.

¿Qué vamos a hacer?

¿Estás pensando en lo que estoy pensando?

Sí.

¿Exactamente en lo que estoy pensando?

Creo que sí.

¡Es horrible!

¿Quién? Di su nombre.

Estaba pensando en hacer una rifa.

No había pensado en una rifa. Pero es una buena idea.

Estamos completamente locos.

Estamos completamente locos. ¿En quién pensaste?

Pensé en *ella*. Creo que será más fácil.

Y tú debes de tener conexiones con el bajo mundo, a final de cuentas, tu hermano fue asesinado por un bandido.

Una sobremesa sin quesos es igual a una bella mujer tuerta.

¿Y eso qué tiene que ver?

Nada.

¿Es de alguna película?

Es de Brillat-Savarin. No sé cómo salió.

Voy a escribir en este pedacito de papel *él* y en este pedacito de papel *ella*. Listo. Ahora doblo y doblo y revuelvo. Tú eliges.

¿Yo? Esto es una locura.

Esto es una locura. Vamos a olvidar todo esto. Enséñame a besar con los ojos abiertos.

Haces bizcos. ¿Ves?

Entonces, en el momento en que él se quedó arriba de ella, ella le dijo, cásate conmigo de verdad, y en el momento en que ella se quedó arriba de él, repitió, con los ojos abiertos completamente bizca, cásate conmigo de verdad.

CARTA DE PAULA

Lunes.

Me transformaste en una adoradora chiflada. Acabo de recibir los cd envueltos en un plástico del Horta Zona Sul, Todo para Satisfacer a Usted, y eso me despertó un enorme interés por el dueño del Horta Sul, por los vendedores, las zanahorias, la calle, las máquinas registradoras, todo. Yo aceptaría ser la empaquetadora del Horta, ser las muchachas del correo, el cajón de tu armario, los porteros, tu perro, solo para tener esa intimidad contigo, poder vender zanahorias para tu casa, quedarme expuesta en una ensaladera y componer tu licuadora.

Fui descortés al insistir en aquella historia de la rifa. Ya no hablemos más del asunto.

Hoy el día está lindo pero algo, en algún lugar, está sangrando. No pude encontrar ningún te amo en tu carta, quizá sea eso.

An Affair to Remember, ¿la viste?

Fíjate bien, cogelón, ya déjate de ese cuento de feliz navidad porque no soy idiota. Qué feliz navidad ni qué carajos. Y tampoco soporto eso de un día sí y otro no. Y tampoco me interesa si te dieron un tiro, a mí también me dieron un tiro, aquí, del lado izquierdo, los picaportes de mi casa están manchados de sangre, aquí a todo mundo le dieron un tiro, así es que déjate de ese cuento y cuida más a tu novia.

Por teléfono había quedado muy claro que íbamos a estar juntos más tiempo. Y reír más. Ahora tú me dejas aquí solita, con las cucarachas.

Puedes decir que este es mi lado solar, que soy cursi, lo que sea, pero adoro quedarme acostada en el suelo, acordándome de nosotros dos, tú escupiendo en mi boca, casi llorando de arrepentimiento porque yo estaba toda amoratada. Recuerdo qué rico es cuando entras en mi cuerpo, recuerdo eso todos los días.

No me acostumbro contigo. Dices hola y mi corazón se asusta. Estoy siempre asustada, tengo miedo de las demás mujeres. Tú eres mi amor. Hoy estoy muy triste. Mi vida es una mierda sin ti, eso lo saqué de mi propia película. Regresa pronto. Te amo. Y tú ni siquiera sabes mentir, no pienses que me tragué esa historia del andariego. Qué andariego ni qué carajos.

Siempre que acabo de hablar contigo por teléfono, voy corriendo al espejo para ver si no estoy con la cara de Meryl Streep. La última vez sentí un sabor dulce en la boca, mi cabello quiso ser rubio, entonces prometí que iba a dejar de preguntar ciento ochenta veces si me amas, si no me vas a abandonar, si esta felicidad no se va a acabar. Te lo prometo, ¿sí? Me parece una mierda que no nos encontremos todos los días, justo ahora que hice esta promesa no voy a poder probar que sé cómo ser una novia fantástica.

Tus besos son especiales porque:

1. haces algo delicioso que es pasar la lengua por mis dientes;

2. cuando estamos acostados, tú arriba de mí, aspiras el aliento de mi boca, chupas el aire de dentro de mi cuerpo como si me chuparas el alma;

3. tus besos no tienen pausas, son largos, es muy agradable ser tu novia.

Más bien tu mujer, nos casamos, ¿no es cierto? Te amo, te amo, te amo.

¿Por qué no nos casamos de verdad?

No tengo perro. Ni licuadora.

Todo mundo tiene licuadora. Tú eres el que no sabe. ¿No hacen sopa en tu casa?

¿En dónde están los papelitos con los nombres?

Los tiré.

Haz otros.

Ella preparó los papeles. Los revolvió, él eligió.

Ella.

Ya vi eso en miles de películas, pero no me acuerdo de ninguna que haya terminado bien.

Contrata a alguien.

¿Qué te parece aquel tipo que llamó y dijo *sorry, wrong number*?

¿Está enferma en cama?

Jamás se queda en cama.

Una salud de hierro.

Así es.

Puede ser otra película, no es necesario que sea Litvak.

Vamos a pensarlo. Si me acuerdo de alguna, te digo, si te acuerdas de alguna, me dices.

Entonces, en la cama, en el momento en que él se quedó arriba de ella, ella dijo, cásate conmigo de verdad, y en el momento en que ella se quedó arriba de él, ella repitió con los ojos bizcos abiertos, cásate conmigo de verdad.

4

Es difícil encontrar a alguien que arregle el lavadero, alguien que arregle los libros en los libreros, encontrar a alguien que le ponga el bejuco a la silla agujerada, encontrar a alguien que lave los tapetes. Encontrar a alguien que mate a tu mujer es todavía más difícil, es casi tan difícil como encontrar a un tipo confiable que haga tu declaración del impuesto sobre la renta.

Lo sé. Hay una silla María I agujerada en mi casa hace más de un mes.

Creo que yo mismo tendré que hacerlo. Un montón de gente ya lo hizo. Todos los días hay alguien haciendo eso.

Es una locura. Los dos estamos locos.

Estamos locos.

Vamos a decir al mismo tiempo: ¡estamos locos!

¡Estamos locos!

Entonces ¿cómo le vamos a hacer?

Acuérdate de mi hermano. Puedes usar el mismo MO.

¿Mo?

Modus operandi. MO, MOA, ¿ya se te olvidaron las películas en las que viste eso?

A mi hermano lo mataron en la calle. En la calle no se puede.

¿Por qué no?

Ella no anda en la calle.

¿No va al supermercado? ¿Qué Horta Zona Sul era aquella?

Un mercado sin estacionamiento.

El Carrefour tiene un estacionamiento enorme. Ustedes tienen dos coches, como todo mundo. La sigues, en el estacionamiento te le emparejas, le disparas y te vas.

Ella me dijo que tenía ganas de ir al Carrefour. A comprar un hongo francés.

Debe de ser italiano.

LLAMADA

¿Cuándo va a ser?

Hoy. El hongo es francés.

No. No. Tengo algo que decirte.

Entonces dímelo.

No por teléfono. Estas líneas siempre están cruzándose. Alguien puede escucharnos.

Estoy embarazada.

¿De mí?

¿De quién podría ser, lelo? ¿Por qué crees que no tuvimos hijos? *Él* es estéril.

¿Qué piensas hacer?

Tener el hijo. Siempre quise un hijo tuyo. Pero si tengo un hijo tuyo, *él* me mata. Y en nuestros planes no está el que uno de nosotros muera.

¿Entonces?

¿Entonces? ¿Entonces? ¡Caray!

¿Caray, qué?

Caray, tiene que ser *él* y no *ella*.

Yo ya tenía todo planeado. Ya tengo el revólver.

Los planes se hacen para abandonarlos. Lo saqué de aquella película sobre Confucio.

¿Pero *él* de veras te mata?

Él está loco por mí.

Lo entiendo.

¿Te gusta mi peinado?

Sí. ¿Por qué no lo dejamos todo como está? Somos felices, ¿no es cierto? Tal como está.

¿Y el hijo?

¿Qué hijo?

Nuestro hijo que está aquí adentro. Toca. Está aquí, aprieta.

Estás más delgada.

No como nada. No duermo. Voy a quedarme en los huesos y mi hijo es quien lo va a sufrir.

¿Entonces, cómo le vamos a hacer?

Igual que en aquella película de TV por cable que vi.

¿Una película de TV por cable?

¿Cuál es el problema? Yo veo películas de TV por cable. ¿Tú no las ves?

Claro que no. Cerca de mi casa hay un videoclub que está abierto toda la noche, en la gasolinera.

¿Toda la noche?

Casi. ¿Cómo es la película?

La mujer le da la llave de su casa al amante, él entra en la casa y mata al marido. El viejo truco del asaltante. Ya tienes el revólver.

Vamos a decir al mismo tiempo, estamos locos.

¡Estamos locos!

Eso alivia, ¿no es cierto?

¡Estamos locos!

Dura poco el alivio.

Mañana nos vamos a Angra.

Nosotros vamos a Petrópolis.

¿Tienes jardines, piscina y caballos?

Y un gato.

Maneja con cuidado. Ahora que tenemos un plan y el arcoíris se abre ahí adelante, no quiero que nos pase nada.

No te preocupes. No ando a más de cien y solo rebaso cuando no hay ningún coche adelante de mí.

El día de él en Petrópolis:

El sábado, churrasco a las seis de la tarde. Mientras preparan el churrasco, hecho por un parrillero contratado, los invitados se quedan a la orilla de la piscina bebiendo cerveza, vino blanco, caipirinha y comiendo botanas; unos se meten a la piscina, otros hablan de lady Di y del príncipe Carlos. Roberto se queda en un rincón y se queda callado, pensando en Paula y en lo que va a hacer. La vida es dura, recita, cuando alguien se acerca, y como sus palabras se transforman en una cantaleta, nadie más se le acerca. A la hora del churrasco, las personas, bajo la influencia de las bebidas que ingirieron, alzan la voz, dan carcajadas y hablan mal de lady Di. Él sigue solo y callado, murmurando que la vida es dura.

El día de ella en Angra:

Ella y sus invitados velean, toman champaña, se untan bronceador, repiten que la bahía de Angra es el paraíso y hablan del príncipe Carlos y de lady Di. Como en el barco solo hay champaña, después de algún tiempo los hombres, *él* también, como si se hubieran puesto de acuerdo, dicen en varias ocasiones que tienen tanta hambre que serían capaces de comerse un buey entero. Las mujeres discuten si el champaña engorda y da celulitis y reclaman que Paula está muy callada. Al final de la tarde regresan al muelle privado y Paula les dice a los invitados que llegó la hora de comer el buey entero y van al jardín del fondo de la casa en donde acaban de preparar un churrasco. Y todos se comen el buey, se carcajean y hablan mal de lady Di.

Como la vida parece una película, esta se asemeja a una de esas cintas de Buñuel, que pretenden mostrar que la burguesía es estúpida, narcisista, consumista y hedonista.

5

El mejor día es el día de su cumpleaños. *Él* siempre bebe mucho y se va a acostar casi inconsciente. *Piece of cake*, como en aquella película.
¿Estás segura?
Es un regalo.
¿Cuándo es?
Pasado mañana.
De acuerdo.
La llave más grande es la del portón. La más pequeña es de la puerta de enfrente. Si viviéramos en un edificio de apartamentos con portero no iba a funcionar.
Vivir en una casa tiene sus ventajas. Bromeo de puros nervios.
Te dibujé un plano de la casa. ¿Te conté que estudié arquitectura?
No.
No ejercí la profesión porque me casé.
La mujer jamás ejerce porque se casa.
Qué bueno que lo sabes. Mira, entras por esta línea punteada.
Esto es una escalera. Subes la escalera, nuestra recámara es la primera del lado izquierdo. La puerta nunca está cerrada con llave. ¿Todavía me amas? ¿Nunca me vas a dejar? ¿No ha disminuido en nada?
Aumentó.
¿Me lo juras?
Te lo juro.
¿Que me muera?
Que te mueras si no es verdad que te amo más de lo que te amaba cuando —¿cuándo, cuándo?

Cuando regresaste de París.

Que te mueras si no es verdad que te amo más de lo que te amaba cuando regresé de París.

LLAMADA EN LA MAÑANA DE LA VÍSPERA DEL ASESINATO

Mira, aquello se canceló.

¿Aquello?

Lelo. Por el momento, solo hay un aquello en nuestra vida.

¡Ah!, ya sé, quieres decir...

¡Cuidado con las líneas cruzadas!

Sí, sí, aquello.

Mañana nos vemos y te cuento todo. ¿Entendiste?

Sí. Tiro la llave a la basura.

Sí.

Él llegó a casa —antier, el día que nos vimos aquí, por la tarde— llegó a casa y me dijo que tenía algo muy serio que contarme. Prepárate unos güisquitos para los dos y siéntate, dijo. Preparé las bebidas, nos sentamos en la sala y él me dijo ni siquiera sé cómo empezar. Empieza por el final, le dije, ¿no es así como les dices a tus ayudantes cuando te buscan para decirte algo? Esto no se puede empezar por el final, tiene que ser por el principio, el principio fue ese plan económico cretino del gobierno. Cuando el gobierno anunció el plan, nosotros, los financieros, podíamos hacer dos cosas: quedarnos a la expectativa o lanzarnos a la acción. Quedarse a la expectativa era muy arriesgado, el dólar iba a valer menos que el real, todo podía suceder, podía perderlo todo. Lanzarse a la acción por lo menos garantizaba que, si no ganaba, tampoco perdía. Pero tenía que correr para quedarme en el mismo lugar. Como Alice. Entonces empecé a correr como loco. Yo y todo mundo. Prepara otro güisqui, pidió. Preparé dos güisquis más. Pasaron dos años, continuó, y yo seguía corriendo como loco. ¿Sabes qué fue lo que pasó? No, le dije, pero empiezo a imaginármelo. Lo que pasó fue que caminé hacia atrás, como un cangrejo estrambótico. ¿Cómo es un cangrejo estrambótico?, le pregunté. Un cangrejo estrambótico es un cangrejo dotado de la movilidad de un conejo, dijo; *él*, no sé si te conté, él cree que dice cosas chistosas. Estamos arruinados, continuó, van a cerrar el banco, esta casa está hipotecada, la casa de Angra está hipotecada, el yate está hipotecado, el BMW está hipotecado. ¿Los dos?, le pregunté. No, explicó, hasta ahora solo el tuyo, creo que voy a levantarme la tapa de los sesos.

¿Y qué le dijiste?

Le pregunté: ¿y los depósitos en Suiza?

Se volatilizaron, contestó. Qué fue exactamente lo que *él* quiso decir con eso, no lo sé. La informática está transformando la semántica.

¿Sacaste eso de alguna película?

No. Eso es mío.

¿*Él* se va a levantar la tapa de los sesos?

No. Nadie se levanta la tapa de los sesos por dinero, lelo.

¿Y ahora?

Entonces le dije que estaba muy desilusionada por la falta de confianza en mí que *él* había demostrado con todo lo sucedido, que él había creado una barrera infranqueable entre nosotros, que yo necesitaba un tiempo para pensar y que mientras me iba de la casa. ¿Sabes cuál fue su reacción?

Él te dijo, de aquí solo muerta.

No. *Él* dijo, ¿adónde vas? ¿A casa de tu madre?

¿Con esa tranquilidad?

Con esa tranquilidad. En realidad hasta parecía satisfecho de librarse de mí. Entonces hice mi maleta mientras él bebía güisqui en la sala. Con la maleta en la mano le dije chao, voy a casa de mi madre. *Él* en medio de un trago contestó chao y yo me fui a casa de mi madre.

¿En dónde está la casa de tu madre?

En la calle Desembargador Isidro.

Sorpresas te da la vida...

Nuestra temporada en Nueva York para ir a la ópera tendrá que cancelarse.

Si fingimos que somos ciegos solo pagamos siete dólares la entrada.

Pero no vemos el escenario.

Family circle.

Eso es. Me llevé el BMW. Fue todo un éxito en la calle Desembargador Isidro. Mi madre está inconsolable.

¿Y ahora?

El plan continúa. *Ella*, tu mujer, ahora es la, el...

Blanco.

Sí.

¿Quién va a apretar el gatillo?

¿Quién va a apretar el gatillo? No puedo entrar a tu casa como si fuera una ladrona.

¿Te falta valor?

Te amo tanto que tengo valor para matar a cualquiera. Incluso a ti. ¿Te cogiste a Gildinha? Te mato si te coges a otra mujer. En serio te mato.

Roberto le enseña el revólver a Paula.

Es negro, como en las películas. ¿La pobreza mata el amor?

¿Ya te imaginaste frecuentando restaurantes en donde no es necesario hacer reservación?

Pero nosotros solo comemos sándwiches de queso fundido y coca *diet*.

En el hotel de paso, aquí en Rio. ¿En París fue igual? ¿Vamos a seguir yendo a París?

En París pasan todas las películas.

Escargot, ostiones, champaña, Beaujolais no-ví-si-mo.

Hacer compras sin preguntar antes por el precio.

Ni antes ni después. Presentar la tarjeta y firmar el *voucher* sin verlo.

Lo que es de veras una mierda es preguntar el precio antes. Dame el revólver. Después nos ponemos de acuerdo cuándo y cómo.

6

Roberto y Paula no pudieron verse, por motivos logísticos, durante diez días. Entonces, de manera inesperada, se encuentran en una fiesta. Ambos con sus respectivos cónyuges. Son presentados unos con otros por la anfitriona de la fiesta.

Él es así: un gordo sólido, simpático, melancólico, overmelancólico. Su nombre es Alfredinho. *Ella* es también una gorda sólida, simpática, afable. Su nombre es Lúcia. Una coyuntura inevitable los deja a los cuatro juntos en un rincón.

Y la crisis. ¿Te agarró?

Todavía no, Alfredinho.

Brasil no tiene remedio. Pero el negocio es tocar el balón hacia delante.

Un escenario spengleriano.

Es cierto.

Sería mejor si fuera spielberguiano.

A mi mujer la vuelve loca el cine.

¿Cómo sería el mundo si no hubiera cine?

Horrible.

Podrían pasar un fin de semana con nosotros en nuestra casa de Angra. ¿Juegas tenis?

Ahora prefiero nadar. Tenis *elbow*.

Eso es pésimo. El tenis es un deporte gregario, la natación es solitaria. Tengo un excelente fisioterapeuta. Curó mi tenis, ¿no fue así, Paula?

Tu *elbow*.

Roberto jugaba muy bien.

Lúcia está exagerando. ¿Y el golf?

Me parece aburrido.

Todo lo que no hace bien le parece aburrido.

No es cierto. No juego bien polo, pero no me parece aburrido.

¿Juegas polo? Siempre quise aprender a jugar polo.

¿Y por qué no aprendiste?

Uno no siempre aprende las cosas que quiere aprender.

Yo quería aprender a tocar el piano.

Pues yo quería aprender a bailar tap.

La Licinha, ¿conoces a Licinha?

Aprendió en Nueva York. Lo sé.

Roberto

Regresé con Alfredinho porque me dio lástima. Te lo iba a decir, pero no tuve la oportunidad. Él fue a Desembargador Isidro llorando y me dejó con el corazón partido y a mi madre también le dio lástima y me dijo, ¿vas a dejar a tu marido ahora que él está en la miseria? Eso me hizo sentir mal. Pero ya no hay nada entre nosotros, estamos durmiendo en camas separadas, en habitaciones separadas, me fui a la habitación que tiene una ventana que da hacia la magnolia. Yo le dije que iba a ayudarlo a atravesar esta fase y que ya no era su mujer, que ahora era una hermana y él aceptó esa situación, dijo que bastaba con que estuviera ahí a su lado para que él se sintiera feliz. Perdóname, me estoy muriendo de recuerdos, muriendo de calentura, te quiero dentro de mí, vamos a vernos el próximo jueves, me muero de pasión, no me hagas esto. No me habías dicho que jugabas polo. ¿Qué más me estás ocultando? Te amo.

No te quites la ropa, hermana Paula. Vamos a platicar.

¿Estás enojado conmigo?

No.

Qué plática más aburrida. ¿Juegas polo? *Ella* quiere aprender a bailar tap, escenario spengleriano, blablablá. ¿Cuál será el motivo por el que las personas siempre dicen estupideces en las fiestas?

Tu escenario spielberguiano fue peor. ¿Sabes quién es Spengler?

Estás enojado conmigo.

¡Tenerle lástima al fulanito al que íbamos a matar!

Estás realmente enojado conmigo.

No lo estoy, caray. Pero he pensado mucho. ¿Es necesario que alguien muera para que nuestro amor continúe vivo?

¿Qué película es esa?

Nuestra película, que aún no se hace.

Déjame darte un beso.

Solo uno.

¿Viste? Estoy con los ojos abiertos. ¿Hice bizcos?

Sí.

Entonces déjame cerrar los ojos. Hmm, hmm, tus besos son lo mejor del mundo.

Entonces, él arriba de ella, o ella arriba de él, ella dice, nuestro hijo está creciendo aquí adentro, todo va a salir bien, solo hay que tener un poco de paciencia, nos vamos a casar, vas a ver, voy a matar a Lúcia, mato hasta al presidente de la República, eso, así, empuja hasta el fondo mi amor, cogelón, te amo.

Aquella noche Paula y Alfredinho reciben la visita de la pareja Rosinha y Hermenegildo Acerbi. Acerbi es el socio principal de la Correduría de Valores Acerbi. Rosinha Acerbi dedica todo su tiempo a obras de caridad.

La situación no es apacible, pero tampoco es desesperada. En cifras absolutas.

Las Casandras son eternas.

Siempre lo han sido, Hermenegildo.

Hay que ver las cosas con frialdad y objetividad.

Estoy de acuerdo. Lo que acabó con Penido fue el pánico.

El pánico de Penido.

Parece una película.

A Paula la vuelve loca el cine. Todos los días ve una película.

Yo adoro el cine pero no tengo tiempo de ir, apenas tengo tiempo de ver la novela.

¿Por qué no haces como yo? Renta un video. Puedes verlo a cualquier hora, de día, de noche, de madrugada.

Durante el día estoy en la Obra. En la noche estoy tan cansada que rápido, después del noticiero y de la novela, me duermo. La novela es algo boba, pero una descansa.

Rosinha la ve, pero yo no soporto los noticieros. Solo hay secuestros, narcotráfico, huelgas, desastres, un desfile de horrores, toneladas de granos pudriéndose en las bodegas del gobierno, corrupción del gobierno, nepotismo del gobierno, medidas del gobierno para estorbar a aquellos que quieren trabajar. Hay demasiado gobierno en nuestra vida. ¿Cómo podemos hacer que Brasil crezca si ellos no nos dejan?

Hay que reformar la Constitución.

Necesitamos saber qué es lo que está pasando en el mundo.

Querida, en el mundo siempre sucede lo mismo. Igual que en Brasil.

Lo sé, Paula.

Es preferible leer los horrores por la mañana, a verlos en vivo y a colores por la noche.

Sé que tu empresa, disculpa que lo mencione, está enfrentando dificultades debido a una de las últimas Medidas Provisionales* decretadas por el presidente.

Hay que correr para quedarse en el mismo lugar, Alice.

Es cierto. ¿Tenías... negocios en el exterior?

¿En el exterior?

Alfredinho se disculpa diciendo que recordó algo urgente y sale de la sala.

Nuestros recursos vienen de donaciones de empresas, básicamente. ¿No te gustaría colaborar con la Obra?

Ya tengo un compromiso con los indios.

¡¿Indios?! Paula, los indios se volvieron ricos, tienen muchas tierras.

No todos, Rosinha.

Alfredinho regresa.

Paula, ¿viste un sobre amarillo?

¿Amarillo?

Amarillo. Largo. Querida, todos los meses llega un sobre amarillo largo para mí. Eres poco observadora.

No lo he visto, Alfredinho.

Ya debía de haber llegado. Es de la inmobiliaria.

¿Inmobiliaria?

Penido pensó en matarse.

¿En serio? ¿Quién te lo dijo?

¿Quién me lo contó, Paulinha?

---

* Medidas provisorias. Medidas de carácter transitorio dictadas por el poder ejecutivo sin la necesidad de que sean aprobadas por el Congreso, pero sujetas a una revisión posterior.

No sé. Es la primera vez que oigo hablar del tema. Y ni siquiera conozco a Penido.

¿Cómo que no lo conoces? Es aquel alto, pelón. Te lo presentaron en la casa del Príncipe.

No me acuerdo. ¿Qué inmobiliaria?

Penido es una víctima. Un mártir.

Los Acerbi se van.

Paulinha, necesito que firmes estos papeles.

Paula lee los papeles.

Puedes leerlos, no tienen nada secreto.

¿Pero nosotros tenemos dinero en Suiza?

Una miseria. Mal alcanza para comprar un coche. También yo firmo, dame la pluma, en caso de muerte, si me muero, y te digo algo, tengo ganas de morirme... este poquito, que no vale nada pero al menos alcanza para comprar un coche, es para ti.

7

En el motel.

Roberto, qué bueno que no vamos a tener que matar a nadie. Ya no vamos a matar a nadie, ¿no es cierto?

No.

Entonces entra dentro de mí. Quiero sentir tu pito entrando dentro de mí.

¿Pito?

Verga, palo, eso es, métemela, qué sensación maravillosa, tú dentro de mí, bésame, dime que adoras coger conmigo.

Adoro coger contigo.

Me estoy viniendo, Roberto, ay, un lago dentro de mí, paz, parece que me muero.

Me gusta ver tu cara en este momento. Te pones diferente.

¿Diferente?

Iluminada.

¿Qué película es esa?

Una luz tenue.

¿Luz tenue?

Resplandor.

¿Resplandor tenue?

Te pones más bonita.

¿Y mi nariz?

Toda mujer bonita tiene nariz grande.

Lo que quieres decir es que me veo menos fea en estos momentos.

Eres la mujer más bonita del mundo.

¿Ya estás con esta cosa dura otra vez? ¡Cogelón!

8

LLAMADA

(Hace ya algún tiempo que ellos dejaron de escribirse cartas.)

Cuando salí de compras ayer, un tipo me siguió todo el tiempo, de manera disimulada, no era uno de esos idiotas tímidos que siguen a las mujeres en la calle, ya me han seguido varias veces y sé cómo es, este tipo no quería que yo lo viera. Estoy preocupada. Creo que es mejor que no nos veamos el lunes, tengo miedo de que nos siga hasta el motel.

¿Estás segura?

Completamente.

¿Cómo es, cómo es el tipo que te sigue?

No sé. Tiene siempre un casco negro de motociclista en la cabeza. Tiene una motocicleta. Fue lo que me llamó la atención.

Inspector Clouseau.

Creo que esto puede tener alguna relación con algo que descubrí. ¿Te acuerdas del papel que firmé?

¿Qué papel?

Te conté, el papel que Alfredinho me pidió que firmara.

No me contaste nada de eso.

Sí te conté.

No me lo contaste.

Entonces te lo voy a contar. Los Acerbi habían acabado de salir cuando...

¿Los Acerbi?

¿No te lo conté?

No.

Los Acerbi fueron a cenar a la casa y tan pronto salieron, Alfredinho se me acercó y me dijo, Paulinha, necesito que firmes estos papeles. Yo debía de haber sospechado, él solo me llama Paulinha cuando quiere algo de mí.

Empecé a leer los papeles y él dijo, puedes leerlos, no tienen nada secreto. Era una declaración escrita en inglés con una terminología jurídica que no comprendí bien, y que decía que la cuenta suiza, en caso de impedimento o muerte de uno de los titulares, podría ser manejada por uno solo de ellos, o algo así. Le pregunté, ¿pero quedó de la catástrofe algún dinero en Suiza?, y él me contestó que había quedado cualquier porquería suficiente para comprar un coche, y que si él moría yo podría mover ese dinero. ¿Qué te parece? Yo ni siquiera sabía que era titular de la cuenta suiza.

¿Firmabas papeles relacionados con esa cuenta antes?

Siempre firmé todos los papeles que Alfredinho me daba a firmar, pero nunca leí de qué se trataban. Los negocios eran suyos; él era quien cuidaba de todo.

¿Él dijo, en caso de mi muerte?

Mía, la de él. Sí lo dijo.

¿Está enfermo?

Sigue con una salud de hierro. Ni siquiera se resfría.

Él no se refería a su muerte.

No entiendo.

Se trata de tu muerte.

¿La mía?

¡Qué rara coincidencia!

¿Coincidencia?

Mientras tramábamos su muerte, él tramaba tu muerte. Ese tipo que te está siguiendo es un asesino profesional.

Nosotros tramábamos su muerte desde hace meses y él solo pidió que yo firmara los papeles ayer.

Una coincidencia no yuxtapuesta, coincidencia apenas como identidad de propósitos.

A veces creo que estás loco, hablas como un maestro de portugués en un momento como este. No puedo imaginar que Alfredinho quiera matarme.

¿Crees que Alfredinho podría imaginar que tú lo querías matar?

No debemos hablar de este tema por teléfono. También está la historia del sobre amarillo. Todos los meses llega a la casa, dirigido a él, un sobre amarillo sin identificación.

¿De dónde es la estampilla?

No sé.

No debemos hablar de este tema por teléfono.

Yo lo dije primero. Hubo una película así, ¿no?

Muchas. Hay más películas de maridos que quieren matar a la mujer que de mujeres que quieren matar al marido.

¿Cómo sería el mundo si el cine no existiera?

El filósofo Adorno dijo, por más que me esfuerce, siempre que salgo del cine me siento más tonto.

Imagínate si entrara a un supermercado.

¿Eres capaz de despistar a tu asesino?

No sabemos si es un asesino.

Vamos a llamarlo asesino, a falta de un nombre mejor. Una hipótesis estratégica.

Eres chistoso. Te amo. Me muero de ganas, con tu hijo en mi barriga.

¡Cuídate de las líneas cruzadas! ¿Puedes o no puedes despistar al tipo?

Sí, sí puedo.

En el motel, en el centro de la ciudad.

Tomé un taxi, él me siguió en motocicleta. Fui al Shopping Río Sul, aquello es un mundo, entré por la puerta del frente y fui corriendo hasta el portón del lado y tomé otro taxi y fui hacia Copacabana y tomé otro taxi y vine aquí a nuestro paraíso. El asesino no podía dejar la motocicleta en cualquier lugar, perdió tiempo. Debe de estar hecho bolas buscándome en las escaleras eléctricas. Dame un beso, ay qué ganas.

Se acuestan vestidos y se abrazan con ardor —Roberto siempre admiró el desprecio de Paula por sus ropas caras en estos momentos de pasión—, se besan, él con los ojos abiertos, ella con los ojos cerrados, Roberto muerde las mejillas de Paula, abraza su cuerpo como un oso, ella abre camino para que él entre en su cuerpo, mi amor di que adoras coger conmigo, ruedan por la cama ancha, él se queda arriba, ella se queda arriba, dime que me amas, él dice todo lo que ella quiere que diga, y cuando ella se viene su cuerpo languidece en paz y cuando él se viene una locomotora pasa por encima de él y ruge como un animal herido de muerte.

Después se quitan la ropa que faltaba y se quedan desnudos.

Tu barriga no está creciendo.

Eso no quiere decir nada.

¿Cómo que no quiere decir nada?

No me ha bajado la regla.

¿No tienes asco? ¿Te hiciste la prueba?

Una mujer siempre sabe cuando está embarazada.

¿De qué película sacaste eso? Hazte la prueba.

Tenemos cosas más importantes que hacer. Fue un error desistir de matar a mi mando, o de matar a tu mujer. Este es el momento de decisión: tenemos que matar a mi marido, matar a tu mujer, escapar de un asesino.

Eso sí que es cine.

¡Encontré el sobre amarillo!

No cuesta nada hacerse la prueba.

¿No me escuchaste? ¡En-con-tré-el-so-bre-a-ma-ri-llo!

Cuéntamelo todo.

Dentro había un estado de cuenta de Alfredo de Almeida y Paula Freitas en el Barclay's por un total de tres millones trescientos setenta y siete mil setecientos dólares. La cuenta de Suiza está en Inglaterra. Yo debía de haber sospechado, Alfredinho tiene manía por Inglaterra. Solo compra zapatos en Inglaterra.

¿Por qué no usas el nombre de tu marido?

Porque no quiero.

¿Hay algo más que no sepa acerca de ti?

Mi padre era masón.

¿Qué más?

Mi diploma de la facultad es falso. Todo mundo estaba comprándolos, así que yo también me compré uno.

¿Qué más?

A veces finjo que me vengo.

¿Por qué?

Porque siempre que digo que me estoy viniendo tú te vienes. Me encanta ver que te vienes, la locomotora pasando encima de ti.

El orgasmo es un accidente del trayecto. No le des valor. ¿Qué más?

Nada más. Ah, me gusta la música del campo.

¿Qué más?

Ahora se acabó de verdad. ¿Qué es lo que no sé acerca de ti?

Mi padre se mató.

Eso ya lo sé.

Odio a Hitchcock.

¿En serio? ¿Me lo juras?

Te lo juro.

Me habías dicho que te gustaba.

A ti te encanta el tipo, creí que me abandonarías si no me gustaba.

¿Ni siquiera *Rear Window*?

Ni siquiera *Rear Window*.

Eso me da un shock.

Discúlpame.

¿Qué más?

Me cogí a aquella rubia.

¿Después de que me conociste?

No, no fue exactamente después...

Un hombre tergiversador es peor que un hombre mentiroso.

¿De qué película sacaste eso?

Si no fue exactamente después, no fue exactamente antes. ¿Fue exactamente cuándo?

En la zona limítrofe. Hay una diferencia, sutil, es cierto, entre exactitud, precisión, rigor. Todas las medidas —de tiempo, espacio, territorio— tienen un área que se llama, se llama...

Tierra de nadie. Blablablá. ¿De qué película sacaste eso? Mira, lelo, si haces eso otra vez, si vas a andar en tierra de nadie, te mato.

Puedes matarme. No quiero saber de ninguna mujer. Si Lilian Gish se arrodilla frente a mí pidiendo que me la coja, no me la cojo.

¿Qué más?

Eres mi sol, mi aire, mi vida.

De todos modos te mato. ¿Qué más?

Nada más. Ah, cuando tenía dieciocho años tuve gonorrea.

¿Qué es eso?

Una enfermedad venérea.

¿Te la pegó alguna puta?

No, una hija de familia.

¿Qué más?

Nada más. Realmente nada más. Ah, se me había olvidado. En la adolescencia fui actor de teatro. De un grupo llamado Los Babotas. ¿Quieres que imite a James Cagney?

Ya te vi imitar a James Cagney. Imita a otro.

Él imita a Boris Karloff en el papel del monstruo de Frankenstein.

Ahora bésame. Anda, ven, quiero ver cómo pasa la locomotora encima de ti.

9

Por la noche, Paula toma un taxi y va a visitar a su amiga Gildinha.

El motociclista sigue a Paula y Roberto sigue al motociclista. Un plan concebido por Roberto, un guion de película de gángsters, con situaciones y diálogos ensayados en el motel.

El motociclista para su motocicleta en la banqueta, a poca distancia de la casa de Gildinha, y se queda ahí, con el casco en la cabeza, tocando todo el tiempo una bolsa negra sujeta sobre su barriga por un cinturón.

Roberto se acerca a la motocicleta.

¿Es tuya?

Oye, ¿te conozco?

No. Pero tenemos algo en común. Las motos. ¿Es tuya?

Con todo y factura.

Nunca vi una Harley como esta en Brasil.

Hay una igual en São Paulo. Igual igual no, pero es el mismo modelo.

Mi sueño era tener una igual.

No está a la venta.

¿En qué trabajas?

Soy despachante.*

Qué curioso. Yo también.

Arreglo cualquier negocio.

Yo también. Te voy a dar mi tarjeta.

Roberto se lleva la mano al bolsillo. Busca.

No la encontré. Pero es una tarjeta sencilla. Te voy a decir lo que trae escrito. Trae escrito: Paladino tiene revólver, puede viajar.

He oído hablar de eso.

Lo saqué de aquella película.

¿Qué película?

Estamos siguiendo a la misma mujer.

¿Qué mujer?

La de pelo negro que entró en aquel edificio.

El motociclista saca un encendedor y una cajetilla de cigarrillos del bolsillo, abre el visor del casco y enciende un cigarrillo. Se le ve un poco de la cara, con marcas de una erupción papulosa en la piel.

¿No tienes calor con ese casco?

Jamás me quito el casco.

El hombre elefante.

Me llamo Gumercindo.

¿Eres carioca?

Soy de Juiz de Fora, pero de niño llegué a Rio.

La Manchester mineira.

* En Brasil, la actividad del despachante es la del gestor, aquel que es intermediario en trámites fiscales, aduanales y burocráticos en general. Se trata de una actividad reconocida como prestación de servicios: hay oficinas de despachantes. Pero aquí hay un juego de palabras pues «despachar» también quiere decir matar.

Ya he oído hablar de eso. ¿Por qué estás siguiendo a la mujer de pelo negro?

Para matarla.

Gumercindo aspira profundamente el humo del cigarrillo.

En el departamento de Gildinha, Paula se acerca un momento a la ventana y ve a los dos hablando en la acera.

Oye, ¿cuánto te están pagando?, le pregunta Gumercindo.

Quinientos.

¿Tan poco?

Mil.

¿Quinientos mil?

Dólares. Para no dejar huellas.

Esa mujer es poderosa.

Más de lo que piensas. ¿Y a ti?

¿A mí qué?

¿Cuánto te están pagando?

Hombre, el mundo está lleno de gente mezquina.

Y entre más tienen, más mezquinos son. ¿Cuánto?

No te puedo decir.

Es tan poco que tienes miedo de decirme. ¿Alcanza para comprar una Harley?

Yo no tengo miedo de nada.

Tienes miedo de decir que te están pagando una miseria. ¿Es muy humillante?

Hombre, déjame en paz.

Gumercindo enciende otro cigarrillo. El sudor gotea de su nariz sobre la parte inferior del casco.

O sea, el sujeto te está pagando una miseria para que mates a la mujer de pelo negro.

Yo no dije nada.

Voy a dejar que tú hagas el trabajo, después solo tengo que cobrarlo. Así de fácil. Que estés bien.

Gumercindo corre detrás de Roberto.

Vamos a acabar de platicar. Ni siquiera sé cómo te llamas.

Ya te lo dije. Me llamo Paladino.

Mira, Paladino, yo también puedo dejar que tú hagas el trabajo y después cobrarlo. Igual de fácil.

348

Pero no es la misma plata. Sigues ganando una mierda.

A veces tengo ganas de cambiar de profesión.

Te voy a decir cuál es la verdad, eres un colega, los colegas se ayudan, ¿no?

Sí.

Te estaba engañando. Lo sé todo. Piénsalo bien, ¿cómo fue que te encontré, como sabía que estabas siguiendo a la mujer de pelo negro, cómo sabía que te habían contratado para matarla?

¿Eres policía?

Si fuera policía, ya te estarían golpeando en la cárcel.

Somos colegas, pero solamente me estás enredando.

Podemos dejarlo todo como está, y dejarlo todo como está significa que voy a esperar a que tú actúes.

Yo también puedo esperar a que tú actúes.

Pero yo estoy enterado y tú no. No sabes de qué lado me voy a mover, no sabes nada. ¿Sabías que el tipo que te contrató es el mismo que me contrató?

¿Por qué lo hizo? ¿Está loco?

No, de loco no tiene nada.

¿Será que pensó que yo no iba a dar el ancho?

A lo mejor no le gustó que vieras su cara.

Yo no le vi la cara.

Bueno, él me dijo que sabes demasiado.

¿Que yo sé demasiado?

Sabes su nombre, y si te agarran vas a decirle todo a la policía.

No sé su nombre.

¿Quieres saber la verdad? ¿Aguantas?

Vamos.

El tipo me dijo que te matara.

¿Y Teté sabe eso? Voy a matar a aquel maricón hijo de puta.

No estoy hablando de Teté, estoy hablando del otro, del sujeto que utilizó a Teté como intermediario.

A ese tipo no lo conozco. Teté me dijo que era un cliente que lo recogió en la playa, en coche. Teté se subió al coche pensando que iba a hacer un servicio, pero el tipo no quería sexo, le dio una plata a Teté y le preguntó si conocía a alguien que pudiera despacharse a una mujer. Yo ya despaché a un tipo para Teté. Entonces Teté le dijo el precio, el tipo le dio plata, la primera parte, la dirección y un retrato de la mujer, dijo que le daba el resto de la plata cuando el trabajo estuviera hecho. Ellos se van a ver en el mismo lugar al día siguiente que yo enfríe a la doña. La estoy espiando, esperando una oportunidad, y tú apareces con esta historia.

¿Dónde está el retrato?

¿Por qué te lo voy a enseñar?

¿Estás viendo aquel tipo allá? ¿Dentro de aquel coche estacionado? Parece un chofer de ricachona, ¿no? Pero es de los míos, es de mi equipo. Y hay otro, en un coche rojo en la esquina. Estás empapado en sudor, pareces una paleta al sol, estate tranquilo, todavía no he decidido lo que yo y mi pandilla vamos a hacer.

Tengo una cuarenta y cinco en la bolsa.

El volumen es de una treinta y ocho. Antes de que abras todo el cierre, eres hombre muerto.

No sé su nombre, Teté no sabe su nombre, ¿cómo vamos a delatarlo?

El tipo me pidió que también le hiciera el trabajo a Teté. Sabemos dónde se para Teté vestido de mujer, esperando a los clientes.

Era de noche. El tipo se quedó todo el tiempo diciéndole a Teté no me mires, mira al frente. Lo único que Teté vio fue una mancha que tiene en el cuello.

¿Mancha en el cuello? Dame el retrato.

Está en la bolsa.

Yo lo saco.

Roberto abre la bolsa de Gumercindo. Ve la treinta y ocho oxidada, toma el retrato. Paula sonriente.

Estoy colaborando contigo, amigo, una mano lava la otra.

¿Cuántos años tienes?

Veinte.

¿Quieres el consejo de un veterano?

Vinimos a este mundo para aprender.

Desaparece. Que Teté desaparezca también, que busque otro punto. Ustedes se quedan con la primera parte de la plata que les dio. Le voy a decir al tipo que los liquidé a los dos. Esto que te estoy dando es un regalo de padre a hijo. Mira, no me vayas a hacer quedar mal.

No te preocupes. Quiero librarme de este asunto. Desde el principio sentí que apestaba.

Dile a Teté que va a sufrir mucho si me hace quedar mal. No te preocupes.

Puedes quitarte el casco. Sé todo acerca de ti, sé incluso cómo agarraste la viruela.

Gumercindo se quita el casco.

No quiero volver a ver tu cara. No quiero cruzarme contigo en la calle. Si me ves, atraviésate al otro lado. Si te encuentro cerca de la mujer de pelo negro, te van a enterrar con marcas horribles, esas sí horribles. ¿De acuerdo?

10

En el motel, en el centro de la ciudad.

Le hablé escupiendo las palabras y haciendo muecas. Mi mejor interpretación de gángster. ¡Te van a enterrar con marcas horribles!

Podría ser que no fuera viruela.

Corrí el riesgo. Di en el blanco.

Una mancha en el cuello. Es una mancha de nacimiento. ¿Notaste esa mancha, no, cuando conociste a Alfredinho en aquella fiesta?

Ahora que lo dices...

Tomé esta foto el día de nuestro aniversario de bodas. Estoy triste.

No estés así.

Es triste que una sepa que su marido la quiere matar.

Ya lo sabías.

Pero no estaba segura. Caray, siempre *lo* he tratado bien. Cuando *él* estuvo enfermo, *lo* cuidé.

Dijiste que *él* tiene una salud de hierro.

Una vez se rompió el brazo y yo le amarraba los zapatos.

¿*Él* usa zapatos de agujeta?

Ya te lo dije. Los compra en Inglaterra.

Se me había olvidado.

Siempre fui una buena esposa, ahorrativa, dedicada, hago solamente lo que *él* aprueba, a *él* no le gusta la carne de cerdo, en la casa no entra carne de cerdo, a *él* no le gustan los noticieros, no veo los noticieros, a *él* no le gusta que me vista de rojo, no me visto de rojo, a *él* no le gusta que use falda muy corta, no uso falda muy corta, a *él* no le gusta que beba, no bebo. A excepción de ver películas, hago solamente lo que a *él* le gusta. Y ahora descubro que *él* quiere matarme por causa de unos míseros centavos.

La relación marido-mujer es siempre así. No hay marido que no haya alimentado ese sueño: matar a la mujer.

¿Por dinero?

Por dinero, por celos, por cansancio, por saturación, por hartazgo.

¿Qué es hartazgo?

Hastío, asco, repugnancia, repulsión. Es el motivo principal.

Las mujeres también sienten eso por sus maridos. Cuando salí de viaje con Alfredinho la última vez, no hubo ni un momento que tuviera ganas de hacer el amor con *él*. Tampoco *él* conmigo. *Él* solo pensaba en restaurantes, vinos, comida. Los intestinos pasaron a ser más importantes que el corazón.

El intestino nunca duerme.

Es cierto. El *suyo* pasaba la noche despierto, haciendo ruidos. Pero el pene estaba siempre durmiendo. Cuando la mujer empieza a alejarse del marido nota *su* barriga protuberante, las historias repetidas, la mezquindad, el pene flácido, la estupidez, el olor de *su* sudor. *Él* dice que solo ve las películas buenas, pero quien solo ve películas buenas no aprecia el cine.

Eso es hartazgo.

La mujer que ama no ve nada de eso. No veo nada de eso en ti.

Mi verga siempre está dura.

¿Crees que antes era mejor, cuando no sabíamos nada uno acerca del otro?

No. El misterio era bueno, pero la ausencia de confianza no lo era.

De veras que está dura. Ven, dime que te encanta coger conmigo.

11

Alfredinho busca a Teté en la avenida Atlântica. Teté desapareció. Alfredinho no sabe qué hacer.

Paula anda rara. Alfredinho teme que haya descubierto la existencia de Clarinha. Ahora está en su matadero, así llama, secretamente, al lugar en donde se encuentra con mujeres; pero para su secretaria, Clarinha, con quien platica en ese momento, le dice nuestro nido de amor.

¿Será que Paula sabe algo?

¿Por qué crees que ella sospecha?

Es una corazonada.

Dijiste que todo estaba arreglado. ¿Cómo es que todo estaba arreglado? ¿Cómo *fue* que todo estaba arreglado? ¿De qué manera arreglaste todo? No me dijiste cómo fue.

¡Carajo, Clarinha, qué interrogatorio!

¿Cómo es que algo se resuelve y después se desresuelve?

Esa palabra no existe.

Ya hice las maletas.

¿Qué maletas?

Las maletas.

No vamos a ir a ningún lado.

¿No vamos a ir a ningún lado? ¿Y el viaje a Miami?

No vamos a ningún lado.

¿Nos vamos a quedar aquí sentados?

Podemos quedarnos de pie.

Siéntate, Alfredinho. Me pones nerviosa.

Yo también estoy nervioso. Mi vida es más complicada que la tuya.

¿Por qué? Pruébalo.

No tienes que buscar dinero. Yo lo busco para los dos. Lo único realmente complicado en la vida es buscar dinero. El resto sale en la orina.

¿Y cuidar a una madre paralítica?

Quien la cuida es la enfermera.

¿Y ser amante de un hombre casado?

Es peor ser hombre casado amante de una mujer soltera.

¿Y tener que pedir dinero al amante?

Es peor tener que dar dinero a la amante.

¿¡Ah, sí!? Ya no quiero un centavo más de ti.

Estaba bromeando. Ey, ¿a dónde vas? Abre la puerta, Clarinha.

12

Roberto

Hice un balance acerca de la situación. Eres mi verdadero marido. No dejé a mi marido convencional y tú no dejaste a tu mujer convencional porque, vamos a hablar en serio, somos dos hedonistas epicureístas que no quieren preguntar el precio de las cosas antes de comprarlas. Para poder seguir viviendo una buena vida teníamos —rompe esta carta en mil pedacitos tan pronto como acabes de leerla, decidí escribirla porque los teléfonos andan hechos una mierda—, teníamos que matar o a Alfredinho o a Lúcia. Pero no logramos hacer ni una cosa ni la otra. Ahora él es quien quiere matarme. Este negocio se está poniendo mal. Vamos a matar a Alfredinho de una vez. Si tú no lo haces, yo lo hago. Ya no puedo seguir fingiendo frente a él. Me muero por coger contigo y después ir al cine. Rompe la carta. Te amo. Paula.

P. S. Otra cosa: Me hice la prueba, como me ordenaste. El embarazo era psicológico. El colmo.

Paula

No tenemos que matar a nadie, tengo un plan. ¿Puedes ir allá el jueves?

Roberto.

Fue la primera carta en la que no me escribiste te amo.

Te amo.

Ahora ya es tarde. Y tu boca no es carta. Y tampoco dijiste que estabas triste porque ya no traía a tu hijo en la barriga.

Hasta eso que fue mejor. Tenemos mucho tiempo para tener un hijo.

¿Y si eres estéril?

No lo soy.

¿Estás seguro? No pudiste embarazar a Lúcia.

La infecunda es Lúcia. Hicimos las pruebas. ¿Y tú?

¿Yo qué?

¿Por qué no tuvieron hijos?

Alfredinho.

¿No quieres conocer mi plan?

13

Sabemos que Roberto nunca ha trabajado y su única habilidad es imitar a James Cagney, Jimmy Stewart, Boris Karloff, y hacerse pasar por asesino de mujeres de pelo negro. En realidad, también imita, al contar chistes, el acento portugués, alemán, francés y norteamericano, y los ademanes de pederastas y lisiados.

Hoy por la mañana, cuando Alfredinho se fue al trabajo, Paula hizo las maletas y se fue a la calle Desembargador Isidro. Por la tarde, la secretaria entró a la oficina de Alfredinho con una tarjeta que traía escrito Dr. Vieira Souto, Abogado.

El tipo está en la sala de espera. Dice que es un asunto de muchísima importancia.

¿Asunto mío o suyo?

Solo puede ser tuyo.

¿Dijiste que yo estaba?

Sí.

Clarinha, ¿cuántas veces te he dicho que no digas que estoy? Siempre debes de decir: no se encuentra, ¿de qué se trata?

No me dijiste nada de eso.

Sí, lo he hecho miles de veces.

Pues no me acuerdo. ¿Quieres que le diga eso al tipo?

No. Dile que entre.

El doctor Vieira Souto entra en la oficina arreglándose el bigote y la barba de candado.

Siéntese, por favor.

El doctor Vieira Souto se sienta.

¿Es pariente de la avenida?*

Pariente lejano.

¿Puedo preguntarle algo?

Sí.

¿Por qué no tienen cristales sus anteojos?

¿Lo notó usted?

Sí.

Es una larga historia que quizá le cuente más tarde.

Vieira Souto pone el armazón de los anteojos en el bolsillo del saco, se arregla el nudo de la corbata, carraspea.

Lo que me trae hasta aquí es un asunto sumamente delicado.

Estoy intrigado. Eso de los anteojos sin cristales.

Es una promesa. Las promesas son siempre idiotas y difíciles de explicar. ¿Lo podemos dejar para después?

Claro que sí.

¿Habrá oído hablar usted de nuestro despacho Vieira Souto, Silva Jardim y Radagásio Taborda? La y es para dividir los nombres de mis otros socios.

Creo que sí. No estoy seguro.

Somos especialistas en derecho criminal.

Soy todo oídos.

Voy al grano, para no malgastar su tiempo ni el mío.

Sí, vaya directamente al grano.

Tenemos en nuestro poder —fíjese bien, no se trata de cárcel privada, las partes están voluntariamente, repito, voluntariamente, bajo nuestra custodia— a los señores Temístocles Silva, también conocido como el travesti Teté, y Gumercindo Ribeiro, natural de Juiz de Fora, Minas Gerais, que se dice asesino profesional de mujeres. ¿Puedo continuar? Los dos afirman, y están dispuestos a declarar ante la policía y en los tribunales, que usted los contrató para matar a su esposa, la señora Paula Freitas. Tenemos declaraciones firmadas por los dos ante testigos calificados, con detalles de esta siniestra empresa criminal. ¿Quiere que continúe? ¿Se quedó sin palabras? ¿Quiere consultar a un

---

* Una de las principales avenidas de Rio de Janeiro se llama Avenida Vieira Souto.

355

abogado de su confianza? ¿Se quedó sin palabras? Lo vieron a usted en su coche con el travesti, y tenemos también la declaración de ese testigo. Tal vez usted tenga otra explicación para eso, tal vez tenga una explicación para el hecho de que el retrato de su señora esposa estuviera en poder del asesino Gumercindo, tal vez tenga una explicación para su cuenta secreta en Suiza, digo, en el Barclay's, pero creo que es poco probable que su versión sea bien recibida. ¿Se quedó sin palabras?

14

Ven, ven y entra en mí, dime que adoras coger conmigo.

Paula no se quita el vestido, solamente la ropa interior. A Roberto le encanta ver el poco cuidado que tiene con sus ropas caras, y los dos se besan con los ojos abiertos, ella aprendió a hacerlo sin que le importe hacer bizcos, y él entra en ella, y permanece un largo tiempo dentro de ella, y los dos terminan felices y sudados y ruedan por la cama y ella mira el reloj y dice que están cogiendo hace más de una hora.

¿Por qué fuiste con anteojos sin cristales?

Lo saqué de aquella película.

Lelo.

Fue mi mejor interpretación. *Él* se quedó aterrorizado. Tengo aquí las instrucciones para el banco, firmadas por *él*, con las que se abren dos cuentas, una a tu nombre y otra a nombre de *él*, más de un millón de dólares en cada una, cuentas que solo pueden ser manejadas individualmente. Tú firmas aquí, lo envío al Barclay's y todo está arreglado.

No es mucho dinero.

Es cierto.

Vamos a acabar teniendo que matar a... *ella*...

A largo plazo, también a *él*.

Esto se parece a una película.

¿Qué sería del mundo si no hubieran inventado el cine?

Horrible.

DEL FONDO DEL MUNDO PROSTITUTO
SOLO AMORES GUARDÉ PARA MI PURO
1997

No hay nada igual al tabaco —es la
pasión de la gente decente, y quienes
viven sin tabaco no merecen vivir.

Molière, *Don Juan*

1

Mi nombre es Mandrake, soy abogado criminalista.

Los casos de homicidio son siempre una especie de acertijo. Los clientes siempre te mienten, los policías te mienten, los testigos le mienten a todo el mundo. Comencé a montar el rompecabezas sin tener todas las piezas, con paciencia, después de haber escuchado a los protagonistas y a los actores secundarios de este enredo. Grabé la mayor parte de las pláticas que tuve con ellos. Mi secretaria hizo una transcripción de estas grabaciones. Con base en esas páginas, preparé resúmenes para disminuir el papeleo. Pero a veces, o porque es muy difícil hacer esta síntesis o porque resulta más claro mantener la dicción original del hablante, mantuve *ipsis verbis* algunos pasajes. (Están entre comillas.) En estos casos, para volver la exposición más comprensible agregué pequeños párrafos. Organizo este material después de un tiempo de que todo terminó. Desafortunadamente, no puse fecha ni enumeré las transcripciones, error que ya había cometido con las cintas grabadas, lo cual perjudicó, en cierta manera, la continuidad cronológica de la narración.

Fue Amanda quien descubrió la identidad de la primera víctima. Pero empecemos con Gustavo Flávio. Yo sabía que era un escritor famoso y célebre. Si fuera un político o algo parecido, el caso Delamare, que ocurrió hace algunos años —no voy a hablar del caso Delamare, ya ha sido muy explotado—, no se habría olvidado. Pero era un escritor, y de un tipo con esa profesión todo puede esperarse. Gustavo Flávio era un hombre vanidoso, un pedante erudito e inteligente, un mulato que con el paso de los años se había vuelto blanco, un gordo que había adelgazado, un mujeriego con éxito, yo tenía motivos para detestarlo pero entró a mi despacho y lo primero que hizo fue sacar un Churchill del bolsillo y eso me dejó con un ánimo más receptivo.

—¿Le molesta el humo del puro? Creo que no, siento el olor en el aire.

Yo también fumaba puros, como él lo había notado.

—La señora Amanda dijo que usted tiene una historia interesante que contarme.

—¿Quiere uno de estos?

—No, gracias. Cuando trabajo, prefiero fumar un corto.

A diferencia de mí, cuando él trabajaba prefería los largos. Esto se explica por la distinta naturaleza de nuestras actividades. Yo dejaba los puros largos para fumar en compañía femenina, cuando el humo no molestaba, evidentemente. Con un cortapuros Zino, Gustavo cortó la punta de su puro. Después, utilizando una caja de cerillos, lo prendió con los cuidados debidos.

—Estoy en contra de esos tipos que cortan la punta del puro a mordidas, como perros rabiosos. Amanda dice que soy un embrollador incontrolable.

—A veces un pequeño rodeo ayuda. ¿Puedo prender la grabadora?

GUSTAVO FLÁVIO

Día tras día llegaba a su casa una correspondencia abundante y variada, la cual tiraba a la basura sin abrir. Un día no lo hizo con una de las cartas, un sobre blanco, el nombre y la dirección escritos en letras de molde, trazos vacilantes hechos tal vez con la mano izquierda, o con la derecha si el remitente era zurdo. Colocó el sobre en su larga mesa de trabajo, en donde además de la computadora y sus periféricos había un aparato de sonido (solo podía escribir escuchando música, cualquier música), y encendió un puro, ese día un Punch Royal Selection número 12, un modelo no muy largo, como los que prefería cuando trabajaba, pero de aroma rico y arquitectura perfecta. Cuando prendió la computadora vio a través del *BootLock* —una herramienta que imposibilita la entrada sin el uso de la contraseña y que registra los intentos de ingreso— que alguien había tratado de entrar a la máquina repetidas veces. Revisó la casa para ver si faltaba algo. Las cámaras fotográficas estaban ahí, la Canon, la Polaroid, la Nikon. También las videocaseteras, los relojes, las tarjetas de crédito, las chequeras, nada había sido tocado, ningún cajón parecía haber sido abierto, ni siquiera el de una mesita pequeña en donde guardaba fotografías antiguas, suyas y de sus parientes. No llegó a preocuparse, pues atribuyó el problema a un error del programa; las computadoras viven sorprendiendo a los usuarios. Apreciación errónea, como comprobaría más tarde con amargura. Tecleó su contraseña y abrió el archivo en el que estaba trabajando, un ensayo sobre el misterio de las rayas negras de las cebras. El pelaje de todo animal salvaje tiene como una de sus funciones naturales volverlo menos visible en su hábitat natural, sin embargo, el pelo conspicuo de las cebras, con sus rayas negras sobre la piel blanca, no las protegía de sus enemigos naturales. Pero aquel día, en lugar de intentar descifrar este enigmático fenómeno, se quedó pensando en la carta sobre la mesa. En realidad no sabía por qué no la había roto, quizá debido a la suposición de que el remitente había disimulado la caligrafía. Lo cierto es que había algo en aquella carta que lo perturbaba. Entonces abrió el sobre esperando encontrar una cadena que lo amenazaría con horribles desgracias si no enviaba una copia a cincuenta personas. Dentro había un retrato de mujer. En alguna parte de sus archivos tenía una foto como aquella. En la época en que abría su correspondencia no era raro encontrar cartas con retratos de mujer, que lo divertían por algunos minutos, cartas y retratos que acababan desapareciendo en el caos de su estudio. Pero dentro del sobre que decidió no romper había apenas el retrato de una mujer a la que no veía desde hacía algunos años. En el reverso del retrato no había nada escrito. Después de dudarlo un poco, rompió y tiró la foto al basurero.

«Como usted debe saber, licenciado Mandrake, ya no escribo novelas. Aun antes de dejar de escribirlas ya detestaba a mis personajes, de la misma manera que abominaba a los personajes de otros autores; y como todos saben, *ama a tu personaje como a ti mismo* es una regla importante para que a uno le guste escribir y para hacer que al lector le guste leer lo que uno escribe. Durante meses, después de haber decidido no escribir más ficción, iba a las librerías a hojear las nuevas novelas publicadas, pero al leer las primeras líneas me daban ganas de romper los libros. Llegué incluso a comprar algunos para romperlos en casa. Que conste que mis novelas y cuentos se siguen vendiendo bien, se hacen reimpresiones todos los años, en parte porque muchos son de lectura obligatoria en las escuelas, ese esfuerzo pedagógico lleno de buenas intenciones que procura inducir a los estudiantes estúpidos y semianalfabetos a que adquieran el gusto por la lectura.»

Gustavo Flávio agregó que había sentido algún placer al escribir sus primeras novelas, y que también le gustaron la celebridad y las distinciones que ellas le habían propiciado. Cuando dos universidades extranjeras le otorgaron el título de doctor *honoris causa* se consideró consagrado y bendecido y no descansó hasta recibir la *Légion d'honneur* y otras mercedes ennoblecedoras. Usaba sacos con pequeños orificios en las solapas para poder poner ahí, con hipócrita circunspección, la pequeña cinta o el botoncito de color rojo o azul, colores característicos de las mejores distinciones, sabiendo que bastaba con aquella insignia para proclamar su gloria a los refinados. («Hoy me cago en todo eso, los honores deshonran, eso es de Flaubert», pero yo, Mandrake, no sentí mucha convicción en esta frase.) Después de escribir más de veinte novelas, decidió escribir solamente ensayos. ¿Qué ocasionó este cambio radical en su carrera? Amanda decía que Gustavo había superado, después de sufrir un ligero y administrable disgusto, la crisis de impotencia creadora que lo dominaba, y había decidido entonces dedicarse a un género que no exigía talento ni imaginación. Por fortuna, dijo Amanda, no había hecho lo mismo que Hemingway al sufrir este problema.

«No puedo olvidar la repugnancia que me ocasionó la visita que hice a la casa de Hemingway en La Habana. Las salas tenían las paredes llenas de trofeos de caza, la mayoría de ellos cabezas disecadas de animales inofensivos. En su estudio, debajo de la mesa de trabajo, la piel de un tigre con cabeza, pies y garras le servía de tapete. En el baño, en una tabla de anotaciones colgada de la pared, Ernest apuntaba las oscilaciones de su peso; era ese tipo de gordo vanidoso que hacía todo para adelgazar, menos dejar de ser glotón. La vajilla que utilizaba era de porcelana, hecha *sous commande*, tal vez en Sèvres o en otro lugar de Europa, con sus iniciales E. H. dibujadas a la manera de un escudo. Por toda la casa había fotos suyas disfrazado de *the great white hunter,* rifle en mano y un animal muerto a sus pies. *The short happy life of* Ernest Hemingway... Al americano también le gustaba ir a las plazas de toros españolas a ver cómo los toros, después de sangrados y agotados por las innumerables varas que les clavan los banderilleros en el cuello, morían a manos de los toreros con ropas de colores y rellenos en los calzones apretados para aumentar el volumen de los cojones.*
Lo cierto es que por una u otra razón —y regresaré a esto— dejé de escribir novelas y no me arrepiento. Ahora, además de ensayos, pretendo escribir mis memorias. Dostoievski, por boca de Aliosha Karamazov, dice que las memorias preservadas desde la infancia y que cargamos durante nuestra vida son quizá nuestra mejor educación; y si apenas una de estas buenas memorias permanece en nuestro cora-

---

* En español en el original.

zón, tal vez un día se convierta en el instrumento de nuestra salvación.»

—Deje sus memorias para después —le pedí.

&

Conocí a Amanda antes de que se casara con Gustavo Flávio y empezara a fumar puros. Fui abogado de un primo suyo, un financiero defraudador que está feliz de la vida en Miami, después de que lo defendí. Casi tuvimos una aventura, ella y yo, pero por desgracia no tengo tanta suerte con las mujeres como Gustavo Flávio. Cuando volví a encontrarla, noté que Amanda había logrado el prodigio de aumentar un poco de peso y volverse aún más bonita. El hecho de que ella hiciera parte del rompecabezas me pareció una coincidencia chistosa.

—¿Puedo prender la grabadora?

—¿Por qué?

—Siempre lo hago cuando escucho a alguien.

—Me va a poner nerviosa.

—Se te va a olvidar rápido que la grabadora está prendida.

AMANDA

«Aquel día llegué al departamento de Gustavo con una caja de Coronas gigantes (el tamaño es el de un Churchill), de la casa Bolívar. Mientras él abría la caja, comentando que el diseño de la tapa mostraba a un antipático Bolívar de nariz fina y boca cínica, tomé un vaso de agua en la cocineta con una pastilla inhibidora del apetito. Quería volverme tan delgada como su nueva mujer, Luíza. Cuando vivía conmigo, Gustavo siempre escuchaba a Beethoven mientras escribía, pero aquel día el aparato tocaba una de esas piezas ruidosas de percusiones. El departamento en donde Gustavo vivía desde que nos separamos y que antes era el lugar donde escribía y también, de una vez te lo digo, donde recibía a otras mujeres, estaba hecho un tiradero; libros al lado del lavadero, libros sobre la estufa, libros en el suelo, había libros incluso bajo la cama. Le dije que iba a comprar un librero y para quitarme de encima me contestó que no le gustaba que leyeran lo que estaba escribiendo. Pero yo no estaba leyendo la pantalla, miraba el retrato en la mesa, al lado de la computadora. Cogí el retrato, que intentó quitarme de las manos, pero no lo permití. Me senté en el sillón y le pregunté si mi falda estaba muy corta y me contestó que yo tenía piernas bonitas. Cuando apareció el asunto de mis piernas, le pregunté quién era la muchacha, diciéndole que tenía la impresión de conocerla. Gustavo alegó que no sabía quién era, que la foto le había llegado por correo. Le pregunté si ahora pegaba los retratos que rompía y si la muchacha era su amiga, alguna novia, una de aquellas... ocultas, más bien clandestinas, tan ocultas no eran. La mujer del retrato era bonita pero tenía algo que no me agradaba. Se lo dije y le pregunté si podía quitar la música, aquello me estaba poniendo nerviosa, y le pregunté además si había ido al médico. Me contestó, Amanda, no te preocupes por mí, estoy bien. Gustavo necesitaba de alguien que lo cuidara, Luíza era diseñadora de modas, artista o lo que sea, no se cuidaba ni a sí misma, estaba más flaca que un palillo. Las mujeres, a excepción quizá de Luíza, siempre ejercieron una enorme influencia sobre él. Minolta lo convirtió en un sátiro y glotón —un gordo, por algún tiempo—, pero debido al caso Delamare salió de Rio y jamás regresó. Desapareció de la ciudad y de su vida, pero sé que Gustavo la recuerda a veces con melancolía. Lo sometí a una dieta tan rigurosa que al cabo de un año su estómago disminuyó y aunque no había perdido las ganas de comer, se satisfacía con pequeñas cantidades de alimento. Debo admitir que más delgado —y también más viejo, y también menos moreno, con la edad se volvió más blanco— Gustavo se transformó en un hombre más atractivo que cuando era joven y gordo. Pero no dejó de ser un sátiro, ni después de que le pasó aquel accidente (llamémoslo así) que tú conoces y sobre el que no quiero hablar ahora. Entonces tomé una escoba diciendo que iba a limpiar aquella pocilga y empecé a arreglar la sala con movimientos elaborados y claramente perceptibles, como muchas mujeres lo hacen al realizar uno de esos trabajos penosos, necesarios para el funcionamiento del hogar, en presencia del marido. Puse los libros en varios montones en un rincón de la sala. Después de comer prendimos los puros que había llevado. Siempre es larga y tranquila la plática de dos amigos con el estómago lleno fumando un puro de aroma subyugante y combustión perfecta. En la época en que escribía ficción a él le gustaba hablar sobre el trabajo, y ahora que escribía ensayos se había vuelto aún más locuaz. Al contrario del novelista que quiere seducir o amedrentar, el ensayista quiere exhibir su erudición, un procedimiento arrogante que Gustavo había adoptado. Cuando quise saber cuáles eran los requisitos básicos para escribir (siempre quise escribir, pero mientras estuve casada con él no podía volverme escritora, me hubiera sentido cohibida), le dio algunas bocanadas lentas al puro y comenzó a hacer alarde de su sabiduría. Dijo que según Bertrand Russell las dos virtudes más importantes del ser humano son la inteligencia y la bondad. Tienes que ser inteligente, necesitas esa capacidad, ese poder superior de la mente para ser un escritor. Es cierto, dije, y él, como le gustaba hacer, con su dialéctica perversa, dijo que era mentira, que había encontrado en muchos de los congresos literarios en que había participado por todo el mundo, un montón de escritores exitosos —algunos premios Nobel— que no eran exactamente brillantes, algunos llegaban a ser idiotas. Así es que la inteligencia podía ser suprimida como un requisito para que la persona se convirtiera en escritor; si la persona era inteligente como yo sería magnífico, pero no debería dejar que eso interfiriera con mi trabajo; si quería ser escritora tenía que aprender a disciplinar mis virtudes, y eso era válido para escritores y carpinteros. Pregunté ¿y la bondad? En ese momento llamaron a la puerta. Dije, deja que toquen, no estás esperando a nadie, ¿no es cierto? Gustavo esperaba a Luíza y agregó que yo sabía que nadie iba a su departamento sin avisar antes; si una persona llegaba sin avisar, el portero tenía órdenes de prohibirle el paso, así fuera Luíza o su propia madre, si aún estuviera viva.»

&

Cuando tenía dieciocho años, Luíza salió de su casa para ser modelo. Su padre, un hombre rico, viudo, dueño de una gran fábrica de telas, se peleó con la hija a fin de que abandonara aquel trabajo que consideraba indigno. Para el padre «todas las modelos eran unas putas». Cuando el padre, poco después de casarse nuevamente, murió en condiciones trágicas, asesinado por asaltantes desconocidos que jamás fueron arrestados por la policía, Luíza asumió la dirección de la fábrica y abandonó las pasarelas. Ya tenía veinticinco años y las modelos más buscadas eran espigadas ninfetas de catorce. Se volvió, además de empresaria, una respetada consultora de moda, y cuando cualquier revista quería publicar su consabido artículo sobre mujeres que habían tenido éxito en el mundo de los machos, siempre se acordaban de su nombre. Gustavo Flávio la conoció cuando escribió un artículo para un número especial de *Vogue*, al que ella había sido invitada como editora. A Luíza yo no le caía bien; por lo que supe, me consideraba un abogadete picapleitos y decía que un licenciado con un nombre como el mío solo podría tener como clientes a carteristas y otros delincuentes menores.

Me prohibió que encendiera la grabadora, pero prendí la que llevaba en el bolsillo del saco sin que ella lo notara.

LUÍZA

«Amanda, como siempre, estaba ahí, sentí el olor del puro aun antes de entrar. Amanda, dije, estás cada vez más bonita, engordaste un poco ¿no?, ¿viniste a hacerle de comer a Gustavo? Contestó, igual de venenosa, que yo continuaba delgada, que podía volver a desfilar en las pasarelas, que mi flacura y las ojeras me daban un aire tan mórbido como romántico, pero que necesitaba aprender a cocinar. Le contesté que esa sería la última cosa que aprendería en el mundo, que prefería aprender a hacer *papier-mâché*, pero que estaba bien que cocinara para Gustavo como si fuera su mamita. A ella de veras le gustaría tener un hijo igual a Gustavo; Luíza, agregó con su voz irritante, tú no sabes cocinar pero sabes cosas más importantes, amas las computadoras como Gustavo, y para ustedes las computadoras están llenas de alimentos para el espíritu. Todo lo que la gente dice, incluso lo que dice sin pensar, o tal vez principalmente lo que dice sin pensar, tiene un sentido oculto, aunque en apariencia no signifique nada. Amanda no podía tener un hijo de él, eso no era posible después de aquel... accidente. Las dos lo sabíamos. Gustavo debió de haber notado que el tono de nuestra plática no era muy amigable y dijo, ya basta de eso, mujeres. Entonces, Amanda mencionó que tenía una cita pendiente y después de decir que Gustavo le debía una explicación sobre la bondad, lo cual debía de ser un mensaje en clave entre ellos, tomó su bolsa y se fue. Amanda debería haber lavado los platos, odio lavar platos, lavar platos y pegar botones. Le pregunté a Gustavo dónde estaba Raimunda y me contestó que la sirvienta ya no trabajaba con él; además, le pregunté por qué había roto la foto y después la había pegado con cinta adhesiva y me contestó que no sabía.»

&

Después de algunas entrevistas con Gustavo Flávio, él, espontáneamente, me platicó de su relación con Luíza. Ya dije que las cintas de la grabadora acabaron revolviéndose y como no tenían ni número ni fecha, se volvió difícil mantener la continuidad de este relato.

«El único objeto personal que Luíza mantenía en mi departamento era un frasco de crema hidratante, su piel era muy seca. Para hacer explícitos los inconvenientes de pernoctar en mi casa, Luíza se cepillaba los dientes con mi cepillo y lo dejaba embarrado de pasta; a propósito manchaba su vestido de café, y como no tenía otra ropa se quedaba sucia, con cara de víctima resignada. Creaba situaciones cuyo objetivo era hacerme ver, tarde o temprano, que debíamos cambiarnos a su casa nueva. Como siempre, Luíza durmió muy poco durante la noche, a pesar de haber tomado una de sus medicinas. Cuando dormíamos en la cama de su casa, Luíza también se pasaba la mayor parte de la noche despierta. Este insomnio recién había empeorado, estaba estresada, nerviosa y decía que no podía salir de vacaciones, tenía mucho que hacer. En fin, era una ejecutiva típica. En la mañana de aquel día, cuando me levanté del suelo, Luíza estaba sentada frente a la computadora. ¿Hay un *password* para entrar en la máquina?, preguntó. Le contesté que sí y le pregunté si lo quería. Dijo que no, se había despertado temprano y mientras esperaba a que yo me despertara había intentado surfear en la www, entonces comenzó a hacer ejercicios para el cuello, diciendo que el cuello le dolía *pero solo un poco*, que ya se estaba acostumbrando a dormir en el suelo, pero lo dijo como si estuviera mintiendo abnegadamente y el cuello le doliera de manera atroz. Yo sabía que el cuello no le dolía para nada y que fingir los dolores formaba parte de su plan de forzar la mudanza a su casa en donde, además de la cama matrimonial, había tres sirvientas, un gimnasio, un *home theater*, varias computadoras, un baño lleno de espejos con un enorme jacuzzi, además de otras comodidades. Luíza no lo mencionaba, ya habíamos hecho el amor en el jacuzzi más de una vez y ella sabía que a mí me gustaba bañarme en aquella tina enorme. Además, nunca se refería a su excelente situación financiera, eso no me impresionaría, yo ganaba bien con mis libros y no le daba importancia al dinero. Cuando le dije que Amanda nos iba a comprar una cama, Luíza contestó que no era necesario y, girando la cabeza de un lado a otro, haciendo una mueca de dolor y preguntándome si oía cómo le tronaban los huesos, dijo que adoraba dormir conmigo en el suelo, que el problema eran los horribles dolores que sentía después en la espalda y en el cuello. Le dije que Amanda quería escribir un libro y me contestó que eso era apenas un pretexto para meterse en mi casa y encontrarse conmigo a toda hora; según ella, Amanda quería transformarme en una Scherezada, mil y una noches conmigo. Mientras nos bañábamos y enjabonaba el cuerpo de Luíza, escuché sonar el teléfono.»

&

Como dije, Amanda fue quien descubrió que la mujer del retrato había sido asesinada. Según ella y los otros, así fue como ocurrió. Las tres declaraciones que siguen están ordenadas cronológicamente.

AMANDA

«Gustavo contestó el teléfono y le dije que necesitaba hablar con él en persona. Salí corriendo del baño, estoy todo mojado, dijo. ¿Luíza se está bañando contigo?, pregunté, ¿en la tina?, no sé por qué te gusta bañarte con las mujeres, es bueno que sepas que las mujeres prefieren bañarse solas. Insistió que estaba mojado, goteando en la sala, que me llamaba enseguida, pero antes de que colgara le pregunté, ¿te acuerdas de la mujer del retrato?, ¿del retrato que recibiste y rompiste? La asesinaron.»
—¿Qué fue lo que contestó?
«Se quedó callado un buen rato. Después dijo, ¿asesinada?, ¿cómo lo sabes? Le contesté que había visto su retrato en la revista y leí la noticia que decía que había sido asesinada y que iba para su casa.»

LUÍZA

«Gustavo regresó al baño y le pregunté por qué estaba tan pálido, si se sentía mal. Se secó lentamente, como quien hace tiempo para controlarse. Después me contó que Amanda le había dicho por teléfono que la muchacha del retrato había sido asesinada. Creí que aquello era un pretexto más de Amanda para meterse en su casa, se me hacía hasta gracioso. Cuando Amanda llegó sin aliento yo estaba limpiando la blusa que había manchado con café, pero ella no le dio importancia a eso, abrió la revista semanal que traía en las manos y señaló una foto de mujer, sacada tal vez en una fiesta, diciendo que era la muchacha del retrato. La noticia de la revista decía que Hildegarde Keller, esposa del embajador Germano Keller, había sido asesinada de un tiro en la cabeza, dentro de su coche. La policía sospechaba un asalto. Gustavo escuchó callado, actuó de manera muy extraña, como si nos ocultara algo.»

GUSTAVO

«Bueno, a usted le tengo que decir la verdad, para eso vine, a fin de cuentas es mi abogado. Luíza tiene razón, actué de forma extraña, temía que ella y Amanda percibieran el temblor que se apoderó de mi cuerpo. Cogí el basurero de la sala, fui al baño, cerré la puerta, miré mi rostro pálido en el espejo. Revolví la basura hasta encontrar lo que quería. Me lavé la cara y regresé a la sala, teniendo el cuidado de dejar el basurero en el baño. ¿Dónde está el basurero?, preguntó Amanda. ¿Qué basurero? ¿Tú también ya te diste cuenta de que no sabe mentir? Hace mucho, contestó Luíza, mientras iba al baño y traía el basurero para la sala diciendo, estuvo revolviendo el basurero en busca de algo. Quizás otro retrato, de otra mujer muerta, dijo Amanda. O de la misma, dijo Luíza. Les expliqué que buscaba un cheque que había desaparecido, tal vez lo había roto. Las dos se rieron. ¿Un escritor necesita bondad?, preguntó Amanda. ¿Qué plática de locos es esta?, interrumpió Luíza, y Amanda le explicó que yo le había dicho cuáles eran los requisitos que tenía que llenar para convertirse en escritora. ¿Recetas de cocina?, preguntó Luíza. Le dije que para algunos escritores la literatura debe ser dulce y edificante, es decir, lo bastante azucarada y buena para agradar los paladares delicados y refinar moral y espiritualmente al lector, pero que el escritor no era un repostero ni un pedagogo, los buenos escritores, como Sade, llenaban el corazón y la mente de los lectores de miedo y horror, porque la vida era eso, miedo y horror. Después volví a fingir que escribía en la computadora, y me di cuenta de que las dos mujeres inventaban pretextos para librarse cada una de la presencia de la otra. Ninguna de las dos parecía estar interesada en la noticia de la revista. Yo, por mi parte, quería librarme de las dos para entregarme a mi palidez y examinar con tranquilidad lo que había sacado del basurero. Al final ambas se fueron. Esperé un tiempo hasta estar seguro de que ninguna de las dos regresaría. Tomé el sobre que había sacado de la basura y comparé la fecha del matasellos del correo con la fecha de la muerte de Hilde, según la revista. La foto había sido puesta en el correo cuatro días después de su muerte. Quien me había enviado la carta poseía la mente tortuosa del sujeto que crea virus para computadoras, del terrorista que pone una bomba en el avión o en el Metro. Pero estos locos no individualizan su blanco y mi remitente sí sabía tras de quién andaba. Cuando la conocí, Hilde tenía el pelo oscuro de la foto que yo había roto estúpidamente.

Estaba casada con un diplomático y nuestro romance ardiente había durado... ¿meses, un año? Después viajó con el marido y se quedó un largo periodo en el extranjero. Cuando vivía en Brasil nos carteábamos por medio de apartados postales. Pero al irse de viaje no contesté a ninguna de sus apasionadas cartas, a pesar de que me había dado una dirección segura para el caso. Volví a leer la nota de la revista. Hablaba del marido embajador, de las sospechas de la policía de que algún asaltante había intentado robar el coche y por algún motivo (tal vez miedo, los ladrones asustados son los peores) le había disparado a Hilde. El remordimiento que sentí por no contestar las cartas que me había enviado de Europa regresó, y aun con más fuerza. Hilde estaba muerta y no había manera de pedirle perdón por mi crueldad. Ese es el problema de pedir perdón: siempre es demasiado tarde. Me conecté por internet con Celeste. Tardó algún tiempo en contestar. Grabé nuestra conversación, ¿quieres verla?»

—Dame su dirección electrónica.

Gustavo se la sabía de memoria y me la dictó.

—¿Hay algo más que deba saber?

«No, no que me acuerde. Amanda cree que debo ir a la policía a contarle toda esta historia. Usted...»

—Háblame de tú.

«¿Crees que debo ir?»

—Todavía no lo sé. Tengo un amigo en Homicidios. Estos casos acaban llegando a sus manos. Voy a platicar con Raul. Espera que te dé alguna noticia.

Gustavo se paró de la silla. Puso el Churchill en la mesa.

«Este Churchill es para cuando estés con una amiga. Como sabes, el nombre es un homenaje a Winston, que nunca se separó de un puro de este tamaño, ni siquiera en los días de sangre, sudor y lágrimas.»

—Se dice que fumó trescientos mil puros durante su larga y productiva existencia.

«Al final de su vida, cuando le prohibieron fumar, sostenía el puro entre los dedos, se paseaba con el puro y lo miraba apagado en su mano. Eso también da una cierta alegría. Sostener y mirar.»

COPIA DEL *CHATTING* DE GUSTAVO CON CELESTE

Celeste: Solo quiero platicar si me haces confesiones terribles. Este es el único ingrediente aceptable en un *chatting* secreto entre dos desconocidos. Basta de blablablá.

Yo: ¿Qué confesiones te puedo hacer? Además, ya sabes quién soy.

Celeste: Tú también sabes quién soy yo. Solo que no soy famosa como tú.

Yo: No confío en ti.

Celeste: ¿En quién confías? ¿En tus mujeres?

Yo: ¿Qué mujeres?

Celeste: No quiero saber de Delfina. Háblame de Amanda.

Yo: Me separé de Amanda.

Celeste: Lo leí en las columnas de sociales. Cuéntame de Amanda, cuéntame de Luíza.

Yo: Luíza es mi novia.

Celeste: También lo leí en sociales. Quiero saber los secretos. Leí en uno de tus ensayos que no crees en el psicoanálisis y eres ateo. Soy la mejor persona del mundo para escuchar tus secretos.

Yo: Solo se deben contar secretos a quienes también tienen secretos.

Celeste: También tengo los míos.

Yo: Entonces, cuéntamelos.

Celeste: Tú primero. No hay mejor lugar en el mundo para confesiones escabrosas que el internet.

Yo: Celeste, que estés bien. Me voy.

2

No hablé de inmediato con Raul sobre la historia del retrato de Hilde. No había de qué hablar con ese perro de caza. La lectura de las transcripciones no me ofrecía elementos para previsiones siniestras, no imaginaba cuántas cosas graves iban a suceder; tan era así que aún no me había tomado el trabajo de leer las transcripciones de las cintas.

GUSTAVO

«El segundo retrato llegó algunos días después del primero. Por los trazos de la letra de molde del sobre noté que su origen era el mismo que el de la primera carta. Cuando lo iba a abrir, el timbre del interfón sonó. El portero me anunció una visita a la que le pasó el interfón. Le abrí la puerta a Sílvia. No quiero parecer cursi, pero cuando ella entró pareció que se encendía una luz en la sala, y una vez más me quedé maravillado con la musculatura que cubría suavemente aquel esqueleto perfecto, una estructura con extraordinario poder de contracción y relajamiento, resultado del trabajo cotidiano en el gimnasio. Sílvia no necesitaba frecuentar centros de fisicoculturismo, poseía de nacimiento *integritas, claritas et consonancia* —Tomás de Aquino, *apud* Joyce / Burgess— firmeza, brillo, simetría, palabras perfectas para definir su cuerpo. No existe quien no tenga por lo menos una mujer fea a su alrededor, mas yo vivía rodeado de mujeres deslumbrantes, la Fortuna tiene sus elegidos. Sin embargo, en lo más profundo de toda belleza existe algo inhumano, eso es de Camus, y a largo plazo la belleza fatiga más que la fealdad. En el único ensayo que escribí sobre la belleza analicé la afirmación sádica de Bataille de que la belleza solo es deseada por la alegría que causa al ser profanada. Normalmente Sílvia entraba y se arrojaba en mis brazos. En lugar de eso caminó nerviosa por la sala.

¿Estás preocupada por algo?, le pregunté. Él sospecha, contestó. Hoy, cuando salí de la casa, creo que me siguieron por un rato, corrí como loca por las calles para despistar a mi perseguidor, por fortuna soy buena conductora, estacioné el coche lejos y me vine a pie, mirando hacia atrás. ¿Cómo sabes que te seguían? Una mujer lo sabe. Mandrake, la mujer de veras se da cuenta, nosotros jamás nos enteramos, pero ellas *saben*, aunque a veces se engañen. No hay motivos para preocuparse, dije, intentando tranquilizar a Sílvia, nosotros no dejamos rastros, no nos escribimos cartas el uno al otro, no hablamos por teléfono, tú no le contaste a tu mejor amiga que eres el amor de mi vida, ni yo le he contado a mi mejor amigo, que por cierto no tengo, que amo a una mujer casada, deslumbrante, llamada Sílvia y por lo tanto no hay ningún rumor sobre nosotros; tú sales todas las tardes a hacer gimnasia, o para ir al salón, o para ir al curso de Historia de la Filosofía, o al de Historia del Arte, o para ir de compras, o para visitar a tus amigas, o para ir al cine, él sabe que eres una mujer hiperactiva que nunca se queda en casa mirando la tele y haciendo crucigramas; él jamás te pregunta «¿adónde fuiste hoy?», nuestra tarde semanal es una entre muchas otras menos pecaminosas, ¿cómo es que empezó a sospechar de repente? Te digo que sospecha. Nos fuimos al edredón. Mandrake, te estoy diciendo cosas que pertenecen no solo a mi intimidad sino a la intimidad de terceros y cuento con tu total discreción. No existen recetas para cogerse a una mujer. Siempre desprecié a los cretinos de ambos sexos que escriben en revistas especializadas en chismes, femeninas y masculinas, a los que les gusta inventar reglas para que seduzcas y te cojas bien a tu pareja. Te voy a contar una historia de caballos. Mi padre poseía una hacienda, en el valle del Paraíba, en donde criaba caballos. Muchas veces necesitaban cruzar una yegua de buen linaje con un semental también de buen pedigrí, pero el problema era que el semental de ascendencia noble no despertaba el deseo de la yegua. O tenía la agenda completa o por alguna razón no podía perder tiempo en los escarceos preliminares. Entonces colocábamos cerca de la yegua a un tipo de caballo conocido como Rufián,* un semental al que no se exigía perfección física ni pureza de sangre que comprobara su linaje ilustre, sino la capacidad de despertar un deseo sexual intenso en la yegua. El semental plebeyo y la yegua noble quedaban separados

---

* *Rufião* es el nombre con que se conoce en el interior de Brasil al «caballo revelador» descrito por el personaje. Mantenemos la traducción literal dado que la palabra y su significado en portugués («aquel que vive a expensas de prostitutas; que se pelea por mujeres de mala reputación») son importantes en el contexto del pasaje.

por una cerca, para que ningún contacto, digamos morganático, ocurriera entre ellos. En el momento en que Rufián estimulaba el celo de la yegua, le ponían a ella una maniota, una especie de arreo de carreta del cual salían dos gruesas cuerdas fijadas con pulseras a los cascos de la yegua para que, sujeta de esta manera, no pudiera rechazar y patear al semental de lujo cuando fuera a cubrirla. Al aristócrata casi siempre lo ayudaban los peones a introducir el miembro en el cuerpo de la yegua, que el Rufián había vuelto aquiescente y tembloroso. Sucede que en muchas ocasiones el Rufián, que despertaba el celo de la yegua porque la hacía sentir por él la misma lubricidad obsesiva que sentía por ella, Rufián (apodo injusto para un animal de tanto carácter), impulsado por su lascivia arrebatadora, brincaba la cerca que los separaba y los dos animales, contra todos y sin la ayuda de nadie, daba rienda suelta a la pasión prohibida que los consumía. De ahí viene la expresión "brincarse la cerca", que debes conocer, más común en el interior del país, que señala a un hombre o a una mujer casados involucrados en actividad extraconyugal. De esta historia saqué las enseñanzas siguientes. La primera: para seducir y cogerte a la mujer que amas es necesario desearla como un semental amarrado a la cerca, y si ella no brinca la cerca antes, las mujeres muchas veces brincan la cerca antes, te toca a ti brincarla, arruinarte por ella, ser coceado por ella, darte de topes en las paredes por ella. Crea el efecto rebote. Así pasó con Amanda, así fue con Luíza, así pasó con Sílvia, que brincaron la cerca antes. Segundo consejo: a las mujeres les gusta hablar, no pares de platicar con ellas, aunque muchas veces lo que les digas sea en realidad un ejercicio de comunicación onfalópsica, como es mi caso. Último consejo: cuanto más desenfreno en la habitación, más respeto y ceremonia en la sala y en la cocina. Pero es necesario, lo repito, que exista amor, sin amor el orgasmo ocasiona siempre un inmenso fastidio mezclado con tristeza.»

—¿Quieres decir que además de tu esposa Luíza, ustedes no viven juntos pero ella es tu esposa, existe esa Sílvia?, ¿una mujer casada?

«Un hombre puede amar a dos mujeres. Está en nuestra naturaleza.»

—Habla del segundo retrato.

«Al abrir el nuevo sobre, con mi nombre en letra de molde idéntica a la de la carta con el retrato de Hilde, descubrí el otro retrato y corrí a comprar todos los periódicos y revistas que había en el puesto para verificar si alguna mujer había sido misteriosamente asesinada. Pero ningún incidente policiaco de esta naturaleza constaba en los periódicos y revistas. La foto del sobre era de una antigua novia que tuve, y en algún lugar de mis archivos también tenía una foto como aquella. Regina, con el cabello recogido en un chongo, sostenía una gata que yo le había regalado. Me quedé mucho tiempo fumando y meditando. ¿Cuál era el significado de todo aquello? ¿Quién me enviaba aquellas fotos? ¿Cuál era el motivo? Esa mañana en la iglesia de la Candelaria, en el centro de la ciudad, oficiaban la misa de séptimo día para Hilde. Había mucha gente en la iglesia. Cuando acabó, me formé en la fila de los pésames. El embajador, vestido de negro, alto, pálido, guapo, recibía las condolencias con la postura adecuada al protocolo litúrgico. Cuando me vi frente a él, le extendí la mano y le dije: mi pésame, señor embajador. Él me miró con desprecio y odio, sin aceptar mi gesto, e ignoró ostentosamente mi presencia y mis palabras. Por un momento sostuve mi mano de limosnero abierta frente a él, sin saber qué hacer. Creo que me puse pálido, siempre me pongo pálido. Me alejé con la cabeza en alto pero sintiéndome como un perro con la cola entre las patas. Mientras emprendía la retirada con lentitud, fingiendo que no había pasado nada, una mujer, que venía inmediatamente después de mí en la fila, me alcanzó. Aceleré el paso y ella también, acompañándome obstinadamente hasta la puerta de la iglesia. Él lo sabía todo, el embajador, dijo la mujer. La miré sin decir nada. Yo era la mejor amiga de Hilde. Permanecí en silencio. Yo tengo sus cartas, Hilde me pidió que las guardara. Ah, la mejor amiga... Así suceden las cosas. Un coche oscuro paró en la puerta de la iglesia, un chofer uniformado salió y le abrió la puerta. ¿Quiere que lo lleve? Se lo agradecí y le dije que tenía algunos compromisos en la ciudad. Desde la puerta del auto me preguntó, ¿puedo llamarle? No le contesté, la mujer entró en el coche y se fue. Sentí el sol fuerte del mediodía que me quemaba el rostro.»

—Habla sobre Hilde.

«Hasta que me conoció, Hilde era una mujer virtuosa y fiel a su marido. ¿Por qué rompe sus compromisos una mujer? La mayoría de las veces la causa es el amor, el *fuego que arde sin verse*, esto es de Camões, el que vuelve cenizas el convenio, el pacto establecido con el otro. El amor existe, repito, y las mujeres creen en él más que los hombres. Hilde se enamoró de mí como yo me enamoré de ella. Pero para que no me tilden de romántico ingenuo, admito que el amor puede ser en algunos casos apenas una válvula de escape, ciertas personas casadas, aun cuando gozan de la mayor libertad, se sienten en una prisión, y las cadenas tienen un nombre, rutina. Los cónyuges, por más imaginación que tengan, no logran huir del desgaste que resulta de mantener el orden, del tedio ocasionado por la repetición de las cosas que no se mueven. La vida, en el proyecto administrativa común que se instaura con el matrimonio, tiene que ser organizada metódicamente. Existe el Hogar, una casa y su sistema de obligaciones y condicionamientos, el pago de las cuentas dentro de sus plazos, seguros, cuotas e impuestos, el automóvil y la lata que da, los hijos (no tengo hijos, pero sé que son figuras exigentes), los viajes obligatorios (para comer y hacer compras inútiles), los médicos, los dentistas, los electrodomésticos y otros trebejos. También están el lavado de ropa y de las alfombras, y la cocina y la cocinera y la costurera y el supermercado, se me olvidaba el plomero y las llaves de agua que gotean y la tubería tapada —y no hablo de enfermedad o de pobreza, pues imagino un escenario optimista—, y todo eso, esa vida de comprar, pagar, componer, arreglar, lavar, planchar, conciliar, ceder, coger burocráticamente, crea un sedimento que se va hinchando hasta hacer que la pareja se atasque en la gordura y el tedio. Y entonces ni siquiera es necesario que aparezca el caballo Rufián. Un burro es suficiente.»

—Habla sobre Regina.

«Busqué en mis papeles la dirección de Regina. Pero cuando una mujer salía de mi vida sus rastros se borraban. En algún lugar había vestigios de Regina, pero nunca los iba a encontrar a menos que estuvieran en los papeles que Amanda estaba organizando. La llamé. ¿Por casualidad tienes la dirección de Regina Castanheira? Amanda me pidió que esperara para buscar en la computadora y acabó encontrando su dirección y su teléfono. ¿Y hay algún retrato suyo?, ¿una mujer con un gato? No, no había retrato en los archivos. Llamé a Regina, le pregunté si podía visitarla. Me abrió la puerta de su casa y me recibió amablemente. Le pregunté por la gata, no sabía bien qué decirle, me contestó que *el gato* había desaparecido, su hermana Irina lo había buscado por todas partes. ¿Cómo desapareció?, tenía un collar con la letra R, R de Regina y tu dirección. Desapareció, volvió a decirme, un gato con collar también puede desaparecer, y la R era de Rex, su nombre era Rex. Protesté, Rex es nombre de perro, yo mismo compré aquel collar y le mandé poner una R, de Regina. Pero se volvió R de Rex. Uno no pone su propio nombre en el collar del perro, contestó. En el de los gatos sí, y además no era gato, era gata. Reencontrar a una mujer que amé siempre es doloroso. Sabía que había deseado mucho a Regina, sabía que habíamos reído mucho, sabía que habíamos compartido ardientemente placeres del cuerpo y del espíritu, pero no sentí nada al verla en aquel momento, ningún vuelco en el corazón, ninguna chispa en el cerebro. Y con mi memoria de elefante, ¿cómo poder olvidar sensaciones que debían haber sido fascinantes? El amor es así: me atraviesa como un rayo, no me mata y sale con la orina. Regina estaba maquillada, se había preparado para recibirme, aretes, una mascada de seda alrededor del cuello. Estás diferente, dijo, engordaste o adelgazaste. Adelgacé, respondí. Y yo, ¿estoy más fea o más bonita? Mandrake, tú sabes que todo mundo se afea con la edad, aun cuando la cintura no aumente de diámetro y no aparezcan ni bolsas ni papada en la fachada, la carne es débil, pero contesté que estaba más bonita, que ciertas mujeres se ponían más bonitas con la edad y ella era una de esas. Regina me ofreció un café y me preguntó qué asunto quería tratar. Empecé contándole la historia de Hilde, del retrato que había recibido, del asesinato. Regina leyó la nota en el periódico y se había quedado impresionada. Saqué del bolsillo su retrato con el gato en el regazo, diciendo que la había recibido después y que creía que la misma persona que me había mandado la foto de Hilde había enviado esta. ¿Cómo?, replicó, yo te di esta foto, ¿ya se te olvidó?, para que vieras que cuidaba bien al gato. La gata, corregí. ¿No te acuerdas?, Regina insistió, te envié la foto con una cartita, estás confundido, querido, ¿estás abusando de sustancias? Protesté, mis sustancias son el café y el tabaco y lo sabes muy bien, si me enviaste una foto igual a esta no sé en dónde la metí, de eso hace más de cinco años, pero recibí esta foto, la que está en tu mano, por correo, y el remitente fue el mismo que me envió la foto de Hilde, puedo traerte los sobres para que los veas, las letras de los remitentes son exactamente iguales. Regina sirvió otro café y dijo, con cierta melancolía en la voz, hace más de seis años que no nos vemos. Pregunté si podía fumar un puro y después de su anuencia prendí uno robusto, Partagás, tú sabes, Mandrake, ese modelo es naturalmente agresivo y su feo y grueso anillo rojo hace que parezca todavía más insultante, pero no lo había escogido por ese motivo, sino porque sabía que aquella plática no iba a durar mucho y el robusto es un puro que libera su nutritivo sabor de inmediato. Dejaste de escribir novelas, es una lástima, dijo mientras yo fumaba, pero me gustó tu ensayo *La piel y el alma*, fue un éxito en la universidad, pero muy controvertido. Contesté que quería provocar controversia, la duda incita, la certeza es tranquilizante, que no quería que mis libros se quedaran en el buró para ser leídos por la noche durante quince minutos como somnífero. ¿Hiciste alguna copia de aquella foto? No, la única copia ella me la había enviado a mí, con una cartita tonta, agregó, y tú me contestaste con una notita firmada Gustavo Flávio, cordialmente, ni un abrazo, apenas cordialmente, pero entiendo, habíamos terminado y contigo cuando se acaba, se acaba. Fingí que no había escuchado y pregunté si el negativo de aquella foto lo tenía ella. Tendría que buscarlo, dijo además que creía que aquella historia estaba medio rara. El puro se apagó y Regina cambió de tema, aunque me dio la impresión de que se estaba aguantando para no hacerme más preguntas. Llegó su hermana Irina. Aproveché para despedirme. Antes de irme me dieron ganas de abrazar a Regina, pero no lo hice. Desde la puerta les pregunté si tenían otra gata. Así fue como me despedí de ella. No, no tenían otro gato.»

3

Coloqué estas otras piezas del rompecabezas en un marco con espacio suficiente para moverlas. En resumen: habían enviado una carta a mi cliente con la foto de una exnovia que fue asesinada; en el pasado, mi cliente ya se había visto involucrado en la muerte de su amante de nombre Delfina Delamare, el llamado *caso Delamare*, un misterio que nunca se aclaró del todo. Había alguna información que quería obtener de Amanda.

—¿Entonces ahora fumas puros?

—Los adoro. Son pocos los placeres iguales al de fumar un puro.

—Estoy plenamente de acuerdo.

—No fumo contigo porque sé que Gustavo se pondría celoso.

—Me lo imagino. Voy a prender la grabadora.

—¿La traes en el bolsillo?

—Tengo dos, esta de bolsillo para las grabaciones furtivas, y la de mesa, notoria, que viste en mi despacho.

AMANDA

«Gustavo me llamó preguntando si podía pasar a mi casa y cuando llegó le dije, ven aquí, ven a ver lo que una mujer organizada y decidida es capaz de hacer, y lo llevé a la biblioteca, a su biblioteca, con miles de libros, la mayoría subrayados con garabatos que no podía entender. Notó que el espacio en donde antes había un sofá, dos sillones con lámparas de pie y una mesita en donde estaba su humidificador con los puros, había sido ocupado por cuatro enormes archiveros de acero que consideró horribles, y por una mesa con una computadora y una impresora. Preguntó por el cuadro de Otto Dix y le contesté que estaba en la alcoba. Los archiveros le parecieron muy feos y le expliqué que eran feos pero estaban bien organizados, que había arreglado todos sus papeles, que aún no estaba todo listo, pero que el archivero ya podía considerarse funcional, y prendí la computadora provocándolo para que me pidiera un tema que investigar. Sacó del bolsillo la foto de Regina, yo sabía que ella había sido su novia, y me preguntó si había una foto como aquella en los archiveros. Rápidamente encontré la indicación en una de las carpetas que saqué de los archiveros. Allí estaba una carta de Regina, escrita a máquina: *Querido, te extraño, te extraño mucho, te envío una foto de tu gato en mi regazo. El gato también te extraña. Besos, Regina.* ¿Y la foto?, preguntó Gustavo, Regina dice que envió una foto junto con la carta. Pero yo no tenía aquella foto en los archiveros, debió haberse quedado en casa de Gustavo, había un montón de fotos en su departamento, en un cajón. Allá solo hay fotos de mi familia, dijo. Le repetí que no había ningún retrato con la carta de Regina. Gustavo me contó cómo había llegado la carta por correo, en un sobre igual al que contenía la primera foto que había roto. ¿Entre mis papeles no había también una foto de Hilde? Aquello me sorprendió. ¿Hilde?, ¿Hildegarde Keller?, ¿también fue tu novia? Es impresionante, eso merece un puro. Tenía unos Epicure, Gran Corona, de Hoyo de Monterrey. Como sabes, Mandrake, estos no tienen anillo como sucede con los puros que vienen en cajas, pero Gustavo confirmó su autenticidad apretándolos ligeramente. Encendimos los puros y nos fuimos al sofá. A mí me gustaba cerrar los ojos mientras fumaba. Él miraba el puro en su mano, quería ver el humo subir y desaparecer en el aire. ¿Crees que Regina mintió? Respondí que tenía una teoría, las dos eran amigas, con seguridad sabían de su doble juego, Regina esperaba que se decidiera a su favor, lo mismo Hilde. Y entonces, él eligió a Hilde. Regina conservó este resentimiento en el corazón todos esos años —lo correcto sería odiar al exnovio, pero odiaba a Hilde— y al saber de la muerte de la rival se vengó enviándole maliciosamente su retrato, como quien dice, murió asesinada como les sucede a las vagabundas. Sugerí que mandara hacer uno de aquellos exámenes para comprobar que la del sobre era la tal Regina. Gustavo quiso saber por qué Regina le enviaría, en aquella carta sin remitente identificado, su propio retrato. A veces me sorprendes con tu ingenuidad, contesté, Regina quería un pretexto para verte de nuevo, leí la carta que te envió en aquella ocasión, es una insinuación, una invitación, regresa mi amor. Durante cinco años no la buscaste ni te hiciste notar. En ese tiempo te casaste conmigo y después te separaste de mí y ella lo debe de haber sabido, todo mundo lo supo. La melancolía de Regina se agudizó, tú haces que te extrañen, ¿sabes?, y nuevas esperanzas resurgieron. Ella espera que pase un rato y te envía disimuladamente otra copia de su retrato con el tal gato que le diste, esperando con eso reanudar el contacto contigo. Y como lo había planeado, tú la buscas y ella te lanza toda la seducción que una mujer que extraña a su amante es capaz de lanzar, y tú caes en la red y el mundo vuelve a ser color de rosa para ella. Si Luíza sabe esto se va a enojar, pero no le voy a decir nada. Gustavo protestó, Regina no intentó seducirlo y yo no había explicado cómo es que ella había obtenido el retrato de Hilde. Le dije que tal vez lo había sacado de algún lugar de su departamento, y que enviarle el retrato de Hilde había sido un gesto de rencor, él parecía un tonto y le repetí todo otra vez. Hilde era rica, bonita, elegante, esposa de embajador del eje Elizabeth Arden y Regina una profesorcita de literatura que nadie conocía, y cuando su rival murió asesinada Regina se desquitó haciendo que él, Gustavo, viera que la bella aristócrata había sido asesinada a tiros como una delincuente y se había transformado en un escándalo en los medios. Gustavo se quedó callado, no se interesó por los archiveros, le pregunté si quería ver el Otto Dix en la alcoba, él lo pensó un poco y dijo que lo haría otro día, lo invité a que fuéramos juntos al cardiólogo, pero contestó que prefería ir a comer. Fuimos a un restaurante. Cuando llegamos al restaurante le pedí que siguiera diciéndome lo que debería hacer para convertirme en escritora, yo ya sabía que no necesitaba ser ni inteligente ni bondadosa. Me contestó que tenía que hacerme una advertencia, que no estaba enseñándome *cómo* convertirme en escritora, ese mapa del tesoro no existía, que solo mencionaba los requisitos necesarios, en realidad prerrequisitos, para este oficio. Lo máximo que puedo hacer es indicarte el tipo de *ejercicio* que necesitas practicar y que puede ayudarte en este trabajo. Él es muy gracioso, Mandrake, aún no lo conoces bien y puedes tener una opinión equivocada, pero con el tiempo llegarás a apreciarlo. Gustavo dijo, una mujer que tiene un trasero plano y quiere que sus dos hemisferios sean redondos, duros y parados, hace gimnasia localizada para definir los glúteos, eliminar la flacidez y adquirir nalgas de buena legibilidad. La gimnasia del aspirante a escritor es la lectura, mientras más leas, mejor. Y tú, o lo aprendes sola leyendo a los otros autores (los buenos y los malos) o no lo aprenderás de ninguna otra manera, no sirve de nada leer a los autores que enseñan a escribir novelas, existen a montones, podría citar decenas de nombres pero estos manuales (llamémoslos así) pretenden dar lecciones sobre creación, realización y desarrollo de ideas, personajes, estilo, diálogo, tramas, puntos de vista, escenas, *flashbacks*, transiciones, conflictos, desenlaces, revisiones, etcétera; muchos también incluyen capítulos sobre *cómo vender* el libro, un producto que, según ellos, depende de la mercadotecnia, como cualquier otra mercancía. No te voy a dar *rules of thumb*, dijo Gustavo golpeando la mesa, ni te voy a decir que para escribir es necesario talento, el talento es un don natural como nacer con un trasero bonito, y quien nace con estos dones no necesita tantos ejercicios; y ni siquiera voy a mencionar esa facultad indefinible a la que llaman sensibilidad, la cual, sea lo que sea, no se alcanza con adiestramiento. Si para ser escritor la persona tuviera que tener esa cosa vaga llamada sensibilidad, el número de escritores en todo el mundo se vería drásticamente reducido. Repito, dijo, no te estoy dando ninguna receta para que seas una Gran Escritora, te estoy hablando de prerrequisitos. Además, para ser considerado Grande, el escritor tiene que pasar por la prueba del CEU —Consenso, Eternidad, Ubicuidad. Tiene que ser reconocido como Grande por Todos-los-Lectores, en Todos-los-Tiempos, en Todo-el-Mundo, como Homero, Dante, Shakespeare. Le contesté que enfrentaría un dilema, el éxito del Cielo,* que tarda siglos para alcanzarse, o el fracaso del Infierno, que era inmediato. Se entusiasmó, le gusta dar clases, y dijo que el primer requisito era la *Experteza*, aclarando que esta palabra aún no existía pero que era una derivación legítima del latín *expertu*, algo que se adquiere con entrenamiento y práctica, como el trasero musculoso, y que esta experteza era evidentemente la de ver, leer y escribir. El escritor tenía que saber leer y escribir, aunque Catalina de Siena haya sido una buena escritora analfabeta, pero era una santa y eso podría considerarse un milagro. Y el candidato a escritor, agregó Gustavo, además de leer como un desesperado debe aprender a Ver, para poder hacer que el lector vea también, como Conrad apunta en el prólogo de *The Nigger of the "Narcissus"*. Ibsen dijo que ser poeta es, esencialmente, ver. ¿Ver cómo? Esa es la cuestión, dijo. Mandrake, yo me enamoré de ese hombre después de oírlo hablar, me entregué a él por eso. Entonces llegó Reinaldo al restaurante. Reinaldo odiaba a Gustavo.»

GUSTAVO

«¿Quieres saber por qué me odiaba Reinaldo? Durante los diez años que desaparecí, después de un paso turbulento por la Panamericana de Seguros, antes de ser escritor consagrado, hice el examen para

---

* Cielo, en portugués, es *céu*, palabra que tiene las mismas letras que la sigla de la prueba propuesta por Gustavo Flávio.

la facultad de derecho, en donde conocí a Reinaldo. Él quería ser escritor, solo hablaba de eso en la facultad; participaba en todos esos concursos de cuentos y novelas que se realizan anualmente en el país, sin ganar jamás un premio. No voy a ser un abogadito de mierda, decía, *tú* —*tú* era yo— tú vas a ser un abogadito de mierda, yo voy a ser un gran escritor. En realidad, la carrera de derecho, a excepción de las materias de derecho penal, no me interesaba, a mí me gustaba escribir, pero no se lo decía a nadie. Reinaldo publicó, a sus expensas, dos novelas que el mundo ignoró. Solo le quedó el derecho y él, que era muy astuto, se volvió un gran abogado y ganó una fortuna, pero la frustración y el rencor de ser un escritor fracasado no lo abandonaron nunca. Mientras tanto, publiqué mi primer libro y rápidamente me volví famoso. Además, Amanda era su prometida, y yo la seduje y me casé con ella. Hay otras razones, pero prefiero no mencionarlas.»

AMANDA

«Reinaldo estaba con dos hombres encorbatados que se sentaron en una mesa distante. Dejó a los hombres, que eran dos banqueros importantes, y vino hacia nosotros. Le pregunté si quería acompañarnos y contestó que no podía, pero aun así se sentó y dijo que le gustaba ver a una pareja separada que convivía de manera tan civilizada. Reinaldo quiso saber lo que estaba anotando en un bloc —era aquello que te leí, en nuestra conversación anterior, sobre los requisitos para volverse escritor— y le contesté que lo que escribía en el bloc no era de su incumbencia, y dijo que ofrecía una cena el viernes en homenaje a los *conste et comtesse* Bernard de Brère, a él le encantan los condes y duques y príncipes, y nos invitó, a mí, a Gustavo, agregando que por supuesto también incluía a Luíza en la invitación, y tú, Amanda, lleva a tu nuevo novio y yo le contesté de mala gana que no tenía novio y se fue hacia su mesa para comer con los banqueros. Reinaldo jamás me perdonó, esa es la verdad.»

&

El jueves Amanda llamó para invitarme a cenar en un restaurante. Dijo que Gustavo Flávio también iría, que quería que lo conociera mejor.

—Antes de nuestro encuentro en esa cena, dime una cosa. A fin de cuentas, ¿por qué dejó de escribir novelas Gustavo? ¿Por la muerte de Delfina Delaware?

—¿Seguiste el caso?

—Claro que sí. Por causa del asesinato, el marido descubrió que Gustavo Flávio era su amante y le cortó uno de los testículos.

—No me gusta que hables así, Mandrake.

—Discúlpame.

—Pienso que la tragedia, con todas sus consecuencias, no tiene nada que ver con esa decisión.

—Dicen que las dos últimas novelas de Gustavo, *Comer* y otra que se me olvidó el nombre...

—No lo voy a decir. Es una grosería.

—Que esos dos libros fueron fracasos escandalosos.

—A ti no te cae bien Gustavo.

—Es mi cliente.

—Necesitas conocerlo mejor.

La noche de la cena puse mi grabadora en el bolsillo del saco y llevé dos cintas extra. Sabía cómo les gustaba hablar a aquellos dos. Voy a reproducir la conversación textualmente, suprimiendo mis intervenciones. De cualquier manera, hablé muy poco.

Tan pronto como nos instalamos en la mesa del restaurante, Gustavo le dijo a Amanda que se pusiera los lentes.

—No traje los lentes.

—Sé que los traes en la bolsa.

—Me veo horrible con lentes.

—No, no es cierto.

Amanda se puso los lentes.

—Como puedes ver, Mandrake, en realidad los lentes la vuelven todavía más atractiva, muchas mujeres se ven bonitas con lentes, pero nadie logra convencerlas al respecto. Hollywood creó esa tontería, la muchachita lleva lentes y el galán nunca la nota hasta que un día se los quita y el imbécil descubre maravillado que es linda.

—No me gusta usar lentes.

—¿No quieres aprender a *Ver*? Vamos a cambiar de lugar.

Se cambiaron de lugar.

—Ahora vamos a probar una vez más tu capacidad de ver. En una mesa detrás de mí hay una pareja. Quiero que los observes disimuladamente. Relájate en la silla, mantén la cabeza derecha y la cara mirando hacia mí, de tal modo que un leve movimiento de tus ojos pueda mantenerlos o quitarlos de tu atención focal. Al contestar mis preguntas no te inclines en la silla como si me estuvieras contando un secreto, no apuntes nada. Habla con tu voz normal, desde donde están no podrían oír lo que me estás diciendo, aunque uno de ellos fuera ciego.

—Ninguno de los dos es ciego.

—¿Cómo lo sabes?

—Lo sé.

—Ese tipo de respuesta tiene cero de calificación. ¿Cómo sabes que uno de ellos no es ciego?

—Porque se miran mientras hablan.

—Un ciego puede hacer eso. Mirar hacia donde viene el sonido de la voz.

—Ambos miran la comida en el tenedor. ¿Un ciego lo haría?

—Sí. ¿Qué edad tienen?

—La mujer debe de tener... cuarenta años.

—¿Cómo llegaste a ese número?

—Se pinta el pelo.

—Hay mujeres de treinta que se pintan el pelo. Existen personas que encanecen precozmente.

—Ella tiene dos arrugas profundas en la cara, junto a la boca.

—Eso también pasa con mujeres de treinta años.

—Caray, una mujer siempre sabe la edad de otra.

—No es cierto. Una mujer siempre dice que la otra tiene más edad que ella misma. Tienes treinta y cinco años y dirás que cualquier mujer de tu edad tiene cuarenta.

—¿Tengo una arruga como esa junto a la boca?

—Sí. ¿No lo sabías?

—Sí, qué antipático. Está bien, ella debe de tener treinta y cinco años.

—¿Y él?

—Sesenta, sesenta y cinco.

—¿Están casados uno con el otro?

—¿Cómo voy a saberlo?

—¿Hablan mucho o se quedan callados la mayor parte del tiempo?

—Hablan todo el tiempo.

—¿Discuten?

—No. Se ríen mucho. En medio de la conversación uno pone la mano sobre la mano del otro. Se miran a la cara. Parece que están hablando de recuerdos, secretos, pecados, vínculos entre ellos, solo suyos.

—Escribir es elegir. Haz tu elección: ¿son o no son casados?

—No...

—¿Cual es realmente la edad de ella?

—Treinta años. Cómo eres pesado.

—¿Están casados con otras personas?

—¿Cómo voy a saberlo?

—Mira sus manos izquierdas.

—La mujer usa un anillo de brillantes en el dedo anular de la mano izquierda que parece una alianza. El hombre no usa ninguna alianza. Pero los hombres suelen usar menos la alianza que las mujeres.

—¿Por qué?

—Porque los hombres son unos sinvergüenzas y las mujeres no.

—¿O es que la mujer, por vanidad, no puede dejar de exhibir su alianza de brillantes? ¿Cuál es la profesión de él?

—¿Por qué?

—No te esperaste a que llegáramos al final de nuestro ejercicio semiótico.

—¿Y cuál era el final?

—Al final yo te iba a decir que el papel del escritor es hacer que el lector *vea* lo que él, el escritor, *vio*. Y lo que el escritor *ve* no debe ser necesariamente la realidad convencional. Nuestra conversación no era para enseñarte a ver lo que puede ser visto, sino para enseñarte *a ver lo que no se ve*. No puedes adoptar la semiótica de los médicos y de los policías que tienen que descubrir una verdad a través de las señales que poseen. Aún no te he hablado de un requisito importante para el escritor que es la imaginación, ¿no?

La conversación con ellos, tengo que reconocerlo, fue intelectualmente estimulante. Después de la cena, Gustavo sugirió que fuéramos a casa de Amanda a fumar unos Churchill de Punch, sus preferidos. El departamento era de Gustavo, pero cuando se separaron, Gustavo se lo dejó a Amanda con todo lo que había dentro.

—Se llevó solamente sus calzones y una caja de libros —dijo Amanda dándole un beso a Gustavo.

—Tú quieres preguntarme —dijo Gustavo mirándome— por qué dejé de escribir novelas, ¿no es cierto? Todo el mundo quiere saberlo.

—Si quieres explicármelo.

—Mi libro *Coger* fue un fracaso. Licenciado Mandrake, cuando pensé escribir un libro con ese título tenía dieciocho años, todavía no había publicado ninguno, y la palabra coger aún poseía un cierto esplendor abrasivo. Era una época en la que se empleaban eufemismos parnasianos y metáforas filisteas cuando se hablaba de sexo. Pero me tardé treinta años para escribir *Coger* y cuando el libro salió, el título parecía un arrebato de roquero juvenil. La palabra había perdido su fausto, había sido despojada de su inconveniencia suntuosa e inquietante, se había desgastado en el roce de la propagación excesiva.

—Ya no existen palabras ásperas, todas se volvieron lisas de tanto rodar por los altoparlantes —dije, instigado por el discurso del escritor.

Pensé que iba a hacer polvo mi razonamiento, pero apenas dijo «buena observación». Después de una chupada, miró el puro en su mano, Amanda y yo hicimos lo mismo, y continuó.

—Por astucia mercadotécnica escribí inmediatamente después una novela sobre los placeres de la mesa, *Comer*, pero la cuestión es que los deleites de la mesa se disfrutan siempre de manera inicua y yo sentí una cierta inhibición al escribir sobre las bebidas y las comidas que están vedadas a la mayoría de los mortales, ya que en realidad la buena comida es cara y viene siempre acompañada de especias, cristales, linos, platerías, criados: la buena cocina siempre se asocia a comedores de buena casta y buenas finanzas. Mi sectarismo —un escritor sectario acaba siempre haciendo proselitismo y todo proselitismo es imbécil— hizo de *Comer* uno de mis peores libros. Afirmaba con ardor catequista que los placeres de la mesa no eran tan democráticos como los placeres de la cama. Eso es cierto, el banquete es la más perfecta metáfora de la iniquidad, jamás es una forma de confraternización en torno a la comida, el ágape de los primeros cristianos no era una tragazón impúdica como lo son las comilonas de los ricos. Por eso, en *Comer* hice la tontería de perder el tiempo criticando el consumismo de los acomodados. Un escritor no tiene por qué perder su tiempo con las personas en función de su cuenta bancaria, como lo hacía Fitzgerald, quien sentía una atracción deslumbrada por los ricos. Para Scott los ricos eran *diferentes*, es decir, más elegantes, más educados, más guapos, más interesantes. Y los ricos de aquella época tenían su lema, «*living well is the best revenge*», título del libro de la pareja de sibaritas Gerald y Sarah Murphy. Para ellos vivir bien era comer, beber, alojarse y divertirse bien. ¿Y en contra de quiénes disfrutaban su mejor venganza? En contra de los ricos que no sabían entregarse al ocio hedonista y también en contra de los ignorantes, pobres y mal vestidos que no tenían los medios para hacerlo. Pero dos miserables maldesnudos en la cama pueden alcanzar los mismos placeres voluptuosos que los ricos. Y la mejor venganza, por cierto, no es vivir bien sino morir bien.

—¿Maldesnudos? —pregunté.

—Uñas de los pies largas, un cierto hedor a sudor, deficiencias de verbalización durante el acto... Maldesnudo es eso.

—Entonces reconoces que alguna sofisticación puede volver el acto sexual más...

387

—¿Más excitante? La pareja Murphy bostezaba en la cama, se daban la espalda y dormían soñando con las comidas y bebidas del día siguiente, los paseos y las compras del día siguiente. Los que tienen placer en la cama son las personas depravadas, y eso no depende de la educación que la persona recibió ni de los zapatos que usa.

—Y ellos, los maldesnudos, pueden oler mal porque eso no estorba. Ni la uña del pie grande y sucia.

—Los olores son como los colores: no se pueden discutir. Pero existen comidas y comensales decentes y ni siquiera me referí a uno de ellos. Escribí de manera rencorosa, mencioné a los grandes cocineros, mostrando que eran áulicos abyectos de reyes, sátrapas, mandarines y, modernamente, criados de burgueses ricos. Pero aun así admiro al cocinero, ese simpático tipo de cortesano, por la dedicación ciega a su arte. Carême se consagraba con la misma abnegación a preparar una cena íntima para el rey o un banquete para más de mil invitados, como el que presentó en el Louvre al celebrar la restauración de la monarquía francesa. (De Carême es la famosa frase, «las bellas artes son la música, la poesía, la pintura, la escultura y la arquitectura. Y de esta, la rama más noble es la pastelería». ¿Es posible que alguien esté más ciegamente dedicado a su arte?) Los platillos más refinados son, como todas las manifestaciones culturales, «resultado de incontables generaciones»; pero debemos subrayar la contribución de los campesinos y de otros pobres diablos que creaban, por la necesidad resultante de las privaciones, recetas de sabrosos platillos regionales. Al escribir esto, agregué sibilinamente que los ricos se apoderaron de estas recetas. Lo cierto es que, en todas esas generaciones, la buena comida puede ser considerada un privilegio de los ricos. Hacía una confrontación entre el arte de comer y el arte de coger, afirmando que este era un festín democrático y aquel una perversión de los ricos. Cuando escribí *Comer*, el libro *Coger* no había salido de mi cabeza. No se puede escribir un libro para salvar otro que fracasó. De cualquier manera, sin dejar de reconocer mi prejuicio, coger es realmente más puro y poético que comer. Por eso, en el infierno de Dante «los pecadores carnales que someten la razón al apetito» sufren principalmente el «dolor de recordar el tiempo feliz en la desgracia», el tan comentado verso del poeta florentino, mientras que los glotones, enterrados hasta la cintura en un fango que exhala un olor nauseabundo, son torturados por los ladridos y por las mordidas del Cancerbero, una fiera cruel y monstruosa de tres gargantas.

—Eso quiere decir que el fracaso crítico de los libros...

—No pienses que el tipo deja de escribir porque comprueba que apenas es uno más de los que practican aquello que Tawney llama «literatura *minorum gentium*», porque ningún escritor reconoce su propia mediocridad. Solo la de los otros.

Fui poco cortés.

—¿Y el caso Delamare no tuvo nada que ver en la decisión?

—El caso Delamare fue un aprendizaje de sangre; el conocimiento adquirido de esa manera no es un estorbo para el escritor. En cuanto a *Coger* y *Comer,* el escriba que no prevé el fracaso de alguno de sus libros no debe ni siquiera comenzar a escribir.

Para grabar una parte de lo que se habló aquella noche tuve que pretextar ir al baño tres veces, a fin de cambiar las cintas de la grabadora, que tenían una duración de sesenta minutos cada una. Me gustó la cena, los puros, la plática. La verdad es que nosotros los abogados somos sensibles a la retórica, aunque sea inconexa, extravagante y artificiosa como la de Gustavo. Amanda logró su objetivo.

&

Se me olvidó incluir aquí la historia de la cena en casa de Reinaldo, que finalmente no se hizo, pero que tiene un dato importante para aclarar esta trama.

—¿Cómo fue la cena en casa de Reinaldo? —le pregunté a Gustavo. Estábamos en mi despacho.

—No fui. Luíza me dijo que fuera con Amanda, entonces pasé en la tarde a su casa para decirle que iríamos juntos. Amanda dijo que Luíza se pondría furiosa, pero le expliqué que la idea había sido de la propia Luíza. Amanda me enseñó después el vestido que pretendía usar. La época en que estuve casado con Amanda fue una de las más felices de mi vida. No sé si debo contar lo que pasó, pero necesito contárselo a alguien. Pero no, no te lo voy a contar.

Me quedé callado, esperando. Gustavo quería contarme alguna cosa indigna y aquellos remilgos eran para mostrarme que intentaba vencer los escrúpulos de su conciencia.

—Amanda sacó el vestido de un armario. Le pedí, póntelo para que lo vea.

Gustavo se quedó callado, esperando un gesto cómplice.

—¿Y después?

—Amanda se quitó los shorts y la camisa que llevaba y se quedó solo en calzones, mirándome con una cara muy seria. Después tiró el vestido al suelo. Se acercó a mí, me tomó la mano y se la puso entre las piernas y me dijo, mira cómo estoy. Mandrake, prefiero contarle esto a un desconocido como tú.

—Soy el mejor desconocido que existe.

—Le dije, Amanda no me hagas esto, y ella me contestó que desde que nos separamos no había estado con ningún otro hombre. Le creo. Se fue caminando adelante, en dirección a la habitación. En la cama nos abrazamos con fuerza, le dije que tal vez solo estuviera buscando un alivio para mis tensiones y ella me dijo, vamos, alivia tus tensiones conmigo. Después fumamos dos Ramón Allones, los de tamaño gigante, disfrutamos felices aquellos puros de aroma refinado y generoso. Estábamos fumando cuando Luíza me llamó por el celular para decirme que no quería que yo fuera a la cena de Reinaldo con Amanda. Confieso que estoy perturbado. Amanda me dijo que ella tiene todo el derecho de acostarse conmigo, que fue mi mujer y que no iba a afectar mi relación con Luíza.

—Se te está olvidando Sílvia. Estás con las manos llenas.

—Luíza ya tenía sospechas de que yo me acostaba con Amanda, pero ayer fue la primera vez, palabra de honor. Luíza dice que le presentó a varios amigos, hombres ricos y guapos y solteros. Le dije, a lo mejor a Amanda le gustan las mujeres, y Luíza me contestó que Amanda fumaba puros pero no le gustaban las mujeres.

4

Regina Castanheira, aquella exnovia de Gustavo, la de la foto con el gato, fue encontrada muerta dentro de su coche, a las puertas de su residencia. La policía sospechaba que unos ladrones habían intentado robarle el coche y que ella se había resistido y por eso la asesinaron. El rompecabezas comenzaba a volverse interesante. Llamé a Gustavo y le di la noticia.

Gustavo Flávio irrumpió en mi despacho, nervioso, junto con Amanda.

—Fue la misma persona que mató a Hilde. Creo que llegó el momento de hablar con tu amigo de Homicidios.

—Por cierto, ¿qué hiciste ayer en la noche?

Gustavo, después de titubear un poco, contestó que había pasado toda la noche en casa, solo.

—La situación es la siguiente —dije—. Cuando le llamé a Raul y le dije que quería ir a verlo con un cliente y mencioné tu nombre, antes de que pudiera decir algo más, Raul contestó que quería hablar contigo sobre el asesinato de Hilde. ¿Por qué?, le pregunté. Ya hablaremos de eso aquí en la comisaría, contestó. Preferí no adelantarle nada sobre la muerte de Regina. Primero vamos a ver lo que nos dice.

Amanda también quiso ir, pero no la dejé.

Raul nos recibió amablemente. Saludó a Gustavo Flávio y me dio un abrazo.

—Señor Gustavo Flávio, el licenciado Mandrake me dijo que usted quiere hablar conmigo. Por casualidad yo también quería hablar con usted.

—¿Quién empieza? —pregunté.

—El señor Gustavo Flávio, por favor.

—Él quiere hablar contigo sobre el asesinato de la señora Hilde Keller —dije, mirando intensamente a Gustavo, diciéndole con la mirada, no vayas más allá de eso.

Gustavo le contó todo lo que había pasado, sin omitir ningún detalle. Raul no hizo ninguna pregunta mientras él hablaba.

—Nuestra plática de hoy es informal. Después usted tendrá que comparecer a declarar.

No me gustó el tono de su voz.

—¿Cuál es el problema, Raul?

—En los autos de la investigación de la muerte de Hilde Keller, su marido, el embajador Germano Keller, declaró que hace algunos años el señor Gustavo Flávio, con repugnante persistencia, asedió a su esposa con propuestas indecorosas. Para evitar un escándalo o algo peor, repito las palabras del embajador Keller, y atendiendo a una súplica de su esposa, el embajador se sintió obligado a renunciar a una importante función que ejercía en el gobierno federal y pedir su transferencia a un puesto en el exterior. Dice que su esposa quería estar lo más alejada posible del señor, de sus infames embestidas. Incluso dijo, repito de nuevo las palabras textuales del embajador, que si no le disparó en la cara fue para no poner en desgracia a su propia familia. Y finalmente agregó que no se sorprendería si usted, un hombre rencoroso y vengativo, fuera el asesino de su esposa.

—¿Y hasta ahora me lo dices, Raul? —le pregunté irritado.

—Ese Keller está loco —protestó Gustavo.

—¿El señor asedió sexualmente o no a la esposa del embajador? Como le dije antes, esta declaración suya es totalmente informal, pero no puedo dejar de sacar de ella deducciones que tal vez utilice en la investigación. Cuanto más sincero sea usted, mejor será para nosotros dos. Si quiere consultar al licenciado Mandrake antes de responder, no me opongo.

—No necesito consultar a nadie. Dudo que ella le haya dicho eso a él.

—El señor no respondió a mi pregunta. No le pregunté si ella le dijo al marido que usted la había asediado sexualmente. El hecho de que no se lo haya dicho no significa que no haya sucedido.

—Claro que no la asedié sexualmente. Ese tipo es un mentiroso. ¿Y qué motivos tendría para matar a su mujer? Él sí los tenía.

Le pregunté a Raul si nos podía dejar a solas por unos instantes.

—Siéntanse cómodos —dijo Raul saliendo de la oficina.

—Gustavo, acabas de decir que el embajador sí tenía motivos para matar a su mujer. Tu frase tiene una sola interpretación, ¿no? Mantenías relaciones íntimas con su mujer, dándole motivos para una reacción violenta.

—El agente no hará ese razonamiento. ¿Puedo encender un puro? Es un Corona Gigante de Ramón Allones, un puro vigoroso e insolente, lo traje para defenderme del policía. Fúmate uno conmigo, traje dos.

Encendimos los puros.

—Sublime —dije, después de la segunda chupada.

—Son difíciles de encontrar. Amanda me regaló una caja.

—¿Puedo llamar a Raul?

—Sí. ¿Estoy muy pálido?

—Nunca vi a alguien tan pálido en mi vida.

—¿Qué le digo?

—Nada. Quédate callado. Déjalo que hable.

Raul regresó y se sentó en su escritorio. Gustavo y yo dimos algunas bocanadas más, mientras Raul fingía leer un papel sobre su escritorio.

Pero Gustavo no logró quedarse callado.

—Un caballero debe hacer todo para proteger la reputación de una señora respetable —dijo, sin darle importancia a mi gesto (yo me había puesto el dedo índice sobre los labios)—. Sobre todo después de que ella ha muerto.

—Tiene razón —dijo Raul—. Señor Gustavo Flávio, lo que usted me diga ahora no constará en los autos. Lo que no está en los autos no está en el mundo.

—Creo que por ahora está bien. Yo te llamo, Raul —dije, poniéndome de pie.

—Ese aforismo, lo que no está en los autos no está en el mundo, siempre me ha perturbado —dijo Raul, permaneciendo sentado—. Mandrake, tú sabes cómo hago mis investigaciones.

—Tienes una carta más en la manga, Raul. Anda, sácala.

—Quien debe tener un as en la manga eres tú, Mandrake —dijo Raul de buen humor—. Te conozco desde la secundaria.

—Gustavo, cuéntale el episodio de Regina Castanheira.

Gustavo le contó todo lo referente a cómo recibió la foto de Regina, la visita que hizo a su casa.

—Coincide con la declaración de su hermana, Irina —dijo Raul.

—Raul, ¿qué tipo de juego estás jugando con nosotros? Si ya sabías todo, ¿por qué no lo dijiste de una vez? —grité furioso.

—Pues yo lo que pregunto es por qué instruiste a tu cliente para que me ocultara esta información. Voy a ser franco contigo. Tengo que investigar a tu cliente. Quiero dejar claro que el caso Delamare, en el cual estuvo involucrado, no será exhumado por mí.

—Carajo, Raul, ya se acabó la plática de amigos. ¿Me estás tratando de decir que mi cliente mató a esas dos mujeres? ¡Eso es un absurdo!

—No dije eso. La conclusión es tuya.

—Vámonos, Gustavo.

—Un informe del Instituto de Criminalística dice que el proyectil que mató a la señora Hilde fue disparado por la misma arma que mató a Regina Castanheira —dijo Raul.

—Esta señora Regina... —dijo Gustavo.

—Vámonos —dije, tirando con un gesto ríspido el Ramón Allones en el basurero de la oficina de Raul. Sabía que ese gesto sacrílego, un Ramón Allones tirado a la basura apenas a la mitad, cerraría la boca de Gustavo.

Raul se paró y nos acompañó a la puerta.

—¿Cómo está Bebel? Salúdala de mi parte...

—Nos separamos.

—Lo siento. Era una buena muchacha. Ve a la casa y nos tomamos un vino.

—Yo te llamo.

Cuando subimos al coche le pregunté a Gustavo si me estaba ocultando algo.

—Mira, Gustavo, mentirle al propio abogado es más que una tontería, es una locura.

—¿Por qué tiraste el Ramón Allones a la basura? ¿Estabas así de enojado con tu amigo policía?

—Fue un truco escénico para que dejaras de decir cosas inconvenientes y nos largáramos de ahí, pues no sabía qué estrategia usar, que es lo que siempre sucede cuando el cliente le miente a su abogado. Pero no engañé a Raul con mi actitud. Él se dio cuenta de que quería ganar tiempo. Ese hijo de puta es muy listo. Miente cuando dice que no tomará en cuenta el caso Delamare.

—Pensé que era tu amigo.

—*Es* mi amigo. Pero tener a Raul del otro lado es una tarea indigesta. No perdona a nadie, es un policía fanático que adora los casos difíciles. Ya tiene dos sospechosos, el embajador y tú. A Raul le gusta fregar a gente importante. Me dijo, dile a tu cliente que yo no soy Guedes. ¿Quién es ese Guedes?

—Un policía que trabajó en las investigaciones de la muerte de Delfina Delamare.

—¿El embajador conocía a Regina?

—No tengo la menor idea.

—Raul va a poder trabajar despacio, como le gusta. El embajador no quiere publicidad, los medios, que solo se interesan por escándalos que causen bastante alboroto, piensan que las mujeres fueron asesinadas por vagabundos en asaltos comunes, lo que apenas alcanza para una nota en página interior y diez segundos en la televisión. Así que Raul va a tener el tiempo que quiera para terminar su investigación policiaca.

Fuimos a mi despacho y me quedé haciéndole preguntas a Gustavo durante horas, cambié varias veces la cinta de la grabadora. Cuando le pedí que hablara de Reinaldo volvió a mentirme, no sé qué mentiras eran, pero mentía.

Cuando nos despedimos, Gustavo me preguntó si podía hacerme una pregunta de carácter personal. Le dije que sí.

—¿Cómo es tu vida sentimental? Sabes todo sobre la mía.

—Siempre tuve varias mujeres hasta que decidí quedarme solo con una. No funcionó.

—¿Ahora estás solo?

—No, tengo dos mujeres, pero no vivo con ninguna de ellas. Cuando me quede solo, y eso no va a tardar mucho, voy a vivir con un perro —respondí—. ¿Puedo hacer mi pregunta de carácter personal?

—Sí.

—¿Por qué escribes, por qué te convertiste en escritor?

—Le hicieron esta pregunta a Philip Roth, y él respondió que tendría que pasar el resto de su vida respondiendo. Pregúntame otra cosa.

No le pregunté nada más.

5

Recibí una larga carta de Gustavo.

Licenciado Mandrake. Ya se ha dicho que las personas escriben para conquistar fama, poder, pero como advirtió Sartre eso puede lograrse mejor por otros medios. También dicen que el escritor busca liberarse de algo; o que quiere escapar de la realidad, o entender el mundo, o comprender la naturaleza humana. La lista de los motivos posibles es muy larga.

En 1985, el periódico francés *Libération* les preguntó a cuatrocientos escritores de ochenta países diferentes: *Pourquoi écrivez-vous?* Salman Rushdie dijo que escribía porque amaba mentir (eso fue antes de *Satanic Verses*). La razón que llevó a Naipaul a escribir fue su deseo de volverse famoso y, así, ser libre. El premio Nobel nigeriano Wole Soyinka explicó que su lado masoquista era el que lo hacía escribir. Carlos Fuentes escribe porque es una de las raras cosas que sabe hacer. La respuesta de Philip Roth ya la conoces, Mandrake. Ahora bien, para Joseph Brodsky todas las vocaciones literarias empiezan con una aspiración a la santidad. Algunos de los cuatrocientos escritores fingieron que no tomaban en serio la pregunta de *Libération*. Manuel Vázquez Montalbán afirma que comenzó a escribir «porque quería ser alto, rico y famoso»; Lawrence Durrell porque «quería vengarse» y agregó, «una pregunta idiota debe tener una respuesta idiota». A Anthony Burgess, cuando tenía cuarenta años, en 1965, su médico le dijo que iba a morir en un año debido a un tumor inoperable en el cerebro; Burgess decidió que iba a utilizar los doce meses de vida que le quedaban para escribir. Y escribió seis libros en ese periodo —y muchos más en los años que siguieron. Tal vez sea esta la mayor de todas las motivaciones para que alguien se vuelva escritor, para que el artista cree: el conocimiento que el ser humano tiene de su propia finitud, la certeza de que va a morir. *(Vide* Nietzsche.) Pero la verdad es que no importa cuál sea el motivo, consciente o inconsciente, se lo dije a Amanda, que dice que quiere ser escritora, lo importante es tener muchas ganas. ¿Pero basta con eso? Reinaldo tenía la voluntad tenaz de ser escritor y sin embargo sus dos libros eran una mierda. Todos esos escritores culo de hierro, fecundos y mediocres, se caracterizan por su determinación extrema. El motivo es importante, pero el aspirante necesita otras virtudes, si tengo tiempo te escribiré otra carta, con copia para Amanda, diciendo cuáles son.

Y en cuanto a mí ¿qué fue lo que me llevó a convertirme en escritor? Creo que la respuesta es solo una: me gustaba tanto leer que naturalmente pasé a escribir. Me acuerdo de que, todavía muy joven ciertas lecturas me daban un incontenible deseo de escribir —recuerdo, en particular, *Un cœur simple*, de Flaubert. El destino normal del lector fanático es volverse escritor. En realidad, todo lector y cualquier lector reescribe el libro que lee durante el proceso de lectura. Vivo hablando de eso en mis ensayos. Pero creo que mi motivación para escribir tiene algo que ver con la pasión que siento por las mujeres. Hay personas que por comodidad, por prudencia, por religión, por avaricia evitan quedar a merced de las pasiones amorosas. Esas personas o se entregan de manera compensatoria a las obsesiones adquisitivas —dinero (no solo los avaros), propiedades, bienes, honores, erudición, saber («la naturaleza del ser humano es desear el saber», Aristóteles)— o crean un rígido sistema de protección moralista y deontológica; el deber principal es evitar, cueste lo que cueste, la influencia nefasta del amor carnal —el deseo esclaviza, la ascesis libera. Montaigne se enorgullecía de ser poco proclive a las pasiones violentas —«tengo una sensibilidad naturalmente grosera y la vuelvo aún más espesa y empedernida por medio de razonamientos diarios». El supremo placer físico de esas personas es defecar. Defecar alivia, es placentero, es saludable, es seguro, es barato, es inocente, es natural, es higiénico, sobre todo si después uno puede lavarse con jabón en el bidé. Y también puede ser educativo e intelectualmente excitante —son incontables los que adoran leer y meditar cuando están descargando los intestinos en el retiro secreto y calmante de su baño. Lutero concibió las más importantes de sus noventa y cinco *Tesis* revolucionarias, que lo hicieron la mayor figura de la Reforma protestante, sentado en la taza del escusado. Mi pasión es la mujer. Cuando camino por las calles siempre encuentro mujeres que me atraen sexualmente. Siempre. Y cuando hablo de atracción no quiero decir un interés igual al que siento cuando veo un árbol majestuoso, una computadora *top of the line*, un caballo pura sangre, una caja de Churchill de Punch. Mi fascinación por las mujeres es tal que siento ganas de gritar —claro que no grito, no estoy tan loco, apenas murmuro entre dientes lo que me viene a la cabeza, interjecciones, ¡caramba!, ¡la puta que me parió!— y me paro y volteo la cabeza cuando pasan cerca de mí y siento una emoción igual a la que me proporciona la lectura de ciertos poemas. (Jamás rompo libros de poesía, ni siquiera aquellos mediocres que están llenos de envidia.) Cuando vi a Sílvia sentí esa emoción. Intenté controlarme, a fin de cuentas yo amaba a Luíza, Sílvia estaba casada y a mí no me gusta involucrarme con mujeres casadas. (Tú, Mandrake, que conoces mi pasado, dirás ¿y Delfina Delamare? Está bien, con Sílvia cometí el mismo error otra vez; sin embargo, el caso con Delfina fue una desgracia, me dejó infeliz pero no fue un escarmiento.) Freud dijo que tenemos que admitir la posibilidad de que «algo» en la naturaleza del instinto sexual es desfavorable a la obtención de una satisfacción completa. ¿Qué es ese «algo»? Freud es inaceptablemente impreciso. Siempre pensé, con la liviandad que mi condición de lego me permite, que Freud *no era* un buen cogedor, y que el sexo que practicaba no le daba una satisfacción completa, y que eso lo dejaba frustrado y perplejo. Pero a final de cuentas, ¿qué apetito de la naturaleza humana se sacia completamente? Me veo obligado a regresar a ese asunto maloliente de la eliminación de materia fecal. Como conozco poco la vasta obra de Freud (pero sé que fumaba cerca de veinte puros diarios, el primero inmediatamente al despertar, el último antes de acostarse a dormir, y se murió de eso, lamento admitirlo), es posible que en alguno de sus tratados Freud haya confesado que era, también él, uno de esos individuos a los que me referí antes, cuyo único placer plenamente satisfactorio es defecar. *Todo* en el acto de defecar —depuración, purificación, eliminación de residuos inútiles— favorece una satisfacción completa. Eso puede ser una verdad absoluta para muchos, para todo el mundo, pero no para mí, quizá porque en ningún momento de mi existencia sufrí de estreñimiento. Pero no pienses que no me sentí culpable por desear a Sílvia, la mujer de otro. Llegué a pedirle a mi médico, el Dr. Plinger, que me consiguiera una medicina para disminuir mi libido, pero esas medicinas que quitan la calentura son unos embustes iguales a los que se dicen afrodisiacos, como el polvo de cuerno de rinoceronte, el favorito de los japoneses. En resumen, las dos cajas de medicina que el Dr. Plinger me recetó solo me causaron acidez y dolor de cabeza. He hecho muchas tonterías en mi vida, pero eso de pedirle una medicina matapasiones al Dr. Plinger fue la más idiota de todas. Debo aceptarme como soy, hasta el Conselheiro Acácio* lo sabía. Hoy en la tarde voy a ver a Sílvia una vez más. Si Dios existiera, le pediría perdón pero no dejaría de cogerme a Sílvia. Como Dios no existe, hago lo mismo sin pedirle perdón a nadie.

Bueno, ahora ya sabes por qué escribo.

---

* Personaje de la novela del autor portugués Eça de Queiroz *O Primo Basílio* que, por su realidad social y hasta humana, se convirtió en símbolo de la incompetencia y del egoísmo revestidos de la más solemne gravedad y de la más vacía retórica.

Si solo hubiera escuchado las palabras que Gustavo escribió en la carta, me habría impresionado la claridad de su razonamiento, la fuerza de su vocabulario, la elegancia de su estilo iconoclasta. Pero al leerlas vi que no pasaban de un montón de sofismas. Si hubiera seguido la profesión, él sería un buen abogado en los casos de crímenes contra la vida, los jurados lo adorarían.

GUSTAVO

«Aún era temprano, Sílvia no vendría hasta la tarde. Tomé café con leche, dos rebanadas de pan tostado con mantequilla y prendí un Patricia, un pequeño Corona de Juan López, un compañero perfecto para el café de la mañana. Tomé un libro al azar de una de las pilas que Amanda había hecho, el *Discorsi della vita sobria*, de Luigi Cornaro. A Cornaro le gustaba caminar por las colinas Euganel, en donde tenía una bella casa con jardines bañados por aguas corrientes. Ayudaba a los vecinos a cultivar la tierra, acostumbraba a visitar a caballo las ciudades cercanas para platicar con los amigos. También sentía placer cuando jugaba con sus once nietos. Creía que su buena salud se debía a una dieta rigurosa, a su constante alegría y a estar libre de «perturbaciones del ánimo y de pensamientos repugnantes». ¿Cuáles serían esos pensamientos repugnantes? ¿Depravaciones sexuales, impulsos homicidas? ¿Deseos asquerosos de atracarse con jamón de Parma? Desafortunadamente Cornaro no le aclara eso al lector. La verdad es que murió feliz en Padua, con más de cien años, en 1565. Me gusta leer en italiano, desde los tiempos de la facultad —Carrara, Beccaria, Impallomeni, Ciampolini, Altavilla, Stoppato, Manzini, aquel grupo de derecho criminal, la única materia que me interesaba en la facultad. Me gustó leer el libro de Cornaro, no porque se tratara de la vida de un hombre ejemplar, sino por saber que la alegría de vivir se puede alcanzar con simplicidad. Cornaro sería un hombre alegre, aun si no hubiera sido un noble rural de vida confortable, porque amaba la tierra, a las personas y los caballos. En cuanto a mí, si no fuera un escéptico, con seguridad sería más alegre, pero nunca como uno de esos parranderos vividores que abundan en las artes y en la política. La poca alegría que tengo me basta, aunque no sé si me hará vivir cien años, a pesar de que amo a las mujeres y los caballos. Entonces me llamaste diciendo que Regina Castanheira había sido asesinada. Lo primero que hice fue llamar a Sílvia para cancelar nuestra cita. Le dije que no podía verla, que una amiga mía había sido asesinada. ¿Qué amiga?, quiso saber, y le dije el nombre de Regina. Me contestó diciendo que yo nunca había mencionado a ninguna amiga con el nombre de Regina Castanheira. Le expliqué que no la veía desde hacía muchos años. ¿Y eso es motivo para que no nos veamos?, preguntó, nos vemos apenas una vez a la semana, te extraño, extraño hacer esas locuras, ¿no veías a esta Regina hace muchos años y te quedaste tan impresionado que se te fueron las ganas de verme? Reinaldo me dijo que te encontró con Amanda en un restaurante y que los dos parecían novios, ¿te estás acostando con tu exmujer? ¿Qué clase de hombre eres, un tarado sexual? Le expliqué que no andaba de novio con Amanda en el restaurante, comíamos juntos y Reinaldo se sentó con nosotros algunos instantes e incluso comentó que admiraba ver a una pareja que se había separado platicando civilizadamente. Le pedí, Sílvia, por favor, ten un poco de paciencia, después te cuento todo, te amo. Ella dijo, sabes que nuestros miércoles son sagrados.»

6

Festina lente, la frase de Augusto, vía Suetonio, que a Gustavo le gustaba citar, era para él sinónimo de *paciencia*, uno de los requisitos exigidos al escritor. Sobre el tema me escribió otra carta.

Mandrake. Esa paciencia simbolizada por la *Festina lente* no es a la que se refiere Milton, en *Paradise Lost*, que «*serves only who stands and waits*»; no aludo, por lo tanto, a la disponibilidad servil de los meseros, ni tampoco a la espera mansa y sumisa de los enfermos inválidos, sino a la capacidad de enfrentar con autocontrol las vicisitudes y dificultades hasta que llegue el momento correcto de acabar con ellas. Paciencia como perseverancia, que puede simbolizarse por la frase de Augusto, la cual parece una paradoja pero no lo es, es así como se gana el maratón de la vida, lenta pero constantemente. Al actuar de esta manera, Augusto derrotó a los ejércitos de Bruto, Casio y Pompeyo, y obtuvo su victoria naval en contra de Antonio y Cleopatra (los dos, como apasionados personajes románticos, se quitaron la vida) y al final controló todos los territorios romanos y fue nombrado emperador por el Senado de Roma. Y aún hay más a favor de Augusto: además de saber usar la virtud de la paciencia, fue un munífico protector de las artes y de las ciencias, patrono de Virgilio, de Ovidio, de Horacio. «*Our patience will achieve more than our force*», dijo Edmund Burke. Necesitas paciencia para permanecer escribiendo una novela, como Flaubert, por ejemplo —no necesitas llamarme, Amanda, para quien estoy enviando copia de esta carta, me la paso hablando de Flaubert, lo sé—, escribiendo hasta quedar saturado con lo que escribes y sentir una necesidad vital de librarte del libro. Pues, como dijo Valéry acerca del poema, una novela tampoco se termina nunca, el escritor la abandona. Hay un momento en que la paciencia ya no sirve para nada (debemos saber disciplinar nuestras virtudes), y el escritor tiene que tomar la decisión de abandonar la novela. Flaubert supo cuándo abandonar *Madame Bovary*, después de cinco años de paciente trabajo en busca de *le mot juste*. Pero no supo cuándo librarse de *La Tentation de Saint-Antoine*, que escribió y reescribió durante treinta años. Escribir es tomar decisiones, constantemente.

&

GUSTAVO

«En resumen, estaba atrapado. Acababa de descubrir que nunca había dejado de amar a Amanda, o ella, astutamente, nunca había permitido que la dejara de amar. En aquel momento tenía tres mujeres en mi vida, Sílvia, la mujer con el cuerpo más perfecto del mundo, por quien sentía una irresistible atracción física; la débil Luíza, que esperaba casarse conmigo, y Amanda, la mujer con quien fumaba puros, con quien más me gustaba estar, platicar, reír.

Al llegar a casa llamé a Amanda, pero no estaba. Luíza había ido a un desfile en São Paulo y era una buena oportunidad para que Amanda y yo estuviéramos juntos. Le dejé un mensaje en la contestadora. Mientras me bañaba, el celular, que había dejado sobre la tapa del escusado, sonó. Era una voz femenina que decía que quería hablar conmigo, no la conocía, se llamaba Farida Sabah, ¿no te acuerdas de mí, en la misa de Hilde?, preguntó. Era la mujer que, en la puerta de la iglesia, me había dicho que Hilde le había dado las cartas que yo le había escrito. Hilde, dijo, me pidió que las guardara, y agregó que las cartas eran, muy, muy comprometedoras, Hilde le tenía mucha confianza, eran muy amigas. Y me preguntó qué debía hacer con las cartas.Le contesté, quémelas. ¿Usted cree que yo haría eso?, dijo indignada, no podría, las cartas tenían valor histórico, yo era un escritor famoso. Le respondí, cuando me muera, en poco tiempo nadie sabrá que existí, y ella dijo, al contrario, estas cartas valdrán una fortuna. Envíemelas por correo certificado, le pedí, apunte mi dirección, por favor. Contestó que no lo haría, que prefería entregármelas personalmente, las cartas eran demasiado comprometedoras, a fin de cuentas Hilde había sido asesinada. La tal Farida, dueña de un coche de lujo con chofer, ¿pretendía venderme las cartas? Pero era mejor no perder el tiempo en conjeturas. Le dije que tenía huéspedes en casa, le pregunté si no podríamos vernos en otro lugar. ¿Qué tal en mi casa?, y me dio una dirección en la avenida Delfim Moreira. Como no estaba muy lejos de mi casa fui caminando. Era un edificio de lujo ostentoso, con fachada de cristales *Ray-Ban* azul espejo. El portero anunció mi nombre por el interfón antes de autorizarme a subir. Un camarero uniformado me abrió la puerta, la señora Farida ya viene, dijo, y me condujo a una sala decorada con conspicua elegancia. Luego de ver aquella sala esperaba que Farida apareciera cargada de joyas y adornos, pero traía un vestido negro largo y tenía apenas un anillo en la mano derecha. Obviamente quería conmoverme, todas las mujeres que leen mis libros se visten de negro en nuestra primera cita cuando quieren impresionarme. Me cansé de escribir que las mujeres solo debían vestirse de negro, como aquellas viejas portuguesas y españolas. Dijo que era un inmenso placer conocer a su escritor favorito. Era una mujer con curvas en el cuerpo, de cabellos negros. Nos estrechamos la mano. Me pidió que me sentara, ordenó al camarero que trajera un café, que estaba realmente muy bueno. Elogié el café, pedí otro. Me explicó que tenía una máquina de café exprés italiana, comprada en Milán, sabía que yo conocía Milán, mi novela *La fuga* sucedía toda en Milán. Caminó hasta una mesita de la sala, dándome la oportunidad de poder observarla en movimiento. Solo cuando una mujer se mueve puedes descubrir su simetría, la *medida* —lo bello, lo perfecto, lo suficiente— tal como se menciona en el diálogo de Sócrates y Protarco, en el *Filebo* de Platón, tú sabes de eso, Mandrake. Regresó de la mesita con un sobre pardo y voluminoso entre las manos, aquí están las cartas, todas. Le pregunté si podía abrirlo y me dijo claro, son suyas. Las cartas, dentro del ancho sobre pardo, estaban amarradas con una cinta azul de seda. Tomé una por curiosidad y comencé a leerla. Me quedé impresionado con mi lenguaje sin pudores e interrumpí la lectura. Creo que me puse pálido. Guardé el fajo de cartas en el sobre pardo. Hilde me contaba todo, dijo. Entonces le pregunté si Hilde le había contado del día que hicimos el amor cuando ella estaba con la pierna rota y enyesada, debido a una caída de caballo. Farida se ruborizó, respondió con voz firme que Hilde le había contado todo al día siguiente. Le pregunté si podía encender un puro y me contestó que le encantaba el olor a puro, su finado marido fumaba puros cubanos. Una vez Amanda me dijo que yo era infiel en materia de mujeres y de marcas de puros, lo que por cierto pudo haber sido la causa de nuestra separación. Me gusta cambiar de marcas y mis puros los trae especialmente para mí una importadora de Rio. Llevaba conmigo un Slenderella de Rafael González, modelo Panatela, de sabor consistente, aunque suave, ideal para fumar con el estómago vacío, lo que es raro en los cubanos. A Amanda le gustaban mucho los Slenderella. Prendí el Panatela para poder entender mejor el enigma que tenía enfrente. Cuando mi marido murió me cambié de São Paulo a Rio, dijo ella. Si una mujer empieza una historia de esa manera, cuando mi marido murió, siempre me preparo para oír una larga cantaleta.

Ella conservaba su casa en São Paulo, en los Jardins,* una pareja de mucha confianza trabajaba para la familia desde hacía muchos años, así Farida podía quedarse tranquila contemplando el mar desde su ventana en Rio, segura de que su casa en São Paulo estaba bien cuidada. También tenían (¿cuándo había muerto el marido para que aún mantuviera su presencia verbal en la plática?) una hacienda, pero a ese respecto no estaba tan tranquila, el capataz, que era muy bueno, se había separado de su mujer y se había casado con una muchachita que solo pensaba en vivir en la ciudad, influenciada por las telenovelas, que muestran una vida interesante, de aventuras, besos apasionados en la boca, ambientes de riqueza que estas muchachitas ni siquiera sabían que existían. Mientras Farida hablaba, yo intentaba descifrar el acertijo que se había interpuesto entre nosotros, incómodo como un biombo chino, un enigma creado por algo que ella había dicho. Pero no sería difícil descifrarlo, entre más hablara, mejor. El problema era que, como ya he dicho, tengo una susceptibilidad aguda para los encantos femeninos, y aunque mis preferidas sean las delgadas, el cuerpo sólido pero ágil de Farida me afectaba, perjudicando mi análisis de las ambigüedades que me daban vueltas en la cabeza. Continuó hablando, había descubierto que adoraba el mar, que Rio era la ciudad más bonita de Brasil, era una lástima que tuviera tanta gente pobre. En São Paulo, en donde vivía, los pobres no se veían, pero en Rio están por todas partes. En Rio son más visibles, tú prefieres no verlos, le dije. No, prefería que no existieran, en ninguna parte del mundo, y había decidido dar una parte de su dinero a los pobres, de manera anónima, ya le había pedido a su abogado que buscara la mejor manera de hacerlo. Le pregunté si su marido había muerto hacía mucho tiempo. Dos años, contestó, y le voy a decir, medio incómoda, una cosa, la lectura de sus libros me ayudó a soportar el dolor y la pérdida que sufrí. Sí, daría dinero a los pobres, había algo en su mirada que lo confirmaba. Farida se levantó de su lugar y se puso frente a mí. Recorto todas tus fotos que publican y tengo todos tus libros. Ven. Puse el Panatela en un cenicero. Me llevó por un pasillo hasta una habitación con estantes llenos de libros que ocupaban todas las paredes hasta el techo. Los tuyos están aquí. Farida tenía todos mis libros, las novelas, los ensayos. Nuestros cuerpos se acercaron mucho mientras me enseñaba la larga hilera de mis libros en el estante. Cuando fui a sacar uno de los libros al azar, ella tomó mi mano. Besé su mano. Ella besó la mía. Rápidamente comenzamos a besarnos en la boca, con avidez, como en las

* Jardins, barrio de clase media y alta en la zona sur de São Paulo.

telenovelas que les encantan a las muchachitas de provincia. Después ella se arregló el vestido y el cabello y salió, dejándome solo. Me quedé leyendo los lomos de los libros dispuestos en los estantes, había de todo, poesía, novela, ensayo, libros sobre agricultura y ganadería, biografías, ensayos filosóficos, gruesos catálogos de arte. Antes de que pudiera ver todo, Farida regresó. Despaché al camarero, a la sirvienta y al chofer, no los vamos a necesitar, ¿no crees?, dijo, pero no había ninguna malicia en su voz. Fuimos a su alcoba. Farida se desnudó con recato, su cuerpo poseía contornos suaves. Nos acostamos, noté que se puso feliz con las muestras explícitas de excitación que mi naturaleza exhibía. ¿No debíamos usar aquello? preguntó. Un hombre precavido debe traer siempre consigo un par de puros y un paquete de (muchos) condones. Pero yo no era así de precavido. ¿No tienes aquí en tu casa? ¿Por qué tendría yo algo así en mi casa? El misterio de esa mujer se hacía cada vez más profundo. Hay una farmacia que nunca cierra allá al final de Leblon,* dije, sabiendo que sería anticlimático que yo me vistiera y fuera a la farmacia a comprar condones (pedirlos por teléfono sería incómodo dadas las circunstancias). Y, sobre todo, los dos estábamos muy ansiosos. Confío en ti, dijo. En medio de nuestra cópula ella suspiró, dijo, no lo hago hace tanto tiempo que ya hasta se me había olvidado qué bueno es. Ya era de día cuando salí de la casa de Farida, llevando conmigo las cartas de Hilde. Había cometido tres errores, Mandrake. El primero fue infringir la regla esencial, no copules sin condón con quien confía en ti, las personas confiadas son imprudentes, no tienen discernimiento. Sin embargo, las posibilidades de que Farida tuviera una enfermedad venérea cualquiera —e incluso una infecciosamente mortal— eran remotas. El otro error fue no aclarar las falsedades de Farida. Nunca me había acostado con Hilde estando ella con la pierna rota y enyesada. Esa historia era de uno de mis cuentos. Farida había mentido al decir que Hilde le había contado aquello, y también al decir que había leído todos mis libros. No haber aclarado las razones de sus mentiras me dejó inquieto. Como dijo el inglés Samuel Butler, *I do not mind lying, but I hate inaccuracy*. Y el último error: a pesar de tener ya una vida galante complicada, me había enredado con una mujer más.»

---

*   Pequeño y elegante barrio frente a la playa en la zona sur de Rio de Janeiro.

&

Carta enviada a Amanda por Gustavo, cedida por ella.

Amanda, en primer lugar, *un cigare ne doit être allumé ni trop vite ni trop lentement, mais régulièrement, à petites bouffées* (Zino Davidoff). Los cuidados sugeridos por Zino, grabados en su paquete de largos palitos chatos de cerillos de cabeza roja, sirven para todos los modelos, la manera de encender el puro va a influir en su combustión. Y el humo del puro debe ser aspirado con lentitud deliberada, de manera que se le permita tocar y envolver el paladar del fumador con su sabor. Las mujeres tienen una relación ansiosa con el tabaco, encienden los puros muy aprisa y los chupan con la impaciencia de los fumadores de cigarrillos. El Churchill, por su tamaño (17 centímetros; 1.8 de diámetro en promedio), es un puro para hombres, no solo porque de acuerdo con mi experiencia los largos, cuando se encienden inadecuadamente, corren el riesgo de una combustión más incorrecta que los medianos y los cortos —y a las mujeres, repito, les falta la paciencia para estar dando incontables y pequeñas bocanadas al puro hasta encenderlo—, sino que también carecen de la indolencia masculina que lleva al hombre a gastar un tiempo enorme aspirando placenteramente su tabaco. Por estas razones los modelos más adecuados para las mujeres son los puros cortos, los pequeños Corona, o los robustos, aunque su diámetro, cercano a los dos centímetros, les parezca poco elegante. (Una vez te di una caja de minicoronas Montecristo, de medidas comparables a las de un cigarrillo, y los detestaste por considerarlos «provocativamente femeninos».) Claro que estoy hablando de los buenos puros que traen grabada en la caja o en el paquete la inscripción *Totalmente a mano*, lo cual significa que fueron elaborados completamente a mano, por dentro y por fuera, utilizando hojas anchas enteras seleccionadas. (La inscripción *Hecho a mano* significa que apenas el acabado de los puros fue manual.) No te lo dije, pero me gustó mucho volver a la casa en donde vivimos, sentí como si la casa siguiera siendo mía, no de mi propiedad, sino mía de otra manera más profunda. La casa de un hombre es donde están sus libros y sus calzones y por alguna razón (podría hacer conjeturas sobre ello, pero es una pérdida de tiempo) había dejado parte de mis calzones en *nuestra* casa cuando nos separamos, y por alguna razón todavía más curiosa, tú los guardaste cuidadosamente en la misma cómoda en donde siempre estuvieron. Me preguntaste si el escritor debe escribir sobre la realidad que ve. Te dije que debe *saber Ver*. Puedes utilizar la realidad, como lo hicieron Balzac, Flaubert, Zola. Zola decía que él y todos los escritores naturalistas eran «anatomistas, analistas, seguidores de la verdad». Si tú, Amanda, como escritora, quieres usar tu experiencia, los incidentes de tu vida, está bien, nadie se libera de su yo, solo que no exageres, acuérdate de lo que dijo Gide (creo que fue Gide), un mal escritor escribe sobre su vida, un buen escritor escribe sobre sus vidas posibles, vidas en plural. Usa la Vida, la tuya y la de los otros. Tus memorias, esas que cargas desde la infancia y que se quedaron en tu corazón, parafraseando lo que dijo Aliosha Karamazov, pueden salvar tu novela. Haz la anatomía de la realidad para mostrarla o entenderla, negarla o, mejor todavía, para entender lo que la realidad está haciendo con todos nosotros. Pero el escritor no puede prescindir de su imaginación, de la capacidad de crear, inventar lo que no vio, no escuchó, no tocó, no olió, no sintió jamás. Y tienes que confiar en tu imaginación, aun con el riesgo que Plinio el Viejo apuntó, de que tu imaginación te haga infeliz (*quasi quidquam infelicius sit homine cui sua figmenta dominantur*), o te vuelva un loco, como Balzac en el lecho de muerte, que llamaba a su personaje, el Dr. Bianchon, para salvarlo. Sin imaginación no hay literatura. La imaginación es la madre de la ficción, es la madre de la poesía, e incluso, como dijeron Mommsen y Burckhardt, la madre de la historia.

GUSTAVO

«Estaba acostado cuando sonó el irritante timbre del teléfono. Era Luíza para decirme, fastidiada, ese abogado de nombre ridículo anda haciendo preguntas imbéciles sobre mí, cosas de mi vida privada, quiere saber si mis empresas son lucrativas, si las heredé, si estoy siguiendo los pasos de mi padre, ¿hasta a mi padre quiere meter en esta historia el cretino ese?, el tipo es un idiota, si necesitabas un abogado, ¿por qué no hablaste conmigo? Tengo excelentes abogados, ¿quién te recomendó a esa bestia? Respondí que tú, Mandrake, habías sido mi compañero en la facultad. Quiso saber en dónde me había metido los últimos días, no contestaba el celular. Le dije que estaba contigo, en realidad estaba con Amanda y con la Sabah. Mandrake, mi vida se complica cada vez más, Amanda me dijo que soy libre para hacer lo que quiera «pero que estés cogiendo conmigo y con Luíza al mismo tiempo no lo acepto, y si Luíza lo sabe, te mata». Ciertas mujeres prefieren la fidelidad a la lealtad, el marido puede ocultarle cuánto dinero tiene esparcido por los bancos del mundo, puede continuar siendo amigo de una persona con quien ella se peleó, puede continuar protegiendo a un pariente parásito que ella odia, puede hablar mal de su madre, hasta puede agresivamente considerarla una retrasada mental (la mayoría de los maridos considera a la esposa una retrasada mental), lo único que no puede hacer es coger fuera de casa. Los hombres, por su parte, exigen fidelidad y lealtad, y si su esposa cumple con estos requisitos, puede incluso ser retrasada mental. No pienses que considero a los hombres formidables solo porque critiqué anteriormente, y en otras ocasiones, algunas peculiaridades femeninas. Los hombres son unas mierdas. Todos los defectos que les atribuyen a las mujeres los tienen por partida doble: vanidad, futilidad, consumismo, emotividad, volubilidad, puerilidad. Y además, son feos. Cuando llegué a casa de Luíza su rabia ya había pasado. Frente a una *desktop* examinaba telas de colores en la pantalla. Dejó de trabajar para decirme que no tenía celos de ninguna mujer, sabía que le era fiel, que podía confiar en mí. Entonces quitó los ojos del monitor y dijo, me puedes decir si, no me voy a pelear con ella, pero ¿Amanda anda de ofrecida contigo? Contesté que no, que éramos una expareja que había transformado su relación en amistad. Luíza insistió, ¿y cuándo va a acabar de organizar tus papeles?, ¿y el mentado archivo? Respondí que no lo sabía, eran muchos archiveros, de esos grandes de acero. Al parecer las cosas quedaron en paz entre nosotros. Mandrake, eres un hombre que tiene experiencia en estos asuntos sentimentales y espero que me entiendas. Una de las cosas que más me irritan es cuando oigo a un tipo que justifica su promiscuidad con frases del estilo «comer siempre lo mismo cansa, aun caviar», cuando lo que caracteriza la actividad amorosa es la multiplicidad. No hablo de putas, una puta es alivio, desahogo de indigentes y pobres de espíritu, recurso útil para individuos comodinos o para quienes el placer sexual es una cosa pecaminosa o indigna, que se realiza mejor con desconocidos. Cuando haces el amor con varias mujeres a *quienes amas,* descubres interactivamente mundos distintos (la mujer *es* el mundo), y alcanzas la comunión multidimensional del cuerpo y la mente (del espíritu, si lo prefieres), la plenitud del ser. Esta contraposición es necesaria, no la de un mundo *después* de otro, sino la que se da entre un mundo y otro concomitantes, aunque separados. Esto puede parecer una confusa justificación para mi, digamos, volubilidad, pero en verdad es la sencilla razón por la cual amo a varias mujeres. ¿Me entiendes? Cuando llegué a la casa me conecté a internet y platiqué con Celeste. He aquí la copia que pediste de nuestro *chatting.*»

Celeste: ¿Le diste mi dirección a un tal Reinaldo? Él me preguntó si te conocía, le contesté vagamente que sí. ¿Quién es ese tipo? ¿Le diste mi dirección?

408

Gustavo: Debe de haber conseguido tu dirección de la misma manera que conseguiste la mía, lo que por cierto hasta ahora no sé cómo sucedió pues no me quisiste decir. Este Reinaldo fue mi compañero en la facultad, es un abogado de éxito, pero frustrado porque es un escritor mediocre. Tiene una relación ambigua conmigo, me admira y me detesta. Reinaldo era hijo de una familia rica, se quedó huérfano de padre y de madre muy temprano y fue criado por un tutor.

Celeste: Me pareció un hombre inteligente y sensible. ¿Por qué no les gustó su libro a los críticos?

Gustavo: No dije que su libro no les gustó a los críticos.

Celeste: Sí, lo dijiste.

Gustavo: No lo dije. Pero la verdad es que un crítico hizo pedazos el libro. Los demás ni se tomaron el trabajo de leerlo. Salió apenas una crítica, en un periódico de provincia.

Celeste: A quien no le gusta es a ti.

Gustavo: Apenas le devuelvo lo que siente por mí.

Celeste: Yo devuelvo, tú devuelves, él devuelve. ¿Quién sabe si no fuiste tú quien ocasionaste esa transferencia hostil?

Gustavo: Inconscientemente, tal vez. ¿Por qué no nos vemos para hablar personalmente sobre esto? Celeste: No hay contacto más personal que el *chatting*.

Gustavo: ¿No quieres verme? Ya sé que eres una minusválida y no me voy a sorprender con la silla de ruedas.

Celeste: No.

Gustavo: Siempre me haces preguntas sobre mujeres, en su mayoría inoportunas. ¿Por qué estas ganas de querer platicar sobre hombres?

Celeste: ¿Qué opinas?

Gustavo: Nada.

Celeste: No eres tan perspicaz como crees.

Gustavo: Nunca me jacté de ser perspicaz. Mi única virtud es la memoria de elefante.

Celeste: ¿Sabes que es muy común que los oligofrénicos tengan ese tipo de memoria?

Gustavo: Lo sé. ¿Quieres pelearte conmigo?

Celeste: No. Es que me estás ocultando cosas.

Gustavo: ¿Qué cosas?

Celeste: Por ejemplo, el nombre de la mujer de quien estás enamorado.

Gustavo: Nunca te dije que estuviera enamorado.

Celeste: Lo diste a entender. No es posible que no estés enamorado. Anda, ya dime su nombre. Voy a ver en la numerología si ella es la apropiada para un hombre como tú. Sé que debe existir una mujer. ¿O varias?

Gustavo: No sé cómo llegaste a esa conclusión. Mi tema siempre ha sido las mujeres.

Celeste: Tema y calentura.*

Gustavo: De cualquier forma no diría nombres de personas en un *chatting*.

Celeste: Estamos bajo la protección del PGP, nadie puede leer lo que estamos escribiendo.

Gustavo: No diré nombres.

Celeste: ¿Ya no confías en mí? Siempre platicamos con la mayor franqueza. Siempre te cuento todo. Gustavo: Ni siquiera sé quién eres.

Celeste: Ya te dije que soy una inválida que no sale de casa. No conozco a nadie de tu mundito.

Gustavo: No hay trato.

Celeste: Entonces jódete. Voy a desconectar.

&

Leí el informe de la autopsia de Regina, el tiro que recibió fue en el rostro, como ocurrió con Hilde. El asesino platicaba con ellas, quienes lo miraban en el momento del disparo.

Raul estaba muy callado. Fui a tomar un vaso de vino con él, como en los viejos tiempos, nos echamos dos botellas de Periquita, pero entre más me escuchaba, más callado se volvía. Solo supe que había buscado a Irina, la hermana de Regina, quien le contó que Gustavo había estado en su casa días antes de que Regina fuera asesinada. Le advertí a Irina que evitara a Raul. Sentía que se preparaba para embestir. Cuando Raul me llamó diciendo que quería que mi cliente compareciera a declarar, sabía que iba a hacer preguntas sobre las relaciones de Gustavo con Hilde y con Regina. Le pedí a Gustavo que viniera a mi despacho para que fuéramos juntos a la comisaría.

Estaba muy pálido.

—Logras ponerte cada vez más pálido... Pero esa palidez debe tener un límite. ¿Ya fuiste a ver al médico?

* El texto en portugués hace el juego de palabras siguiente: *Em tose e tesão. Tesão*, en lenguaje coloquial, significa una especie de atracción de orden sexual y sensual. Se aplica a personas, acciones e incluso a objetos. Se puede sentir o tener *tesão* por una persona, pero también por escalar montañas, por el mar, por las alcachofas, etcétera.

—En ciertos momentos de emoción —dijo Gustavo—, la capacidad de mi sangre de distribuir oxígeno por el organismo se ve drásticamente reducida. Este fenómeno, por una extraña coincidencia, empezó a suceder conmigo después que tuve un... aquel accidente, sabes, el caso Delamare, que afectó cierto órgano de mi cuerpo. Por eso llegué a establecer un nexo de causalidad entre las dos cosas. Sin embargo, el doctor Plinger cree que eso es apenas hipotéticamente posible, dice que sufro de una patología rara a la que él llama, en ausencia de una terminología mejor, pseudoanemia intermitente de origen psíquico. Pseudo porque no la acompañan los otros síntomas de la anemia —fatiga, vértigo, debilidad— y porque los exámenes de sangre no muestran reducción del contenido de hemoglobina o del número de eritrocitos. A Plinger le gustaría obtener una muestra de mi sangre en uno de estos momentos de palidez, pero nunca me pongo pálido cuando voy a su consultorio. Dice que soy un caso médico interesante.

—La medicina está llena de pseudo esto y pseudo lo otro. ¿Ya fumaste el Corona supremo de Suerdieck?

—Sí, no es un mal puro, hace combustión correctamente.

—Entonces fuma uno de estos. Para variar.

Encendimos nuestros Suerdieck.

—Raul va a preguntarte sobre tus relaciones con Hilde y Regina. Va a querer saber en dónde estabas las noches de los días en que Hilde y Regina fueron asesinadas. Hilde fue asesinada el día 28 de junio y Regina el 5 de julio. Por coincidencia dos viernes.

—28 de junio... Creo que estaba solo...

—¿Y el 5 de julio?

—Estaba con una señora. No puedo mencionar su nombre.

—¿Otra mujer casada en tu currículum?

—Esta es viuda.

—Entonces, ¿cuál es el problema?

—El problema es que no voy a ensuciar el nombre de una señora honrada para librarme de ese idiota de Raul.

—Entiendo tus escrúpulos. Pero necesitamos a alguien que declare que estaba contigo por lo menos durante una de esas noches. ¿Amanda o Luíza, una de ellas puede atestiguar diciendo que estaba contigo la noche del 28 de junio? Tendremos por lo menos una coartada para uno de los dos días.

—Me estás proponiendo que mienta.

—Lo que te propongo es salvar tu pellejo. Sé que no mataste a esas mujeres.

—¿Cómo lo sabes?

—Eres como yo. Quien ama a las mujeres como nosotros no les quita la vida.

—Puedo hablar con Luíza.

—Me dijiste que pensabas que allanaron tu departamento. ¿Cuándo fue eso?

—El 5 de julio, tal vez. Pero el que entró no se llevó nada.

—¿El edificio no tiene porteros que se turnen día y noche?

—No, tiene apenas un portero durante el día, pero nunca está en su lugar. El edificio tiene interfón.

—Vamos a arreglar todo con Luíza antes de ir a la comisaría.

Le hablé a Raul, pidiéndole que postergara la declaración de Gustavo.

—Mandrake, el juez acaba de firmar la orden de cateo y aprehensión que solicitamos. Salgo para la casa de tu cliente a hacer un cateo debidamente autorizado.

—Juego sucio, Raul —solo le dije eso y colgué.

Le expliqué a Gustavo lo que estaba pasando.

—Vamos de inmediato a buscar a Luíza. El tiempo está en nuestra contra.

Gustavo hizo una cita en la oficina de Luíza. Ella estaba en una junta de trabajo con su equipo de diseñadores. Nos hizo esperar una media hora en la antesala de la secretaria, quien nos sirvió unos diez cafés durante ese tiempo. Finalmente la puerta de la oficina se abrió y unas seis personas, hombres y mujeres, salieron de ahí con papeles bajo el brazo y la secretaria nos dijo que pasáramos. Luíza ni me saludó.

Gustavo le contó que la policía sospechaba que él había matado a Hilde y a Regina.

—¿Cómo es posible que la policía invente esa locura?

—No lo sé. Un tal agente Raul sospecha que soy el asesino, sin ninguna razón para ello. En este momento me esperan en la puerta de mi casa con una orden de cateo y aprehensión. Necesito que declares diciendo que estabas conmigo la noche del día 28 de junio. Hilde y Regina fueron asesinadas por la misma persona, con la misma arma.

—¿Estuvimos juntos esa noche?

—No.

—Déjame revisar mi agenda.

Luíza consultó la agenda de la computadora.

—El 28 de junio fui a São Paulo. Qué mala suerte. Si digo que estábamos juntos, la policía puede descubrir con facilidad que estoy mintiendo. ¿Quién fue asesinada ese día?

—Hilde.

—Puedo decir que estaba contigo el día que asesinaron a la otra. ¿Cuándo fue?

—El 5 de julio.

Luíza consultó nuevamente la agenda.

—Ese día también fui a São Paulo. ¿No estuviste con nadie más esas noches?

—Cuando viajas me quedo en casa.

—Pero te llamé de São Paulo el día 5 y nadie contestó. Eran las diez de la noche. Lo apunté en la agenda de la *notebook*.

—Desconecté el celular y el timbre del teléfono para poder trabajar en paz. Puedo pedir a Amanda que diga que estaba conmigo.

—¿Esa mujer no sale de tu vida? No quiero. No quiero, ¿oíste? Diles la verdad, que estabas en la casa solo, que cuando tu mujer viaja te quedas en casa. La policía no tiene pruebas en tu contra, ¿o las tiene?

—Claro que no las tiene.

—Y este abogado, ¿no hace nada?

—Bueno, me tengo que ir. No me estás ayudando como deberías.

—No quiero que involucres a Amanda en esto, te lo estoy pidiendo.

—Está bien. Estoy de acuerdo.

—¿En la noche pasas por la casa?

—No lo sé.

—¿Estás enojado conmigo?

—No, claro que no. Pero me tengo que ir.

Salimos de la oficina de Luíza y tomamos el auto para ir al departamento de Gustavo.

—Entonces tienes que involucrar a la tal viuda —le dije—. No va a pasar nada. Diles que pasaste la noche con ella.

—Ni aunque me torturaran. Prefiero ser arrestado. Ya no me pidas eso.

Encontramos a Raul y a dos policías en la portería del edificio. Raul me enseñó la orden de cateo y aprehensión.

Subimos

—Lo siento mucho —dijo Raul.

—Haz tu trabajo —le dije.

Revisar aquel departamento desordenado no fue tarea fácil. Pero Raul y su pandilla sabían hacer su trabajo. Nada se les escapó.

GUSTAVO

«Cuando abrían el cajón de la mesita en donde guardo las fotos de mi familia, recordé algo que se me había olvidado, cuya gravedad me hizo temblar y con seguridad ponerme pálido. ¿Cómo había podido olvidar *aquello*? Ese cajón solo tiene retratos de familia, dije. Pero Raul me pidió permiso para abrir el cajoncito y yo le dije que aquel cajón no lo iba a abrir. La orden me autoriza, dijo Raul, y le dije, tu orden no me importa. Estabas ahí, Mandrake, tú viste lo que pasó. Raul dijo, no me hagas recurrir a la fuerza, y los otros dos policías se le acercaron. Me dijiste, calma, y le dijiste al agente que estaba perdiendo el tiempo, pero el agente contestó que tenía tiempo de sobra, que iba a pasar por alto el desacato a la autoridad que yo había cometido y te dijo, oye, controla a tu cliente, Mandrake. Le dijiste, deja que vea las fotos, me tomaste por el brazo y me alejaste de la mesita. Raul abrió el cajón, tomó las fotos y las amontonó sobre una silla. Después retiró el cajón vacío y lo examinó con cuidado. Enseguida, él y los otros policías pusieron la mesita patas arriba, tal vez en busca de compartimientos secretos o alguna otra cosa. Estabas ahí, Mandrake, controlándome. Después, evidentemente desilusionados, los policías pusieron la mesa de pie otra vez y pusieron el cajón en su lugar. Enseguida, Raul miró cada una de las fotos, mientras mi corazón helado parecía enfriar mi camisa. Son fotos de su padre y de su madre, que ya están muertos, un recuerdo traumático para mi cliente, dijiste. Raul miró las fotos una segunda vez, minuciosamente, y las puso de nuevo en el cajón. Los policías se fueron al fin y una vez más me dijiste que tendría que revelar el nombre de la mujer que estaba conmigo, ¡caray!, dijiste, la mujer es viuda, no tendrá problemas domésticos, su reputación no se verá ofendida. Te fuiste y tan pronto saliste, corrí y tomé las fotos del cajón y busqué tres, tres fotos que había dejado ahí y después se me habían olvidado. La memoria de elefante también falla. Las fotos no estaban ahí, la foto de Hilde, la foto de Regina, aquellas fotos que habían llegado por correo habían sido robadas de mi casa, las había guardado y se me olvidó que las tenía conmigo. Y, desgracia de desgracias, también había desaparecido una foto de Sílvia desnuda, que le había tomado con la Polaroid. El cuerpo desnudo de Sílvia era tan deslumbrante que quise registrarlo en una foto para que cuando fuera muy viejo y la memoria de elefante se esfumara, yo pudiera revivirla con aquella foto. Y la foto desapareció, como las otras. La misma persona que había entrado en mi departamento y tratado de entrar en mi computadora se había llevado las fotos. Ni siquiera esperé el elevador. Bajé las escaleras corriendo. Encontré a Severino en la portería. Le pregunté al portero si alguna persona extraña me había buscado en los últimos días y me contestó que ningún extraño me había buscado, las únicas personas que me buscaban eran la señora Amanda, la señora Luíza y la señora Sílvia. Me puse nervioso, le pregunté, ¿cómo sabes que su nombre es Sílvia? Me contestó, ella me dijo su nombre, la que viene aquí todos los miércoles. Severino explicó que no se quedaba todo el tiempo en la portería, el administrador quería disminuir los gastos y él era el único portero, pero cuando no estaba en la portería solo podía entrar quien tenía la llave de la puerta de entrada o quien le pedía a uno de los vecinos, por el interfón, que le abriera la puerta. Severino aprovechó para contarme sus penas, no le gustaba el trabajo, ahorraba dinero para regresar a Paraíba,* trabajaría en el edificio como máximo uno o dos meses más. Tomé el elevador de regreso. Entré en el departamento, encendí un puro sin observarlo antes como hago siempre, ni me acuerdo qué puro era. Alguien había conseguido la llave de la portería y la llave de mi departamento. Pero las llaves estaban en un llavero que siempre traía en mi bolsillo. Quizás un profesional, de esos que abren cualquier puerta, había hecho el trabajo. Tenía un enemigo desconocido que me perseguía. ¿Qué quería de mí? ¿Quién era? ¿Un chantajista? ¿Un admirador enloquecido? Ese mismo día llamé a un cerrajero que cambió la cerradura de mi puerta.»

---

* Estado pobre y pequeño del noreste brasileño, cuya población emigra hacia el sur en busca de trabajo.

7

Tomar la foto de su amante desnuda y guardarla había sido una locura, Gustavo lo sabía. Las cosas escondidas siempre acaban apareciendo.

—¿Qué fue lo que hiciste al descubrir que el retrato de Sílvia desnuda estaba en manos de terceros?

—Me quedé sentado en el sillón, después que el cerrajero se fue, un largo tiempo, pensando en la desaparición del retrato. El teléfono sonó varias veces pero no lo contesté. El departamento se fue quedando oscuro. Prendí la luz de una lámpara. Después me fui a acostar, dormí y desperté en medio de una pesadilla. No me acuerdo del sueño, pero desperté tan agobiado que solo podía ser una pesadilla.

—¿Y qué hiciste cuando despertaste?

—Llamé a Amanda, estaba dispuesto a contarle la historia del retrato de Sílvia que había desaparecido de mi departamento, pero no pude. Si supiera que Sílvia era mi amante, Amanda se pondría triste. Llamé a Sílvia. Le llamaba a su casa solo cuando tenía un asunto urgente que tratar. Le pregunté, ¿te acuerdas de aquella foto que te tomé con la Polaroid? Me respondió que se arrepentía de haberme dejado hacer aquello. Le pregunté si por casualidad tenía la foto. Estás loco, respondió, él se la pasa buscando entre mis cosas, sospecha, busca el retrato en tu departamento y rómpelo. Le dije que lo iba a romper y le dije que la amaba y me dijo que me amaba.

—¿Y después?

—Me senté frente a la computadora sin poder escribir. Entonces Luíza llamó y me preguntó adónde me había metido toda la noche y le respondí que me había quedado trabajando con los teléfonos desconectados. Volví a quedarme mirando la pantalla, fumando y pensando en la desaparición de los retratos. No pude comer en todo el día. Me fumé tres puros.

—¿Qué bebida tienes?

—Vino.

—Sírveme un vaso, tengo una buena historia que contarte.

Fue a buscar el vino, dos copas y dos Churchill.

—Raul va a dejar de molestarte —le dije—. La policía cree haber atrapado al asesino.

Vació la copa de un largo trago.

—Es un tipo que se llama Darcy Ramos, músico de profesión, un joven de veintisiete años que ya estuvo internado por drogadicción y disturbios mentales. Lo denunció un amigo, de nombre Evandro, también músico, que vive con él. El día del asesinato de Hilde, 28 de junio, Darcy se metió un revólver en el bolsillo y le dijo a Evandro que iba a cumplir una misión que le había sido ordenada por una voz misteriosa dentro de su cabeza, matar a una mujer. Evandro pensó que esa declaración no era importante, Darcy siempre oía voces. Como ese día tenía que trabajar, solo le pidió a Darcy que no dejara de ir a la sesión de terapia. El día de la muerte de Regina, 5 de julio, Darcy dijo lo mismo, que iba a matar a una mujer, iba a cumplir la misión que la voz dentro de su cabeza le ordenaba. Esa vez Evandro intentó quitarle el revólver a Darcy, pero no pudo. Evandro no supo de la muerte de Hilde, arguye que solo lee los suplementos de los periódicos, el resto no le importa. Pero el sábado, 6 de julio, Evandro buscó en la sección policiaca y leyó la nota de la muerte de Regina. Evandro se quedó preocupado e intentó hablar con el terapeuta de Darcy, sin lograrlo. Pero ayer jueves, cuando Darcy le dijo que la voz le había ordenado cumplir una nueva misión hoy en la noche, Evandro decidió consultar a un amigo de la policía que le dijo que hablara con Raul. Raul fue a la casa de Darcy para interrogarlo y el joven le confesó los asesinatos. Raul comprobó su historia, a fin de cuentas el tipo está loco, pero todo lo que dijo coincide exactamente con los hechos. Y Darcy tenía en su casa una pulsera de mujer, que Irina identificó como de Regina. Raul me pareció desilusionado al descubrir que el asesino es un pobre enfermo mental. Preferiría que fueras tú o el embajador. Darcy tiró el revólver, un treinta y ocho, en la laguna Rodrigo de Freitas. La policía lo buscó en el lugar indicado por Darcy, pero el fondo es lodoso y no encontraron el arma. Interrumpieron la búsqueda cuando anocheció y van a reanudarla mañana. Le pedí a Raul que me describiera a Darcy. El tipo trae el pelo largo, revuelto y tiene una cicatriz en la cara, resultado de una pelea cuando estaba drogado. Estuve con Raul todo el tiempo. Cree que es importante encontrar el revólver.

—Por fin —dijo—. ¿Crees que este Darcy puede ser la persona que me envió las fotos?

—Imposible —respondí.

—Se descubrió al criminal, pero un misterio continúa, ¿quién envió las fotos? Eso me deja nervioso.

—No importa quién haya enviado las fotos. Tal vez el criminal no haya sido descubierto.

—¿Cómo tal vez? ¿Qué no arrestaron al sujeto?

—Hay algo que no me gusta. Las pruebas periciales de los coches muestran que los cristales del lado del chofer estaban bajados y las autopsias indican que a las dos mujeres les dispararon en la cara, como si estuvieran platicando con el asesino. ¿Bajarían el cristal del coche ante un hombre con la cara de Darcy? Y si estuvieran con el vidrio abajo, ¿platicarían con él?

—El sujeto puede haberles preguntado algo y al contestarle lo miraron.

—Pero habrían cerrado el cristal al mirar a Darcy, su apariencia no es nada tranquilizadora, sobre todo de noche, e intentarían defenderse volviendo el rostro, encogiéndose al ver el revólver que les apuntaba, esa sería la reacción normal, y el disparo las habría herido en otra parte del cuerpo, incluso en otra parte de la cabeza, pero no en la frente, como sucedió.

—El sujeto podía traer el revólver escondido y haber disparado por sorpresa.

—Podía. Pero tenemos que considerarlo una mera hipótesis.

—¿Quieres echar a perder el placer de este Churchill? ¿Para qué arrojar más sombras encima de mí?

—Tengo una mente naturalmente suspicaz, desconfío de todo, es un vicio. No tomes en cuenta lo que dije. Fuma tu puro. En realidad debe haber sido Darcy, y el asunto de los retratos, repito, no tiene importancia.

Sentí que a él le habría gustado que dijera esta última frase con más convicción. Di una bocanada y miré, fingiendo despreocupación, el puro en mi mano.

—Llama a tus amigas y diles que todo está resuelto. Después voy a llamar a Irina. Voy a invitarla a cenar conmigo.

GUSTAVO

«Cuando te fuiste, Mandrake, llamé a Luíza. Dijo que tenía un dolor de cabeza horrible y que quería quedarse descansando, tenía mucho trabajo al día siguiente. Le conté que el problema estaba resuelto, que el asesino de Hilde y de Regina había sido arrestado. No quiero saber nada de eso, no ahora, mi dolor de cabeza me está matando, dijo. Llamé a Amanda. Le conté la misma historia. Me dijo, qué bueno, vamos a celebrar, ¿voy para allá o vienes para acá? Fui. Tan pronto entré en su casa, Amanda me dijo, sigues preocupado, pero sé cómo acabar con tus preocupaciones. Nos fuimos a la cama. Confieso, si algo acaba con cualquier preocupación es hacer el amor con una mujer a la que amas. Luego encendimos dos Sancho Panza que había llevado. ¿Hablaste con Luíza acerca de nosotros?, preguntó Amanda. Respondí que aún no, que estaba preocupado con aquel asunto de los retratos, dije que tú, para tranquilizarme, me habías garantizado que la desaparición de los retratos no tenía importancia, pero yo no te había creído. Amanda dijo, olvídalo. Fue lo que hice. El tiempo tiene la capacidad de barrer de nuestras mentes los asuntos desagradables o de sustituirlos por otros menos fastidiosos. Sobre todo si el individuo lleva una vida agitada como la mía. Llamaste varias veces queriendo verme, pero yo siempre postergaba nuestro encuentro. La única preocupación que tenía ahora era encontrar una manera de hacer que Amanda aceptara, por algún tiempo más, que yo anduviera con ella y con Luíza. No quería romper con ninguna de las dos, en realidad con ninguna de las tres, también estaba Sílvia. Cada una de ellas llenaba una necesidad mía, a todas las necesitaba mucho. A Sabah ya no la quería ver, por lo menos no regularmente. Tres es bueno, cuatro es demasiado. Tres son las Gracias, las diosas de la belleza en la mitología griega. Me acordé entonces de que tres eran también las Furias, divinidades griegas que existían para perseguir y castigar a aquellos que, como yo, cometían el crimen perfecto. Tal vez dos era *la medida* —el dualismo, partes heterogéneas (e incluso contradictorias) completándose, creando movimiento, energía. Pero a aquellas alturas, no podía dejar a ninguna de las tres mujeres que amaba.

Entonces llegó a la casa de Gustavo un tercer sobre, la dirección escrita en letra de molde, la misma letra de los sobres anteriores con las fotos de Hilde y de Regina. Como los otros, había sido enviado desde una sucursal de correos de Copacabana. Dentro del sobre estaba el retrato de Sílvia desnuda. Gustavo declaró que se quedó aterrorizado y llamó a Sílvia, pero ella no estaba en su casa. Entonces buscó al portero y le dio dinero para que se regresara a Paraíba, a fin de cuentas, Severino era la única persona que sabía que Sílvia frecuentaba su departamento. Volvió a llamar a Sílvia y de nuevo no la encontró. Entonces pasó por mi despacho y me contó lo que transcribí arriba y agregó, enseñándome el sobre con la foto:

—Sílvia está casada con Reinaldo —dijo.

Desde un principio supe que él no me contaba todo.

—Desafortunadamente yo tampoco tengo buenas noticias que darte. La policía encontró el revólver que Darcy había tirado a la laguna. Hicieron todos los exámenes y pruebas y comprobaron con absoluta certeza que los proyectiles que mataron a Hilde y a Regina no habían sido disparados por aquella arma. Darcy, después de haber sido examinado por un psiquiatra, que diagnosticó que sufre de delirio, admitió no haber matado a las dos mujeres. Darcy obtuvo la pulsera de Regina, la que le encontraron a él, cuando se topó con su coche parado en una calle, con el cuerpo inanimado de ella dentro. Como necesitaba dinero para comprar drogas, despojó al cadáver. Además de la pulsera de Regina, se robó también el reloj de oro, el cual cambió por droga con un traficante. Al arrestar al traficante, este confirmó su declaración. Raul está convencido de la inocencia de Darcy y va a gestionar su libertad. O sea, que el embajador y tú regresan al primer plano.

—No me preocupo por mí —dijo Gustavo—, me preocupo por Sílvia. Ella tiene que cuidarse. Pero no la puedo prevenir, salió y no ha regresado todavía. Reinaldo no puede enterarse de nada, nadie lo puede saber, pero necesitamos encontrar una manera de protegerla.

—Cuando logres comunicarte con esta señora, cuéntale de los riesgos que puede estar corriendo y pídele que no salga de su casa y que invente que recibió algunas llamadas amenazadoras. Después buscamos una forma de protegerla.

—Sílvia va todos los miércoles a mi departamento y el portero sabe su nombre. Pero el portero no es problema, a estas alturas está en un autobús camino a alguna ciudad de Paraíba.

—Creo que Raul debe saberlo. Para que ponga un policía que la cuide.

—No sé.

—Raul tiene que saberlo. Entre más pronto, mejor.

—Déjame pensarlo, mañana te doy una respuesta.

—¿Quieres un puro? —le pregunté, sacando la caja de Suerdieck del cajón.

—Vamos a fumar uno de los míos —dijo.

Pero no traía ningún puro.

—Jamás me había sucedido antes en la vida, esto de salir sin mis puros.

Fumamos en silencio los Suerdieck.

—Vamos a hablar con Raul.

—El tipo me quiere destruir y tú quieres que vaya a hablar con él.

—Vamos a verlo mañana, es un hecho. Dame el sobre con la foto.

—¿Para qué?

—Dámelo —ordené ríspidamente.

Me dio el sobre. Saqué la foto y la rompí en pedacitos.

—Cuando vayamos a ver a Raul mañana, le voy a decir que me diste la foto de Sílvia y que no sé en dónde la metí. Le diré que era una de estas fotos de pasaporte. Le daré solamente el sobre vacío. ¿De acuerdo?

—Sí.

—Ahora vamos a quemar todo esto.

Tomé un periódico, le arranqué media página, envolví con ella los pedazos de la foto, la mojé con líquido de encendedor, la puse en el cenicero y le prendí fuego.

—Tu secretaria va a sentir el olor de esta cosa quemándose aquí.

—No hay peligro. Es de confianza. Por cierto, ella es la única persona en el mundo en quien confío. Cuando vayamos a ver a Raul mañana, lleva los otros sobres, con las fotos de Hilde y de Regina.

Gustavo me dijo que se iba a casa. Al llegar, según él, intentó hablar con Sílvia, ella no estaba pero quien contestó el teléfono fue Reinaldo, los dos platicaron y su voz parecía despreocupada, lo que dejó a Gustavo más tranquilo.

Había quedado de encontrarme con Raul en su casa. Estábamos tomando vino cuando llamaron de la comisaría, diciendo que una patrulla había encontrado el cuerpo de Sílvia en una playa desierta de la Barra,* con un disparo en la cabeza, tal como había sucedido con las otras. Llamé a Gustavo pero su teléfono no contestó. Raul se fue a la comisaría. Fui a la casa de Gustavo y llamé por el interfón exterior, pero nadie contestó. Toqué el timbre muchas veces, sin respuesta. Me fui a la casa y nuevamente llamé a casa de Gustavo, sin obtener respuesta. Solo contestó el teléfono por la mañana.

Le di la noticia. Por primera vez Gustavo se quedó sin palabras. Le pregunté por qué no había contestado el teléfono. Dijo que había desconectado los timbres.

—Fui a tu casa, toqué el interfón exterior y no me contestaste.

—Tomé una dosis de caballo de pastillas para dormir.

—Encuéntrame en la comisaría —le dije y colgué.

&

Llegó a la comisaría más pálido que nunca. Parecía que el asesinato de Sílvia lo había afectado fuertemente.

Actuamos conforme habíamos quedado. Gustavo le entregó a Raul los sobres con las fotos de Hilde y de Regina. Por mi parte yo le entregué a Raul el sobre que Gustavo había recibido por correo con la foto de Sílvia.

—¿Y perdiste su foto? —me preguntó Raul.

—Era una foto pequeña, de esas de pasaporte. No sé dónde la metí. Busqué por todo mi despacho —dije.

—Según el sello de correo, la foto debió haber llegado antier a la casa del señor Gustavo Flávio. ¿Cuándo te dio la foto?

—Ayer. Y quedamos de venir aquí hoy en la mañana para platicar contigo sobre ello.

—Mandrake, estábamos juntos ayer en la noche cuando encontraron el cuerpo de Sílvia Sarmento. Y llamaste a tu cliente delante de mí, y su teléfono no contestaba.

—Yo estaba dormido y había desconectado los teléfonos.

—¿Había otra persona en su casa?

—Se tomó una pastilla para dormir —dije—. Es obvio que estaba solo, vive solo, no tiene chaperón.

—¿Sílvia Sarmento era su amiga... íntima?

—Soy amigo de la familia. Su marido fue mi compañero en la facultad.

—El señor Gustavo Flávio estudió leyes.

* Se refiere al barrio de lujo llamado Barra da Tijuca.

—Pero nunca ejercí.

—Escribir novelas es más interesante... —dijo Raul.

—Ahora, ensayos —dije.

—Todo esto ¿no le parece una novela, señor Gustavo Flávio?

—A mí no.

—Tal vez para mí, porque no soy escritor. ¿Cómo se llama el portero de su edificio?

—Severino.

—Severino me dijo que usted le dio dinero para regresar a Paraíba, pero que al llegar a la estación de autobuses no encontró lugar en el autobús y se regresó a su cuartucho en el edificio en donde usted vive. Uno de nuestros detectives habló con él, hoy, muy temprano. Severino está aquí, en la comisaría. ¿Quiere verlo?

—No.

—Cuando lo interrogué, Severino declaró que todos los miércoles usted recibía la visita de una señora llamada Sílvia. ¿No es una coincidencia novelesca?

—Ninguna señora Sílvia me iba a ver los miércoles. Debe de haberse confundido con la señora Amanda o la señora Luíza.

Raul sacó del bolsillo un pequeño cuaderno de notas.

—Apunté, con todas sus letras, Sílvia. La vida es curiosa. Las personas no les prestan importancia a sus empleados, porteros, choferes, afanadoras, cocineras, creen que son ciegos y sordos, que están siempre distraídos, pensando en la novela de la televisión, pero en realidad vigilan a los patrones, ven todo, escuchan todo. Y no son leales. ¿Pero deberían de ser leales con patrones insensibles a quienes sirven de manera tan humillante?

—¿Humillante?

—Humilde.

—¿Adónde quieres llegar con esa filosofía de almanaque, Raul? —pregunté.

—Mandrake, cada quien usa la filosofía que puede. Interrogué a la sirvienta de la casa y declaró que la señora Sílvia y su marido vivían peleándose. Llegó a reproducir el último diálogo de los dos, que sucedió ayer por la mañana, cuando desayunaban. «No me engañas, golfa, sé todo sobre tu aventura con Gustavo Flávio, contraté a un detective para seguirte.» Entonces la señora Sílvia agredió a su marido, rasguñándolo en la cara y gritándole «no es una aventura, amo a Gustavo y Gustavo me ama». Señor Gustavo Flávio, el marido de la señora Sílvia sabía que usted era su amante... ¿No parece novela? El tipo lo sabía todo y esperaba... ¿Esperaba qué, Mandrake?

—Acaba ya, Raul, para que nos vayamos de aquí.

—Aún no tenemos los resultados de los exámenes de laboratorio para saber si el proyectil que mató a la señora Sílvia fue disparado por la misma arma que mató a las otras amigas del señor Gustavo. ¿Puedo hacerle una pregunta?

—Raul, ya no seas sádico, estamos perdiendo el tiempo. Yo sé y tú sabes que estamos perdiendo el tiempo. Ya lo hicimos sufrir, como habíamos quedado.

—¿Están conspirando en mi contra? —dijo Gustavo.

—La pregunta es sencilla. ¿Usted cree que el marido de la señora Sílvia asesinó a su esposa?

—Raul, ya —dije.

—No, Reinaldo no mataría a Sílvia —respondió Gustavo—. Estoy seguro, no está en su carácter matar a una persona, mucho menos a su propia esposa. Con seguridad iba a separarse de ella, pero matarla... ¡Eso es un absurdo!

—Entonces, ¿quién lo hizo?

—Raul, esta plática es inútil. Vámonos de aquí, Gustavo.

—Una vez más usted estaba solo en su casa cuando ocurrió el homicidio...

—Vámonos, Gustavo.

Tomé a Gustavo del brazo y lo llevé afuera.

Nos fuimos caminando por la calle de la comisaría. Encendí un Suerdieck. Él no quiso encender su puro, tal vez porque no se hace eso en medio de la calle, como si el puro fuera un simple cigarrillo, pero yo no seguía la cartilla de los fumadores refinados.

—No te preocupes por Raul, solo quiere molestarte.

—¿También sospechas de mí?

—Sospecho de todos, ¿por qué no de ti? ¿Y los motivos? A ti te gustan las citas, leí tus libros, existe una máxima de La Rochefocauld, como dice Raul, cada quien usa la filosofía que tiene, que afirma que sentiríamos vergüenza de nuestras acciones más nobles si el mundo entendiera las motivaciones que hay detrás de ellas. Si eso sucede con los actos decentes que cometemos, y que el mundo no puede entender, ¿qué se puede decir de los infames, como matar a una mujer?

—¡Puta madre! No puedo tener de abogado a un tipo que cita al duque de La Rochefoucauld! —exclamó Gustavo.

—Pero sé que no fuiste tú. Y Raul sabe que no fuiste tú.

—¿Y si te digo que fui yo?

—No fuiste tú.

424

—Sí fui yo, idiota. Esas mujeres vivían abrumándome, soy un enfermo mental y decidí sacarlas de mi vida. El revólver está escondido en mi casa. Vamos a mi casa y te lo enseño. ¿Estás sorprendido?

—No, no eres un enfermo mental. Existe un enfermo mental en esta historia, pero no eres tú.

—La próxima que voy a matar es a Luíza. Y no puedes hacer nada para impedirlo.

—Qué interesante que digas eso.

—Adiós, Mandrake.

Me dio la espalda e hizo señas a un taxi que pasaba. Continué fumando mi puro. Antes de que el taxi se fuera, nuestras miradas se cruzaron y le sonreí, pero Gustavo se mantuvo serio.

&

GUSTAVO

«Al llegar a casa el teléfono estaba sonando. Era Luíza.

—¿Eras amante de Sílvia?

—Quien te dijo eso está mintiendo.

—Fue Amanda.

—Está delirando. Soy víctima de una trama horrenda, ni siquiera sé explicar lo que está ocurriendo.

—¿Quieres que vaya para allá?

—Sí, qué bueno que estás de mi lado.

—No dije que estoy de tu lado.

—Sí estás, siento que estás de mi lado. Ven rápido, te estoy esperando.

Antes de que Luíza llegara, llamé a Farida Sabah. Necesitaba cariño. El criado que contestó, después de identificarme, me dijo hostilmente que la señora Farida estaba de viaje y que no sabía cuándo iba a regresar. Un día tenía cuatro mujeres y al día siguiente apenas una. El mundo era así. Pero tal vez el destino trataba de decirme que debía cambiar de vida, hacerme monógamo, tener solamente una mujer, y que Luíza había sido la elegida por la Fortuna para llenar mi nueva existencia.

Luíza tardó en llegar. Encendí dos Ramón Allones que Amanda me había dado y pensé, con tristeza, que la había perdido luego de haberla reencontrado. Y mientras fumaba, tomé uno de los libros que tenía en casa, el «Poema del fraile», de Alvares de Azevedo, un poema muy adecuado a mi estado de ánimo sombrío, comenzando por el epígrafe cínico de Molière. Don Juan: *Ce queje crois?* / Sganarelle: *Oui.* / Don Juan: *Je crois que deux et deux sont quatre, et que quatre et quatre sont huit.* En medio de la lectura del "Poema del fraile", decidí leerlo en voz alta:

—Me lancé al desvivir: gasté entera / En insania de pasiones esta vida. / Cual fervor de la espuma en la cascada / Quebré mis sueños en el alma descreída. / Y del fondo del mundo prostituto /¡Solo amores guardé para mi puro! / ¡Y que viva el fumar que anticipa / Las visiones de la testa perfumada! / ¡Y que viva el habano regalía! / ¡Viva la trémula nube azulada, / Donde duerme la virgen vaporosa! / ¡Viva la niebla lánguida, olorosa! / Cante el bardo febril y macilento / Himnos de sangre al vulgo corrupto, / Embriáguese en dolor del pensamiento, / Cubra la frente de polvo y vista luto: / Que yo mi arpa arrojé hacia el olvido / ¡Solo pido inspiraciones a mi puro!"*

En ese momento llamaron a la puerta. El portero no estaba, alguien había entrado sin que yo abriera la puerta de la calle con el interfón. ¿Algún vecino?

Abrí la puerta. Era Luíza.

—¿Cambiaste la cerradura? ¿Hay alguien aquí? ¿Con quién estabas hablando? Antes de que le contestara, me empujó y entró impetuosamente, fue a la alcoba, entró al baño, revisó con mirada desconfiada todos los rincones del departamento. Estaba recitando un poema. ¿Quieres oírlo? Me dijo que no e intenté besarla, pero volteó la cara. Sé que eras amante de Sílvia, dijo, no intentes ocultarlo, vi el retrato que le hiciste desnuda y sé también que te estabas acostando con Amanda, ella me lo dijo. Me disculpé diciendo que quería cambiar de vida, que todas aquellas desgracias y sufrimientos habían hecho de mí un hombre nuevo. Luíza dijo, ya sufriste antes y te volviste un hombre todavía peor. Le supliqué, si quieres me cambio a tu casa, hago todo lo que quieras. ¿Todo?, me preguntó en un tono de voz extraño. Abrió la bolsa, miró el contenido y sacó una pequeña caja con una cinta negra y dijo, arrojando la caja violentamente contra la pared, ya no

* Ya que el poema de Alvares de Azevedo obedece a patrones de métrica, rima y ritmo estrictos, agregamos el texto original en portugués para mejor apreciación del lector: «*Lancei-me ao desviver: gastei inteira / Na insânia das paixões a minha vida. / Qual da escuma o fervor na cachoeira / Quebrei os sonhos meus n'alma descrida. / E do meio do mundo prostituto / Só amores guardei ao meu charuto! / E que viva o fumar que preludia /As visões da cabeça perfumada! / E que viva o charuto regalia! / Viva a trêmula nuvem azulada, / Onde s'embala a virgem vaporosa! / Viva a fumaça lânguida e cheirosa! / Cante o bardo febril e macilento / Hinos de sangue ao poviléu corrupto, / Embriague-se na dor do pensamento, / Cubra afronte de pó e traje luto: / Que eu minha harpa votei ao esquecimento / Só peço inspirações ao meu charuto!*».

426

voy a tomar estas pastillas asquerosas. En ese momento sonó el teléfono. Eras tú, Mandrake, diciéndome, necesito contarte algo muy importante, algo que debería haberte dicho hoy, cuando estuvimos juntos. Te respondí que estaba muy ocupado, platicando con Luíza y dijiste no te quedes solo con ella, salte de la casa inmediatamente, y pensé que temías que yo fuera a matar a Luíza y colgué el teléfono. Cuando me volteé para hablar con Luíza, vi, aterrorizado, que me apuntaba con un revólver y blandía unas fotos en la mano diciendo, después de mi padre fuiste la persona a quien más amé en mi vida, como él, tú también me traicionaste, te fui fiel, me di toda a ti y recibí una paga infame. Le pedí que soltara el arma, pero siguió apuntándome con el revólver, gritando, eres igual a mi padre, eres igual a todos los hombres, un crápula inmundo y mentiroso, guardabas los retratos de aquellas putas, de aquella vaca desnuda, de las mujeres que realmente amabas, el mío debes de haberlo tirado a la basura. Luíza me arrojó las fotos a la cara. Apenas oí el primer disparo.»

&

Cuando llamé a Amanda, ella ya sabía todo.

—Es una lástima que las cosas terminaran así, pero Gustavo es el único culpable por tratar a los demás con desprecio, por usar a las personas como si fueran juguetes. Si no hubiera sido Luíza, habría sido Reinaldo, él me dijo que iba a matar a Gustavo. Todo esto me entristece profundamente.

No pude hablar con Reinaldo, se rehusó a atenderme.

&

El escritor despertó en el hospital. Había recibido dos disparos, lo operaron y, según el doctor, su estado era grave pero estaba fuera de peligro. Sin embargo, no podía recibir visitas. ¿Y quiénes lo irían a visitar?

Gustavo se quedó la mayor parte del tiempo inconsciente, dormía sedado. Cuando pudo recibir visitas, Raul y yo lo fuimos a ver.

—Eres un hombre con suerte —dije—. Podrías haber muerto, poca gente se salva de un disparo en la cabeza. Yo también soy un hombre con suerte, pues si hubieras muerto iba a cargar con tu muerte en mi conciencia durante mucho tiempo. Aquella mañana debí haberte dicho que sabía que Luíza era una enferma capaz de actitudes extremas.

427

—A mí también me iba a remorder la conciencia —dijo Raul—. Discúlpame por aquel día en la comisaría. Creo que por envidiar la fascinación que ejerces sobre las mujeres te estuve atormentando, cuando ya sospechaba de Luíza, pero no podía decirte nada aún, necesitaba encontrar las pruebas, y tú tal vez ibas a entorpecerlo todo.

Raul se despidió.

—¿Cómo te sientes? —le pregunté.

—Confundido.

—¿Puedo confundirte todavía más? —También yo estaba confundido, pero no iba a decírselo.

—Dilo de una vez.

—La madre de Luíza murió durante el parto y su padre la crio solo. Más tarde, él fue asesinado la víspera del día en que se iba a casar con una mujer mucho más joven, un crimen que jamás se aclaró. Luíza, después de la muerte de su padre, estuvo internada en un sanatorio varios meses. Raul y yo interrogamos a los médicos y enfermeros que la atendieron. Luíza tenía ataques de furia que solo podían ser controlados con medicamentos muy fuertes.

—Pobre. Para matar a Hilde, a Regina y a Sílvia, tenía realmente que estar loca.

—Pero no sé si fue ella. Raul no tiene dudas, pero yo sí las tengo.

—Pero me llamaste para avisarme...

—Que Luíza era capaz de cometer una locura. Los peritos concluyeron, después del examen que hicieron del revólver que Luíza usó para herirte y del proyectil retirado de tu cabeza, que utilizaron un arma distinta en el asesinato de tus amigas.

—Luíza podría haber usado armas diferentes.

—Esa es la teoría de Raul. También cree que Luíza mató a su propio padre. Tal vez tenga razón *en eso*. Pero el día que Luíza te llamó y fue a tu casa, había recibido por correo un sobre con algunas fotos y una nota que, según su secretaria, rompió enfurecida y de la cual no quedaron vestigios, por desgracia. Guardó el sobre en su bolsa y te fue a ver. Encontraron el sobre en su bolsa y las fotos estaban sobre tu cuerpo, copias de las fotos de tus amigas que según tú habían desaparecido de tu casa.

—No sé ni qué pensar... Entonces no fue Luíza quien mató...

—No dije eso.

Gustavo se quedó pensativo, inquieto en la cama.

—¿En qué estás pensando? —le pregunté.

—Tuve un recuerdo que me está molestando. Una cosa horrible. Un día platicaba con Amanda sobre los prerrequisitos para que alguien se convirtiera en escritor...

—Sí...

—Y le decía que entre esos requisitos debería incluirse el valor, el valor para fracasar, el valor para decir aquello que no puede decirse, sin importar la naturaleza del impedimento, el valor para decir aquello que nadie quiere decir, para decir aquello que nadie quiere oír, quien dice lo que los otros quieren oír, Mandrake, es la televisión, el valor al que me refiero es el de Sade, que pasó veintisiete años de su vida en manicomios, Sade, que se mantiene vivo doscientos años no por su estilo, sino por su valor. En fin, valor para rechazar todos los premios, o mejor todavía, el valor para no *querer merecer* premios, y el peor de todos los premios es la consagración en vida.

Gustavo dijo eso con una voz extraña, como si estuviera delirando de fiebre.

—No sé adónde quieres llegar... por favor, no entres en una de tus elucubraciones —le dije.

—Entonces... entonces Amanda me preguntó, ¿y el valor para matar? No entendí lo que quería decir, y Amanda agregó, tengo valor para matar, ¿eso me ayuda?

Nos quedamos un largo tiempo en silencio.

—Me muero por salir de aquí y poder fumar un puro.

—Bueno, ya me voy. Haz todo lo que el médico te diga.

—¿Compraste el perro, Mandrake?

—No. Estoy saliendo con Irina, la hermana de Regina. Aún no necesito el perro.

—Cuando lo necesites, ¿qué vas a comprar? ¿Un poodle o un pastor alemán?

—El poodle es más femenino, pero el pastor alemán llena más espacio. Otra cosa. Descubrimos quién era Celeste. La falsa minusválida que se carteaba contigo por *e-mail*.

—¿Era Luíza?

—Sí.

—¿La arrestaron?

—Está muerta. Se mató luego que te disparó.

—Eres un hombre malo, Mandrake —me dijo, con los ojos cerrados.

—Ve si logras dejar de pensar en ese asunto. Por lo menos mientras estés en el hospital. Vengo a verte uno de estos días.

Cuando llegué a la puerta y ya estaba saliendo, abrió los ojos y me dijo:

—Anoche soñé con Amanda, y soñé con Sílvia, y soñé con Luíza, sí, con Luíza, un sueño bueno. Soñé incluso con Farida. Sin embargo desperté muy infeliz, con un fuerte dolor en el pecho.

Salí y cerré la puerta. Yo también quería dejar de pensar en aquel asunto, por algún tiempo.

LA COFRADÍA DE LOS ESPADAS
1998

Libre albedrío

02/09, MIÉRCOLES

Estimada señora:

Matar a una persona es fácil, lo difícil es librarse del cuerpo. Esta frase, que podría haber sido dicha por uno de los verdugos de Auschwitz, pero que en realidad se refería en principio a un elefante, vino paradójicamente a mi cabeza cuando deposité el cuerpo inanimado de Heloísa, que pesaba menos de cincuenta kilos, en una banca de la plaza Ataualpa. Discúlpeme si parezco cínico e insensible, pero usted me pidió que le escribiera sin artificios verbales, con el corazón en la mano (utilizo sus palabras), y eso es lo que estoy haciendo. En el caso de Heloísa (sobre las otras le hablaré más adelante), lo más difícil fue crear las condiciones que permitieran el descubrimiento del cuerpo antes de que la naturaleza lo descompusiera. Desde la ventana del departamento en donde vivo puedo ver la mayor selva urbana del mundo; si abandonara su cuerpo ahí, desaparecería, pero lo que Heloísa y yo queríamos era que encontraran su cuerpo inmediatamente. Así es que, luego de tener el cuidado de poner su dirección en un papel sujeto con un alfiler al vestido, lo dejé en un lugar público de mucho movimiento de la zona sur de la ciudad, aunque de madrugada, en la plaza desierta. Después llamé a la policía. Más tarde simplifiqué todo este procedimiento cuando descubrí que usando apenas la mitad de la sustancia letal que le inyecté a Heloísa, la muerte no era inmediata, tardaba una hora, y durante este periodo la persona inoculada mantenía dominio completo de sus facultades físicas y mentales.

Admito que Heloísa, de la misma manera que Laura y Salete, fueron técnicamente asesinadas por mí, pero no las podemos definir como mis víctimas; este término define a una persona sacrificada por las pasiones o intereses de otra. No fue el caso de ninguna de las tres, quienes decidieron libres y soberanas sobre la conveniencia y oportunidad de su propia muerte. Si en teoría maté a las tres mujeres, es preciso decir que lo hice con su anuencia y, aun más, con su estímulo. Ellas realizaron su voluntad y yo, en cierta manera, también tuve mi recompensa, subjetiva, y por cierto merecida, teniendo en cuenta la tarea delicada y ardua que fue encontrar a Laura y a Salete.

A Heloísa la hallé por azar y ella me convenció de que colaborara. Pero para descubrir a las otras hice innumerables y exhaustivas investigaciones en internet y en las páginas de anuncios de periódicos y revistas, además de contactos personales en diversos locales públicos, todo para poder encontrar personas con el potencial correcto. En cierta ocasión, cuando asistía a una conferencia sobre perversiones sexuales en la literatura, una mujer desconocida, sentada a mi lado, me dijo que era un espíritu libre, transgresor, que estaba dispuesta a ir más allá de los límites. Pero no tardé en notar que ella no tenía el potencial adecuado cuando, después de decir que las ropas que cubrían nuestra desnudez estaban perjudicando nuestro proceso interactivo, se desnudó, se acostó en la cama y me pidió que le mordiera los pezones. Pórtate como un animal, decía mientras le encajaba los dientes, más, más, quería que le doliera mucho, que le saliera sangre, pero en verdad lo que deseaba no significaba romper el límite. Hice lo que me pidió, yo solo hacía lo que ellas pedían. Otra que me llamó la atención, pálida y hastiada, tenía *piercings* en la lengua y en la vulva, pero después de algunas citas descubrí que usaba cocaína, le gustaba frecuentar tugurios y teñirse el cabello de verde, era un juguete de los medios de comunicación y de la moda, seguía todos sus designios. Una de ellas deseaba ver la muerte de cerca y le pedí que aclarara mejor sus pretensiones; entonces me dijo que le quería prender fuego a un mendigo, un gesto de extrema futilidad. Había aquellas que se decían cansadas de vivir, pero la verdad es que las personas cansadas de vivir no merecen morir, lo mismo que aquellas que tienen inclinaciones suicidas buscando, como dijo un poeta chiflado, anticipar los impredecibles abordajes de Dios; no deciden libremente y no me interesan. Por otra parte, lo que hicimos no puede compararse, ni siquiera remotamente, con la eutanasia. No se trata de acabar con la vida de alguien que padece una enfermedad incurable o un sufrimiento intolerable, de llevarlo al suicidio, una costumbre de la Grecia y la Roma antiguas que la ética y la moral cristianas volvieron infame e ilegal, cuando en verdad solo se trata de un acto de inquietud. El libre albedrío en el acto de acabar con la propia vida solo es auténtico si uno es tranquilo, saludable, inteligente y le gusta vivir.

En resumen: las tres mujeres que maté eran sensatas e inteligentes y, lo más importante, querían ejercer plenamente el poder del libre albedrío, querían escribir su futuro sin que la decisión que tomasen fuera consecuencia inevitable de antecedentes fortuitos.

Heloísa, antes de recibir la inyección intravenosa, dijo que no le veía sentido alguno a dejar un mensaje de despedida, que sería siempre una justificación rencorosa o sentimentalona. No le quería probar nada a nadie, ni siquiera a ella misma, solo quería alcanzar la libertad plena. Por delicadeza, y tal vez un poco de vanidad (aunque Heloísa rechazó enérgicamente esta suposición mía), no quería que la vieran después de que su carne hubiera perdido su lozanía, contaminada por la descomposición física. Es más fácil liberarse del alma que del cuerpo. De tal forma decidimos, como dije antes, que su nombre y dirección estarían escritos en un papel pegado a su vestido, y que yo avisaría de inmediato a la policía y a su familia, tal como lo hice.

La policía, con su desconfianza acostumbrada, elaboró de inmediato la hipótesis de asesinato, aunque la ausencia de señales de violencia y el semblante tranquilo de Heloísa causaron una cierta perplejidad. La segunda vez, tomando eso en cuenta, ya que no queríamos que se interpretara el gesto de manera equivocada, discutí con Laura el procedimiento que deberíamos adoptar. Laura sugirió dejar una carta, que ella misma escribiría, diciendo lacónica que la libertad de acabar con la vida era la mayor de las libertades. Así lo hicimos, y cuando descubrieron el cuerpo y los periódicos publicaron la carta de Laura, los comentaristas de la prensa hablaron confusamente de degeneración, solipsismo, locura. Se acostumbra asociar de manera contradictoria la palabra libertad con opresión, esclavitud, cárcel, y se acepta convencionalmente que se puede sacrificar la vida en un desafío heroico a esos estados. La asociación de la libertad con la violencia es correcta, pero, estimada señora, no se nos debe olvidar que, como dijo un filósofo, libertad también es violación de eso que llaman buen sentido, libertad es el derecho —y el verdadero derecho no es aquel que se nos da, sino el que conquistamos— de pensar de manera distinta.

Después de hacer la autopsia del cuerpo de Laura y los exámenes de laboratorio de rutina, la policía concluyó que su muerte era resultado de la misma sustancia que había causado la muerte de Heloísa, hecho que dejó a todos todavía más atarantados.

La autopsia de Salete, al establecer un nexo entre las tres muertes, robusteció, claro está, la tesis del asesinato, una conclusión apresurada y ridícula, pues no existe asesinato sin víctima. Y no había víctimas.

12/09, SÁBADO

Estimada señora:

Me parecieron curiosos sus comentarios sobre la carta que le envié. Usted dice que no aclaré como se debe mis motivos y lamenta que sea impreciso. La señora quiere saber cómo descubrí que, usando solo la mitad de la sustancia letal que le inyecté a Heloísa, la muerte no sería inmediata, demoraría una hora para suceder, y que durante ese tiempo la persona inoculada mantendría dominio completo de sus facultades físicas y mentales. Le voy a hacer una confidencia, seguro de que puedo contar con su sigilo. Probé la sustancia en una persona: en aquella mujer frívola que quería prenderle fuego a un mendigo.

La segunda omisión, según usted, fue cómo se escenificó (utilizo una palabra suya) el hallazgo del cuerpo de Laura. Al dejar de mencionar ese detalle fui apenas elíptico, ya que siendo como soy conciso y cartesiano, tanto en las palabras como en los gestos, no quería extenderme en descripciones innecesarias. Pero usted quiere detalles y aquí se los doy. Laura y yo sabíamos, conforme al experimento que hice con la mujer frívola, que durante una hora después de haber sido inyectada se mantendría activa y consciente. Laura sugirió que inmediatamente después de ser inoculada iría a un teatro, se sentaría en la platea y moriría entre un acto y otro, demostrando a los espectadores, como dijo aquel chiflado cuyo nombre he olvidado, que el teatro existe para mostrar que el mundo puede caernos encima de la cabeza. Pero Laura, a quien no le gustaba el teatro, abandonó la idea después de reflexionar un poco. Podría parecer, dijo riéndose, que había muerto de aburrimiento. También excluimos un restaurante como escenario, pues podría parecer que ella había muerto de envenenamiento por ostiones. Fíjese bien, queríamos evitar que yo tuviera que telefonear a la policía diciéndole en dónde estaba el cuerpo, como lo había hecho con Heloísa. Entonces nos decidimos por una iglesia. La idea fue de Laura; sería una agradable ironía morir en aquel templo de un Dios antropocéntrico, en medio de personas ingenuas que creen que Él creó todas las cosas para propiciar la vida humana. Yo estaba allá, en la iglesia, una fila detrás de ella, y vi cuando Laura bostezó, sonrió y murió en medio del sermón. Usted ya sabe lo demás.

En cuanto a la muerte de Salete, una vez más no hay mucho que decir. Como también es de su conocimiento, encontraron el cuerpo en otra iglesia. Salete murió al final de la misa, y antes de morir, como si presintiera el desenlace, se volteó hacia atrás y me hizo un gesto de adiós.

21/09, LUNES

Estimada señora:

Su mente es, déjeme elegir la palabra correcta, inquisitiva. Ahora quiere saber cómo maté a aquella mujer frívola, la única muerte que en rigor me pueden achacar, y obtuve los informes sobre el tiempo de acción de la sustancia. (Un aspecto interesante de su celo investigador: usted no ha querido, hasta ahora, saber de qué sustancia se trata.) En primer lugar, debo decirle que las personas confían en mí. Tal vez porque al tratarme se sienten seguras de que no las induzco o instigo a hacer nada que sea contrario a sus intereses. Sí, engañé a la mujer frívola, pero solamente a ella. La convencí de que fuera mi conejillo de indias, diciéndole que habían descubierto una droga que, si se inyectaba en el torrente sanguíneo, propiciaba un estado de euforia superior al de la cocaína, sin efectos secundarios deletéreos. Para demostrarlo, me inyecté la droga en una vena, en realidad una dosis de suero. Enseguida, pasé a describir, mañosamente, el bienestar, la alegría, la felicidad que estaba sintiendo. Todo mundo quiere sentirse feliz, aunque sea inyectándose una droga intravenosa, y aquella mujer no era la excepción. Después de notar que yo estaba feliz y lúcido al mismo tiempo, una conjunción rara si no imposible de suceder, también quiso sentir lo mismo. Pero era demasiado inconveniente que ella se muriera en mi departamento. Entonces la convencí de que sería todavía más maravilloso —sí, usé esa palabra gastada— sentir los efectos de la droga en medio del esplendor de la naturaleza. A final de cuentas, como dije antes, desde mi ventana podía contemplar el bello bosque de la Tijuca, a donde fuimos enseguida. Al llegar, le inyecté la sustancia letal en la vena. De inmediato me dijo que la había invadido una sensación enorme de alegría y felicidad, habló de la imponencia de los árboles, de la frescura de la brisa que venía del mar —no sé si todo eso no pasaba de una autosugestión. Ella corría por el bosque cuando se detuvo, se recostó como lo hace alguien en busca de un breve descanso, y murió. Calculé una hora entre la inoculación y la muerte, pero pudieron haber sido unos largos cuarenta minutos. Ahora permítame una pregunta, en realidad dos. ¿Cómo supo usted que yo estaba involucrado en estos acontecimientos, algo que la policía ha intentado descubrir infructuosamente hace más de un año? Y también, ¿cómo descubrió mi dirección?

30/09, MIÉRCOLES

Estimada señora:

Alabo su perspicacia. Resumiendo su última carta, usted estaba en la iglesia cuando Salete se volteó y me hizo una seña de adiós, y observó, por el intercambio de miradas, que entre ella y yo había un entendimiento profundo, de compañeros comprometidos en secreto, que jamás había notado entre otras personas. Y después su interés por mí aumentó al leer en el periódico del día siguiente la noticia de la muerte misteriosa y el texto de la carta de Salete que hablaba del libre albedrío. Intrigada, usted deseó saber la verdad completa que había vislumbrado en aquel rápido gesto de adiós, y en las palabras que Salete había escrito. Un día, caminando por la calle, en una prometedora coincidencia (estoy usando sus propias palabras), usted me vio, me siguió hasta mi casa, preguntó mi nombre al portero del edificio y entonces comenzó a escribirme. Todavía en esta última carta usted me dice que hay muchos puntos que le gustaría debatir conmigo, que está perturbada, pues creía que la mayor de todas las afirmaciones de libre albedrío no es elegir voluntariamente la propia muerte, sino seguir viviendo, y que ahora, después de pensar mucho, se pregunta si seguir viviendo no es simplemente dejar que un burdo conjunto de reflejos mecánicos siga funcionando, tal y como lo afirmé. Le gustaría, también, que le hablara sobre el fuerte contenido sexual de mi relación con las tres mujeres, que no he explicitado. Por último, usted dice que espera tener el potencial correcto y que quiere encontrarse conmigo, para platicar con la mayor sinceridad sobre estos asuntos, y me pregunta si el sábado es un buen día para nuestro primer encuentro. Sí, es un buen día. La espero.

Ángeles de las Marquesinas

Paiva seguía despertándose temprano, como lo había hecho durante los treinta años que trabajó sin parar. Podría seguir trabajando algún tiempo más, pero ya había ganado dinero suficiente y pretendía viajar con su mujer, Leila, para conocer el mundo mientras aún tenían salud y vitalidad. Un mes después de su jubilación compraron los boletos de avión. Pero la mujer murió de un mal repentino antes del viaje, dejando a Paiva solitario y sin planes para el futuro.

Paiva leía el periódico por la mañana y después salía, ya que no podía quedarse en casa sin hacer nada. Además, la nueva sirvienta lo molestaba constantemente preguntándole si podía tirar objetos viejos, inútiles que se habían ido acumulando durante años; hacía ruidos irritantes al arreglar la casa y cuando Paiva entraba en la cocina —lo cual evitaba hacer—, la encontraba acompañando con voz desentonada una canción popular transmitida por la radio, que dejaba prendida todo el día. Ya tampoco soportaba mirar hacia el mar, aquella masa de agua aburrida, aquel horizonte inmutable que se descubría desde la terraza de su departamento. Muchas veces salía de casa sin saber a dónde ir, se sentaba en la banca de la plaza Nossa Senhora da Paz y observaba a los feligreses de la iglesia de enfrente, que se retiraban en grupos de la misa. No lo haría, no se volvería un santurrón ahora de viejo. No había tenido hijos con Leila y había descubierto demasiado tarde que no tenía amigos, solo colegas de trabajo que no quería ver después de haberse jubilado. No extrañaba la convivencia, sentía falta de alguna ocupación, ansiaba hacer alguna cosa, tal vez usar el dinero que tenía para ayudar a los demás. Conocía la historia de tipos que se jubilaban y se quedaban felices en su casa, leyendo libros y viendo videos, o que ocupaban su tiempo llevando a los nietecitos a tomar un helado o a pasear en Disneyworld, pero no le gustaba leer ni ver películas, nunca se había acostumbrado a eso. Otros entraban en asociaciones filantrópicas, se dedicaban a trabajos humanitarios. Lo habían invitado a colaborar con una asociación que mantenía un asilo de ancianos, pero la visita al asilo lo había deprimido mucho. Se necesita ser joven para trabajar con viejos. También estaban aquellos jubilados que no soportaban la inactividad y se morían tristes y enfermos. Pero él no estaba enfermo, tan solo triste, y su salud era muy buena.

Siempre que, para salir de casa, iba a deambular por las calles, Paiva se encontraba gente sin sentido tirada en la banqueta. Durante muchos años había ido de la casa al trabajo en un automóvil con chofer; con seguridad aquel cuadro ya existía desde antes, pero él simplemente no lo había notado. Ahora sabía, gracias al sufrimiento que la muerte de su mujer le ocasionó, que su egoísmo le había impedido ver el infortunio de los otros. Era como si el destino, que siempre lo había protegido, le señalara ahora un nuevo camino, convocándolo a ayudar a aquellos desgraciados a quienes la suerte había abandonado de forma tan cruel. Algunos debían estar enfermos, otros drogados, otros no tenían en dónde dormir y dormían, seguramente con hambre, sin importarles los transeúntes; uno pierde con facilidad la vergüenza cuando se ve privado de todo. No había nadie tan abandonado como un pobre diablo sucio y cubierto de andrajos, tirado sin sentido en la acera.

En cierta ocasión, caminando por las calles al anochecer, vio a un hombre acostado en el suelo, bajo la marquesina de una sucursal bancaria. Los desamparados parecían preferir como refugio nocturno las marquesinas de las sucursales bancarias, tal vez porque, por alguna razón, los gerentes de los bancos se sentían incómodos si los expulsaban. Los transeúntes fingían por lo general no darse cuenta de un adulto o de un niño en aquella situación, pero esa noche dos personas, un hombre y una mujer, estaban diligentemente inclinados sobre el cuerpo abandonado, como si intentaran reanimarlo. Paiva notó que lo que pretendían era levantarlo del suelo, lo cual hicieron con habilidad, llevándolo en brazos hacia una pequeña ambulancia. Después de mirar la ambulancia, Paiva permaneció un tiempo en el lugar, pensativo. Haber presenciado aquel gesto de caridad lo había animado, algo, aunque modesto, se estaba haciendo, alguien se preocupaba por aquellos infelices.

Al día siguiente Paiva salió y anduvo por las calles mucho tiempo, buscando a las personas de la ambulancia; quería ofrecerse para colaborar en el trabajo que realizaban. No podría ayudar cargando a esos infelices abandonados por la suerte, no tenía ni disposición ni habilidad para ello, como los abnegados que había visto aquella noche, pero podía, además de dar dinero, ser útil en alguna actividad administrativa. Debía haber lugar para alguien experimentado como él, en aquel grupo de voluntarios a quienes llamaba Ángeles de las Marquesinas, ya que había sido bajo una marquesina que tuvo lugar el gesto de solidaridad del que había sido testigo. Y todas las noches salía de su casa en peregrinación. Halló a varias personas tiradas en las calles y permaneció impotente al lado de algunas, deseando que los Ángeles de las Marquesinas aparecieran.

Finalmente, una noche, cuando ya regresaba desanimado a casa, Paiva vio a la pareja de caritativos levantando del suelo un cuerpo tirado en la banqueta, y se acercó. He seguido su trabajo y me gustaría colaborar, dijo.

No obtuvo respuesta, como si los Ángeles de las Marquesinas, absortos en su trabajo, no lo hubieran escuchado. De la ambulancia saltó un hombre canoso, que ayudó a la pareja a meter al infeliz inconsciente en una especie de camilla, dentro del vehículo. Entonces la mujer, con lentes de persona muy miope, cabello recogido en un chongo y apariencia de maestra jubilada, le preguntó que qué era lo que Paiva quería.

Él le repitió que le gustaría ayudarlos en aquel trabajo.

¿Cómo?, preguntó la mujer.

Como a ustedes les parezca mejor, dijo Paiva. Dispongo de tiempo y todavía tengo bastante energía. Iba a agregar que poseía recursos financieros, pero pensó que era mejor dejarlo para después. Por favor, me gustaría tener su teléfono y su dirección para visitarlos.

Usted nos da su teléfono y nosotros nos comunicamos, dijo el hombre canoso que parecía el líder del grupo. Anote el teléfono del señor, doña Dulce.

¿Pertenecen a alguna entidad de servicio social ligada al gobierno?

No, no, contestó doña Dulce, apuntando el teléfono de Paiva, somos una organización particular, queremos evitar que estas personas mueran abandonadas en las calles.

Pero no nos gusta la publicidad, dijo el hombre canoso, la mano derecha no debe saber lo que hace la izquierda.

Así es como se debe ser caritativo, dijo doña Dulce.

Durante una semana Paiva esperó ansioso a que lo llamaran sin salir de casa. Tal vez perdieron mi teléfono, pensó. O andan tan ocupados que ni siquiera han tenido tiempo para hablarme. Consultó el directorio telefónico, pero ninguna de las organizaciones de beneficencia que encontró era la que buscaba. Lamentó no haberse fijado más en la ambulancia; debía tener alguna identificación que podría haberlo ayudado ahora. Tal vez era conveniente buscarlos por las calles. Sabía que los Ángeles de las Marquesinas hacían su trabajo de asistencia por la noches. Así que Paiva volvió a recorrer las calles todas las noches, esperando, junto a los cuerpos tirados, que ellos aparecieran. Una noche, en medio de otra de sus caminatas, Paiva vio de lejos la ambulancia parada con dos ruedas sobre la banqueta. Corrió y allí estaban los Ángeles de las Marquesinas inclinados sobre el cuerpo inerte de un muchacho.

No me han hablado, los busqué en el directorio telefónico, no sabía cómo encontrarlos...

Los Ángeles parecieron sorprenderse con la presencia de Paiva.

Doña Dulce, dijo Paiva, casi puse un anuncio en el periódico para encontrarlos.

Doña Dulce sonrió.

Vivo solo, mi esposa murió, no tengo parientes, estoy completamente libre para colaborar con ustedes. Serían como una nueva familia para mí.

Doña Dulce sonrió otra vez, arreglándose los cabellos pues se le había soltado el chongo.

El hombre canoso salió de la camioneta y preguntó, ¿la señora perdió su dirección, doña Dulce?

La mujer se quedó un rato callada, como si no supiera qué decir. Sí, contestó finalmente.

Déjeme apuntarla otra vez. El hombre escribió el nombre y el teléfono de Paiva en un bloc. No nos gusta la publicidad, dijo, como si se disculpara.

Lo sé, la mano derecha no debe saber qué hace la izquierda, dijo Paiva.

Esa es nuestra filosofía, dijo el hombre, no se preocupe, yo mismo me voy a encargar en persona de entrar en contacto con usted.

¿Prometido?

Quédese en casa esperando, dentro de poco lo llamaré. Entre más gente nos ayude, mejor para nosotros. Mi nombre es José, dijo, tendiéndole la mano en un saludo.

Al día siguiente, Paiva recibió la llamada que tanto esperaba. Satisfecho, reconoció la voz de doña Dulce diciendo que había sido aceptado para trabajar en el grupo. Necesitaban personas como él para colaborar, y tenían prisa. ¿Podría encontrarse con ellos esa noche en el mismo lugar? ¿Bajo la misma marquesina?, preguntó Paiva, y doña Dulce confirmó, sí, bajo la marquesina, a la misma hora. No hay mejor lugar para encontrar a los Ángeles de las Marquesinas, dijo Paiva. Pero la voz del otro lado no reaccionó a su comentario.

Paiva llegó temprano, apenas había caído la noche sobre la ciudad, y esperó a la ambulancia. En ella solo venía José.

No sabe qué feliz estoy con su decisión, dijo Paiva, acercándose a la ambulancia y verificando que no tenía en ningún lado letras o números que la identificaran.

Entre, por favor, dijo José al volante. Paiva abrió la puerta y se sentó a su lado. Voy a llevarlo a nuestra sede para que conozca mejor nuestro trabajo, dijo José. Muchas gracias, dijo Paiva, no sé como agradecerles lo que están haciendo por mí, mi vida estaba muy vacía.

José, que manejaba de prisa, pero debía ser así que se manejaban las ambulancias, en un momento dado sacó del bolsillo unos cigarrillos y le preguntó si le molestaba el humo, Paiva le contestó que no, que podía fumar. A excepción de este breve intercambio de palabras, el viaje transcurrió en silencio. Finalmente llegaron a su destino, los portones se abrieron, la ambulancia entró y paró en un patio donde, además de algunos coches, había una motocicleta con amplias cajas laterales. Cerca de ella, un motociclista con chamarra, guantes y casco negros, el visor bajado ocultando el rostro, andaba impaciente de un lado a otro.

El director no debe tardar. Mientras tanto, le vamos a enseñar nuestras instalaciones, dijo José, tan pronto bajaron de la ambulancia. Vamos a empezar por la enfermería.

Paiva caminó por el pasillo, ahora acompañado también por dos enfermeros. Cuando llegaron a la pequeña enfermería se quedó impresionado con la limpieza del lugar, de la misma manera en que había admirado antes la inmaculada blancura del uniforme de los enfermeros. Desde la muerte de su mujer, era la primera vez que se sentía plenamente feliz. En ese momento, los dos enfermeros lo sujetaron y lo colocaron amarrado en una camilla. Sorprendido, asustado, Paiva ni siquiera alcanzó a reaccionar. Le pusieron una inyección en el brazo. ¿Qué...?, logró decir, pero no terminó la frase.

Le quitaron toda la ropa y lo llevaron en la camilla a un baño. Allí le lavaron todo el cuerpo y lo esterilizaron. A continuación, Paiva fue llevado a un quirófano donde lo estaban esperando dos hombres con bata, guantes y mascarillas. Lo colocaron en la mesa de cirugía y enseguida lo anestesiaron. Un enfermero llevó de inmediato al laboratorio de al lado la sangre que le sacaron del brazo.

¿Qué es lo que se puede aprovechar de este?, preguntó uno de los enmascarados, la voz ahogada por la tela que le cubría la boca. De seguro las córneas, contestó el otro, después comprobamos si el hígado, los riñones y los pulmones están en buenas condiciones; uno nunca sabe.

Quitaron las córneas y las pusieron en un recipiente. Enseguida destazaron el cuerpo de Paiva. Tenemos que trabajar rápido, dijo uno de los enmascarados, el motociclista espera para llevar los pedidos.

La fiesta

El jueves, Maria Clara Pons faltó a la reunión semanal de la Asociación Protectora de la Madre Soltera Adolescente, de la que era presidenta, porque necesitaba ir una vez más a la costurera para probarse el vestido nuevo. No es que estuviera mal repetir un vestido. Para una mujer rica como ella, eso sería incluso una demostración de elegancia. Pero una fiesta que pretendía ser fuera de lo común —a final de cuentas se conmemoraban los cuarenta años de Gabriel Pons— exigía que la vestimenta de la señora de la casa fuera una novedad. Maria Clara tuvo que ir varias veces al *atelier* de la modista, perdió preciosas horas examinando modelos en las revistas francesas. La fiesta sería el sábado y el jueves iría a probarse una vez más el vestido, una situación angustiante.

Como pontificó la modista, este problema no afectaba a los hombres. Usaban el smoking de siempre, nadie esperaba que se pusieran otra cosa. Pero las mujeres tenían que ser creativas en estas cuestiones de la ropa; si alguna mujer dice que no le da importancia a eso, está mintiendo.

Pero el vestido había sido solo parte de las tribulaciones de Maria Clara. Para que una fiesta especial funcionara bien, eran fundamentales varias cosas. Por fortuna, Gabriel se había hecho cargo de las invitaciones. A decir verdad, su secretaria. Para Maria Clara, de los hombres, los maridos eran los más flojos. Tenían secretarias que les hacían todo, y algunas de veras lo hacían todo, y eso los tenía malacostumbrados.

La comida de la fiesta también era un elemento que exigía mucha atención. Era necesario mucho criterio en la elección de los diferentes profesionales que irían a hacer los *hors d'œuvre*, los postres, los platillos fuertes; una fiesta con clase, sin importar el número de invitados, tenía que tener platillos fuertes. Eso significaba que su cocina quedaría irreconocible, Maria Clara ya había pasado por eso, pero siempre se sorprendía con la transfiguración que esa parte de su casa sufría en tales ocasiones. Respecto a este sector, también estaba el capítulo de las bebidas, la bebida tenía que sobrar, lo que no se consumiera podría

445

guardarse para otra fiesta. Era fundamental tener mucho champagne, whiskey, vodka, siempre había alguien que quería un vodka, casi siempre un invitado importante, vino tinto y blanco y cerveza y Coca-Cola y otros refrescos, entre más fina la fiesta, más manjares tradicionales deberían estar disponibles, era una señal de refinamiento, una fiesta que solo tenía champagne francés era cosa de nuevo rico. Y también agua mineral, con y sin gas, por supuesto. Había personas que compraban estos artículos con un contrabandista, de confianza como les gustaba decir, pero Maria Clara pensaba que era una mezquindad tonta intentar economizar algunos centavos y correr el riesgo de ofrecer whiskey paraguayo en botellas de Chivas Regal, ocasionando dolores de cabeza en el *day after*, incluso a los bebedores más frugales, aquellos cuantos que bebían poco pero que eran los que más opinaban críticamente después. Y la cena también incluía al chef, a los cocineros y a sus ayudantes, e incluso a los meseros, a los que se debía escoger y uniformar cuidadosamente.

Pero las preocupaciones de Maria Clara no acababan con la solución del problema de las invitaciones, del vestido, de los alimentos y bebidas y los meseros y el cocinero. La decoración de la casa para la fiesta era muy importante, por eso había contratado a Carolina, la más grande especialista en decoración floral de fiestas nocturnas. Carolina, después de recorrer y fotografiar detalladamente la mansión, presentó un proyecto que definió como abarcador, el cual incluía toda la casa porque mantener puertas cerradas durante las fiestas sugiere que uno tiene recelo de que sus invitados se roben figurillas y champús. Lo más interesante fue que Carolina puso en segundo plano las orquídeas raras de la casa, argumentando que eran viejas conocidas de la mayoría de los invitados y una fiesta como aquella exigía arreglos florales exclusivos para la fiesta, flores del campo y otras que duraran apenas veinticuatro horas, como si proclamaran que su exuberancia acabaría cuando la fiesta terminara.

Por ahí de la una de la madrugada, todos siempre quieren bailar, por lo tanto la música también era un detalle muy importante. Había personas que contrataban una orquesta, con cantantes, principalmente para bodas, pero Maria Clara consideraba que eso era una ostentación de nuevos ricos, categoría en la cual no se incluía, y se enojaba cuando le decían que había envidiosos que la llamaban arribista solo porque ni sus padres ni los padres de Gabriel eran ricos de nacimiento. Un buen equipo de sonido y un DJ competente resolvían la cuestión música. Pero elegir al DJ correcto era tan difícil como elegir al chef de la cocina; existían DJ festejados por los medios que acaban por revelarse catastróficos. Y aún estaba el fotógrafo, el videocamarógrafo que grabaría la fiesta, el iluminador, los acomodadores para guardar los coches de los invitados en los alrededores, y los guardaespaldas. Aquella era una obra para santa Engracia.

Todo es tan difícil, dijo suspirando. Se acordó del trabajo que le había costado elegir a los invitados, seleccionados no porque fueran buenos amigos, a los buenos amigos se les invita a comer, el criterio había sido el de la juventud, la belleza, la elegancia, el entusiasmo por la vida. Cuarenta y cinco años cuando mucho, los invitados de más de cincuenta deberían ser necesariamente famosos o poderosos, en el mundo de las artes, de la política o de las finanzas, e incluyó solamente una media docena de ellos en la lista que tenía cuatrocientos nombres, lo que significaba que asistirían doscientos, pero no se sorprendería si el número rebasaba los trescientos.

Oh, Dios mío, pensó Maria Clara, sería tan bueno si Gabriel hubiera decidido hacer como un amigo de ellos, que había conmemorado sus cuarenta años realizando una excursión a caballo por las veredas del gran sertón de Guimarães Rosa, o como otro, que había celebrado los cuarenta escalando una de estas montañas que existen en el interior. Pero Gabriel, desafortunadamente, era muy sedentario.

Finalmente llegó el día de la fiesta. Maria Clara estaba agotada, con ganas de acostarse y tomar una pastilla o, aún mejor, ir a internarse en un hospital. Pasó la mañana en la cama y solo se paró para platicar con su decorador. Fue una conversación muy tensa, su decorador estaba sentido porque ella no lo había consultado sobre las flores y la iluminación, habló mal de Carolina y se despidió enojado diciendo que no podría presentarse por la noche porque le habían avisado demasiado tarde de la fiesta y tenía otro compromiso.

Por la tarde llegaron los camiones, de varias procedencias, con vasos, platos, bebidas, ingredientes alimenticios, *hors d'œuvre*, pastelitos, bebidas, servilletas, platones, hieleras, manteles, mesas, sillas. La encargada del banquete ocupó un área bajo un toldo en el patio al fondo de la casa, lo que ocasionó un problema con el encargado de los *hors d'œuvre*, que argumentaba que había elegido el lugar primero. El chef francés llegó acompañado de cocineros y ayudantes y rápidamente, como con un pase de magia, instalaron una nueva cocina en el espacio de la cocina original. Poco después hizo su entrada el DJ con asistentes y una gran parafernalia electrónica, y el videocamarógrafo que grabaría la fiesta, con cámaras y luces. El *maître* y los meseros fueron los últimos; estos eran todos blancos y guapos, a excepción de uno, un negro que la empresa que proporcionaba el servicio tal vez había elegido para que no dijeran que practicaba alguna forma de discriminación racial, pero era un negro tan negro y brillante que parecía más un alienígena benigno. Todos de smoking con corbata y por encima un delantal largo de lino azul marino que iba del pecho al suelo. De esta manera no habría escenas incómodas que resultaran de la confusión de identidad entre ellos y los invitados.

Dios mío, ¿estará todo listo a tiempo?, se quejó Maria Clara mientras se maquillaba con su peluquera. Gabriel, dijo, mirando en el espejo la pintura que le estaban poniendo en el rostro, creo que la fiesta va a ser un fracaso. Pero Gabriel no le hizo caso, ella siempre decía lo mismo antes de que las fiestas comenzaran.

Se me olvidó invitar a nuestros columnistas, gritó Maria Clara en pánico.

No te preocupes, dijo Gabriel, hablé con todos ellos.

A las once de la noche ella y Gabriel recibieron a los primeros invitados, aquellos que tenían que ir a otra fiesta. Alrededor de medianoche, la mansión estaba repleta de mujeres y hombres guapos, vestidos rigurosamente. Algunos traían regalos de última hora, pero casi todos los regalos se habían recibido durante la semana. Algunos de los invitados habían llegado de París o de Nueva York, ese mismo día o la víspera, e insistían en subrayarlo de manera casual.

La mitad del PIB brasileño está aquí, dijo Casemiro, palmeando amistosamente la espalda de Gabriel. Casemiro era un *self-made man* que había hecho su fortuna trabajando en la rama de los transportes carreteros y ahora controlaba un imperio industrial diversificado. Como no tenía parientes, solían decirle de manera burlona que Hacienda esperaba ansiosa que se muriera para heredar todo aquel dinero. Casemiro, en todas las fiestas a las que iba, y lo invitaban a todas, era siempre el más animado. A pesar de ser un hombre gordo, tenía mucha agilidad y ritmo, bailaba bien y le gustaba divertirse con entusiasmo, tal vez para compensar el hecho de trabajar toda la semana de manera tan ardua.

La música comenzó y rápidamente se llenaron de bailarines la tarima que habían montado en el jardín y la cubierta de resina especial que pusieron sobre la alberca, tan transparente que permitía ver con nitidez el agua azul iluminada debajo. Las personas que no bailaban circulaban por los salones, no era de buen gusto quedarse parado en un rincón o platicando mucho tiempo con la misma persona, pecado muy frecuente de los aburridos. No habían invitado a pesados conocidos, pero a veces un invitado se volvía un pelmazo inesperado, debido a una combinación aleatoria de circunstancias impredecibles.

La fiesta estaba en su apogeo cuando, a las tres de la madrugada, en la pista de baile sobre la alberca, Casemiro se puso la mano en la cabeza y cayó al suelo. Esto podría suceder con alguien en estado etílico, pero todos sabían que Casemiro no tomaba, su alegría le venía del corazón, y los que estaban cerca pensaron que estaba jugando. Como continuaba inmóvil, algunos hombres, en realidad varios pues Casemiro era muy pesado, lo cargaron hasta un sillón cercano, donde lo sentaron. El doctor Farah, un eminente cardiólogo que estaba en la fiesta, fue llamado de prisa. Farah se sentó al lado de Casemiro, que parecía dormir sereno, y le tomó el pulso. Después le pidió a alguien que fuera con un acomodador a su coche por su maletín de médico. Un médico nunca anda sin su maletín, dijo con una sonrisa, pero quien lo conociera mejor sabía que estaba preocupado.

El mensajero llegó con la maleta. Ahora, Farah tenía instrumentos para examinar mejor a Casemiro quien, con la cabeza hacia atrás apoyada en el respaldo del sillón, permanecía inerte. Después de un tiempo y de hacer varios exámenes, el médico guardó sus instrumentos en el maletín y se lo puso sobre el regazo, pensativo.

¿No es mejor dejarlo que duerma un poco?, dijo Maria Clara, que se había acercado.

Me gustaría hablar contigo en un lugar más discreto, dijo Farah, mirándola de un modo raro. No era la primera vez que Farah la miraba de esa manera, y Maria Clara evitaba quedarse a solas con él.

Aquí está bien.

Aquí no se puede, dijo Farah entre dientes, agarrando con fuerza el brazo de Maria Clara, que solo entonces notó que algo raro estaba sucediendo, ya que Farah jamás se comportaría de esa manera en circunstancias normales. Indecisa, caminó hacia el patio y se detuvo al pie de las escaleras que llevaban al piso superior.

Casemiro está muerto, dijo Farah.

¿Qué?, exclamó Maria Clara.

Casemiro está muerto, un infarto fulminante, repitió Farah. Maria Clara se apoyó en el brazo de Farah y durante algunos instantes pareció que iba a desmayarse, pero rápidamente recuperó las fuerzas. ¿Cómo pudo Casemiro hacerme esto?, preguntó sentándose en uno de los escalones, él vio el trabajo que me costó preparar esta fiesta.

Él no tuvo la culpa, dijo Farah.

Llama a Gabriel, por favor. No le digas a nadie que Casemiro está muerto, por lo menos por ahora, pidió Maria Clara.

Gabriel, al escuchar la infausta noticia, sugirió que llamaran al mejor amigo de Casemiro, un abogado de nombre Seixas, que también estaba en la fiesta. Subieron todos a la sala de la televisión, que estaba en el piso superior, escondida de la parte social, ya que el aparato de televisión no es elegante y menos elegante aún es ver la tele. Reunidos frente al conspicuo aparato, discutieron qué era lo que debían hacer.

Tenemos que arreglar el entierro de nuestro amigo, dijo Seixas. Necesitamos el acta de defunción.

Eso yo lo arreglo, dijo Farah.

¿Necesitamos enterrarlo ahora?, preguntó Maria Clara.

Querida, no se hacen entierros de noche, por lo menos en Brasil, dijo Seixas.

Entonces solo lo podrán enterrar mañana por la mañana, dijo Maria Clara.

Vamos a avisarle a la gente y decir que terminó la fiesta, dijo Gabriel.

¿Que terminó la fiesta? ¿Por qué no lo dejamos sentado donde está, en medio de la fiesta, e informamos a todos que Casemiro murió y que la fiesta sigue, dedicada a él? Hay muchas formas de homenajear a un muerto. Últimamente he visto entierros en la televisión donde les aplauden a los difuntos, dijo Maria Clara.

Son cantantes, gente de la televisión, dijo Gabriel. Hace como diez años que esa moda empezó.

Los políticos también, dijo Seixas, aplauden cuando entierran a los políticos.

Es porque son políticos. A todos les gusta ver cómo entierran a un político, dijo Farah.

A Casemiro le hubiera gustado oír ese chiste, dijo Seixas, le encantaban los chistes y las fiestas.

Pero el pobre se murió, dijo Gabriel.

Antes, la gente se moría después de horribles agonías y ansiaba morir así, como Casemiro, le pedían a Nossa Senhora da Boa Morte morir así, dijo Farah.

Le encantaban los chistes y las fiestas, repitió Seixas.

El grupo se quedó en silencio.

¿Sacarlo a escondidas por atrás de la casa sería algo indigno?, preguntó Farah.

Seguro que no sería elegante, dijo Maria Clara.

Para que saliera por la puerta del frente tendríamos que acabar con la fiesta, dijo Farah.

Entonces, ¿por qué no lo dejamos en la fiesta? Siempre se quedaba en las fiestas hasta el final, ¿no, Seixas?, preguntó Maria Clara.

Esa sugerencia tiene su lógica. En este caso, nosotros lo llevaríamos por la mañana, después de que acabe la fiesta, a una capilla del cementerio, donde se quedaría esperando el entierro. Pero es necesario que Farah consiga el acta de defunción, dijo Seixas.

Eso no es problema, tengo los formatos en casa. Es solo cuestión de darme una vuelta, vivo cerca.

Al principio, la idea me pareció medio loca, pero pensándolo bien..., dijo Gabriel. Aun así, tenemos que ver si los presentes están de acuerdo...

Tengo una idea. Todos saben que Seixas es el mejor amigo de Casemiro. Que Seixas se los proponga a los que están allá abajo. Vamos a ver cómo reaccionan, dijo Maria Clara.

Necesito tomar un whiskey doble, dijo Gabriel.

Yo también, dijo Seixas.

Llamaron al camarero que vino con una botella de whiskey y vasos. Casi se acabaron la botella pues todos tomaron una dosis doble.

Los cuatro bajaron las escaleras. La fiesta seguía al máximo, pocas personas no bailaban. Maria Clara le pidió al DJ que parara la música y mandó que prendieran las luces. Después se subió en una silla colocada entre la tarima y la alberca y dijo que Seixas tenía un importante comunicado que hacer. Un grupo comenzó a cantarle al festejado.

Seixas se subió en otra silla. Por favor, un momento, dijo el abogado con la voz que usaba cuando trabajó en los tribunales, después que termine de hablar aquellos que quieran cantar podrán hacerlo. Todos ustedes conocen a Casemiro y saben cómo le gustaban las fiestas. Siempre me decía, quiero morir en una fiesta, siempre me decía, quiero que Nossa Senhora da Boa Morte me lleve durante una fiesta. Ahora bien, el deseo de Casemiro se ha cumplido, esta gracia le fue concedida. Casemiro tuvo un infarto y murió.

Se escucharon exclamaciones de sorpresa.

Seixas alzó la voz. El doctor Farah comprobó que nuestro Casemiro murió sin dolor, como quería, basta con mirarle la cara, allí sentado en aquella silla, para constatar que eso fue lo que sucedió. Y yo, uno de sus amigos, como todos aquí, después de consultar con nuestros anfitriones, les vengo a proponer que la fiesta continúe, ahora como un homenaje a nuestro Casemiro.

Otro murmullo.

Casemiro, continuó Seixas, con el mismo tono firme y elevado de voz, solo podrá ser enterrado con la luz del día, después que se resuelvan algunas formalidades. ¿Ustedes quieren que Casemiro espere hasta entonces en una triste capilla del cementerio, o que se quede aquí, entre sus amigos, participando de la fiesta? Ante la muerte, vamos a celebrar la vida, vamos a hacer un bello homenaje a nuestro amigo, dijo Seixas, terminando su discurso.

Los que estén de acuerdo que la fiesta siga aplaudan, dijo Maria Clara, que permanecía de pie, sobre la silla.

Se escucharon algunos aplausos tímidos.

La mort ne surprend point le sage; il est toujours prêt à partir! gritó el invitado que había llegado de París ese mismo día. Era uno de esos aburridos indefectibles, pero su frase —impertinente, susurró Gabriel al oído de Farah— arrancó los aplausos que faltaban.

DJ, ordenó Maria Clara desde lo alto de su silla, ¡música para Casemiro!

La música volvió y las pistas de baile inmediatamente se llenaron. Los más animados gritaban vivas a Casemiro. Otros se ponían a bailar frente al muerto y brindaban por él con champagne. Algunos le besaron el rostro, e incluso una de las tantas bellas mujeres presentes lo besó en la boca. Farah, después de consultar los datos en el carnet de identidad que encontraron en el bolsillo de Casemiro, llenó el acta de defunción que había ido a recoger a su casa. Seixas llamó a la Santa Casa y consiguió un féretro de buena madera y el transporte del cuerpo para las seis de la mañana. Casemiro era un hombre precavido y poseía una cripta en el cementerio São João Batista; a fin de cuentas, la frase del invitado procedente de París no había sido tan impertinente. La despedida de Casemiro, como pasó a ser conocida después la fiesta de los cuarenta años de Gabriel, siguió con gran animación, las personas bailaban y bebían con entusiasmo, y se hizo famosa como una de las más animadas fiestas de la ciudad en muchos años.

A las seis de la mañana, un guardaespaldas le avisó a Gabriel que un carro de la funeraria acababa de llegar. Maria Clara le ordenó al DJ que parara la música. Muchos no quisieron ver cómo el cuerpo era colocado en la caja y se retiraron antes. Los que se quedaron aplaudieron, encabezados por Maria Clara, cuando se llevaron el féretro al coche que partió rumbo al cementerio. Como solo Seixas se dispuso a acompañar de inmediato el cuerpo, Maria Clara le pidió a su camarero, en realidad un mayordomo que trabajaba en su casa hacia más de diez años, que también fuera.

Sirvieron café con brioches a aquellos que se quedaron un poco más. Maria Clara notó que las flores del campo esparcidas por la casa estaban completamente marchitas, lo que le causó mucha tristeza. Al final, alrededor de las siete y media todos los invitados se habían despedido, afirmando que irían más tarde al velorio en la capilla del cementerio, sin embargo solo Seixas y el camarero asistieron al entierro.

El vendedor de seguros

Renata, con vestido nuevo, se quedó de perfil frente al espejo, volvió la cabeza para verse el trasero, era un espejo grande que le permitía verse de cuerpo entero. Cuando me puse el saco, no sé cómo me vio, cuando se miraba en el espejo no podía ver nada más, me preguntó ¿vas a salir a trabajar a esta hora?

Ya sabes que mi negocio es vender seguros, no tengo horario, le contesté.

Pues yo preferiría que sí tuvieras, son las cinco de la tarde, no sé a qué horas vas a regresar, ya sé que no vamos a salir en la noche, ¿de qué sirve que yo me compre ropa nueva si no me la pongo para salir?

Perdóname, pero tengo que ganar dinero.

Últimamente no has ganado mucho.

Hay mucha competencia. Y eso no era una disculpa.

Por lo menos voy a ver mi desfile, dijo, mientras encendía la televisión. Había un canal de cable que pasaba un desfile de modas todos los días.

Cuando estaba en la puerta, Renata me dijo, ahora las mujeres elegantes andan con los senos de fuera, ¿qué te parece?

Todavía no me toca verlo.

Dije mujeres elegantes. ¿A cuántas mujeres elegantes conoces?

Solo a ti.

Si las cosas siguen así, no va a ser por mucho tiempo.

Tomé el auto y me estacioné frente a la puerta de mi futuro cliente, un edificio de cinco pisos. No me detuve exactamente frente a la puerta, sino un poco antes. Él siempre llegaba en taxi, cargando un portafolio, era un tipo muy gordo, debería ser por las pizzas que comía. Salió con dificultad del coche, pensé que esta vez estaba solo, pero el otro tipo, un barbón, salió enseguida. Yo quería ir a visitarlo cuando estuviera solo, el otro tipo no estaba en el seguro y yo no iba a gastar saliva en balde. Entraron en el edificio y prendí un cigarrillo. Mi celular sonó. Contesté.

¿Eres tú?

¿Quién más podría ser?, dije.

Dime la clave.

Hombre, andas viendo demasiadas películas.

Así es como trabajo. Ya deberías estar acostumbrado.

Cataratas de Iguaçu.

Tengo un seguro para ti.

Vas a tener que esperar. Estoy en medio de una venta.

¿De qué póliza? ¿Trabajas para otro corredor?

Eso no te incumbe.

¿Y cuándo la acabas?

No lo sé. Tú también deberías estar acostumbrado con mi manera de trabajar.

Creo que te estás volviendo medio promiscuo.

Necesito ganarme la vida. No me das suficientes negocios.

¿Qué fue ese ruido?

Yo no oí ningún ruido.

Yo sí. Los celulares son una mierda. Líneas cruzadas, los metiches entran fácilmente.

Que se jodan los metiches, no estamos diciendo nombres.

Cambia de celular.

Lo tengo hace menos de dos meses.

Es mucho tiempo. Yo cambio el mío todos los meses.

Eres corredor.

Un vendedor también necesita hacerlo. Sobre todo uno como tú, que la riega a cada rato.

¿Ya acabaste?

Te llamo dentro de dos días.

Esperé media hora y llegó el entregador de pizza. Habló por el interfón que estaba en la entrada, abrieron la puerta y pasó. Un resorte cerraba la puerta. El edificio no tenía portero. Encendí otro cigarrillo. Esperé una hora, me fumé ocho cigarrillos esperando que el barbón saliera. Un taxi paró en la puerta del edificio y poco después el gordo y el barbón salieron juntos y entraron en el taxi. No iba a perder mi tiempo siguiéndolos, no me interesaba lo que hacían. Regresé a casa.

Antes de entrar, desconecté el celular. Renata estaba viendo la tele.

Regresaste rápido. ¿Pedimos comida china?

Bueno.

No estás muy entusiasmado. A ti no te gusta la comida china. Confiésalo.

Sí, confieso que no me gusta la comida china.

454

A ti solo te gusta el bacalao.

Sí, confieso que a mí solo me gusta el bacalao.

¿Te estás burlando de mí?

Más o menos. ¿Qué tal estuvo el desfile de moda?

Algunas modelos desfilaron con las nalgas de fuera. ¿Qué te parece?

No conozco mujeres elegantes.

De veras te estás burlando. En la oficina de la compañía de seguros es obvio que no vas a ver mujeres con las nalgas de fuera.

¿En dónde se puede ver eso?

En los lugares chics. Lugares en los que nadie anda con un revólver en el sobaco, como tú.

No es revólver, es pistola. Me siento más tranquilo con ella. ¿Te imaginas, estoy vendiendo un seguro en una joyería y aparece un asaltante?

Y si aparece, ¿qué vas a hacer?

No sé. Todavía no ha sucedido.

¿Hoy fuiste a vender un seguro a una joyería?

No.

Pero te llevaste el revólver.

Ya se me volvió un hábito. Es pistola.

Me da igual. Voy a llamar al chino.

Comimos la comida china. Renata siguió viendo la televisión. Me fui a acostar. Antes, me fumé un cigarrillo en el cuarto de lavado, Renata no me deja fumar en ningún otro lugar de la casa. Más tarde entró al cuarto, se quitó la ropa. Mi vida es tan aburrida, dijo, qué bueno que al menos siempre estás cachondo.

El mérito no era mío. Con Renata nadie podía evitar estar cachondo.

Durante una semana estuve viendo cómo el gordo llegaba en taxi, y el barbón siempre estaba con él. Nunca los vi platicando. Después aparecía el entregador de pizza. El gordo se volvía cada día más gordo, pero el otro tipo parecía volverse más flaco, a lo mejor no le gustaban las pizzas. Un día me quedé toda la noche en las inmediaciones del departamento del gordo, los cigarrillos se me acabaron y me quedé ahí, esperando a que el barbón saliera, pero no salió. Entonces comencé a llegar en la madrugada. El barbón salía cerca de las siete de la mañana, siempre usaba una chamarra amplia, buena para ocultar herramientas, tenía cara de policía, debía de entrar al trabajo en la comisaría por la mañana. El gordo solo salía por las tardes.

Llegué a casa y encontré una nota de Renata. Para mí se acabó, me fui a casa de mi madre. Lo chistoso es que siempre me había dicho que no tenía madre. Se llevó las tres maletas con su ropa, es cierto que no tenía muchas otras cosas que llevarse, solo compraba ropa. Este asunto tendría que esperar; tenía otros problemas que resolver antes. Tomé el teléfono y pedí la cena al chino, no sé bien por qué. Creo que quería estar bien alerta, y la mejor manera de hacerlo es comer mal.

Muy temprano por la mañana me puse mi mejor traje y fui a las inmediaciones del departamento del cliente. A las siete de la mañana, el barbón salió. Fui hasta la entrada del edificio y cuando la primera persona apareció en la puerta, una mujer con un perro, le dije muy gentilmente, buenos días, muchas gracias, y no dejé que el resorte cerrara la puerta.

Mi cliente vivía en el cuarto piso. El pasillo estaba desierto. Saqué el silenciador del bolsillo y lo adapté al cañón de la pistola. Hasta un aficionado podría abrir la cerradura de la puerta. Entré. El corredor me había dado un plano del departamento. No escuché ningún ruido, ni hice ninguno. No había nadie en la sala ni en la cocina. Fui a las alcobas, las camas estaban deshechas pero no había ninguna señal del cliente. La puerta del baño estaba entreabierta.

Abrí lentamente la puerta del baño con el cañón del silenciador.

Mi cliente estaba acostado en la bañera, con el agua hasta el cuello. Me vio cuando entré y suspiró. Debería de haber disparado de inmediato, pero no lo hice.

Vas a perder la chamba, dijo con acento portugués. Y empezó a sacar uno de los brazos del agua.

Despacio, dije, apuntando la pistola hacia su cabeza.

Me enseñó la muñeca, la sangre escurría. El agua no estaba muy roja. Una navaja brillaba en los azulejos del suelo. Me senté al lado de la bañera.

Enséñame el otro brazo, le pedí.

También tenía la muñeca cortada.

Me puse los guantes y revisé la casa. Encontré un revólver, un 22, el tambor cargado.

Me quité los guantes y salí. Bajé por el elevador, pensando. Cuando llegué a la planta baja, apreté el botón del cuarto piso. Entré nuevamente al departamento del cliente.

Me vio cuando entré al baño.

¿Regresaste?

¿Cuánto tiempo se tarda esto?, le pregunté.

No lo sé. Pero no duele.

Me puse los guantes, fui a la sala, tomé el arma del cliente y regresé al baño.

No me mires, dije.

El 22 no hace mucho ruido. Le disparé en la cabeza. Una noche más sin dormir.

Dejé el revólver en el suelo del baño, al lado de la navaja.

Llamé al corredor desde el coche.

Ya hice el trabajo.

Te hago el depósito hoy, dijo el corredor, y colgó.

Me gusta bañarme en la bañera, leer el periódico acostado en el agua caliente. Pero no me bañé. Entré al baño solo para orinar.

No comí. Una noche más sin dormir. Sería bueno que Renata estuviera conmigo.

LE

Llamé a mi capataz Zé do Carmo y le dije que iba a Corumbá a recoger en avión a aquella doctora chiflada protectora de los animales, y que a lo mejor ella haría muchas preguntas sobre cómo tratábamos a los animales en la hacienda, que él y los peones podían hablar lo que se les diera la gana, menos mencionar el LE, el que abriera el pico sobre el LE, se las vería conmigo.

Esté usted tranquilo, don Guilherme, sus órdenes las cumplimos al pie de la letra. Y sí las cumplían, no había mejor patrón que yo en todo el Pantanal. ¿Y los armadillos?, preguntó Zé do Carmo, ¿se va a molestar por los armadillos?

Creo que no, le deben gustar más los caballos que los armadillos.

Había ordenado que me consiguieran un montonal de libros, que pondría en lugar de los libros sobre bueyes y caballos, en los libreros de la alcoba donde la doctora se iba a quedar, y CD y videos para el equipo electrónico que podía encenderse desde la mesita de noche. La música y los videos no me causaron problemas, le pedí a Bulhões que comprara óperas y sinfonías, conozco lo que les gusta a estas engreídas, y también clásicos del cine. El problema fueron los libros. ¿Qué libros?, preguntó Bulhões. No sé, contesté. ¿Qué tipo de mujer es? Solo puede ser una ruca virgen de lentes, contesté. Voy a comprar libros como los que lee mi madre, dijo Bulhões. Tu madre no es virgen ni ruca, le dije. Se molestó, qué pasó, hombre, más respeto con mi madre.

Antes de tomar el avión, hablé por radio con mi vecino y amigo Janjão de Oliveira, su casa está a cien kilómetros de la mía, pero es la más cercana, por eso le digo vecino.

Janjão, dije, estoy saliendo al aeropuerto de Corumbá para recoger a la mentada doctora Suzana, la vieja esa de la ONG que defiende los derechos de los animales, ya te conté de ella, ¿te acuerdas? Esa idiota que hizo aquella cruzada para acabar con los rodeos en Brasil, carajo, ni en los Estados Unidos lograron acabar con el rodeo y esta grandísima estúpida quiere acabar con el rodeo en Barretos. No sé cuántos días se va a quedar en la hacienda, el ministro me pidió que la recibiera, no sé lo que quiere aquí, pero mi preocupación es con el LE. Si tú o alguno de tus hombres se asoman por aquí, no está de más cuidarse. Ya di instrucciones a mi equipo sobre eso, por favor haz lo mismo.

Ya dije que esperaba a una mujer fea, de lentes, una de esas viejas frustradas que no encuentran hombre y se involucran en una cruzada. La doctora Suzana sí usaba lentes, mas era una treintona atractiva, con la boca un poco grande, los dientes bonitos, la sonrisa simpática y la voz un poco ronca, pero ya he visto mujeres así que no valen nada y no caí con esta. Traía solamente una maleta, no muy grande, que tomé, tenía que hacerme el muy educado.

¿Nos vamos?, le dije cuando salimos de la zona comercial del aeropuerto y llegamos al lado de mi Lear jet.

¿Y el piloto?, preguntó.

Yo soy el piloto, contesté, pero no se preocupe, manejé mi primer avión cuando tenía quince años.

No me preocupo. Pero ¿no es ilegal eso de pilotar un avión a los quince años?

Le gustaba hacer preguntas, eso ya me lo esperaba. Aquí no, respondí.

Ella insistió, ¿por qué no? ¿Porque estamos en Brasil? Fingí que no la había escuchado.

Durante el viaje tuve ganas de hacer unos loopings y dejarla aterrada, pero hace mucho tiempo que aprendí que uno no puede hacer todo lo que le gusta.

El ministro me pidió que la recibiera, sin decirme el motivo de su visita. Agregué, haciéndome el tonto: ¿quiere conocer el Pantanal?

Titubeó. Sí, pero no solo eso, respondió.

Pasamos el resto del viaje en silencio.

Cuando llegamos, la llevé a la suite que le había reservado, la mejor de la hacienda. Le expliqué a la doctora Suzana cómo funcionaban la videocasetera y el equipo de sonido. Los libros estaban tan nuevos que parecían querer brincar del librero, caray, debí haber mandado comprar esas mierdas en una tienda de libros usados.

No tenemos teléfono, pero sí un transmisor de radio que permite nuestro contacto con cualquier lugar de Brasil. Usted solo tiene que decir con quién quiere comunicarse.

Mientras yo hablaba, ella examinaba los libros en sus estantes, y me pareció que una leve sonrisa movía sus labios.

Muchas gracias, dijo, veo que trabajó mucho...

Para nada, tengo buenos arrieros...

Dejé a la doctora en la alcoba y fui a la terraza a revisar el programa que le había hecho. Paseos a caballo, para que los *micuins** acabaran con ella. Ir de pesca en la parte más infestada del río, para que los moscos le dieran el tiro de gracia. Estaba inmerso en estos pensamientos belicosos cuando Suzana apareció en la terraza y se sentó a mi lado. Pero nos quedamos callados, yo no sabía qué decirle y ella tampoco parecía saber qué decirme. Noté que me observaba y me sentí incómodo.

Un avión dio la vuelta sobre la pista de aterrizaje. Reconocí el avión de Janjão. Era un maldito curioso, seguramente quería saber cómo era la doctora. Zé do Carmo, que también había visto el avión, apareció frente a la terraza, al volante de un jeep. Voy a recoger a don Janjão, gritó. Le hice un gesto asintiendo.

¿Tienen pista de aterrizaje en la hacienda?, preguntó la doctora.

Está a unos cinco kilómetros de aquí, expliqué. Aquel avión es de Janjão.

¿Aquí todo mundo tiene avión'?

Los que pueden, sí. Las distancias son muy grandes. Janjão era el mejor amigo de mi padre. Mi padre murió hace unos cinco años. Después de que murió, ya no salí de aquí. Viajaba todos los años, a Australia, Francia, Inglaterra...

¿Y su madre?

Murió en el parto, no la conocí, solo en fotos...

Lo siento...

Quien nunca tuvo madre, no siente su falta.

A veces quien tiene tampoco la siente, dijo la doctora, pero no entendí bien lo que quería decir con eso.

En ese momento vi que Janjão y Rafael salían del coche. ¡Puta madre, Rafael! Si Janjão viniera acompañado del chamuco no sería peor. Corrí a encontrarlos.

Rafael, te me das la media vuelta y te vas directo a casa de Zé do Carmo y me esperas allá, murmuré entre dientes, irritado. Después, asegurándome sin mirar que Rafael seguía la orden que le había dado, tomé a Janjão del brazo y lo llevé con la doctora. Este es el gran Janjão, le dije con falso buen humor, en realidad estaba encabronado con él.

Janjão, que a su llegada se había quedado un poco confundido con mi reacción, dijo, mucho gusto, doctora Suzana, es un placer conocerla, ¿cómo la está tratando Guilherme?

---

* Especie de ácaro diminuto de color rojizo que ataca a hombres y animales principalmente entre agosto y octubre, ocasionando fuertes comezones.

Suzana apenas sonrió. Nos sentamos a su lado.

Supe que usted fue el mejor amigo del padre del señor Guilherme.

Por favor, nada de señor, le pedí.

Cargué a este niño en mis brazos, para mí es como si fuera un hijo, tuvo la fortuna de nacer y crecer aquí en el Pantanal. Y Janjão se soltó hablando del Pantanal, la mayor llanura inundable del planeta, doscientos cuarenta mil kilómetros cuadrados, aquí era un mar, decía, que empezó a secarse hace sesenta y cinco millones de años, el hogar de la más rica colección de pájaros, mamíferos y reptiles del mundo, y me disculpé diciendo que tenía que arreglar unas cosas y corrí a la casa de Zé do Carmo.

Rafael estaba allí, sentado en la sala, tomándose un café con Zé do Carmo.

Puta madre, Rafael, ¿quién te dijo que vinieras?

Rafael, que ya estaba nervioso, se puso más nervioso todavía.

Don Janjão, dijo, él me dijo que viniera con él, ¿qué iba a hacer?, ¿decir no voy? Tomé el avión y vine con él, discúlpeme, pero si hay algún problema, yo no tengo la culpa.

No sales de aquí, de casa de Zé do Carmo, hasta que te diga, ¿oíste?

Sí, señor.

Zé do Carmo va a ir por tu ropa allá a la alcoba de la casa grande donde sueles quedarte y te la trae. Rafael no sale de aquí hasta que yo lo ordene. Aquí vas a comer, dormir y todo lo demás.

Sí, patrón, dijo Zé do Carmo.

De aquí no salgo, señor, dijo Rafael.

Cuando regresé a la terraza, Janjão hablaba de papagayos, tucanes, periquitos, jabirúes, capibaras, osos hormigueros, cuatíes, ocelotes, panteras negras, jaguares, *ariranhas,** perezosos, macacos, ciervos, tapires, jutías, saínos, caimanes, peces sin escamas, dorados... Como dijo Janjão, nací y crecí aquí, y estaba cansado de oír todo eso. De nuevo me disculpé y me fui a bañar.

Cenamos los tres, la doctora, Janjão y yo. Ella era realmente problemática, no comía carne y la cena era básicamente de carne, carne de armadillo, carne de vaca, pollo, carajo, éramos hacendados del Pantanal, ¿qué íbamos a comer?

---

* Mamífero carnívoro de hábitos diurnos, parecido a la nutria, que tiene la cola achatada en forma de remo y se alimenta de peces. Su piel es apreciada por los cazadores.

¿Ni siquiera carne de armadillo come usted?, preguntó Janjão. El armadillo no está en extinción... Me preocupo por ellos, me fascina su caparazón de placas óseas, ¿sabía que algunos se enroscan y se vuelven una bola? Es un mamífero, lo reconozco, pero no todos los mamíferos tienen carne roja, la ballena, por ejemplo, usted come carne de ballena, ¿no?

No, contestó la doctora muy seria. Y la carne de estos seres de sangre caliente no es igual a la de la ballena. Probablemente es un animal más que la furia depredadora de los hombres está extinguiendo.

El silencio y la falta de apetito se apoderaron de la mesa. Janjão se sentía ofendido, a fin de cuentas había fundado varias asociaciones ecológicas en la región, que buscaban impedir la pesca y la cacería depredadoras. Y como todos los hacendados del Pantanal, se enorgullecía de tener una relación armoniosa con la naturaleza.

¿Usted es doctora en qué?, preguntó Janjão.

En medicina, dijo la doctora, pero ejercí la profesión por poco tiempo. Soy muy nerviosa para ser médico.

Estaba nerviosa. Las armadillos son parientes de los perezosos y de los osos hormigueros, ¿no les parece gracioso?, dije, intentando aligerar el ambiente, ¿usted ya vio un perezoso? No, ella nunca había visto un perezoso y no tenía mucho interés en conocerlos.

Por lo tanto, la cena fue un fracaso. Janjão no estaba muy acostumbrado a lidiar con mujeres de ese tipo, y en verdad yo tampoco. La doctora tampoco tomaba postre y la *ambrosia*,* los budines, los *quindins*,** los pays, los dulces de naranja y de guayaba que habían hecho especialmente para ella regresaron a la cocina intactos.

Estoy cansada, con su permiso creo que me voy a dormir, dijo, levantándose de la mesa. Nosotros también nos levantamos, como dos caballeros.

Ya ves, Janjão, dije cuando estábamos a solas tomando un whisky, esta mujer es una pesada, solo está aquí porque el ministro me lo pidió, ¿ya te imaginaste si sabe lo del LE?

Ni pensar en lo que esta arpía puede hacer.

Y para empeorar las cosas trajiste a Rafael. ¿En dónde tenías la cabeza? Ya te lo había advertido.

Metí la pata, Guilherme, dijo apenado. Mañana me voy tempranito, me llevo a Rafa conmigo.

* Dulce brasileño hecho con huevo y leche cocidos en almíbar.
** Dulce brasileño hecho con coco, yema de huevo y azúcar.

Apenas amanecía cuando escuché el ruido del motor del avión de mi padrino —se me olvidó decir que Janjão era mi padrino— que se iba. Sentí un gran alivio.

Desayuné con la doctora y tenía mejor cara, pero eso no significaba nada bueno y permanecí en guardia.

Por cierto, usted todavía no me ha dicho exactamente lo que... Me faltaron las palabras.

¿Lo que vine a hacer aquí? Pareció pensar un poco y cuando habló lo hizo sin mucha seguridad, se veía que no estaba acostumbrada a mentir.

Formo parte de una ONG y estamos interesados en saber cómo tratan los hacendados a los animales aquí, en el Pantanal.

Los armadillos hacen agujeros en el suelo; los caballos pisan en los agujeros y se rompen las patas, dije; matamos a los armadillos, pero nos los comemos, también matamos guajolotes, ese manjar navideño. Es el único crimen ecológico que cometemos, dije riéndome. De todas formas, voy a ver si hay alguna manera de tapar los agujeros que hacen en el suelo.

Ya no quiero hablar más sobre eso, dijo.

Nos quedamos en silencio un tiempo que parecía interminable. Tenía un perfil muy bonito, hay que reconocerlo.

Fue la doctora quien rompió el silencio.

También estoy escribiendo un artículo sobre las costumbres del Pantanal para una revista —titubeó aún más, mentir es un arte reservado a pocos— y me gustaría poder hablar con los peones, las mujeres, sus hijos.

Era mi turno de mentir. Esta gente es muy desconfiada, dije, no les gusta hablar con extraños, pero voy a ver qué puedo hacer. ¿Usted sabe montar? ¿Vamos a dar un paseo a caballo? Por aquí hay lugares lindos.

Aceptó. Le dije que iba a mandar ensillar un buen *manga-largas** para ella. Me contestó que podía ser cualquier caballo, ella montaba bien.

Fui a buscar a Zé do Carmo al establo.

Zé do Carmo, diles a los peones que nadie de sus familias puede hablar con la doctora, sobre todo los niños. Explícales el asunto del LE. Y ensilla un marchador para ella y a Zigena para mí, vamos a dar un paseo a caballo.

Cuando íbamos a comenzar el paseo, Zé do Carmo apareció corriendo con un frasco de repelente diciendo que era mejor que la doctora se

* Raza de caballo originaria de Minas Gerais, producto de una cruza.

pusiera aquello en la piel debido a los insectos. O sea, mi plan no iba a funcionar.

El paseo duró gran parte de la mañana. Debo confesar que se me estaba pasando la irritación con la doctora, hasta me dio gusto que Zé do Carmo se hubiera acordado del repelente. Y cuando regresamos a la hacienda, la comida fue muy agradable. Ella solo hacía preguntas inocentes, como ¿por qué mi caballo se llamaba Zigena? Y le expliqué que mi caballo era una yegua, que los equinos conforme van naciendo reciben del criador nombres que siguen un orden alfabético, y que los nombres femeninos que empiezan con z no son comunes y que yo ya tenía una Zígnia y una Zíngara y que Zigena era una especie de mariposa.

Y los paseos a caballo y los paseos por el río en los días siguientes fueron aún más placenteros, yo le decía los nombres de los animales, pájaros y árboles y flores que avistábamos en nuestro camino, y le mostré en la orilla del río los jabirúes, también llamados *tuiuius,* con su largo pico negro, las aves pescadoras símbolos del Pantanal. Desayunábamos y comíamos y cenábamos juntos todos los días y yo quería estar con ella todo el tiempo. Y despertábamos temprano para ver nacer el sol y esperábamos el final de la tarde para contemplar la puesta de sol, no hay nada más bonito en el mundo, hasta un ateo, al ver la aurora en el Pantanal, cree en la existencia de Dios. La presencia de Suzana me producía una sensación extraña que nunca había sentido, las mujeres entraban y salían rápidamente de mi vida, aquello era algo nuevo, aquel sentimiento agradable de tener a la misma mujer cerca de mí todo el tiempo. De repente, me vi hablando de mi vida, de mis viajes, de mi visita a Australia, con mi padre, que había ido a visitar las haciendas de ganado, cuando tenía dieciséis años, de la primera vez que tuve contacto con el LE, pero esta parte no se la conté, ni le conté que fue el LE el que me llevó a Inglaterra, a Francia y Estados Unidos. Ella habló de su vida, dijo que era una mujer acomodada y que cuando dejó de practicar la medicina, profesión que había elegido por creer que de esa manera podría ser útil a sus semejantes, descubrió que podía hacer eso de otra manera, ayudando a la gente para que sus derechos fueran respetados.

Entonces Suzana se calló, de forma inesperada. Noté algo en su rostro que me preocupó; me pareció que súbitamente se había sentido infeliz y cansada.

Para romper el silencio, hice una pregunta desastrosa: ¿Y los animales? ¿Y el rodeo?

Debo confesarte algo. Mi nombre fue muy difundido en aquel episodio, pero yo solo estaba ayudando a una amiga que dirige una organización protectora de animales, me involucré demasiado y mi nombre salió en los periódicos. Me interesan otras cosas. Mi campo de acción son los derechos humanos. Te mentí. Vine porque me informaron que en esta región se practica una forma odiosa, sádica, de abuso en contra de personas indefensas. Pero siento en mi corazón que si ese crimen se comete en esta región, tú no participas en él.

¿Abuso sádico?, dije, sintiendo que mi voz temblaba.

Ella me miró con alguna tristeza. ¿Tienes algo que decirme?, preguntó, con voz más baja y más ronca de lo normal.

No sé de qué me estás hablando.

Vi a aquel... hombre que llegó aquí con el señor Janjão, el otro día.

Por favor, supliqué, tomándole la mano.

Yo soy quien te pide por favor, Guilherme, dijo, apretando mi mano, cuéntamelo todo, necesito que me digas la verdad. Te vi ordenándole a aquel... hombre que se ocultara en la casa del capataz.

No le ordené que se ocultara en la casa del capataz, solo le dije que se fuera a la casa del capataz.

Da igual, no querías que lo viera, y una vez que lo vi, no querías que platicara con él.

No entiendo por qué estás haciendo todo este drama.

¡Anda, dime qué hacía ese enano por aquí!, gritó. ¡Sé que participa en esa competencia repugnante que ustedes realizan todos los años, un juego asqueroso al que llaman Lanzamiento de Enano!

Comencé a defenderme, les pagamos, les pagamos bien, Rafael era hombre-bala en el circo, lo metían en la boca de un cañón y disparaban, podía morir ganando una miseria, ahora su vida es mucho mejor.

Pero Suzana no me dejó acabar, se levantó abruptamente y salió corriendo de la terraza, no tuve tiempo de decirle que a Rafael ni siquiera lo lanzaban, ahora él era el agente que contrataba a los otros enanos para que los lanzaran, y no tuve tiempo de preguntarle qué había de sádico en eso, los enanos se empeñaban en participar en la competencia, usaban protecciones en las rodillas y en los codos y cascos en la cabeza, ganaban más que un enano trabajando en un circo o vestido de ratón Mickey en Disneyworld, y cuando uno de ellos se lastimaba nosotros lo cuidábamos y le pagábamos un bono tan alto que muchos deseaban lastimarse durante la competencia para ganárselo. Salió corriendo y cuando reaccioné fui tras ella, pero Suzana se había encerrado en la alcoba.

Toqué la puerta, por favor, déjame entrar, quiero explicártelo todo.

No quiero explicaciones, vete de aquí, la escuché decirme con la voz llorosa.

Fui al radio y entré en contacto con Janjão.

Janjão, lo sabe todo, dije.

Qué mierda, dijo.

La peor mierda es que estoy enamorado y voy a cancelar la competencia.

¿Estás loco? El Lanzamiento de Enano está programado para dentro de quince días; vienen los campeones de Australia, Estados Unidos, Francia. Jimmy Leonard, vencedor absoluto del British Dwarf Throwing Championship ya confirmó su presencia, y también viene aquel australiano campeón mundial que lanzó a un enano de cuarenta kilos a treinta pies de distancia; está todo organizado, por el amor de Dios, no podemos cancelar la competencia ahora. Mañana paso por allá para que platiquemos, hoy no puedo, pero mañana me aparezco después de la comida, no hagas nada antes de que platiquemos.

Suzana no se presentó a cenar. Yo no tenía hambre, me pesaba el corazón y me quedé bebiendo en la sala, solo, y entre más bebía, más se me enredaba la cabeza. Derechos humanos... Un derecho humano del enano es usar su cuerpo para que algunos deportistas lo lancen a distancia. Antiguamente los borrachos lanzaban a los enanos por las puertas de los bares como un juego chistoso, pero ahora los enanos participaban en un deporte en el cual eran los que más ganaban, incluso los que más fama adquirían; Lenny, el Gigante, el enano inglés que fue lanzado en la final del campeonato británico de Lanzamiento de Enano, era más famoso que el campeón Jimmy Leonard; los enanos quieren tener seguro su derecho al trabajo, un boxeador tiene el derecho de subir al ring para recibir trompadas y algunos mueren debido a los golpes, Muhammad Ali quedó inválido de tantos trancazos, eso sale en la televisión y nadie piensa prohibirlo, pero ¿algún enano se ha muerto o ha quedado lisiado? No, nunca, pero de todas maneras les sacamos un seguro contra accidentes y por muerte... Es un error que otros decidan cómo va uno a usar su cuerpo, su útero, buena idea, tenía que hablar con Suzana sobre el derecho a disponer del propio útero, ella era mujer y ese era un buen gancho, tenemos derecho constitucional sobre nuestro cuerpo, podemos hacer con él lo que se nos pegue la gana... Y los enanos querían ser lanzados, ganaban bien por ello y no eran humillados, el Lanzamiento de Enano no aumentaba el desprecio que las personas sienten por los enanos, esos liberales llorones hipócritas dejan que los enanos se cubran de ridículo en los espectáculos de teatro y llevan a los niños a que aprendan a despreciar a los enanos en los circos, eso sí que deberían prohibir, pero no, quieren hacer que el Lanzamiento de Enano sea ilegal en todo el mundo, una actividad deportiva y cultural que no afecta negativamente el bienestar, la salud, la dignidad de los enanos lanzados... Carajo, Rafael estaba vivo, pero podría haber muerto como hombre-bala y tenía cinco hijos.

Me desperté con Suzana de pie a mi lado, observándome con su mirada intensa, me pareció que —o quizás era la cruda la que me hacía ver cosas— algo en su rostro decía que también me amaba.

¿Usted está en condiciones de llevarme a Corumbá?

Claro que sí, dije, levantándome del sillón.

Durante el viaje hablé solo, le expliqué cómo veía el Lanzamiento de Enano, dejando claro que no estaba intentando persuadirla de ninguna manera, dije que haría todo lo posible para impedir que el deporte se desarrollara, aquel era el último campeonato en que participaba, no podía escabullirme, estarían presentes los grandes campeones del mundo y yo era el único en el hemisferio sur capaz de enfrentarlos, era el nombre de Brasil el que estaba en juego. Ella abrió la boca en ese momento para decir eso es una tontería y siguió callada, pero su rostro se fue suavizando y hubo un momento en que tuvo que controlarse para no reír y finalmente volvió a hablar, me preguntó cómo se lanzaba al enano y le expliqué que pasaban dos tiras de cuero alrededor de su cuerpo, una a la altura de las caderas y otra en el pecho, y que el lanzador agarraba una tira con cada mano, ponía al enano en posición horizontal, la cabeza hacia delante, y lo lanzaba de esa manera.

Cuando llegamos a Corumbá, después de cumplir con las exigencias del DAC, la llevé a la puerta de abordaje, donde iba a tomar el avión comercial para São Paulo.

Te amo, le dije.

Yo soy más grande que tú.

Comencé a decir mi madre, pero cerré la boca, iba a decir mi madre era más grande que mi padre, pero mi madre murió de parto y era mejor cambiar de tema.

¿Puedo ir a São Paulo a verte?, pregunté.

Voy a pensarlo, respondió.

Antes de desaparecer por la puerta de abordaje, Suzana volteó hacia atrás y desde lejos sentí la intensidad de su mirada.

A la manera de Godard

MAESTRO DE CEREMONIAS

Soy el Maestro de ceremonias y desde un principio les advierto que tienen que poner mucha atención en todo lo que se les va a decir y a mostrar aquí. De lo contrario, en ciertos momentos tendrán la falsa impresión de estar presenciando astutos juegos de palabras, extravagantes ejercicios verbales; o quizá dormitarán o, lo que es aún más lamentable, se saldrán a la mitad de la función. Esta es la alcoba de Romeo, una alcoba austera, donde solo vemos una cama, dos sillas y una mesita con un teléfono, además de varios libros esparcidos por el suelo. Puede que el teléfono suene, pero nadie va a contestar. Romeo y su interlocutor, Wilson, no notan mi presencia. Déjenme recordar, mientras ellos permanecen en silenciosa inconsciencia, un pasaje del *Filebo* de Platón, un diálogo entre Sócrates y Protarco. Después se darán cuenta de la importancia de tales palabras. Dice Sócrates: Y así, Protarco, proclamarás por todas partes, a los presentes por tu palabra, a los ausentes por mensajeros, que el placer no es el primero de los bienes, ni siquiera el segundo; que el primero es la medida, aquello que tiene medida y propósito, y todas las demás cualidades semejantes que recibieron una naturaleza eterna. Sí, responde Protarco, eso parece ser el resultado de lo que se dijo hasta ahora. El segundo bien, agrega Sócrates, es la simetría, lo bello, lo perfecto, lo suficiente, y todo lo que pertenece a esa familia. Así parece, dice Protarco. Y si pones en tercer lugar la inteligencia y la sabiduría, presumo que no andarás muy lejos de la verdad, dice Sócrates. Creo que sí, responde Protarco. ¿Y no colocarías en cuarto lugar, sigue Sócrates, aquello que atribuimos especialmente al alma —las ciencias, las artes y las opiniones verdaderas, como las llamamos? Estas cosas vienen después de las tres primeras y, por consiguiente, son las cuartas, estando seguramente más emparentadas con el bien que con el placer. Es posible, concuerda Protarco. Y en quinto lugar, dice Sócrates, están los placeres que definimos como exentos de dolor, los cuales llamamos placeres puros propios del alma y que acompañan, unos al conocimiento, otros a las sensaciones. Tal vez, responde Protarco. Ahora que terminé mi introducción, yo, el Maestro de ceremonias, me voy a sentar callado allá al fondo. Le paso la palabra a Romeo y a Wilson.

ROMEO
Los machistas y las feministas la odian.

WILSON
Y los conservadores y los progresistas. Los blancos y los negros. Los gordos y los flacos. Ella está contra todos, y estar contra todos es una manera astuta de no estar contra nadie.

ROMEO
A mí lo que no me gusta de esa mujer, que se autodenomina destructora de mitos, son sus opiniones fútiles sobre cualquier asunto, violencia urbana, consumismo, pobreza, deuda externa del Tercer Mundo, conflicto en Medio Oriente, sexo, contaminación, demografía, grupos étnicos, ecología, donación, eutanasia. Cuando le faltan argumentos en una discusión, cambia de tema o agrede al antagonista con frases efectistas.

WILSON
Cuéntame cómo fue la primera vez que se vieron.

ROMEO
Cuando me la encontré por casualidad en aquel seminario comercialón, ecléctico y estrafalario al que asistí, olvidando las normas rígidas que adopté hace mucho tiempo —platicar lo menos posible con mujeres y nunca discutir con ellas—, le dije: tu postura neomalthusiana no es científica.

WILSON
¡Qué imprudencia!

ROMEO
Sé quien eres, Romeo, dijo, leí tu artículo sobre el destino del hombre en la revista *Mirando el Pasado* y sé otras cosas de ti, pero no me imaginaba que eras un soñador partidario de esta concepción mítica, sentimentaloide y científicamente ridícula, de que el número de los que participan en el banquete puede aumentarse indefinidamente.

Conténgase, señora, le contrarrepliqué, sus posiciones son reconocidamente reaccionarias, radicales, quiméricamente anárquicas. Ella me rebatió: Pareces un machista esclavo de los mitos, esa basura no reciclable que usan los politólogos, sociólogos, antropólogos y economistas. Normalmente tipos como esos tienen mierda en la cabeza.

WILSON
No deberías haberla provocado. En esos momentos ella es insuperable.

ROMEO
Confieso que no sé qué fue lo que más me sorprendió de nuestra plática, si el lenguaje excesivo o la frialdad de su dicción. Me quedé callado, boquiabierto, con la cara de pasmo que exhibo cuando estoy perplejo. Sabía que incluso para un hombre con mucha sangre fría —que no es mi caso— discutir con una mujer inteligente y agresiva es muy arriesgado. Más aún si se trata de una mujer que ostenta un encanto estudiado con insoportable arrogancia. O un encanto insoportable, con estudiada arrogancia.

WILSON
Encantadora, arrogante, insoportable así es la nueva mujer.

ROMEO
Ella continuó el ataque. Otra cosa, paleontólogo, dijo, tienes un problema, necesitas ayuda. Soltó mi brazo y, dándome la espalda, se alejó con un paso que se parecía más al de una modelo desfilando.

WILSON
Camina como si estuviera siguiendo una línea recta imaginaria. Pone un pie rigurosamente delante del otro, lo que le da a las caderas un balanceo incitante. ¿Qué fuiste a hacer en ese seminario?

ROMEO
Una conferencia, *¿Por qué la especie dominante del planeta Tierra no es, hoy, una criatura que se reproduce poniendo huevos?* El cínico organizador del seminario me había dicho que entre los asistentes había quienes pensaban que esa criatura sería una gallina. Probablemente muchos de los presentes, más acostumbrados a ver televisión que a asistir a conferencias, estaban allí para ver a Julieta, a quien conocen de la TV, aunque no entiendan ni la mitad de lo que acostumbra decir.

WILSON
Romeo y Julieta es mucha coincidencia...

ROMEO
En el seminario, Julieta iba a hablar sobre *El mito del ecologismo indígena*. Al notar que ella me observaba a cierta distancia y al recordar una vez más que me había amenazado con su ayuda, me paré, busqué al organizador y le dije, en un tono que pretendía ser irónico, que en verdad esa criatura que podría dominar la Tierra era de hecho una gallina, y me salí apresuradamente del edificio donde se realizaba el seminario.

WILSON
Sigue.

ROMEO
Corrí por las calles, tomé un taxi y, al llegar a casa, cerré la puerta del frente con doble seguro, después fui a la alcoba, me acosté en la cama, y me tapé la cabeza. Otra mujer ya se había propuesto ayudarme antes —Maria da Penha—, y el resultado había sido catastrófico. Para no escuchar el timbre de la puerta, coloqué un CD en el aparato, me puse los audífonos, programé el aparato para repetir la música ininterrumpidamente, y me aislé del irritante ruido del mundo exterior durante dos días, acostado en la cama, con la cabeza tapada.

WILSON
¿Dos días?

ROMEO
Tal vez tres, o cuatro. Entonces sentí —¿cuánto tiempo había pasado?, ¿era jueves, viernes, sábado o domingo?— un ligero toque en la cabeza. Retiré la sábana imaginándome que la lechuza había entrado por la ventana; una lechuza ya entró en mi alcoba una noche, me rozó la cabeza con las alas y me despertó. Era Julieta. Miré sus manos para ver si tenía unas tijeras, todos saben que a las mujeres asesinas les gusta usar tijeras.

WILSON
¿Traía tijeras?

ROMEO
No, solo unos cuantos billetes. ¿Cómo entraste?, le pregunté, quitándome los audífonos. ¡João!, gritó. Un hombre de overol con una caja de herramientas entró en la alcoba. Este buen cerrajero tuvo la gentileza de abrir la puerta, dijo tranquilamente, y le dio al hombre el dinero que tenía en las manos. El hombre agradeció y se fue. Esa mujer es un demonio.

WILSON
Me atrae.

ROMEO
Déjame seguir. Se sentó en la cama a mi lado ¿Por qué no te quedaste a oír mi conferencia?, preguntó. La vas a tener que oír ahora. Su cuerpo rozó el mío y me dio escalofríos. Le pedí que se sentara en un sillón de la alcoba. Arrepentido, lamenté no tener un teléfono para pedir auxilio a la policía, o tal vez mejor al cuerpo de bomberos. Veo que secretamente estás sonriendo, dijo Julieta, mientras hacía lo que le había pedido y se sentaba en el sillón frente a la cama. Cruzó las piernas, el vestido se deslizó por sus muslos, mucho más arriba de las rodillas y, por un momento, me sentí morbosamente hipnotizado por esa carne desnuda, del tono que los fabricantes de coches Volkswagen llamaban azul polar. Cerré los ojos.

WILSON
Sé lo que es eso.

ROMEO
Me dijo: para venir hasta aquí a estas horas, tuve que inventarle un pretexto a mi marido.

WILSON
¿Es casada?

ROMEO
Se está separando. Me preguntó si estaba cómodo ahí, acostado bajo las sábanas.

WILSON
No se debe platicar con nadie cuando uno está acostado. A no ser que la otra persona también esté acostada.

ROMEO
Me iba a hablar sobre el mito del ecologismo indígena, la conferencia que no quise oír en el congreso. Argumentó que de esa manera podríamos conocernos mejor. Quería conocerme mejor antes de empezar a ayudarme. No quiero oír tu conferencia, le dije, eres todo lo que odio —racista, reaccionaria, terrorista ecológica, anarquista, solipsista.

WILSON
¿Solipsista?

ROMEO
Eres —continué ofendiéndola— el vibrión del cólera, una rata negra infestada de pulgas errantes, eres la esquistosomiasis, la enfermedad de Chagas.

WILSON
¿Y ella?

ROMEO
Me dijo: Se te olvidó el neomalthusianismo. Escúchame bien, no soy nada de lo que dijiste. No tengo prejuicios contra ningún grupo étnico, mi terrorismo ecológico nunca pasó de la elaboración de planes sentimentales para hacer explotar la planta nuclear de Angra dos Reis o para echar alquitrán en los abrigos de piel de las burguesas ricas, cosas imposibles en un país caliente como el nuestro, donde las burguesas se visten de seda y las plantas nucleares no funcionan; y mi anarquismo, como el de todos, no pasa de ser otro mito. En cuanto a tu acusación de solipsismo, podremos platicar mejor sobre el asunto con el detalle que el tema exige. Entonces, hizo una pausa, curvándose en el sillón. Sus rodillas emitían una luz opaca. Y dijo: te voy a confesar algo que nunca le dije a nadie. Vine hasta aquí, Romeo, para ayudarte con tu problema.

WILSON
La dejaste hablar. Fue un error.

ROMEO
Vete, vete, le dije, cerrando los ojos. Contestó con voz seductora: ¿No me quieres hablar sobre la criatura ovípara que podría estar dominando el mundo? Me interesa mucho. El público del seminario se frustró bastante porque no diste la conferencia. Háblame sobre esa criatura.

WILSON
¿Qué le dijiste?

ROMEO
Le dije: ¡No, no!

WILSON
¿Te tapaste la cabeza con la sábana?

ROMEO
Sí. Pero me destapó lentamente, mirándome con una sonrisa de Florence Nightingale. Déjame que te ayude, repitió, tu problema puede llevarte a la locura, mira el estado en que estás.

WILSON
¿Cómo supo de tu problema?

ROMEO
Te cuento después. Vete, le pedí con voz débil.

WILSON
Te empezó a dominar en ese momento.

ROMEO
No te va a doler, no vas a vomitar..., dijo.

WILSON
¿Y después?

ROMEO
Volví a taparme la cabeza con la sábana. Antes de que Julieta se fuera, la escuché decir que tan pronto se separara del marido se dedicaría exclusivamente a mí. Voy a resolver tu problema y quedarás eternamente agradecido. Wilson, tengo ganas de matar a Julieta arrojándola por la ventana. Estrangulándola. Puedo pegarle en la cabeza con la raqueta de tenis, cuando era adolescente jugué tenis y todavía guardo la raqueta en algún lugar de la casa. Puedo amarrarla dentro de la bañera y cortarle las muñecas y hacer que sangre como una gran gallina. Tiene que ser en la bañera, pues odio la suciedad y la sangre me da asco. Envenenarla con sosa cáustica.

La luz incide sobre el Maestro de ceremonias.

MAESTRO DE CEREMONIAS
Permitan que me pare de esta silla para hacer una pequeña observación. Estamos en un teatro y si en el teatro las palabras son importantes, el movimiento no lo es menos. Nadie aguantaría solo leer estas palabras; sería un texto sumamente tedioso que en poco tiempo aburriría aún más. Como estamos en un teatro, va a aparecer una cama, Romeo se va a acostar en ella, Julieta entrará en escena, y ustedes verán todo lo que Romeo va a decir. Julieta, puedes entrar. Listo, he aquí a Julieta. ¿Ustedes se la imaginaban así? Wilson, esfúmate. Creo que podemos comenzar nuestra escena, que antes era solamente narrada por Romeo.

Se escenifica el diálogo anterior entre Julieta y Romeo.

MAESTRO DE CEREMONIAS
El escenario se oscureció, dos o tres espectadores tosieron entre el público. Es chistoso, en el cine nadie tose, tal vez por falta de oportunidad, porque la acción es continua; pero en el teatro, en los conciertos, cualquier intermedio es invadido por estos ruidos. Julieta se fue y aquí están nuevamente Romeo y Wilson, que continúan su plática. Voy a volver a sentarme allá al fondo, fuera de foco, esperando mi turno.

ROMEO
A Julieta le gusta decir que tiene un pie en África, o en la cocina, como su madre, y así asume, tal vez de manera falsa, su ascendencia negra. Pero su piel es muy blanca, como hielo, ya te lo dije. Lo que quiere, por un lado, es eximirse de cualquier culpa cuando habla mal de la gente de piel oscura en general —los científicos dicen la verdad, le duela a quien le duela, es uno de sus lemas— y, por otro, anular, en cierta forma, las acusaciones de racismo que le hacen: ningún racista asume su mestizaje. Es necesario reconocer que la atacan mucho. La acusan —como yo mismo lo hago— de racista, de terrorista cultural, de que la subvencionan organismos imperialistas interesados en impedir, a través de programas de control de la natalidad, que Brasil se engrandezca. Los hombres de negocios y los publicistas en general la odian por los ataques violentos que hace a la sociedad de consumo. Por último, todos abominan su agresividad y su arrogancia, características que consideran incompatibles con el alma femenina.

WILSON
¿Y la tercera vez que la viste?

ROMEO
Fue durante la conferencia del profesor universitario y renombrado ecólogo padre Bassoli, titulada *Cómo regresar a una relación armoniosa entre el hombre y la naturaleza*. Julieta interrumpió al orador y dijo, en un discurso paralelo, que nunca había existido una relación armoniosa entre el hombre y la naturaleza. Uno siempre había agredido al otro, la naturaleza con huracanes, sequías, inundaciones, volcanes, pestes, frío y calor excesivos. Y las enfermedades, subrayó, la enfermedad forma parte de la naturaleza; los virus y las bacterias son seres vivos naturales que también tienen una relación hostil con el hombre, sobre todo porque no tienen sexo y pueden reproducirse de manera prodigiosa. Este animal humano, físicamente frágil, se defiende de los ataques destruyendo la flora, la fauna y el suelo del planeta. Y, porque está dotado de inteligencia y maldad —es Julieta quien está hablando—, el hombre desarrolló, a lo largo de los tiempos, una tecnología cada vez más eficiente y destructiva en la lucha contra su enemiga. Mientras tanto se multiplicaba —aquí entra su cantaleta de la avalancha uterina como los ratones. No hay una relación armoniosa ni siquiera entre el hombre y su propia naturaleza animal, dijo. La naturaleza deteriora al animal con la enfermedad, con la vejez y después lo aniquila. Las bacterias existen para eso.

WILSON
No deja de tener algo de razón.

ROMEO
Fue gracioso. El conferencista tímidamente le pidió que lo dejara terminar la conferencia. Los hombres, hasta los curas, se acobardan siempre frente a ella, ocultando el odio que sienten en el fondo del corazón. Primero acabo yo, dijo tajante ella, que ya me había visto en el salón y hablaba mirando hacia mí. En el año 1000 había doscientos setenta y cinco millones de seres humanos en la Tierra. Al inicio del siglo XVII, cuando Shakespeare ya había escrito sus dramas y Camões sus poemas, cuando Da Vinci ya había pintado la *Mona Lisa* y Miguel Ángel la Capilla Sixtina, había en nuestro mundo apenas cuatrocientos ochenta y seis millones de personas. En el siglo XIX, la población del mundo —novecientos noventa y dos millones de hombres— era inferior a la población actual de China. Ya en el siglo XX, poco antes de

la Primera Gran Guerra, la población de la Tierra era de mil seiscientos millones de hombres.

WILSON
Diabólica.

ROMEO
Entonces estiró su brazo color hielo y preguntó, apuntando hacia el público, apuntando hacia mí, ¿alguien por aquí nació en 1960?

WILSON
Astuta.

ROMEO
Uno o dos levantaron la mano. Yo, que había nacido en ese año, me quedé inmóvil. Cuando ustedes nacieron, siguió su perorata, vivían en nuestro mundo dos mil novecientos noventa y dos millones de individuos. Hoy somos más de cinco mil millones. El hombre —insistía en decir el hombre y no el ser humano, así le convenía en aquel momento—, el hombre prevaleció, triunfó, se volvió el verdadero rey de los animales, de todos los animales, y forma parte de su esencia maléfica crecer como un cáncer, inventar nuevas maneras de destruir. El problema es que ese animal, para seguir mandando en el mundo de esa manera depredadora, necesita constantemente más aire, más agua, más espacio, más riquezas y placeres que la naturaleza, su rival, ya no puede entregarle al ser violada. Si esa especie del orden de los primates y de la clase de los mamíferos llamada hombre sigue creciendo, llegará un momento en que ya no logrará satisfacer sus necesidades mínimas. Casualmente esta última frase es de Lévi-Strauss. Julieta no tiene escrúpulos para plagiar, parafrasear distorsionando, citar mentirosamente. Intento reproducir con la máxima fidelidad lo que dijo.

WILSON
Muy bien articulado.

MAESTRO DE CEREMONIAS
No necesito decir que ahora veremos en vivo esa escena. Entra, Julieta. ¿Dónde está el cura? Entre ya, padre.

Se muestra la escena, etcétera. Después se apaga la luz y regresan Romeo y Wilson.

ROMEO
Algunos aplaudieron su intervención, otros le silbaron, yo estaba entre estos. En esas ocasiones, ella siempre aumentaba el número de sus enemigos, pero también tengo que reconocer que hacía crecer su legión de admiradores. Digamos que de cien personas que la conocían, cincuenta la odiaban y las otras cincuenta la amaban. Yo me incluía, repito, entre las que la odiaban.

WILSON
Cuidado. El odio es una forma de dependencia tan fuerte como el amor.

ROMEO
Entonces Julieta, que no había dejado de mirarme todo ese tiempo sentado entre el público, se acercó y me dijo: Nuestro momento está llegando y, pon atención, mis razones son stendhalianas; quiero profundizar en el conocimiento de las pasiones humanas, por un lado, y, por otro, liberarme a mí y a ti. ¿Dónde está la medida: *Wissen macht frei* o *Wollen macht frei?*

WILSON
Síndrome de Tobias Barreto.*

ROMEO
Dijo la frase en alemán suponiendo, correctamente, que yo conocía la lengua de Von Zittel. Casi en pánico, comprendiendo que se acercaban tiempos difíciles, no supe qué hacer para protegerme.

WILSON
Me sorprendes.

ROMEO
El padre conferencista fue quien me salvó. Se metió entre Julieta y yo, dándome la oportunidad de huir.

---

* Tobias Barreto (1839-1889), filósofo brasileño fundador de la llamada Escuela de Recife. Según João Cruz Costa, «había descubierto en Alemania una especie de "diccionario de la verdad"».

MAESTRO DE CEREMONIAS

Ahora, después de que las luces se han apagado y vuelto a encender, y que estoy de nuevo solo en escena, quiero decir que sigo sin entender a dónde vamos a llegar. Soy un M. C., no exactamente un miembro del coro de la tragedia griega, con su función de explicar la trama y ayudar a que el espectador purgue sus emociones de miedo y piedad a través de su participación en la tragedia. Mi función es más bien la de un traspunte, un funcionario encargado de indicar la entrada y la salida de los actores, de dirigir el funcionamiento de los mecanismos escénicos. Un mes después del último diálogo que tuvieron, Wilson y Romeo platican sobre Julieta. Wilson está dejándose crecer una perilla. Romeo usa anteojos. Siguen las dos sillas y la mesita con el teléfono que suena y nadie contesta. A veces es bueno perturbar a los espectadores para que no se duerman. Bueno, sigamos.

ROMEO

Me cambié de casa para que Julieta no me pudiera encontrar, lo que me ocasionó grandes sacrificios, pues tenía más de cinco mil libros y para distribuirlos en el nuevo departamento tuve que poner libreros hasta en la cocina. Pasé a alimentarme básicamente de huevos crudos, chupándolos del cascarón, pan y plátanos, no por motivos dietéticos, sino por comodidad. Estaba muy feliz en mi casa secreta, como siempre sin teléfono, aislado del mundo, escribiendo *¿La destrucción de los bosques tropicales pone en riesgo la supervivencia del hombre como especie animal? Un abordaje paleontológico*, leyendo, escuchando música, siempre la misma, comiendo pan con plátano y chupando huevos. Pero un día el pan, del que había guardado grandes cantidades en el refrigerador, se echó a perder, y los innumerables plátanos, de los veintiséis racimos que había comprado, maduraron y se pudrieron al mismo tiempo, llenando la casa de miríadas de minúsculos insectos voladores. Después de tirar todo a la basura, me dio hambre; la visión de los plátanos podridos rodeados por nubes de pequeños moscos me había quitado el apetito; ahora, libre de los moscos, había vuelto a tener ganas de comer. Cerca de mi nuevo departamento había un supermercado que estaba abierto día y noche. Esa noche salí a comprar huevos, pan y plátanos. Cuando regresaba, encontré a Julieta en la puerta del edificio. Me amenazó: es mejor que me dejes entrar, si no, hago un escándalo, ¿ya me imaginaste haciendo un escándalo?

WILSON
Eso está más allá de nuestras previsiones más delirantes.

ROMEO
Dejé caer la caja de poliestireno con los huevos. Ella la recogió. Dos huevos se habían roto. Subimos juntos en el ascensor, en silencio. ¿Cómo descubriste que estaba aquí?, le pregunté. Eres muy tonto, respondió. Entramos en el departamento. Julieta miró sin mucho interés los libros esparcidos por la sala; se detuvo mirando los CD al lado del aparato. ¿Tienes rock? Le respondí: No, esa es toda la música que tengo. Le pregunté si quería comer un plátano. Pelamos los plátanos.

WILSON
Pelar plátanos es un gesto muy tranquilizante.

ROMEO
Maria da Penha es mi hermana, dijo Julieta.

WILSON
Esa no me la esperaba.

ROMEO
Iba a darle una mordida al plátano, pero lo deposité, lívido, con las manos temblorosas, en un cenicero que había sobre la mesa. Maria da Penha me contó todo, dijo Julieta, comiéndose un segundo plátano.

WILSON
Maria da Penha es su hermana. Ah, bueno...

ROMEO
Te conté cuando un día Maria da Penha se acostó desnuda frente a mí y el shock que sentí al verle la vagina.

WILSON
Te desmayaste.

ROMEO
Julieta me dijo que su hermana ahora está casada con un belga y vive en Holanda, que Maria da Penha había desaparecido de mi vida y de la suya para siempre. Cómete tu plátano, agregó. Nos quedamos los dos comiendo plátanos, de manera circunspecta.

WILSON

A final de cuentas, ¿qué es lo que sientes, o sentías, por la genitalia femenina? Siempre quise hacerte esta pregunta.

ROMEO

Una especie de horror.

WILSON

¿Horror? ¿Cómo? ¿El olor? ¿El aspecto abigarrado de la hendidura? ¿Aquella boca vertical llena de labios?

ROMEO

No lo sé. No lo sé. Ella me preguntó: ¿Por qué crees que te estoy buscando? Nuestro encuentro en aquel seminario idiota no fue una casualidad.

WILSON

Obviamente.

ROMEO

Desde el momento en que se comió el plátano, la arrogancia de Julieta, por algún motivo que no entendí, fue sustituida por una disposición suave, más cercana a la melancolía.

WILSON

Para que no me pierda, ¿dónde estaban en ese momento?

ROMEO

En mi casa. ¿Dónde podíamos estar comiendo plátanos? No estás poniendo atención a lo que digo.

WILSON

Continúa, por favor.

ROMEO

Le respondí: Pensé que estabas loca. Ella me dijo: Te buscaba porque tengo el mismo problema que tú. Yo: ¿El mismo problema? ¿Cómo? Ella: No puedo contemplar la genitalia masculina. Igual que tú cuando viste una vagina, la primera vez que vi el pene de un hombre también me desmayé. De aversión, pero también de horror. Yo: ¿Y tu marido, de quien te estabas separando? Ella: Mi marido era una mujer, me separé de ella porque no quiero estar casada con una mujer. Fue una equivocación pensar que mi reacción significaba que era homosexual. Desafortunadamente no lo soy.

WILSON
¿Me puedes hacer un favor?

ROMEO
Sí.

WILSON
Deja de decir yo dos puntos, ella dos puntos.

ROMEO
Le pregunté, ¿y si yo soy homosexual? Ella se rio. María da Penha lo sabría, es una sexóloga muy competente, ha publicado trabajos en la revista *Sexology Today*, no tengo dudas acerca de tu virilidad. Al saber que tenías, como yo, este problema no tan raro, me decidí a buscarte para que juntos encontráramos una solución, pero siempre me evitaste. Le reclamé su agresividad y me explicó que se trataba de una armadura, una máscara igual a la que yo usaba para protegerme de mi timidez, una forma de huir del problema común, al que denominó heterogenitofobia.

WILSON
¿Un neologismo?

ROMEO
Creo que sí. Me dijo que, así como el miedo de Fobo era un producto de la imaginación del griego, nuestra ansiedad, nuestro pánico, nuestro horror, también era imaginario. Todo eso podría superarse por medio de un juego, un proceso para disminuir la angustia que sentíamos, atacando el foco fóbico en sus antítesis mental y física.

WILSON
Ahora empieza a complicarse. ¿Un juego?

ROMEO
Sí, un juego, al que llamó el juego del Arte y de la Ciencia de Parir.

Se muestra la escena. Después la luz se apaga. Ahora están en escena Romeo y Julieta.

MAESTRO DE CEREMONIAS
Romeo y Julieta están jugando el juego del Arte y de la Ciencia de Parir. Al fondo, ustedes están viendo una pared llena de libros. Los interlocutores están sentados cada cual en una pila de libros, lo que les da un equilibrio precario. Un teléfono que no suena. Veamos qué juego es este.

JULIETA
La vagina y el pene son signos culturales, ¿estás de acuerdo?

ROMEO
Déjame pensar. Tal vez.

JULIETA
Las palabras también son signos culturales. La conciencia es un fenómeno cultural.

ROMEO
Es verdad.

JULIETA
Lenguaje y pensamiento son sustancias indisolublemente ligadas. ¿De acuerdo?

ROMEO
¿Sustancias? ¿Qué tiene que ver todo eso con el Juego? Quiero, honestamente, dejar claro que desconfío de tu retórica y que mi interés por la semiología es muy moderado.

JULIETA
No te gustan las teorizaciones, entonces no voy a discurrir sobre los aspectos epistemológicos de la simbiosis del saber con el placer, sino sobre cómo ella puede realizarse. Haremos gestos; hablaremos; nos miraremos. La mirada, el gesto, el habla.

ROMEO
Muy bien.

JULIETA
Voy a recogerme el cabello atrás de la nuca con esta liga. Tú me cuentas tu historia mientras yo te enseño la oreja. Hablaremos simultáneamente, y mientras ves mi oreja, escucha y piensa en lo que te digo; al mismo tiempo escucha y piensa en lo que tú mismo dices.

ROMEO
¿Quién empieza?

JULIETA
Tú. Cada quien dice una frase, con pocas oraciones.

ROMEO
En la ciudad de Borsippa, en el norte de Mesopotamia, hace tres mil ciento veinticinco años, un tipo se encontró con otro y le dijo, ¿viste la nueva manía de aquellos sumerios allá en el sur?

JULIETA
La oreja es uno de los orificios del cuerpo.

ROMEO
Los sumerios dicen que pueden entenderse entre sí trazando unas señales que representan objetos, seres y sentimientos, continuó el tipo. Cualquier cosa que se diga —esto que estamos hablando aquí en Borsippa, por ejemplo— puede transmitirse por señales, afirman los sumerios.

JULIETA
Ahora voy a tomar tu mano. Voy a acercarla a mi oreja y tú vas a pasar los dedos suavemente por sus relieves y entradas. Por tener esa mano, como dijo Anaxágoras, el hombre es el animal más inteligente.

ROMEO
Una estupidez más de los sumerios, respondió uno de los interlocutores en Borsippa. Si quiero grabar la frase: una vaca con mucha leche, es mucho más fácil dibujar una vaca con tetas grandes que trazar un montón de garabatos.

JULIETA
Ahora mete muy suavemente tu dedo meñique en el centro de mi concha auditiva.

ROMEO

Estoy metiendo el dedo. Y todos aquí, en Akkad, al ver mi dibujo entenderían que me refiero a una vaca con mucha leche. Pero los garabatos que los sumerios hacen, solo los mismos sumerios pueden entenderlos.

JULIETA

Cambia de tema.

ROMEO

Un día estaba en el aeropuerto de Nueva York, esperando el avión a Toronto, cuando a mi lado se sentó un tipo moreno de labios morados con un turbante en la cabeza.

JULIETA

Voy a tomar tu mano y la voy a llevar hasta mi nariz. Como dijo Anaxágoras...

ROMEO

El hombre del turbante, evidentemente un hindú, en un inglés oxoniense me preguntó una información, y al poco tiempo estábamos intercambiando datos e ideas sobre nuestros respectivos países. Le dije que tenía un gran interés por la cultura hindú —historia, costumbres, literatura, religiones, organización social. El hindú suspiró y dijo que desafortunadamente la cultura hindú había sufrido y seguía sufriendo influencias perniciosas, avasalladoras de la cultura occidental. ¿Y ahora? ¿Voy a quedarme tocando tu nariz por mucho tiempo?

JULIETA

No, no. Pasa tu mano por mi cabeza.

ROMEO

Durante algún tiempo intercambiamos conmiseraciones recíprocas sobre las pérdidas que la humanidad sufría por la agresión opresora, destructora y estúpida que había resultado de la homogeneización cultural. En cierto momento agregué, pero no todas las costumbres de un determinado pueblo merecían preservarse, como, por ejemplo, la antigua costumbre hindú que obligaba a la viuda a arrojarse a la pira donde estaban cremando a su marido muerto para reducirse a cenizas con él.

JULIETA
Baja tu mano hasta mi nuca.

ROMEO
El hindú, con voz soñadora, dijo: Pero eso tiene su lado poético, es un gesto de amor absoluto, ¿no crees? Como yo no le contesté inmediatamente, el hindú agregó: ¿O estás en contra del amor?

JULIETA
Pasa suavemente el dedo por la raíz de los últimos cabellos al final de mi nuca.

ROMEO
Trescientas diez concubinas murieron con el marajá Suchat Singh.

JULIETA
¿Sientes cómo se está calentando mi nuca? Yo sí.

ROMEO
Sí. Sentí que tu nuca se está calentando.

JULIETA
¿Qué te parece el juego?

ROMEO
Aún no lo sé.

Las luces se apagan y se prenden.

MAESTRO DE CEREMONIAS
Las luces se apagaron y algunos segundos después las prendieron para indicar que estamos al día siguiente. Como ven, Julieta usa un vestido largo, de baile de gala, negro, con largos guantes de suave piel negra que le llegan hasta los codos. Fuma utilizando una boquilla. Romeo lleva puesta la ropa gris de siempre. Me voy a sentar allá al fondo.

ROMEO
Pensé que ya nadie usaba boquilla.

JULIETA

Es para evitar arrugas en los labios.

ROMEO

¿Y los guantes? ¿Dónde encontraste esos guantes?

JULIETA

Los compré en un bazar de antigüedades. Déjame tomar tu mano. Hablaré de tus manos. Y tú hablarás de otra cosa, de algo que estés acostumbrado a decir, pero que no tenga nada que ver con lo que está sucediendo entre nosotros. Al contrario de lo que hicimos ayer, hablaremos de cosas menos anecdóticas. Aquellas historias sobre la estupidez de las tradiciones fueron interesantes, pero sugiero para hoy pasajes de tu ensayo sobre la catástrofe que ocasionará el fin del mundo.

ROMEO

No es exactamente así.

JULIETA

No importa. Habla, cuéntame por qué la especie dominante del planeta Tierra no es una criatura que se reproduce poniendo huevos, u otra cosa que puedas decir mecánicamente, cualquier cosa, siempre que no tenga nada que ver con lo que te esté haciendo o diciendo. Acuérdate, es un diálogo dispar. ¿Está claro? Vamos a empezar. Mira, voy a pasar tus dedos delicadamente sobre mis labios. No cierres los ojos, mira mi boca, habla de tu catástrofe, paleontólogo, sigue las reglas del juego.

ROMEO

La más grande de todas las catástrofes, la que causó la mayor de las extinciones, ocurrió hace doscientos cuarenta millones de años, cuando sucumbieron noventa y seis por ciento de las especies vivas de este planeta.

JULIETA

Ahora, mira, voy a entreabrir mis labios y mostrarte un pedazo de mi lengua, solo la puntita.

ROMEO

Después sucedieron otros cataclismos de gran magnitud. Uno de ellos mató a la mayor parte de los peces de los mares del mundo y a más de dos tercios de los invertebrados. Pero, debido al tamaño de los animales involucrados, la catástrofe más conocida, más famosa, fue la que causó la desaparición de los grandes reptiles, hace setenta y cinco millones de años.

JULIETA
Toca mi lengua.

ROMEO
Voy a hablar un poco sobre esta última catástrofe. Todo mundo ha oído hablar ya de la desaparición de los dinosaurios. Los dinosaurios surgieron en nuestro planeta, al igual que los mamíferos, clase zoológica a la que pertenecemos, hace doscientos veinte millones de años. En aquella época, nosotros, los mamíferos, éramos del tamaño de un ratón y probablemente nos parecíamos a un ratón.

JULIETA
Ahora, mira mi boca. Junté los labios, dejando una pequeña abertura entre ellos.

ROMEO
Durante ciento cuarenta millones de años los grandes reptiles dominaron la Tierra. Al final del reino de los dinosaurios hubo, en un periodo de ocho millones de años, seis extinciones en masa.

JULIETA
Ahora mete el dedo en mi boca. ¿Por qué titubeas? Dame tu dedo, voy a meterlo en mi boca y a tocarlo con la lengua.

ROMEO
No sabemos con seguridad qué fue lo que mató a los dinosaurios hace setenta y cinco millones de años, si el impacto de un gran asteroide o cometa, o un extenso ciclo de erupciones volcánicas. Lo cierto es que noventa por ciento de los bosques de la Tierra fueron destruidos.

JULIETA
Yo estaba chupándote el dedo. ¿Por qué lo sacaste tan bruscamente de mi boca?

ROMEO
Miedo de vomitar y de sentir dolor. Es tuyo ese pavor, esa reacción, ¿no?

JULIETA
Sí. Te lo había transferido.

ROMEO
Ya basta. Ahora te toca a ti hablar, mientas yo te ordeno que hagas cosas.

JULIETA
No sé qué decir.

ROMEO
Mira mi dedo medio, el que te metí en la boca.

JULIETA
Sigo sin saber qué decir.

ROMEO
Toma mi dedo con tu mano derecha.

JULIETA
Soy zurda.

ROMEO
Entonces, con la izquierda.

JULIETA
Qué dedo tan huesudo.

ROMEO
Ahora envuélvelo ligeramente con toda la mano, como si lo estuvieras atornillando, haciendo que la mano se deslice delicadamente en un movimiento giratorio sobre el dedo.

JULIETA
El aumento en el número de seres humanos en la Tierra es la mayor amenaza que impide alcanzar la estabilidad ecológica.

ROMEO

Ahora que ya sabes cómo se debe tomar el pene, con la empuña-
dura correcta, haz simultáneamente un movimiento para arriba y para
abajo, de la base del dedo hasta la punta.

JULIETA

Conoces los programas gratuitos de vasectomía, las recomendacio-
nes sobre control de la natalidad y otras medidas.

ROMEO

¿Educación y persuasión? *Brain washing.*

JULIETA

No te salgas del juego.

ROMEO

Esto me huele a fascismo y comunismo, maoísmo para ser más
preciso.

JULIETA

Qué manera más fácil de ganar una discusión. Sabes muy bien que
la contaminación, la degradación y la destrucción del medio ambiente
podrían controlarse si las mujeres tuvieran menos hijos. Sí, existen
otras cosas que hacer, como obligar a los países desarrollados y subde-
sarrollados a que usen equipo anticontaminante en sus industrias, a
que sustituyan los autos alimentados con combustibles por otros movidos por medio de energía eléctrica, a que adopten solamente medios
eólicos e hidráulicos de generación de energía eléctrica...

ROMEO

Buscas mezclar mentiras con verdades para darles a las mentiras
una apariencia de verdad, pero solo logras que las verdades tengan
apariencia de mentiras.

JULIETA

¿Quieres que el juego termine?

ROMEO

La culpa es tuya. No soporto tu cliché de la avalancha uterina. Tu
concepción de que los pobres del mundo, al tener hijos, destruyen la
Tierra...

JULIETA

Dicen que la miseria provoca la devastación del medio ambiente, o sea, si los miles de millones de miserables del mundo fueran ricos, la destrucción ecológica sería menor. Eso es una total estupidez. La riqueza es aún más devastadora. Es necesario acabar con la pobreza, todo mundo está de acuerdo en eso, pero no aumentando el número de ricos, no con el crecimiento desordenado de la especie humana.

ROMEO

Y no pienses que me gustó meter el dedo en tu boca. ¿Sabes en qué pensaba mientras lo hacía? En el pasaje de los *Anales de la Roma imperial*, de Tácito, en el que Germánico va a dominar un motín de soldados en algún lugar de la Galia. Al llegar, los soldados lo cercan con todo tipo de quejas y, para enseñarle cómo el rigor de la campaña militar los había deformado, algunos toman su mano como si la fueran a besar, pero en lugar de ello meten los dedos de Germánico en sus bocas para que toque sus encías desdentadas.

JULIETA

No sabía que los paleontólogos se interesaban por hechos con menos de dos mil años. Vamos a dejar las cosas por hoy. El juego del Arte y de la Ciencia de Parir es tranquilo como un diálogo de Platón.

ROMEO

Tengo la impresión de que quieres esterilizar a todas las mujeres. Ya lo están haciendo con los negros, con los árabes...

JULIETA

Jamás diría una estupidez de esas. Hablé de vasectomías; prefiero que se esterilice a los hombres. ¿Sabes cuál es el problema entre nosotros? Yo miro hacia el futuro. Tú hacia el pasado, el pasado de la historia antigua, algo tranquilo: no se es responsable por él y su inmutabilidad es muy cómoda. El anquilosamiento de las heridas en el cuerpo conduce a la muerte. También es letal la parálisis de aquellos que, como tú, creen que especular sobre el pasado puede ayudar a prever el futuro, siendo que ni siquiera permite entender el presente. Me gustaría que, la próxima vez, no dejaras de hablar de la historia de la criatura que se reproduce poniendo huevos y que hoy podría estar dominando la Tierra.

ROMEO
No es una gallina, ¿oíste?

JULIETA
¿No? ¡Oh!...

Las luces se apagan.

MAESTRO DE CEREMONIAS
Ahora vamos a apagar las luces y cambiar el tiempo de la acción.
Cuando las luces se enciendan, verán a Romeo en casa de Julieta hablando solo, acariciando su propio pene hasta ponerlo duro. En ciertas
localidades, en las ciudades pequeñas, por ejemplo, puede lograrse este
efecto usando un objeto en forma de pene, de proporciones mayores
que lo normal para evitar que el actor se sienta apenado y para darle
un aire grotesco y ridículo a la acción, para volverla menos impactan-
te. Pero esto solo en último caso. Julieta, por primera vez con lentes,
llegará dentro de poco, pero Romeo no la dejará ver lo que está haciendo.

ROMEO
¿En dónde se metió? La estoy esperando hace ya más de media
hora. Julieta piensa que entiende la realidad a su alrededor de manera
absoluta, como algo indiscutible, y se olvida de que algo que sucedió
hoy, aunque acabe de suceder, tiene el mismo valor que algo que sucedió ayer. El futuro no empieza hoy, como ella probablemente supone, el hoy empieza, siempre, ayer. *(Julieta entra en escena.)* ¡Ah! ¡Por fin!
¿Dónde estabas? ¿Se te olvidó nuestra cita?

JULIETA
Fui al oftalmólogo, ¿no notaste que traigo lentes? Hablabas de la
destrucción de casi todos los bosques de la Tierra y de la muerte de
los dinosaurios por el impacto de un cometa o debido a un extenso
ciclo de erupciones volcánicas. De la criatura ovípara que hoy podría
estar dominando nuestro planeta. Empecemos el Juego. Voy a unir los
dos dedos índices en toda su extensión, hasta los huesos del carpo;
después, juntaré los dos pulgares, dejando una estrecha abertura que
posee una lejana similitud con una forma romboidal-ovoide alargada.
Esto representa una vagina.

ROMEO
Mi cabeza está hecha un tumulto.

JULIETA
Mete el dedo que acaricié el otro día en esta abertura.

ROMEO
Una criatura que ponía huevos, un dinosaurio u otro gran reptil estaría hoy dominando nuestro planeta.

JULIETA
Ahora empuja el dedo hacia delante y hacia atrás.

ROMEO
Listo. Ya metí el dedo. Esas extinciones masivas que ocurren periódicamente en la historia del planeta, siempre provocaron la aparición de especies más resistentes y desarrolladas, o sea, propiciaron el surgimiento de más vida en la Tierra.

JULIETA
Los ecólogos dicen que la destrucción de la naturaleza, prevista para un futuro cercano, puede provocar la desaparición del hombre. Cualquier catástrofe que ocurra en el futuro, por muy grande que sea, será inferior a las megacatástrofes que ocurrieron anteriormente. Probablemente el hombre resistirá otra vez y quien desaparecerá de la Tierra será el elefante o la cucaracha. No dejes de meter el dedo.

ROMEO
El hombre puede desaparecer, pero eso tal vez permita el surgimiento de seres más inteligentes, resistentes y mejores que el hombre.

JULIETA
La muerte del hombre significará *más* vida y *mejor* vida en el mundo.

ROMEO
Tal vez.

JULIETA
¿No notas una cierta compatibilidad de raciocinio entre nosotros?

ROMEO
Eso me inquieta.

JULIETA
Entonces creo que es mejor que paremos.

Las luces se apagan y se encienden.

MAESTRO DE CEREMONIAS
Una vez más apagamos y prendemos las luces. Ahora ustedes ven a Romeo y a Wilson platicando en una cocina que probablemente es de la casa de Wilson. En la estufa, el agua hierve en una tetera que silba, emitiendo un pitido irritante. No se olviden del teléfono. Siempre que un espectador cabecea con sueño, el teléfono suena.

ROMEO
Extrañé el juego durante estos días que estuve lejos de Julieta. Me llamó por teléfono y dijo que lo mismo le sucedía a ella y salió corriendo hacia mi casa. Entró en mi departamento con la carne del cuerpo más color hielo que en las otras ocasiones. Notó que estaba pálido, como si hubiera pasado la noche anterior despierto con fiebre, lo que de hecho había sucedido. Se desnudó. Dijo: no vas a sentir dolor ni a vomitar. Desvié la mirada, tomé un libro —siempre hay libros esparcidos por el piso, en mi alcoba— y fingí que leía. Ella dijo: ¿de qué sirve que me desnude si no me miras? Le dije que parecía una persona exangüe. Ella dijo: vamos a empezar el juego. Yo había decidido ser amable y decir algo que le gustara a Julieta durante el juego, algo relacionado con lo que ella se complacía en llamar el mito del ecologismo indígena. En realidad, iba a repetir una de sus propias mezcolanzas que había leído en su revista *Mito y Verdad*. Aquella concordancia con las opiniones de Julieta no pasaba de ser una estrategia que iba a usar ese día, aunque no creyera en lo que decía. No había ninguna compatibilidad de raciocinio, como ella quería. Tal vez en momentos como ese el intercambio de palabras era siempre así, irresponsable.

MAESTRO DE CEREMONIAS
Una vez más la luz se va a apagar y a encender. Esto puede parecer raro en un teatro, pero en el cine sucede a cada momento. Ahora estamos viendo la alcoba de Romeo, ayer. Libros esparcidos por el piso. Romeo, acostado en la cama, usa la ropa gris de siempre. Julieta está de pie, desnuda, como una estatua. El teléfono suena y nadie contesta.

ROMEO
Estudios paleontológicos recientes comprobaron que cuando los maoríes llegaron a Nueva Zelanda, desde Polinesia, en el año 1000, aniquilaron, en pocos siglos, a miles de especies animales que habitaban la isla hacía millones de años. Desembarcaron en el norte y fueron exterminando animales a medida que avanzaban hacia el sur.

JULIETA
Creo que estamos llegando a una etapa más avanzada del Juego. Déjame acostarme a tu lado y juntar los índices y los pulgares de las manos, haciendo el gesto que simboliza la vagina.

ROMEO
Esos mismos polinesios llegaron a la isla de Pascua, en el Océano Pacífico, en el año 400, y la encontraron cubierta de árboles.

JULIETA
Mete el dedo en esta abertura de mi mano. Pero no puedes quitar la mirada de mi pubis. Imagínate qué hay de secreto, las revelaciones posibles en la rajadura que se oculta entre ese mechón de pelos negros que por su abundancia más se parece a un bosque nocturno.

ROMEO
Para hacer canoas y erguir las grandes estatuas de piedra de su superstición salvaje —de diez metros de altura y ochenta y cinco toneladas de peso, la mayor parte destruida por el tiempo—, los maoríes acabaron con todos los árboles.

JULIETA
Ahora voy a abrir las piernas y yo misma —después tú lo harás—, con mis dedos, voy a abrir delicadamente mi vulva y enseñarte un poco de su interior, solo lo suficiente para que notes que su preciosura supera la de la orquídea más exquisita y que su encanto es mayor que el de cualquier otra creación de la naturaleza o de la imaginación. No apartes los ojos.

ROMEO
Cuando los conquistadores españoles llegaron a América, encontraron ciudades espectrales en pleno desierto. La mayor de ellas fue Chaco Canyon, donde vivían los anasazis, antepasados de los indios navajos. Hoy se sabe que Chaco Canyon, construida entre los años

900 y 1200, fue el mayor conjunto de edificaciones de Norteamérica de aquella época, y que estaba cercada por inmensos bosques de pinos.

JULIETA
Tú estás pálido y sudas mucho. ¿Quieres parar?

ROMEO
No.

JULIETA
Al contrario del pene, que puede ser comparado con cualquier trozo de palo —por cierto, uno de los apodos con el cual se le conoce—, y tiene solo una función de transporte, un simple tubo de tránsito, la vagina es creativa, en todos los sentidos de la fecundidad y de la inventiva. En suma, la vagina es trascendente.

ROMEO
A medida que Chaco Canyon crecía, aumentando la densidad poblacional, los anasazis arrasaban los bosques. La deforestación, la erosión, el hundimiento del manto acuífero consumaron, con la muerte y la desolación, el desastre ecológico. En el norte, los antepasados de los indios americanos, siglos antes de que los colonos europeos llegaran, habían destruido toda la megafauna que habitaba aquella parte del continente, como los bisontes gigantes, por ejemplo.

JULIETA
Ahora, acércate y toca ligeramente los pelos de mi pubis. No pares de hablar.

ROMEO
Cuando los portugueses llegaron a Brasil, los indios ya quemaban los bosques y contagiaron con esa plaga cultural a los mestizos que ocuparon la tierra más tarde. Es cierto que los indios hacen menos daño a la naturaleza que esos campesinos que el gobierno, en un remedo de reforma agraria, asentó en el campo de forma estúpida; pero esto es así solamente porque son menos. El hombre es el único animal que come más de lo que necesita. El único animal despilfarrador. Como se dijo en el Manifiesto de Heidelberg, los males que rondan el planeta son la opresión, el hambre y las enfermedades; no la ciencia, la tecnología ni la industria, herramientas indispensables para un futuro que la propia humanidad tendrá que determinar.

JULIETA

¡Romeo, Romeo!... ¿Te desmayaste? ¡Despierta, por favor! Voy a quitarle la ropa... Qué cosa más difícil, desnudar a un hombre desmayado. Ahora voy a poner un cojín bajo su cabeza... Está abriendo los ojos... Está volviendo en sí...

ROMEO

¿Qué pasó?

JULIETA

Te desmayaste y te quité la ropa. Vi tu desnudez mientras dormías y no sentí nada. Nada horrible, quiero decir. Sentí lástima de ti. De tu pene dormido. No, no intentes taparte, esconderte, ten el valor de estar completamente desnudo como yo lo he tenido.

ROMEO

No sentí lástima de ti al verte desnuda.

JULIETA

Fue porque estaba despierta. Y una mujer desnuda, aunque esté dormida, no ocasiona la misma piedad que un hombre desnudo dormido, con el pene inerte.

ROMEO

Quiero que hagas conmigo lo mismo que hice contigo. Quítate los guantes. Pasa tu mano por los pelos de mi pubis.

JULIETA

¡Qué valor!

ROMEO

Vamos, hazlo. Ahora desliza tu dedo suavemente por mi pene.

JULIETA

Estoy nerviosa.

ROMEO

Si paras de hacer tu disertación, tenemos que detener el juego. Son las reglas. Haz con tu mano una concha y toma mis testículos.

JULIETA
¡Muy perturbada!

ROMEO
Ahora, una delicada presión sobre los testículos.

JULIETA
¡Ay, ay!

ROMEO
Ahora haz con mi pene lo que hiciste con mi dedo el otro día, envolviéndolo con tu mano. No dejes de hablar.

JULIETA
¡Dios mío! Quieres que me desmaye como tú. Pero soy fuerte, estoy haciendo lo que me ordenaste. Una tradición japonesa que me perturba es el bonsai.

ROMEO
No aprietes mucho.

JULIETA
Nunca pensé que fuera tan duro.

ROMEO
Los japoneses, no te olvides.

JULIETA
Y caliente.

ROMEO
Los japoneses. Piensa en el juego.

JULIETA
Ellos toman el retoño de un árbol que, si obedeciera libremente su naturaleza, llegaría a medir treinta metros de altura en veinte años. Durante generaciones moldean ese árbol para que crezca solamente quince centímetros.

ROMEO

En el futuro, si los árboles que hoy crecen treinta metros crecieran treinta centímetros, sería una Victoria más del hombre. Movimientos un poco más rápidos, por favor.

JULIETA

Hago lo que me ordenaste. Cuando era pequeña, mi padre me llevó a una plaza de la ciudad a ver a un jardinero que modelaba con sus tijeras un arbusto, creo que era una especie de ficus, y le daba la forma de un elefante. A otros los cortaba hasta que adquirían la forma de un caballo.

ROMEO

¡No pares, no pares!

JULIETA

El ficus en su estado natural —tal vez ya era algo híbrido, artificial— tenía una forma redonda, sólida, simétrica.

ROMEO

No apartes los ojos. Tienes que mirar lo que estás haciendo. Me obligaste a hacerlo durante mi turno.

JULIETA

El bonsai. Es la más refinada agresión contra el medio ambiente. Simboliza la relación megalómana, imperativa, del hombre con el mundo que lo rodea; en verdad, se trata de una concepción triunfal de que el hombre puede hacer mejores árboles que la naturaleza.

ROMEO

¡Oh!

JULIETA

No logro dejar de contemplar extasiada tu pene erecto. ¡Parece que va a explotar! ¡Sus venas moradas van a reventar!

ROMEO

¡No pares! ¡No te desmayes ahora!

JULIETA
¡Cielos! ¡Un espectáculo dantesco! Tiembla convulsivamente y expele, con espasmos, chorros calientes y viscosos. Mi mano está toda pegajosa. Siento que me desmayo.

ROMEO
¿Te dio asco?

JULIETA
Extrañamente, no. Dios mío, estoy tan cansada.

ROMEO
Yo también.

JULIETA
Háblame de este placer. ¿Es un bien mayor que la simetría, que la sabiduría, que el arte?

ROMEO
Ahora que estoy calmado, no lo sé.

JULIETA
Mira. El pene pierde poco a poco su coloración rojo-violácea, palidece, se encoge. ¿Por qué temerle a algo tan inofensivo, casi patético en su fragilidad? Pero hasta hace poco quemaba y expelía lava como un volcán. Mira. El semen, pegamento expuesto al aire, se seca en el dorso de mi mano, estira la piel, adquiere una pátina blancuzca. Mira. Con la uña suelto las capas resecas como si fuera pintura vieja sobre un viejo cuadro al óleo o sobre una vieja pared.

ROMEO
Ahora es tu turno.

JULIETA
Dime más. ¿Es un placer propio del alma?

ROMEO
Sí, es propio del alma, pero también de la carne.

JULIETA
¿Cuánto tarda para que vuelva a asumir su potencia anterior?

ROMEO
Un beso, un gesto de cariño.

JULIETA
¡Qué bella sensación de poder me domina al sentirlo crecer en mi boca! Ven. Déjame introducirlo en mi vagina. ¡Oh! Es un placer puro, exento de dolor, propio del alma. ¡Mi amor!

ROMEO
¡Mi amor!

Las luces disminuyen.

MAESTRO DE CEREMONIAS
Vamos a alejar esa luz de los cuerpos entrelazados de Romeo y Julieta. Que se queden en la penumbra. Y déjenme decirles mis palabras finales; ya estamos aquí hace mucho tiempo y estamos cansados y con hambre. Señoras y señores espectadores, nosotros, los actores y autores de esta edificante pieza, esperamos que ella ilumine sus mentes. No importa que los placeres que definimos como exentos de dolor, a los que llamamos los placeres puros propios del alma, y que acompañan, unos al conocimiento, otros a las sensaciones, como dice Sócrates, vengan en quinto lugar, después de la medida y del propósito, de la simetría y de lo bello, de la inteligencia y de la sabiduría, de la ciencia y de las artes. Porque lo bello cambia, el saber cambia, la inteligencia cambia, la medida cambia. Pero el deseo es inalterable. Regresen a sus casas y jueguen el juego del Arte y de la Ciencia de Parir.

El teléfono suena.

La Cofradía de los Espadas

Fui miembro de la Cofradía de los Espadas. Todavía me acuerdo de cuando nos reunimos para elegir el nombre de nuestra hermandad. Argumenté entonces la importancia para nuestra supervivencia de que tuviéramos un nombre y una finalidad respetables; di como ejemplo lo que había sucedido con la Cofradía de São Martinho, una asociación de conocedores de vino que, como el personaje de Eça de Queiroz, le venderían el alma al diablo por una botella de Romanée-Conti 1858, pero que acabó siendo conocida como una fraternidad de borrachos la cual, desmoralizada, cerró sus puertas. Mientras tanto, la Cofradía del Santísimo, cuyo objetivo declarado es promover el culto de Dios bajo la invocación del Santísimo Sacramento, seguía existiendo. O sea, necesitábamos tener un título y un objetivo dignos. Mis colegas respondieron que la sociedad era secreta, que en cierta forma ya nacía (eso lo dijeron irónicamente) desmoralizada, y que su nombre no tenía la menor importancia, pues no sería difundido. Agregaron que la masonería y el rosacrucismo, que originalmente tenían títulos bonitos y respetables objetivos filantrópicos, acabaron sufriendo todo tipo de acusaciones, desde manipulación política hasta secuestro y asesinato. Insistí, pedí que se sugirieran nombres para la cofradía, lo cual acabó realizándose. Y pasamos a analizar varias propuestas sobre la mesa. Después de acaloradas discusiones, quedaron cuatro nombres. Se descartó la Cofradía de la Buena Cama porque sugería una asociación de dormilones; Cofradía de los Apreciadores de la Belleza Femenina, además de ser muy largo, fue considerado como reduccionista y esteticista, y no nos considerábamos estetas en sentido estricto. Picasso tenía razón al odiar lo que denominaba el juego estético del ojo y de la mente manejado por los *connaisseurs* que «apreciaban» la belleza. A final de cuentas, ¿qué era belleza? Nuestra cofradía era de Cogedores y, como dijo el poeta Whitman, en un poema correctamente titulado «A Woman Waits for Me», el sexo lo contiene todo: cuerpos, almas, significados, pruebas, purezas, delicadezas, resultados, promulgaciones, canciones, mandos, salud, orgullo, misterio maternal, leche seminal, todas la esperanzas, beneficios, donaciones y concesiones, todas las pasiones, bellezas, delicias de la tierra. Cofradía de los Manos Itinerantes, sugerido por uno de los poetas de nuestro grupo (había muchos poetas entre nosotros, evidentemente), que ilustró su propuesta con un poema de John Donne —*Seduction. License my roving hands, and let them go before, behind, between, above, below*—, aunque era pertinente por su simplicidad que privilegiaba el conocimiento a través del tacto, fue descartado por ser un símbolo primario de nuestros objetivos. En fin, después de discutir mucho acabamos adoptando el nombre de Cofradía de los Espadas. Los hermanos más ricos fueron sus principales defensores: los aristócratas se sienten atraídos por las cosas del submundo, les fascinan los delincuentes, y el término Espada como sinónimo de Cogedor, viene del mundo marginal: la espada perfora y agrede, y así es el pene, tal como lo ven, erróneamente, los bandidos e ignorantes en general. Sugerí que si usábamos algún nombre simbólico, debería ser el de un árbol ornamental cultivado a causa de sus flores, pues, a final de cuentas, el pene es conocido vulgarmente como palo o macana. Palo es el nombre genérico de cualquier árbol en muchos lugares de Brasil (aunque, en sentido correcto, no lo es de los arbustos que tienen un tronco frágil), solo que mi razonamiento cayó por tierra cuando alguien preguntó qué nombre tendría la Cofradía, ¿Cofradía de los Palos?, ¿Cofradía de los Tallos?, y no supe responder. Espada, según mis opositores, tenía una fuerza vernácula, y la ralea una vez más daba su valiosa contribución al enriquecimiento de la lengua portuguesa.

Como miembro de la Cofradía de los Espadas, yo creía, y todavía creo, que la cópula es la única cosa importante para el ser humano. Coger es vivir, no existe nada más, como los poetas lo saben muy bien. Pero ¿era necesaria una Hermandad para defender este axioma absoluto? Claro que no. Había prejuicios, pero esos no nos interesaban, las represiones sociales y religiosas no nos afectaban. Entonces, ¿cuál fue el objetivo de la fundación de la Cofradía? Muy sencillo, descubrir cómo alcanzar, plenamente, el orgasmo sin eyaculación. La reina de Aragón, como cuenta Montaigne, mucho antes de que ese antiguo reino se uniera al de Castilla, en el siglo XV, después de una madura deliberación de su Consejo privado, estableció como regla, considerando la moderación requerida por la modestia dentro de los casamientos, que la cantidad de seis cópulas por día era un límite legal, necesario y competente. O sea, en aquel tiempo, un hombre y una mujer copulaban, de manera competente y modesta, seis veces al día. Flaubert, para quien *une once de sperme perdue fatigue plus que trois litres de sang* (ya hablé de esto en uno de mis libros), consideraba que las seis cópulas al día eran humanamente imposibles, pero Flaubert no era, lo sabemos, un Espada. Aún hoy se cree que la única manera de gozar es a través de la eyaculación, a pesar de que los chinos, hace más de tres mil años, afirmaron que el hombre puede tener varios orgasmos seguidos sin eyacular, y de esa manera evitar la pérdida de la onza de esperma que fatiga más que una hemorragia de tres litros de sangre. (Los franceses llaman *petite mort* al cansancio que sigue a la eyaculación, por eso uno de sus poetas decía que la carne era triste, pero los brasileños dicen que la carne es débil, en todos los sentidos, lo cual me parece más tajante: es peor ser débil que triste.) Se calcula que un hombre eyacula una media de cinco mil veces durante su vida, expeliendo un total de un trillón de espermatozoides. ¿Todo eso para qué y por qué? Porque en realidad somos aún una especie de mono y todos funcionamos como un banco genético rudimentario, cuando bastaría que apenas algunos operaran así. Nosotros, los de la Cofradía de los Espadas, sabíamos que el hombre, librándose de su atrofia simiesca, apoyado por las peculiares virtudes de su mente (nuestro cerebro no es, repito, el de un orangután), podría tener varios orgasmos consecutivos sin eyacular, orgasmos que le darían aún más placer que el de aquellos de orden seminal, que hacen del hombre apenas un instrumento ciego del instinto de preservación de la especie. Y este resultado nos llenó de alegría y orgullo; habíamos logrado, a través de elaborados y penosos ejercicios físicos y espirituales, alcanzar el Orgasmo Múltiple Sin Eyaculación, que llamamos entre nosotros por el acrónimo OMSE. No puedo revelar qué «ejercicios» eran estos, pues el juramento de guardar el secreto me lo impide. Estrictamente, ni siquiera podría hablar del asunto, aunque fuera de esta manera restringida.

La Cofradía de los Espadas funcionó muy bien durante los seis meses que siguieron a nuestro extraordinario descubrimiento. Hasta que un día uno de nuestros cofrades, poeta como yo, pidió que se convocara una asamblea general de la Cofradía para relatar un asunto que consideraba de magna importancia. Su mujer, al percibir que no ocurría la *emissio seminis* durante la cópula, había concluido que eso podría tener varias razones, que en síntesis serían: o él estaba economizando el esperma para otra mujer, o entonces fingía sentir placer cuando en realidad actuaba mecánicamente como un robot sin alma. La mujer llegó incluso a sospechar que nuestro colega se había hecho un implante en el pene para mantenerlo siempre rígido, argumento que él fácilmente probó infundado. En fin, la mujer del poeta había dejado de sentir placer en la cópula; en realidad, deseaba la viscosidad del esperma dentro de su vagina o sobre su piel; esa secreción pegajosa y blanca era, para ella, un símbolo poderoso de vida. El sexo, como quería Whitman, a final de cuentas incluía la leche seminal. La mujer no lo dijo, pero seguramente el agotamiento de él, macho, representaba el fortalecimiento de ella, hembra. Sin esos ingredientes, ella no sentía placer y, aquí viene lo más grave, si ella no sentía placer, nuestro cofrade tampoco lo sentía, pues nosotros, de la Cofradía de los Espadas, queremos (necesitamos) que nuestras mujeres gocen también. Este es nuestro lema (no lo cito en latín para no parecer pedante, ya usé latín antes): Gozar Haciendo Gozar.

Al final de la exposición de nuestro cofrade, la asamblea se quedó en silencio. La mayoría de los miembros de la Cofradía estaba presente. Acabábamos de escuchar palabras inquietantes. Yo, por ejemplo, ya no eyaculaba. Desde el momento en que logré dominar el Gran Secreto de la Cofradía, el OMSE, ya no producía siquiera una gota de semen, aunque todos mis orgasmos eran mucho más placenteros. ¿Y si mi mujer, que yo amaba tanto, me pidiera, y ella lo podía hacer en cualquier momento, que eyaculara sobre sus delicados senos alabastrinos? Le pregunté a uno de los médicos de la Cofradía —entre nosotros había varios médicos— si yo podría volver a eyacular. La medicina no sabe nada sobre sexo, esa es una verdad lamentable, y mi colega respondió que eso era muy difícil, considerando que yo, como todos los demás, había desarrollado una fuerte dependencia de aquel condicionamiento físico y espiritual; que él ya había intentado anular esa función, usando todos los recursos científicos a los que tenía acceso, y no lo había logrado. Todos nosotros, al oír la terrible respuesta, nos quedamos extremadamente consternados. De inmediato, otros cofrades dijeron que se enfrentaban al mismo problema, que sus mujeres habían comenzado a encontrar artificiosa, o aterradora, aquella inacabable fogosidad. Creo que me volví un monstruo, dijo el poeta que había sometido el problema a nuestro examen colectivo.

Y así terminó la Cofradía de los Espadas. Antes de la desbandada, todos hicimos un juramento de sangre de que jamás revelaríamos el secreto del Orgasmo Múltiple Sin Eyaculación, que nos lo llevaríamos a la tumba. Seguimos teniendo una mujer a nuestra espera, pero tenemos que cambiarla constantemente, antes de que descubra que somos diferentes, extraños, capaces de gozar con infinita energía sin derramamiento de semen. No podemos enamorarnos, pues nuestras relaciones son efímeras. Sí, yo también me volví un monstruo, y mi único deseo en la vida es volver a ser un mono.

Un día en la vida de dos pactantes

Llegamos a la puerta del cine y ella preguntó
Si yo quería realmente quedarme en el cine
Tres horas y cuarenta minutos viendo una película
sobre mafiosos.
Ella había tenido uno o dos novios que solo cogían
Cuando no tenían otra cosa que hacer
¿Por qué coger hoy por la tarde si podían coger por la noche?
¿Por qué coger de noche si podían coger
mañana por la mañana?
¿Y por qué coger al día siguiente si podían coger
el sábado?
¿Y por qué coger el sábado si podían coger
la próxima semana
El día festivo o el día del cumpleaños de él o de ella?
Pero ella sabía que conmigo —con nosotros,
Pues en realidad no era solo yo quien hacía que
Todo fuera diferente—
era otra cosa.
Y caminamos de prisa bajo el sol
Pues no queríamos perder tiempo, teníamos que regresar
Después a nuestras prisiones y esperar
El nuevo encuentro, y fuimos
Al primer lugar más cercano, un apartamento sin
Ningún mueble, y nos quedamos atorados ahí dentro,
La mayor parte del tiempo yo encima de ella
Con las rodillas apoyadas en el suelo, y me quedé
con las rodillas laceradas,
Y con el palo desollado, y ella con la carne ardiendo, y uno
De mis dientes delanteros se rompió y uno de sus
Dientes delanteros se rompió, y marcas rojas
Aparecieron al lado de antiguas manchas moradas y nuestras

Ojeras se volvieron aún más oscuras, pero no me
Quejé ni ella se quejó. Era un pacto de incendio,
Contra este espacio de rutina gris entre
El nacimiento y la muerte al que llaman
vida.

Contenido

Novela negra y otras historias
1992

El agujero en la pared
1992

Historias de amor
1997

Del fondo del mundo prostituto
solo amores guardé para mi puro
1997

La Cofradía de los Espadas
1998